FLOW

미치도록
행복한
나를
만난다

Mihaly
Csikszentmihalyi

저자 _ **미하이 칙센트미하이** Mihaly Csikszentmihalyi

시카고 대학 교수로 40년 동안 재직하였으며, 현재 미국 클레어몬트 대학 심리학과 및
피터 드러커 경영대학의 석좌교수이자 〈삶의 질 연구소〉 소장으로 있다. 어떻게 하면
사람들의 삶이 좀 더 창의적이고 행복할 수 있을지를 평생 동안 연구해온 세계적인
석학이며, '긍정심리학'의 제창자 가운데 한 명이기도 하다.

플로우(FLOW)를 통해 누구나 삶의 질을 얼마든지 향상시킬 수 있다는
칙센트미하이 교수의 이론을 담은 이 책은 지금까지 20개가 넘는 언어로 번역되었으며,
〈사이콜로지 투데이〉 〈뉴욕 타임스〉 〈워싱턴 포스트〉 〈시카고 트리뷴〉 등의 언론매체와
BBC, IRA(이탈리아 방송) 등 텔레비전 매체에서도 특집으로 다룬 바 있다.

미국 대통령 클린턴은 1996년 가을 〈뉴스위크〉와의 인터뷰에서 칙센트미하이 교수를
그가 가장 좋아하는 작가 중 한 사람으로 꼽았으며, 전 미 하원 의장 깅그리치도
정치기획위원회의 필독서로 이 책을 추천하였다. 볼보 자동차, 오스트리아 정치인 등
여러 나라의 기업과 정당, 문화 재단에서도 칙센트미하이 교수가 발표한 플로우 이론과
이 책에 많은 관심을 보이고 있는데, 그 이유는 플로우와 관련된 연구 결과가
어떻게 최적의 삶을 살아갈 수 있는가에 대한 깊은 통찰을 제공해주기 때문이다.

이 책 외에 미하이 칙센트미하이 교수가 쓴 책으로는 《창의성의 즐거움》
《몰입의 즐거움》《몰입의 경영》《자기진화를 위한 몰입의 재발견》《몰입의 기술》
《십대의 재능은 어떻게 발달하고 어떻게 감소하는가》《어른이 된다는 것은》등이 있다.

역자 _ **최인수**

고려대학교 심리학과를 졸업하고 미국 시카고 대학에서 칙센트미하이 교수의 지도하에
석사·박사 학위를 받았다. 현재 성균관대학교 아동청소년학과 및 인재개발학과 교수로
있으며, 창의성 및 영재교육, 긍정심리학이 주 관심사이다.

저서로는《창의성의 발견》《엉뚱한 생각》《International Handbook of Creativity》
《창의성검사》가 있고, 《초등학생용 창의성검사》《초등학생용 다중지능검사》
《중고등학생용 적성검사》를 제작했다.

몰입,

미치도록
행복한
나를
만난다

미하이 칙센트미하이
지음
—

최인수
옮김

FLOW

한울림

일러두기

1. 이 책에 나오는 인명, 지명 등의 표기는 '외래어 표기법'을 따랐다. 다만, 학계 · 언론 등에서 관행으로 쓰고 있는 표기는 예외로 두었다. 예) 프리고진, 찬드라세카

2. 본문에서 저자가 특정 주제에 대해 주장한 내용을 뒷받침하는 학문적 근거에 관해서는 이 책 뒷부분에 따로 설명을 달아두었다(저자 서문 참조).

3. 본문에서 진한 글씨로 표기한 단어나 구, 문장은 원서에서 이탤릭체로 강조하고 있는 부분으로, 이는 저자가 특별히 눈여겨 읽어주기를 바라는 내용이다.

인문과학이나 사회과학 분야에 종사하는 학자들 가운데에서 독창적인 개념을 발견하고, 아울러 그 개념에 아주 적절하고 기억하기 쉬운 이름을 부여하며, 더 나아가 그 개념을 측정하는 정확한 방법까지 고안해낸 학자가 과연 몇 명이나 될까? 또한 그 업적을 전 세계 의학자 사이에서뿐 아니라 일반인에게까지 인정받고 있는 학자가 얼마나 있을까? 이 책의 저자 미하이 칙센트미하이 교수가 바로 그러한 학자이다.

칙센트미하이 교수는 1970년대부터 유능한 동료들과 팀을 이루어 본인이 '플로우flow'라고 이름 붙인 아주 흥미로운 심리적 상태를 연구해왔다. 만약 여러분이 여태껏 '플로우'라는 개념을 한 번도 접해보지 못했다면 지금 곧 이 책을 통해 새로운 지적 모험을 시작하게 될 것이다. 만약 이미 접해보았다면 '플로우'라는 개념을 창조하고 지난 30년 동안 지속적으로 연구해온 저자에게서 '플로우'에 관한 모든 걸 배울 수 있는 기회를 갖게 되는 셈이다.

플로우란 어떤 행위에 깊이 몰입하여 시간의 흐름이나 공간의 이동, 더 나아가 자기 자신조차 잊게 되는 심리적 상태를 말한다. 이러한 심리적 상태를 사람들은 흔히 즐거움 또는 행복감과 같은 개념이라고 여긴다. 또 플로우를 경험한다는 사실만으로도 행복해하며, 계속 그 상태가 지속되기를 바라기도 한다. 그러나 플로우는 단순히 기쁨이 충만하다거나 뭔가에 열중할 때 느끼는 기분을 일컫는 말이 아니다. 그보다는 완벽한 심리적 몰입 상태라고 표현하는 게 더 정확하다.

우리가 플로우를 경험할 수 있는 상황은 다양하다. 스키를 타면서도, 악기를 연주하면서도, 글을 쓰면서도 플로우는 경험할 수 있다. 그렇다고 해서 우리가 원한다고 해서 얻을 수 있거나 다른 사람에게 안겨줄 수 있는 그런 심리적 상태라는 얘기는 아니다. 플로우는 우리에게 행복감을 안겨주는 사건, 예를 들어 맛있는 음식이나 부모를 향해 자식이 환하게 짓는 웃음 등에 따르는 심리적 보너스가 아니다. 그보다는 오랜 기간 동안 연마해온 기술을 통해 얻게 되는 노력의 산물이라고 봐야 한다.

개념적으로 보면 플로우는 따분함과 불안함 사이에 위치한다. 쉽게 말해 과제의 난도가 자신이 지니고 있는 기술의 수준보다 높을 때 우리는 불안함을 느끼고, 반대로 과제의 난도가 자신의 기술 수준보다 낮을 때는 따분함을 느끼게 되는데, 플로우는 바로 이 두 가지 상태의 사이에서 발생한다. 이런 상황에서 우리는 과제를 좀 더 쉬운 것으로 바꿀 수도 있고 혹은 자신의 기술 수준을 향상시키려는 노력을 할 수도 있는데, 이때 우리가 어떤 선택을 하느냐에 따라 플로우를 경험할 수도 있고, 경험하지 못할 수도 있다는 것이다. 한마디로 플로우는 도전이 요구되는 과제를 성공적으로 수행할 때 따라오는 내적인 보상이라고 할 수 있다.

진화론적인 측면에서 보면, 플로우는 우리가 적자생존의 법칙에 희생당하지 않고 살아남는 기술을 연마하도록 자극하는 가치를 지니고 있다. 일상생활에서도 어떤 행위에 무아지경으로 깊이 몰입한 플로우 상태는 우리에게 많은 도움을 주기 때문에 플로우를 경험하기 위해 우리는 많은 노력을 기울이게 된다. 그러나 안타깝게도 플로우는 욕심을 부린다고 해서 얻을 수 있는 게 아니다. 플로우 상태를 경험하기 위해 너무 많은 노력을 기울이면 오히려 잡을 수 없는 경우가 더 많다. 그렇다면 어떻게 해야 이 플로우를 경험할 수 있을까?

지난 30년 동안 칙센트미하이 교수와 그의 동료들은 사람들이 어떤 상황에서 플로우를 쉽게 경험하고, 어떤 상황에서 플로우를 경험하기 어려운지를 알아내기 위해 연구를 지속해왔다. 어떤 개념을 직관적으로 정의하는 동시에 과학적으로도 타당하게 정의한다는 건 아주 어려운 일이다. 더구나 어떤 개념을 측정할 수 있는 간명하고도 효과적인 방법을 고안해낸다는 건 더더욱 힘든 일이 될 수밖에 없다. 칙센트미하이 교수와 그의 동료들은 이 문제를 해결하기 위해 경험표집방법 – 또는 삐삐 방법beeper technique – 이라고 불리는 새로운 방식을 고안해냈고, 사람들이 어떤 상황에서 플로우를 쉽게 경험하는지 알아낼 수 있었다. 그리고 대단히 단순하고 명료한 이 방법이 임의로 선정된 시간과 장소에서 사람들이 어떻게 느끼고 생각하는가를 알아내는 데 있어 아주 강력한 도구라는 사실을 입증할 수 있었다.

이후 플로우라는 심리적 상태를 과학적으로 측정하기 위한 수백여 건에 달하는 연구가 이 경험표집방법을 통해 진행되었으며, 그 결과 십여 개국에서 백만여 건 이상의 플로우에 관한 개별경험 데이터를 수집할 수 있었다. 이 연구들은 우리가 예상치 못한 놀라운 결과를 상당히 많이 제공해주었다. 여기서 몇 가지만 소개해본다면, 청소년들은 혼자 있을 때 플로우를 거의 느끼지 못한다는 것, 텔레비전을 시청할 때 대다수의 사람은 플로우를 느끼기가 어렵다는 것, 플로우는 조용히 혼자만의 연구에 몰입하거나 봉사 등의 활동을 할 때만 일어나는 것이 아니라, 위험을 감수하거나 법망을 교묘히 피해 갈 때와 같은 상황에서도 발생할 수 있다는 것 등이 있다.

이 책은 칙센트미하이 교수가 바로 이러한 연구 결과를 바탕으로 하여 독자들에게 전하고자 하는 사유와 성찰을 담고 있다. 이 책을 통해 여러분은 칙센트미하이 교수의 안내에 따라 단순히 즐거운 정서로만 설명할 수 없는 플로우의 경험을 수많은 사례를 통해 만나게 될 것이다. 또한 플로우와는 전혀 상관없이 그저 즐겁기만 한 경험의 사례를 함께 살펴보고 플로우가 과연 무엇이며, 어떻게 플로우를 경험할 수 있는지를 잘 알게 될 것이다.

이제부터는 지난 30년 동안 내가 영광스럽게도 동료이자 친구라고 부를 수 있었던 미하이 칙센트미하이 교수의 개인적 면모에 대해 몇 가지 언급하고자 한다. 칙센트미하이 교수를 한마디로 표현한다면, 나는 그를 아주 다재다능한 사람이라고 말하고 싶다. 헝가리에서 태어난 칙센트미하이 교수는 이탈리아에서 제2차 세계대전을 경험했으며, 그 직후에 미국으로 이민을 왔다. 미국 시카고 대학에서 학위를 받았고, 그곳에서 40여 년 간 교수로 재직했으며, 지금은 미국 피터 드러커 경영대학 교수이자 〈삶의 질 연구소Quality of Life Research Center〉 소장으로 재직하고 있다. 이러한 성장 배경 때문인지는 모르겠지만, 그는 대학에서 본격적인 연구 생활을 시작하기 훨씬 오래 전부터 '왜 어떤 사람들은 다른 사람보다 삶의 난관에 더 잘 대처하는가?'라는 주제에 깊은 관심을 보였다. 그리고 이런 일을 가능하게 만드는 인간의 심리적 힘은 어디서 비롯되는가라는 의문을 풀기 위해 평생 동안 노력해왔다.

칙센트미하이 교수는 '긍정심리학Positive psychology'이라고 불리는 심리학의 새로운 분야를 제창한 학자 가운데 한 사람으로, 현재 이 흐름을 주도하고 있는 인물이기도 하다. 또한 미하이(나는 그를 마이크 또는 미스카라고도 부른다)는 나와 함께 지난 10년 동안 '굿워크GoodWork' 프로젝트를 통해 시장의 압력을 심하게 받는 전문직 종사자들에게 심리적으로 어떤 변화가 일어나는지를 알아보는 연구를 수행하기도 했다.

미하이 칙센트미하이 교수는 사회과학의 여러 분야에도 관심이 아주 깊다. 창의성, 동기, 성격, 미학, 진화론, 청소년, 노동, 휴가 등 다양한 주제를 다룬 글로 폭넓은 기고 활동을 해왔으며, 그가 쓴 수백 편의 논문과 10여 권이 넘는 책은 모두 각 분야에 뛰어난 기여를 했다.

이게 다가 아니다. 칙센트미하이 교수는 화가이기도 하고, 단편소설을 발표한 소설가이기도 하며, 암벽등반 전문가이기도 하다. 또한 다정한 아빠이자 남편인 동시에 좋은 친구이기도 하다. 무엇보다 '보치 Boccie'라고 불리는 이탈리아식 볼링에 있어서는 타의추종을 불허하는 실력가이기도 하다. 나는 칙센트미하이 교수가 이 모든 분야에서 그 스스로 플로우를 경험했을 것이라고 믿어 의심치 않는다. 그렇지 않고서는 플로우에 관해서 이처럼 탁월한 글을 쓸 수 없었을 것이다. 그러나 칙센트미하이 교수를 평가하는 데 있어서 이런 탁월한 학문적 업적이나 다방면에 걸친 재능보다 더 중요한 점이 있다. 바로 그가 아주 겸손하고 정중한 사람이라는 사실이다.

한국어로 나온 칙센트미하이 교수의 책이 이미 몇 권은 있을 것이다. 나는 이 책이 출간된 후에도 칙센트미하이 교수의 책이 한국에 계속해서 소개될 것이라고 확신한다. 독자들이 그에 대해 이미 잘 알고 있든 아니면 아직 한 번도 접해본 적 없는 관계없이 일단 이 책을 읽고 나면 칙센트미하이 교수와 그의 책에 관해 더 많은 것을 알고 싶어 하게 될 것이기 때문이다.

칙센트미하이 교수는 학문의 유행을 따르지 않으며, 인간이라는 존재로 살고 있는 우리에게 그 핵심이 되는 기본적인 현상에 대해 알려준다. 그가 쓴 여러 책 가운데서도 특히 이 책은 이 시대를 살아가는 우리가 잃어버린 삶을 되찾을 수 있도록 도와주는 역작이다. 나는 우리 시대에 칙센트미하이 교수만큼이나 사회과학 분야에서 확실하게 자리매김할 학자가 많지 않으리라고 확신한다.

하버드 대학교 교육학과 교수
하워드 가드너

나는 지난 수십 년 동안 인간의 행복, 창의성, 그리고 내가 '플로우'라고
명명한 심리적 상태, 즉 삶에 완전하게 몰입하는 과정을 연구해왔다. 그
리고 이와 같은 인간 경험의 긍정적인 측면에 관해 연구해온 결과들을
이 책에 알기 쉽게 요약해서 담았다. 물론 나는 그동안 수많은 논문과 책
을 통해 나의 연구 결과를 발표해왔다. 하지만 이 책은 그 글들과 아주
다른 점이 있는데, 그건 바로 내가 이 책을 일반 독자를 위해 썼다는 점
이다.

　나는 이 책에 행복하게 살 수 있는 단순한 요령 따위는 제시하지 않
았다. 설사 그렇게 하고 싶은 마음이 있었다고 하더라도 그 자체가 불가
능한 일이다. 왜냐하면 행복한 인생이라는 건 어떤 요령을 따른다고 해
서 얻을 수 있는 게 아니기 때문이다. 행복한 인생은 개개인이 창조적으
로 만들어가는 것이다. 따라서 나는 이 책에서 어떤 요령을 제시하기보
다, 따분하고 무의미한 삶을 기쁨이 충만한 삶으로 바꿀 수 있도록 돕는
일반적인 원리를 담고자 했다. 그리고 자신의 삶에 이러한 원리를 접목
시킨 사람들의 구체적인 사례를 풍부하게 제시하고자 했다.

　누구나 알고 있듯이, 우리의 삶을 기쁨이 충만한 삶으로 만드는 지
름길 같은 건 애초에 없다. 그러나 이 주제에 깊은 관심을 가지고 있는
독자라면 틀림없이 이 책에 담겨있는 이론을 충분히 숙지하고, 거기서

자신의 삶을 변화시키는 데 필요한 정보를 끄집어내서 행복한 삶을 만드는 데 충분히 활용할 수 있을 것이라고 믿는다.

나는 독자들이 이 책을 쉽게 읽을 수 있도록 하기 위하여 학자들이 글을 쓸 때 흔히 사용하는 전문적인 양식 — 각주나 미주 — 을 최대한 피하려고 노력했다. 또한 전문 지식이 있든 없든 관계없이, 또는 어떤 분야에 종사하고 있든 상관없이 어느 정도 교양을 갖추고 있는 독자라면 누구나 심리학 연구의 기본적 아이디어와 연구 결과를 자신의 삶에 쉽게 적용할 수 있도록 하고자 특별히 신경을 썼다.

그러나 독자들 중에 간혹 내가 이 책에서 주장하는 바를 뒷받침하는 학문적 근거에 대해 특별히 호기심을 갖는 분도 있으리라고 생각한다. 그분들을 위해서는 이 책 뒷부분에 따로 장을 마련하여 설명을 해두었다. 쉽게 찾아볼 수 있도록 본문에서 내가 언급한 특정 주제나 연구, 인용문 등을 해당 본문의 쪽 번호와 함께 표기해두었다. 가령 본문 26쪽에 나오는 '행복'에 관한 나의 주장에 근거가 된 연구가 궁금하다면 427쪽으로 넘어가보라. '행복'이라는 주제어 앞에 해당 본문의 쪽 번호가 병기되어있을 것이다. 여기서 '행복'과 관련하여 아리스토텔레스가 주장한 견해부터 최근의 연구를 인용한 문헌 정보까지 곁들여서 찾아볼 수 있다. 책 뒷부분에 따로 마련한 이 장은 본문 내용을 전문적으로 압축한 하나의 간편본으로 활용할 수도 있을 것이다.

다른 책에서와 마찬가지로, 여기서도 이 책의 집필 초기부터 영향을 준 사람들에게 감사의 마음을 전하는 게 당연할 것이다. 그러나 이 책의 경우에는 그 이름을 일일이 언급하기가 불가능할 정도로 많은 사람에게 도움을 받았다. 그렇다고 하더라도 그중 상당수의 사람에게 이 자리를 빌어서 감사의 말을 전해야 할 것 같다. 그 누구보다도 먼저 나의 아내이며 친구인 이사벨라에게 감사를 전한다. 그녀는 지난 25년 동안 내 삶을 윤택하게 해주었을 뿐 아니라 이 책의 편집에 관해서도 조언을 많이 해주었다. 나의 두 아들 마크와 크리스토퍼는 그들이 내게 배운 것만큼이나 많은 걸 내가 배울 수 있게 해주었다. 제이콥 게첼즈는 나의 영원한 스승이다. 많은 동료와 친구 중에서도 도널드 캠벨, 하워드 가드너, 진 해밀턴, 필립 헤프너, 히로아키 이마무라, 데이비드 키퍼, 더그 클라이버, 조지 클라인, 파우스토 마시미니, 엘리자베스 노엘 노이만, 제롬 싱어, 제임스 스티글러, 브라이언 서튼 스미스는 내게 도움과 지적인 영감을 주고 나를 격려해준 특별한 사람들이다.

한때는 나의 학생이었으며 지금은 동료가 된 사람들 중에서 로널드 그래프, 로버트 큐비, 리드 라슨, 진 나카무라, 케빈 라순디, 릭 로빈슨, 이쿠야 사토, 샘 훼일렌, 마리아 윙은 이 책의 바탕이 되는 연구를 위해서 많은 공헌을 하였다. 존 브록맨과 리처드 코트는 이 책의 처음부터 마지막까지 기술적인 도움을 주었다. 마지막으로 이 책과 관련된 자료를 모으는 과정은 스펜서 재단의 관대한 재정적 도움이 없었다면 불가능했을 것임을 밝힌다. 특별히 재단의 전 회장인 토마스 제임스와 현 회장인 로렌스 크레민 그리고 부회장 매리온 펠듯에게 감사의 말을 전한다.

물론 위에서 언급한 모든 은인은 이 책의 부족한 부분에 대해 전혀 책임이 없다. 만약 부족한 부분이 있다면 그건 전부 나의 탓이다.

시카고에서
미하이 칙센트미하이

'어느 나라 사람일까? 도대체 이름을 어떻게 발음해야 하나?'

아마도 칙센트미하이 교수의 이름 철자를 본 사람들이라면 금세 이런 궁금증을 가질 것이다. 한국에서만 그런 게 아니다. 미국에서도 헝가리 태생인 이 교수에 관해 기사를 실을 때는 이름 뒤에 발음기호를 꼭 병기한다. 왠지 그 신기한 이름만으로도 호기심이 가는 칙센트미하이 교수. 그러나 오래전, 내가 청운의 꿈을 품고 시카고에 도착해 만난 그는 푸근한 아저씨 같은 모습이었다. 육중한 체구에 흰 수염, 어눌한 말씨를 지닌 그는 크나큰 학문적 성취를 이룬 학자임에도 불구하고 전 세계에서 몰려드는 제자들에게 전혀 부담을 주지 않는 자연스러운 인상을 풍기는 사람이었던 것이다. 창의적인 성취를 수차례 이룬 칙센트미하이 교수가 이처럼 평범한 모습을 지니고 있다는 게 당시에는 아이러니하게 느껴졌다. 그러나 이것이야말로 그가 이 책에서 주장하는 복합적 인간의 특징이 아니던가.

그날의 기억이 지금도 생생하다. 집에서 수만 리 떨어진 낯선 나라에서 맞은 첫날밤, 나는 마음 둘 곳을 찾기가 어려웠다. 이런 나의 마음을 어떻게 아셨던 걸까? 칙센트미하이 교수는 내가 짐을 푼 기숙사까지 직접 차를 몰고 와서 나를 데리고 당신의 집으로 가셨다. 너무도 편안한 느낌을 주는 그의 부인 이사벨라가 준비해준 저녁식사와 와인은 내게 마치 집에 와있는 듯한 따뜻함을 느끼게 해주었다. 이렇게 시작된 칙센트미하이 교수와의 첫 만남과 그 이후부터 그의 제자로 지낸 10년은 내 인생에서 너무도 소중한 시간이었다.

인생을 살아가면서 참 스승mentor을 만나는 것이 얼마나 중요한 일인지를 강조한 심리학자 레빈슨과 에릭슨이 한 말처럼, 나에게 그는 단순히 지식 전달자가 아니라 성인기에 운이 좋았기에 만날 수 있었던 훌륭한 스승이었다. 당시 연구실을 같이 쓰던 일본인 친구와 함께 학위가 끝나면 그를 '아버지'라고 부르자고 했던 기억이 난다. 지금도 내 기억 속에 남아있는 그의 모습은 좋은 아버지, 다정한 남편, 모범이 되는 스승, 그리고 정력적인 연구자이다.

칙센트미하이 교수는 자신의 이론을 삶에 자연스럽게 접목시키는 사람이다. 이 책《몰입, 미치도록 행복한 나를 만난다Flow : The Psychology of Optimal Experience》는 이런 칙센트미하이 교수가 자신이 평생에 걸쳐 연구한 결과를 일반 독자들이 활용할 수 있도록 하기 위해 간결하고 분명하게 정리하여 쓴 책이다. 내가 이 책을 우리말로 옮기기로 마음먹은 까닭은 크게 두 가지다.

우선 칙센트미하이 교수의 은혜에 보답하고 싶었다. 무엇보다 이미 세계 여러 나라에서 번역 출판된 이 책을 한국에도 소개하는 것이 그동안의 가르침에 조금이나마 보답하는 길이라고 생각했다. 그러나 조금이라도 누가 되지 않도록 한 문장 한 문장 번역하다 보니, 보은을 이유로 시작한 이 작업에서 또다시 가르침을 얻고 있는 나를 발견한다. 스승에게 보은을 한다는 것이 쉽지 않은 일이라는 걸 새삼 깨닫는다.

두 번째 이유는 행복과 열정을 찾고자 하는 사람들에게 이 책이 좋은 나침반이 되어주리라고 확신하기 때문이다. 굳이 우리말에서 예를 찾자면 '삼매경'이라고 할 수 있는 플로우는 우리가 어떤 것에 완전히 몰입하여 시간이 가는 줄도 모를 정도로 백 퍼센트 주의를 집중하고 있는 상태를 말한다. 아마도 우리 모두가 간혹 이런 경험을 해봤을 것이다. 만약 이와 같은 완전한 몰입 상태를 일상생활에서 지속적으로 유지할 수 있다면 우리의 삶이 어떻게 달라질까? 상상만 해도 흥분되는 일이 아닌가.

그러나 정작 나 자신은 그동안 살아오면서 이와 같은 의식의 최적 상태를 경험하는 횟수보다 불안과 따분함을 경험하는 횟수가 더 많았던 게 사실이다. 친한 사람을 만나는 일에도 종종 스트레스를 받았으며, 간절히 원하던 일을 하고 있을 때조차도 따분함을 느끼는 나를 발견하곤 했다. 이런 따분함과 불안은 대체 어디서 오는 것일까?

칙센트미하이 교수는 이에 대한 명쾌한 해답을 두 가지 차원에서 제시한다. 하나는 문제에 대처하는 '기술' 수준의 차원이고, 다른 하나는 삶에서 당면하고 있는 '도전' 수준의 차원이다. 결국 따분함을 느낀다는 건 자신이 지니고 있는 '기술' 수준이 삶에서 당면하고 있는 '도전'의 난도보다 높다는 의미이고, 불안을 느낀다는 건 그 반대의 의미라고 할 수 있다. 즉 자신이 지닌 대처 능력을 넘어서는 어려운 문제가 닥쳐올 때 우리는 당황하며 두려워한다고 할 수 있다.

이 두 차원을 칙센트미하이 교수는 이 책에서 다음과 같은 예를 들어 설명한다. 테니스를 처음 배우기 시작하는 초보자가 국가대표 선수와 시합을 한다면 어떨까? 대개의 경우 초보자는 즐거움보다 불안함을 더 크게 느낄 것이다. 반대로 국가대표 선수는 별 재미를 느끼지 못할 것이다. 칙센트미하이 교수에 따르면, 플로우는 기술과 도전이라는 두 차원의 균형이 맞아야 경험할 수 있다. 즉 기술과 도전을 2차원에 놓여있는 좌표의 두 축이라고 가정한다면, 이 두 축이 만나는 중간 지점인 45도 선상에서 플로우를 경험하게 된다는 것이다.

그러나 여기에서 한 가지 주의해야 할 점이 있다. 만약 우리가 불안을 없애고자 한다면, 선택할 수 있는 방법은 두 가지가 있다. 두 차원의 균형을 45도 선상에서 맞추기 위하여 도전의 난도를 떨어뜨리거나(극단적으로는 문제를 회피함으로써 도전 자체를 아예 없앨 수도 있다.) 아니면 자신이 지닌 대처 능력을 향상시키는 것이다. 여기서 우리가 어떤 선택을 하느냐에 따라 삶이 달라질 수 있다는 게 바로 칙센트미하이 교수가 우리 앞에 풀어놓으려는 화두이다.

물질이나 권력은 제로섬zero-sum 원칙에 의존한다. 흔한 비유처럼, 우리가 먹는 파이(물질이나 권력)의 양은 제한되어있기 때문에 많이 먹는 사람이 있는가 하면 못 먹는 사람도 생기게 마련이다. 만약 이처럼 제한된 파이의 양을 기준으로 우리가 행복한가 불행한가를 판단하게 된다면 결국 행복을 한껏 누릴 수 있는 사람의 수는 언제나 한정될 수밖에 없다.

그러나 칙센트미하이 교수는 행복이나 즐거움은 고갈되지 않는 무제한의 자원(파이 자체의 크기는 얼마든지 늘릴 수 있다.)이며, 이를 잘 활용할 수 있다면 언제 어디서라도 우리네 삶의 질이 향상될 수 있다고 말한다. 많은 사람이 행복한 삶을 살아갈 수 있는 원칙을 찾아나가는 것, 바로 이것이 이 노 교수가 간직하고 있는 평생의 꿈이다.

칙센트미하이 교수는 자신이 행복과 아울러 평생 동안 연구해온 창의성을 '개인이 가진 능력의 완전한 구현'이라고 정의한다. 삶의 많은 순간에서 행위 그 자체가 목적인 활동을 마음에서 우러나와서 하게 된다면, 바로 그러한 순간에 우리는 플로우를 경험할 수 있다. 그 결과 우리의 삶이 창의적으로 변화해갈 수 있다. 이것이 바로 내가 생각하는 칙센트미하이 이론의 핵심이다. 실제로 노벨상 수상자 등 세계적으로 창의적인 성취를 거둔 100명의 인물과 나눈 인터뷰에서도 칙센트미하이 교수의 이러한 견해를 경험적으로 느낄 수 있었다.

21세기의 화두는 창의성이다. 창의성 경쟁에서 한국이 한발 앞서나가는 데 이 책이 조금이라도 도움이 되기를 바라는 마음이 간절하다.

이 책이 나오기까지 도움받은 사람들에게 감사를 표하고 싶다. 먼저 한국어판의 서문을 써준 하버드 대학교의 가드너 교수에게 고마움을 전한다. 통상 일 년 스케줄이 미리 짜여있는 상황에서도 몇 년 전 나와 한 약속을 지키기 위해 갑자기 부탁한 서문을 흔쾌히, 그것도 예정보다 빨리 써서 보내주고 나를 격려해주었다. 칙센트미하이 교수도 이 책의 한국어판이 나오게 된 걸 무척 기쁘게 생각하며, 내가 좋은 번역을 할 수 있도록 많은 도움을 주었다. 또한 한국 독자들에게 직접 인사하고 싶었으나 가드너 교수가 쓴 추천사가 자신의 뜻을 충분히 전해주고 있다고 생각하여 그 글로 대신한다는 뜻을 전해왔다.

교정을 위해서는 통역 대학원을 졸업하고 미국에서 번역 활동을 하고 있는 최인영이 바쁜 가운데에서도 수고를 많이 해주었다. 최종 교정 과정에서는 강산 선생님의 노력이 컸다. 또한 성균관 대학교 제자들은 원고 정리에 도움을 주었다. 끝으로 항상 웃음으로 나를 후원해주시는 부모님께도 감사의 마음을 전하고 싶다.

읽기에 부담스러운 번역체가 되지 않도록 하기 위해서, 또한 가급적 원서 내용을 완전히 이해하여 저자의 견해를 명확하게 전달하기 위해서 열심을 다했다고 생각한다. 하지만 독자 여러분이 얼마나 동의하실지 조심스러운 마음이다.

많은 분이 플로우가 충만한 삶을 누리기를 바라며
최인수

CONTENTS

01

Happiness
Revisited

행복의
재해석

2,300년 전 아리스토텔레스는 "인간은 세상 그 무엇보다도 행복을 더 추구한다."고 단언한 바 있다. 실제로 사람들은 행복 그 자체를 추구한다. 그 밖의 다른 가치들, 이를 테면 건강과 아름다움, 부와 권력 따위들은 이것이 우리를 행복하게 만들어줄 거라고 기대하기 때문에 추구한다.

아리스토텔레스 시절 이후에 실로 많은 것이 변했다. 행성이나 원자에 대한 우리의 이해는 상상을 초월할 정도로 발전했다. 그리스 신화에 나오는 신들의 전지전능한 힘조차 오늘날 인간이 발휘하고 있는 경이적인 능력에 비교하면 차라리 초라해 보일 정도다.

그러나 오랜 세월이 흘렀어도 별로 변하지 않은 것도 있다. 우리는 행복이 무엇인지에 대해서 아리스토텔레스보다 더 많이 이해하게 되었다고 말할 수 없다. 더 나아가서 행복을 얻는 방법을 찾아내는 데 있어서는 전혀 진전이 없었다고까지 말할 수 있다.

오늘날 우리는 예전보다 훨씬 건강해졌고, 오래 살 수 있게 되었다. 우리 가운데 그리 잘살지 못하는 사람도 과거와 비교하면 그 시절에는 꿈도 꿀 수 없었던 물질적 풍요를 누린다(중세 시대에 아무리 부유한 사람이라고 해도 집에 오늘날과 같은 편의 시설을 갖출 수 있었겠는가? 천하를 호령했던 로마 황제라고 할지라도 텔레비전을 시청할 수 있었겠는가?). 게다가 우리는 수많은 과학적 지식을 우리 생활의 편리함을 위해 마음껏 이용하고 있다. 그런데도 이러한 시대에 살고 있는 우리가 인생을 헛살았다고 느끼는 까닭은 무엇인가? 또한 자신의 인생이 행복으로 채워졌다고 여기는 사람보다 불안함과 지루함의 연속이었다고 한탄하는 사람이 더 많은 까닭은 무엇일까? 인간의 욕망은 절대 채워질 수 없기 때문일까? 아니면 우리가 전혀 엉뚱한 곳에서 행복을 찾아왔기 때문일까?

이 책의 목적은 아주 오래된 의문, 즉 **인간은 언제 가장 행복할**

까라는 문제에 대한 답을 찾기 위해 심리학의 최근 지식과 방법을 적용해보는 것이다. 만일 우리가 이 문제에 대한 해답의 단서를 발견할 수 있다면 어느 정도 시간이 흐른 후에 행복이 우리의 삶에서 더 많은 역할을 하도록 만들 수 있을지도 모른다.

25년 전에 나는 어떤 '발견'을 하였는데, 그 후로 지금까지 이 '발견'을 구체화하는 작업에 내 시간의 대부분을 투자해왔다. 사실 그걸 '발견'이라고 하기에는 약간의 문제가 있다. 왜냐하면 사람들은 태초부터 내가 '발견'이라고 부르는 이것을 알고 있었기 때문이다. 그런데도 '발견'이라고 하는 이유는, 비록 사람들이 알고 있었다고 할지라도, 이것을 다룰 수 있는 가장 적당한 분야인 심리학에서조차도 이것에 대해 충분히 설명하지 못했기 때문이다.

"행복은 우연히 찾아오지 않는다."

바로 이것이 내가 한 '발견'이다. 행복은 운이 좋아서라든지, 어쩌다 생긴 기회의 산물이 아니다. 돈이나 권력으로 얻을 수 있는 것도 아니다. 행복은 우리 외부에 있는 요인에 의해 좌우되는 게 아니다. 오히려 우리가 외부적 요인을 어떻게 해석하는가에 달려있다. 실제로 행복은 우리가 준비해야 하고, 마음속에서 키워가야 하며, 사라지거나 빼앗기지 않도록 스스로 지켜내기도 해야 하는 특별한 것이다. 즉 자기 내면의 경험을 조절할 수 있는 사람은 삶의 질을 결정할 능력이 있는 것이다.

그러나 이 말이 곧 행복은 의식적으로 찾아야 얻을 수 있다는 얘기는 아니다. "네가 스스로에게 지금 행복하냐고 묻는 순간, 행복은 달아난다."고 철학자 밀은 말했다. 행복은 직접적으로 찾을 때가 아니라 좋든 싫든 간에 우리가 인생의 순간순간에 충분히 몰입하고 있을 때 찾아온다. 오스트리아의 심리학자 빅터 프랭클은 《삶의 의미를 찾아서》라는 책에서 다음과 같이 말하고 있다. "성공에 집착하지 마라. 그럴수록 성공하지 못할 가능성이 높아진다. 행복과 마찬가지로, 성공도 의식적으로 추구한다고 해서 얻어지는 게 아니다. 성공은 자기 자신의 이해보다 더 큰 목표에 헌신할 때에 얻어지는 부산물일 뿐이다."

그렇다면 이처럼 잡힐 듯 잡히지 않는 행복을 어떻게 해야 얻을 수 있단 말인가? 나는 지난 25년 동안 연구를 해오면서 여기에 해법이 있다고 확신하게 되었다. 그 해법은 직접적인 통로를 통해서가 아니라 우회적인 방법을 통해서 얻을 수 있다. 즉 우리 의식의 내용을 조절하는 방법에서 답을 얻을 수 있다.

자기 삶에 대한 평가는 우리가 어떤 경험을 하느냐에 달려있으며, 여기에는 많은 요인이 영향을 미친다. 그런데 이 요인의 대부분은 우리의 통제권 밖에 있다. 태어날 때부터 지닌 기질, 외모 따위를 우리가 어떻게 하기는 어렵다. 우리가 원하는 만큼 키를 자라게 하거나 두뇌를 천재 수준으로 만들 수는 없다. 부모도, 생년월일도 마음대로 선택할 수 없다. 우리의 유전자 구성, 중력의 작용, 공기 중에 떠다니는 꽃가루들, 우리가 태어난 시기의 역사적 상황 등 우리의 기분과 생각, 행동을 결정짓는 외부 요인은 셀 수 없이 많다. 이런 환경적 조건이 우리네 삶을 좌우한다고 믿는다고 해서 그리 억울해할 일은 아니다.

그러나 누구에게나 한 번쯤은 이런 외적 조건에 압도되지 않고 자기 행동을 스스로 조절할 수 있으며 내가 내 운명의 주인인 듯한 느낌이 들었던 순간이 있을 것이다. 이때 우리는 기분이 마냥 고양되고 행복감을 맛본다. 이런 경험은 우리 뇌리에 오랫동안 남게 되고, 더 나아가 자신이 지향하고 싶은 삶의 이정표가 될 수 있다.

이런 경험을 **최적 경험**optimal experience이라고 한다. 최적 경험은 캔버스 위에서 여러 색이 마치 자석의 힘에 이끌리듯이 서로서로 뭉치면서 생명력 있는 형태를 만들어갈 때 이를 창조한 화가가 경험하는 느낌과 같다. 또한 아기가 태어나서 처음으로 자신을 바라보며 방긋 웃을 때 부모가 하게 되는 바로 그 경험이기도 하다.

최적 경험은 외부 여건이 좋을 때만이 일어나는 것이 아니다. 예컨대 수용소에 갇혀있거나 생과 사를 오갈 정도로 심각한 위험에 처해있던 사람들도 큰 시련을 겪는 가운데서도 최적 경험을 한 적이 있다고 회상한다. 그런데 여기서 주목해야 할 점이 하나 있다. 이들에게 최적 경험을 불러일으킨 자극이 그리 특별한 게 아니라는 사실이다. 숲에서 울려퍼지는 새의 지저귐을 들을 때, 일터에서 아주 고된 작업을 끝냈을 때, 수용소에서 동료와 빵 한 조각을 나누어먹을 때와 같이 지극히 일상적인 순간이 이들을 최적 경험으로 이끌었던 것이다.

우리가 일반적으로 생각하는 것과 달리 이런 느낌을 주는 순간은 수동적이거나 수용적이거나 편안한 상황이 아니다. 우리가 어렵지만 가치 있는 일을 이루기 위해 온 마음과 육체를 바쳐 자발적으로 최대한도까지 전력투구할 때 일어난다. 따라서 최적 경험은 거저 생기는 것이 아니라 우리가 노력해서 만드는 것이다.

아이에게 최적 경험은 여태까지 쌓았던 장난감 성을 더 높게 만들기 위해서 성의 마지막 꼭대기를 장식할 장난감 조각 하나를 조심스럽게 얹으려고 하는 순간에 일어날 수 있다. 수영 선수에게는 자신의 기록을 깨기 위해 노력하는 순간에, 바이올린 연주자에게는 아주 어려운 작품을 연주하는 순간에 일어날 수 있다. 모든 사람에게는 이렇듯 자신의 내적 세계를 확장할 수 있는 기회가 수없이 찾아올 수 있으며, 누구나 그 기회에 도전할 수 있다.

이러한 경험을 하게 되는 순간이 반드시 유쾌한 건 아니다. 수영 선수라면 자신의 기록을 깨기 위해 전력을 다한 후에는 근육에 상당한 통증이 찾아오게 되고, 허파가 터질 듯 숨이 가빠올 것이다. 기운이 쭉 빠져서 어지러움을 느낄 수도 있다. 그렇다고 해도 바로 그때가 수영 선수에게는 인생 최고의 순간이 될 수 있다.

자기 인생을 통제할 수 있는 힘을 갖는다는 건 결코 쉬운 일이 아니다. 나아가 때로는 아주 고통스러운 일이 될 수도 있다. 그러나 이러한 최적 경험을 하나둘씩 쌓다 보면 어느덧 자신이 인생의 내용을 차곡차곡 채워나가는 과정에서 소외되지 않고 주인 역할을 하고 있다는 느낌을 갖게 될 것이다. 내 인생의 주인공은 바로 나라는 강렬한 자각, 바로 이 느낌이 우리가 염원하는 행복에 가장 가까운 상태가 아닐까?

연구를 진행하면서 나는 사람들이 삶을 가장 즐기는 순간에 어떤 느낌을 갖는지, 그리고 왜 그렇게 느끼는지를 있는 그대로 이해하려고 노력했다. 내 최초의 연구는 소위 말하는 전문가(예술가, 체육인, 음악가, 체스의 대가, 외과 전문의 등) 수백 명을 대상으로 진행되었다. 이들을 연구 대상으로 선택한 이유는, 전문가들은 대부분의 시간을 자신이 원하는 활동을 하는 데 사용하기 때문이다. 나는 그런 활동을 할 때 그들이 어떤 기분을 느끼는지에 대해 진술한 내용을 분석하고 이를 근거로 하여 최적 경험에 관한 이론을 발전시켰는데, 이 이론은 플로우flow라고 하는 개념에 바탕을 두고 있다.

플로우는 사람들이 다른 일에는 아무 관심이 없을 정도로 지금 하고 있는 일에 푹 빠져있는 상태를 말한다. 다른 말로 하면 이런 경험 자체가 너무나 즐겁기 때문에 이 상태를 지속하기 위하여 어지간한 고생도 감내하면서 그 행위를 하게 되는 상태이다.

이 이론적 모델을 활용하여 초기에는 시카고 대학에 있는 나의 연구팀이, 나중에는 전 세계에 걸쳐있는 공동 연구자들이 다양한 직업을 가진 수천 명의 사람과 인터뷰를 하고 자료를 모았다. 이 연구를 통해서 우리는 국적과 남녀노소 구별 없이 누구나 최적 경험을 비슷하게 설명하고 있다는 사실을 알 수 있었다. 플로우는 부유한 나라나 산업화된 국가에 사는 소수 엘리트만 경험하는 게 아니었다. 한국 노인들, 일본 청소년들, 이탈리아령 알프스의 농부들, 태국과 인도의 성인들, 그리고 미국 시카고의 생산 조립 라인에서 일하는 노동자들에게도 플로우 경험은 본질적으로 동일했다.

초기 연구는 주로 인터뷰와 설문 작업을 통해 이루어졌지만 이후에는 한층 더 생생한 삶의 기록을 얻기 위하여 우리가 개발한 방법을 사용하여 자료를 수집하였다. 우리는 이 방법에 **경험표집방법**Experience Sampling Method, ESM이라는 이름을 붙였다. 경험표집방법이란 사람들에게 일주일 동안 무선호출기(삐삐)를 가지고 다니도록 한 다음, 호출기에서 신호음이 울릴 때마다 자신의 생각과 느낌, 기타 필요한 사항을 우리가 미리 나눠준 설문지에 기록하게 하는 연구 방법을 말한다. 신호음은 하루에 7~8회 정도 예고 없이 불규칙하게 울리며, 일주일이 지나면 연구 참여자들이 작성한 일상생활을 대표하는 자료가 모아진다. 세계 곳곳에서 이 자료를 계속해서 모으고 있으며, 이 책의 결론은 바로 그 자료에 바탕을 두고 있다.

내가 시카고 대학에서 시작했던 플로우 연구는 이제 전 세계로 퍼져나갔다. 캐나다와 독일, 이탈리아와 일본, 그리고 호주에서도 활발하게 연구가 진행되고 있다. 이 글을 쓰고 있는 현재까지는 시카고 대학을 제외하고 가장 많은 자료를 가지고 있는 곳이 이탈리아 밀라노 의대에 있는 심리 연구소이다.

플로우 개념은 여러 방면에서 아주 유용하게 쓰이고 있다. 대표적으로 삶의 만족도와 행복, 내적 동기를 연구하는 심리학자들, 아노미 현상과 소외 현상의 반대 개념으로 플로우를 바라보는 사회학자들, 집단적 흥분 상태와 의식의 현상을 연구하는 인류학자들이 플로우 개념을 활용하고 있다. 인류의 진화를 이해하고자 하거나 종교 현상을 설명하고자 하는 학자들도 이 개념을 널리 활용하고 있다.

그러나 플로우는 단지 학술 연구의 대상만은 아니다. 처음 발표하고 얼마 지나지 않아 이 개념은 다양한 현장에서 쓰이기 시작했다. 삶의 질과 관련된 문제가 나올 때마다 플로우 개념은 우리에게 가야 할 방향을 제시하곤 했다. 현장에서 활용되는 예를 보자면 학교에서 실험적인 교과과정을 만든다거나, 기업에서 경영자를 훈련하거나, 레저 관련 제품 및 서비스를 개발하는 데에 플로우 개념을 적용하고 있다. 또한 심리 치료, 청소년 범죄자 교정, 노인을 위한 활동 계획 수립, 박물관 전시 디자인에서부터 장애인의 취업을 돕기 위한 재활 치료와 관련한 개념과 실습 프로그램을 만드는 데 이르기까지 플로우 개념은 무척 다양하고 폭 넓게 적용되고 있다.

이 모든 사례가 플로우가 학술지에 발표되고 나서 10년 이내에 이루어진 것이다. 이런 추세를 감안한다면 앞으로 플로우가 적용되는 범위는 실로 아주 넓어질 것이다.

이 책에 대해서

지금까지 나온 플로우(몰입)를 주제로 한 수많은 논문과 책은 거의 대부분 전문가를 대상으로 하여 쓰인 것이었다. 그러나 이 책은 일반 독자들을 대상으로 플로우라고도 불리는 최적 경험optimal experience에 관해 진행된 연구 결과가 각 개인의 삶에 어떤 영향을 미치는지에 대해 서술하는 최초의 시도라고 할 수 있다.

일반 독자를 대상으로 하지만 이 책은 플로우를 얻는 요령 따위를 다루지는 않는다. 책방에 꽂혀있는 수많은 책이 어떻게 하면 부자가 될 수 있는지, 권력을 쥘 수 있는지, 더 많은 사랑을 받을 수 있는지, 더 나아가 어떻게 하면 날씬해질 수 있는지 등에 관한 요령을 제시한다. 이런 책들은 앞으로도 숱하게 쏟아져 나올 것이다. 요리 책과 마찬가지로, 이런 종류의 책은 지극히 제한적이고 특정한 목적의 성취를 목표로 하며, 많은 사람이 그대로 따라 하기 어려운 요령을 제시한다.

만약 사람들이 이런 책에서 실제로 도움을 얻어서 날씬해지고, 많은 사랑을 받고, 부자가 되었다고 가정해보자. 그 다음에는 어떻게 될까? 이미 갖게 된 것에 만족하지 않는 것이 인간의 심리이니, 아마도 사람들은 새로운 무언가를 갖고 싶다는 생각으로 또다시 머릿속이 가득 차게 될 것이다. 날씬해지거나 부자가 된다고 해서 반드시 행복해지는 건 아니다. 사람을 진실로 행복하게 하는 건 스스로가 느끼는 삶에 대한 만족감이리라. 그러니 행복을 얻기 위한 꼼수는 왠지 만족스럽지 못하다.

아무리 좋은 목적으로 쓰였다고 하더라도 책이 행복 자체를 가져다줄 수는 없다. 왜냐하면 최적 경험은 개인이 매순간 자신의 의식 선상에서 일어나는 일을 얼마나 통제할 수 있는가에 달려있으며, 그 사람 스스로의 노력과 창의성을 통해서 얻을 수 있는 것이기 때문이다. 그렇다고 해도 나는 독자들이 '어떻게 하면 인생이 좀 더 즐거울 수 있는가'라는 목표를 성취할 수 있도록 추상적인 이야기가 아닌 구체적인 사례를 나의 이론에 맞추어 제시하고자 한다. 독자들이 그 사례를 자양분으로 삼아 스스로 결론을 내릴 수 있도록 도와주고 싶다. 바로 이것이 내가 이 책을 쓰는 목적이다.

나는 무엇을 '해라' 또는 '하지 말라'는 식으로 요령을 나열한 목록 같은 건 제시하지 않을 것이다. 그 대신에 과학이라는 도구를 나침반 삼아 우리의 정신세계로 독자들과 함께 항해를 떠나보고자 한다. 가치 있는 모험이 늘 쉽지 않듯이, 지적인 노력을 기울이겠다 는 결심이나 자신의 경험에 대해 깊이 반성해보겠다는 각오를 하 지 않는다면 이 책에서 많은 걸 얻지는 못할 것이다.

이 책에서 우리는 자신의 내면세계인 의식을 통제함으로써 행 복을 성취해가는 과정을 살펴볼 것이다. 먼저 **어떻게 의식이 활동 하고, 어떻게 의식을 통제할 수 있는가**(2장)에 대해 알아볼 것이다. 왜냐하면 우리의 내면 상태가 어떻게 형성되는지를 알아야만 자신 의 내면세계를 정복할 수 있기 때문이다. 기쁨, 고통, 흥미, 따분함 등 우리가 경험하는 모든 건 우리 마음속에 정보로 재현(표상)된다. 우리가 이 정보를 통제할 수 있다면 우리는 자기 삶의 형태를 스스 로 통제할 수 있게 될 것이다.

내적 경험의 최적 상태란 **의식이 질서 있게 움직일 때**를 말한 다. 이 상태에서는 우리의 심리적 에너지인 주의가 구체적인 목표 에 집중적으로 투자되며, 우리가 지니고 있는 기술(능력)이 최적의 상태로 활용된다. 목표를 추구할 때 우리는 온통 그 일에 주의를 기 울이게 되고, 목표 이외의 다른 것들은 잠시 잊어버리게 된다. 따라 서 의식에 질서가 생긴다. 이런 까닭에 우리가 주어진 도전적 과제 를 완수해보려고 애썼던 시간들을 나중에 돌이켜 보면 그때가 인 생에서 가장 즐거운 시기였음을 발견하게 된다(3장). 자신의 심리적 에너지를 통제할 수 있는 능력이 생기고, 그 결과 이 에너지를 의식 적으로 자신이 원하는 목표에 쏟아 넣을 수 있게 된 사람은 성숙한 인간으로 변화해나갈 것이다. 또한 자신이 지니고 있는 기술 수준 을 향상시키고 좀 더 어려운 과제에 도전함으로써 점차 특별한 인 간이 되어갈 수 있다.

다음으로 우리는 어떤 일을 할 때가 왜 다른 일을 할 때보다 더 즐거운가를 이해하기 위하여 플로우 경험의 조건들(4장)을 살펴볼 것이다. 플로우는 의식에 질서가 있으며, 어떤 일이든지 그 자체가 목적인 활동을 할 때 느끼는 주관적인 심리 상태를 기술하는 용어다. 항상 플로우 상태를 일으키는 활동(스포츠, 게임, 예술, 취미 등)의 조건을 살펴보면 무엇이 사람들을 행복하게 만드는가를 쉽게 이해할 수 있다.

그러나 항상 게임이나 예술 활동에만 의존해서 삶의 질을 향상시킬 수는 없다. 우리가 잘만 한다면 우리는 즐거움을 주는 모든 기회를 우리의 마음을 통제하는 데 얼마든지 이용할 수가 있다. 예를 들면, 운동이나 요가와 같은 **신체적 또는 감각적 기술을 발전시킨다든가**(5장), 시와 철학, 수학과 같이 **상징을 다루는 기술을 발전시키는 것으로도**(6장) 우리의 마음을 통제할 수 있다.

관계 또한 마찬가지이다. 대다수의 사람은 하루의 대부분을 주로 일을 하거나 가족을 포함하여 다른 사람과 상호작용을 하면서 보낸다. 이런 사실을 생각해보면, 사람들이 **자신이 하고 있는 업무를 플로우를 만들어내는 활동으로 전환시킨다거나**(7장), **부모와 배우자, 자녀와 친구와의 관계를 플로우가 일어나는 관계로 전환시키는 건**(8장) 아주 중요한 일이다.

살다 보면 때로 비극적인 사건을 경험하게 된다. 또한 아무리 운이 좋은 사람이라고 할지라도 여러 종류의 스트레스에 노출되게 마련이다. 그러나 이런 일들이 반드시 행복을 감소시키는 건 아니다. 이런 불행으로 처참함에 빠질 것인가 아니면 오히려 더 많은 걸 얻을 수 있을 것인가는 우리가 스트레스에 어떻게 대처하는가에 달려있다. 곧 **사람들이 어떻게 역경을 극복하고 즐거운 삶을 유지할 수 있는가**(9장)라는 문제를 짚어볼 것이다.

마지막으로는 어떻게 하면 **모든 경험을 의미 있는 형태로 전**

환시킬 수 있는가(10장)에 대해 기술할 것이다. 이런 일이 가능하게 되어 사람들이 스스로 자신의 삶을 통제할 수 있게 되었다고 느낀다면, 또한 이런 경험이 지닌 심대한 중요성을 통찰하게 된다면 그 순간부터 우리를 괴롭히던 사회적 욕망이 사그라진다. 이때부터는 자신이 날씬하지 않다거나 부자가 아니라거나 권력을 가지고 있지 못하다는 사실이 더 이상 문제되지 않는다. 끝없이 출렁이던 '기대'라는 파도가 잔잔해질 것이며, 이루지 못한 '소망'들도 더 이상 우리 마음을 괴롭히지 못할 것이다. 가장 하찮은 경험도 이때부터는 즐거운 것으로 변하기 시작한다.

이 책은 이와 같은 목표에 도달하기 위해서 무엇이 필요한가를 탐색해나갈 것이다. 어떻게 해야 의식을 통제할 수 있는가? 우리의 경험을 더 즐겁게 하기 위해서 어떻게 의식에 질서를 찾아야 할까? 의식에 질서가 있는 복합적인 상태는 어떻게 달성되는가? 어떻게 해야 우리 주변에 있는 사물이 지니고 있는 의미가 재창조되는가? 우리는 이런 질문에 대한 답을 찾아나갈 것이다.

이 목표를 달성할 수 있는 이론이나 규칙을 이해하는 건 비교적 쉬운 일이다. 이론은 상대적으로 명확하며, 누구나 쉽게 이해할 수 있다. 그러나 그 이론을 실천으로 옮기려 할 때는 우리 내면에서든, 주변 환경에서든 많은 방해물이 나타나 우리를 에워쌀 것이다. 예컨대 다이어트하는 사람들을 생각해보자. 누구나 날씬해지고 싶어 하며, 날씬해지려면 어떻게 해야 하는지도 분명히 알고 있다. 하지만 실제로 날씬해지기란 결코 쉽지 않다. 체중을 줄이는 일이 이러한데, 하물며 행복으로 가는 길이 어찌 순탄할 수만 있겠는가. 더구나 삶을 스스로 통제할 수 있게 된다는 건 단순히 체중 몇 그램을 빼는 것과 같은 문제가 아니다. 가치 있는 삶을 사는 기회를 잡느냐 아니냐와 같은 중대한 문제이기 때문에 더더욱 쉽지 않다.

어떻게 하면 최적의 플로우 상태를 경험할 수 있는가에 대해 설명하기에 앞서 플로우를 경험하지 못하도록 방해하는 인간의 조건을 살펴보는 것이 필요하다. 옛날이야기 속의 주인공들은 '그 후로 아주 오랫동안 행복하게 살았답니다…'라는 결말에 이르기 전에 항상 험난한 고비를 넘기는데, 이 은유는 우리에게도 해당된다. 내가 보기에 인간이 행복을 얻기 어려운 첫 번째 이유는 인간이 스스로를 위로하기 위해 창조한 여러 신화와 달리, 우주가 우리의 욕구를 만족시켜주는 방향으로 움직이지 않는다는 데 있다. 좌절은 우리 인생에 깊숙이 관여하고 있다. 또한 우리는 기본적 욕구가 채워지는 순간 또다시 다른 걸 원하게 된다. 이런 만성적인 불만족이 우리의 삶을 불행하게 하는 두 번째 이유이다.

이런 장애물에 대처하기 위해 오랜 세월 동안 많은 문화가 우리를 지켜줄 방어책(종교, 철학, 예술 등)을 발전시켜왔다. 이 방어책들은 우리에게 스스로 주변 환경을 통제하고 있다는 믿음을 주었고, 또한 우리가 주어진 운명에 만족해야 하는 이유를 마련해주었다. 그러나 이런 방패막이들(특정 종교나 믿음 같은)은 그 효력이 영원하지 못하다. 몇백 년이 지나면, 아니 겨우 몇십 년만 지나도 점점 그 힘을 잃어버린다. 급기야 한때 인간에게 주었던 영적인 위안조차 더 이상 주지 못하게 되는 경우도 있다.

이와는 달리 신앙에 의존하지 않고 스스로 행복을 얻으려고 한다면, 이때 대개의 사람들은 유전적으로 프로그램되어 있거나 자신이 속한 사회에서 규정한 쾌락을 극대화하려고 노력한다. 그 쾌락이란 바로 부와 권력, 섹스이다. 그러나 삶의 질은 이런 방식으로는 결코 향상되지 않는다. 오직 우리의 내적 경험을 직접적으로 통제할 수 있는 능력과 삶의 매순간을 즐길 수 있는 능력만이 행복을 가로막고 있는 장애물을 극복하도록 해줄 수 있다.

불만족의 근원

인간이 행복을 쉽게 얻을 수 없는 가장 큰 이유는 이 우주 자체가 인간의 안위를 염두에 두고 만들어진 것이 아니라는 사실에서 찾을 수 있다. 우주는 그 크기를 짐작할 수 없을 만큼 거대하며, 그 공간 대부분에 생명체가 존재하지 않는다. 극한의 기온이며, 별 하나가 폭발할 때는 그 둘레에 존재하는 모든 걸 잿더미로 만들어버릴 만큼 광폭하기도 하다. 우리의 뼈를 으스러뜨릴 정도로 강력한 중력이 존재하지 않는 별이 있다고 하더라도 그 별의 대기는 호흡이 불가능할 정도로 유독하다. 우주 공간에서 바라보면 아름답고 평화롭게 보이는 지구도 실상은 보기와는 딴판이다. 지구상에 존재하기 위하여 인류는 수백만 년 동안 빙하와 불, 대홍수와 야생동물, 그리고 우리의 존재를 위협하는 미생물과 투쟁을 벌여오지 않았던가?

눈앞의 위협이 사라지면 곧바로 새롭고 더 복잡한 위협이 나타나는 것 같다. 우리가 어떤 물체를 발견하면 그 순간부터 이 물체가 만들어내는 부산물이 환경을 오염시키기 시작한다. 우리의 안전을 보장하려고 만든 무기가 거꾸로 우리의 생명을 위협하는 경우를 우리는 역사 속에서 수없이 목격했다. 유행병이 수그러들면 새로운 질병이 창궐하기도 하고, 반대로 영아 사망률이 감소하면 인구 과밀의 문제가 불거진다. 질병, 전쟁, 기근, 죽음을 상징하는 묵시록의 네 기수騎手가 멀리 있지 않은 것 같다. 이 지구가 우리에게는 유일한 생존처일지도 모르지만, 한편으로는 항상 일촉즉발의 위기를 안고 있다고 할 수 있다.

수학적인 관점에서만 보면, 위에서 언급한 예가 우주가 무질서하게 움직인다는 걸 의미하지는 않는다. 행성의 궤도나 에너지의 전환처럼 우주는 충분히 예측 가능하고 설명 가능한 원리를 따른다. 문제는 자연 법칙이 우리의 소망과는 아무 상관없이 움직인다는 것이다. 자연 법칙은 우리가 삶의 목적을 성취하기 위해 만들어가는 원리와 무관하며 자신의 원리대로 움직인다. 유성 하나가 뉴욕 시를 향해 궤적을 그리며 떨어지고 있다고 하자. 이 유성은 자연의 법칙에 순응하여 움직이고 있지만 뉴욕 시 사람들에게 큰 재앙을 낳을 것이다. 모차르트의 몸 안에 침입했던 바이러스도 자연의 법칙대로 움직였을 것이지만 인류에게 커다란 손실을 가져다주지 않았던가. 홈스의 말을 빌자면 "우주는 우리의 적이 아니다. 그렇다고 친구도 아니다. 단지 인간의 관심사에 무심할 뿐이다."

카오스chaos는 신화와 종교에 내재된 아주 오래된 개념이다. 우주에 있는 모든 사물에는 객관적인 규칙성이 있다고 보는 물리학과 생물학에서는 카오스라는 개념이 그다지 어울리지 않아 보인다. 왜냐하면 과학에서 '카오스 이론'은 겉으로는 무질서해 보이는 사물들 속에서 규칙성을 찾아보려는 시도이기 때문이다. 그러나 이러한 카오스가 심리학이나 여타 사회과학에서는 아주 다른 의미를 갖는다. 인간의 욕망이나 목표는 어떤 규칙성을 갖는다고 보기에는 너무 제멋대로이기 때문이다.

인간이 우주의 운행 법칙을 바꿀 수는 없다. 또한 우리에게는 행복한 삶을 방해하는 외적인 힘에 대항할 방법도 별로 없다. 물론 우리가 핵전쟁을 막기 위해서, 사회적 불평등을 해소하기 위해서, 그리고 기아와 질병을 근절하기 위해서 최선을 다하는 것은 아주 중요한 일이다. 그러나 이처럼 외적인 상황을 변화시키기 위해 노력한다고 해서 곧바로 삶의 질이 향상될 거라고는 기대하지 않는 게 좋다. 철학자 밀의 말을 빌자면 "인간의 사고방식에 근본적인 개혁이 일어나지 않는 한, 삶의 질이 향상되기를 기대하기 어렵다."

우리가 스스로에 대해 어떤 느낌을 가지고 살아가며 얼마나 기쁨을 얻느냐는 궁극적으로 일상생활에서 하는 경험을 우리 마음이 어떻게 취사선택하고 해석하는가에 달려있다. 즉 외적 세계의 영향을 어떻게 통제하느냐보다 마음의 조화를 어떻게 이루느냐에 우리가 행복한가 아닌가의 여부가 달려있는 것이다. 물론 육체의 생존은 외적 환경을 얼마나 통제하느냐가 좌우한다. 그렇지만 이것은 우리 마음의 행복을 증진시키거나 생각의 무질서함을 감소시키는 데 별 도움이 되지 않는다. 진정으로 행복해지고 싶다면 우리의 의식을 어떻게 조절할 것인가를 배우는 게 아주 중요하다.

우리 모두는 죽기 전까지 이루고 싶은 꿈을 간직하고 있다. 그 꿈과 목표를 어느 정도 성취했느냐가 삶의 질을 평가하는 잣대가 된다. 꿈을 실현하는 게 불가능해지면 실망과 좌절을 느끼게 되며, 어느 정도 이루었다고 하면 행복과 만족을 느끼게 된다.

어떤 사람들에게는 삶의 목적이 그리 복잡하지 않다. 이들에게 삶의 목적이란 단지 자기 자신과 자녀가 생존하는 것이다. 기왕이면 아등바등 살아가기보다는 어느 정도 평안함과 존엄성을 유지하면서 살아가고자 하는 것이다. 남미 도시의 불법 거주지에서 살아가는 빈민들이, 가뭄이 계속되는 아프리카의 주민들이, 매일매일 배고픔에 떨고 있는 아시아 사람 수백만 명이 거창한 삶의 목표를 가지고 있으리라고 기대하기는 어렵다.

그러나 인간이라는 존재는 생존에 필요한 의식주 문제가 해결되고 나면 더 이상 충분한 식량이나 편안한 피난처만으로 만족을 느끼지 못한다. 새로운 욕구와 욕망이 샘솟기 시작한다. 어느 정도 물질적 풍요를 갖추고 권력을 손에 쥐게 되면 다른 욕망이 생겨나는 것이다. 페르시아의 키로스 대왕은 대부분의 국민이 굶주리고 있는데도 만여 명의 요리사에게 더 맛있고 새로운 요리를 만들어오라고 명령하지 않았던가. 오늘날 선진국 가정의 식탁에서는 과거에는 황제들만 맛볼 수 있었던 향연이 벌어진다. 그렇지만 과연 우리가 그 시대 사람들보다 더 행복하다고 말할 수 있는가?

끊임없이 욕망이 높아지는 이 역설적 상황은 '삶의 질을 향상시키는 일이 과연 가능할 것인가?'라는 의문을 제기한다. 사실 우리가 높은 목표를 갖는다는 것 자체는 문제가 아니다. 단, 우리가 그 목표를 이루어나가는 과정을 즐기면서 노력한다는 전제가 있다면 말이다. 문제는 우리가 목표 달성에 너무 집착한 나머지 현재의 삶에서 즐거움을 얻지 못한다는 데 있다. 이런 현상이 발생하면 더 이상 자신의 삶에 대해 만족을 느끼기가 어려워진다.

비록 대부분의 사람이 이런 욕망의 패러독스를 경험하고 있지만 나름대로 돌파구를 찾은 사람들도 있다. 이들은 자신이 소유한 물질적 조건에 상관없이 삶의 질을 스스로 향상시키며 만족을 느낀다. 더군다나 주위에 있는 사람들에게도 행복을 조금씩 나누어주고 있기에 이들의 미래 또한 긍정적이다.

이 사람들은 열심히 살아간다. 다양한 경험을 즐기고, 죽는 순간까지 배우려고 노력하며, 주위 사람들과 진실한 관계를 맺는다. 지루한 일이든 어려운 일이든 관계없이 무슨 일이든 즐길 수 있으며, 삶에 대해서 싫증을 느끼지 않고, 어려운 문제를 잘 해결해나간다. 이들이 가지고 있는 가장 큰 강점은 자신의 삶을 스스로 통제하고 있다는 사실이다. 조금 뒤에 우리는 어떻게 이 사람들이 이런 장점을 갖게 되었는지 살펴볼 것이다.

그러나 그 전에 인류가 우리의 행복을 방해하는 외적 요인들을 막기 위하여 오랜 시간에 걸쳐 고안해낸 여러 가지 장치를 살펴볼 것이다. 또한 이런 방어 장치들이 왜 그 기능을 충실하게 다하지 못하는지 그 이유도 알아볼 것이다.

문화라는 방패

인간은 진화 과정을 거치면서 대자연의 변덕스러움과 가공할만한 위협에 대처하기 위하여 부단히 노력해왔다. 이를 위한 노력의 한 방법으로 인간은 신화와 종교적 믿음을 발전시켜왔다. 문화는 어떤 형태로든지 간에, 인간에게 자연의 무질서한 힘을 이해할 수 있는 논리적 힘을 주고, 심리적 위안을 받을 수 있는 구실을 제공해주었기 때문이다.

문화의 핵심적 역할은 그 문화권에 속한 사람들을 정신적 카오스 상태로부터 보호하고, 그들에게 자신이 얼마나 소중한 존재인가를 확신시켜주는 데 있다. 에스키모와 아마존 유역의 수렵 인종, 중국인들과 나바호 족, 그리고 호주 원주민 할 것 없이 이들은 모두 자신이 세계의 중심에 있다고 믿었으며, 신의 섭리에 따라 미래에는 자신들이 온 세상의 주인이 될 거라고 믿었다. 이런 선민의식이 없었다면 자연의 시련을 견디기가 힘들었을 것이다.

신화대로 세상이 움직일 때는 별 문제가 없다. 하지만 때로는 자연이 인간에게 호의적이라고 여기면서 얻은 안정감이 위태로워지는 순간이 있다. 자신이 속한 문화가 신화와 믿음에 기대어 만들어낸 사실적이지 못한 방패들이 그 기능을 잃어버리는 순간, 그 방패들을 믿었던 만큼 불안감이 엄습해오는 것이다.

이런 순간은 대부분 하필이면 그 문화가 운세가 좋아서 마치 자연의 무서운 힘을 통제하기 시작했다고 착각하는 순간에 온다. 한 문화가 절정기에 이르면 그 문화권에 속한 사람들은 자신이 선택받았다고 여기며 그 어떤 어려움도 두려워할 필요가 없다는 믿음을 갖게 마련이다. 몇 세기에 걸쳐 지중해를 장악해온 로마제국이 이런 믿음에 도달했을 것이고, 몽고제국에게 침입을 당하기 직전까지 중국이 그랬을 것이며, 스페인 사람들이 도착하기 전까지 아즈텍 문명 또한 그랬을 것이다.

원래 인간의 욕망에는 무관심한 게 우주 자연일진데, 자연이 우리만 지켜줄 거라는 문화적 교만을 갖는다면 문제가 생기리라는 건 명약관화한 사실이다. 결국 보장할 수 없었던 안정감이 뼈아픈 각성을 초래한다. 이제 더 이상 그 변화를 막을 수 없다는 사실을 인정하는 순간, 사람들은 사소한 어려움에도 금세 용기와 결단력을 잃고 만다. 한때 자신들이 그렇게 믿어왔던 방어책들이 완전히 허상임을 깨달았을 때 사람들은 그간 배워왔던 모든 것에 대한 믿음을 내팽개친다. 이제 자신들을 지켜주던 전통문화적 가치들이 사라졌다는 걸 깨닫고는 불안과 무관심의 상태에서 허우적거리게 된다.

이런 징후를 우리 주위에서 쉽게 발견할 수 있다. 가장 쉽게 눈에 띄는 건 우리를 사로잡고 있는 불안과 초조, 조바심이 아닐까. 자, 우리 주위에서 정말로 행복한 사람이 있는지 찾아보자. 당신은 진정으로 행복해하는 사람, 자신의 인생에 만족하고 있는 사람, 과거를 후회하지 않는 사람, 그리고 미래를 자신 있게 바라보는 사람을 과연 몇 명이나 알고 있는가? 이천삼백 년 전에 정직한 사람을 찾기가 어려워서 호롱불을 들고 길을 나섰던 디오게네스가 오늘날에 다시 온다면, 이제는 정직한 사람보다 행복한 사람을 찾기가 더 어려울지도 모른다.

이 불행한 사태의 원인은 외부에 있는 것 같지 않다. 자기 나라가 아주 빈곤하다거나, 외국 주둔군의 압제에 시달리고 있다거나, 주위 환경이 열악한 경우가 아니라면 이 사태의 원인을 나라 탓으로 돌릴 수도 없는 노릇이다. 불만족의 뿌리는 우리 내부에 있으며 우리 스스로의 의지로 문제를 해결해나가야 한다. 과거에는 쓸모가 있었던 종교나 국수주의적 애국주의와 같은 문화적 방패가 이제는 더 이상 정신적 혼돈 상태로부터 우리를 지켜주지 못한다.

　　우리 내면의 혼돈 상태는 존재론적 불안 또는 실존적 공허라고 불리는 우리의 정서 상태에서 잘 드러난다. 본질적으로 이 상태는 삶에 대한 불안, 삶이 무의미하다는 느낌, 더 이상 존재할 의미가 없다는 느낌을 말한다. 우리는 몇 세대에 걸쳐서 핵전쟁의 위협 속에서 지내야만 했고, 이 위협은 우리에게 아등바등 살아본들 무슨 소용이 있겠는가 하는 허무감을 안겨주었다. 우리는 우주에 있는 하나의 먼지에 불과한 것인가. 시간이 흐를수록 카오스 상태가 많은 사람의 가슴속에서 증폭되고 있다.

　　우리는 청년기에서 중·장년기로 접어들면서 별로 달갑지 않은 의문을 품게 된다. 그 의문이란 "이게 정말 내가 꿈꾸던 인생의 전부란 말인가?"라는 것이다. 아동기가 힘들었을 수도 있고, 청소년기가 혼란스러울 수도 있다. 그러나 이런 고비만 잘 넘기면 좋은 세상이 펼쳐질 거라고 믿었다. 성인기 초기까지도 창창한 미래가 펼쳐질 거라고 생각할 수 있다. 그러다 문득, 어느 날 갑자기 욕실 거울 앞에 선 자신의 모습을 마주하게 된다. 하나둘씩 솟아나고 있는 흰머리를 발견하고, 조금씩 불어나기 시작한 체중이 쉽게 줄어들 것 같지 않다는 느낌이 든다. 눈은 침침해지고, 몸도 여기저기가 결리기 시작하는 자신을 깨닫는다. 여러분 가운데 혹시 레스토랑에서 식사하고 있는데, 식당 한쪽에서 직원들이 문 닫을 준비를 하면서 자리를 정돈하는 상황을 경험해본 사람이 있는가? 이때 느끼는 감정과 비슷하다고나 할까.

　　생명의 유한성은 우리에게 "자, 이제 너의 시대는 끝이야. 다음을 준비할 수밖에 없어."라는 메시지를 전한다. 세상 그 누구도 이런 메시지를 마음 편히 받을 준비가 되어있지 못하다. 아마도 "말도 안 되는 소리하지 마! 난 아직 내 인생을 본격적으로 시작하지도 않왔는걸. 아직 돈도 더 벌어야 하고, 그 돈으로 인생도 마음껏 즐겨야 한다고!"라고 강변할 것이다.

현실을 깨닫는 순간 뭔가 속았다는 느낌, 억울하다는 느낌이 드는 건 자연스러운 일이다. 어릴 때부터 우리는 축복받은 앞날이 우리를 기다릴 거라고 믿는다. 예를 들면, 미국 사람들은 자기네들이 세상에서 가장 부유하고, 가장 진보한 과학을 보유하고 있으며, 가장 효율적인 기술력과 헌법을 갖추고 있다고 믿는 것 같다. 따라서 자신들이 과거의 어떤 사람들보다 더 풍요로워질 것이고, 더 의미 있는 삶을 살 거라고 기대한다.

어찌 보면 이런 기대가 무리는 아니다. 조상들이 구질구질한 환경에서도 그럭저럭 만족하고 살았다면, 우리는 과연 얼마나 행복해져야 하는가! 과학자들은 그 기대가 상상이 아니라 현실이라고 말한다. 교회 목사들도, 수많은 텔레비전 광고도 장밋빛 소식을 전하기에 여념이 없다. 그러나 이 모든 게 흔쾌히 행복한 미래를 장담한다고 할지라도 우리는 곧 물질적 풍요와 과학적 진보, 그리고 정교하고 복잡다단해진 세상이 반드시 우리에게 행복을 가져다주지는 못한다는 사실을 뼈저리게 깨닫는다.

이런 슬픈 현실을 깨닫는 순간, 사람들이 보이는 반응은 저마다 다르다. 어떤 사람들은 현실을 인정하려 들지 않는다. 행복을 가져다줄 거라고 생각하는 것들(예를 들면, 더 좋은 자동차와 집, 직장에서의 권력과 좀 더 화려한 스타일의 삶 등)을 얻기 위해 또다시 새로운 노력을 경주한다. 마음을 가다듬고 자신의 손아귀에서 벗어났다고 생각하는 만족감을 얻기 위해 노력한다. 때로는 이런 노력이 유효할 때도 있다. 왜냐하면 이런 것을 얻기 위한 경쟁에 너무도 몰입한 나머지, 행복이 전혀 다가오고 있지 않다는 사실을 자각하지 못하기 때문이다. 그러나 한 걸음만 물러나서 반성해보면 이런 노력이 결국 헛되다는 사실을 깨닫게 된다. 즉 돈과 권력, 지위와 물질적 소유 등이 그 자체로는 삶의 질을 향상시키는 데 아무런 도움을 주지 못한다는 사실을 알게 되는 것이다.

한편 어떤 사람들은 문제의 불길한 징후를 직접적으로 공략한다. 만일 자신의 몸이 문제라고 생각한다면 헬스클럽에 다닌다든지, 에어로빅을 배운다든지, 성형수술을 할 것이다. 다른 사람들이 자신에게 전혀 관심을 두지 않는 게 문제라면 권력을 잡는 방법이나 친구를 사귀는 방법에 관한 책을 사서 볼 것이다. 아니면 발표력 훈련 프로그램에 참가할 수도 있다. 그러나 얼마 지나지 않아 이 방법도 결국 미봉책에 그치고 만다는 사실을 깨닫게 된다. 육체에 아무리 공을 많이 들인다고 해도 젊은 시절의 몸을 되찾을 수는 없다. 훈련으로 발표력이 좋아지고 자기주장을 더 잘할 수 있게 되더라도 이로 말미암아 본의 아니게 친구들의 마음을 다치게 할 수도 있다. 새로운 친구를 사귀기 위해서 시간을 많이 투자한다면 소중한 배우자나 가족 구성원과의 관계가 소원해질 수도 있다. 붕괴될 위험에 처해있는 댐이 너무 많아서 무엇부터 막아야 할지 모르는 난감한 상황이라고나 할까.

이것저것 시도해보는 노력이 무용지물이 되면 어떤 사람들은 불안한 징후를 직접적으로 공략하기를 포기하고 아예 세상을 피해 은둔해버린다. 볼테르의 소설 《캉디드》의 주인공처럼, 이런 사람들은 세상을 등지고 자신만의 조그만 정원을 가꾸면서 살아간다. 그림이나 조각 따위의 미술품을 수집하는 등 남에게 해를 끼치지 않는 취미 생활을 시작할 수도 있다. 혹은 술과 마약에 빠질지도 모른다. 무절제한 쾌락 추구나 값비싼 여가 생활이 "이게 정말 내가 꿈꾸던 인생의 전부란 말인가?"라는 회의로부터 잠시나마 우리를 자유롭게 해줄 수는 있다. 그러나 그 질문에 대한 본질적인 답을 찾아

다니는 사람은 드물다.

실존의 문제는 종교에서 다루어온 전통적인 주제다. 그래서 많은 사람이 일반적인 종교 또는 동양에서 유래한 이색적이고 다양한 종교를 찾는다. 역사적으로 보면, 각 종교인들이 실존의 문제에 관하여 내놓은 해답이 시대와 함께 변화해가고 있다는 사실을 알 수 있다. 4세기부터 8세기까지 기독교는 유럽에서, 이슬람교는 중동에서, 불교는 아시아에서 막강한 영향력을 발휘했다. 그러나 이 종교들이 주장하는 진리가 전달되는 형식이었던 신화와 계시 그리고 영적인 교리가 과학과 합리성의 시대인 오늘날에는 전과 같은 영향력을 발휘하지 못하고 있다. 물론 각 종교에서 추구하는 진리의 본질적인 내용은 변질되지 않았는데도 말이다.

우리가 행복과 삶의 만족을 얻기 위해 추구해온 여러 가지 접근 방법과 시도가 그리 성공적이지 못했다는 사실은 더 이상 논박의 대상이 아니다. 물질적 풍요를 최대로 누리고 있는 오늘날, 우리 사회는 더 많은 사회적 병리 현상에 시달리고 있다. 마약 거래를 통해 불법으로 유통되는 검은돈은 살인과 테러를 부추기고 있다. 이러다가는 머지않아 마약 거래상들이 지배하는 세상이 올지도 모른다. 성적인 위선을 벗어버린다는 명분 아래 우리는 서로에게 치명적인 바이러스를 옮기기도 한다.

이런 사회적 현상에 놀란 나머지 우리는 부정적인 통계들을 직시하지 않고 회피하려는 경향이 있다. 하지만 그건 눈 가리고 아웅 하는 꼴밖에 되지 않는다. 현실을 외면해서는 안 된다. 또한 자신이 부정적인 통계의 사례에 포함되지 않도록 노력해야 한다.

물론 우리의 마음을 위로해주는 숫자도 있기는 하다. 예를 들면, 지난 30년 동안 전자 제품의 수가 5배로 늘어나면서 일인당 에너지 소비량이 2배나 증가했다. 그러나 다른 숫자를 보면 또다시 우울해진다. 1984년 통계를 보면, 미국에서 최저생계비(네 식구 기준 으로 연간 수입 10,609달러 이하)에도 미치지 못하는 생활을 하는 극빈층 이 아직도 3,400만 명이나 된다.

1960~1986년까지 미국에서는 강력 사건(살인, 강간, 강도, 폭행 등) 이 300퍼센트나 증가했다. 캐나다와 노르웨이, 프랑스와 같은 선진 국에서도 강력 사건의 증가율이 1,000퍼센트를 웃돌고 있다. 이혼 율도 증가하고 있다. 1950년대만 하더라도 1,000쌍 가운데 31쌍이 이혼을 했으나, 1984년에는 그 수가 121쌍으로 늘었다. 성병과 관 련한 통계도 꾸준히 증가하고 있다. 에이즈와 관련된 피해자의 숫 자는 정확히 집계하기조차 힘든 상황이다.

미국의 경우 지난 세대 동안 정신적 병리 현상도 서너 배나 증 가했다. 국가 차원의 피해망상증도 3배나 증가했는데, 나라를 적으 로부터 지켜야 한다는 명분 아래 집행된 국방비 예산의 증가가 바 로 그 증거이다. 1975~1985년 사이에 미국의 국방비 예산은 879 억 달러에서 2,847억 달러로 증가했다. 물론 교육부 예산도 3배나 증가하지 않았느냐는 반론도 있겠지만, 교육부 예산이 증가한 총액 이라고 해봐야 174억 달러에 불과하다. 예산 책정 비율로만 따지면 문文이 무武보다 16배나 약한 것 아니겠는가?

미래가 장밋빛으로 보이지 않는다. 요즘 젊은이들은 기성세대 가 겪었던 문제를 조금 더 일찍, 조금 더 심각하게 겪고 있다. 양쪽 부모 아래서 사랑받으며 성장하는 젊은이들의 수가 점점 줄어들 고 있다. 1960년대와 비교해본다면 1990년대에 들어서 한 부모 아 래서 성장하는 자녀의 수가 3배 정도 늘었다. 청소년 범죄도 꾸준 히 증가하고 있다. 자살과 약물중독, 성병과 가출, 미혼모와 관련한 통계치도 급격한 증가세에 있다. 1985년의 미국 통계치를 보면, 그 한 해에만 2만 9,253명의 청소년이 자살을 한 것으로 나와 있다.

그렇다면 사람들의 지식 수준은 어떠한가? 이 역시 그리 낙관적이지 않다. 예를 들어, 미국 학업 적성 검사에서 수학 영역의 점수가 1967년에는 466점이었으나 1984년에는 426점으로 오히려 하락했다. 언어 영역 점수도 마찬가지다. 이렇듯 우리 마음을 슬프게 하는 통계는 주위에 얼마든지 있다.

도대체 왜 이럴까? 우리는 선조들이 꿈도 꾸지 못했던 물질적 번영을 누리고 있는데도 왜 자꾸만 더 무기력해지는 것일까? 답은 간단하다. 그간 인류가 물질적 힘을 증가시키는 측면에서는 큰 진전을 보였을지 몰라도, 경험의 내용을 증진시키는 방법에 관해서는 예나 지금이나 별로 발전한 게 없기 때문이다.

스스로의 경험 결정하기

위에서 언급한 수많은 문제에서 벗어나려면 어떻게 해야 할까? 우리가 이미 손 안에 쥐고 있는 것을 이용해야 한다. 바꾸어 말해 더 이상 우리가 믿어왔던 가치나 제도적 장치가 우리를 보호해주지 못하는 게 현실이라면, 의미 있고 행복한 삶을 살기 위해서 우리 스스로 가까운 데서 활용할 수 있는 걸 찾아야 한다.

우리가 이미 손안에 쥐고 있는 것 가운데 가장 효과가 있는 방법은 심리학을 이용하는 것이다. 지금까지 심리학이 우리에게 해온 공헌 중에서 가장 중요한 업적은 과거의 경험이 현재의 나를 있게 하는 데 크게 역할한다는 사실을 밝혀냈다는 점이다. 이를테면, 심리학은 성인기에 보이는 비상식적 행동이 아동기에 경험한 좌절의 결과일지도 모른다는 통찰을 우리에게 제공했다. 이외에도 심리학은 우리에게 유용한 도구가 될 수 있는데, 그건 바로 우리가 다음의 질문에 대한 답을 찾아나가는 데 길잡이가 되어준다는 것이다. 그 질문이란 다음과 같다. "자, 과거의 경험이 어떠했든지 간에 지금 내 모습을 있는 그대로 인정한다면, 미래를 위해서 지금 내가 해야 할 일은 무엇인가?"

현대의 삶에서 느끼는 불안과 우울에서 벗어나려면 사회에서 제공하는 당근과 채찍의 달콤한 매력에 휘둘리지 않는 독립적인 자세를 취해야 한다. 이런 자율성을 갖추려면 우리 스스로가 자신이 하는 행동에 대해 상도 주고 벌도 내릴 수 있어야 한다. 외적 여건이 어떻든지 간에 스스로 즐거움과 삶의 목적을 발견해나가는 능력을 개발해야 하는 것이다. 이 과제는 쉽다고 할 수도 있고, 어렵다고 할 수도 있다. 쉽다고 하는 이유는 이렇게 하는 것이 오로지 자기 마음먹기에 달려있기 때문이고, 어렵다고 하는 이유는 이 과제가 어느 시대에서나 쉽지 않은 자기 단련과 인내를 요구하기 때문이다. 그러나 무엇보다도 우리가 삶의 경험을 스스로 통제하고자 한다면 인생에서 가장 중요한 것이 무엇인가에 대한 자기 삶의 태도를 근본적으로 개혁해야 한다.

우리는 앞으로 다가올 미래가 지금보다 더 중요하며, 그게 당연하다는 가르침을 받으며 자랐다. 부모들은 어려서부터 좋은 습관을 익히면 어른이 되어서 잘살 수 있게 된다고 자녀에게 가르친다. 교사들도 학생에게 공부가 지금은 재미없게 느껴질지라도 좋은 직장을 얻기 위해서는 공부를 꼭 해야만 한다고 설득한다. 회사 간부들도 신입 사원에게 열심히 하면 남보다 빠르게 진급할 수 있다고 부추긴다. 그러나 행복한 미래를 만들기 위해 벌이는 이러한 분투를 마칠 때쯤이면 은퇴의 황혼이 일찌감치 우리에게 손짓한다. 에머슨이 말한 것처럼 "살아가려고 바동대기는 하지만 우리가 정말 삶을 살고 있는 것일까?"

물론 훗날의 영광을 위해 고진감래하는 건 어느 정도 필요한 덕목이다. 프로이트를 비롯해 많은 사람이 말했다시피, 문명이란 인간의 욕망을 억압한 토대 위에서 만들어지는 것이다. 사회 구성 원은 그게 좋든 싫든 관계없이 사회가 요구하는 기술이나 규범을 습득해야 한다. 그렇지 않으면 그 사회는 질서나 노동의 분화 등을 유지하는 것이 불가능하다. 사회화 과정, 즉 인간을 사회의 유용한 구성원으로 변화시키는 일은 피할 수 없는 과정이다. 사회화의 목 적은 그 사회의 구성원을 잘 통제하고, 구성원이 사회에서 주는 당 근과 채찍에 따라 예측 가능한 반응을 하도록 만드는 데 있다. 가장 잘된 사회화 형태는 구성원이 그 사회의 질서를 완전히 내면화한 나머지, 그 질서를 어기고는 단 한순간도 살 수 없게 되는 것이라고 할 수 있다.

우리를 사회화시키는 과정을 적극적으로 돕는 강력한 연합군 이 있다. 바로 우리의 생존 욕구와 유전자의 희망 사항이다. 사회적 통제는 궁극적으로 우리의 생존을 위협해서 이루어진다. 예를 들 면, 독재국가에서 국민들이 독재자에게 복종하는 이유는 말 그대로 '살기 위해서'이다. 그리 멀지 않은 과거에 가장 문명화된 국가였던 영국에서조차도 준법을 강조하기 위해서 태형과 채찍질, 능지처참 과 같은 야만적인 폭력을 사용했다.

처벌만으로는 구성원이 잘 통제되지 않을 때 사회가 사용하는 또 하나의 방법은 쾌락이다. 인간의 본성(성적인 욕구, 공격 본능, 안정에 대 한 요구, 변화에 적응하고 싶은 마음 등)은 정치인이나 종교 단체의 교주, 기 업인과 광고주들이 아주 오래전부터 선호해온 공략 대상이다. 16 세기 투르크 제국에서는 용병을 모집할 때 정복한 땅의 여성을 겁 탈할 수 있다는 유인책을 제시하기도 했다. 오늘날에도 미군을 뽑 는 광고에 육군이 되면 '온 세상을 경험할 수 있다.'는 문구가 버젓

이 적혀있지 않은가.

우리가 쾌락을 추구하는 이유는 개인의 편익을 위해서라기보다 종족을 보전하고자 하는 유전자의 반사적 반응 때문이라는 사실을 깨달아야 한다. 식도락이라는 말도 결국에는 신체에 필요한 자양분을 보충하는 행위를 일컫는 현학적 표현이 아니던가. 이와 마찬가지로 성행위도 우리의 유전자가 자기 영속성을 위해서 우리 몸속에 집어넣은 프로그램의 일종일 뿐이다. 남자가 여자에게 성적 욕망을 느낄 때 그는 그 욕망이 본인 스스로가 느낀 관심의 표현이라고 생각할 것이다. 그러나 실상은 보이지 않는 유전적 부호가 그의 성적 관심을 조절하고 있을 뿐이다. 성적 매력을 느끼는 게 순전히 생물학적 반사라고 한다면 인간의 의식이 하는 역할은 최소한에 그치고 말 것이다. 물론 이런 유전적 프로그램을 따르고 그 결과를 즐기는 것 자체가 문제될 건 없다. 다만 다음과 같은 전제가 있어야 한다. 바로 우리가 이제는 쾌락의 실체를 파악하고, 쾌락보다 더 중요하다고 여겨 자신이 높은 순위를 매겨놓은 일을 하기 위하여 스스로 쾌락 경험을 통제할 수 있어야 한다는 것이다.

문제는 내면에서 '필feel'이 느껴져야만 본질적인 것으로 간주하는 최근의 시대적 흐름이다. 오늘날 많은 사람이 가장 신뢰하는 권위는 '본능'이다. 좋은 느낌이 온다면, 그리고 그 느낌이 자연스럽고 자발적으로 생겨났다면 그건 옳다는 것이다. 그러나 지금껏 우리를 통제해온 사회적인 힘과 유전적인 힘을 아무런 의심 없이 무조건 받아들인다면 어떻게 될까? 그건 곧 자기 의식에 대한 통제권을 스스로 포기하는 것이나 마찬가지다. 술과 음식의 유혹을 거절하지 못하거나 섹스에만 온통 관심이 쏠려있는 사람은 자신의 심리적 에너지를 자유롭게 활용할 수가 없다.

인간 본성에 관한 '해방된' 입장, 다시 말해 우리가 자연스럽게 느끼는 본성이나 욕망을 있는 그대로 받아들이고 인정하는 이런 입장은 자칫 반동적인 결과를 낳을 수 있다. 현대의 '실재론'은 과거 시절에 유행했던 '운명론'의 변화된 형태라고까지 말할 수 있다. 즉 인간은 자연스런 본능에 따라야 하는 운명을 지니고 있다는 모순적 표현으로 의식의 책임을 회피하는 꼴이다. 우리는 자연적으로는 아무것도 알지 못하는 무지의 상태로 태어난다. 그러므로 우리는 자연 상태 그대로 있어야만 하는 운명일까? 무언가를 배우고 알아서는 안 되는 것일까? 어떤 사람들은 태어날 때부터 남들보다 남성 호르몬이 몸 안에서 많이 분비되어 그 결과로 좀 더 공격적인 성향을 갖게 된다. 자연스럽게 행동해야 한다면 이 사람들은 폭력을 행사해도 무방하단 말인가? 자연적 현상을 부정할 수는 없지만 우리에게 주어진 조건을 넘어서서 행동해야 하는 게 아닐까?

유전적 프로그램에 복종하는 건 아주 위험한 일이다. 이렇게 되면 우리 스스로가 무기력해지고 만다. 필요한 상황에서 유전자의 지시를 무시할 수 없는 사람은 아주 허약해진다. 개인적 목표에 따라 어떻게 행동할지를 스스로 결정하는 대신 자신의 신체에 입력된 프로그램을 따라야 하기 때문이다. 사회적으로 건강하고 독립적인 존재가 되기 위해서는 본능적인 욕구를 조절할 수 있는 능력이 있어야 한다. 그렇지 못하면 이 욕구를 조작하여 자신의 목적을 이루려고 하는 사람들에게 이용당하기 십상이다.

완전히 사회화된 사람이란 다른 사람들이 결정한 보상을 받고 만족하는 사람이다. 물론 그 보상은 본인이 원했던 게 아니다. 그리고 이런 보상은 대개 유전적 프로그램을 착실히 수행하기 위해 생겨난 본능을 충족시키는 것과 밀접한 관련이 있다. 완전히 사회화된 사람은 본인의 마음을 행복하게 충족시켜줄 수 있는 경험을 이미 많이 하고 있다. 그럼에도 이런 경험을 그가 바란 것은 아니기 때문에 스스로는 그 사실을 미처 깨닫지 못한다. 그는 오로지 다른 사람들이 마련해놓은 목록을 얻는 데만 관심이 있는 것이다.

복잡다단한 사회에서는 여러 강력한 집단이 서로 다른 목표를 우리에게 주입하려고 노력한다. 한편에서는 학교와 교회, 은행 등의 집단이 우리를 열심히 일하고 절약하는 사람으로 만들기 위해서 노력하고, 다른 한편에서는 상인과 제조업자, 광고주들이 우리의 소비를 부추기기 위해서 우리를 꼬드긴다. 심지어 전문 도박꾼과 포주, 마약 밀매업자 등이 장악하고 있는 어둠의 세계조차도 우리가 돈을 내기만 하면 뭐든 원하는 걸 다 해주겠다는 똑같은 메시지를 전하지 않던가. 각 집단마다 전하는 메시지의 내용은 약간씩 다르지만 그 메시지에 복종한 결과는 동일하다. 우리가 그들의 목적 달성을 위한 도구로 전락하여 결국에는 그 사회의 시스템에 의존할 수밖에 없게 되는 것이다.

물론 현대와 같이 복잡한 사회에서 살아남으려면 외적인 목표를 달성하고 즉각적인 만족을 뒤로 미룰 줄 알아야 한다. 그렇다고 해서 이 말이 사회의 통제에 따라 좌지우지되는 꼭두각시가 되라는 의미는 아니다. 정말로 중요한 건 사회가 제공하는 보상으로부터 우리가 자유로워지고, 이를 위해 그 사회적 보상을 우리가 통제할 수 있는 보상으로 어떻게 대체할 수 있는가를 배우는 것이다. 사회에서 하기 원하는 일을 포기하라는 뜻이 아니다. 오히려 이런 일들 말고도 우리 스스로가 추구하는 목표를 만들라는 것이다.

자신을 사회적 통제에서 해방시키는 방법 중 가장 중요한 것이 무엇일까? 바로 삶의 순간순간마다 주어지는 보상을 발견할 수 있는 능력을 갖추는 것이다. 만약 어떤 사람이 경험의 흐름에서 주어지는 의미를 발견하고 즐길 수 있다면 그는 자신의 어깨를 무겁게 짓누르고 있는 사회적 통제로부터 벗어날 수 있을 것이다. 보상을 자신의 내면에서 찾을 수 있게 된다면 그동안 사회에 맡겨두었던 자신의 힘을 되찾을 수 있다. 이제 더 이상 미래라는 허울 속에 숨어있는 목표를 달성하기 위해 아웅다웅할 이유가 없다. 또한 '언젠가는 좋은 일이 일어나겠지.' 하고 스스로를 위안하며 매일 따분한 하루를 보낼 필요도 없다. 손에 닿을 듯 말 듯한 목표를 성취하기 위해 영원히 노력하는 대신, 삶이 주는 참 보상을 수확하기 시작하는 것이다.

이런 상태는 우리가 원초적 욕망을 탐닉함으로써 사회적 통제에서 벗어나는 방식으로는 얻을 수 없을 것이다. 우리가 몸이 원하는 것으로부터 독립적이어야 하고, 마음의 주인이 되어야 한다. 고통과 쾌락은 우리 마음속에서 일어나며 오로지 그 안에서만 존재한다. 우리의 생물학적 욕구를 이용해 우리를 조절하는 이 사회의 자극-반응 양식에 순종하는 한, 우리는 외부의 힘에 의해 통제받을 수밖에 없다. 현란한 광고에 침을 흘리고 직장 상사의 찡그린 얼굴이 우리의 하루를 망치도록 방치하는 한, 우리는 자신이 경험하는 내용을 자유롭게 결정할 수 없다.

우리가 경험하는 것이 우리의 현실을 만든다. 우리 스스로 자신의 의식을 통제하고 외부 세계의 유혹과 협박으로부터 자유로워져야 우리가 당면하고 있는 이 현실을 변화시킬 수 있다.

로마제국의 철학자 에픽테토스는 오래전에 "사물 자체가 두려운 게 아니다. 우리가 어떻게 사물을 지각하는가, 단지 이것이 두려울 뿐이다."라고 말했다. 아우렐리우스 황제도 다음과 같이 말하지 않았던가. "만일 네가 외적인 일로 마음고생을 하고 있다면, 사실 그건 그 일 때문이 아니라 네가 그 일을 어떻게 평가하는가 하는 판단 때문이다. 그 평가와 판단을 한꺼번에 지워버릴 수 있느냐 없느냐 하는 것도 네 손안에 달려있다."

해방의 길

"마음을 어떻게 다루느냐에 따라 삶의 질이 달라진다."

사실 이 단순한 진리는 인간의 역사가 문자로 기록되기 시작한 순간부터 우리에게 전해져왔다. 고대 델피 신전에 내려진 신탁 '너 자신을 알라.'는 바로 이러한 진리를 암시하는 말이 아니던가. 아리스토텔레스가 주장한 '영혼의 덕행'이라는 말도 이 진리와 같은 의미를 내포하고 있으며, 고대 스토아학파도 이를 발전시켰다. 기독교의 수사들도 우리의 사고와 욕망을 절제하는 방법을 다듬었으며, 스페인의 성직자 로욜라는 그의 유명한 영적 훈련을 통해 이 방법을 이론화하였다.

우리의 의식을 원시적 충동과 사회적 구속에서 해방시키려는 가장 최근의 노력은 정신분석학에서 담당했다. 프로이트는 우리의 마음을 지배하기 위해 날뛰는 두 개의 폭군이 있다고 지적했다. 그 하나는 유전자의 지배를 받는 개인의 본능적 욕구인 이드id이고, 다른 하나는 사회적 압력의 지배를 받는 초자아superego이다. 그리고 이들과 맞서는 것이 또 하나 있는데, 바로 자신의 본질적 요구를 대변하는 자아ego이다.

의식을 통제하려는 동양의 기법에는 여러 종류가 있는데, 각각이 상당한 경지에 도달해있다. 비록 저마다 조금씩 다르기는 하지만 요가나 중국의 도교, 불교의 선 등이 모두 우리 마음을 외적 유혹에서 해방시키는 데 그 목적을 두고 있다. 예를 들어, 요가는 일반인이 느끼는 통증을 인식의 영역에서 분리시킬 수 있을 뿐 아니라 심지어는 배고픔과 성욕까지 뿌리치게 할 수 있다. 이러한 수행 효과는 불교의 선을 통해서도 얻을 수 있다. 의식을 통제하려는 동양의 기법은 저마다 방법이 다르지만 결과는 하나다. 바로 우리가 마음의 무질서함chaos이 주는 협박으로부터, 본능적인 욕구로부터, 그리고 사회의 통제로부터 벗어나 자유인이 되는 것이다.

이런 점에서 본다면 이미 수천 년 전에 사람들은 의식을 자유롭게 하는 방법과 자신의 삶을 조절할 수 있는 방법을 알고 있었다고 할 수 있다. 그런데 왜 우리는 수천 년이 지난 지금까지도 이 방법을 더 이상 발전시키지 못하고 있는 것일까? 왜 우리는 선조들보다도 마음의 무질서에 대처하는 데 있어 이토록 무기력한 것인가?

여기에는 크게 두 가지 이유가 있다.

첫째로, 우리 의식에 해방을 가져다주는 현명함이라는 지식은 본질적으로 누적되는 것이 아니기 때문이다. 현명함은 공식화될 수 없으며, 암기해서 단순하게 적용할 수 있는 것도 아니다. 현명한 정치적 판단, 세련된 미적 감각과 같은 전문적인 영역에서와 마찬가지로, 의식을 자유롭게 조절하는 방법 또한 숱한 시행착오를 거치면서 값지게 얻어야만 하는 것이다.

의식을 통제한다는 건 단순한 인지적 기술이 아니다. 지능과 비슷하다고 할까. 의식의 통제는 감정의 몰입과 의지를 요구한다. **이것은 앎이 아니라 행동을 통해서 얻어지는 것이다.** 작곡가가 아무리 이론을 잘 알아도 수많은 연습을 거쳐야만 좋은 곡을 쓸 수 있는 것처럼 말이다. 물리학이나 유전공학처럼 눈에 보이는 세계에 지식을 적용하는 분야에서는 학문적 진보가 상대적으로 빠를 수 있다. 그러나 우리의 습관과 욕망을 변화시키기 위하여 지식을 활용해야 하는 이 분야에서는 진보가 고통스러울 정도로 더디기만 하다.

다음으로, 우리의 의식을 어떻게 통제할 것인가에 관한 지식이 시대와 문화에 따라 달라지기 때문이다. 신비주의자, 그리고 요가나 선을 수행하는 사람들이 지닌 지혜는 그들이 살던 시대의 문제를 해결하는 데 최고의 방법이었기 때문에 형성되었을 것이다. 그러나 이들의 지혜를 현대의 캘리포니아에 그대로 옮겨놓는다면 그 신비한 힘은 효력을 제대로 발휘할 수 없을 것이다. 즉 이들이 지닌 지혜에는 원래 그들이 살던 환경과 어울리는 요인들이 반영되어있는 것이다. 그런데도 이러한 지엽적인 요인을 본질적 요인과 분리하여 받아들이지 못하고 제식적인 요소만 빌려온다면 옛 지혜는 빈껍데기에 불과하다.

의식을 통제하는 것은 제도화될 수 없다. 의식에 대한 통제가 사회적 규범이나 제도의 한 부분이 된다면 그 순간부터 더 이상 그 효력을 발휘할 수 없다. 그러나 안타깝게도 이런 기계적인 관례화나 순서화가 곳곳에서 일어나고 있다. 자아ego를 억압하는 힘으로부터 해방시키려는 프로이트의 노력은 그가 살아있을 때부터 이미 하나의 고착된 이데올로기로 변화했다. 마르크스의 경우는 더 심하다. 경제적 착취로부터 우리의 의식을 해방시키자는 그의 주장은 마르크스 자신조차 섬뜩해할 정도로 억압적인 사회제도로 변질되지 않았던가. 또 도스토예프스키를 비롯해 많은 사람이 말했듯이, 만일 예수가 자신이 설파했던 해방의 메시지를 전하기 위해서 중세 시대에 다시 돌아왔다고 하더라도, 당시 예수의 이름을 빌려 권력을 손에 쥐고 있던 세속적인 종교 지도자들은 다시 예수를 십자가에 못 박았을 것이다.

우리가 살아가는 세상은 급변하고 있다. 새로운 시대에는 새로운 방법으로 우리 의식을 통제하는 방법을 만들어가야 한다. 초기의 기독교는 제국의 지배, 그리고 부자와 권력자를 위한 이데올로기에서 민중을 해방시켰다. 종교개혁은 로마제국이 행한 정치적·이념적 착취로부터 시민을 해방시켰다. 미국의 헌법 초안을 작성했던 철학자와 정치인들은 왕과 교황, 귀족들이 지배하는 통치에 대항했다. 19세기 산업혁명 시대에 노동자들의 삶이 열악한 노동조건에 억눌리고 있을 때 마르크스는 시기적절하게 자신의 메시지를 설파했다. 프로이트는 부르주아적 성향을 띤 비엔나의 강압적 사회 분위기에 억눌린 사람들의 마음에 자유를 불어넣는 촉진제 역할을 했다. 복음을 전파했던 선지자들과 마르틴 루터, 미국 헌법의 입안자들, 마르크스와 프로이트 — 우리의 마음에 자유를 불어넣어주려고 노력했던 대표적인 사람들의 예로서 — 가 설파한 통찰력 있는 식견은 우리에게 오랫동안 타당하고 유용할 것임에 틀림없다. 그렇다고 하더라도 이들의 통찰적 식견이 지금 우리가 안고 있는 문제를 치유할 수 있는 만병통치약이 될 수는 없다.

"어떻게 우리 스스로가 인생의 주인이 될 수 있을까?"

우리의 관심사인 이 질문에 대하여 오늘날의 지식은 무슨 말을 해줄 수 있을까? 우리가 어떻게 해야 불안과 공포에서 벗어나고, 또한 사회적 통제로부터 자유로워질 수 있을까? 거듭 말하지만 그 해결책은 우리의 의식을 통제함으로써 얻을 수 있다. 이 방향으로 내딛는 한 발짝의 작은 전진이 우리의 삶을 한층 더 즐겁고 의미 있으며 풍요롭게 만드는 데 큰 변화를 줄 수 있다.

구체적으로 그 방법을 찾아나서기 전에 간단하게 우리의 의식이 어떻게 움직이고, 우리가 '경험'이라는 용어를 사용할 때 그 말이 과연 무엇을 의미하는지를 살펴보도록 하자. 이를 알고 나면 우리의 개인적 자유를 성취하기가 한결 수월해질 것이다.

02
The
Anatomy of
Consciousness

의식의
구조

역사를 훑어보면, 자신의 사고와 감정을 다스릴 때까지는 누구든 아직 온전한 인간이 되지 못한 것으로 간주하던 시기가 있었다. 유교가 번성했던 중국, 고대 스파르타와 로마공화정, 뉴잉글랜드 지역에 도착한 청교도인과 빅토리아 시대의 영국 상류층에 이르기까지 이 시대의 사람들은 자신의 감정을 엄격하게 통제하는 걸 미덕으로 여겼다. 자기 연민에 빠지거나 깊이 생각하지 않고 즉흥적이고 본능적으로 행동하는 구성원은 그 사회로부터 배척을 당했다.

한편 자기감정을 조절하는 것이 그리 중요하게 평가되지 않던 역사적 시기도 있었다. 우리가 살고 있는 오늘날처럼 말이다. 당연히 이런 시대에는 자기감정을 조절하려고 애쓰는 사람들이 좋은 평가를 받지 못한다. 즉 지나치게 엄격하거나 딱딱하고 융통성 없는 사람으로 여기지게 마련이다. 그러나 그 시대가 어느 쪽을 더 강조했든 간에 자기의식을 감수하며 감정을 조절하는 사람들이 일반적으로 더 행복한 삶을 영위한다고 할 수 있다.

감정을 조절하는 능력을 얻기 위해서는 먼저 우리 의식이 어떻게 기능하는지를 이해해야 한다. 바로 이것이 이번 장의 주제이다. 우리가 의식에 관해 이야기한다고 하면 혹시 무슨 신비한 정신적 과정을 논하는 게 아닐까 하고 의심하는 독자들이 있을 수 있다. 그런 분들을 위해서 이 책에서 말하는 의식은 '인간의 다른 행동 양식과 마찬가지로 생물학적 과정의 결과'라는 것을 미리 밝혀둔다.

의식은 신경계라는 아주 복잡한 시스템으로 인해 존재하며, 우리의 염색체 속에 들어있는 유전자의 지시로 만들어진다. 또한 의식이 기능하는 방식이 전적으로 생물학적 프로그램만을 따르는 건 아니라는 사실을 알아야 한다. 앞으로 설명하겠지만, 많은 경우에 의식은 스스로의 힘으로 움직인다. 다른 말로 표현하면, 의식은 스스로가 유전자의 지시를 뛰어넘어 독립성을 갖도록 발전해 왔다.

의식의 주요한 역할은 우리 주위에 있는 정보를 머릿속에 표상表象하게 하는 것으로, 우리의 몸은 이 표상을 해석하고 이를 근거로 하여 행동한다고 할 수 있다. 이런 점에서 보면, 의식은 우리의 감각과 지각, 감정과 사고와 같은 정보를 총 집합하고 우선순위를 정하는 정보 본부라고 생각할 수도 있다.

의식이 없다면 우리는 주위에서 무슨 일이 일어나고 있는지를 지각할 수 있다고 하더라도, 이에 대해 본능적이고 반사적인 단순 반응만 할 수 있을 것이다. 의식을 통해서만 우리는 여러 감각이 전해주는 정보의 우선순위를 파악하고 이에 따라서 행동할 수 있다. 또한 의식을 통해서만 이전에는 존재하지 않았던 새로운 정보를 만들어낼 수 있다. 의식이 있기 때문에 우리가 백일몽을 꿀 수 있고, 거짓말을 꾸밀 수 있으며, 아름다운 시와 정교한 과학 이론을 만들어낼 수 있는 것이다.

수없이 진화를 거듭해오면서 인간의 신경계는 아주 복잡해져서 이제는 외적 환경이나 유전적 프로그램의 영향에서 벗어나 상대적으로 독립적으로 기능할 수 있게 되었다. 실제로 우리는 외부에서 어떤 일이 발생하든지 간에 우리 의식의 내용을 변화시켜 그 일을 행복하게 느낄 수도 있고 반대로 비참하게 느낄 수도 있다. 아무 희망도 보이지 않는 상황을 극복 가능한 도전으로 받아들이고 감당해나가는 사람들이 바로 그 대표적인 예다. 외부의 역경이나 장애물을 감내하는 인간의 능력은 그 어떤 것보다 소중하다. 이런 능력은 인생의 성공을 위해서뿐 아니라 인생을 즐기기 위해서도 가장 중요한 것이라고 할 수 있다.

이런 능력을 개발하기 위해서 우리는 의식을 순서화해야 한다. 이를 통해서 감정과 사고를 조절할 수 있기 때문이다. 그러나 의식을 순서화할 수 있는 지름길은 없다. 그런데도 의식에 대해 논할 때 신비주의적 입장을 취하고, 지금까지 의식이 진화해온 상태로는 이룰 수 없는 어떤 기적을 바라는 사람도 있다. 또 의식을 통해 전생을 알 수 있다거나, 영매와 통할 수 있다거나, 초심리적 현상을 일으킬 수 있다고 주장하는 사람들도 있다. 사기를 치려는 의도가 있는 게 아니라면, 이런 주장은 그들 마음에서 일어난 과도한 자기암시일 가능성이 높다.

힌두교 수도승이나 다른 정신 수양을 닦은 사람들이 종종 놀라운 시범을 보여주는 경우가 있다. 이런 시범을 가리켜 우리의 정신이 지닌 무제한의 힘을 증명하는 예가 아니냐고 주장하는 사람도 있다. 그러나 이런 시범은 대부분 자세한 분석을 통해서 사실이 아닌 것으로 밝혀지고 있다. 설령 그게 사실이라고 할지라도 아주 극단적인 훈련을 통해야만 가능한 일이다.

바이올린의 거장이나 위대한 운동선수의 수행은 의식의 신비로 설명할 필요가 없다. 요가 수행자도 의식의 조절이라는 분야에서 거장이라고 할 수 있다. 모든 분야의 거장이 그렇듯, 요가 수행자도 오랜 세월 배움과 수행의 과정을 거쳐야 한다. 높은 경지에 이르기 위해서 이들은 내면의 경험을 조절하는 것 이외에 다른 일에는 시간과 노력을 쏟을만한 여유가 없다. 요가 수행자들이 습득한 기술은 보통 사람이 세속적인 삶을 살기 위해 배워야 하는 여러 가지 잡다한 일을 포기한 대가로 얻은 것이다. 확실히 요가 수행자가 할 수 있는 일이 놀라운 건 사실이다. 그러나 높은 경지에 이른 배관공이나 수작업 기술자가 하는 일도 놀랍기는 마찬가지가 아닌가.

아마 머지않은 장래에 우리는 우리 정신의 잠재력을 발견하고 이를 통해 우리가 꿈꾸어왔던 놀라운 일을 이루게 될지도 모른다. 언젠가는 우리가 뇌파의 힘만으로 숟가락을 구부리는 능력을 갖게 될지 모른다는 가능성을 배제할 필요는 없다. 그러나 현 시점에서 초능력에 관해 신경을 쓰고 이보다 결코 덜 중요하다고 할 수 없는 우리 주위에서 일어나는 많은 일을 무시한다면 그건 일의 순서가 좀 잘못됐다고 할 수 있다. 비록 현시점에서는 자신이 원하는 바를 다 이루지는 못하더라도 분명 우리의 정신은 아직까지 우리가 개척하지 못한 위대한 잠재력을 지니고 있다. 그러므로 이 잠재력을 활용할 방도를 찾기 위해 최선을 다해야 한다.

의식을 직접적으로 다루는 학문 분야가 없기 때문에 의식에 관한 단 하나의 합의된 정의는 없다. 그러나 많은 학문 분야에서 의식에 관해 어느 정도 다루고 있기는 하다. 신경 과학과 신경 해부학, 인지과학과 인공지능, 정신분석과 현상학 등이 그 분야이다. 그러나 이들 학문에서 지금껏 의식에 관해 다뤄온 내용을 전부 요약한다면, 그건 마치 '장님 코끼리 말하듯' 서로 관련 없는 내용의 요약이 될 게 분명하다. 물론 우리는 이들 학문을 통해서 의식의 중요한 속성에 관한 이해를 끊임없이 넓혀갈 것임에는 틀림없다. 그동안에 우리가 해야 할 일은 현재까지 밝혀진 사실에 기초하여 일반인이 활용할 수 있는 수준에서 의식에 관한 모델을 만드는 것이라고 할 수 있다.

다른 이들에게는 알아듣기 힘든 학술적 암호처럼 들릴지 모르지만, 내가 생각하기에 '정보이론에 근거한 의식의 현상학적인 모델'은 가장 간단하고 분명하며 일상생활에서도 적용할 수 있는 의식에의 접근 방법이다. 이 접근법이 **현상학적**이라는 이야기는 해부학적 구조나 신경 화학적 과정 또는 무의식적 과정을 다루지 않고 우리가 경험하고 해석하는 일상사를 직접적으로 다루기 때문이다. 물론 우리 마음속에서 일어나는 복잡다단한 현상이 수백만 년 동안 진화를 거듭해온 우리 중추신경계의 전기화학적 작용에 근거하고 있다는 사실을 가볍게 여기는 건 아니다. 그러나 현상학은 사물을 어떤 학문의 특정화된 관점으로 바라보기보다는 우리가 경험한 그대로 바라볼 때 가장 잘 이해할 수 있다는 입장을 취하고 있다.

한편 이 책에서 말하는 의식에 접근하는 방법은 순수 현상학과는 차이가 있다. 순수 현상학에서는 특정 이론이나 과학적 접근법을 의도적으로 배제한다. 반면에 이 책에서의 접근은 의식 안에서 어떤 일이 일어나고 있는가를 이해하기 위하여 **정보처리 이론**에 근거한 원칙을 채택하고 있다. 이 원칙은 우리의 감각 자극이 어떻게 처리되고 저장되고 활용되는가 하는 우리의 기억과 주의의 작용에 관한 지식에 근거하고 있다.

위의 설명을 염두에 둔다면, 의식이 있다는 건 과연 무엇을 의미하는가? 간단히 말하자면, 의식이 있다는 건 어떤 특정한 의식적 사건(감각, 느낌, 사고, 의도 등)이 발생하고 있으며, 우리 스스로가 이 사건의 진행 방향을 조절할 수 있다는 것을 의미한다. 이와 대조적으로, 우리가 꿈을 꾸고 있을 때는 같은 사건이 일어난다고 해도 그 일에 관해 어떻게 해 볼 도리가 없다. 꿈속에서 친구가 사고를 당했고, 그래서 내가 상당히 당황했다고 가정해보자. 머릿속으로는 '아, 내가 어떤 도움이라도 줘야 할 텐데….'라는 생각이 간절할 것이다. 그러나 실제로는 아무것도 할 수 없지 않은가. 따라서 이때의 나는 의식이 없는 상태라고 할 수 있다. 꿈속에서는 우리의 의지와는 전혀 관련이 없는 시나리오가 판을 치고 있는 것이다. 우리의 의식을 구성하는 사건(우리가 보고, 느끼고, 생각하고, 원하는 것들)은 우리가 조작하고 사용할 수 있는 정보이다. 따라서 의식이란 **의도적으로 순서화된 정보**intentionally ordered information라고 할 수 있다.

하지만 이러한 정의는 정확하기는 하지만 너무나 무미건조해서 의식에 함의되어있는 중요한 내용을 충분하게 전달하지 못한다. 외부의 사물은 우리가 인식하지 않으면 존재하지 않는다. 따라서 의식이란 어찌 보면 우리가 주관적으로 경험하는 현실을 말하는지도 모른다. 우리가 느끼고, 냄새 맡고, 듣고, 기억하는 모든 게 의식의 내용을 구성하는 후보가 될 수 있다. 그러나 이들 가운데 극히 일부분만이 우리의 의식을 구성한다. 따라서 의식은 – 우리의 신체 안팎에서 무슨 일이 일어났는가 하는 것을 말해주는 감각 정보를 반영하는 거울과도 같지만 – 감각 정보를 선별적으로 반영하고, 능동적으로 사건을 구성하며, 이들을 새로운 현실 세계로 인도한다. 의식을 통해서 반영되는 것, 즉 요람에서 무덤까지 우리가 듣고 보고 경험한 모든 것 가운데 우리가 주관적으로 선택한 정보의 집합체가 우리의 삶인 것이다.

여러 감각기관을 통해 입력된 수많은 사상事象을 비교하고 처리하는 정보의 중심 기관 역할을 하는 의식은 우리가 아프리카의 기근과 다우존스 지수, 가게에서 빵을 사야 한다는 생각 등을 동시다발적으로 할 수 있게 해준다. 그렇지만 이 말이 의식의 내용이 무질서하게 엉켜있다는 것을 의미하지는 않는다.

의식에 들어온 정보를 순서화하는 힘을 **의도**intention라고 부른다. 의도란 사람들이 어떤 것을 바라거나 성취하기를 원할 때 발생한다. 의도 자체도 생물학적 요구 또는 내면화된 사회적 목표가 만들어내는 정보이다. 의도는 우리가 주의를 어떤 것에서 다른 것으로 옮기도록 만들거나, 좋아하는 것에 오랫동안 정신을 집중하게 만들기도 한다.

이러한 의도의 발현을 우리는 종종 다른 이름, 이를테면 본능이나 욕구, 충동이나 욕망이라고 부른다. 그런데 이들 단어는 모두 사람들이 왜 특정 행동을 하는가를 설명한다는 공통점이 있다. 이와 비교해서 의도라는 말은 좀 더 중립적이고 묘사적이다. 왜냐하면 의도는 사람이 어떤 행동을 한다는 사실을 기술할 뿐, 왜 그런 행동을 하기를 원하는가에 대해서는 말하지 않기 때문이다. 예를 들어서, 한계점 아래로 혈당량이 떨어지면 사람들은 불편해하기 시작한다. 초조해하고, 식은땀을 흘리기도 하고, 복통을 호소하기도 한다. 혈당량을 일정 수준으로 올려야 한다는 유전자 정보의 지시에 따라서 우리는 음식을 떠올리기 시작한다. 곧 음식을 찾을 것이며, 더 이상 배가 고프지 않을 때까지 식사를 할 것이다. 이 경우에 우리의 의식을 지배하여 우리가 음식에 주의를 기울이도록 만든 건 배고픔이라는 충동이라고 할 수 있다. 그러나 이 말은 행동에 대한 설명일 뿐이다. 즉 화학적인 설명으로는 나무랄 데 없이 정확하지만, 현상학적인 설명으로는 부적절하다. 배고픈 사람은 자신의 혈당량을 인식하지 못한다. 다만 의식 속에 '배고픔'이라고 저장해놓았던 특정 정보가 있다는 걸 알 뿐이다.

사람은 배가 고프다고 인식하면 음식을 먹겠다는 의도를 갖게 된다. 그렇다고 해도 이 의도를 바로 행동으로 옮기는 건 아니다. 의도와는 반대로 배고픔을 완전히 무시할 수도 있다. 배고픔보다 더 강한 의도, 이를테면 다이어트나 절약, 종교적인 이유로 단식을 하는 것과 같은 의도를 가질 수도 있다. 때로는 정치적 지도자처럼 이념상의 이유로 유전자의 지시를 무시하고 본인의 의지에 따라 단식을 감행하여 죽음에 이를 수도 있다.

우리가 유전적으로 물려받거나 습득한 의도에는 위계가 있으며, 이 위계에 따라서 우선순위가 정해진다. 저항운동을 하는 사람에게는 정치적 변혁을 달성하는 것이 생명을 포함한 그 어떤 것보다 더 소중하며, 이 목표가 다른 어떤 것들보다 우선한다. 일반인들은 이에 비해 좀 더 현실적인 목표를 세운다. 이 목표는 신체적 욕구를 충족시키는 것(건강하게 장수하기, 섹스하기, 잘 먹고 평안하게 살기 등), 사회에 의해 조건화된 것(모범생 되기, 열심히 일하기, 소비생활을 최대한 즐기기,

타인의 기대에 부응하기 등)에 근거하고 있다. 그러나 세계 여러 문화권에서 이런 목표를 추구하지 않는 예외적인 사례를 얼마든지 찾아볼 수 있다. 사회적 규범을 초월하거나 일탈한 사람들(영웅, 성자, 현자, 예술가, 시인, 광인, 범죄자 등)은 일반인과 다른 삶의 목표를 갖는다. 이런 사람들이 있다는 건 우리 의식이 서로 다른 목표와 의도로 순서화될 수 있다는 증거로 볼 수 있다. 우리 모두는 자기 내면의 주관적인 세계를 통제할 자유가 있다.

의식의 한계는 어디까지인가?

만약 의식의 잠재력이 무한대로 확대된다고 한다면 어떤 일이 일어날까? 어쩌면 인류가 가장 염원해오던 꿈이 이루어질지도 모른다. 그렇게 된다면 인간은 전지전능한 신과 같은 경지에 오르게 된다고나 할까. 우리는 모든 걸 생각하고, 느끼고, 행위할 수 있게 될 것이다. 세상의 모든 정보를 검색하여 찰나의 순간도 놓치지 않는 삶을 만들 수도 있을 것이다. 일생 동안 수백만 번을 거듭나는 삶, 불사조와 같은 불멸의 삶을 살 수 있을지도 모른다.

그러나 불행하게도 우리의 신경계가 주어진 시간 안에 처리할 수 있는 정보의 양은 한정되어있다. 세상에는 정보가 너무나 많아서 우리가 미처 처리하기도 전에 수많은 정보가 우리 의식 속으로 밀려들어와 서로가 서로를 밀어내고 있는 것이다. 껌을 씹으면서 길을 걷는 건 전혀 어렵지 않은 일이지만 실제로 우리가 동시에 처리할 수 있는 일은 그리 많지 않다. 어떤 문제를 골똘히 생각하면서 행복감과 슬픔을 동시에 느끼기는 어렵다. 또 노래하면서 걸어가는 동시에 은행 잔고를 계산하기는 어렵다. 왜냐하면 하나하나의 활동이 우리가 가진 주의의 대부분을 소진시켜버리기 때문이다.

오늘날 과학적 지식은 우리의 중추 신경계가 어느 정도의 정보를 처리할 수 있는지 추산할 수 있는 수준에 이르렀다. 인간은 대략 7개가량의 정보를 동시에 처리할 수 있다고 한다. 그 정보가 서로 다른 소리이든, 시각 자극이든, 눈에 띌 정도로 급격한 생각이나 감정의 변화이든 말이다. 아울러 인간이 하나의 정보와 다른 정보를 구별해낼 수 있는 가장 짧은 시간은 18분의 1초 정도이다. 계산해보면 1초에 126개, 따라서 1분에 7,560개, 한 시간에는 50만 개 정도의 정보를 처리할 수 있다는 결론이 나온다. 인간이 70년을 살고 하루에 대략 16시간 정도를 깨어있다고 가정해본다면, 일생동안 약 1,850억 개의 정보를 처리할 수 있는 셈이다. 인생의 경험이 아무리 다양하다고 해도 결국 1,850억 개라는 정보의 손바닥 안에서 이루어진다고나 할까. 하지만 이론적으로는 인간이 평생 동안 처리할 수 있는 정보의 개수가 이처럼 많다고 해도 현실은 다르다.

의식의 한계는 우리가 타인의 말을 이해하기 위해 초당 40개의 정보를 처리해야 한다는 사실로 잘 증명된다. 만약 우리가 산술적으로 초당 정보처리의 상한선인 126개의 정보를 처리한다고 가정한다면, 우리는 세 사람이 하는 말을 동시에 이해할 수 있어야 한다. 그러나 과연 그런가? 실제로 우리는 말하는 사람이 어떤 느낌으로 말하는지, 왜 이런 말을 하는지, 더 나아가 어떤 옷을 입고 있었는지 등을 다 파악하지 못한다.

물론 이런 산술적인 계산은 개략적인 추론일 뿐이다. 게다가 이런 추론은 정보를 처리하는 우리의 능력을 과소평가하는 동시에 과대평가한다고 말할 수 있다. 먼저 과소평가라고 말하는 까닭은 무엇인가? 이 진단에 동의하는 사람들은 진화하는 동안 우리 뇌가 정보를 '덩어리chunk'로 묶는 방법을 익히게 되었으며, 그 결과 정보처리 능력이 지속적으로 증대되고 있다고 주장한다. 쉬운 덧셈을 하거나 익숙한 도로에서 매일 하는 운전 따위의 간단한 일은 어느덧 거의 습관처럼 자동화되어서 이런 일을 하면서 동시에 다른 정보를 처리할 수 있다는 것이다. 또한 우리는 상징(언어, 수학, 추상적 개념 등)을 활용하여 정보를 압축하고 정리하는 방법도 배웠다. 예를 들어, 성경에 나오는 비유를 통해 영겁의 세월 동안 축적된 삶의 진수를 깨달을 수도 있는 것이다. 이처럼 의식을 긍정적으로 평가하는 사람들은 우리 의식이 '열린 체계open system'이며, 따라서 무한히 확대될 수 있으므로 한계를 규정할 필요가 없다고 주장한다. 한마디로 의식의 능력에 대한 낙관론이다.

그렇다면 과대평가라고 말하는 까닭은 무엇일까? 그것은 정보를 압축하고 묶는 우리의 능력이 현실 생활에서 우리에게 그렇게 많은 도움을 주지 못하기 때문이다. 오늘날 인간은 깨어있는 시간의 약 8퍼센트를 식사를 하면서 보내고, 거의 비슷한 정도의 시간을 기본적인 생리적 요구(씻기, 옷 입기, 머리 빗기, 화장실 가기 등)를 해결하기 위해 사용한다. 이 둘을 합치면 인생의 약 15퍼센트의 시간에 해당하는데, 이 시간 동안 우리는 중요하게 신경 써야 하는 다른 일을 동시에 할 수가 없다. 심지어 특별한 심리적 압박이 없는 상황에서도 사람들은 정보를 최적으로 처리할 수 있는 상태에 이르지 못한다. 앞서의 경우와 비교하면 의식에 대한 비관론인 셈이다.

깨어있는 시간의 3분의 1 가량은 의무적으로 무엇을 해야 하는 시간이 아니다. 이 '소중한' 여가 시간에조차 사람들은 자신의 정신을 거의 활용하지 못한다. 미국인들은 여가 시간의 무려 절반에 해당하는 시간을 텔레비전 시청으로 써버린다. 텔레비전을 볼 때도 시각적 정보를 처리하는 능력이 필요하기는 하다. 하지만 그 내용이 너무나 뻔하고 반복적이기 때문에 사고 능력이나 기억 능력 또는 우리의 의지 등은 거의 필요하지 않다. 당연한 결과이겠지만, 사람들은 텔레비전을 시청할 때 집중력이나 사고의 명료함, 자신감 등이 아주 낮은 상태가 된다고 말한다. 텔레비전 시청 외에 대다수의 사람이 즐기는 여가 활동에도 많은 집중력이 필요하지 않다. 신문이나 잡지를 본다거나 사람들과 노닥거린다거나 창밖을 멍하니 쳐다본다거나 하는 일들 말이다.

지금까지 설명한 바와 같은 이유로, 유한한 인생에서 우리가 처리할 수 있는 정보의 개수가 1,850억 개라는 통계는 우리 의식의 능력을 과소평가하는 것이거나 과대평가하는 것이다. 이론적으로 뇌에서 다룰 수 있는 정보의 개수로 본다면 과소평가된 숫자일 것이고, 사람들이 실제로 처리하는 정보의 개수로 본다면 턱없이 과대평가된 숫자일 것이다. 어쨌든 한 개인은 자신이 처리할 수 있는 만큼의 정보만 처리할 뿐이다. 따라서 정보의 개수는 그다지 중요한 문제가 아니다. 우리가 의식 속으로 어떤 정보를 입력하느냐가 중요하다. 결국에는 이 정보들이 우리 삶의 질을 좌우한다.

심리 에너지 : 주의attention

정보는 두 갈래의 길을 통해 우리 의식 속으로 들어온다. 하나는 선택적 주의를 통해서이고, 다른 하나는 생물학적 명령이나 사회적 명령에 순종하는 습관화된 주의를 통해서이다. 예를 들어, 고속도로를 달릴 때 우리는 수많은 자동차를 지나치지만 차 한 대 한 대에 특별히 신경을 쓰지는 않는다. 자동차의 색이나 디자인이 순간적으로 눈에 들어오기는 하지만 곧 뇌리에서 사라지고 만다. 그러나 만약 어떤 자동차가 중앙선을 넘는다거나, 지그재그로 달린다거나,

모양이 특이하다면 우리는 그 차를 주목하기 시작한다. 그 차의 이미지에 주의를 기울이게 되고 그 차를 인식하기 시작하는 것이다. 그 자동차의 시각적 정보가 우리 정신 속에 흘러들어와 기억속에 저장되어있는 여러 가지 유사 정보를 검색하여 이 상황이 어떤 의미인지 파악하기 시작한다. 그 차가 지그재그로 달린다면 '초보 운전인가?', '음주 운전인가?', '잠시 정신을 딴 데 팔았을 뿐 능숙한 운전자인가?' 등 여러 가지 경우를 떠올린다. 검색이 끝나서 원인과 상황이 대응하는 순간, 우리가 목격한 사건은 일단 머릿속에 정리가 된다. 이제 제자리를 찾아간 이 사건은 머릿속에서 평가의 단계를 거친다. 그 차를 조심해야 할 것인가? 만약 그렇다는 평가가 떨어진다면 우리는 적절한 대응 조치를 취해야 한다. 내 차의 속도를 높여 그 차를 추월하든지, 내 차의 속도를 낮추든지, 그도 아니면 고속도로 순찰대에 연락하든지 해야 한다. 이 모든 복잡한 정신 작용이 몇 초 안에 이루어져야 한다.

실제로 이런 판단은 전광석화처럼 순식간에 이뤄진다. 하지만 이 과정이 자동적으로 이루어지는 건 아니다. 이런 반응을 가능하게 하는 특별한 과정이 존재하는데, 바로 **주의**attention이다. 이 주의라는 과정이 지천에 깔려있는 수많은 정보 가운데에서 우리에게 필요한 정보만을 선택하게 하는 것이다. 적절한 기억을 인출하고, 주변에서 발생한 일들을 평가하고, 후속 조치를 취하기 위해서 우리에게는 주의가 필요하다.

이런 막강한 능력을 가졌지만, 이미 설명한 바와 같이, 주의가 동시에 처리할 수 있는 정보는 한정되어있다. 동시에 처리할 수 있는 개수를 넘어서는 정보에는 오랫동안 집중할 수 없다. 기억의 창고에서 정보를 끄집어내는 것, 끄집어낸 정보에 집중하는 것, 그 정보를 비교하고 평가하는 것, 후속 조치를 취하는 것 등이 유한한 정신의 정보처리 능력 범위 안에 있어야 한다. 예를 들어, 운전 중에 휴대전화를 사용하는 운전자는 갑자기 자신의 차를 향해 돌진해오는 다른 차량을 재빨리 알아차리지 못하거나 해서 사고를 불러일으킬 가능성이 높지 않은가.

이처럼 소중한 정신적 자산인 주의를 아주 효율적으로 사용하는 법을 배우는 사람이 있는가 하면, 그렇지 못한 사람이 있다. 자기의식을 통제하고 있는 사람인지 아닌지는 다음의 기준으로 판단할 수 있다. 즉 자신의 의지대로 주의를 집중할 수 있는가, 집중을 방해하는 요인에 대해서는 신경을 차단할 수 있는가, 목표를 이룰 때까지 집중을 계속할 수 있는가, 그리고 목표를 달성하면 다시 일상을 즐기면서 살아갈 수 있는 능력이 있는가를 보면 된다.

목표를 성취하는 과정에서 의식을 순서화하기 위하여 주의가 어떻게 활용될 수 있는가를 다음에 나오는 아주 대조적인 두 가지 사례를 통해 살펴보도록 하겠다.

첫 번째 사례는 E라고 하는 유럽 여성이다. E는 모국에서 꽤 명망이 있으며 영향력도 크다. 세계적으로 유명한 학자이면서 동시에 첨단 기업을 설립하여 오랫동안 눈부신 성장을 거듭해온 최고 경영자이기도 하다. E는 정치적·경제적·직업적 모임에 참여하기 위해서 세계 방방곡곡을 여행하고, 또 전 세계 여러 곳에 있는 자신의 별장을 돌아다니며 살아가고 있다. 그녀는 자신이 머물고 있는 곳에서 연주회가 열리면 어김없이 관중 속에 있으며, 자유로운 시간에는 박물관이나 도서실에서 시간을 보낸다. 또한 E가 회의를 하고 있을 때 그녀의 운전기사는 멀뚱거리면서 그녀를 기다리지 않고 그곳에 있는 미술관이나 박물관을 방문한다. 그리고는 E가 회의를 마치고 집으로 돌아가는 길에 자신이 본 예술 작품에 대해서 그녀와 담소를 나눈다.

단 한순간도 E는 낭비하는 시간이 없는 것 같다. 평소에 그녀는 항상 글을 쓰고, 문제를 풀고, 다섯 종류의 신문을 보고, 하루 일과를 적은 수첩을 확인한다. 다른 사람들과 담소를 나누거나 사회적인 만남을 갖는 데는 필요 이상으로 시간을 쓰지 않는다. 그러나 하루 중 일정 시간은 자신의 마음에 생기를 불어넣기 위해 비워놓는다. 예를 들면, 호숫가에서 지는 해를 바라보다가 눈을 감고 15분 정도 서 있기도 하고, 애완견을 데리고 초원을 산책하기도 한다. E는 자신의 주의를 능숙하게 통제할 수 있기 때문에 언제든지 필요하면 주위의 자극에 신경을 끄고 바로 단잠에 빠질 수 있다.

E의 일생이 평탄한 것만은 아니었다. 1,2차 세계대전을 겪으면서 E의 가정은 곤궁에 빠졌으며, 그녀는 자신의 자유를 포함하여 거의 모든 걸 잃었다. 더구나 몇십 년 전에는 의사로부터 최후 통지를 받을 정도로 건강이 악화되어 만성 질환을 앓아왔다. 그러나 E는 주의를 철저히 통제하고 소모적인 일에 전혀 신경을 쓰지 않도록 자신을 훈련함으로써 건강과 잃었던 모든 걸 되찾았다. 현재 E는 에너지가 넘친다. 과거의 고통이나 현재의 삶이 주는 긴장감 속에서도 매순간을 향유하고 있다.

두 번째로 소개할 사람은 여러 면에서 E와 대비된다. 하지만 사물의 본질을 꿰뚫어 볼 정도로 선명한 눈빛을 지니고 있다는 점에서는 둘이 똑같다. R은 그리 호감을 주는 첫인상이 아니다. 그는 남이 보기에 자신을 지나치게 낮춘다 싶을 정도로 수줍음을 많이 탄다. 이런 특성 탓에 몇몇 사람만 그의 진면목을 알고 있지만 적어도 그들 사이에서 R은 명성이 자자하다. 그는 아주 난해한 학문의 대가인 동시에 아주 뛰어난 시를 써서 여러 나라에 번역 출판한 시인이기도 하다. 일단 R과 이야기를 나누게 되면 그의 내면 깊은 곳에서 용솟음치는 에너지를 발견할 수 있다. 그는 타인의 말을 들으면서 동시에 서너 개의 다른 방식으로 그 말의 뜻을 해석한다. 사람들에게는 너무나 당연한 것도 그에게는 호기심의 대상이 된다. 그는 아주 사소한 것도 완전히 독창적으로 이해하며 아주 적절하게 재해석해내기 전까지 머릿속에서 그 생각을 놓지 않는다.

이런 지적 집중력을 갖고 있지만 R은 자신과 대화하는 상대방에게 평온하고 잔잔한 느낌을 준다. 그는 주위에서 일어나는 아주 작은 일에도 마음을 열고 공감하는데, 이런 태도는 사람들을 변화시키거나 평가하려는 게 아니라 사물의 본질을 이해하려는 의도에서 나오는 행동이다. R은 E만큼 사회에 즉각적인 영향력을 미치지는 못할 것이다. 그러나 R의 의식은 E와 마찬가지로 질서가 있을 뿐 아니라 복합적complex(여러 가지 대립되는 특성을 동시에 지니고 있어서 언뜻 복잡해 보여도 창조적인 합을 이룰 수 있는 성향 또는 능력이 있다는 의미. 정반합의 개념과 유사하다고 볼 수 있다. ─옮긴이)이다. R은 주의의 영역을 점점 확장시켜서 세상을 아우를 것이며, E와 마찬가지로 이런 삶의 방식을 한없이 만끽할 것이다.

우리는 각자 E나 R과 같이 자신의 주의를 의도적으로 집중할 수도 있고, 반대로 전혀 쓸데없는 일에 낭비할 수도 있다. 삶을 어떤 형태로 만들고 어떤 내용으로 채울 것인가는 우리가 어떻게 주의를 사용하는가에 전적으로 달려있다. 우리가 명명하는 여러 가지 성격 유형도 ─ 예를 들어 외향적인 성격, 성취 지향적인 성격, 강박적인 성격 등 ─ 결국에는 주의를 어떻게 사용하는가에 따른 분류라고 할 수 있다. 외향적인 사람은 다른 사람들과 어울리기 위해 주의를 사용하며, 성취 지향적인 사람은 사업과 관련된 일에, 강박적인 사람은 주변에서 자신을 위협한다고 생각하는 요인을 피하기 위해 주의를 사용한다. 주의는 천차만별의 용도로 사용할 수 있다. 그러므로 어떤 용도로 사용하느냐에 따라 우리 인생이 더 풍요해지기도 하고 더 비참해지기도 한다고 해도 과언이 아니다.

　　주의의 구조가 문화나 직업에 따라 얼마나 다양하게 달라지는 가는 실제 사례를 보면 명백하게 알 수 있다. 에스키모 사냥꾼들은 열 가지도 넘는 눈snow의 종류를 구별할 수 있으며, 바람의 방향과 풍속을 항상 민감하게 지각할 수 있다. 멜라네시아의 선원들은 본토에서 천 킬로미터나 떨어져 있는 바다에 떨어뜨려도 몸에 전달되는 조류의 흐름만 가지고도 자신이 어디쯤 와있는지를 척척 알아낼 수가 있다. 음악가는 일반인들이 의식하지 못하는 음의 미묘한 차이를 감지할 수 있도록 주의가 개발되며, 주식거래 전문가는 시장에서 일어나는 작은 변화도 파악할 수 있도록, 좋은 의사는 환자의 증상에서 미묘한 변화를 알아챌 수 있도록 주의가 개발된다.

　　우리의 의식상에 무엇이 떠오르는가를 결정하는 것이 주의인 까닭에, 또한 우리가 기억하고, 사고하고, 느끼고, 판단하는 데 주의가 필요한 까닭에 주의를 심리 에너지라고 생각해도 좋다. 주의를 에너지라고 생각할 수 있는 것은 우리는 주의 없이는 일할 수 없으며, 또한 일을 하다 보면 주의가 점점 떨어지기 때문이다. 우리는 이 에너지를 어떻게 활용하는가에 따라 스스로를 창조해나간다. 그리고 이 에너지는 우리가 원하는 대로 활용할 수가 있다. 즉 주의는 경험의 질을 향상시키는 데 필요한 가장 유용한 도구인 것이다.

자아와 주의의 관계

앞 문단에서 문장 주어가 대부분 '우리'였다는 사실을 상기해보자. 그럼 도대체 심리 에너지를 사용하는 주체인 '나'는 어디에 있다는 말인가? 내 배의 주인이요, 내 영혼의 임자는 어디에 있단 말인가?

　　우리가 이런 문제를 잠시나마 고민해본다면, 나 혹은 내 자아 self라는 것도 알고 보면 내 의식을 구성하는 내용물 가운데 하나라는 사실을 곧 깨닫게 된다. 자아는 내 주의의 초점에서 그리 벗어나지 않는다. 물론 내 자아는 내 의식에만 존재한다. 다른 사람들의 의식 속에 내 자아가 여러 가지 다른 모습으로 비춰질 수는 있지만 그 대부분은 내가 알고 있는 내 자아의 모습과 크게 다르지 않다.

　　그러나 자아는 결코 단순한 정보의 조각이 아니다. 실제로 자아는 내 의식으로 들어온 모든 걸 담고 있다. 기억과 행위, 욕망과 쾌락, 고통이 모두 자아 안에 존재하고 있다. 무엇보다도 자아는 오랜 시간에 걸쳐 조금씩 쌓아온 나의 목표들 간의 위계와 우선순위를 품고 있다. 정치 운동가의 자아는 그의 이념과 불가분의 관계일 것이요, 은행 자본가의 자아는 투자에 빠져있을 것이다.

　　물론 일반적으로 우리는 자아를 이처럼 단순하게 생각하지 않는다. 어떤 순간에도 우리는 우리의 자아에 대해 완전히 알지 못한다. 이를테면 오늘 내 외모가 괜찮은지, 다른 사람에게 좋은 인상을 주는지, 선택의 갈림길에서 내가 정말 하고 싶은 게 무엇인지를 생각할 때 그렇듯이 말이다. 우리는 종종 자아를 신체와 동일시한다. 때로는 우리가 가지고 있는 차와 집, 가족과 동일시하기도 한다. 우리가 자아에 대해 얼마나 알고 있는가에 관계없이 자아라는 것이 여러 가지 면에서 의식의 가장 중요한 요소라는 사실은 분명하다. 왜냐하면 자아는 의식의 다른 모든 요소는 물론이요, 이 요소들 간의 관계까지 표상하고 있기 때문이다.

　　지금까지의 논의를 참을성 있게 따라와준 독자라면 이 시점에서 내 얘기가 약간 순환론적이지 않은가 하고 생각할 수도 있다. 나는 자아라는 것이 의식의 내용물과 목표의 총합을 나타낸다고 정의했다. 그런데 의식의 내용물과 목표는 주의가 선택한 결과물이며, 이런 주의는 다시 자아에 의해 통제된다고 한다면 우리는 명확한 인과관계 없이 계속 순환하는 논리 체계를 갖게 된다. 한편으로는 자아가 주의를 통제한다고 말하고, 다른 한편으로는 주의가 자아를 결정한다고 하니 말이다. 그러나 사실상은 두 관점이 다 맞는다. 의식은 엄격하게 직선적으로 움직이는 체계가 아니라 인과관계가 성립하면서 형성되는 순환적인 체계인 것이다. 주의는 자아를 형성해가고, 자아는 주의에 의해 영향을 받는다.

순환적 인과관계를 보여주는 대표적인 예가 있다. 바로 우리가 실시했던 '청소년 종단연구'에 참여한 샘이라는 학생이다. 샘은 15세가 되던 해에 아버지와 함께 성탄 휴가를 맞이하여 버뮤다로 여행을 갔다. 당시 샘은 자신의 앞날에 대해 크게 고민하지 않았다. 특히 자신이 하고 싶은 일이 무엇인지에 대해 깊이 생각해본 적이 없었다. 샘은 자아가 상대적으로 덜 완성된 상태였고, 아직은 자기 정체성을 찾지 못했다고 할 수 있다. 분명히 샘은 세분화된 목표를 갖고 있지 못했다. 그는 또래의 학생들이 원하는 것 — 그게 유전적 프로그램 때문이든, 사회적 환경 때문이든지 관계없이 — 을 하고 싶어 했다. 즉 대학에 진학하고, 좋은 직장을 구하고, 결혼을 하고, 좋은 동네에 사는 것 따위들 말이다.

그러다가 샘의 아버지가 그를 버뮤다로 데려가 산호탐사여행을 한 것이다. 샘이 바닷속으로 잠수하는 순간 눈앞에 장관이 펼쳐졌다. 믿을 수 없을 만큼 신비롭고 아름다우며 약간의 위험을 내포하고 있는 바닷속 자연환경에 깊이 매료된 샘은 해저 세계에 대해 좀 더 자세히 알아보리라고 결심했다. 그 이후로 샘은 고등학교에서 생물과 관련된 수업을 많이 들었고, 지금은 해양생물학자가 되는 과정에 있다.

샘의 경우에는 우연히 일어난 하나의 사건이 그의 의식 속에 들어왔다고 할 수 있다. 이 경험은 샘이 스스로 계획한 게 아니었으니 말이다. 즉 샘의 자아나 의식의 목표가 주의를 집중한 결과로 이런 경험을 하게 된 게 아니다. 그러나 샘은 바닷속 세계를 보는 순간 너무 좋았다. 그리고 이 경험이 그가 과거에 즐겼던 좋은 일들, 자연의 아름다움에 대해 느꼈던 감정과 함께 그동안 틈틈이 고민했던 삶의 우선순위에 대한 생각을 떠올리게 했다. 샘은 이 경험이 아주 좋았으며, 다시 추구해볼 만한 가치가 있다고 느꼈다. 따라서 이 우연한 경험을 토대로 해서 체계적인 목표(바다에 대해 배우기, 관련 수업을 듣기, 대학과 대학원에 진학하기, 해양 생물학자가 되기 등)를 세웠는데, 이것이 바로 샘의 자아를 구성하는 핵심 요소가 된 것이다.

이후부터 샘이 세운 목표는 그의 주의를 바다와 해저 생물에 집중하도록 그를 굳건히 통제함으로써 더 이상의 순환을 끊어버렸다. 샘이 우연히 해저 세계의 아름다움을 발견했던 초기에는 그의 주의가 샘의 자아가 형성되는 걸 도왔다. 그러나 시간이 지나면서 샘이 해양 생물학자가 되겠다는 목표를 세우고 이를 위한 준비를 해나가는 순간에는 샘의 자아가 주의를 통제하기 시작했다. 샘의 경우가 유달리 특별한 건 아니다. 아마 우리 대부분도 자신의 주의를 개발하는 과정에서 이와 비슷한 경험을 할 테니 말이다.

지금까지 의식을 조절하기 위해 알아야 할 거의 모든 요인을 다룬 것 같다. 경험은 심리 에너지를 배분하는 방법, 즉 주의를 어떻게 구성하느냐에 따라 다르게 이뤄진다는 걸 알았다. 심리 에너지를 배분하는 방법 또한 우리 목표나 의도와 밀접하게 관련되어 있다. 이 과정은 우리의 자아, 즉 목표와 관련된 역동적인 정신 표상에 의해 서로 연결된다. 물론 삶은 외적인 일 — 예를 들어 복권으로 대박을 터뜨린다든지, 자기와 잘 어울리는 배우자를 얻는다든지, 사회 부조리를 개혁하는 데 동참한다든지 — 을 통해서도 향상될 수 있다. 그러나 이런 대단한 일들조차도 우리 삶의 질에 영향을 주기 위해서는 우리 의식 속에 그 자리를 마련해야 한다. 또한 우리의 자아와도 긍정적으로 관련을 맺고 있어야만 한다.

이제 우리는 의식의 구조라는 개념에 대해 슬슬 감을 잡아가기 시작했다. 그러나 아직까지는 의식을 구성하는 여러 가지 요소를 나열하는 데 그쳤을 뿐, 이 요소들이 어떻게 상호작용을 하는가에 대해서는 다루지 않았다. 이제부터는 우리의 주의가 새로운 정보를 인식할 때마다 어떤 상태가 발생하는지를 살펴볼 것이다. 그래야만 우리가 경험을 어떻게 조절할 수 있고 그 결과 우리 삶이 어떻게 더 나아지는지를 명확히 파악할 수 있을 것이다.

의식의 무질서 상태 : 심리적 엔트로피entropy

심리적 무질서psychic disorder는 우리 의식에 아주 부정적인 영향을 미친다. 심리적 무질서는 이미 마음먹은 의도와 상충되는 정보, 혹은 그 의도의 실행을 방해하는 정보가 의식에 들어올 때 발생한다. 이 상태에서 어떤 경험을 하느냐에 따라 여러 가지 이름이 붙는데, 바로 고통, 공포, 불안, 분노, 질투와 같은 것이다. 이같은 다양한 종류의 심리적 무질서는 우리가 주의를 바람직하지 못한 여러 사물에 분산시키게 만들고, 결국 원하는 활동을 수행하지 못하게 만든다. 심리적 에너지가 소진되어 비효율적인 상태가 되는 것이다.

우리의 의식은 여러 가지 이유로 무질서 상태가 될 수 있다. 우리 연구에 참여했던 홀리오를 예로 들어 설명해보자. 홀리오는 시청각 장비를 만드는 공장에서 납땜하는 일을 했는데, 자신의 직업에 대해 그다지 열성적이지 않았다. 어느 날 홀리오는 정신이 너무 산만해서 조립 라인에서 영사기가 자기 앞을 지나갈 때 납땜을 제대로 할 수가 없었다. 보통 때는 그 일을 뚝딱 해치우고는 다음 기계가 올 때까지 동료들에게 농담을 건네곤 했는데, 왠지 이날은 많이 힘들어했다. 결국 그의 실수로 전체 조립 라인이 멈추는 상황도 발생했다. 동료들은 실수한 홀리오를 비웃었고, 홀리오는 신경질적으로 반응했다. 아침부터 퇴근할 때까지 그는 계속해서 긴장했고, 결국 그런 행동이 동료들과의 관계에까지 부정적인 영향을 미쳤다.

사실 홀리오에게는 고민거리가 있었다. 그 문제는 사소하리만치 간단한 것이었지만 그의 마음을 내내 무겁게 짓누르고 있었다. 며칠 전 홀리오는 자동차에 달린 타이어 한 개가 바람이 많이 빠져서 자동차 휠이 거의 땅에 닿을 지경에 이른 걸 발견했다. 홀리오에게는 타이어를 교체할 비용은커녕 바람 빠진 타이어를 수리할 돈도 없었다. 신용카드를 쓸 형편도 못 되어 다음 주에나 지급되는 근무 수당을 기다릴 수밖에 없었다. 홀리오가 다니는 공장은 집과 먼 거리에 있었고, 출근은 아침 8시까지였다. 이런 상황에서 홀리오가 선택할 수 있는 유일한 해결책은 그의 마음을 우울하게 할만한 것이었다. 그는 아침마다 출근 길에 정비소에 들러 타이어에 공기를 주입하고, 퇴근 길에도 회사 근처에 있는 주유소에 들러 타이어에 빠진 공기를 다시 채우는 일을 반복해야 했다.

이렇게 출퇴근을 거듭한 지 사흘째 되던 날, 홀리오는 더 이상 자동차를 운전할 수 없게 됐다는 사실을 발견했다. 문제의 타이어가 붙어있던 쪽 자동차의 휠 자체에 손상이 온 것이다. 온종일 그는 '오늘 집에 돌아갈 수 있을까? 내일 아침에는 어떻게 출근할까?' 하고 고민했다. 이 고민이 그의 마음에서 떠나지 않았고, 따라서 일에 집중하기는커녕 계속 기분이 우울해진 것이다.

홀리오의 경우는 자아의 내적 질서가 무너졌을 때 어떤 상황이 발생하는지를 보여주는 좋은 예이다. 이런 상태일 때 나타나는 기본적 양상은 항상 같다. 즉 개인의 목표와 갈등을 일으키는 정보가 의식되기 시작한다. 그 목표가 얼마나 중요한가에 따라서, 그리고 그 갈등이 목표 수행을 얼마나 위협하는가에 따라서 우리의 주의는 그 부조화를 없애기 위해 동원된다. 그 결과 다른 문제를 다루기 위한 자유로운 주의의 여분이 그만큼 줄어드는 것이다.

직장을 계속 다니는 건 홀리오에게 아주 중요한 일이다. 만일 해고되면 그는 자신이 세운 모든 계획을 수정할 수밖에 없다. 따라서 직장을 잃지 않는 건 그가 자아의 질서를 유지하는 데 필수적인 것이었다. 그런데 바람 빠진 타이어 하나가 그 일에 심각한 위협이 되었고, 결과적으로 그의 정신적 에너지 대부분을 빼앗아버렸다.

어떤 정보가 우리의 의식을 방해할 때 우리는 **심리적 엔트로피**라고 불리는 내적 무질서 상태, 즉 자아의 기능이 효율성을 손상당하는 상태를 맞게 된다. 이 상태가 지속되면 우리의 자아는 주의를 집중하여 목표를 수행하는 능력을 상실하고 만다.

홀리오의 의식을 방해한 문제는 아주 심각하거나 만성적인 게 아니다. 좀 더 만성적인 심리적 엔트로피를 경험한 예가 있는데, 바로 우리 연구에 참여했던 영재 고등학생 짐의 경우이다. 어느 수요일 오후, 짐은 집에서 자신의 침실에 앉아 거울을 쳐다보고 있었다. 짐의 발끝에 놓여있는 상자 안에서는 〈자비로운 죽음〉이라는 노래가 며칠째 흘러나오고 있었다. 짐은 그의 아버지가 자신과 함께 캠핑을 다닐 때 즐겨 입던 셔츠를 꺼내 입었다. 손끝을 덮은 긴 소맷자락을 타고 아버지가 텐트 안에서 껴안아주던 느낌, 호수 저편에서 오리가 울던 기억이 넌지시 떠올랐다. 짐은 가위를 들고서 셔츠의 긴 소매를 자기 팔 길이에 맞추어 재단할까 생각해보았다. '아마 아빠는 옷에 손을 대면 무척 화내시겠지? 아니, 전혀 눈치 못 챌지도 몰라….' 몇 시간 후 짐은 침대에 누웠다. 그의 곁에 있는 스탠드 위에는 얼마 전까지만 해도 70여 알이나 들어있던 아스피린 약통 이 텅 빈 채로 놓여있었다.

짐의 부모는 일 년 전에 별거를 시작했고, 이혼 수속을 밟고 있는 중이었다. 짐은 학교에 다녀야 하는 주중에는 어머니와 함께 살았다. 그러다 금요일 저녁이 되면 짐을 싸서 교외에 있는 아버지의 아파트로 가서 주말을 보냈다. 자연히 친구들과 함께 보낼 시간을 내기가 어려웠고, 짐은 그 점을 아주 힘들어했다. 주중에는 짐과 친구들이 정신없이 바빴고, 주말에는 짐이 친한 사람이 아무도 없는 낯선 곳에서 지내야 했으니 말이다. 어쩔 수 없이 짐은 멀리 있는 친구들과 통화를 하거나 외로움을 달래주는 음악을 들으며 주말을 보냈다.

이 외로움도 짐을 힘들게 했지만, 실은 양쪽 부모가 서로 자신에게만 관심을 가져달라고 요구하는 것을 짐은 가장 견딜 수가 없었다. 짐의 아버지와 어머니는 서로를 헐뜯었다. 짐이 자신이 아닌 상대 쪽에 애정을 표현하면 짐이 죄의식을 느끼도록 만드는 행동을 했다. 짐은 자살을 기도하기 전 일기장에 이렇게 적었다. "제발 도와주세요. 나는 엄마를 미워하기 싫어요. 아빠도 미워하기 싫단 말예요. 더 이상 나에게 이런 고통을 주지 마세요."

다행히도 그날 저녁 짐의 누나가 빈 아스피린 약통을 발견하고는 급히 어머니에게 연락했다. 짐은 병원으로 급히 이송되어 위세척을 받은 후 다시 정신을 차릴 수 있었다. 그러나 자살을 선택하는 많은 청소년이 짐처럼 다행스런 결과를 얻은 건 아니다.

훌리오를 불안하게 만든 바람 빠진 타이어나 짐을 죽음 직전까지 몰고 간 부모의 이혼에는 물리적 세계에서 볼 수 있는 직접적인 인과관계가 없다. 즉 이런 사건은 당구공이 굴러가듯 일정하게 정해진 방향으로만 진행되지 않는다. 예를 들어, 만약 훌리오에게 저축해둔 돈이 있었다면 바람 빠진 타이어 따위는 아무 문제가 아니었을지도 모른다. 또는 그가 과거에 조금만 신경을 써서 친구를 사귀어두었다면 며칠 동안 친구의 차를 얻어 타면서 문제를 해결할 수도 있었을 것이다. 혹은 훌리오가 조금 더 자신감이 있었다면 이런 사소한 문제는 얼마든지 해결할 수 있다는 스스로에 대한 믿음이 있었을 테고, 타이어는 아무 문제가 되지 않았을 것이다.

마찬가지로 짐의 경우를 보자. 만약에 짐이 조금 더 독립적이었다면 부모의 이혼이 자살을 기도할 만큼 심각한 문제가 되지는 않았을 것이다. 그러나 짐의 나이를 감안한다면 아직까지는 삶의 목표와 부모와의 관계가 밀접한 연관이 있으므로, 부모의 파경이 짐의 자아감을 약화시킬 수밖에 없었을 것이다. 그렇다고 하더라도 만약 짐에게 가까운 친구가 좀 더 많았더라면, 또는 짐이 지금보다 더 많은 성취를 이루었더라면 짐의 자아는 더 많은 힘을 지니고 있었을 것이다. 그 일이 있고 난 후 짐의 부모는 문제의 심각성을 깨닫고 짐의 자아가 성장할 수 있도록 관계를 복원해나갔다. 그나마 짐에게는 다행스러운 일이었다.

우리가 처리하는 정보는 자아와의 관련성에 따라서 평가되고 분석된다. "이 정보가 우리의 목표를 성취하는 데 방해가 되는가? 도움이 되는가? 아니면 이도 저도 아닌 중립적인 정보인가?"와 같은 평가 말이다. 증시 시세가 폭락한 것이 은행가에게는 비보가 되겠지만, 시장경제의 모순점을 주장하는 정치 운동가에게는 자신감을 북돋우는 기회가 될 수 있다. 새로운 정보는 우리가 어떻게 판단하는가에 따라서 의식의 무질서를 불러일으킬 수도 있고, 우리의 정신적 에너지를 자유롭게 하여 목표 수행을 도울 수도 있다.

의식의 질서 상태 : 플로우flow

심리적 엔트로피의 반대 상태는 최적 경험optimal experience이라고 할 수 있다. 우리의 인식 속으로 들어온 정보가 우리의 목표와 일치하면 심리적 에너지가 무리 없이 작용한다. 이런 상태에서는 별다른 근심이 없으며 자기 자신에 대해서 의문을 갖지도 않는다. 자기 모습에 대해서 생각하지 않는다는 건 지금 잘 지내고 있다는 증거라고 할 수 있다. 이런 긍정적인 피드백은 우리의 자아를 강화시킨다. 그 결과 더 많은 주의를 우리의 내면과 외면 세계에 집중할 수 있다.

우리 연구에 참여했던 리코는 직장에서 종종 이와 같은 느낌을 갖곤 한다. 리코는 앞서 언급한 홀리오와 같은 조립 라인에서 일했는데, 그가 맡고 있는 업무는 제품을 43초 안에 처리해서 다음 사람에게 넘기는 것이었다. 리코는 이 단순 작업을 하루에 600번 이상 반복했다. 아마 대부분의 사람은 이런 작업에서 즐거움을 느끼기는커녕 쉽게 지칠 것이다. 그러나 5년 이상 같은 작업을 반복하고 있는 리코는 아직도 이 일을 즐기고 있다. 어떻게 이런 일이 가능할까.

리코는 자신의 작업을 올림픽 선수가 기록을 단축하기 위해서 최선을 다하는 상황으로 간주했으며, 조립 시간을 단축하기 위해 기회가 있을 때마다 스스로 훈련을 했다. 마치 숙련된 외과 의사가 수술을 능숙하게 하기 위해 연습하듯이, 그는 조립 연장을 사용하는 방법과 움직이는 시간을 줄일 수 있는 개인적인 비법을 개발해나갔다. 리코는 제품 조립에 필요한 시간을 조금씩 단축시켜나갔고, 5년 후에는 28초라는 최고 기록을 세울 수 있었다.

리코가 이렇게 노력한 까닭은 회사에서 주는 보너스와 더불어 동료들의 칭찬을 얻고 싶었기 때문인 것이 일정 부분 사실이다. 그러나 대부분의 경우 리코는 자신이 세운 목표치를 달성하는 것 자체에 대단히 스릴을 느꼈고, 그래서 조립 시간이 늦춰지는 걸 스스로 못 견뎌했다. 이건 누가 지적하거나 강요했기 때문이 아니다.

리코가 자발적으로 일을 즐겼다는 사실은 "나의 일은 그 어떤 일보다 재미있습니다. 이 즐거움은 텔레비전을 보는 것과는 비교도 할 수 없지요."라고 한 그의 말에서 충분히 확인할 수 있다.

리코는 머지않아 자신이 인간으로서는 더 이상 단축할 수 없는 최단 기록을 세울 거라고 확신하고 있다. 게다가 이제 그는 일주일에 두 번씩 전기공학 과목을 야간에 수강하고 있다. 앞으로 학위를 받게 되면 좀 더 고난도의 직업을 구할 것이고, 새로운 일에서도 지금과 마찬가지로 재미를 느낄 수 있을 것이다.

팸은 조그만 법률 회사에서 일하는 변호사이다. 팸은 리코의 경우보다 직장에서 편안하고 조화로운 상태를 훨씬 더 크게 느끼고 있으며, 자신이 도전적인 사건을 처리할 수 있게 된 걸 큰 행운으로 생각한다. 그녀는 고문 변호사들이 사건을 처리하는 데 필요한 조례를 찾기 위해 도서실에서 많은 시간을 보낸다. 그 일에 몰입하기 때문에 종종 시간이 흐르는 걸 전혀 느끼지 못하곤 한다. 식사 시간도 잊어버리기 일쑤여서 배가 고프다는 생각이 들 때면 이미 바깥이 어둑어둑해져 있곤 했다. 팸이 일에 빠져있을 때 그녀의 의식 속에 들어오는 모든 정보는 그녀의 관심과 일치한다. 만약 잠시 좌절을 하게 되더라도 팸은 그 원인을 파악하고 있기 때문에 자신에게 닥친 어려움을 곧 극복할 수 있다고 믿는다.

이 두 가지 예가 최적 경험이 무엇인지를 잘 표현하고 있다. 최적 경험이란 의식이 질서 있게 구성되고, 또한 자아를 방어해야 하는 외적 위협이 없기 때문에 주의가 오로지 목표 달성만을 위해 자유롭게 사용되는 상태를 말한다.

나는 이미 이러한 상태를 플로우flow 경험이라고 이름 붙인 바 있다. 이런 이름을 붙인 이유는 우리가 인터뷰한 많은 사람이 최적 경험을 묘사할 때 '마치 하늘을 자유롭게 날아가는 느낌' 또는 '물이 흐르는 것처럼 편안한 느낌'이라고 말했기 때문이다. 플로우는 심리적 엔트로피의 정반대 개념인데, 이런 까닭에 **네겐트로피** negentropy(neg(반대의) + 엔트로피 — 옮긴이)라고 불리기도 한다.

플로우 상태를 경험하는 사람은 심리적 에너지를 자신이 선택한 목표를 성공적으로 수행하는 데 대부분 사용하기 때문에 더 강하고 자신에 찬 자아를 형성한다. 가능한 한 자주 플로우를 경험할 수 있도록 우리가 의식을 조절할 수 있다면 삶의 질은 저절로 향상되게 마련이다. 리코나 팸의 경우처럼 직장에서의 따분한 일상도 목적이 있는 즐거운 경험으로 변화시킬 수 있기 때문이다. 플로우 상태에서 우리는 심리적 에너지를 통제할 수 있다. 그때에는 우리가 하는 어떤 일도 의식의 질서를 더하게 만든다. 우리가 인터뷰한 어느 유명 암벽 등반가는 자신에게 깊은 플로우를 주었던 행위와 자기 삶과의 관련성에 대해 다음과 같이 명확하게 설명했다.

"암벽등반은 아주 짜릿한 경험입니다. 이 행위는 어찌 보면 자기 내면을 수양하는 행위라고 할 수 있지요. 조금씩 암벽 위로 올라가다 보면 온몸에 고통이 스며들 수밖에 없지요. 그러나 그 과정에서 자신의 내면을 돌아보면 모든 고통이 순식간에 사라지고 거기에 오르기까지 자신이 최선을 다해 노력해온 것에 대해 경외감을 갖게 됩니다. 절정에 이른 듯한 자기 만족감도 느끼게 되지요. 자신과의 투쟁에서 이기면 당연히 세상과의 투쟁에서도 승리하게 되는 것 아닌가요?"

이 투쟁은 자신과의 싸움이라기보다 우리 의식에 무질서를 부추기는 엔트로피와 벌이는 싸움이다. 또한 자신의 자아를 위한 싸움이요, 자신의 주의를 조절하기 위한 싸움이다. 이런 투쟁이 암벽 등반가의 경우처럼 반드시 육체적인 경험일 필요는 없다. 그러나 플로우를 경험한 사람이라면 누구나 알고 있다. 플로우가 가져다주는 큰 기쁨을 향유하기 위해서는 암벽 등반가가 보여주었던 것과 같은 아주 집중된 주의력이 필요하다는 사실을 말이다.

복합성과 자아의 성장

플로우를 경험하면 우리의 자아는 이전에 비해 더욱 복합적으로 발전한다. 이처럼 복합적인 자아를 형성해나가야 우리가 성장할 수 있다. 복합성complexity이라는 것은 두 가지 심리적 과정을 거친 결과인데, 이 두 가지 과정을 각각 **분화**differentiation와 **통합**integration 이라고 부른다. 분화라는 것은 자신을 유일하고 고유한 존재로 여기며 나아가려는 움직임으로, 자신을 다른 사람에게서 분리하려고 하는 경향을 말한다. 한편 통합이라는 것은 그 반대의 경우로, 다른 사람이나 다른 아이디어와 합하려는 경향을 말한다. 복합적 자아란 이 두 가지 경향을 성공적으로 결합시킨 자아를 일컫는다.

플로우를 경험한 자아는 분화가 더욱 심화된다. 사람들이 어려운 도전 과제를 이겨내면 스스로를 유능하고 특별하다고 생각하기 때문이다. 플로우를 하나하나 경험할 때마다 그 사람은 더욱 특별해지고, 예측하기 어려워지며, 보기 드문 숙련된 기술을 갖게 되는 것이다.

복합성은 종종 부정적인 의미를 갖기도 한다. 복합성이라는 말이 난해하다거나 혼란스럽다는 의미로 사용될 때 그렇다. 물론 그렇게 생각할 수도 있다. 그러나 이와 같은 부정적인 의미는 우리가 복합성을 분화와 같은 의미로 생각할 때만 나타난다. 분화와 달리 복합성에는 앞서 설명한 두 번째 심리적 과정인 통합이라는 개념이 포함되어있다. 예를 들어, 복합적 엔진은 서로 다른 기능을 수행하는 여러 가지 부속으로 구성되어있을 뿐 아니라, 각각의 부속품이 다른 부속품과 맞춰 마치 하나처럼 움직이는 섬세함도 지니고 있다. 통합이 없다면 분화된 시스템은 그저 뒤죽박죽인 상태일 뿐이다.

플로우는 자아를 통합하도록 도와주는데, 이는 깊이 몰입하는 이 상태가 의식의 질서를 잘 잡아주기 때문이다. 사고, 의도, 감정 그리고 여타의 모든 감각이 하나의 목적에 집중된다. 경험은 서로 조화를 이룬다. 깊은 플로우를 한 번 지나고 나면 그 사람은 내면의 통합뿐 아니라 이 세상과도 더욱 합치되는 느낌을 갖는다.

앞에서 소개한 암벽 등반가의 말을 좀 더 들어보자. "사람들이 가진 잠재력을 이끌어내는 데 산에 오르는 것보다 더 좋은 방법은 없는 것 같습니다. 또 정상을 오르는 과정에서는 이를 강요하거나 스트레스를 주는 사람이 없습니다. 다만 같이 정상에 오르는 사람들이 있을 뿐이지요. 게다가 우리는 모두 한마음입니다. 요즘 이렇게 서로를 믿을 수 있는 사람들을 어디서 만날 수 있겠습니까? 이 사람들이야말로 스스로를 수양하며 자신의 일에 헌신하는 사람들이 아닐까요? 이런 사람들과 함께 있다는 것 자체가 최고의 희열을 주지요."

분화만 되고 통합되지 못한 사람은 개인적으로는 큰 성취를 이룰 수 있겠지만 자칫 지나친 이기주의에 빠지기 쉽다. 반대로 통합만 되고 분화되지 못한 자아는 다른 사람과의 관계에서는 소속감과 안전감을 느낄 수 있겠지만 자율적인 개성을 갖기는 어려울 것이다. 오직 한 개인이 자신의 심리적 에너지를 분화와 통합이라는 이 두 가지 과정에 균등하게 분배할 때, 또한 그 결과 지나치게 이기적이거나 순응적이지 않게 될 때 그 사람의 자아는 복합성을 갖추게 된다.

우리는 플로우를 경험함으로써 복합적인 자아를 갖는다. 역설적이게도 어떤 외적 목표를 성취하기 위해서가 아니라 행위 그 자체를 즐길 때 우리 삶이 향상될 가능성이 높아지는 것이다. 어떤 목표를 세우고 이를 달성하기 위해 최고의 집중력을 발휘할 때 우리는 무엇을 하든지 즐거움을 느낄 수 있다. 이런 즐거움을 맛보기 시작하면 다시 이 즐거움을 경험하기 위해 더 많이 노력하게 될 것이고, 이 과정이 순환하면서 우리의 자아가 성장한다. 바로 이것이 리코와 R, 그리고 E가 자신의 삶을 풍요롭게 만들어가는 방법이다.

플로우가 중요한 데는 두 가지 이유가 있다. 첫 번째는 플로우가 현재의 삶을 즐겁게 만들어준다는 것이요, 두 번째는 우리 개개인의 자신감을 향상시킴으로써 궁극적으로는 인류 전체에 공헌할수 있다는 것이다.

앞으로 나는 이러한 최적 경험에 관해서 우리가 아는 바를 좀더 구체적이고 철저하게 탐색해볼 것이다. 이를테면, 최적 경험 상태에서 우리는 어떻게 느끼며, 어떤 조건에서 최적 경험의 상태가 이루어지는지를 알아볼 것이다. 플로우에 도달하는 지름길은 없다. 그러나 플로우가 어떻게 기능하는지를 잘 알게 되면 불안과 권태에 빠지게 될지도 모르는 우리의 삶을 좀 더 조화롭고 에너지 넘치게 변화시킬 수 있을 것이다.

03

Enjoyment and the Quality of Life

즐거움과
삶의 질

삶의 질을 향상시키기 위하여 우리가 채택할 수 있는 주요 전략에는 두 가지가 있다. 첫 번째는 삶의 목적에 부합하는 외적 조건을 만드는 것이고, 두 번째는 우리가 경험하는 방식을 변화시켜 외적 조건이 우리의 목적에 더욱 잘 부합하도록 만드는 것이다.

예를 들어보자. 일상에서 안전감을 느끼는 건 행복의 필수 조건이다. 이 안전감은 범죄로부터 자신을 보호하려는 노력을 통해 향상될 수 있다. 그 노력이란 이를테면, 지금 사는 곳보다 더 안전한 동네로 이사를 가거나, 도난 방지 시스템을 설치하거나, 경찰 병력을 증가시키도록 해당 관공서에 정치적 압력을 넣거나, 지역사회가 질서의 중요성을 인식하도록 활동하는 것 등을 말한다. 이 모든 대응은 우리의 목적에 부합하는 외적 조건을 만들기 위한 것이다.

안전감을 얻는 또 다른 방법은 안전하다는 것의 의미를 수정하는 것이다. 만일 우리가 완벽하게 안전하기를 기대하지 않고 어느 정도의 위험은 불가피하다는 점을 인정한다면 어떻게 될까? 또 모든 게 예측 가능한 세계보다는 좀 부족한 듯한 세계를 즐기는 데 우리가 익숙해진다면? 만일 그렇게 된다면 안전하지 못하다는 느낌이 우리가 행복을 누리는 데 그리 큰 위협이 되지는 않을 것이다.

이 두 가지 전략은 따로 사용하면 효과적이지 않다. 초기에는 외적 조건을 변화시키는 전략이 효과가 있는 것처럼 보일 수 있다. 그러나 만일 자신의 의식을 통제할 수 없다면 또다시 예전의 공포나 욕망이 살아나 그때 느꼈던 불안을 되살릴 것이다. 우리가 카리브 해에 자신만의 섬을 구입하고 그 섬을 철통같이 지킨다고 할지라도 완벽한 안정감을 얻을 수는 없다.

미다스 왕의 신화는 외부 조건을 통제할 수 있다고 해서 반드시 삶이 향상되지는 않는다는 점을 잘 설명해준다. 대다수의 사람이 그렇듯, 미다스 왕은 엄청난 부자가 되면 행복이 보장될 거라고 생각했다. 그는 신과 계약을 맺었고, 신은 그와 몇 차례 승강이를 한 끝에 손에 닿는 모든 게 금으로 변하게 해달라는 그의 소원을 들어주었다. 미다스 왕은 완벽한 협상을 맺었다고 생각했다. 이제 자신이 세상에서 가장 부유하며, 따라서 가장 행복한 인간이 될 수 있으리라고 믿었다. 그러나 우리는 이 이야기의 결말을 잘 알고 있다. 포도주는 삼키기도 전에 입 속에서 금으로 변했고, 사랑하는 딸마저 금으로 변해버렸다. 미다스 왕은 크게 후회했지만 결국 금 접시와 금잔에 둘러싸인 채 죽는다. 이 우화가 남긴 교훈은 수백 년이 흐른 지금도 여전히 우리에게 메아리치고 있다.

오늘날 병원 대기실은 성공한 사오십 대 부유한 환자들로 가득 차 있다. 이들은 호화로운 주택과 값비싼 차, 그리고 미국 최고 대학인 아이비리그 학력조차도 마음에 평화를 가져오는 데 충분치 않다는 사실을 어느 날 갑자기 직시하게 된 사람들이다. 그런데도 사람들은 삶의 외적 조건을 변화시켜야 행복의 열쇠를 얻을 수 있다고 믿고 있으며 계속 이를 소망하고 있다. 더 많은 돈을 벌 수만 있다면, 더 멋진 외모를 갖춘다면, 또는 더 이해심 있는 배우자를 만났다면… 이라고 하면서 말이다. 우리는 물질적 성공이 반드시 행복을 가져오지 않는다는 사실을 잘 알고 있다. 그러면서도 물질적 성공이 삶의 질을 조금은 향상시킬 거라고 기대하면서 끝없는 투쟁을 하고 있다.

부와 지위, 권력은 우리의 문화에서 너무나도 강력한 행복의 상징물이 되었다. 우리는 부유하고 유명한데다가 외모까지 훌륭한 사람들을 보면, 그들이 실제로는 비참한 상황에 처해있을지라도, 그들의 삶을 부러워하는 경향이 있다. 또 만일 그 사람들이 가지고 있는 행복의 상징 중 몇 가지를 얻을 수만 있다면 우리가 지금보다 훨씬 더 행복해질 거라고 생각한다.

만일 우리가 부자가 되고 권력자가 되는 데 성공한다면 우리는 적어도 그 순간만큼은 우리의 인생이 전반적으로 향상되었다고 생각한다. 그러나 이런 행복의 상징들은 우리를 미혹시킨다. 즉 우리가 행복과 삶의 실제 모습을 혼동하게 만드는 경향이 있다.

삶의 질이라는 것의 실체는 타인이 우리를 어떻게 보는가 혹은 우리가 무엇을 소유하고 있는가로 직접적으로 결정되지 않는다. 중요한 건 우리가 자기 자신에 대해 그리고 우리에게 일어나는 일에 대해 어떻게 느끼는가이다. 따라서 삶의 질을 향상시키기 위해서는 우리가 하고 있는 경험의 질을 향상시켜야 한다.

지금까지 한 이야기가 돈과 외모, 명성이 반드시 행복과 무관하다는 뜻은 아니다. 돈과 외모와 명성이 축복일 수는 있다. 하지만 이는 그것이 우리에게 행복한 느낌을 줄 때에만 그러하다. 만일 그렇지 않다면 아무리 좋게 평가해도 이런 행복의 상징물은 우리 삶에 별다른 영향을 줄 수 없으며, 심지어는 우리가 행복한 인생을 살아가는 데 장애물이 될 수도 있다.

행복과 생활 만족도에 관한 조사는 일반적으로 부와 행복 사이에는 약간의 상관이 있다는 점을 시사해준다. 경제적으로 부유한 국가의 국민은 그렇지 못한 국가의 국민보다 자신들이 대체로 더 행복하다고 평가하는 경향이 있다. 일리노이 대학의 연구원 디이너가 미국인들을 대상으로 조사한 바에 따르면, 아주 부유한 사람들은 약 77퍼센트가 행복하다고 답한 반면, 중산층 사람들은 단 62퍼센트만이 행복하다고 답했다고 한다. 통계상으로는 이 차이가 유의미해 보일 수 있지만 실제로는 그 차이가 그리 크지 않다. 특히 이 조사에서 대상으로 삼은 부유한 사람들 집단이 가장 돈 많은 부자 400명의 명단에서 선발됐다는 점을 고려한다면 더욱 그러하다. 또한 디이너의 연구에서 돈 자체가 행복을 보증한다고 믿는 응답자가 한 명도 없었다는 점은 주목할만하다. 조사 대상자의 대다수는 다음의 말에 동의했다. "돈은 어떻게 사용하느냐에 따라 우리의 행복을 증가시킬 수도 있고, 감소시킬 수도 있다."

브래드번은 이전 연구에서 수입이 가장 높은 집단에서 행복하다고 답한 경우가 수입이 가장 낮은 집단에 비해 25퍼센트 정도 더 많았다고 밝혔다. 이 통계에서도 차이는 존재했지만 그 차이가 아주 큰 건 아니다. 10년 전 〈미국인의 삶의 질〉이라는 제목으로 발행된 조사 결과에 따르면, 책임 연구자들은 개인의 재정적 상황이 인생의 전반적 만족에 영향을 주는 요인 중에서 가장 덜 중요한 요인 가운데 하나라고 보고했다.

이 관찰을 전제로 하면, 돈을 많이 벌거나 친구를 사귀거나 또는 타인에게 영향을 미치는 것 따위는 우리에게 심각한 고민거리가 될 수 없다. 그보다는 어떻게 해야 일상생활이 더 조화롭고 만족스러워질 수 있는가를 발견하려는 노력이 중요하다. 즉 눈에 보이는 사회적 목적을 쫓기만 해서는 결코 얻을 수 없는 것을 체험을 통해 성취하는 것이 우리에게 더욱 유익하다.

쾌락과 즐거움

대부분의 사람은 행복이란 쾌락을 경험하는 것이라고 먼저 생각한다. 예컨대 맛있는 식사와 만족스러운 섹스, 돈으로 살 수 있는 모든 안락함과 편리함 따위를 누리는 걸 행복이라고 여기는 것이다. 우리는 행복이라고 하면 해외여행이나 멋진 친구와의 만남, 또는 값비싼 편의 시설 등에서 얻을 수 있는 만족을 상상한다. 화려한 광고가 끊임없이 우리를 유혹하지만 만약 그걸 경제적으로 감당할 수 없다면 술 한 잔을 옆에 놓고 텔레비전 앞에 앉아 조용히 저녁 시간을 보내는 것으로도 우리는 행복해할 수 있다.

쾌락이란 생물학적 프로그램이나 사회적 환경에 의해 설정된 기대 수준이 충족되었다는 정보를 우리가 의식할 때 느끼는 만족감이다. 배고플 때 먹는 음식은 생리적 불균형을 해소시켜주기 때문에 우리를 기분 좋게 만들어준다. 일로 인해 과민하게 흥분된 마음을 가라앉히기 위해 알코올이나 약물을 섭취하며 미디어에서 제공하는 정보를 수동적으로 받아들이는 저녁의 휴식 시간은 기분 좋은 이완을 가져다준다. 아카풀코로의 여행(대마초를 피운다는 의미로 해석해도 무방 — 옮긴이)은 신비로운 세계를 경험하게 해주기 때문에, 또 '유명인사'들도 이렇게 한다는 걸 알기 때문에 되풀이되는 일상에 지친 우리 마음에 즐거움을 가져다준다.

쾌락은 삶의 질을 구성하는 중요한 요소이지만 그 자체로는 행복을 가져오지 못한다. 잠과 휴식, 식사와 섹스는 신체적 욕구로 발생한 정신적 엔트로피에서 벗어나게 해주기 때문에 우리 의식에 질서를 가져다주는 **회복 기능**homeostatic(생리학적인 용어로는 항상성을 의미하지만 여기서는 문맥에 맞추어 회복 기능이라고 함 — 옮긴이)을 하기도 한다. 그러나 잠과 휴식, 식사와 섹스는 정신적 성장까지 일으키지는 못하며, 자아에 복합성을 더해주지도 못한다. 즉 쾌락은 의식의 질서를 유지하게 해주지만 그 자체가 의식에 새로운 질서를 창조할 수는 없다는 것이다.

삶을 보람 있게 만드는 건 무엇일까? 사람들은 이런 생각을 할 때 현재의 쾌락과 관련된 기억이 아니라 다른 사건이나 경험을 떠올리는데, 우리는 이것을 즐거움이라고 명명한다. 즐거움이라는 것은 우리가 이전에 기대했던 바를 성취하거나 어떤 욕구를 충족시킬 때 생겨난다. 또한 우리가 생물학적으로나 사회적으로 프로그램된 행동 이상의 것을 해냄으로써 기대하지 못했던 — 아니, 상상조차 하지 못했던 — 일을 성취할 때도 일어난다.

막상막하의 상대와 테니스 시합을 할 때, 새로운 관점을 제시해주는 책을 읽을 때, 새로운 아이디어에 대해 대화를 나눌 때 우리는 즐거움을 느낀다. 아슬아슬한 비즈니스 협상을 끝냈을 때나 어떤 일을 잘 마쳤을 때도 마찬가지이다. 어떤 일이든 그 일이 한창 벌어지는 순간에는 재미를 잘 느끼지 못한다. 하지만 그 일을 마치고 회상해보면 "아, 참 재미있는 일이었어."라는 생각이 들고 그 경험을 또 하고 싶어 하게 된다. 이와 같은 즐거운 일들이 있고 난 후에 우리는 스스로가 변했다는 걸 깨닫는다. 우리의 자아가 확장된 것이다. 이런 점에서 우리가 좀 더 복합적이 되었다고 할 수 있다.

쾌락을 주는 경험은 즐거움을 줄 수 있다. 그러나 쾌락과 즐거움이라는 두 가지 정서는 같지 않다. 예를 들어, 우리는 맛있는 음식을 먹고 쾌락을 느낄 수 있다. 하지만 음식을 즐긴다는 건 좀 다른 문제이다. 식도락가가 음식을 즐기기 위해서는 먹는 것에 상당한 관심과 주의를 기울여야 한다. 이 말은 쾌락은 정신적 노력 없이도 느낄 수 있지만, 즐거움은 비범한 주의를 기울여야 느낄 수 있다는 의미이다. 즉 사람들은 아무 노력 없이도 — 뇌의 특정 부위에 전기 자극을 주거나 약물에 의한 화학적 작용을 통해서도 — 쾌락을 느낄 수 있다는 것이다. 그러나 주의를 집중하지 않으면 테니스나 독서, 대화를 즐기기란 불가능하다.

쾌락은 아주 덧없으며, 자아가 쾌락 경험으로는 성장하지 않는 이유가 바로 이 때문이다. 복합성은 새롭고 또한 상대적으로 도전적인 목표에 심리 에너지를 쏟을 것을 요구한다. 이 과정은 한창 자라는 어린아이들에게서 쉽게 볼 수 있다. 생후 몇 년 동안 모든 아이는 매일 새로운 동작과 말을 시도하는 작은 '학습 기계'가 된다.

아이들이 새로운 능력을 학습할 때 보여주는 황홀한 표정은 즐거움이 무엇인지를 우리에게 잘 말해준다. 이런 즐거운 경험 하나하나가 더해져서 아이들의 자아를 복합적으로 발달시키는 것이다.

불행하게도 성장은 곧 즐거움이라는 연관성이 시간이 지나면서 점차 사라지는 것 같다. 아마도 학교교육을 받기 시작하는 순간 '학습'이 외부의 요구에 대한 반응이 되어가면서 새로운 능력을 습득한다는 짜릿한 희열이 사라지기 때문일 것이다. 사춘기에는 자신만의 좁은 자아 속에서 안주하려는 경향이 있다. 그러나 새로운 곳에 심리 에너지를 투자해보았자 외적 보상이 주어지지 않는다면 쓸데없는 짓일 뿐이라고 생각하는 순간부터 우리는 더 이상 인생을 즐기지 못하게 될 것이다. 단지 쾌락만이 우리의 기분을 즐겁게 해주는 경험이 될 뿐이다.

한편 어떤 일을 하든 관계없이 즐거움을 지속하기 위해 오랫동안 노력하는 사람도 많다. 오르시니는 나폴리에서 초라한 골동품 가게를 운영하고 있는 노인이다. 언젠가 내가 오르시니가 운영하는 상점에서 물건을 구경하고 있을 때, 멋진 미국 여인 한 명이 그 가게로 들어왔다. 잠시 동안 상점 안을 둘러본 여인은 바로크 양식의 골동품 가격을 물어보았다. 상점 주인 오르시니는 터무니없는 가격을 제시했다. 누가 들어도 수긍할 수 없는 가격이었다. 그러나 그 여인은 곧바로 여행자수표를 꺼내 계산하려고 했다. 나는 속으로 '이 터무니없는 금액을 지불하겠다니! 노인이 횡재했구나.'라고 생각하며 숨죽이고 그 상황을 지켜보았다. 하지만 나는 오르시니를 잘못 알고 있었다. 그는 갑자기 얼굴빛이 변하더니 흥분을 가까스로 참아내며 그 고객을 상점 밖으로 내보냈다. "부인, 죄송하지만 당신에게는 그 물건을 팔 수 없습니다." 황당해하는 여인을 향해 오르시니는 다시 한 번 "당신과는 거래를 할 수 없습니다, 아시겠습니까!"라고 반복해서 말했다. 마침내 미국 여인이 떠나자 그는 진정한 후 거래를 거절한 이유를 설명했다.

"만일 내가 굶어 죽을 정도로 가난했다면 그 돈을 받았을 겁니다. 하지만 난 그런 식으로 장사하지 않습니다. 왜 내가 그렇게 재미없는 거래를 해야 합니까? 나는 두 사람이 계략과 웅변으로 상대를 누르고자 하면서 거래하는 재치의 싸움을 즐기지요. 내가 물건 값을 불렀을 때 그 여인은 주춤거리지도 않았습니다. 내가 바가지를 씌울지도 모른다고 추호도 의심하지 않았어요. 나를 존중하지 않았던 거예요. 그 물건을 그렇게 터무니없는 가격에 팔았다면 오히려 내가 사기당한 것 같은 기분이 들었을 겁니다."

남부 이탈리아나 다른 지역에 사는 사람들 가운데 오르시니와 같이 특이한 태도로 장사하는 사람은 아마 거의 없을 것이다. 그러나 그 사람들은 오르시니만큼 자신의 일을 즐기지는 못하리라고 생각된다.

즐거움 없이도 인생은 견딜만하며 쾌락적일 수 있다. 그러나 이런 인생은 운이나 외부 환경에 의존하기 때문에 위태로울 수밖에 없다. 경험의 질을 개인이 통제할 수 있으려면 매일매일의 생활을 어떻게 즐거움으로 채울 것인가 하는 방법을 배울 필요가 있다.

이번 장의 뒷부분에서는 '무엇이 즐거운 경험을 만드는가'에 대한 개관을 제시할 것이다. 이것은 내가 수십 년 동안 장기간의 면담과 설문조사를 진행하여 수천 명의 응답자로부터 수집한 자료를 통해 얻은 것이다. 연구 초기에는 암벽 등반가, 작곡가, 체스 선수, 아마추어 운동가 등 많은 시간과 노력을 투자하여 아주 어려운 행위 — 그러나 돈이나 명성과 같은 명확한 보상을 주지 않는 행위 — 에 몰두하는 사람들을 인터뷰했다. 그 다음에는 평범한 삶을 살아가는 사람들을 대상으로 연구를 진행했다. 우리는 그들에게 삶이 최고조에 달했을 때 혹은 가장 즐거웠을 때 무엇을 느꼈는지 묘사해달라고 요청했다. 미국에서는 의사, 대학교수, 서기, 조립 작업 노동자, 젊은 어머니들, 퇴직자, 청소년 등 도시에서 사는 사람들이 연구 대상에 포함되었다. 또한 이 연구에는 한국, 일본, 태국, 호주, 유럽의 여러 문화권, 더 나아가서는 나바호 보호구역에서 거주하는 사람들도 참여했다. 이 인터뷰를 기준으로 우리는 이제 경험을 즐거운 것으로 만드는 요인을 설명할 수 있게 되었다. 또한 우리 모두가 삶의 질을 향상시키기 위해 활용할 수 있는 사례를 제공할 수 있게 되었다.

즐거움을 구성하는 여덟 가지 요인

연구를 시작하고 나서 처음 알게 된 놀라운 사실이 있다. 서로 다른 활동을 하고 있는 사람들이 그 일이 아주 잘 진행될 때 느끼는 기분을 아주 비슷하게 묘사한다는 사실을 발견한 것이다. 영국 해협을 건널 때 장거리 수영 선수가 느끼는 감정과 토너먼트 시합을 하고 있는 체스 선수나 위험한 암벽을 오르는 등반가가 느끼는 감정이 분명 같았다. 새로운 4중주곡을 작곡하는 음악가에서부터 농구 챔피언 경기에 참가한 빈민가 출신 청소년에 이르기까지 모두가 그런 순간에 느끼는 감정이 아주 비슷했다.

　또 하나 놀라운 사실은 응답자들이 문화나 문명화 정도, 사회계층이나 연령, 성별에 관계없이 즐거움을 아주 비슷한 방식으로 묘사한다는 것이다. 응답자들이 즐거움을 경험하기 위해서 하는 일은 아주 다양했다. 예를 들어 한국 노인들은 명상을 즐겼으며, 일본 청소년들은 폭주족과 어울리기를 좋아했다. 그러나 자신이 즐거울 때 **어떻게 느끼는가**를 묘사할 때는 양쪽 집단 모두가 거의 동일한 용어로 그 느낌을 표현을 했다. 또한 그 활동을 즐기는 이유를 설명할 때도 양쪽 집단 간에 차이점보다는 유사점이 훨씬 많았다. 요약하면, 최적 경험과 이 경험을 가능하게 해주는 심리적인 조건이 전 세계적으로 동일하다는 것이다.

우리는 이 연구에서 즐거움이라는 현상에는 **여덟 가지 주요 구성 요소**가 있다는 사실을 발견했다. 사람들에게 가장 긍정적인 경험을 할 때 어떤 느낌을 받았는지 반추해보라고 하면, 다음의 여덟 가지 요소 가운데 적어도 한 가지는 언급한다(물론 여덟 가지를 모두 언급하는 사람도 있다).

첫째, 이 경험은 일반적으로 본인이 완성시킬 가능성이 있는 과제에 직면했을 때 일어난다.

둘째, 본인이 하고 있는 행위에 집중할 수 있어야 한다.

셋째, 수행하는 과제에 대한 명확한 목표가 있어야 하며

넷째, 즉각적으로 피드백을 받을 수 있어야 한다.

다섯째, 일상에 대한 걱정이나 좌절을 의식하지 않고 자연스럽고도 깊은 몰입 상태로 행동할 때 일어난다.

여섯째, 즐거운 경험은 자신의 행동에 대한 통제감을 느끼도록 해준다.

일곱째, 자아에 대한 의식이 사라진다. 그러나 역설적으로 플로우 경험이 끝나면 자아감이 더욱 강해진다.

마지막 여덟째, 시간의 개념이 왜곡된다. 즉 몇 시간이 몇 분인 것처럼 느껴지고, 몇 분이 몇 시간처럼 느껴지기도 한다.

이 모든 요소가 결합하여 즐거움을 불러일으키는데, 이것은 너무나도 충만한 느낌이기 때문에 사람들은 이 느낌을 경험하기 위해 많은 정력을 쏟을 가치가 있다고 생각한다.

　　즐거운 활동을 이처럼 만족스럽게 만드는 것이 무엇인지를 더욱 잘 이해하기 위하여 지금부터 앞서 언급한 여덟 가지 요소 하나하나를 면밀하게 살펴볼 것이다. 이에 관한 지식을 갖춘다면 의식의 통제를 달성할 수 있으며, 일상생활의 가장 지루한 순간조차도 자아가 성장하도록 돕는 사건으로 변화시킬 수 있을 것이다.

기술skill을 요구하는 도전적 활동challenging activity[•]

가끔씩 사람들은 뚜렷한 이유 없이 극도의 기쁨이나 황홀한 절정감(엑스터시)을 경험한다고 보고한다. 음울한 음악이 나오는 술집 분위기가 그런 경험을 불러일으키기도 하고, 훌륭한 경관이 그러한 경험을 주기도 한다. 그러나 최적 경험이 일어난다고 보고된 훨씬 많은 경우는 목표 지향적이고 규칙에 의해 제약을 받는 활동을 할 때인데, 그 활동들은 심리 에너지를 요구하며 적절한 기술 없이는 할 수 없는 것이었다. 그 이유는 차츰 명확해질 것이다. 지금은 일반적으로 이런 경향이 있다는 점을 인식하는 것으로 충분하다.

　　이러한 '활동activity'은 반드시 신체적인 의미에서의 활동일 필요는 없으며, 그에 필요한 '기술skill'도 반드시 신체적인 기술일 필요가 없다. 이 점을 처음에 명확히 해두는 것은 중요하다. 예를 들어, 전 세계적으로 사람들이 가장 자주 언급하는 즐거운 활동은 독서이다. 독서는 주의 집중을 요구하고, 목표가 있으며, 문자화된 언어의 규칙을 알아야 할 수 있는 활동이기 때문에 여기서 말하는 활동의 범주에 들어간다. 독서를 하려면 당연히 글을 읽을 수 있는 기술이 필요하다. 하지만 그것만이 전부는 아니다. 단어를 이미지로 변형시켜 가상의 인물에 감정이입하는 능력, 역사적·문화적 맥락

•　　150~151쪽에 있는 옮긴이의 주 참조

을 인식하여 글의 전개 방향을 예견하는 능력, 저자의 글쓰기 스타일을 비판하고 평가하는 능력 등이 독서를 하기 위해 필요한 기술에 포함된다. 이것은 더욱 폭넓은 의미에서 상징적인 정보를 조작할 수 있는 '기술'인데, 예를 들자면 사물의 관계를 머릿속에 그릴 수 있는 수학자의 능력이나 음악적 기호를 조합하는 음악가의 기술이 여기에 해당한다.

즐거운 활동의 또 다른 보편적인 예는 다른 사람들과 함께 있는 것이다. 다른 사람들과 대화하거나 농담을 하는 것은 특별한 기술을 요구하는 것처럼 보이지 않을 수 있다. 따라서 사람과 어울리기 위해서 기술을 사용할 필요가 있다는 나의 진술이 이상하게 들릴 수 있을 것이다. 그러나 수줍음을 많이 타는 사람들이 알고 있듯이, 만일 다른 사람들이 나를 어떻게 볼지에 대해 자꾸 신경을 쓰게 되면(이후로 이를 자의식self-consciousness이라고 옮김 — 옮긴이) 사교적 모임을 갖는 게 힘겨워지고 가능하면 이를 피하려고 하게 된다.

어떤 활동을 하든지 간에 실천하다 보면 많은 기회와 도전이 있게 마련이다. 그러나 적절한 기술이 없는 사람들에게 활동은 하나의 도전이 될 수 없고 무의미할 뿐이다. 체스판을 준비하는 행위가 체스 선수에게는 벅찬 기대감을 안겨주는 일이지만, 게임의 규칙을 모르는 사람들에게는 귀찮은 일일 수밖에 없다. 대부분의 사람에게 요세미티 계곡에 있는 엘캐피탄 수직 암벽은 그저 단조로운 바위일 뿐이다. 그러나 암벽 등반가에게 이 수직 벽이 주는 의미는 보통 사람들과는 천지 차이로 다르다. 즉 정신과 육체의 도전이라는 끝없이 복잡한 교향악을 제공하는 너무나도 훌륭하고 멋진 경기장인 것이다.

도전을 찾는 간단한 방법 한 가지는 경쟁적인 상황에 뛰어드는 것이다. 따라서 상대방과 대적하는 모든 게임과 스포츠는 대단히 매력적이다. 여러 측면에서 경쟁은 복합성을 발달시켜주는 지름 길이다. 에드먼드 버크는 "우리와 대적하는 자는 우리의 정신을 강화시켜주고 우리의 능력을 다듬어준다. 적은 결국에는 나에게 큰 도움을 주는 자이다."라고 말했다. 경쟁할 때 생기는 도전 의식은 자극적이며 즐겁다. 하지만 상대를 이기려고 하는 마음이 너무 앞서면 즐거움이 사라지는 경향이 있다. 경쟁은 그것이 자신의 기술을 완성하는 수단이 될 때에만 즐거운 것이다. 경쟁 자체가 목적이 된다면 그 활동은 더 이상 흥미로운 도전이 아니다.

그러나 도전은 경쟁이나 신체적 활동에만 국한되어있는 것이 결코 아니다. 도전은 예상하지 못한 상황에서도 즐거움을 주기 위해 필요하다. 예를 들면 대부분의 사람은 그림 감상을 즉흥적이고 직관적인 과정으로 간주한다. 그러나 어느 예술 전문가는 작품 감상의 즐거움을 다음과 같이 묘사한다.

"어떤 작품들은 대부분 아주 명약관화한 메시지를 담고 있다. … 그리고 당신은 그런 종류의 작품에 대해 특별한 흥미를 발견하지 못할 수 있다. 그러나 다른 종류의 작품에는 도전이 담겨있다. … 그 작품들은 아주 흥미로우며, 우리 마음속에 남게 된다."

달리 말하면, 그림이나 조각을 보는 것과 같은 수동적인 즐거움조차도 그 예술 작품이 함유하고 있는 도전성과 관련이 있다.

즐거움을 제공하는 활동들 가운데 몇몇은 바로 즐거움이라는 목적 자체를 위해 만들어진 것이다. 예를 들어 게임과 스포츠, 예술과 문학은 인생을 즐거운 경험으로 풍성히 채우려는 목적으로 몇 백 년에 걸쳐 발전되어왔다. 그러나 단지 예술과 여가 활동만이 최적 경험을 제공할 수 있다고 생각한다면 그건 잘못된 것이다. 건전한 문화에서는 생산적인 작업은 물론이고 일상생활에 필요한 일과도 우리에게 만족을 준다. 실제로 이 책의 목적 가운데 하나는 일상적인 일에서도 우리가 최적 경험을 느낄 수 있는 방법을 마련하고자 하는 것이다. 잔디를 깎거나 병원 대기실에서 진료받을 순서를 기다리는 것도 목표와 규칙, 그리고 바로 아래에서 설명할 즐거움의 다른 요소들을 마련하여 재구성한다면 얼마든지 즐거운 일이 될 수 있다.

독일의 유명한 실험 물리학자이자 18세기의 철학·수학자 라이프니츠의 자손인 마이어 라이프니츠는 어떻게 우리가 지루한 상황을 통제하고 이를 즐거운 상황으로 변화시킬 수 있는지에 대하여 흥미로운 예를 제시하였다. 마이어 라이프니츠 교수 역시 학자라면 누구나 경험하는 직업적 고통을 겪었다. 종종 단조롭고 지루한 학술 세미나에 참석해 온종일 앉아있어야 했던 것이다. 그는 이 고통에서 해방되기 위해, 즉 단조로운 강의의 지루함을 막아보기 위해 자신에게 필요한 만큼의 도전을 주는 개인적 활동을 만들어 냈다. 그 개인적 활동은 너무나 규칙적이고 자동화되어있기 때문에 그의 주의는 대부분 자유로웠다. 따라서 그는 개인적 활동을 하다가도 세미나 도중에 흥미로운 이야기가 나오면 즉시 강의로 주의를 돌릴 수 있었다.

라이프니츠 교수가 한 행동은 다음과 같다. 세미나 발표자가 장황하고 지루한 얘기를 할 때마다 오른쪽 엄지손가락을 가볍게 두드리는 것으로 이 행동을 시작했다. 엄지손가락을 두드린 다음에 가운뎃손가락, 집게손가락, 약손가락을 순서대로 두드린다. 그리고 다시 가운뎃손가락을 두드리고, 마지막으로 새끼손가락을 두드린다. 이제 그의 손가락 두드림은 왼손으로 옮겨간다. 왼손에서는 먼저 새끼손가락을 시작으로 해서, 가운뎃손가락, 약손가락, 집게손가락, 그리고 다시 가운뎃손가락을 차례로 두드리고 마지막으로 엄지손가락을 두드리면서 끝낸다. 그리고 나서 오른손에서 앞서와 반대 순서로 손가락 두드림을 하고, 그 다음 다시 왼손에서 또한 앞서와 반대 순서로 손가락 두드림을 한다. 규칙적인 간격에 한 박자 쉼과 반 박자 쉼을 더하면 같은 패턴을 반복하지 않고도 888가지 조합으로 순서를 바꿀 수 있다는 것도 알게 되었다. 규칙적으로 두드리는 동작 중간에 쉼을 끼워 넣으면 거의 음악적 하모니가 되었고, 실제로 이를 악보에 표현할 수도 있었다.

이 재미있는 게임을 고안한 이후에 마이어 라이프니츠 교수는 이 게임을 흥미롭게 사용하는 법을 발견했다. 즉 사고의 지속 시간을 측정하는 방법으로 사용한 것이었다. 888가지 조합으로 손가락 두드림을 세 번 반복하면 2,664번의 두드림을 하게 되는데, 이 동작이 능숙해지면 거의 12분이 소요되었다. 손가락 두드림을 하면서 주의를 손가락으로 옮기면 마이어 라이프니츠 교수는 자신이 몇 번째 반복의 어느 지점에 있는지를 정확히 말할 수 있었다.

예를 들어 지루한 세미나 시간에 손가락을 두드리는 동안 그의 의식상에 물리학 실험과 관련된 한 가지 사고가 떠오르면, 그는 즉시 손가락으로 주의를 옮긴다. 그리고 자신이 두 번째 반복 중 300번째 두드림을 하고 있다는 사실을 파악한 후, 곧바로 실험에 관한 사고로 되돌아온다. 일정 시간이 흐른 후 실험에 관한 사고가 완성되고 문제가 해결된다. 그가 문제를 해결하는 데 시간이 얼마나 걸렸을까? 손가락으로 다시 주의를 옮겨 그는 자신이 두 번째 반복을 막 끝마치려는 시점이었다는 사실을 인식한다. 사고를 시작할 때와 끝맺을 때의 두드림 순서를 보고 라이프니츠 교수는 자신이 그 문제를 푸는 데 2분 15초가 소요되었다는 사실을 바로 알 수 있었다.

경험의 질을 향상시키기 위하여 이렇게까지 독창적이고 복잡한 정신 게임을 일부러 창안하는 사람은 거의 없을 것이다. 그러나 우리 모두는 어느 정도 적당한 방법을 마련한다. 모든 사람은 하루하루의 지루한 틈을 메우기 위해, 또는 걱정이 엄습해올 때 불안에서 벗어나기 위해 나름의 편법을 개발한다. 어떤 사람은 쉴 새 없이 낙서를 하며, 어떤 사람은 물건을 깨물거나 담배를 피운다. 머리를 빗거나 콧노래를 부르는 사람도 있다. 또는 좀 더 심오한 개인적 의식ritual을 치르기도 한다. 일정한 패턴이 있는 행동을 수행함으로써 의식에 질서를 가져오려는 것이다. 다시 말해, 일상의 우울함이나 따분함을 경감시켜주는 '작은 플로우microflow' 활동인 셈이다.

그러나 활동이 얼마나 즐거운 것인가 하는 것은 궁극적으로는 그 활동의 복합성에 달려있다. 방금 예를 든 일상생활 속의 사소하고 자동적인 게임들은 지루함을 감소시키도록 도와주기는 하지만 긍정적인 경험의 질을 높이는 데 기여하는 바는 거의 없다. 긍정적인 경험의 질을 높이기 위해서는 더 강력한 도전에 직면해야 하며, 더 고차원적인 기술을 사용할 필요가 있다.

연구에 참여했던 사람들이 해보았다고 말한 모든 활동에서 즐거움은 아주 특정한 시기 — 개인이 지각한 도전감이 그가 지닌 기술과 일치할 때 — 에 나타났다. 예를 들면, 테니스 시합은 두 명의 상대가 서로 실력이 비슷하지 않으면 즐겁지 않았다. 실력이 부족한 선수는 불안함을 느끼고, 월등히 뛰어난 선수는 지루함을 느낀다. 다른 활동도 모두 마찬가지다. 감상 능력에 비해 너무 단순한 음악은 지루할 것이며, 반면에 감상할 수 있는 능력이 미치지 못하는 어렵고 복잡한 음악은 좌절감을 안겨줄 것이다. 즐거움은 지루함과 불안의 경계에서 도전의 난도가 그 사람이 지닌 기술 수준과 균형을 이룰 때 일어난다.

도전과 기술 간의 황금 분할은 인간의 활동에만 해당되는 것이 아니다. 내가 키우는 사냥개 세드릭은 함께 들판에 나가면 술래

잡기 놀이에 열중한다. 세드릭은 혀를 늘어뜨린 채 눈으로는 내가 하는 모든 행동을 예의 주시하면서 내 주위를 빙빙 돌며 원을 그린 다. 날더러 자기를 잡으라는 것이다. 가끔은 전력으로 질주하는 녀 석을 운 좋게 잡기도 한다. 이때 재미있는 건 내가 지치고 싫증이 나서 움직임이 느려지면 세드릭이 훨씬 더 작게 원을 그려서 내가 자기를 잡기 쉽게 한다는 것이다. 반면에 내가 빠른 동작으로 잡으 려고 하면 그 원을 더 크게 만든다. 이런 식으로 놀이의 난이도가 일정하게 유지된다. 도전과 기술의 미묘한 균형에 대한 놀라운 감 각으로 세드릭은 술래잡기 놀이에 참여한 모두에게 최대의 즐거움 을 주었다.

행동과 각성의 통합

어떤 상황이 주는 도전에 응하기 위해서 이와 관련된 모든 능력 을 총동원해야 할 때, 우리의 주의는 그 활동을 하는 데 완전히 쓰 인다. 그 활동이 제공하는 것 이외에는 어떠한 정보도 처리할 심리 에너지가 남지 않는다. 모든 주의는 활동이 제공하는 자극에만 집 중된다. 그 결과 최적 경험의 가장 보편적이고 독특한 특징 가운데 하나가 일어난다. 사람들이 자신이 하고 있는 활동에 너무 몰입하 게 되어서 그 활동을 자발적, 아니 거의 자동적으로 하게 된다는 것 이다. 즉 사람들은 자기 자신과 자신이 수행하고 있는 행동을 더 이 상 분리해서 생각하지 않는다.

어느 무용수는 공연이 잘 진행되고 있을 때의 느낌을 이렇게 묘사했다. "그때의 집중력은 아주 완전합니다. 마음이 방황하지 않 으며 다른 것은 생각하지 않습니다. 하고 있는 일에 완전히 몰입합 니다. … 에너지가 물 흐르듯이 흘러가며, 마음이 여유롭고 편안하 며 활력이 넘칩니다."

암벽 등반가는 산을 탈 때 느끼는 바를 이렇게 설명하였다. "내가 하고 있는 일에 너무나 몰입한 나머지 나 자신과 등반이라는 행위가 하나가 되지요."

어린 딸과 함께 시간 보내기를 즐기는 어느 어머니는 "독서는 내 딸이 정말 깊이 빠져드는 활동 중에 하나랍니다. 그리고 우리는 함께 책을 읽지요. 딸은 나에게 읽어주고, 나는 딸에게 읽어줍니다. 그 순간은 내가 책 읽는 것 외에 나머지 세상과 관련된 생각을 잃어버리는 때이기도 하지요. 나는 내가 하는 일에 완전히 몰입됩니다." 라고 말한다.

토너먼트 시합을 하는 체스 선수는 "시합에 집중하고 있다는 건 마치 숨 쉬는 것과 같습니다. 스스로는 그 사실을 전혀 의식하지 못하지요. 지붕이 무너지더라도 떨어지는 벽돌에 맞지만 않는다면 아마 무슨 일이 일어났는지도 모를 겁니다."라고 말했다.

이런 이유로 우리가 최적 경험을 '플로우flow'라고 이름 붙인 것이다. 짧고 단순한 이 단어는 의도적으로 노력하지 않아도 잘 이루어지는 행동에 대한 느낌을 잘 표현해주고 있다. 앞서 언급한 암벽 등반가는 시인이기도 한데, 그가 했던 다음의 말은 몇 년에 걸쳐 우리뿐 아니라 다른 연구자들이 수집한 수천 개의 인터뷰에 모두 적용된다.

"암벽등반의 신비는 오르는 행위 그 자체이다. 정상에 도달하면 기쁘기는 하지만 마음속으로는 계속해서 오르고 또 오르기를 갈망하고 있다. 산에 왜 오르려고 하냐고? 그냥 오르고 싶기 때문이다. 마치 쓰고 싶어서 시를 쓰듯이 말이다. 외적인 어떤 것을 정복하기 위해서가 아니라 자기 자신을 극복하기 위해서 오른다. 즉 당신 자신이 플로우가 되는 것이다. 플로우의 목적은 유토피아를 꿈꾸거나 정상을 생각하는 것이 아니라 계속 플로우 안에 있는 것이다. 산에 오르는 행위 자체 이외에는 어떤 이유도 존재하지 않는다. 자기 내면과의 대화라고나 할까."

플로우 경험은 노력이 필요 없는 것처럼 보일지라도 사실은 그렇지 않다. 플로우 경험은 강한 육체적 노력이나 고도로 훈련된 정신 활동을 종종 요구한다. 플로우는 숙련된 수행을 하지 않고는 일어나지 않는다. 집중 상태에서의 조그마한 이탈조차 플로우 경험을 망가뜨린다. 그러나 플로우가 지속되는 동안에는 의식이 부드럽게 움직이며, 동작과 동작이 매끈하게 연결된다.

일상생활에서 우리는 수많은 의심과 질문으로 자신이 하는 일을 계속 방해받는다. "내가 왜 이 일을 하지? 다른 일을 해야 하는 건 아닌가?" 우리는 반복해서 행동의 필요성을 의심하고, 그 행동을 수행해야 하는 이유를 비판적으로 평가한다. 그러나 플로우 안에 있을 때는 그럴 필요가 없다. 왜냐하면 행동 자체가 우리를 마치 마법에 걸린 것처럼 앞으로 이끌어주기 때문이다.

명확한 목적과 피드백

플로우를 경험할 때 이토록 완전한 몰입이 가능한 까닭은 무엇일까? 목표가 명확하고 피드백이 즉각적으로 주어지기 때문이다. 테니스 선수는 자신이 해야 할 일이 무엇인지를 항상 알고 있다. 그가 해야만 하는 일이란 테니스 공을 쳐서 상대편 코트로 넘기는 것이다. 그리고 그는 테니스 공을 한 번 칠 때마다 자신이 잘했는지 못했는지를 곧바로 알게 된다. 체스 선수의 목표도 마찬가지로 명확하다. 자신의 왕이 몰리기 전에 상대편의 왕을 사로잡는 것이다. 체스 선수는 말을 움직일 때마다 그 목적에 얼마나 다가갔는지를 알수 있다. 암벽 등반가의 목표 또한 지극히 단순하다. 그것은 암벽에서 추락하지 않는 것이다. 암벽을 오르는 매순간 그는 자신이 이 단순한 목표를 달성하고 있는지를 분명하게 알 수 있다.

그러나 하찮은 목표를 선택했다면 목표를 달성하고 거둔 성공이 즐거움을 주지 못한다. 만일 내가 거실 소파에 앉아서 빈둥거리기를 목표로 삼는다면 어떨까? 암벽 등반가와 마찬가지로 이 목표를 잘 이루어가고 있다는 사실을 분명하게 알 수 있다. 그러나 등반가에게는 그 사실을 인식하는 것이 환희를 가져다주지만, 거실에서 빈둥거리고 있다는 나에게는 그러한 인식이 나 자신을 특별히 행복하게 해주지는 못한다.

성공하기 위해서 많은 시간을 쏟아부어야 하는 활동이라고 하더라도 목표와 피드백이라는 요소는 여전히 아주 중요하다. 이탈리아의 알프스에서 살아가는 한 할머니의 사례를 보자. 62세인 이 할머니는 자신에게 가장 즐거운 경험은 소를 돌보고 과수원을 손질하는 것이라고 말한다. "나는 식물을 돌보는 데서 특별한 만족을 발견합니다. 나는 식물이 매일매일 자라는 걸 보는 게 즐겁고 행복해요. 정말이지 너무도 아름다우니까요." 비록 인내심을 가지고 기다려야 하지만 식물을 관리하고 키우는 것은 도시에 있는 아파트에서조차도 강력한 피드백을 제공한다.

이와 비슷한 또 하나의 예는 몇 주간이나 홀로 바다를 떠다니는 단독 항해이다. 짐 맥베스는 항해를 통해 경험하는 플로우에 관해 연구했다. 다음은 그의 연구에 나오는 내용이다. 망망대해에 떠 있는 항해자는 목적지가 나타나는 순간 바로 전까지는 불안한 눈빛으로 수평선을 응시한다고 한다. 마침내 수평선 너머로 육지가 조금씩 모습을 드러내는 순간, 항해자는 어떤 느낌을 가질까? 전설적인 항해자는 이 감정을 다음과 같이 묘사했다. "희미하게 보이는 태양과 단순한 좌표만을 이용해서 목적지에 도달했다는 경이감이 만족감과 함께 가슴에 밀려옵니다." 또 어떤 항해자는 이렇게 말했다. "매번 나는 이 새로운 땅이 마치 나를 위해 창조된 것처럼, 그리고 나에 의해 창조된 것처럼 경이감과 사랑, 자부심이 뒤섞인 감정을 느낍니다."

활동의 목표가 테니스 선수의 경우처럼 항상 명확한 건 아니다. 피드백 또한 '나는 추락하지 않고 있다.'라는 암벽 등반가의 단순한 정보보다 더 복잡하고 모호한 경우가 많다. 예를 들어 작곡가는 자신이 노래를 만들고자 하는지, 플로트 협주곡을 만들고자 하는지는 분명히 알지만 그밖에는 대체로 아주 모호한 경우가 많다. 자신이 만든 선율이 '옳은지' '그른지'를 그가 어떻게 알겠는가?

이와 같은 모호성은 예술가가 그림을 그리는 것은 물론이고 본질적으로 창조적인 활동을 하는 모든 활동에 해당된다. 그러나 이러한 모호성은 모두 다음의 규칙을 증명하는 예이기도 하다. 우리가 목표를 설정하고 이를 달성하기 위한 활동을 할 때 주어지는 피드백을 제대로 인식하고 평가하는 법을 배우지 못한다면 결코 그 활동을 즐길 수 없다는 규칙 말이다.

목표가 명확하게 설정되어있지 않은 창의적 활동을 할 때, 사람들은 본인이 의도하는 바가 무엇인지에 대한 강한 개인적 감각을 발달시켜야 한다. 화가는 그림을 그리면서 완성된 작품이 어떻게 보일지에 대한 시각적 영상을 갖고 있지 않을 수도 있다. 그러나 그림을 어느 시점까지 그리게 되면 그 그림이 자신이 원했던 것인지 아닌지를 알아야 한다. 또한 자신의 일을 즐기는 화가는 '좋음'과 '나쁨'에 대하여 내면화된 기준을 가지고 있어야 한다. 그래서 붓을 움직이고 난 후 "그래, 바로 이거야." 혹은 "아니, 이건 아니야."라고 말할 수 있어야 한다. 그러한 내적인 지침이 없다면 플로우를 경험하는 건 불가능하다.

때로는 행동을 규제하는 목표와 규칙이 즉석에서 고안되거나 결정되기도 한다. 예를 들면, 청소년들이 서로를 놀리거나 또는 선생님에게 장난을 칠 때는 목표가 미리 정해져 있거나 명시적이지 않다. 때로는 놀이 참가자들이 인식하지 못하는 수준에서 목표가 존재하기도 한다. 그러나 이러한 활동은 그 자체의 규칙을 발달시킨다. 또한 이 놀이에 참여하는 아이들은 무엇이 멋진 '한 판'이었는지, 누가 잘하는지를 분명히 안다. 여러 가지 면에서 이는 훌륭한 재즈밴드나 또는 즉흥성을 필요로 하는 다른 집단의 유형과 비슷하다. 학자나 토론자들은 자신의 주장이 전체적인 논의와 어울려져서 자신이 원했던 결론이 내려질 때 비슷한 만족감을 느낀다.

피드백이 무엇이냐 하는 것은 어떤 종류의 활동을 하느냐에 따라서 아주 다양하다. 어떤 사람들은 다른 사람들이 무척 원하는 것에 대해서는 전혀 관심이 없다. 예를 들면, 수술하기를 좋아하는 외과 의사는 열 배나 많은 보수를 준다고 해도 전공을 내과로 바꾸지 않겠다고 말한다. 왜냐하면 내과 의사는 자신이 얼마나 훌륭하게 일을 수행하고 있는지를 결코 알 수 없기 때문이라는 것이다. 이에 반해 외과 의사는 환자로부터 명확한 피드백을 받는다. 그 피드백이란 무엇일까? 이 경우에는 피드백이 명백하다. 예를 들어 수술 후 절개한 자리에서 출혈이 있지 않으면 그 수술은 성공한 것이다.

그런데 외과 의사는 내과 의사보다 정신과 의사를 더 많이 경시한다. 외과 의사의 말을 들어보면, 정신과 의사는 자신의 치료가 환자에게 도움이 되는지에 관한 피드백을 받지 못하는 상태로 그 환자와 10년 동안 같이 있을 수도 있다는 것이다. 그러나 자신의 직업을 좋아하는 정신과 의사들 역시 지속적으로 피드백을 받는다. 환자가 스스로를 추스르는 방법, 환자의 얼굴 표정과 목소리에서 나타나는 주저함, 환자와 상담 때 나누는 이야기의 내용 등 모든 단편적인 정보가 정신과 의사들이 치료의 진전을 확인하는 데 사용하는 중요한 피드백임이 분명하다.

외과 의사와 정신과 의사 사이의 차이점은, 외과 의사는 출혈과 절개 과정이 유일하게 의미 있는 피드백이라고 생각하는 반면, 정신과 의사는 환자의 마음 상태를 반영하는 신호를 의미 있는 정보라고 생각한다는 점이다. 외과 의사는 정신과 의사들이 윤곽이 잘 잡히지 않는 목적에 관심을 두기 때문에 뜬구름 잡는 일을 한다고 판단한다. 반면에 정신과 의사는 외과 의사를 너무 기계적인 방법에만 관심을 두기 때문에 단순하다고 생각한다.

피드백의 **종류**는 그 자체로는 그리 중요하지 않다. 만일 내가 테니스 공을 잘 쳤다는 것이, 내가 체스 시합에서 상대편 왕을 꼼짝 못하게 했다는 것이, 또 마지막 상담 시간에 환자의 눈에서 그를 이해할 수 있는 희미한 빛을 발견했다는 것이 그 자체로 무슨 차이가 있겠는가? 이 정보를 가치 있게 만드는 건 그 정보가 함유하고 있는 메시지, 즉 내가 목적을 이루었다고 하는 상징적 메시지이다. 그러한 인식은 의식상에 질서를 가져다주고 자아를 강화시켜준다.

어떤 종류의 피드백을 받을지라도 만일 그것이 우리가 심리 에너지를 쏟았던 목표와 논리적으로 연관이 된다면 즐거운 것이 될 수 있다. 만일 내가 콧등 위에 막대를 세우고자 하는 것이 목적이라면 고개를 뒤로 젖히고는 흔들거리는 막대를 바라보는 것도 잠시 동안은 즐거움이 될 수 있다. 그러나 우리 모두는 서로 다른 가치를 갖도록 학습되기 때문에 자신에게 중요한 가치를 주는 정보를 더 소중하게 생각한다.

예를 들어, 어떤 사람들은 소리라는 정보에 천성적으로 예민하다. 이들은 서로 다른 음조와 음색을 구분할 뿐만 아니라 일반인보다 음의 배합을 더욱 잘 인식하고 기억할 수 있다. 이런 사람들은 음악을 만들고 연주하는 일에 쉽게 매료될 것이다. 이들에게 가장 중요한 피드백은 음을 조합하고 리듬과 멜로디를 창조하는 것이다. 작곡가와 가수, 연주가와 음악 비평가가 이들 중에서 나올 것이다. 한편, 태어날 때부터 타인의 행동이 주는 정보에 아주 민감한 사람들도 있다. 이들은 타인이 보내는 신호에 주의를 기울이는 법을 배울 것이며, 이들이 찾는 피드백은 인간 정서의 표현일 것이다. 또 어떤 사람들은 끊임없이 자기 확인이 필요한 약한 자아를 가지고 있는데, 이들에게 중요한 유일한 정보는 경쟁적 상황에서 승리하는 것이다. 남들이 자신을 좋아해주는 것에 너무 많이 관심을 두는 사람들이 고려하는 유일한 피드백은 인정과 찬사이다.

피드백의 중요성에 대한 좋은 예 하나는 이탈리아 밀라노에서 마시미니 교수 팀이 인터뷰한 시각 장애 여성 신도의 반응에 잘 나타나있다. 우리의 연구와 마찬가지로, 마시미니 교수 팀은 시각 장애 여성 신도들에게 인생에서 가장 즐거운 경험을 묘사해달라고 요청했다. 태어날 때부터 앞을 보지 못했던 이 여성들이 가장 많이 언급한 플로우 경험은 점자책을 읽고, 기도하고, 수예나 책 제본 같은 수공 작업을 하고, 또 아프거나 도움이 필요한 다른 사람을 서로 돕는 것이었다. 마시미니 교수 팀이 인터뷰한 600명이 넘는 사람들 가운데 이 시각 장애 여성 신도들은 누구보다도 플로우의 조건으로서 명확한 피드백을 받는 것의 중요성을 강조했다. 이 여성들은 주위에서 무슨 일이 벌어지고 있는지를 볼 수 없기 때문에 자신들이 성취하고자 하는 바가 실제로 잘 이루어지고 있는지에 대해 비장애인보다 더욱 잘 알 필요가 있었던 것이다.

현재의 일에 집중하기

사람들이 가장 자주 언급하는 플로우 경험의 특징 가운데 하나는 플로우가 지속되는 동안 인생의 불쾌한 모습을 모두 잊어버릴 수 있다는 것이다. 플로우의 이러한 특징은 즐거운 활동을 할 때는 현재의 작업에 주의를 완전히 집중해야 하기 때문에 생기는 부산물이다. 현재 일에 집중하게 되면 그 일과 관련 없는 정보를 처리할 수 있는 여유가 없기 때문이다.

우리는 생활 속에서 날마다 의식에서 원하지 않는 강요된 사고와 근심의 포로가 된다. 일반적으로 대부분의 직업과 가정생활은 잡념이나 불안이 자동적으로 배제될 만큼 집중력을 요구하지 않는다. 결과적으로 일상적인 마음의 상태는 원활한 심리 에너지를 간섭하는 엔트로피의 요소를 포함한다. 바로 이 점이 플로우가 경험의 질을 변화시키고 향상시키는 이유 중 하나이다. 행동에 대한 명확한 요구가 우리의 의식에 질서를 부여하고 무질서의 간섭은 배제하기 때문이다.

열정적인 암벽 등반가였던 한 의학교수는 등반할 때의 마음 상태를 다음과 같이 묘사했다. "마치 내 의식으로 들어오는 정보가 중단된 것처럼 느껴집니다. 내가 기억을 지속할 수 있는 시간이라고는 약 30초 간이며, 생각할 수 있는 시간도 약 5분 정도뿐입니다." 사실 집중을 요구하는 모든 활동은 이와 유사하게 주의를 기울일 수 있는 시간의 폭이 좁다.

중요한 건 시간의 집중만이 아니다. 이보다 더 중요한 사실은 플로우가 지속되는 동안에는 아주 선택적인 정보만을 인식할 수 있다는 것이다. 따라서 일상적으로 우리의 마음을 괴롭히는 고통스러운 사고는 일시적인 정지 상태에 있게 된다. 젊은 농구 선수는 다음과 같이 말한다. "경기장, 이것만이 중요합니다. 경기장 밖에서는 때로 여자 친구와 다투었던 것과 같은 문제를 생각하지만 일단 경기에 들어가면 완전히 잊어버립니다." 다른 농구 선수도 "내 또래 아이들은 생각이 많지요. 그러나 일단 농구 경기를 시작하면 마음속에 남게 되는 것은 농구뿐입니다."라고 말한다.

　계속해서 어느 등반가의 이야기를 들어보자. "등반하고 있을 때는 삶의 다른 문제를 생각하지 않습니다. 등반 자체가 나에게 중요하고 유일한 세계가 됩니다. 이건 집중의 문제입니다. 일단 그 상황에 들어가면 아주 생생한 경험을 하게 되며, 모든 책임을 스스로 감당해야 합니다. 등반이 저 자신의 전체가 되어버리는 것입니다."

　어느 무용수도 비슷한 감정을 말한다. "어느 곳에서도 맛보지 못한 느낌이랄까요? 어느 때보다도 더욱 나 자신에 대한 자신감을 얻게 됩니다. 어쩌면 내 삶의 문제들을 잊으려는 노력일지도 모르겠습니다. 무용은 나에게 치료 과정과도 같습니다. 내게 어떤 문제가 있다고 해도 연습장에 들어가는 순간 그 문제들은 다 문밖에 떨구어버리게 되지요."

　해양 항해처럼 좀 더 긴 시간이 필요한 경험에서도 동일한 이유로 행복의 상태를 느끼게 된다. "바다에 아무리 많은 어려움이 있을지라도 수평선 뒤로 육지가 점점 멀어짐에 따라 마음속에 있던 염려가 사라집니다. 일단 바다에 나가면 걱정을 한들 아무 소용이 없으니까요. 다음 항구에 도착할 때까지 일상의 문제에 대해 우리가 할 수 있는 건 아무것도 없습니다. 그 순간에는 우리 삶에 인위적인 요소는 존재하지 않습니다. 바람과 바다의 상태, 하루 동안의 항해 거리에 비교하면 속세의 문제는 전혀 중요하지 않습니다."

　위대한 허들 선수인 에드윈 모제스는 경주에 필요한 집중을 다음과 같이 설명한다. "경쟁자, 시차, 다른 음식, 바뀐 숙소, 개인적인 문제들에 대처해야 한다는 걱정과 두려움에서 벗어날 수 있도록 마음을 비워야 합니다. 그래야만 당신은 경기에 집중할 수 있고, 좋은 성적을 낼 수 있습니다."

　비록 모제스가 한 말은 운동경기에서 우승할 수 있는 방법에 관한 것이지만, 이는 **어떠한 활동이든** 우리가 플로우에 빠지게 되면 얻게 되는 집중에 대해서 잘 설명해준다. 플로우를 경험할 때의 집중은 — 명확한 목표와 즉각적인 피드백과 함께 — 의식에 질서를 제공하여 네겐트로피, 즉 즐거운 마음 상태를 제공한다.

통제의 패러독스

즐거움은 종종 실제 삶과는 거리가 있는 게임과 스포츠, 기타 레저 활동에서 발생한다. 우리는 체스 경기에서 지거나 취미 활동에 서투르다고 해도 별다른 걱정을 할 필요가 없다. 그러나 '실제' 생활에서는 다르다. 회사에서 실수가 잦은 사람은 해고를 당하고, 사업에 실패하면 막대한 손해를 입게 된다. 따라서 플로우 경험은 '내가 하는 일과 그 결과를 통제할 수 있다.'는 느낌을 포함하고 있다고 할 수 있다. 또는 좀 더 명확하게 표현하자면, 실제 생활에서 흔히 고민하는 '내가 일을 잘못하면 어떻게 될까?'와 같이 자신의 통제력에 대해 염려하지 않게 되는 것이다.

어느 무용수는 플로우 경험의 이러한 특징을 다음과 같이 묘사한다. "마음이 이완되고 편안함이 밀려옵니다. 실패가 두렵지 않습니다. 어찌나 강력하면서도 포근한 느낌인지! 세계를 품기 위해 내 정신세계를 확장하고 싶어져요. 우아함과 아름다움에 영향을 끼치는 거대한 힘을 느낀다고나 할까요." 또 어느 체스 선수는 "행복감을 느끼는 동시에 내가 나의 세계를 완전히 장악하고 있다는 느낌을 갖게 됩니다."라고 말한다.

응답자들이 실제로 묘사하고 있는 건 자신의 경험을 통제한다기보다는 통제할 수 있다는 **가능성**이다. 발레리나는 넘어져서 회전을 완벽하게 해내지 못할 수 있으며, 체스 선수는 시합에서 져서 우승자가 되지 못할 수 있다. 그러나 어쨌든 원칙적으로 플로우의 세계에서는 완벽한 수행이 가능할 수도 있다는 것이다.

이런 통제감은 즐겁지만 잠재적 위험성을 가지고 있는 활동에서도 보고된다. 행글라이딩, 동굴 탐험, 암벽등반, 자동차 경주, 심해 다이빙 등의 스포츠를 즐기는 사람들은 자신을 의도적으로 위험한 상황에 놓는다. 그러나 이들은 자신이 그 활동을 스스로 완벽하게 통제하고 있다는 느낌을 갖게 되며, 이 느낌이 아주 중요한 역할을 하는 플로우 경험에 빠지게 된다.

흔히 사람들은 이런 위험한 스포츠를 즐기는 동기가 병적인 목적에 있다고 설명하곤 한다. 이 설명에 따르면, 그들은 마음속의 두려움을 쫓아버리고자 노력하고, 보상받기를 원하며, 오이디푸스 콤플렉스를 강박적으로 재현하고 있는 사람들이다. 한마디로 '스릴을 추구하는 자'라는 것이다. 물론 그런 동기를 가질 수는 있다. 그러나 스스로 위험에 직면하는 이 사람들과 인터뷰를 해보면, 이들이 추구하는 즐거움은 위험 자체가 아니라, 그 위험을 최소화하고자 하는 그들의 능력에서 나온다는 중요한 사실을 알게 된다. 즉 이들은 위험을 자초하는 병적인 스릴을 즐기려는 게 아니고, 잠재적 위험을 통제할 수 있다는 건강한 느낌을 즐기고 싶어 하는 것이다.

여기서 우리가 깨달아야 할 중요한 사실이 있다. 플로우 경험을 일으키는 활동은, 겉으로는 상당히 위험하게 보일지라도, 수행자들이 실패율을 거의 제로에 가까운 수치로 감소시키는 능력을 충분히 갖게 될 때에 이루어진다는 사실이다. 예를 들면, 암벽 등반가들은 두 가지 종류의 위험을 인식한다. 바로 '객관적' 위험과 '주관적' 위험이다. 객관적 위험이란 산에서 직면할 수 있는 예기치 못한 물리적 사건을 말한다. 갑작스런 폭풍, 산사태, 낙석, 기온의 급강하 따위의 일들이 여기에 속한다. 인간은 이런 위협에 대비를 할 수는 있지만 이런 사건들을 완벽하게 예견해낼 수는 없다. 반면 주관적 위험은 등반가의 기술 부족으로 발생하는 사건을 말한다. 이를테면, 자신의 능력을 감안하여 등반의 어려움을 정확하게 측정하지 못하는 것 등이 여기에 포함된다.

암벽 등반의 핵심은 많은 객관적인 위험을 최대한 피하고 엄격한 훈련과 철저한 준비로 주관적인 위험을 완전히 감소시키는 것이다. 그 결과 등반가들은 진정으로 마터호른 등반이 맨해튼 거리를 횡단하는 것보다 더 안전하다는 믿음을 갖게 된다. 이는 맨해튼 거리를 건널 때 발생할 수 있는 객관적 위험(택시, 퀵서비스, 버스 등으로 인한 사고)이 산에서 발생할 수 있는 위험보다 훨씬 더 예측하기 어렵기 때문이며, 또한 그 상황에서는 안전을 보장하기 위해서 자신이 능력을 발휘할 기회가 별로 없기 때문이다.

위의 예들이 설명하는 바와 같이, 사람들이 즐기는 것은 통제되는 상황 속에 존재한다는 느낌이 아니라 어려운 상황에서 스스로 **통제력을 발휘하고 있다**는 느낌이다. 타성에 박힌 일상의 안전함을 포기하지 않고는 진정한 통제감을 경험할 수 없다. 결과의 성공 여부가 불확실하고 자신이 그 결과에 영향을 줄 수 있을 때만 진정 자신이 통제력을 발휘하고 있는지의 여부를 알 수 있는 것이다.

다만 한 가지 유형의 활동은 예외처럼 보인다. 바로 도박이다. 도박은 즐겁다. 그러나 분명히 도박은 개인적 능력에 영향을 받지 않는 무작위적인 결과에 기초한다. 도박 참가자는 룰렛 기계의 회전이나 블랙잭에서 받는 카드를 통제할 수 없다. 적어도 도박의 경우는 통제감이나 즐거움과는 무관한 것 같다.

그러나 '객관적' 조건에 대한 우리의 판단은 우리 자신을 속이기도 한다. 왜냐하면 위험한 게임을 즐기는 도박사들은 자신의 능력이 도박 결과에 중요한 영향을 미친다고 주관적 확신하는 경우가 대부분이기 때문이다. 포커꾼은 게임에서 이기는 것은 운이 아니라 능력이라고 확신한다. 자신이 질 때는 운이 없었다고 말하기는 하지만 심지어 이 경우에도 자신이 실수를 해서 졌다고 생각하기도 한다. 룰렛 참가자들은 회전 순서를 예측하기 위해 정교한 책략을 개발한다. 일반적으로 도박하는 사람들은 종종 자신이 적어도 그 경기의 제한된 목표와 규칙 안에서는 미래를 보는 능력을 가지고 있다고 믿는다. 이런 통제감은 도박 경험이 제공하는 가장 큰 유혹 중 하나인데, 이는 모든 문화에서 볼 수 있는 예언이나 점괘와 같은 의식 활동에서도 나타나는 오랜 역사를 가지고 있다는 느낌이 든다.

엔트로피가 중지된 세계에 있다는 이런 느낌은 플로우 경험이 왜 중독성이 있는가를 부분적으로 설명해준다. 소설가들은 종종 현실에서 도피하는 행위에 대한 비유를 체스에 들어 이를 주제로 소설로 쓰곤 한다. 나보코프의 단편소설《루친의 방어》는 젊은 체스 천재에 관한 이야기인데, 주인공 루친은 체스에 너무 빠진 나머지 그의 인생(결혼, 우정, 삶 등)은 온통 체스와 연관되어있었다. 루친은 일상의 문제에 대처하고자 노력하지만 체스에 비추어 보지 않고서는 문제를 인식할 수가 없었다. 예컨대 그의 아내는 화이트 퀸으로, 세 번째 줄 다섯 번째 칸에 서서 루친의 대리인인 블랙 비숍에게 위협을 받고 있다는 식이다. 루친은 개인적 문제를 해결하는 데 체스 전략에 의지했고, 외부의 공격을 이겨낼 수 있도록 하는 방어 수단으로 '루친의 방어'를 만들고자 한다. 실제 생활에서 인간관계가 꼬이기 시작하자 루친은 일련의 환상을 갖게 되는데, 그 환상이란 주위 사람들이 커다란 체스판 위에 서서 자신을 꼼짝달싹 못하게 하려고 한다는 것이었다. 마침내 그는 자신의 문제에 대한 완벽한 방어 환상을 갖는다. 그가 완성한 방어란 호텔 창문 밖으로 뛰어내리는 것이었다.

이 이야기는 억지가 아니다. 미국의 체스 대가인 폴 모피와 바비 피셔를 포함한 수많은 체스 우승자는 아름다울 정도로 명확하고 논리적으로 정렬된 체스의 세계에 빠져들어 진짜 '현실' 세계의 문제에는 문외한이었다.

확률적 운을 나만이 '알아채는' 듯한 느낌에서 도박꾼들이 얻는 짜릿함은 더 심각한 결과를 초래하기도 한다. 민속학자들은 북미 평원의 인디언들이 황소의 갈비뼈로 하는 도박에 완전히 빠져들어 자신의 무기, 말, 심지어 아내까지 내기에 걸었고, 패배자는 종종 추운 한겨울에 옷도 입지 않고 천막집을 떠나야 했다고 설명한다. 거의 모든 즐거운 활동은 중독이 될 수 있다. 여기서 중독이란 이것이 의식적 선택이 아니며, 다른 활동을 방해받을 정도로 빠져든다는 의미이다. 예를 들면, 종종 외과 의사들은 수술을 마치 헤로인을 복용하는 것처럼 중독성이 있다고 비유하곤 한다.

우리가 즐거운 활동을 통제할 수 있는 능력에 지나치게 의존하고 그 결과 다른 것에는 전혀 관심을 두지 않는다면 궁극적인 통제, 즉 의식의 내용을 스스로 결정하는 자유를 상실하게 된다. 따라서 플로우를 생산하는 즐거운 활동에는 잠재적으로 부정적인 측면이 있다고 할 수 있다. 즉 플로우를 일으키는 활동이 우리 마음에 질서를 가져와 삶의 질을 향상시켜주기도 하지만, 반면 이 활동 자체에 정도 이상으로 중독되면 우리의 자아는 특정 활동에만 몰입하게 되고, 그 결과 삶의 다양성에 대처하지 못하게 될 수도 있다는 것이다.

사라지는 자의식

앞에서 우리는 어떤 활동에 완전히 몰입하게 되면, 과거나 미래 또는 기타 일시적으로 관련이 없는 자극을 고려할 수 있는 여분의 주의가 남지 않게 된다는 사실을 확인했다. 이때 우리의 의식에서 사라지는 것 가운데 하나는 일상생활에서 우리가 이것을 생각하는 데 너무 많은 시간을 소비하기 때문에 특별히 언급할 가치가 있다. 그것은 바로 나 자신에 대한 생각인 자의식이다.

어느 등반가는 자아가 없어지는 상태를 다음과 같이 설명한다. "당신이 원하는 건 마음을 한 곳으로 모으는 것이다. 물론 이 일은 의식적으로 노력한다고 해도 잘 이루어지지 않는다. 그러나 어느 순간 마음이 모아지면 자아는 없어지고 일이 저절로 진행된다. 그럼에도 집중은 더 잘된다." 또 유명한 장거리 해양 항해가가 한 말을 인용하면 다음과 같다. "항해를 할 때면 나 자신은 물론이고 모든 걸 잊는다. 넘실거리는 바다와 보트의 움직임만이 중요할 뿐이며, 그 밖의 다른 모든 것은 제쳐두게 된다."

자의식의 소멸은 때로 주변 환경과의 일치감을 수반한다. 주변 환경이 산이든 어느 집단이든 그건 상관없다. 교토 거리를 달리는 일본 폭주족의 '질주'도 예외는 아니다. "우리의 모든 느낌이 한 곳으로 모아질 때 나는 무언가를 느낍니다. 질주할 때 느낌이 처음부터 완전하게 조화를 이루지는 못하지요. 하지만 일단 질주가 잘되기 시작하면 우리 모두는 서로를 느낍니다. 이걸 어떻게 말로 표현할 수 있을까요? … 우리 마음이 하나가 되면 짜릿한 기쁨이 옵니다. … 갑자기 '아, 우리는 하나다.'라고 깨달으며 '우리 모두 최대 속도를 내고 달리면 진짜 멋있는 질주가 될 거야.'라고 생각합니다. … 우리가 한 몸이 되는 걸 깨달으면 더 이상 바랄 게 없죠. 우리 모두 속도에 취하면 그 순간은 정말 최고의 기분을 느낀답니다."

일본의 청소년들이 너무도 생생하게 설명한 '한 몸이 된다.'라는 말은 플로우 경험의 중요한 특징이다. 사람들은 이런 느낌을 배고픔이나 고통에서 구원받은 느낌만큼이나 구체적으로 보고한다. 이는 상당히 뿌듯한 경험이기는 하지만 우리가 나중에 설명하는 것과 같은 위험성도 내포하고 있다.

자아에 대한 과도한 몰입은 일상생활에서 종종 자신이 위협받고 있다고 느끼게 하기 때문에 심리적 에너지를 소비한다. 우리는 위협을 받을 때마다 자신에 대해 가지고 있는 이미지를 자각해야만 한다. 그러면 우리는 이 위협이 심각한 것인지 아닌지 그리고 위협에 어떻게 대처해야 하는지를 알아낼 수 있다. 예를 들어, 거리를 걷는데 사람들이 웃으면서 나를 쳐다보면 '내가 웃기게 보이나? 내 얼굴에 뭐가 묻었나? 뭐가 잘못된 거지?'라고 생각하게 되듯이 말이다. 우리는 매일 수백 번씩 자신의 약점을 생각한다. 그리고 위협을 받는다고 느낄 때마다 심리 에너지가 소비된다.

그러나 플로우에 빠져있을 때는 자기 모습에 신경 쓸 여유가 없다. 즐거운 활동은 명확한 목표, 확실한 규칙, 기술과 조화되는 도전이 있기 때문에 자아가 위협받을 기회가 극히 적다. 등반가는 땀을 흘리며 힘들게 산을 오를 때 완전히 몰입한다. 그 순간 그는 백 퍼센트 등반가이며, 그렇지 않을 경우 살아남지 못한다. 그 무엇도, 또한 그 누구도 그가 자아의 다른 측면에 신경 쓰게 만들 방법은 없다. 그의 얼굴에 때가 묻어있는지는 전혀 문제가 되지 않는다. 유일한 위협이라고는 산에서 발생하는 일뿐이다. 훌륭한 등반가라면 위협에 대처할 수 있도록 잘 훈련받았을 것이고, 그 과정에 자아를 개입시킬 필요가 없다.

자의식의 소멸은 플로우에 빠져있는 개인이 심리 에너지에 대한 통제를 포기한다거나 몸이나 마음에서 무엇이 발생하는지에 대해 인식하지 못하는 것을 의미하지 않는다. 사실 그 반대가 성립한다. 사람들이 처음에 플로우 경험을 배울 때는 자의식의 소멸을 그냥 편하게 흘러가는 것, 즉 그냥 자기 자신을 망각해버리는 것이라고 생각한다. 그러나 사실 최적 경험은 자아의 아주 적극적인 역할을 포함한다. 바이올린 연주자는 자신이 연주하고 있는 작품을 악보마다 분석적으로 인식한다. 전체적인 구상 측면에서도 연주하고 있는 작품의 모든 형식 및 귀에 들어오는 음과 함께 손가락의 모든 움직임을 잘 인식해야만 한다. 훌륭한 육상 선수는 전체적인 경기 전략에서 경쟁 선수의 성적뿐만 아니라 자신의 호흡 리듬, 달리기와 관련된 신체의 모든 근육을 알고 있다. 체스 선수가 자신의 기억에서 이전 경기에서 말을 놓았던 위치나 과거에 두었던 수의 조합을 마음대로 끄집어낼 수 없다면 결코 경기를 즐길 수 없다.

따라서 자의식이 없어진다는 게 곧 자아가 없어진다는 뜻은 아니다. 무엇보다도 의식의 상실을 내포하는 것이 아니다. 단지 **자아에 대한 인식이 없어진다**는 것이다. 인식의 경계 아래로 미끄러져 가는 것은 자아 개념인데, 이는 우리 스스로가 자신이 누구인가를 생각할 때 사용하는 정보이다. 그리고 자신이 누구인가를 일시적으로 망각하는 건 아주 즐거운 경험일 수 있다. 자신에 대한 생각에만 매몰되지 않을 때 실제로 자신이 누구인지에 대한 생각을 확장할 수 있다. 자의식의 상실은 자기 초월, 즉 자기 존재의 경계가 확장되는 느낌을 가져올 수 있다.

이런 느낌은 단순한 환상이 아니다. 어떤 외적 실체와 밀접하게 상호작용하여 얻은 구체적 경험에 근거한 것이며, 보통 이 상호작용은 외적 실체와의 경이로운 일체감을 만들어낸다. 외로운 항해사는 오랜 시간 밤바다를 바라보다 보면 배가 자신의 연장선이며 자신과 같은 목표를 향해 동일한 리듬으로 이동하고 있다고 느끼기 시작한다. 자신이 만들어내는 소리의 흐름에 휩싸인 바이올린 연주자는 자신이 마치 '음악'의 일부인 듯 느낀다. 몸을 안전하게 지탱하기 위해 불규칙한 암벽 지형에 모든 주의를 집중하는 암벽 등반가는 자신의 손가락과 바위, 열악한 몸과 돌, 하늘과 바람이

한 몸이 된다고 증언한다. 논리적인 경기에 오랜 시간 동안 집중해야 하는 체스 시합 참가자들은 자신들이 마치 자신의 정신적 힘이 다른 힘과 충돌하는 강력한 '힘의 영역'으로 몰입되는 것처럼 느낀다고 말한다. 외과 의사들은 어려운 수술이 진행되는 동안 수술 팀 전체가 하나의 유기체가 되어 동일한 목표를 향해 움직이고 있다는 느낌을 갖는다고 말한다. 이들은 이런 상황을 그 활동과 관련된 모든 사람이 조화와 힘의 느낌을 공유하는 '발레' 공연을 하는 것처럼 묘사한다.

이들의 진술을 단지 시적 은유로 치부할 수도 있다. 그러나 이들은 배가 고픈 것처럼 아주 실재적이고 벽에 부딪치는 것과 같은 아주 구체적인 경험을 말하고 있다는 사실을 깨달아야 한다. 이 경험에 신비하거나 초자연적인 것은 없다. 상대가 다른 사람이든, 보트이든, 산이든, 음악이든 관계없이 이 대상들과의 상호작용에 자신의 모든 심리 에너지를 몰입시키면 그 자신은 이전에 한 명의 개별적인 자아였을 때보다 훨씬 커다란 활동 체계의 일부가 된다.

이러한 체계는 활동의 규칙에서 그 형태를 만들어가고, 그 에너지는 개인의 주의에서 유래한다. 그러나 이것은 자신이 가족의 일원임을 느끼는 것과 같이 실재적 느낌을 주는 진짜 존재하는 체계이다. 그 일부가 된 자아는 자신의 경계를 확장하고 이전의 자신보다 훨씬 더 복합적이 되는 것이다.

이런 자아의 성장은 상호작용이 즐거운 것일 경우에, 다시 말해서 그 행동이 중요한 의미가 있고 또한 지속적으로 능력의 완성을 요구할 때에만 발생한다. 물론 신앙과 헌신을 요구하는 활동 체계에서도 자신을 잃어버릴 수 있다. 근본주의 종교나 대중운동, 급진정당 등의 체계도 수백만의 사람들이 얻고자 열망하는 자아 초월의 기회를 제공할 수 있다. 또한 이런 체계들은 자아의 경계가 확장되는 느낌, 즉 자신이 대단하고 강력한 무언가에 관여하고 있다는 느낌을 제공한다. 이들 체계의 추종자들은 주의가 체계의 목표와 규칙에 집중되어 형성되기 때문에 자연스럽게 체계의 일부가 된다. 그러나 추종자들이 자신이 믿는 신념 체계와 진정으로 상호작용하고 있는 건 아니다. 왜냐하면 그들은 보통 자신의 심리 에너지를 체계에 흡수되도록 하는데, 이러한 복종 상태에서는 어떠한 새로운 것도 얻기가 힘들기 때문이다. 의식은 원하는 질서를 획득할 수 있지만, 이는 성취했다기보다는 부여받은 질서라고 볼 수 있다. 이들 추종자들의 자아는 기껏해야 수정水晶과 비슷하다고 할 수 있다. 즉 강하고 아름답게 균형이 잡혀있기는 하지만 그 성장은 무척이나 더딘 결정체 말이다.

플로우를 경험할 때 처음에는 자아감을 잃어버리지만 플로우를 경험한 후에는 자아감이 더욱 충만해진다는 것이 모순된 관계처럼 보이기도 한다. 분명히 자의식을 버리면 더 강력한 자아 개념을 구축하게 된다. 그 이유는 아주 명확하다. 플로우 상태에서는 누구나 최선을 다하도록 도전을 받으며 끊임없이 자신의 능력을 향상시켜야 하기 때문이다. 이와 같은 상황에 있을 때 우리는 자신의 능력을 향상시키기 위한 끊임없는 노력이 자아와 무슨 관계가 있는지 성찰할 기회를 갖지 못한다. 자아에 대한 생각을 하는 순간 깊은 몰입에 들어갈 수 없기 때문이다. 그러나 플로우 경험이 끝나고 자의식이 생겨나면서부터 바라보는 자기 자신은 이미 과거의 자기가 아니다. 새로운 능력과 성취에 의해서 풍요로워진 자신을 느끼게 되는 것이다.

다르게 흘러가는 시간

최적 경험에 대한 가장 일반적인 설명 가운데 하나는 더 이상 시간이 일상적으로 흐르지 않는다는 것이다. 밤과 낮, 시계의 규칙적인 움직임과 같은 외부의 사건으로 측정되는 객관적이고 외부적인 시간은 플로우 활동으로 나타나는 리듬에 의해 변형된다. 종종 몇 시간이 몇 분처럼 지나간다.

플로우 상태에서 대부분의 사람은 시간이 너무나 빨리 지나가는 것 같다고 말한다. 그러나 때로는 그 반대의 경우도 발생한다. 발레리나는 실제로는 1초도 채 걸리지 않는 회전 동작이 너무 어려워서 마치 몇 분이나 걸린 것처럼 느껴진다고 말한다. "두 가지 경우가 생깁니다. 어떤 경우에는 시간이 정말로 빨리 지나가는 것처럼 느껴집니다. 어느새 새벽 1시가 된 걸 보고 이렇게 혼잣말을 하기도 하죠. '아, 불과 몇 분 전에 8시였던 것 같은데 벌써⋯.'라고 말이죠. 어떤 경우에는 반대로 내가 춤을 추고 있는 동안에는 시간이 실재 시간보다 훨씬 더 길었던 것처럼 느껴지기도 합니다."

이런 현상에 대한 설명으로 가장 적절한 것은 플로우 경험이 지속되는 동안 느끼는 시간은 시계로 측정하는 시간 개념과 전혀 관련이 없다는 것이다.

물론 예외적인 상황도 있다. 자신의 일에서 깊은 즐거움을 느끼는 실력이 탁월한 어느 심장 절개 전공 의사는 시계를 보지 않고도 수술에 걸리는 시간을 정확하게 말할 수 있었다. 놀랍게도 단 30초 정도 밖에 오차가 나지 않았다. 어떻게 이런 일이 가능할까? 이 의사의 경우에는 시간이라는 것이 그가 도전해야 하는 본질적인 과제일 수 있다. 왜냐하면 그는 수술 과정에서 아주 짧은 시간 동안 극히 고난도의 시술만을 담당하기 때문에 보통 동시에 여러 수술에 참여해야 하며, 자연히 자신을 기다리는 동료 의사들이 수술을 진행하는 데 방해받지 않도록 시간을 맞춰야 하기 때문이다.

이와 비슷한 기술을 육상 선수나 자동차 경주자처럼 시간이 중요한 활동에 참여하는 사람들에게서 발견할 수 있다. 시합에서 자신의 페이스를 정확하게 유지하기 위해서 이들은 1초의 시간도 아주 예민하게 느낀다. 이 경우에 시간을 가늠하는 능력은 활동을 잘 수행하기 위해 필요한 기술의 하나가 된다. 따라서 이 기술은 플로우 경험의 즐거움을 감소시키기보다는 오히려 증진시킨다.

　이런 예외도 존재하지만, 대부분의 플로우 활동은 일반적인 시간 개념에 의존하지 않는다. 흡사 야구 경기를 할 때처럼 이들은 자신만의 페이스를 가진다. 플로우가 지닌 시간과 관련된 특징이 경험의 질에 긍정적인 영향을 주는 주요 요인인지 아니면 과도한 집중의 결과로 생기는 부산물인지는 명확하지 않다. 그러나 비록 시간 개념의 왜곡이 플로우의 주요 요인이 아니라고 할지라도, 시간의 강박에서 벗어나는 것이 완전한 몰입 상태를 즐기는 데 도움이 되는 것만은 분명하다.

자기 목적적 경험

최적 경험의 핵심 요소는 그 경험 자체가 목적이라는 것이다. 처음에는 다른 목적으로 그 활동을 할지라도 일단 몰입하게 된 활동은 내적으로 보상을 받는다. 외과 의사들은 자신들이 하는 작업에 대해 다음과 같이 말하곤 한다. "너무나 즐거운 일이라서 내가 꼭 해야 할 필요가 없을지라도 계속할 것 같습니다." 항해사들도 말한다. "나는 많은 돈과 시간을 이 배에 투자하고 있는데요, 다 그럴만한 가치가 있어서 하는 겁니다. 항해할 때의 느낌은 다른 어떤 것과도 비교조차 할 수 없기 때문이죠."

　자기 목적적autotelic이라는 용어는 '자기'를 의미하는 **오토**auto

와 '목적'을 의미하는 **텔로스**telos라는 두 개의 그리스 단어에서 유래했다. 이 단어는 미래에 얻게 될 이익을 기대하지 않고 단순히 그 일 자체를 수행하는 것이 보상이 되는 행동을 의미한다.

돈을 벌기 위해 주식시장에 뛰어드는 건 자기 목적적 경험이 아니다. 그러나 향후 추세를 예측하는 능력을 증명하기 위해 주식시장에 뛰어드는 건 자기 목적적 경험이라고 할 수 있다. 아이들을 훌륭한 시민으로 성장시키기 위해 교육시키는 건 자기 목적적 경험이 아닌 반면, 아이들과의 상호 반응을 즐기기 때문에 교육을 하는 건 자기 목적적 경험이다. 이 두 가지 경우는 표면상으로는 동일하지만 중요한 차이점이 있다. 즉 경험이 자기 목적을 가지고 있을 때 개인은 그 활동 자체를 위해 주의를 기울이지만, 자기 목적을 가지고 있지 않을 때는 관심이 그 결과에 집중된다.

우리가 하는 대부분의 일은 완전히 자기 목적적인 것도 아니고, 완전히 외부 기인적인 것(외부적인 목적으로만 수행하는 활동을 언급할때)도 아닌, 둘의 조합이다. 외과 의사들은 보통 외적인 동기를 가지고 — 사람을 돕고, 돈을 벌고, 명성을 얻는 등 — 오랜 기간의 훈련에 들어간다. 운이 좋다면 얼마 후에는 자신의 일을 즐기기 시작하고, 수술은 넓은 의미에서 자기 목적성을 갖는다.

우리 의지와 상관없이 처음에는 강요로 시작한 일들 중에서 시간이 지남에 따라 내적인 보상을 받는 결과를 낳는 것도 있다. 몇 년 전에 사무실에서 함께 일하던 내 친구는 대단한 재능을 가지고 있었다. 일이 지겨워지면 그는 눈을 반쯤 감은 채 고개를 살짝 들고서는 음악 작품(바흐 합창곡, 모차르트 협주곡, 베토벤 교향악 등) 하나를 콧노래로 부르기 시작했다. 그건 단순한 콧노래가 아니었다. 그는 특정 소절에 관여하는 주요 악기의 소리를 목소리로 흉내 내며 전체 작품을 콧노래로 불렀다. 바이올린과 같이 애절한 소리를 내고, 바순

처럼 저음을 내며, 바로크 트럼펫 소리까지 낼 수 있었다. 사무실의
동료들은 이 소리를 듣고 무아지경이 되어 생기를 얻곤 하였다.

나는 이 친구가 어떻게 이런 재능을 계발했는지 그 방법이 궁
금했다. 나중에 들어보니, 그 친구는 세 살 때부터 아버지의 손에
이끌려 클래식 음악 콘서트에 다녔는데, 당시에는 그게 말할 수 없
이 지겨웠다고 한다. 자라면서 콘서트와 클래식 음악은 물론이고
아버지마저 싫어하게 될 정도였다고 한다. 하지만 그는 이 고통스
러운 경험을 계속해서 강요받았다. 그러다가 일곱 살이 된 어느 날,
모차르트의 오페라 서곡이 시작되는 동안 그는 놀라운 통찰을 경
험하였다. 그때까지 구별이 되지 않던 멜로디들이 선명하게 들리
기 시작한 것이다. 그는 갑자기 자신 앞에 열린 새로운 음악적 세계
를 발견했다. 무의식적이든 아니든 간에, 모차르트 음악이 주는 도
전을 이해하는 능력을 발견하기까지는 3년이라는 고통스런 청취의
세월이 있었던 것이다.

물론 그는 운이 좋았다. 많은 아이가 활동을 강요당한 나머지
자신의 가능성을 꽃 피우기도 전에 그 활동을 영원히 싫어하게 되
기도 한다. 부모들이 악기를 연습하도록 강요하여 얼마나 많은 아
이가 클래식 음악을 싫어하게 되었는가? 아이들뿐만 아니라 어른
들도 많은 주의가 필요한 활동에 첫 발을 딛기 위해서는 외부적인
동기가 필요하다. 대부분의 즐거운 활동은 자연스럽게 할 수 있는
일이 아니다. 이런 활동은 처음에는 내키지 않는 노력을 요구한다.
그러나 일단 그 활동과의 상호작용이 개인의 능력에 대해 피드백
을 제공하기 시작하면, 대개 이런 활동은 내적으로 보상을 주기 시
작한다.

자기 목적적 경험은 우리가 인생에서 일반적으로 경험하는 느
낌과는 아주 다른 것이다. 우리가 일상적으로 하는 일의 대부분은

어떠한가? 그 자체로는 아무런 가치가 없으며, 일을 해야 하기 때문에 또는 앞으로 얻을 혜택을 기대하기 때문에 그 일을 한다. 대부분의 사람은 일에 소비하는 시간을 본질적으로 낭비되는 것이라고 느낀다. 따라서 이들은 일에서 소외되어있고, 이들이 일에 투자한 심리 에너지는 자아를 강화시켜주는 역할을 하지 못한다.

꽤 많은 사람들이 자유 시간도 역시 낭비한다. 레저는 일에서 벗어나 휴식할 수 있는 기회를 제공한다. 하지만 사람들은 대개 레저 활동을 통해 자신의 능력을 개발하거나 활동을 위한 새로운 기회를 탐색하기보다는 수동적으로 정보를 흡수하는 것으로 시간을 보낸다. 그 결과 삶은 통제할 수 없는 지루함과 근심스러운 경험의 연속이 되는 것이다.

자기 목적적 경험 또는 플로우는 삶의 진로를 다른 수준으로 끌어올린다. 소외감은 참여로 바뀌고, 즐거움은 지루함을 대체한다. 또 무력함이 통제감으로 전환되며, 외적 목표를 수행하는 데 소비되었던 심리 에너지가 자아를 강화하는 데 쓰인다. 경험이 내적으로 보상을 받을 때, 우리의 삶은 미래에 얻게 될 눈에 보이지 않는 보상에 저당 잡히는 대신 현재에서 의미를 갖게 된다.

그러나 앞서 통제감과 관련된 부분에서 살펴본 바와 같이, 플로우는 잠재적인 중독성이 있다는 걸 인식해야 한다. 우리는 이 세상에 그 어떤 것도 완전히 긍정적인 건 없다는 사실을 알아야 한다. 모든 힘은 오용될 수 있다. 사랑은 증오로 바뀔 수 있고, 과학은 파괴를 낳을 수 있으며, 검증되지 않은 기술은 오염을 일으킬 수 있다. 최적 경험은 에너지의 한 형태이며, 이 에너지는 우리에게 도움을 줄 수도 있고, 파괴를 낳을 수도 있다. 불은 우리 몸을 따뜻하게 해줄 수도 있지만 집을 태워버릴 수도 있다. 원자에너지는 전기를 발생시킬 수도 있지만 세계를 완전히 날려버릴 수도 있다. 에너지는 힘이지만, 힘은 단순한 수단에 불과하다. 우리가 에너지를 쏟는 목표는 우리 삶을 풍부하게 해줄 수도 있고, 반대로 고통스럽게 만들 수도 있다.

사드는 가학을 즐거움의 한 양식으로 변화시켰는데, 사실 잔인함은 좀 더 정교한 능력을 개발하지 못한 사람들에게 일반적으로 즐거움의 원천이 될 수도 있다. 다른 사람의 행복을 방해하지 않고 삶을 더 즐겁게 만들고자 노력하는 소위 '문명화된' 사회에서조차 사람들은 폭력에 매혹된다. 폭력의 역사는 그야말로 유구하다. 로마인들은 검투사의 전투를 보며 즐거워했으며, 빅토리아인들은 테리어 견이 쥐를 물어뜯는 장면을 보기 위해 돈을 냈다. 스페인 사람들은 소를 죽이는 행위에 존경심을 가지고 돈을 지불했으며, 복싱 역시도 우리 문화의 한 산물이다.

베트남이나 여러 전쟁터에 참전한 용사들은 전선에서의 활동을 플로우 경험으로 설명하며, 그에 대한 향수를 가지고 있다. 로켓 발사대 옆에 있는 참호에 앉아있으면 삶은 아주 명확하게 집중된다. 목적은 적이 나를 죽이기 전에, 내가 먼저 적을 죽이는 것이다. 선악은 자명하다. 통제의 수단은 손안에 있다. 혼란은 없어진다. 전쟁을 싫어한다고 해도 전투 경험이 일상적인 생활에서 접하는 어떠한 것보다도 즐거운 일일 수 있다.

범죄자들은 종종 다음과 같이 말한다. "한밤중에 남의 집에 들어가서 주인을 깨우지 않고 보석을 들고 나오는 것보다 더 재미있는 일을 보여준다면, 당장 그 일을 하겠다." 청소년 비행이라고 일컫는 대부분의 행동(자동차 절도, 파괴 행위, 일상의 난폭한 행동)은 일상생활에서 얻을 수 없는 플로우 경험을 하고자 하는 필요성에 의해 동기화된다. 사회가 우리에게 의미 있는 도전에 대면할 수 있는 기회를 제공하지 못하고, 또 그러한 도전을 즐길 수 있는 능력을 개발할 기회를 제공하지 못하는 한, 우리는 폭력과 범죄가 사람들을 유혹한다는 사실을 예상해야 한다.

우리는 한때 인정받았던 과학적·기술적 활동이 훗날 끔찍한 결과를 초래하기도 했다는 사실을 잘 알고 있다. 그런데 그 활동들이 원래는 즐거운 행위였다는 사실을 생각해보면 문제가 한층 더 복잡해진다. 오펜하이머는 원자폭탄 개발 연구를 '매력적인 문제'라고 말했으며, 신경가스 제조나 스타워즈 계획도 그 일에 관여하는 사람들의 마음을 깊이 사로잡고 있었다는 데는 의심의 여지가 없다.

다른 것들과 마찬가지로, 플로우 경험이 절대적인 기준에서 '좋은' 것만은 아니다. 플로우는 삶을 더 윤택하고 열정적이며 의미 있게 만들 수 있는 가능성을 지니고 있다는 점에서만 좋은 것이다. 즉 플로우 경험이 자아의 힘과 복합성을 증진시키기 때문에 좋은 것이다. 그러나 특정한 플로우 경험으로 얻은 결과가 좀 더 광범위한 의미에서 좋은 것인지의 여부는 더 많은 것을 포함하는 사회적 수준에서 평가할 필요가 있다.

그러나 이는 과학이나, 종교, 정치 등의 모든 인간 활동도 마찬가지다. 특정한 종교적 믿음은 개인이나 집단에게 이익을 주기도 하지만, 많은 사람을 억압하기도 한다. 기독교는 윤리적으로 부패한 로마제국의 사회 통합을 도왔지만, 훗날 많은 문화를 해체하는 도구가 되기도 했다. 어떤 과학적 진보는 과학 자체와 몇몇 과학자에게는 좋을 수 있지만, 인류 전체의 관점에서는 나쁠 수도 있다. 모든 사람과 모든 시대에 이익을 주는 해법이 있다고 믿는 건 환상이다. 어떠한 인간의 업적도 완벽한 절대 선으로 받아들여질 수는 없는 것이다. "자유의 대가는 영원한 경계심이다."라는 제퍼슨의 격언은 정치 이외의 분야에도 적용된다. 이는 우리의 습관과 과거의 지식들이 새로운 가능성을 간과하지 않도록 우리가 하고 있는 일을 재평가해야 한다는 걸 의미한다.

그러나 오용될 것을 염려하여 그러한 에너지원을 무시한다는 건 어리석은 일이다. 만일 인류가 불이 위험하다고 판단해서 불의 사용을 금지시켰더라면, 우리는 유인원과 이토록 다르게 진화하지 않았을 것이다. 그리스의 철학자 데모크리토스는 다음과 같이 말한 바 있다. "물은 좋을 수도 있고 나쁠 수도 있으며, 유용할 수도 있고 위험할 수도 있다. 그러나 위험에는 대처법이 있다. 바로 수영을 배우는 것이다."

이 말은 플로우를 어떻게 활용할 것인가에 대해 시사하는 바가 있다. 즉 플로우의 유용한 형태를 극대화하고, 해로운 형태를 극소화하는 방법을 발견해내야 한다. 그 방법은 다른 사람들이 삶을 즐길 수 있는 기회를 방해하지 않으면서 자기 일상의 삶을 즐기는 법을 배우는 것이다.

04

The
Conditions of
Flow

플로우의
조건

3장에서는 최적 경험이 갖는 공통적인 특성에 대해서 사람들이 어떻게 진술하고 있는지를 살펴보았다. 즉 최적 경험이란 주어진 도전을 잘 해결할 수 있는 능력이 있고, 목표가 명확하며, 분명한 규칙과 즉각적인 피드백이 있는 상태를 말한다. 흔히 우리는 플로우를 경험할 때 집중의 정도가 아주 높아서 다른 걸 생각할 여지도 없으며, 걱정도 사라진다. 또한 그 순간에는 자의식이 사라지고, 시간이 흘러가는지도 인식하지 못한다. 플로우를 유발하는 활동은 너무나 만족스럽기 때문에 스스로 그 활동을 계속하게 되는 것이다. 심지어 그 활동이 하기 어렵거나 위험한 경우에도 그로 인해 초래될 결과에 대해 고민하지 않는다.

그렇다면 플로우 경험은 어떻게 일어나는가? 때때로 플로우는 외적 조건이나 내적 조건이 운 좋게도 서로 일치하는 경우에 우연히 발생할 수 있다. 예를 들어, 친구 여럿이 함께 모여 저녁 식사를 하고 있다고 하자. 친구들 가운데 한 명이 모든 친구와 관련된 이야기를 하기 시작했다. 한 사람씩 그 주제와 관련된 농담도 주고받으면서 그들은 재미있는 경험을 나누었다. 결국 얼마 지나지 않아 모두가 즐거워했고 서로를 더 잘 알게 됐다고 느끼게 되었다. 이 경우에는 모든 사건이 운 좋게도 자연스럽게 일어났다. 하지만 플로우는 구조화된 활동을 할 때나 플로우를 유발할 수 있는 개인의 능력이 있을 때, 혹은 두 가지 요소가 모두 작용할 때 주로 일어난다.

우리는 근무를 할 때나 집에서 가만히 앉아있을 때 등의 일상적인 일에는 지겨움을 느끼지만, 게임을 할 때는 즐거워한다. 왜 그럴까? 호화로운 리조트에서 휴가를 보내는 것도 재미없어하는 사람이 있는가 하면, 집단 수용소에서 지내는 동안에도 즐거움을 느끼는 사람이 있는 이유는 무엇일까? 이런 질문에 대한 해답을 찾는다면 우리는 삶의 질을 향상시키는 경험이 어떻게 형성되는가에 대해서 한층 더 쉽게 이해할 수 있을 것이다.

이번 장에서는 최적 경험을 유발하는 활동에 대해서 먼저 살펴보고, 이어서 플로우를 쉽게 경험하는 사람들의 특성에 대해 알아볼 것이다. 이 두 가지를 살펴보는 이유는 사람들이 좀 더 쉽게 플로우를 경험할 수 있도록 돕고자 하기 때문이다.

플로우를 주는 활동

나는 지금까지 최적 경험을 설명하기 위해서 작곡, 암벽등반, 춤, 요트 타기, 체스 등과 같은 활동을 예로 들었다. 이러한 활동이 플로우를 유발하는 이유는 이 활동 자체가 최적 경험에 더 쉽게 도달할 수 있도록 고안되었기 때문이다. 즉 이 활동에는 규칙이 있으며, 이 규칙을 수행하기 위해서는 기술을 습득해야 한다. 또한 이 활동은 목표가 분명하고, 피드백을 제공하며, 통제가 가능하다.

이런 활동을 할 때는 일상생활의 경험과 확연히 구별되는 행위를 함으로써 그 활동에 집중하고 개입할 수 있다. 운동경기를 예로 들어보자. 선수들은 경기장에서 눈에 띄는 색다른 유니폼을 입는데, 그 순간 일시적으로 일상생활에서 벗어나 특별한 세계에 빠져든다. 운동경기라는 사건이 진행되는 동안 선수와 관중 모두는 현실 세계 대신에 '경기'라는 색다른 현실에 집중한다.

이러한 플로우 활동의 최우선 기능은 즐거움을 주는 것이다. 연극, 미술, 가장행렬, 종교의식, 운동 등이 좋은 예이다. 이 활동들의 구조화된 방식 때문에 이를 구경하거나 여기에 참여하는 사람들은 아주 즐거운 마음의 상태를 경험하며, 따라서 의식의 질서를 찾는다.

프랑스의 심리 인류학자 카이유아는 세상에 존재하는 모든 게임 — 넓은 의미로 모든 종류의 놀이 활동 — 을 각 활동이 제공하는 경험에 따라 크게 네 개의 범주로 나누었다. 우선 '아곤agon'은 경쟁을 하는 게임이다. 대부분의 스포츠와 체육 활동이 여기에 속한다. '알레아alea'는 주사위에서부터 빙고에 이르기까지 '확률' 또는 '요행'을 바라는 게임을 말한다. '일링크스ilinx' 또는 '버티고 vertigo'는 일상적인 지각을 변형시켜 의식을 바꾸는 활동을 말한다. 회전목마, 스카이다이빙 등이 여기에 속한다. '미미크리mimicry'는 대안적 현실이 창조되는 활동을 뜻한다. 일반적으로 춤, 연극, 예술 관련 활동이 여기에 포함된다.

게임은 위와 같이 분류한 네 가지 방식으로 일반적인 경험의 경계를 넘어서는 그 이상의 어떤 기회를 제공한다고 볼 수 있다. 첫 번째로 경쟁적인 게임agonistic game에서 참가자는 경쟁자의 능력만큼 자신의 능력을 발휘해야 한다. '경쟁'이라는 영어 단어인 'compete'의 어원은 '함께 추구하다'라는 뜻의 라틴어 'con petire' 이다. 각 참가자가 추구하는 건 자신의 잠재력을 발휘하는 것이며, 타인과의 경쟁에서 이기기 위해서 최선을 다하는 순간에 잠재력을 발휘하기가 쉬워진다. 그러나 오직 그 활동 자체에만 집중할 수 있을 때에만 경쟁은 도움이 된다. 만일 상대 선수를 이기거나, 관객에게 인기를 얻거나, 혹은 좋은 조건으로 계약을 성사시키는 것과 같은 외적 목표에 관심을 둔다면 경쟁은 오히려 활동에 집중하는 것을 가로막는 요인이 된다.

두 번째로, 요행을 바라는 게임aleatory game은 명확히 예측할 수 없는 미래를 우리가 통제할 수 있다는 환상을 불러일으키기 때문에 즐거움을 느낄 수 있는 활동이다. 미국 인디언들은 다음번 사냥에서의 포획량을 점치기 위해서 기호가 새겨진 들소 갈비뼈를 섞어놓았다. 중국인들은 팔괘 막대가 쓰러진 형태를 읽고 미래를 예언하였다. 동아프리카의 아샨티 족은 제물로 삼은 닭이 죽은 모양새를 보고 미래를 예측하였다.

이와 같이 점을 치는 행위는 현실의 한계를 넘어 미래를 예측하려는 시도로서 문화 보편적인 특징을 지니고 있다. 오늘날의 확률 게임도 같은 성격을 띠고 있다. 들소 갈비뼈는 주사위가 되었고, 중국 팔괘 막대는 카드놀이가 되었다. 또한 점치는 의식은 남보다 한 수 앞서 보려고 하고 팔자를 고쳐보겠다고 하는 도박이 되었다.

세 번째 게임의 범주인 미혹 게임vertigo은 지각을 바꾸는 가장 직접적인 방법이다. 우리는 종종 어린아이들이 어지러울 때까지 제자리에서 빙빙 돌면서 좋아하는 모습을 본다. 또 중동의 회교 탁발 승들은 제자리에서 맴도는 행위를 통해 무아의 경지를 느낀다. 현실에 대한 지각 방식을 바꾸는 모든 활동은 즐겁다. 이는 술, 마약 등 모든 형태의 환각제가 지닌 마력을 잘 설명해준다.

하지만 이런 행위를 통해서는 의식이 확장되지 않는다. 우리가 기껏 할 수 있는 것이라고는 그 내용물을 섞어서 의식이 좀 더 넓어진 것인 양 느끼는 것뿐이다. 하지만 결국에는 그와 같은 의식의 인위적 조작으로 인해 의식에 대한 통제력을 잃게 된다.

마지막으로, 모방 게임mimicry에서는 환상, 가장, 변장을 통해 자신의 현재 모습 이상의 자신을 느낀다. 신의 모습을 한 가면을 쓰고 춤을 추는 순간에 우리 조상들은 마치 전 우주를 통치하는 강력한 힘을 소유하고 있는 것처럼 느꼈을 것이다. 사슴 모양으로 치장을 하고 춤을 추던 야키 족 인디언들은 사슴의 영혼이 자신에게 깃듦을 경험하였을 것이다. 합창단과 함께 노래를 부르는 가수는 자신이 창조하려는 아름다운 소리와 하나가 되는 전율을 만끽한다. 인형 놀이를 하는 여동생과 장군 흉내를 내는 오빠까지도 일상생활의 한계를 넘어 새로운 경험을 하고 있는 것이다. 즉 일시적이나 마 현실의 자기와는 다른 강력해진 자신을 느끼게 되고, 아울러 사회의 성 역할도 배우게 되는 것이다.

우리는 연구를 통해 플로우 활동은 이것이 경쟁적이든, 확률적이든, 또는 다른 차원의 경험을 제공하는 것이든 간에 분명한 특징을 공통분모로 하고 있다는 사실을 발견하였다. 즉 플로우 활동은 개인에게 발견의 느낌, 새로운 세계를 접하는 듯한 창의적 깨달음을 준다는 것이다. 또 우리가 한층 더 높은 수준의 수행을 할 수 있도록 도와주고, 이전에 경험해본 적 없는 인식의 상태를 느끼게 해준다. 간단하게 말하자면, 자아를 좀 더 복합적으로 만들어서 변형시킨다. 플로우 활동의 핵심은 '자아의 성장'에 있다.

어떻게 이런 설명이 가능한지 여러분의 이해를 돕기 위해서 아래와 같이 간단한 그림을 제시해보았다.

이 그림은 어떤 구체적인 활동을 의미하는데, 일단 여기서는 테니스라고 가정해보자. 이론적으로 경험의 가장 중요한 두 차원인 기술skill과 도전challenge을 x와 y축에 각각 표시하였다. 문자 A는

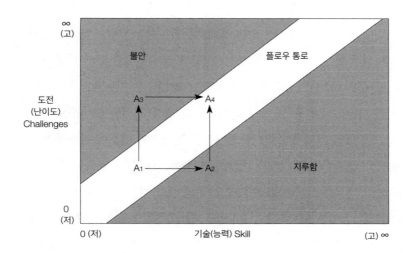

테니스를 처음 배우는 알렉스라는 남자아이를 나타낸다. 다이어그
램은 각기 다른 시점에 있는 알렉스의 상태를 표시해주고 있다.

알렉스가 제일 처음 테니스를 배우기 시작할 때(A1)는 실제로
아무런 기술skill이 없으며, 그때 당면한 도전은 네트 너머로 공을
쳐 내는 것뿐이다. 이것은 그다지 어려운 과업이 아니지만 알렉스
는 초보자인 자신의 수준에 맞는 일이기 때문에 이 과업을 무척 좋
아한다. 따라서 이 시점에서 알렉스는 플로우를 경험한다.

하지만 아이는 그 수준에 오랫동안 머물러있지 않는다. 머지않
아 연습을 계속하여 기술이 향상되고, 단순히 네트 너머로 공을 쳐
내는 일이 재미없어진다(A2). 혹은 테니스를 잘 치는 사람을 만난다
면 공을 단순히 받아넘기는 것 이상의 더 큰 도전이 있을 것이라고
느낄 수 있다. 이때에는 자신의 부족한 실력에 대해 불안감을 느낄
수도 있다(A3).

지루함이나 불안감 모두 긍정적인 경험은 아니다. 따라서 알렉
스는 플로우 상태로 다시 돌아가고 싶다. 어떻게 하면 플로우 상태
로 돌아갈 수 있을까?

그림을 다시 한 번 보자. 지루함을 느끼는 A2 단계에서 플로우
를 경험할 수 있는 유일한 선택은 도전의 수위를 높이는 것뿐이다
(이것 말고 알렉스가 선택할 수 있는 다른 대안은 뭘까? 그것은 바로 테니스를 포기하는
것이다. 그렇게 되면 알렉스, 즉 A는 그림에서 영영 사라지게 된다!). 자신의 능력을
감안할 때 더 어렵기는 하지만 새로운 목표를 설정한다면, 예를 들
어 자신보다 조금 더 잘하는 사람을 이겨보겠다는 목표를 세운다
면 알렉스는 다시 플로우 단계(A4)로 넘어갈 수 있다.

불안을 느낄 때(A3) 플로우 상태로 넘어갈 수 있는 방법은 자신
의 기술을 향상시키는 것이다. 이론적으로는 알렉스가 자신이 당면
한 도전의 수준을 낮춤으로써 최초의 플로우 순간(A1)으로 돌아갈

수도 있다. 하지만 실제로 어떤 도전이 존재한다는 걸 인식하게 되면 그 도전을 무시하기란 쉽지 않다.

그림의 A₁과 A₄ 모두 플로우 상태를 뜻한다. 둘 모두 즐거운 감정을 느끼는 상태이지만, 서로 간에는 엄연한 차이가 존재한다. 즉 A₄는 A₁보다 도전의 수준이 더 높고, 더 높은 수준의 기술이 필요하기 때문에 A₄가 A₁보다 좀 더 복합적인 경험이라고 할 수 있다.

하지만 A₄는 복합적이고 즐거운 경험이기는 하지만 안정적인 상태는 아니다. 알렉스는 계속 테니스를 하다 보니 자기 수준에서 할 수 있는 반복적인 기술에 신물이 날 수 있고, 혹은 상대방에 비해 많이 부족한 자신의 능력 때문에 좌절할 수도 있다. 따라서 또다시 플로우를 경험하려는 동기가 생긴다. 이 경우 그 복합성의 수준, 즉 플로우의 수준은 A₄ 수준보다 높아진다.

플로우 활동이 성장과 발견을 이끌어내는 이유는 바로 이 역동적인 특성에 있다. 어느 누구도 같은 수준에서 같은 일을 장기간 할 때 즐거움을 느끼지 않는다. 싫증을 느끼거나 좌절하게 되고, 이후 다시 즐거움을 찾고 싶은 바람에서 자신의 기술을 향상시키거나 혹은 그 기술을 사용할 새로운 기회를 발견하려는 행위를 취하려고 하기 때문이다.

그러나 여기서 우리는 객관적인 플로우의 조건을 만족시킨다고 해서 필연적으로 플로우를 경험할 것이라고 생각하는 기계적인 오류에 빠지지 않도록 조심해야 한다. 도전이라는 것은 객관적인 잣대로 평가된다기보다는, 내가 얼마나 그 과제를 어렵다고 느끼는가 그리고 그 과제가 나에게 얼마나 도전감을 준다고 느끼는가에 좌우된다. 능력 또한 마찬가지이다. 자신이 실제로 지니고 있는 능력뿐만 아니라 본인 스스로가 가지고 있다고 생각하는 능력도 아주 중요하다. 어떤 사람은 정상 정복이라는 도전에는 흥미를 느끼지만 악기를 배우는 데는 무관심할 수 있다. 한편 다른 사람은 등산 대신 악기 연주를 선택할 수 있다. 어떤 플로우 활동이라도 우리가 느끼는 감정은 객관적 조건에 영향을 받는다. 그러나 우리의 의식 이 그 객관적 조건을 어떻게 평가하느냐도 중요한 것이다.

　게임의 법칙은 심리 에너지를 즐거운 형태로 발산하도록 설정 되었지만, 궁극적으로 이러한 활동이 즐거운 것이 될지의 여부는 우리 스스로에게 달려있다. 프로 축구 선수가 플로우 상태에 빠지 지 않고서 시합을 할 수도 있다. 그는 운동이 지겹다고 여기고, 경 기 자체보다도 연봉 계약에만 관심이 있을 수 있다. 한편 이와 반대 되는 경우도 있을 수 있다. 다시 말하자면, 어떤 사람들은 다른 목 적으로 만들어진 활동을 정말 즐길 수도 있다는 뜻이다. 예를 들어, 많은 사람이 일을 하거나 아이를 키우면서 게임이나 운동경기를 할 때보다 더 높은 수준의 플로우를 경험하기도 한다. 그 이유는 이 사람들은 일상적인 활동에서 다른 사람들이 보지 못하는 기회를 지각하는 법을 배웠기 때문이다.

　인류가 진화하는 동안 지구상의 모든 문화는 경험의 질을 향 상시키기 위해 고안된 활동들을 발전시켜왔다. 심지어 기술적 진보 가 가장 더딘 사회에도 미술과 음악, 춤 그리고 모든 연령층이 즐길 수 있는 게임이 있게 마련이다. 뉴기니 원주민들은 식량을 구하는 것보다 의식 복장을 장식하는 데 쓰일 깃털을 구하기 위해서 장시 간 밀림을 헤매고 다닌다. 이런 모습은 우리에게 결코 낯설지 않다. 미술과 연극, 제사 의식은 어느 문화에서나 일보다 더 많은 시간과 에너지가 소요되는 활동일 것이다.

　물론 미술, 음악, 춤, 연극, 종교의식과 같은 활동은 근본적인 목적이 서로 다르지만 우리에게 즐거움을 선사하기 때문에 오늘날 까지 생존하고 있다. 인류는 약 3만 년 전부터 동굴을 꾸미기 시작했다. 동굴 속 그림들은 분명 종교적 의미와 실용적 의의를 지니고 있다. 그러나 예술의 주된 존재 이유는 구석기 시대나 지금이나 마찬가지일 것이다. 즉 화가와 감상하는 사람 모두에게 예술이 플로우의 원천이었다는 사실이다.

사실 플로우와 종교는 인류 역사가 시작되는 순간부터 떼려야 뗄 수 없는 관계였다. 인간이 가졌던 최적 경험의 상당 부분은 종교적 의식에서 비롯되었다. 미술, 연극, 음악, 춤 모두 종교적인 배경을 가지고 있다. 즉 사람을 초자연적 힘과 실체에 연결시키고자 하는 목적으로 만들어진 활동이었다.

게임도 마찬가지이다. 초기의 구기 운동 가운데 하나로, 마야인들이 즐겼던 일종의 농구 경기는 종교의식의 일부였으며, 최초의 올림픽 경기 또한 종교의식에서 비롯하였다. 이런 관련성은 놀라운 사실이 아니다. 이른바 '종교'라 불리는 것들은 의식의 질서를 이루려는 가장 오래되고 야심찬 시도이기 때문이다. 이런 면에서 종교의식은 심오한 즐거움의 원천이라고까지 말할 수 있다.

오늘날에는 미술과 연극, 그리고 일반적인 삶에서 초자연적 의미는 퇴색되어버렸다. 과거 인류 역사에서 세상을 이해하고 의미 있게 해주었던 우주 질서는 서로 무관한 단편들로 부서지고 말았다. 대신 인간의 행동 방식을 설명하기 위한 수많은 이데올로기가 등장하여 서로 경쟁을 하고 있다.

공급·수요의 법칙과 자유 시장을 규제하는 '보이지 않는 손'의 논리는 우리의 이성적인 경제 선택에 대해 설명하고자 한다. 역사적 유물론의 바탕이 되는 '계급 갈등의 법칙'은 인간의 비이성적 정치 행동을 설명하였고, 사회 생물학의 기초가 되는 유전적 경쟁 이론은 왜 인간이 어떤 사람들은 도와주고, 어떤 사람들은 배척하려 하는지를 설명해준다. 심리학의 행동주의 이론은 우리가 인식하지 못한 상태에서 쾌락 행동을 반복하게 되는 이유를 설명해준다.

이 이론들은 사회과학에 근간을 둔 현대판 '종교'라고 할 수 있다. 그러나 이 이론들 가운데 어느 하나도 우주의 질서를 설명했던 과거의 모델만큼 미적인 비전이나 양질의 즐거움을 제공하지는 못하고 있다.

현대의 플로우 활동들은 과거와는 달리 종교적 요소가 퇴색되면서 올림픽경기나 마야인들의 구기 경기처럼 행위자들에게 강력한 의미를 제공하지는 못한다. 오늘날의 플로우 활동은 그 내용이 일반적으로 쾌락과 관련되어있다. 우리는 이런 활동을 통해 육체적으로나 정신적으로 기분이 더 나아질 수 있다고 기대하지만 신과 더 가까워질 것이라고까지는 기대하지 않는다. 그렇다고 해도 경험의 질을 높이기 위해 우리가 밟아가는 과정은 그 자체로 문화에서 아주 중요하다.

한 사회에서 생산 활동이 어떻게 이루어지는가를 살펴보는 건 그 사회의 특징을 알 수 있는 유용한 지표로 활용되어왔으며, 이 방법은 지금도 널리 활용되고 있다. 이 기준에 따라서 인류 사회를 수렵·채집 사회 – 목축 사회 – 농경 사회 – 기술 사회로 나눌 수 있다.

그러나 플로우 활동을 살펴보는 것은 인간과 그 사회의 특성을 좀 더 정확하게 설명해줄 수 있는 보다 더 적절한 지표가 될 수 있다. 왜냐하면 플로우 활동은 우리가 스스로 자유롭게 선택하는 것이며, 궁극적인 의미에서의 근원과 더욱 밀접하게 관련되어있기 때문이다.

기술skill과 도전challenge 개념에 관하여 _옮긴이 주

이 책에서 주장하는 바를 이해하기 위해서는 이 두 가지 개념을 정확하게 알아두는 게 중요하다. 앞서 3장에서도 이 개념에 대해 간단하게 언급하기는 했지만, 좀 더 자세한 부연 설명이 필요하다.

첫째, skill은 주어진 과제를 해결할 수 있는 정신적·신체적 기술이나 능력을 의미한다. 우리말로는 '기술', '실력', '능력' 등으로 표현할 수 있는데, 네이버 국어사전에서 이 세 가지 단어의 정의를 각각 찾아서 검토·분석하면 skill의 개념이 보다 명료해질 것이다.

네이버 국어사전에 따르면, 먼저 '기술'은 '어떤 일을 정확하고 능률적으로 해내는 솜씨'를 말한다. 관용적으로 우리가 '기술'이라는 말을 사용할 때는 주로 구체적인 사물을 다루는 솜씨를 의미한다. 그러나 이 책에서 말하는 '기술'은 심리적인 솜씨라는 의미까지 내포하는 개념이다. 우리에게 친숙한 책인 에리히 프롬의 《The art of loving》이 《사랑의 기술》로 번역되어있다는 걸 떠올리면 이 책에서 말하는 '기술'의 의미를 쉽게 이해할 수 있다. 따라서 이 책에서 '기술'이라고 옮긴 단어의 경우에는 독자들이 문맥에 맞추어 그 단어에 '심리적 솜씨'라는 비유적 의미를 가미하여 이해하면 무리가 없다.

한편 '실력'의 정의는 '실제로 일을 해낼 수 있는 능력'으로 정의되어 있다. 그러나 이 책에서 말하는 skill은 실제로 어떤 것을 해낼 수 있는 능력만을 의미하는 게 아니라, 본인이 스스로 가지고 있다고 생각하는 자신의 능력도 포함하는 개념이다. 따라서 '기술'을 곧 '실력'으로 이해하는 건 적절하지 못하다.

마지막으로 '능력'의 정의는 '어떤 일을 해낼 수 있는 힘'으로 나와 있다. 칙센트미하이 교수는 플로우 개념을 구체적으로 언급한 초기 저술인 《지루함과 불안을 넘어서》(1975)에서 skill을 '행위 능력 action capability'과 같은 개념으로 설명하고 있다(해당 책 49쪽). 따라서 skill을 '능력'으로 옮기는 것이 문맥에 따라서는 적절한 표현이라고 볼 수 있다. 이와 같은 점을 고려하여 이 책에서는 skill을 주로 '기술'로 옮겼으나, 문맥에 따라서는 '능력'이라는 표현을 사용하기도 하였다.

둘째, 이 책에서 challenge는 위의 책(1975)에서 언급하는 '원리 axiom'에서 유래한 개념이라고 한다. 해당 부분을 인용하면 다음과 같다. '사람들은 어느 때라도 우리의 행위를 촉발하도록 도전하는 몇 개의 기회가 있음을 알고 있다at any given moment, people are aware of a finite number of opportunities which challenge them to act(일부러 직역을 함—옮긴이)'. 따라서 이 말은 우리로 하여금 '한번 도전해볼까'라는 마음이 들게 하는 '행위 또는 과제의 난이도' 혹은 '이를 수행하기 위해서 필요한 요구 조건' 등으로 이해하면 된다.
옮긴이가 주로 '도전'으로, 가끔씩은 '난이도'로 표현한 이 단어 역시 객관적인 어려움이 아니라 본인이 지각한 난이도를 의미한다는 걸 이해하는 게 중요하다. 물론 이 단어도 아직 친숙하지 않은 감은 있다. 영한사전에는 challenge의 또 다른 정의로 '의욕, 의의신청, 공격'이 나와있지만, 이 말은 이 책에서 말하고자 하는 원래의 의미를 살리기 어렵다고 판단하여 주로 '도전'으로 옮겼다.

셋째, 이 책에서 '행동의 기회'라고 번역되어있는 표현은 바로 위에서 언급한 정의를 참고하여 '주어진 도전에 대응하여 본인의 기술을 조화롭게 사용할 수 있는 여러 가지 행동의 기회들'로 이해하면 된다.

플로우와 문화

미국의 민주주의 정치 실현의 과정에서 중요했던 건 행복 추구를 의도적으로 정치의 목표로 삼았으며, 더 나아가서 이를 정부의 책임으로 삼았다는 것이다. 독립선언문은 이러한 목표를 분명하게 명시한 최초의 정부 공식 문서이지만, 어떠한 사회 체계도 그 체계가 행복을 제공해줄 거라고 국민이 신뢰하지 않는다면 존재할 수 없을 것이다. 물론 민중들이 독재자의 통치를 기꺼이 감내해야 하는 억압적인 문화도 많이 존재했던 것이 사실이다. 만약 노예들이 반란을 일으키지 않고 피라미드를 건설했다면, 그건 아마도 다른 대안이 없다고 생각하고 그래도 파라오 왕 밑에서 노예로 일하는 편이 더 희망적이라고 생각했기 때문이었을 것이다.

　지난 몇 세대 동안 사회과학자들은 문화에 대해 가치 판단을 내리기를 극히 꺼려했다. 엄격한 사실에 근거하지 않은 비교는 불공평하다고 여겨지기 때문이다. 한 문화의 관습과 믿음, 제도가 다른 문화의 그것보다 어떤 의미에서든 더 우수하다고 말할 수 없다는 견해를 문화상대주의라고 한다. 이 용어는 서구 국가들이 세계 곳곳에 식민지를 건설하면서 오직 자신의 문화만을 최고라고 여겼던 빅토리아 시대의 민족주의와 비교하기 위하여 문화인류학자들이 사용해온 것이다.

　제국주의 시대에 탄생한 이런 순진한 우월주의는 이젠 과거의 유물이 되어버렸다. 우리는 여전히 트럭에 폭탄을 가득 싣고 대사관으로 돌진하는 아랍인의 자살 테러를 반대한다. 그렇다고 해서 그들의 종교적 믿음을 비난하며 우리가 도덕적으로 더 우월하다고 생각하지는 않는다. 우리는 우리의 도덕성이 우리 자신의 문화권 밖에서는 통용되지 않는다는 사실을 받아들이게 되었다. 이런 관점으로 세상을 보면, 어느 한 문화의 가치를 잣대 삼아 다른 문화의 가치를 평가하는 건 아주 부질없는 일이라는 걸 쉽게 알 수 있다. 여러 문화를 평가할 때는 최소한 다른 문화의 가치를 평가 대상이 된 문화와 관련지을 수밖에 없기 때문에 공정한 비교라는 것 자체가 불가능하다.

그러나 플로우 경험을 성취하고자 하는 욕구가 모든 인류의 가장 중요한 목표라고 가정한다면, 문화적 상대주의가 말하는 해석의 어려움을 극복할 수 있다. 이렇게 되면 사회의 신념 체계를 비교 평가하지 않고도 사회 구성원들의 목표가 현실에서 성취되지 못하여 생성되는 심리적 엔트로피를 측정함으로써 각 사회 체계를 평가할 수 있다. 그렇다면 우선 일차적으로 자신의 목표와 일치하는 경험을 하는 구성원의 수가 많을수록 좋은 사회라고 평가할 수 있다. 다음으로, 어떤 사회 체계가 최대한 많은 사람에게 좀 더 복합적 능력을 향상시킬 수 있는 여건을 제공하여 위의 경험을 통해 자아의 성장을 이룰 수 있도록 이끌어주는지를 구체적으로 살펴봄으로써 그 사회를 평가할 수 있다.

분명 각 문화는 '행복 추구'를 얼마나 실현했는가의 정도에 따라 서로 간에 다르다고 말할 수 있다. 역사적으로 특정한 시점, 특정한 사회에서의 삶의 질이 다른 시점, 다른 사회에서의 삶의 질에 비해 확실히 더 낫다고 할 수 있다. 18세기 말 무렵, 영국인의 삶은 그 이전이나 100년 이후의 삶보다 훨씬 열악했다. 여러 증거로 볼 때, 산업혁명은 인간의 수명을 단축시켰으며, 삶을 더욱 고역스럽고 혹독하게 만들었다. 방직공장에서 일주일에 70시간씩 지쳐 죽을 때까지 일하던 노동자들은 자신이 갖고 있던 가치와 믿음이 어떠했든 간에 자신이 삶에서 원하는 걸 성취해가고 있다고 생각하지는 않았을 것이다.

다른 예로는 문화인류학자 포춘이 설명한 도부 섬 주민들의 문화를 들 수 있다. 이 섬의 문화는 악령의 힘에 대한 공포심과 가까운 친지들 간의 불신, 그리고 보복 행위를 부추기고 있었다. 주민들은 혼자 나무 사이에 있으면 나쁜 마법에 걸린다고 믿었는데, 이 섬에서는 볼일을 보려면 수풀 속에 들어가야 했기 때문에 화장실에 가는 것조차도 큰 문제가 될 정도였다. 도부 섬 주민 모두는 이런 고민을 하고 싶지 않았지만 다른 대안을 몰랐다. 이들은 오랫동안 내려온 믿음과 관습에 사로잡혀 있었으며, 이로 인해 심리적 안정을 경험하기가 어려웠다.

많은 민족지학民族誌學적 설명에 따르면, 내재된 심리적 엔트로피는 '고상한 원시인novel savage(이상적인 낭만적 원시인의 상을 지칭하는 말로, 인간의 자연 상태가 문명화된 상태보다 우월함을 뜻하는 표현 — 옮긴이)'에 관한 신화에서 주장하는 바와 다르게, 문자 사용 이전의 문화에서 더 흔하게 나타난다. 삶에 필요한 양식을 얻지 못할 정도로 황폐해져가는 환경에 부딪힌 우간다의 이크 족은 자본주의 개념 대신 이기심이라는 개념을 수용하였다. 베네수엘라의 요노마모 족은 다른 전투 부족처럼 폭력을 숭상하고, 이웃 부족을 공격하여 피의 전쟁을 치르는 걸 가장 즐거운 행위로 여겼다. 또한 보하난의 연구에 따르면, 나이지리아 부족은 마법과 음모에 사로잡혀 웃음과 미소의 의미를 거의 알지 못한다고 한다.

이 문화들 가운데 어떤 문화에서도 이기적이고, 폭력적이며, 두려움을 주는 문화를 스스로 선택했다고 볼 수 있는 증거는 없다. 이들 문화의 작용 방식은 구성원들에게 행복을 주기는커녕 그 반대로 고통만을 준다. 행복을 저해하는 이런 관습과 믿음이 불가피하게 혹은 필요에 의해서 생겨난 건 아니었다. 우발적인 상황에 무작위로 대처하다가 우연히 고착화되고 진화해온 것이다. 그렇다고 하더라도 일단 이런 행위들이 한 문화의 규범과 습관으로 자리 잡게 되면 그때부터는 무조건 지켜야 하는 것으로 여겨지며, 그 사회의 구성원들은 다른 대안이 없다고 굳게 믿는다.

다행스럽게도 우연한 계기 또는 선견지명으로 플로우를 상대적으로 쉽게 경험할 수 있게 도와주는 환경을 형성한 문화도 많이 있다. 예를 들어 콜린 턴불에 따르면, 이투리 정글의 피그미 족들은 쓸모 있고 도전적인 활동을 통해 타인은 물론이고 환경과도 잘 어우러져 화목하게 살아간다. 사냥이나 마을의 공동 작업이 없을 때에는 노래하고 춤추며 음악을 연주하고 서로와 이야기를 나눈다. '원시적인' 여느 문화에서처럼 피그미 사회의 모든 성인은 능숙한 일꾼일 뿐 아니라 연기자와 가수, 예술가 심지어 역사가가 된다. 이들의 문화는 물질적 성취라는 기준에서는 낮게 평가받지만, 최적 경험을 제공한다는 측면에서 보면 이들의 삶의 방식이 대단히 성공적이라고 할 수 있다.

캐나다의 문화인류학자 쿨은 문화가 어떻게 플로우를 일상생활 속으로 동화시키는지를 브리티시 콜롬비아 주에서 거주하는 한 인디언 부족을 예로 들어 설명하고 있다.

인디언들은 '슈쉬왑Shushwap'이라는 땅을 풍요로운 곳으로 생각하고, 지금도 그렇다고 믿고 있다. 실로 이 지역은 연어와 사냥용 동물이 많고, 뿌리 식물이 많이 자라는 풍요로운 땅이다. 이 지역에서 인디언들은 계속 한 곳에서 거주하면서 필요한 자원을 찾아 주변을 탐색하였다. 이들은 환경에서 나오는 자원을 최대한 이용하기 위한 정교한 기술을 지니고 있었으며, 자신들의 삶이 행복하고 풍요롭다고 생각하였다. 그러나 마을의 원로들은 삶이 너무나 예측 가능하기 때문에 도전이 삶에서 사라지기 시작했다고 종종 말하였다. 도전이 없으면 삶을 살아가는 의미가 없어지게 마련이다. 그래서 원로들은 지혜로운 결정을 내렸다. 마을 전체가 이주하기로 한 것이다.

이 대규모 이사는 25년에서 30년마다 한 번씩 시행되었다. 마을 전체 주민이 슈쉬왑의 다른 지역으로 옮겨 다녔고, 그때마다 새로운 도전을 맞이했다. 시냇물의 위치를 새로 파악하고, 사냥감이 이동하는 길목을 찾고, 발삼 뿌리가 풍부한 곳이 어디인지도 새로 발견해야 했다. 또 다시 삶의 의미가 풍족해지고, 살아갈 가치가 생겼다. 모두가 활기찬 생활을 할 수 있었고, 또한 이미 자원이 고갈된 지역의 땅이 지력을 회복하도록 시간을 주는 효과도 있었다.

비슷한 경우를 일본 교토 남부의 이세 지역에 있는 '위대한 사원伊勢大神宮(이세다 이진구)'에서 찾을 수 있다. 이세의 사원은 약 1,500년 전 인접한 마을들 중 한 곳에서 처음 설립되었다. 이후 이세의 사원은 20년마다 한 번 꼴로 헐리고 인접 마을에 다시 세워지기를 반복해왔다. 따라서 1973년까지 이세의 수도승들은 총 16회에 걸쳐 — 14세기경에는 상대 영주와의 분쟁으로 일시적으로 사원을 옮기지 못했다 — 이사를 한 셈이다.

슈쉬왑 인디언과 이세 수도승이 사용한 전략은 그 이후 많은 정치 지도자가 성취하고자 꿈꿔왔던 전략과 유사하다. 예를 들어, 토머스 제퍼슨과 마오쩌둥은 시민들이 정치에 적극적으로 참여하도록 유도하기 위해서는 각 세대마다 스스로 혁명을 일으킬 필요가 있다고 믿었다. 실제로 국민의 심리적 욕구와 이를 이루기 위한 선택, 이 두 가지가 완벽하게 조화를 이루는 문화는 거의 없었다. 대부분은 생존 자체가 삶을 너무 힘들게 하거나 또는 스스로를 너무 엄격하게 정해진 틀 안에 가둠으로써 다음 세대가 취할 수 있는 다양한 행동의 기회까지도 제한하였다.

　문화란 우연적이고 임의적인 요인들이 우리의 경험에 미치는 영향을 최소화하기 위해 설계된 방어기제이다. 깃털은 새를 위한 것이고 털은 동물을 위한 것이듯, 문화란 적응적 기제인 것이다. 문화는 규범을 정하고, 목표를 설정하며, 삶의 도전을 이겨낼 수 있도록 돕는 믿음 체계를 구축한다. 이를 위해서는 어쩔 수 없이 상당수의 대안적 목표와 믿음을 제거할 수밖에 없고, 결국은 선택의 가능성이 줄어들게 된다. 그렇지만 비록 제한된 목표와 수단을 가진 문화라고는 해도 그 안에 있을 때는 삶이 용이하고 간편해진다.

　게임이 문화와 유사할 수밖에 없는 이유가 바로 이 점에 있다. 게임과 문화는 둘 다 대체로 임의적인 목표와 규칙으로 구성되어 있다. 이 목표와 규칙은 사람들로 하여금 그 과정에 참여하도록 할 뿐 아니라 의심하거나 정신의 흐트러짐 없이 행동하게 한다. 이 둘 사이에 차이가 있다면 그 규모일 것이다. 문화는 모든 걸 포괄한다. 사람들이 어떻게 태어나고, 성장하고, 결혼하고, 아이를 낳고, 죽는지 등등이 구체적으로 포함된다. 한편 게임은 문화의 간격을 메우는 것이다. 즉 문화가 어떤 지침을 제시하지 못하거나 사람들의 주의가 혼돈으로 빠질 우려가 있을 때, 게임은 '여가 시간'을 통하여 행동과 집중을 촉진시킨다.

　문화가 일련의 목표와 규칙을 발전시키는 데 성공하여 사람들이 지니고 있는 기술과 조화를 잘 이루고, 그 결과로 구성원들이 보통 이상의 빈도와 강도로 플로우 경험을 하게 되면 게임과 문화의 유사점은 한층 더 커진다. 이러한 경우에 전체적으로 문화가 '굉장한 게임'이 된다고 말할 수 있다. 아마도 몇몇 고전 문명은 이러한 상태에 성공적으로 도달했을 것이다. 아테네 시민들, 강인함virtus을 행동으로 드러냈던 로마인들, 중국의 지식인들, 인도의 브라만(사제, 승려 계급이자 최고 계급인)은 춤을 통해서 얻는 희열과 같은 즐거움을 다양한 도전을 극복해가며 경험했을 것이다. 아테네의 폴리스와 로마의 법률, 신권神權에 토대를 둔 중국의 관료주의, 그리고 모든 걸 감싸 안는 인도의 영적 질서는 어떻게 문화가 플로우 경험을 촉진시키는지를 보여주는 성공적인 사례라고 할 수 있다. 물론 그 사회의 주류를 형성하고 있는 운 좋은 사람들에게만 해당되는 일이기는 하지만 말이다.

플로우를 촉진하는 문화가 도덕적 의미에서 반드시 선한 것은 아니다. 스파르타의 규칙은 당시 그 사회 구성원을 동기화시키는 데는 누가 봐도 성공적이었지만, 20세기의 관점에서 볼 때는 잔인한 것이다. 유목민인 타타르 족이나 터키의 친위 보병이 전투와 학살을 통해 쾌락을 얻었다는 건 전설적인 예다. 1920년대의 혼란스러운 경제와 문화 충격에 당황했던 많은 유럽인에게 나치 정권과 파시즘 이데올로기는 매력적인 게임의 계획을 제시해주었다. 즉 단순한 목표를 제시하였고, 그에 대한 피드백을 명확하게 주었다. 사람들이 다시 새롭게 삶에 몰두할 수 있도록 한 것이다. 그 결과 많은 사람이 이전의 불안과 절망에서 벗어났다고 생각했다.

이와 마찬가지로, 플로우 경험은 강력한 동기 유발을 하지만 그렇다고 해서 그러한 경험이 모두 선하다고 단정할 수는 없다. 다른 조건들이 동일하다면 플로우를 제공하는 문화가 그렇지 않은 문화보다 더 나을 수 있다. 그러나 어떤 집단이 삶의 즐거움을 촉진시켜줄 목표와 규칙을 만들 때, 다른 누군가를 희생시킨 대가로 플로우를 경험할 가능성도 항상 존재한다. 예를 들어 남북전쟁 때 미국 남부 지방 사람들이 대농장에서 품위 있는 생활을 누릴 수 있었던 건 수입된 노예들의 노동력이 있었기에 가능한 일이었다. 마찬가지로 아테네 시민들의 플로우는 그들의 소유지에서 일했던 노예들이 있었기에 가능했다.

　서로 다른 각 문화권의 사람들이 어느 정도의 최적 경험을 하고 있는지를 정확하게 측정하는 건 여전히 아주 어려운 일이다. 1976년에 대대적으로 실시되었던 대규모 여론조사에 따르면, 미국 북부 지역의 응답자들 가운데 40퍼센트가 자신들은 "아주 행복하다"고 응답했다. 반면 유럽에서는 20퍼센트, 아프리카에서는 18퍼센트, 아시아에서는 단 7퍼센트만이 행복하다고 응답해 대조를 이루었다. 한편 이보다 2년 전에 실시되었던 또 다른 조사에서는 미국인들이 평가한 개인의 행복 지수가 미국보다 일인당 국민소득이 각각 5배와 10배 이상 낮은 쿠바와 이집트 사람들의 행복 지수와 거의 같았다. 통일 전의 서독과 나이지리아를 비교한 경우에도 두 나라는 일인당 국민소득이 15배 이상 차이가 나지만 행복 지수는 비슷하게 나타났다. 이렇듯 불일치한 조사 결과가 나온 중요한 이유는 단지 최적 경험을 측정하는 우리의 도구가 여전히 아주 초보적이기 때문이다. 그렇다고 해도 문화들 간에 차이가 존재한다는 사실은 논의의 여지가 없는 것 같다.

　모호한 결과에도 불구하고 모든 대규모 조사 결과를 살펴보면, 부유하고 교육 수준이 높으며 더 안정적인 정부가 통치하는 나라의 국민일수록 행복과 삶의 만족도가 더 높다는 점은 일치하고 있다. 영국과 호주, 뉴질랜드와 네덜란드가 가장 행복한 국가인 것으로 나타났다. 미국의 경우 이혼율이 높고 알코올중독과 범죄, 약물중독 따위의 사회문제가 심각하긴 하지만 행복 지수와 삶의 만족도가 그다지 낮지는 않았다. 미국인들에게 즐거움을 주는 활동에 투자할 시간과 자원이 충분히 주어졌다는 사실을 감안하면 이 결과가 놀라운 것만은 아니다.

　평균적인 미국 성인은 일주일에 약 30시간만 일을 하며, 또한 직장에 있기는 하지만 나머지 10시간을 공상에 잠기거나 다른 동료들과 잡담하는 등 일과 무관한 짓으로 소비한다. 여가 활동에 사용하는 시간은 20시간 정도이다. 구체적으로 일주일에 20시간을 어떻게 쓰고 있는지 순서대로 살펴보자. 주의를 집중하여 텔레비전을 시청하는 데 7시간, 독서 3시간, 활동적인 일(조깅, 악기 연주, 볼링 등) 2시간, 그리고 사회적 활동(파티, 영화 관람, 가족이나 친구와 놀기 등)에 7시간을 쓴다. 미국인들은 매주 깨어있는 나머지 50~60시간을 기초 생활 활동(먹기, 운전, 쇼핑, 요리, 빨래, 물건 정리 등)에 사용하거나 구조화되지 않은 여가 활동(혼자 앉아있거나 허공을 쳐다보는 등)을 하면서 보낸다.

평균적으로 볼 때 미국인들이 여가 시간이 많으며 다양한 레저 활동에 참여하는 게 가능하다고 하더라도 결과적으로 볼 때 미국인들이 플로우를 자주 경험하는 건 아니다. 잠재적 가능성이 곧 실제 상황을 의미하는 건 아니며, 양이 곧 질로 변환되는 것도 아니다. 예를 들어, 오늘날 미국인들이 가장 많이 하는 여가 활동인 텔레비전 시청은 플로우 경험을 거의 유도하지 못한다. 실제로 텔레비전을 시청하는 사람보다 일을 하고 있는 사람이 플로우 경험을 4배 정도 더 자주 하는 것으로 밝혀졌다.

우리 시대의 가장 모순적인 일 가운데 하나는 이처럼 충분한 여가 시간이 있는데도 그 시간을 즐거움으로 변화시키지 못한다는 것이다. 몇 세대 전에 살았던 사람들과 비교해보면 우리에게는 즐거움을 맛볼 수 있는 기회가 훨씬 더 많다. 그러나 실제로 우리가 조상들보다 삶을 더 즐기고 있다는 증거는 없다. 기회 그 자체로는 충분하지 않다. 그 기회를 이용할 수 있는 기술도 필요하다. 또한 의식을 어떻게 통제할 것인가를 아는 것도 필요한데, 이는 대부분의 사람이 어떻게 해야 하는지 배우지 못한 기술이기도 하다. 선택할 수 있는 레저 활동의 종류가 다양하고 풍부하며 레저에 필요한 장비들도 즐비하건만, 많은 사람이 따분하고 지루한 삶을 살아가고 있다고 느낄 수밖에 없는 것이다.

　이 사실은 최적 경험이 일어날 것인지의 여부에 영향을 미치는 두 번째 조건에 대해 생각하게 한다. 이 두 번째 조건이란 바로 플로우를 가능하게 하는 의식의 재구성 능력이다. 어떤 사람들은 자신이 어디에 있든지 스스로 즐거워하는 반면, 어떤 사람들은 휘황찬란한 곳에 있어도 지루함을 느낀다. 따라서 플로우가 일어나는 조건을 알아보기 위해서는 외적인 요인, 즉 플로우를 유발하는 활동의 구조를 살펴보는 것과 더불어 플로우를 가능하게 하는 내적인 조건도 함께 생각해보아야 한다.

자기 목적적 성격

일상적인 경험을 플로우로 변화시키는 건 쉽지 않은 일이다. 하지만 누구라도 이런 능력을 향상시킬 수는 있다. 나는 계속해서 최적 경험에 대해 탐색해나갈 것인데, 이를 통해 결국 독자들은 최적 경험을 이해하는 데 도움을 얻을 수 있을 것이다. 지금부터는 조금 다른 문제에 대해 생각해보고자 한다. 즉 모든 사람이 의식을 통제할 수 있는 똑같은 잠재력을 지니고 있는지, 만약 그렇지 않다면 무엇이 의식을 쉽게 통제하는 사람과 그렇지 않은 사람들 간에 차이를 만드는지에 대해 구체적으로 살펴보려고 한다.

　어떤 사람들은 본질적으로 플로우를 경험하지 못할 수도 있다. 정신과 의사들에 따르면, 조현병 환자들은 무쾌감無快感증에 시달린다. 무쾌감증이란 문자 그대로 '즐거움의 결핍' 상태를 일컫는다. 이 증상이 나타나는 까닭은 자극을 선별하지 못하고 무조건 받아들이는 '자극의 과잉 포함stimulus overinclusion' 때문이다. 즉 조현병 환자들은 부적절한 자극에 주의를 기울이며, 그 자극이 좋든 싫든 간에 의식에 입력된 정보를 처리한다. 이 환자들은 어떤 자극이나 사건을 지속적으로 의식 안에 유지하거나 혹은 의식 밖으로 밀어낼 수 있는 능력이 없다.

그들의 이야기를 직접 들어보면 이렇다. "여러 가지 일들이 지금 저에게 그냥 벌어지고 있어요. 하지만 나는 그 일들을 조절하지 못해요. 더 이상 조절할 수 있을 것 같지도 않아요. 때로는 내가 생각하는 것조차도 통제할 수가 없어요.", "모든 일이 너무나 빠르게 다가와요. 나는 그 상황을 통제하지 못하고, 결국 정신을 잃게 되지요. 저는 모든 사물에 동시에 주의를 기울여요. 그래서 실제로는 그 어떤 것에도 제대로 집중하지 못한답니다."

조현병 환자들은 이처럼 집중하지 못하며, 모든 자극에 무분별하게 주의가 분산된다. 따라서 이들이 삶의 즐거움을 누리지 못하는 건 그리 놀랄 일이 아니다. 그렇다면 이런 자극의 과잉 포함 증상이 일어나는 근본적인 이유는 무엇일까?

어느 정도는 유전적 원인과 분명히 관련이 있다. 어떤 사람은 다른 사람보다 기질적으로 심리적 에너지를 집중시키는 능력이 부족하다. 어린 학생들 중에 아주 다양한 유형의 학습 장애를 지닌 아이들이 있는데, 이 아이들은 주의에 대한 통제력이 부족하다는 공통점을 갖고 있기 때문에 크게는 '주의력 장애'로 분류된 후 증상에 따라 다시 구체적으로 세분된다. 이같은 주의력 장애는 유전적인 원인에 영향을 받기도 하지만 어린 시절에 겪은 경험의 질이 주의력 장애의 경과에 영향을 끼치기도 한다. 즉 경험의 질이 주의력 장애를 더욱 나쁘게 진행시킬 수도 있으며 혹은 완화시킬 수도 있다.

여기서 기억해야 할 것은 주의력 장애가 학습을 방해할 뿐만 아니라 플로우를 경험하는 것 역시도 방해한다는 사실이다. 사람이 자신의 심리적 에너지를 통제하지 못할 때는 학습을 한다거나 진정한 즐거움을 경험하기란 불가능하기 때문이다.

유전적 원인보다는 덜 근본적이지만 '과도한 자의식' 역시 플로우 경험을 방해하는 또 하나의 요인이 된다. 다른 사람이 자신을 어떻게 인식할까를 끊임없이 걱정하고, 자신이 나쁜 인상을 주지는 않을까 혹은 남이 못마땅해할 일을 하고 있지나 않을까 하고 두려워하는 사람은 진정한 즐거움을 영원히 경험하지 못한다.

지나치게 자기중심적인 사람들도 마찬가지이다. 자기중심적인 사람은 보통 남들이 바라보는 자신에 대해서는 크게 의식하지 않는다. 대신에 무엇이든 아주 사소한 것조차도 그게 자신의 바람과 얼마나 일치하는가를 따져서 평가한다. 이런 사람에게는 뭐가 됐든 그 자체로는 가치가 없다. 예를 들어, 이들은 꽃도 이용할 수 없는 것이라면 다시 볼만한 가치가 없다고 여긴다. 자신의 흥미를 끌지 않는 여자나 남자에게는 더 관심을 가질 필요도 없다고 생각한다. 이들은 완전히 자신의 목적에 맞추어 자의식이 구조화되어있으며, 자신의 목적에 부합하지 않으면 그 어떤 것도 의식 안에 담아두지 않는다.

자의식적인 사람들은 많은 점에서 자기중심적인 사람들과는 다르다. 그렇지만 심리적 에너지를 충분하게 통제하지 못하여 결국에는 쉽게 플로우 경험하지 못한다는 점은 똑같다. 두 유형의 사람 모두에게는 활동 자체를 위하여 요구되는 주의의 융통성이 부족하다. 너무나 많은 심리적 에너지를 자기를 위해서 쏟으며, 주의를 기울이는 것 역시도 자아의 욕구에 의해 엄격하게 제한당한다. 이런 조건에 있는 사람들이 상호작용 자체 말고는 어떤 보상도 따르지 않는 자기 목적적 활동에 몰입한다는 건 어려운 일이다.

주의력 장애와 자극의 과잉 포함 증상이 있으면 심리적 에너지가 너무 유동적이거나 너무 산만하기 때문에 플로우를 경험하기가 힘들다. 지나친 자의식과 자기 중심화는 그 반대의 이유로, 즉 주의가 너무 고정되어있기 때문에 플로우를 경험하기가 어렵다. 이와 같은 양극단의 경우 모두 주의를 통제하지 못한다. 이 사람들은 즐거움을 누리지 못하며, 자기 성장의 가능성을 잃게 된다. 모순적으로 들리겠지만, 자기중심적인 자아는 사용 가능한 모든 심리적 에너지를 새로운 걸 학습하는 데 쓰기보다는 현재의 목표 달성을 위해 쏟기 때문에 더 이상 복합적으로 성장할 수 없다.

지금까지 살펴본 플로우를 방해하는 요인들은 개인 내부에 있는 것이었다. 한편 즐거움의 추구를 방해하는 환경적인 요소들도 있다. 이 요소들 가운데 일부는 자연적인 것이고, 어떤 것은 사회적인 것이다. 예를 들어 북극에 사는 사람들이나 칼라하리 사막에 사는 사람들에게 자신의 삶을 즐길 기회가 있으리라고 추측하기는 어렵다. 그러나 자연조건이 혹독하다고 해서 전적으로 플로우 경험이 불가능한 건 아니다. 찬바람이 몰아치는 황량한 땅에서 살아가는 에스키모인들도 노래하고 춤을 추고 물건을 아름답게 조각하는 법을 배웠으며, 경험에 대한 깨달음과 질서를 유지시켜주는 정교한 신화를 만들어냈다. 인생에서 즐거움을 경험할 수 없었던 추운 지역 또는 사막 지역의 사람들은 어쩌면 결국 인생을 포기하고 죽어갔을지도 모른다. 그러나 이런 환경을 극복한 소수의 사람들이 존재한다는 사실은 혹독한 자연만으로는 플로우를 막을 수 없다는 것을 반증해준다.

플로우를 방해하는 사회적 조건은 극복하기가 더 어려울 수 있다. 노예제도, 억압, 착취, 문화적 가치의 파괴는 즐거움을 앗아간다. 지금은 멸종된 카리브해 섬의 원주민들은 과거에 정복자인 스페인 사람들의 농장에서 강제 부역을 했을 때 자신들의 삶이 너무나 고통스럽고 무의미했기 때문에 생존에 대한 의욕을 잃었으며 마침내는 더 이상 자손을 만들지 않게 되었다. 아마도 많은 문화가 더 이상 즐거움의 경험을 그 구성원들에게 제공할 수 없었기 때문에 이와 유사한 방식으로 사라졌을 것이다.

사회병리 상태를 기술하는 두 가지 용어, 즉 '사회적 무질서 anomie'와 '소외'는 플로우를 경험하기 어렵게 만드는 조건이기도 하다. 먼저 사회적 무질서란 말 그대로 '규칙의 결여'를 의미하는 것으로, 프랑스의 사회학자 뒤르켐이 행동의 규범이 혼란했던 사회 상태를 지칭한 용어이다. 무엇이 허용되며 허용되지 않는지가 더 이상 분명하지 않을 때, 그리고 대중의 의견 중 어떤 게 가치 있는지가 불확실할 때 행동은 엉뚱해지고 무의미해진다. 의식의 질서를 유지하기 위해서 사회 질서에 의존하던 사람들은 불안해지기 시작한다. 무질서 상태는 경제가 붕괴되거나 혹은 한 문화가 다른 문화에 의해서 파괴될 때도 일어날 수 있다. 또한 경제가 너무 급속하게 발전하거나, 절약과 근면이라는 가치가 더 이상 예전만큼 의미가 없을 때에도 일어날 수 있다.

소외는 여러 가지 면에서 무질서 상태와 반대로 해석된다. 즉 소외란 사람들이 사회 체계에 의해 제한당하기 때문에 자신의 목표와 부합하지 않는 방식으로 행동하는 상태를 일컫는다. 가족을 먹여 살리기 위해서 작업장의 조립 라인에서 무의미하고 똑같은 작업을 수백 번씩 반복해야 하는 노동자는 소외를 겪을 수 있다. 사회주의 국가에서 소외를 일으키는 가장 짜증나는 일은 어쩔 수 없이 여가 시간의 상당 부분을 음식과 옷을 사기 위해서, 공연을 보기 위해서 또는 끝없이 복잡한 허가 절차를 밟기 위해서 줄을 서는 데 써야 한다는 것이다.

사회가 무질서 상태에 있을 때에는 어떤 것에 심리적 에너지를 쏟는 게 가치 있는지가 명료하지 않기 때문에 플로우 경험을 하기가 어렵다. 반면 이와 같은 사회에서 소외가 일어날 때의 문제는 분명히 바람직한 게 있는 줄 알면서도 그 일에 심리적 에너지를 투입할 수 없다는 것이다.

지금까지 플로우를 방해하는 두 가지 사회적 요인(사회적 무질서와 소외)을 살펴보았다. 그런데 흥미롭게도 이 두 가지 사회적 방해 요인은 두 가지 개인적 병리(주의력 결핍과 자기중심성)와 기능적으로 동질적이다. 사회적 무질서와 주의력 장애는 주의 과정을 분열시킴으로써, 그리고 소외와 자기중심성은 지나친 경직으로 인해서 개인과 집단이라는 두 수준에서 플로우 경험을 방해하므로 문제가 된다. 개인적 수준에서 볼 때 무질서는 불안과 일치하며, 소외는 지루함에 대응된다.

신경생리학과 플로우

태어날 때부터 신체 협응력이 많이 발달해있는 사람이 있는 것처럼, 의식을 통제하는 데에 유전적 우위를 가지고 태어나는 사람이 있다. 이런 사람은 주의력 장애를 겪을 가능성이 적으며, 한결 쉽게 플로우를 경험할 수도 있다.

해밀턴 박사의 시 지각 및 대뇌 피질 활성화 형태에 관한 연구는 이 주장을 뒷받침한다. 해밀턴 박사는 이를 증명하기 위해서 먼저 피험자에게 아래와 같이 모호한 그림을 쳐다보도록 한 다음 지각적으로 그림을 바꿔서 보도록 하는 실험을 했다.

지각적으로 바꾸어 본다는 말은 이 그림을 처음 봤을 때의 앞면이 사각형의 뒷면이 되도록 지각적으로 관점을 바꾸는 걸 의미한다. 해밀턴 박사는 일상생활에서 내재적 동기가 상대적으로 낮은 학생들이 그림을 뒤집어 보기 위해서 평균적으로 더 많은 점을 쳐

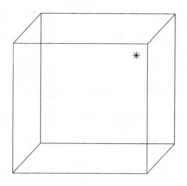

다본다는 사실을 발견했다. 한편 일상생활에서 내적인 동기가 높은 학생들은 똑같은 그림을 뒤집어 보는 과제에서 좀 더 적은 수의 점을 쳐다보았으며, 심지어는 단 한 개의 점을 쳐다보는 것만으로도 충분하였다.

  이 결과는 똑같은 정신적 과제를 해결하기 위해 필요한 외적 단서의 수가 사람마다 다를 수 있다는 걸 보여준다. 의식에서 실제에 대한 표상을 하기 위해서 외부 정보를 많이 요구하는 사람들은 자신의 정신을 사용하기 위해서 외적인 환경에 더 의존한다. 이로 인해 자신의 사고에 대한 통제력이 낮아지고, 결국 이는 그들이 경험을 즐기는 것을 더 어렵게 만든다. 대조적으로, 의식에서 사건을 표상하기 위해서 단지 몇 가지 외적 단서를 요구하는 사람들은 환경의 영향에서 좀 더 자유로울 수 있다. 이들은 자신의 주의력을 융통성 있게 활용할 수 있기 때문에 외적 경험을 머릿속에 쉽게 표현하고, 그 결과 더욱 자주 최적 경험에 도달하게 된다.

  다른 실험에서는 플로우를 자주 경험한다고 보고한 학생과 그렇지 않다고 보고한 학생들에게 실험실에서 깜빡이는 불빛과 음성에 주의를 기울이도록 했다. 해밀턴박사는 이 주의력 과제에 참여한 학생들을 대상으로 하여 자극에 대한 반응으로 유발되는 대뇌 피질의 활성화 정도를 측정하였고 — 이를 유발 전위evoked potentials라고 한다 — 불빛 조건과 음성 조건 각각에 대해서 평균을 계산하였다.

해밀턴 박사의 연구는 플로우를 거의 경험하지 않는다고 보고한 참여자들로부터 예상했던 결과를 얻었다. 즉 빛 자극에 반응할 때 이들의 대뇌 피질 활성화 수준이 기준보다 훨씬 높아진 것이다. 그러나 플로우를 자주 경험한다고 보고한 사람들에게서 얻은 결과는 놀라웠다. 즉 집중했을 때 오히려 대뇌 피질의 활성화 수준이 떨어졌다. 주의를 집중하기 위한 정신적 노력이 오히려 덜 필요했던 것이다. 또 다른 연구 결과에서도 플로우를 자주 경험하는 사람들이 지속적인 주의력 과제에서 더욱 정확하게 반응한다는 걸 확인할 수 있었다.

이 특이한 결과에 대해 그럴듯한 설명을 하자면, 플로우를 더 자주 경험한다고 보고한 집단은 불빛을 제외한 다른 모든 자극에 대해 주의를 차단할 수 있다는 것을 의미한다. 결국 이는 다양한 상황에서 자신을 즐길 줄 아는 사람은 자극을 선별해내는 능력을 지니고 있으며, 그 순간에 무엇이 적절한지 결정하여 거기에 초점을 맞출 수 있는 능력이 있다는 걸 시사해준다.

주의를 기울이는 것은 정보를 처리해야 하는 것이므로, 뇌에 더 많은 부담을 준다. 하지만 의식을 통제하는 법을 배운 사람들은 모든 정신적 처리 과정을 차단할 수 있고 적절한 정보를 가려낼 수 있기 때문에 상대적으로 정보처리에 쏟는 노력이 줄어들게 된다. 바로 이것이 주의에 대한 융통성이며, 이런 특징은 조현병 환자들이 겪는 자극의 과잉 포함 문제와는 아주 대조적이다. 이 같은 연구 결과는 자기 목적적 성격을 지닌 사람들의 특성이 바로 주의의 융통성을 지녔다는 사실에 대한 신경생리학적 증거를 제시해준다.

그러나 이런 신경생리학적 증거가 어떤 사람들은 주의를 통제하는 유전적 장점을 지니고 태어났기 때문에 플로우를 경험하게 된다는 걸 입증하는 것은 아니다. 이 연구 결과는 유전 이외에 학습의 관점으로도 설명될 수 있다. 집중력과 플로우 사이에 연관성이 있는 건 분명하지만, 이 둘의 인과관계를 확실하게 알기 위해서는 앞으로도 더 많은 연구가 필요하다.

자기 목적적 성격을 형성하도록 도와주는 가정환경

정보처리의 유전적 이점이 왜 어떤 사람은 정류장에서 버스를 기다리면서도 시간을 잘 보내고, 어떤 사람은 환경이 아무리 좋아도 지루해하는지를 설명할 수 있는 유일한 원인은 아니다. 초기 아동기의 경험도 플로우를 쉽게 경험할 수 있는지 아닌지에 대해서 똑같이 중요한 영향을 미칠 수 있다.

많은 연구에 따르면, 부모와 아이가 상호작용 하는 방식은 아이가 성장해서 어떤 유형의 사람이 되는가에 지속적으로 영향을 미친다. 시카고 대학에서 라순디 박사가 실시한 연구를 예로 들어보자. 이 연구에 따르면, 자기 부모와 특정 유형의 관계를 형성한 십 대들이 그렇지 못한 또래보다 대부분의 일상에서 더 행복해하고, 만족감을 느끼며, 의지가 강한 경향이 있다고 한다.

최적 경험을 유발하는 가정환경 유형의 특징을 다음의 다섯 가지로 정리해볼 수 있다.

첫 번째는 명료성이다. 아이들은 부모가 자신에게 무엇을 기대하는지를 스스로가 명료하게 알고 있다고 생각한다. 또한 가족 간의 상호작용에서 목표와 피드백이 명확하다.

두 번째는 중심성이다. 즉 이것은 부모가 자녀들이 좋은 대학이나 좋은 직장에 들어가는 것에 관심을 갖기보다는 지금 현재 자녀들이 하고 있는 일에서 얻는 구체적인 경험과 감정에 관심을 갖고 있다고 믿는 자녀의 자각을 말한다.

세 번째는 선택성이다. 아이들은 무엇을 선택해야 하는 문제에 부딪쳤을 때 자신이 그 선택의 결과를 책임질 수 있다면 부모가 세운 규칙을 깰 수도 있다고 생각하며, 다양한 가능성을 갖고 있다고 생각한다.

네 번째 특징은 부모의 신뢰성이다. 아이들은 부모의 보호 아래 충분히 편안함을 느끼게 되면 자신이 관심 있는 일이라면 어떤 것이든 간에 적극적으로 참여할 수 있게 된다.

그리고 마지막은 도전성인데, 이는 자녀들에게 점차 복합적인 행동의 기회를 제공하는 부모의 헌신을 말한다.

이 다섯 가지 조건은 삶을 즐길 수 있는 이상적인 연습의 기회를 주기 때문에 '자기 목적적 가정환경'이라고 일컬어진다. 분명 이다섯 가지 특징은 플로우 경험의 차원과도 아주 비슷하다. 목표와 피드백의 명료한 제시, 통제감, 당면한 과제에 대한 집중, 내적 동기화, 그리고 도전 의식을 독려하는 가정환경에서 성장한 아이들은 일반적으로 그렇지 않은 환경에서 자란 아이들과 비교해볼 때 플로우를 경험할 수 있는 더 나은 기회를 갖는다.

더 나아가서 자기 목적적 가정은 가족 구성원을 위해 더 많은 심리적 에너지를 쏟기 때문에 곳곳에서 즐거움을 경험할 수 있다. 자신이 무엇을 할 수 있고 무엇을 할 수 없는지를 아는 아이, 규칙과 통제에 대해 자주 논쟁할 필요가 없는 아이, 자식의 성공을 바라는 부모의 기대에 부응하지 못할까 봐 항상 머릿속으로 걱정하지 않아도 되는 아이들에게는 무질서한 가정에서 살아가는 아이들에게 필요한 주의에 대한 요구가 없다. 따라서 자유롭게 자신의 자아를 계발하는 활동에 관심을 쏟을 수 있다.

자기 목적적이지 않은 가정의 아이들은 많은 에너지를 끊임없는 협상과 다툼에 소모한다. 이 아이들은 자신이 아닌, 다른 사람들의 목표에 압도되지 않기 위해서, 또한 자신의 허약한 자아를 보호하기 위해서 심리적 에너지를 써버리는 것이다.

이렇듯 자기 목적적 가정환경에서 자라는 아이들과 그렇지 않은 아이들 사이에는 큰 차이가 있다. 하지만 아이들이 가족과 함께 있을 때만 이런 차이가 크게 나타나는 건 아니다. 연구에 따르면, 자기 목적적 환경에 있는 아이는 그렇지 않은 아이보다 더 행복해하며, 강하고, 명랑하며, 만족스러워했다. 이 차이는 아이가 혼자서 공부할 때나 학교에서 공부할 때나 나타났다. 여기서도 중요한 건 자기 목적적 가정에서 성장한 아이들이 한층 더 쉽게 플로우 경험을 한다는 사실이다. 하지만 더 중요한 사실이 있다. 아이들이 친구와 함께 있을 때는 자기 목적적 환경에 있는 청소년과 그렇지 않은 아이들 사이에 차이가 없다는 것이다. 즉 가정이 자기 목적적인지 아닌지의 여부와 상관없이 아이들은 친구와 함께 있을 때 동등하게 긍정적인 정서를 경험한다.

즐거움을 쉽게 발견하는지 어렵게 발견하는지에는 어린 시절에 부모가 보인 반응 방식이 영향을 미친다. 아쉽게도 이 문제와 관련하여 시간의 변화에 따른 인과관계를 추적한 장기적인 연구는 없다. 그러나 학대를 받았거나 때로 부모에게서 애정이 식어버릴지도 모른다는 위협을 받았던 아동은(이 연구로 우리는 학대받은 아동이 상당히 많다는 사실을 깨닫게 되었다.) 이런 위협으로부터 자아를 보호해야 한다는 걱정에 너무나 사로잡힌 나머지 내적 보상을 추구하는 데 쓸 에너지가 거의 남아있지 않다는 건 사실이다. 이처럼 학대받은 아동은 삶에서 즐거움의 복합성을 추구하는 대신에 가능한 한 많은 쾌락을 얻는 것에 만족하는 성인으로 성장할 가능성이 높다.

난관 속에서도 플로우를 경험했던 사람들

사람들이 일반적으로 참기 힘들어하는 상황을 즐기는 사람들은 자기 목적적 성격의 특징을 아주 분명하게 드러낸다. 남극에서 조난을 당하거나 교도소 독방에 갇힌 사람들 가운데 어떤 사람들은 자신이 처한 비참한 상태를 쉽게 다루었으며, 심지어는 즐길 수 있는 도전적 상황으로 바꾸는 데 성공했다. 대부분의 사람은 자신 앞에 닥친 난관 앞에서 굴복하고 말았는데도 말이다.

　　어려운 상황에 처했던 많은 사람의 이야기를 연구해온 학자인 로건은 자신의 연구를 토대로 난관에 부딪혔던 사람들이 생존할 수 있었던 이유를 처절한 객관적 상황을 주관적인 생각을 통해서 통제 가능한 경험으로 전환시키는 방법을 찾아냈기 때문이라고 결론을 지었다. 그의 연구에 따르면, 이와 같이 비참한 경험을 성공적으로 전환시킨 사람들은 플로우 활동의 절차를 따랐다. 우선, 이들은 자신의 환경에서 가장 사소해 보이는 세부 사항에 집중하여 주어진 환경에서는 거의 불가능해 보이는 행동의 기회를 그 상황 속에서 찾아냈다. 그러고 나서 자신이 처한 위험 상황에서 적절한 목표를 세우고, 자신이 받은 피드백을 통해 목표 달성에 어느 정도 진전이 있었는지를 꼼꼼히 살펴보았다. 이들은 언제나 목표에 도달하면 난도를 올렸다. 즉 자신을 위해 점점 더 복잡한 도전을 해나간 것이다.

　　크리스토퍼 버니는 2차 세계대전 동안 독방에서 오랜 시간을 보낸 나치의 포로였다. 버니의 생생한 증언은 앞서 설명한 경험 전환의 전형적인 과정을 보여주고 있다.

　　만약 경험의 영역이 갑자기 제한되고 사고나 감각을 위해 필요한 음식도 거의 남아있지 않게 되면, 나는 갖고 있는 물건 몇 개를 택해서 굉장히 엉뚱한 질문들을 해보곤 했다. 이게 작동할까? 어떻게? 누가 만들었지? 무엇으로 만들었지? 그리고 언제 내가 이걸 마지막으로 보았지? 그곳은 어디였지? 또 생각나는 다른 건 없을까? … 그렇게 마음속에서 꼬리에 꼬리를 무는 조합과 연상을 통해서 굉장한 플로우를 경험할 수 있었다. 시작할 때는 보잘 것 없었지만 곧 그 시작이 무색해질 정도로 조합과 연상이 길어지고 복잡해졌다. 예를 들면, 내 침대를 보면서 침대의 종류를 생각해보았는데, 대충 학교 침대나 군용 침대로 분류할 수 있었다. '침대'를 가지고 연상을 해보았을 때는 너무나 단순해서 호기심이 오래가지는 않았다. 그래서 담요를 만지면서 그 온도를 추정해보았으며, 창문의 정확한 구조와 변기 사용을 불편하게 만드는 게 무엇인지 살펴보았고, 감방의 방향과 높이, 길이, 폭 등을 계산했다.

테러리스트에게 붙잡힌 외교관에서부터 중국 공산주의자들에 의해 투옥된 부인에 이르기까지 독방에 감금되었던 모든 생존자에 대한 보고를 보면, 이들 모두는 정신적 행동과 목표 설정을 위한 기회를 찾는 데 똑같은 재주가 있었다. 세라믹 디자이너 에바 지젤은 스탈린 정권 치하에 경찰에 붙잡혀 일 년이 넘게 모스크바의 루비얀카 감옥에 감금되었다. 지젤은 혹독한 감옥에서 주변에 있는 재료로 브래지어 만드는 방법을 생각해보고, 머릿속에서 자기 자신을 상대로 체스를 두고, 불어로 가상의 상대와 대화를 나누고, 체조를 하고, 자신이 지었던 시를 기억해내면서 정신을 온전하게 지킬 수 있었다.

또한 알렉산더 솔제니친의 말에 따르면, 레포토보 감옥에 있었을 때 동료 수감자들 가운데 한 명은 감방 바닥에 세계지도를 그리고서는 매일 몇 킬로미터씩 걸어가는 상상을 했으며, 이 같은 상상 속에서 아시아와 유럽을 가로질러서 미국까지 여행을 했다고 한다.

놀랍게도 많은 수감자가 서로 다른 감옥에 있으면서도 이와 똑같은 '게임'을 발견해내었다. 히틀러가 가장 좋아했던 건축가 스피어의 예를 보자. 그는 스판다우 감옥에서 지내는 동안 베를린에서 예루살렘까지 걷는 가상 여행을 하였으며, 길을 따라가면서 겪는 모든 사건과 장면을 상상으로 만들어냈다. 스피어는 이렇게 하면서 몇 개월의 감금 생활을 버텨낼 수 있었다.

나는 미국 공군 첩보 기관에서 일했던 사람에게 베트남 전쟁에 참전한 어느 군인의 경험담을 들은 적이 있다. 그는 오랫동안 북베트남에 있는 정글 수용소에 감금되어 몸무게가 80파운드나 줄어들 정도로 모진 고생을 했다고 한다. 그가 수용소에서 석방되었을 때 했던 첫 번째 부탁 중에 하나는 골프 경기를 하자는 것이었다. 그는 골프를 하기에는 컨디션이 몹시 좋지 않았는데도 아주 멋진 경기를 해서 동료 장교들을 깜짝 놀라게 했다. 동료들이 어떻게 이렇게 잘 칠 수 있는지 물었을 때 그는 감금되어있는 동안 매일매일 골프 클럽을 고르고, 어프로치 샷을 하고, 체계적으로 코스에 변화를 주며 18홀 게임을 하고 있는 자신의 모습을 상상했다고 대답했다. 이런 원칙이 자신의 정신을 온전히 지킬 수 있도록 도왔을 뿐 아니라 잘 연마된 신체 기술을 유지할 수 있도록 해준 것이다.

티보르는 헝가리가 공산주의 치하에 있던 시절 중에서도 가장 억압적인 시기에 독방에 감금되어 몇 해를 보낸 시인이다. 그의 말에 따르면, 수백 명의 지식인이 감금되었던 비세그라드 감옥에서 재소자들은 시 번역 대회를 하며 1년 이상 감옥 생활을 버틸 수 있었다고 한다. 시 번역 대회를 하려면 우선 번역해야 할 시를 결정해야 했다. 따라서 추천 시들을 이 감방 저 감방으로 돌리는 데 몇 개월이 걸렸고, 또 투표 결과를 조사하기 전에 교묘한 비밀 전갈을 돌리는 데 몇 개월이 걸렸다. 마침내 휘트먼의 시 〈O Captain! My Captain!〉을 헝가리어로 번역하자는 데 의견이 모아졌다.

이 시를 번역하기로 결정한 이유 중의 하나는 이 시가 대부분의 재소자가 영어 원문을 기억할 수 있는 시들 가운데 하나였기 때문이었다. 그때부터 심각한 작업이 시작되었다. 모두 각자 알아서 자신이 알고 있는 그 시를 기억해냈다. 종이도 없었고 시를 적을 만한 도구도 구할 수 없었기 때문에 티보르는 자신의 구두 밑창에 비누를 칠해서 얇은 막을 만든 다음, 거기에 이쑤시개를 이용해서 글자를 새겨넣었다. 한 행을 외우고 나면 구두에 다시 새롭게 비누질을 했다. 그렇게 여러 연이 쓰이면, 다음에는 번역하는 사람이 그 시를 외우고 옆방으로 전했다. 얼마 후에 수십 개의 다른 번역판 시가 감옥에서 만들어졌고, 모든 재소자가 각각을 평가해서 투표에 부쳤다. 휘트먼의 작품을 번역한 것에 대한 평가가 끝난 후 재소자들은 이어서 실러의 시를 번역하기 시작했다.

역경이 우리를 마비시킬 정도로 위협적일 때도 우리는 심리적 에너지를 투입하는 데 새로운 방향을 찾음으로써, 즉 외적인 힘이 영향을 미치지 못하는 목표를 발견하여 스스로를 통제할 필요가 있다. 모든 희망이 사라진다고 해도 우리는 여전히 자아의 질서를 유지할 수 있는 의미 있는 목표를 추구해야 한다. 그래야만 비로소 객관적으로 볼 때는 노예의 신분이더라도, 주관적으로는 스스로 자유로울 수 있다.

솔제니친은 심지어 가장 수치심을 불러일으키는 상황조차도 어떻게 플로우의 경험으로 전환시킬 수 있는지를 아주 잘 설명해 주고 있다. "총을 든 교도관들이 윽박지르는 소리를 들으며 풀이 죽은 죄수들의 대열에 서 있을 때도 내 머릿속에는 시와 이미지가 물밀 듯 떠오르는 것 같았다. 그 순간에 나는 자유였고 행복한 사람이었다. 어떤 죄수들은 가시철조망을 끊고 탈출을 시도했지만 나에게는 어떤 철조망도 없었다. 나를 포함한 죄수 모두는 고스란히 감옥 안에 있었지만 사실 나는 그곳으로부터 먼 곳을 비행하고 있었다."

죄수들만이 자기의식을 찾기 위한 심리적 전략을 사용하는 건 아니다. 남극에 좁은 텐트를 치고 홀로 4개월 동안 춥고 어둡게 지내야 했던 버드, 그리고 대서양 횡단 비행을 하며 혼자서 불리한 여건에 맞선 린드버그와 같은 탐험가들도 자신의 온전성을 유지하기 위해서 똑같은 단계를 사용하였다. 대부분의 사람이 외적인 고난으로 좌절할 때 왜 어떤 사람들은 이런 내적인 통제를 회복할 수 있는 것일까?

극한상황 속에서 생존할 수 있는 힘을 어디서 얻을 수 있을지를 깊이 생각했던 빅터 프랭클과 브루노 베텔하임 같은 생존자들의 경험은 우리에게 시사해주는 바가 크다. 로건은 이들이 남긴 글을 기초로 하여 그 답을 찾아보았다. 로건이 내린 결론은 생존자들이 '비非자의식적 개인주의', 즉 자기 자신만을 생각하기보다는 어떤 강한 목적성을 가지고 있다는 것이었다. 이러한 특성을 지닌 사람들은 모든 상황에 최선을 다하는 경향이 있으나, 자기 자신의 이익을 추구하는 데 일차적인 관심을 두지는 않는다. 내재적으로 자신의 행동에 동기화되어있기 때문에 외적인 위협에 쉽게 방해받지 않는다. 이들은 자유롭게 자신의 환경을 객관적으로 살펴보고 분석할 수 있는 충분한 에너지를 가지고 있기 때문에 자신이 처한 상황에서 새로운 기회를 찾을 수 있다.

자기 목적적 성격의 특징을 한마디로 요약하자면 그건 바로 생존자들이 보여준 위와 같은 특성이라고 말할 수 있을 것이다. 이와는 대조적으로, 주로 자신의 자아를 보호하는 데 관심을 기울이는 자기애적 개인주의자들은 외적 조건이 위협적일 때 쉽사리 좌절한다. 또한 이들은 뒤따르는 정신적 공황으로 해야 할 것을 하지 못한다. 의식의 질서를 회복하기 위해 노력하느라 주의가 내부 세계로 모아져 외적 현실과 협상하는 데 필요한 주의가 별로 남아있지 않은 것이다.

세상에 대한 관심, 즉 적극적으로 세상과 관계를 맺으려는 욕망이 없다면 사람은 스스로 고립되고 만다. 20세기의 가장 위대한 철학자 가운데 한 명인 버트란트 러셀은 개인적 행복을 성취하는 방법에 대해 다음과 같이 말했다. "나는 나 자신과 나의 결점에 대해 점점 무관심해지는 법을 배웠다. 점차 내 주의의 중심이 외부의 대상, 즉 만물의 상태와 다양한 지식의 영역, 내가 애정을 느끼는 개인들에게 맞추어졌다." 러셀은 이처럼 자기 목적적인 성격을 어떻게 형성할 수 있는지를 짧지만 적절하게 설명해주었다.

부분적으로 자기 목적적 성격은 생물학적 유전과 초기 유년기의 경험을 통해 얻어진다. 즉 어떤 사람은 신경학적으로 좀 더 집중을 잘하고 융통성 있는 능력을 타고났으며, 또 어떤 사람은 운 좋게도 비자의식적 개인주의를 함양시켜준 부모가 있었을 것이다. 그러나 이런 성격은 훈련과 훈육을 통하여 완전하게 숙달할 수 있는 기술, 즉 계발 가능한 능력이다. 다음 장부터는 이런 능력을 계발할 수 있게 해주는 더 많은 방법에 대해서 살펴볼 것이다.

05

The Body
in Flow

몸을 통해
플로우 얻기

캐벨은 "아무리 가진 게 없는 사람이라고 할지라도 자신의 몸이라는 잔고는 있다. 그렇지만 이 잔고는 우리에게 아주 흥미로운 즐거움을 선사할 수 있다."라고 말했다. 우리에게는 불행하거나 우울할 때 그리고 지루할 때 언제든지 활용할 수 있는 치료법이 있다. 즉우리의 신체를 최대한 활용하는 것이다.

요즘은 거의 모든 사람이 신체 건강의 중요성을 잘 인식하고있다. 그러나 우리의 신체를 통해 기쁨을 얻을 수 있는 가능성이 무궁무진하다는 사실을 알고 있는 사람은 그리 많지 않다. 예컨대, 곡예사처럼 우아하게 몸을 움직일 줄 알고, 화가의 신선한 감각으로 사물을 보며, 자신이 보유한 기록을 갱신하는 운동선수의 기쁨을 맛보는 사람은 많지 않다. 나아가 감식가처럼 절묘한 미각을 개발하며, 성을 예술적인 행위로까지 승화시키는 사랑을 할 줄 아는 사람은 극히 드물다. 그렇지만 일상생활에서 이런 경험을 할 수 있는 기회는 흔히 있으므로, 삶의 질을 향상시킬 수 있는 가장 손쉬운 단계는 우리의 몸과 감각을 통제하고 조절하는 법을 배우는 데 있다고 할 수 있다.

간혹 과학자들이 흥미 삼아 우리가 지닌 신체의 가치가 얼마쯤 될까를 계산해보려고 시도한다. 화학자들은 피부와 살, 뼈와 털, 그 안에 포함되어있는 다양한 무기물 및 소량 함유물의 가치를 아주 꼼꼼하게 계산해본 후, 그 가치가 불과 몇 달러밖에 되지 않는다는 결론을 내렸다. 또 다른 과학자들은 인간의 정신과 신체에서 이루어지는 정교한 정보처리 과정과 학습 능력 등을 고려하여 아주색다른 결론을 내리기도 하였다. 즉 그만한 기능을 갖춘 정교한 기계를 제작하려면 수억 달러 대에 달하는 어마어마한 금액이 필요하다는 것이다.

그러나 신체의 가치를 평가하기 위해 과학자들이 사용한 방법은 그다지 합당하다고는 볼 수 없다. 신체의 진정한 가치란 그 어떤 화학적 요소에서 창출되는 것도 아니요, 정보처리를 가능하게 해주는 신경조직에서 얻을 수 있는 것도 아니기 때문이다. 우리의 신체가 이루 다 계산할 수 없을 만큼 소중한 이유는 신체 없이는 그 어떤 경험도 이루어질 수 없으며, 현재 우리가 알고 있는 것과 같은 삶의 기록도 전혀 있을 수 없다는 사실 때문이다. 신체에 시장가치를 부여하려고 하는 건 마치 우리 생명에 가격 딱지를 붙이려고 하는 것과 마찬가지이다. 그 어떤 기준으로 생명의 가치를 저울질할 수 있단 말인가?

우리 몸이 하는 일은 그 어떤 것도 즐거운 것이 될 수 있는 잠재성을 가지고 있다. 그러나 많은 사람이 이 잠재성을 가볍게 여기고 신체적 기능을 최소한으로 활용하여 플로우를 제공할 수 있는 신체적 능력을 개발하지 못한 채 생활하고 있다.

발달되지 않은 신체적 감각은 우리에게 혼란스런 정보만을 제공해줄 따름이다. 훈련되지 않은 몸은 제멋대로 움직이며, 무감각한 눈은 추하거나 무심한 광경만을 쳐다보고, 음악적 감각이 없는 귀로는 거슬리는 소음만을 들으며, 조악한 입맛으로는 무미건조한 맛밖에는 볼 수 없다.

신체의 각 기능을 미발달 상태로 방치해두면 삶의 질은 필요조건만 겨우 충족시키는 상태로 머물게 되며, 심지어 비참한 상태에 놓일 수 있다. 그러나 만일 우리가 신체 능력을 조절할 수 있고 나아가 신체 감각에 어떤 질서를 부여할 줄 알게 된다면 우리 의식 안에는 엔트로피 대신 감각의 즐거운 조화가 자리 잡게 될 것이다.

인간의 육체에는 수백 가지에 이르는 기능이 있다. 몇 가지 예만 들어보더라도 보고, 듣고, 만지고, 뛰고, 수영하고, 던지고, 받고, 산을 오르고, 동굴 안으로 들어가는 등 많은 기능을 실행할 수 있다. 그리고 이 같은 기능을 통해 인간은 플로우를 경험할 수 있다.

어느 문화에서든 인간은 육체의 잠재 능력에 적합한 유희를 개발해왔다. 달리기와 같은 평범한 신체적 기능도 도전 정신을 자극하고, 기술을 요하는 규칙과 함께 사회적으로 계획된 목표 지향적 배경에서 이루어지면 플로우를 가져오는 행위로 변모한다.

혼자 달리든, 기록 단축을 위해 달리든, 경주를 하든, 혹은 특정한 축제 때 산 속을 수백 마일 달리는 멕시코의 타라후마라 인디언들처럼 달리기에 고도의 제식적 의미를 부여하든 간에 공간을 가로질러 신체를 이동하는 달리기라는 이 단순한 행위는 최적 경험을 일으키고 자아도 단련시켜주는 복합적인 피드백의 원천이 될 수 있다. 감각기관과 운동 기능 모두가 플로우 생성에 사용될 수 있는 것이다.

신체 활동이 어떻게 최적 경험을 가능하게 해주는지를 좀 더 심층적으로 살펴보기 전에 강조할 점은 단지 몸을 움직이는 것만으로는 플로우를 경험할 수 없다는 것이다. 플로우에는 언제나 정신이 개입되어있다는 점을 주지해야 한다. 예를 들어 즐겁게 수영을 하기 위해서는 우선 적절히 수영할 수 있는 기술을 습득해야 하는데, 이것은 우리가 집중적으로 주의를 기울여야 가능한 일이다.

수영과 관련된 생각과 동기, 감정이 없이는 수영을 즐길 수 있을 만큼의 기술을 습득하는 게 불가능하다. 더 나아가 즐거움은 수영하는 사람이 정신적으로 느끼는 것이므로, 플로우를 단순한 신체적 과정이라고만 할 수는 없다. 즉 근육과 두뇌가 함께 작용해야만 하는 과정인 것이다. 이번 장에서는 신체적 기능을 고도로 활용하여 경험의 질을 향상시킬 수 있는 몇 가지 방법에 대해 검토하기로 한다.

더 높게, 더 빠르게, 더 강하게

현대 올림픽경기의 표어인 "더 높게, 더 빠르게, 더 강하게"는 불충분하기는 하지만 인간의 신체가 어떻게 플로우를 경험할 수 있는가를 잘 나타내준다. 이 표어는 이미 달성한 기록을 능가해보려는 모든 스포츠의 근본적 원리를 총망라하는 것이라고 볼 수 있다. 운동경기 및 일반적인 스포츠의 가장 순수한 형태는 신체적 능력의 한계를 극복해보려는 것이니 말이다.

남이 보기에는 아무리 하찮은 목표라고 할지라도, 완벽한 기술을 추구하기 위한 운동은 나름대로 의미 있는 일이 된다. 예를 들어 아기의 침대 주변에 빙 둘러 떨어져 있는 장난감이 보여주듯이, 무언가를 던지는 행동은 아주 평범한 능력이라서 조그만 아기도 곧 잘 물건을 집어던지곤 한다. 그러나 특정 무게의 물체를 얼마나 멀리까지 던질 수 있는가 하는 건 가히 전설적인 일로 기록된다. 고대 그리스의 뛰어난 원반던지기 선수들은 일류 조각가의 조각 작품으로 되살아나 후세에까지 그 이름을 남기고 있다. 스위스 사람들은 휴일마다 산악의 초목 지대에 모여 나무둥치를 누가 가장 멀리까지 던질 수 있는지를 겨루었다. 스코틀랜드 사람들도 이와 비슷한 바위 던지기 대회를 열었다. 요즘도 야구 투수는 공을 빠르고 정확하게 던질 수 있기 때문에 부와 명예를 얻는다. 투창, 볼링, 투포환 선수들도 마찬가지이며, 부메랑이나 망치를 던지거나 낚싯대를 던져 드리우는 것도 이와 같은 맥락에서 볼 수 있다. 이처럼 던지기라는 기초적인 능력을 변화시킨 다양한 형태의 신체 활동은 우리에게 무궁무진한 즐거움을 안겨줄 수 있다.

Altius(더 높게)는 올림픽경기의 표어 가운데 첫 번째로 나오는 단어로, 높이 뛰어오르는 것 또한 전 세계적으로 인정받는 또 하나의 도전 과제이다. 중력의 구속을 벗어나보고 싶은 건 인류의 가장 오래된 꿈 가운데 하나이다. 태양에 닿으려고 날개를 만들었다는 이카루스의 신화는 인류 문명이 추구한 목표 중의 하나 — 신성하지만 비현실적인 목표 — 를 잘 나타내주는 이야기이다. 더 높이 뛰어오르기, 정상을 정복하기, 지상으로부터 멀리 날아오르기 등은 인간이 할 수 있는 가장 즐거운 활동에 속한다.

최근 들어, 이른바 '이카루스 콤플렉스'라는 심리 용어를 사용하여 이처럼 중력을 벗어나보려는 인류의 갈망을 설명하는 학자도 있다. 그러나 즐거움을 단지 억압된 불안에 대한 방어기제로만 설명하려고 하는 다른 이론적 접근들과 마찬가지로, 이 설명은 중요한 요점을 놓치고 있다. 물론 어떤 면에서 목적이 있는 모든 행위는 카오스(혼란)를 막기 위한 일종의 방어라고 볼 수 있다. 그러나 무언가를 즐긴다는 것을 어떤 질병의 징후라기보다는 건강하다는 증거로 파악하는 게 훨씬 더 가치 있는 일이 아닐까?

뛰어난 기량을 지닌 운동선수만이 신체적 기술을 활용하여 플로우 경험을 얻을 수 있는 건 아니다. 또한 고대 올림피아인만이 특출한 재능이 있어 기존의 한계를 벗어나보려고 노력하는 과정에서 즐거움을 발견할 수 있었던 것도 아니다. 누구든, 아무리 허약한 사람이라고 할지라도 조금 더 높이 뛰어오르고, 조금 더 빨리 달리고, 조금 더 강해질 수 있다. 신체의 한계를 극복함으로써 얻을 수 있는 즐거움은 누구나 누릴 수 있는 것이다.

아주 단순한 신체적 행위도 플로우를 생성해낼 수 있도록 변형시킬 수 있다면 그것은 즐거운 활동이 될 수 있다. 그 변화 과정의 핵심은 다음과 같다.

① 궁극적 목표를 세운 후 그에 맞는 실행 가능한 하위 목표를

최대한 많이 설정한다.

② 설정한 목표의 달성 정도를 측정할 수 있는 방법을 찾는다.

③ 하고 있는 일에 집중하며, 그 활동과 관련된 도전 목표들을 최대한 세분화하여 구분 짓는다.

④ 기회를 십분 활용하기 위하여 필요한 기술을 연마한다.

⑤ 해당 활동이 지루해지면 목표를 계속 높여간다.

걷기는 그 좋은 예이다. 걷는 것은 누구나 할 수 있는 가장 단순한 활동이다. 하지만 한편으로는 복합적인 플로우 활동이 될 수 있으며, 예술의 경지에까지 도달할 수도 있다. 걷기를 위해 여러 가지 다른 목표를 세울 수도 있다. 예를 들어, 어디를 갈지, 어느 길로 갈지 등 걷는 일정을 생각해보자. 전체 일정에 맞는 범위 내에서 들러볼 곳을 선택할 수도 있고, 특정 이정표를 확인하고 돌아온다는 목표를 세울 수도 있다. 혹은 몸이 더 부드럽고 능률적으로 움직이도록 자기 몸에 적합한 보법을 개발하는 게 목표가 될 수도 있다. 동작을 효율적으로 활용해 신체의 건강을 최대한 증진시키는 것도 또하나의 분명한 목표가 될 수 있을 것이다. 진척의 정도를 측정하는 척도로는 목표한 거리를 얼마나 빨리 그리고 손쉽게 도달했는가, 흥미로운 풍경을 얼마나 보았는가, 걷는 동안 떠오른 새로운 아이디어가 몇 개나 되는가, 또는 즐거운 생각을 얼마나 많이 했는가 등이 있을 수 있겠다.

걷기와 관련된 도전은 집중하게 만든다. 이런 도전은 주변 환경에 따라 다양하게 이루어진다. 도시에 사는 사람들은 보도가 편편하고 반듯하게 닦여있어 길을 걷기가 쉽다. 그러나 등산로를 걸을 때에는 문제가 완전히 달라진다. 잘 훈련받은 등반가는 등반할 때 한발 한발을 효율적으로 신중하게 선택해서 놓아야 하며, 관성과 몸의 중심을 파악하는 동시에 발 디딜 곳의 표면(이를테면 흙, 바위, 풀, 나뭇가지 등)을 모두 고려해야 하는 어려운 도전 과제를 경험한다. 어려운 등반로를 오르는 숙련된 등반가는 몸을 가볍고도 효과적으로 움직이며, 거친 지형에 맞게 발걸음을 계속 조정해나간다. 이는 곧 질량, 속력, 마찰 등을 대입해야 하는 복잡하고도 끊임없이 변하는 일련의 방정식에서 최선의 답을 찾아가는 정교한 과정이다. 물론 이런 복잡한 계산 과정은 대체로 자동적으로 이루어지기 때문에 때에 따라서는 직관적이고도 본능적인 행위로 보일 수도 있다. 그러나 만일 등반가가 지형에 관한 정보처리를 정확하게 하지 못해서 걸음을 제대로 조정하지 못한다면, 넘어지거나 금세 지치고 말 것이다. 그러므로 등산의 경우는 본인이 의식하지 못하더라도 온 정신을 집중해야 하는 고도의 행위인 것이다.

대체로 도시는 지형 자체가 그렇게 도전심을 많이 유발하지 못한다. 그렇다고 하더라도 기술을 연마할 수 있는 나름대로의 기회는 있다. 군중과 접하면서 얻는 사회적 자극과 도시가 제공하는 역사적·건축학적 환경으로 걷는 일이 한없이 다양해질 수 있는 것이다. 상점의 진열장을 구경할 수 있고, 사람들을 관찰할 수 있으며, 인간 상호작용의 양식에 대해 곰곰이 생각해볼 수도 있다. 걸을 때 최단 거리 코스를 선택하는 사람도 있고, 가장 흥미로운 길을 선택해 걷는 사람도 있다. 어떤 사람들은 일정한 길을 일정한 시간에 걷는다는 자부심을 갖고 걸으며, 또 다른 사람들은 매번 길을 바꿔 걷는 걸 좋아한다. 겨울에는 햇볕이 잘 드는 보도를 따라 최대한 멀리 걷는 게 목표가 될 수 있으며, 여름에는 그늘을 따라 쭉 걷는 게 목표가 될 수 있다. 횡단보도의 신호가 언제 파란불로 바뀌는지를 알고 시간을 정확히 재 맞추어 걷는 사람도 있다. 물론 이 같은 재미는 스스로 개발해야 한다. 걷기의 코스나 일정을 조절하지 않는 사람에게 저절로 재미가 생기는 건 아니다. 목표를 정하고 그에 맞는 기술을 개발하지 않는 한, 걷는다는 건 별다른 특징이 없는 단조롭고 고된 일일 뿐이다.

거듭 말하지만, 걷는다는 건 신체가 할 수 있는 가장 평범한 일이다. 그러나 걷는 목적을 설정하고 걷기와 관련한 모든 과정을 통제할 수 있다면 아주 즐거운 일이 될 수 있다. 이와는 반대로 라켓볼이나 요가를 — 또한 자전거 타기에서부터 무술에 이르기까지 수많은 정교한 형태의 스포츠와 신체 활동도 — '유행하니까' 또는 '건강에 좋으니까'라는 생각만으로 수행한다면 전혀 즐겁지 않은 일이 될 것이다. 스스로 조절하지도 못하고, 재미도 전혀 느끼지 못하는데도 의무감으로 운동을 하는 사람들도 많다. 이런 사람들은 형식과 본질을 혼동하는 흔한 실수를 하고 있다. 즉 구체적인 행위나 사건만이 개인의 경험을 결정하는 '현실'이 된다고 가정하고 있는 것이다. 이들은 멋진 헬스클럽에 가입하면 반드시 재미있게 운동할 수 있으리라고 믿는다. 그러나 즐거움이란 우리가 지금까지 살펴본 바와 마찬가지로, '무엇을 하느냐'가 아니라 바로 그 무엇을 **'어떻게 하느냐'**의 여부에 따르는 것이다.

우리는 연구 주제로 다음과 같은 질문을 던진 적이 있다. '여가 활동에서 물적 재원을 많이 활용할수록 인간이 더 행복한가? 아니면 자기 자신에게 좀 더 많이 투자할수록 더 행복한가?' 이 질문에 대한 해답을 구하기 위해 사용한 방법은 경험표집방법Experience Sampling Method, ESM으로, 이것은 내가 시카고 대학에서 경험의 질을 연구하기 위해 개발한 방법이다. 1장에서도 설명한 바 있듯이, 경험표집방법ESM은 인터뷰나 설문지에 의존하던 초기의 연구 방식에서 훨씬 더 발전한 것이다. 먼저, 조사 대상자들에게 무선 호출기와 설문지를 나눠준다. 그 다음, 무선 송신장치로 일주일 동안 하루에 약 여덟 번 가량 예고 없이 무작위로 신호를 보낸다. 호출기가 울릴 때마다 응답자들은 설문지 한 페이지를 작성하는데, 지금 어디에서 무엇을 하면서 누구와 함께 있는가를 기록하고, '매우 행복하다'에서부터 '매우 슬프다'까지로 나누어진 항목 가운데 지금의 감정 상태를 가장 잘 나타내는 항목에 표시를 하여 점수를 매긴다.

　　연구 결과, 사람들이 값비싼 물질적 자원이 필요한 여가 활동(값비싼 장비가 있어야 하거나, 자동차 운전 또는 TV 시청처럼 석유나 전기 등의 에너지를 필요로 하는 활동)을 할 때는 비용이 많이 들지 않는 여가 활동을 할 때보다도 훨씬 덜 즐거워한다는 결론을 얻었다. 사람들이 가장 행복하다고 느낄 때는 그저 서로 담소를 나눌 때, 정원을 손질할 때, 뜨개질을 할 때 혹은 여타의 취미 생활을 즐길 때였다. 이 같은 활동은 외적 자원이 거의 들지 않지만 상대적으로 고도의 심리적 에너지를 집중해야 하는 일이다. 반면 외적 자원이 필요한 여가 활동은 상대적으로 주의를 덜 집중하기 때문에 기억할만한 추억이 줄어드는 것이다.

움직이는 기쁨

스포츠나 신체 단련만이 몸을 이용해 즐거움을 경험할 수 있는 방법은 아니다. 사실 신체를 조화롭게 움직여서 플로우를 창출해낼 수 있는 활동은 다양하게 있다. 아마도 그 중에서 가장 오래되고 의미 있는 건 춤이 아닐까? 춤은 전 세계가 공감할 수 있는 활동인 동시에 잠재적인 복합성을 지닌 활동이기 때문이다. 가장 외딴 곳에 있는 뉴기니의 부족에서부터 세련된 볼쇼이 발레단에 이르기까지 음악에 대한 신체적 반응을 통해 경험의 질을 향상시키는 방법은 널리 행해져왔다.

나이가 지긋한 세대들은 댄스 클럽에서 춤추는 걸 괴상하고 쓸데없는 짓으로 보겠지만, 많은 젊은이는 이를 큰 즐거움의 하나로 여긴다. 무용가들은 마루 위에서 몸을 움직일 때의 느낌을 다음과 같이 다양하게 설명했다. "일단 춤에 열중하게 되면 제 자신이 마치 재미있게 둥둥 떠다니는 듯한 기분을 느끼게 됩니다.", "춤을 추노라면 몸의 느낌이 최고가 되죠. … 모든 동작이 내 맘대로 되면 열기에 들뜬다고 할까, 무아경에 빠지게 됩니다.", "몸을 움직이면서 이를 통해 자신을 표현하려 하는 것이죠. 바로 이게 춤의 본질입니다. 몸을 일종의 의사소통의 수단으로 활용하는 것이지요. 잘 풀려갈 때는 음악을 통해 그리고 관객과의 교감을 통해 제 자신을 아주 잘 표현하게 됩니다."

춤을 추면서 얻는 기쁨이 너무도 강렬하기 때문에 춤을 위해 다른 많은 걸 희생하는 경우도 흔히 볼 수 있다. 다음은 이탈리아 밀라노의 마시미니 교수 팀이 무용수들을 인터뷰한 내용 중의 하나로, 이와 같은 전형적인 예를 잘 보여주고 있다. "저는 처음부터 발레리나가 되고 싶었습니다. 결코 쉽지 않은 길이었지요. 돈도 많이 벌지 못하고, 지루한 여행만 계속해야 했으니까요. 그래서 엄마는 언제나 제 직업에 대해 불만이 많으셨어요. 그렇지만 춤을 사랑하는 그 마음 하나로 여태껏 버텨올 수 있었습니다. 이제 춤은 제 일생의 중요한 부분을 차지하게 되었고, 저는 춤 없이는 살 수 없게 되었습니다."

마시미니 교수 팀은 결혼 적령기에 있는 직업 무용수 60여 명을 인터뷰했는데, 결혼한 사람은 단 세 명이었고, 그 중에서도 단 한 명만이 출산 경험이 있었다. 직업 무용수에게 임신은 치명적인 손해를 준다는 생각 때문에 결혼까지도 미루고 있는 것이다.

그러나 춤 역시도 반드시 전문가가 되어야만 신체를 표현하고 잠재 능력을 조절하는 기쁨을 맛볼 수 있는 건 아니다. 아마추어 무용수도 다른 걸 희생하지 않고서도 전문 무용수와 마찬가지로 신체를 조화롭게 움직이는 기쁨을 누릴 수 있다.

신체를 도구로 사용하는 또 다른 표현 방식들도 있다. 무언극이나 연극 등이 그 예이다. 몸짓을 이용한 제스처 게임이 인기를 끌어온 이유는 그 게임을 하는 동안은 자신의 일상적 신분을 잠시 잊고 다른 사람의 역할을 할 수 있기 때문이다. 가장 우습고 꼴사나운 인물의 역할을 맡더라도 일상의 행동 제약에서 잠시나마 벗어나 다른 삶의 형태를 조금이나마 맛볼 수 있는 데에 그 즐거움이 있는 것이다.

플로우로서의 성sex

사람들이 흔히 즐거움에 대해 생각할 때 가장 먼저 떠올리는 건 성性이다. 생존 본능과 먹고 마시는 욕구 다음으로 가장 강한 본능 중의 하나가 성욕임을 생각할 때 이런 반응은 그다지 놀라운 일이 아니다. 성에 대한 욕구가 너무나 강한 나머지 때로는 성욕이 다른 중요한 목표에 사용될 심리 에너지를 앗아가기도 한다. 그러므로 모든 문화가 성욕을 다른 곳으로 돌리고 억제하기 위해 노력을 많이 기울이며, 여러 복잡한 사회제도가 단지 이 욕구를 규제하려는 목적으로 존재하기도 한다.

"사랑이 이 세계를 움직인다."는 속담은 우리 행위의 대부분이 직접적으로나 간접적으로 성적 욕구에 의해 추진된다는 사실을 완곡하게 표현한다고 볼 수 있다. 우리는 매력적인 사람이 되기 위해

깨끗이 씻고, 옷을 입고, 머리를 빗는다. 또한 가족을 부양하기 위해 일을 하며, 지위와 권력을 얻으려 애쓰는 것도 존경받고 사랑받기 위해서라고 볼 수 있다.

그렇지만 성행위가 언제나 즐거운 것일까? 독자들은 아마도 이 질문에 대한 답이 성행위를 하는 사람의 마음에 따라 달라진다고 짐작했을 것이다. 같은 성행위일지라도 행위자의 목표와 어떻게 연관되어있는가에 따라 성행위가 고통과 불쾌함, 두려움을 일으키는 것이 될 수도 있고, 반대로 즐거움과 유쾌함, 황홀감을 주는 것이 될 수도 있다. 폭력에 의한 성행위와 사랑이 넘치는 성행위는 물리적으로는 같을지언정 심리적으로는 지옥과 천국만큼이나 차이가 크다.

성적 자극 그 자체는 본질적으로 즐거운 것이라고 할 수 있다. 인간이 성에서 즐거움을 얻도록 유전인자가 프로그램되어있는 건 종족의 생존을 위해 생식 행위를 보장하려는 진화의 현명한 방법이라고 할 수 있다. 건강하고 의지만 있다면 누구나 성적 즐거움을 얻을 수 있다. 어떤 특별한 기술이 필요한 것도 아니다. 그러나 여러 번 경험하면 더 이상 새로운 느낌이 들지 않는다. 다른 모든 즐거움과 마찬가지로, 성도 즐거운 활동으로 변형되지 않으면 시간이 지나면서 지루한 것이 된다. 아주 행복한 경험에서 곧 무의미한 습관이 되거나 단순한 중독이 되는 것이다. 그러나 다행스럽게도 성을 즐거운 것으로 만들 수 있는 방법은 많이 있다.

에로티시즘은 육체적 기술의 개발을 통하여 성적 관심을 고양하려는 활동의 한 형태이다. 어떻게 생각하면 에로티시즘과 성행위의 관계는 스포츠와 신체 활동의 관계와도 같다. 《카마수트라》와 《성의 즐거움》 등은 성행위가 더욱 다양하고, 흥미롭고, 매력적인 것이 될 수 있도록 목표와 방법을 가르쳐주는 좋은 입문서이다. 대부분의 문화는 에로티시즘을 가르치고 실행하는 저마다의 정교한 체제를 갖추고 있으며, 이는 흔히 종교적 의미로 채색되어있다. 초기의 다산 의식, 그리스의 디오니소스 신화, 매춘과 여성 사제들의 관계 등은 이 같은 현상을 보여주는 예이다. 이런 예를 보면 마치 종교가 초기 단계에서는 성에 대한 명백한 매력을 활용하여 한층 더 복잡한 사상과 행동 양식을 구축한 것처럼 여겨지기도 한다.

그러나 진정한 의미의 성은 육체의 차원에 심리적인 요소가 곁들여져야 비로소 이루어지는 것이다. 역사가들에 따르면, 사랑의 기술이란 것이 서양에서는 비교적 최근에 와서 개발되었다고 한다. 몇 가지 요소를 제외하고는 고대 그리스와 로마인들의 성행위에 낭만이 곁들여진 경우를 찾아보기 어렵다. 남녀 간의 친밀한 관계에서 없어서는 안 될 것처럼 보이는 특징들(구애를 하고, 연인들 간에 공감하고, 구혼을 하는 의식들)은 중세 후반에 와서야 프랑스 남부 지방의 성城을 순회하던 음유시인들에 의해 형성되었고 이 '낭만적인 새로운 방식'이 유럽 전역의 부유층 사이에서 자리 잡기 시작한 것이다. '로맨스'는 프랑스 남부 지방의 이름인 로망스가 그 어원으로, 이 '낭만적인 구애 방식' 때문에 연인들은 완전히 새로운 도전거리를 갖게 되었다. 이 로맨스라는 도전거리를 감당하기 위해 여러 기술을 습득한 사람들은 연애를 통해 육체적인 만족감뿐 아니라 정신적인 희열까지도 얻을 수 있게 된 것이다.

이와 유사한 성의 발전이 다른 문화권에서도 비슷한 시기에 이루어졌다. 일본에서는 극도로 정교화된 사랑의 전문가들이 출현했다. 이들은 바로 능숙한 음악가요, 무용가이며, 배우인 동시에 시와 예술을 감상할 줄 아는 기생이다. 중국과 인도의 고급 창부와 터키 황제의 첩들도 이런 기술을 가지고 있었다. 유감스럽게도 이 같은 전문성은 성이 지닌 잠재적 복합성을 높은 차원으로 승화시킬 수는 있었지만, 보통 사람들이 하는 경험의 질을 직접 향상시키는 데는 별로 기여하지 못했다. 역사적으로 볼 때 로맨스는 젊은이들이나 시간과 돈이 있는 부유 계층에게만 국한되는 일이었다. 그 어떤 문화에서든 대다수의 민중은 그저 단조로운 성생활을 누려온 것처럼 보인다. 전 세계적으로 소위 '점잖은' 사람들은 종족 번식을 위한 성행위나 이를 위해 발전된 로맨스에 그리 많은 정력을 쏟지 않는다. 이 같은 점에서도 로맨스는 스포츠와 유사하다고 볼 수 있다. 즉 대부분의 사람은 그 행위를 자신이 직접 하기보다는 그 행위에 관해 듣거나 몇몇 전문가가 하는 걸 지켜보는 것으로 만족하기 때문이다.

육체적 쾌락과 낭만적 관계를 즐기는 단계에서 더 나아가 연인들이 상대방을 진심으로 배려할 때 세 번째 차원의 성이 시작된다. 이렇게 되면 연인들은 또 다른 도전 목표를 발견하게 된다. 즉 상대방을 유일무이한 존재로 인정하고 이해하며, 서로의 목표를 이루어나갈 수 있도록 도와야 하는 것이다. 이런 차원으로까지 발전할 때 성은 아주 복합적인 과정이 되며, 평생 동안 플로우 경험을 제공할 수 있다.

처음엔 섹스를 통해 쾌락을 얻는 게 어렵지 않다. 어떤 바보라도 젊을 때는 사랑에 빠질 수 있다. 첫 데이트, 첫 키스, 첫 섹스, 이 모든 게 젊은이의 마음을 온통 들뜨게 하여 몇 날 며칠이고 플로우를 경험하게 해준다. 그러나 대다수 사람에게 이 같은 황홀한 경험은 단 한 번뿐이다. 이와 같은 '첫사랑'이 지나고 나면 그 후에 맺게 되는 모든 관계는 그때와 같은 흥분을 주지 못한다. 특히 똑같은 상대와 오랜 기간 동안 갖는 성관계가 계속해서 만족감을 주기는 어렵다. 대다수의 포유류처럼, 인간도 일부일처의 천성을 타고난 게 아닐지도 모른다. 배우자들이 서로 노력하여 함께 있는 것의 의미를 찾고, 유대 관계를 더욱 돈독히 하는 기술을 배우지 않는 이상, 상대에게 지루함을 느끼지 않기란 불가능하다. 처음에는 육체적인 관계만으로도 플로우를 충분히 유지할 수 있지만, 로맨스와 상대에 대한 진정한 배려가 성장하지 않는다면 두 사람의 관계는 곧 시들어버릴 것이다.

어떻게 하면 사랑을 항상 새롭게 유지할 수 있을까? 그 해답은 다른 활동의 경우와 다르지 않다. 사랑의 즐거움을 유지하기 위해서는 복합적인 관계를 만들어야 한다. 복합적인 관계가 되려면 두 사람이 자기 자신과 상대의 잠재력을 개발해야 한다. 잠재력의 개발을 위해서는 상대에게 주의를 집중해서 상대가 어떤 생각을 갖고 있으며, 어떤 감정과 꿈을 지니고 있는지를 알아야 한다. 이 자체가 끊임없는 과정이며, 평생을 통해 이루어야 하는 과제이다.

상대를 진정으로 이해하게 되면 함께 즐길 수 있는 일이 많아진다. 함께 여행을 다니고, 같은 책을 읽고, 아이를 키우며, 계획을 세우고 실현해나가는 모든 일이 즐거워진다. 구체적인 세부 사항은 그다지 중요하지 않다. 각자가 그때그때 상황에 맞추어 조절해가면 되는 것이다. 가장 중요한 건 기본 원칙을 지키는 것이다. 즉 인생의 다른 측면과 마찬가지로, 성도 우리가 적극적으로 통제하고, 복합성을 높이는 방향으로 가꾸어나간다면 즐거운 것이 될 수 있다.

고도의 통제 기술 : 요가와 무도

신체와 신체 경험을 통제하는 법을 배우는 데 있어서 동양 문명과 서양 문명을 비교해보면 서양은 어린애와 같다고 할 수 있다. 여러 측면에서 관찰해볼 때 서양이 물질적 에너지를 사용하는 측면에서 큰 발전을 이루어왔다면, 인도와 극동 지방은 의식을 직접 통제하는 면에서 많은 업적을 이루어왔다. 그러나 다음과 같은 사실에서 우리는 동서양의 각기 다른 접근 방법 모두가 그 자체만으로는 생을 끌어주는 표본으로서 이상적인 방법이 아니라는 걸 알 수 있다. 즉 인도 사람들은 고도의 자기통제 기술에 지나치게 매료된 나머지 자연환경의 물리적 도전에 대처하는 법을 배우지 못하였다. 그리하여 대다수의 국민 사이에 무력감과 무관심이 팽배해졌고, 결국 자원의 빈약과 인구 과잉으로 좌절을 맛보아야 했다. 반면에 물질적 에너지 사용의 극대화를 꾀한 서양은 가능한 한 모든 자원을 개발하고 급속도로 소모해왔기 때문에 환경의 고갈을 초래하였다.

정신세계와 물질세계가 조화롭게 균형을 이루는 사회야말로 완벽한 사회라 할 것이다. 그러나 여기에서는 완벽을 목표로 삼는 건 잠시 접어두기로 하고, 우선 의식을 통제하는 동양 종교의 방법에 대해 살펴보기로 한다.

신체를 단련하는 고대 동양의 방법 중에서 가장 오래되고 가장 널리 보급되어있는 건 요가라고 알려진 일련의 수련법이다. 요가의 몇 가지 요점을 살펴보는 건 아주 중요하다. 왜냐하면 요가는 우리가 플로우라고 알고 있는 심리 상태와 여러 측면에서 비슷하며, 심리 에너지를 통제하고자 하는 사람 누구에게나 유용한 모델을 제시해주기 때문이다. 서양에는 요가와 유사한 수련법이 없다. 성 베네딕트와 성 도미니크가 제정한 초기 수도사들의 일과와 로욜라의 성 이그나시우스가 주창한 '영적 훈련' 정도가 일정한 정신적·육체적 일과를 통해 주의력을 통제하는 방법을 제시했다는 점에서 그나마 요가와 가장 유사하다고 볼 수는 있다. 그러나 이런 것들조차도 요가의 혹독한 수련에는 훨씬 미치지 못하는 것이었다.

산스크리트어로 요가는 '함께 있게 함'을 의미하는데, 이는 사람과 신이 일체가 되도록 하는 요가의 목적을 나타낸다. 즉 먼저 신체의 각 부분이 서로 하나가 되도록 하고, 그렇게 하나가 된 육체와 의식이 함께 질서를 찾아나가는 것이다. 약 1,500년 전에 파탄잘리가 집대성한 요가 교본에는 이 목표에 이르는 여덟 단계가 제시되어있는데, 한 단계씩 올라갈수록 난도가 점차 높아진다.

처음 두 단계는 윤리적 준비를 하는 과정으로, 여기서는 각 개인의 태도를 변화시키고자 한다. 이 단계는 의식을 정리하는 단계라고 말할 수 있다. 즉 정신을 직접적으로 통제하려는 노력을 시도하기 전에 우선 심리적 엔트로피를 최대한 줄이고자 하는 것이다. 이를 실천하기 위한 첫 단계인 야마yama는 거짓말, 도벽, 욕망, 탐욕 등 타인에게 해를 끼칠지도 모르는 생각과 행동을 자제하라고 한다. 두 번째 단계는 순종을 의미하는 니야마niyama이다. 이는 곧 청결과 수련, 그리고 신에 대한 순종을 질서 정연한 일과를 따름으로써 예측 가능한 형태로 만들고, 이 과정을 통해서 주의를 통제하기 쉽게 만드는 것을 말한다.

그 다음의 두 단계는 육체적 준비를 하는 단계로, 요기라고 불리는 수행자들이 감각의 유혹을 이겨내고, 지치거나 사념에 얽매이지 않고 집중하는 습관을 기르는 단계이다. 세 번째 단계는 아사나asana라고 하는 다양한 '앉은 자세'나 동일한 자세를 오랜 시간 동안 긴장이나 피로에 굴하지 않고 유지하는 것이다. 우리는 천을 두르고 머리를 땅에 대면서 발은 목뒤로 접은 채 거꾸로 서 있는 사람을 본 적이 있을 것이다. 바로 이것이 서양에 알려진 익숙한 요가 형태, 즉 아사나이다. 네 번째 단계는 프라나야마pranayama, 즉 호흡법으로서 신체의 긴장을 완화하고 호흡의 리듬을 안정시키는 것이 그 목적이다.

다섯 번째 단계는 지금까지의 준비운동과 본격적인 요가 수행을 연결하는 단계로, 프라트야하라pratyahara라고 한다. 이는 감각 정보의 입력을 통제함으로써 외부 물체에 대해 주의를 끊고, 궁극적으로는 본인이 의식으로 받아들이고 싶은 것만 보고, 듣고, 느낄 수 있도록 하는 단계를 말한다. 지금까지 살펴본 단계들만 보더라도, 이번 장에서 설명하고자 하는 플로우 활동의 목적, 즉 의식 세계의 통제와 요가의 목적이 얼마나 유사한지를 알 수 있다.

나머지 세 단계는 지금 우리의 주제와는 맞지 않지만 — 왜냐하면 나머지 단계에서는 육체적 기술보다는 순수한 정신 작용을 통한 의식의 통제를 다루고 있기 때문이다. — 여기서 맥락을 유지하기 위해서, 또 결국에는 이런 정신적 수행이 이 단계에 앞서 행해진 육체적 수행에 전적으로 바탕을 두고 있기 때문에 계속 설명을 이어가기로 한다. 여섯 번째 단계인 다라나dharana는 오랜 기간 동안 단일한 자극 하나에만 주의를 집중하는 것으로, 앞 단계인 프라트야하라와 일맥상통한다고 볼 수 있다. 즉 우선 사물을 의식 밖으로 내보내는 법을 배우고, 다음으로 의식 밖으로 내보낸 사물을 다시 의식 속에 넣는 법을 배우게 된다. 일곱 번째 단계는 고도의 명상을 수행하는 드야나dhyana이다. 이 단계에서는 어떤 것으로부터도 방해받지 않고, 앞 단계에서와 같은 단일 자극도 필요치 않은 집중 상태에서 자신을 잊는 법을 배우게 된다. 최종적으로 수행자는 명상하는 사람과 명상의 대상이 하나가 되는 상태인 사마디samadhi를 성취하게 된다. 사마디를 성취한 사람들은 이 순간을 그들 생애에서 최고로 행복한 경험으로 묘사한다.

요가와 플로우는 유사성이 아주 많다. 따라서 사실상 요가를 대단히 철저하게 계획된 플로우 활동으로 생각해도 큰 무리는 아닐 것이다. 둘 다 집중을 통해서 자신을 잊는 즐거운 경험을 얻으려고 노력하는 것이며, 이는 육체를 단련해야만 가능한 일이기 때문이다. 그러나 플로우와 요가의 차이점을 강조하는 사람들도 있다. 즉 플로우는 자아를 강화하려는 것인 반면 요가나 기타 동양의 기법들은 오히려 자아를 완전히 없애려 한다는 것이다. 요가의 마지막 단계인 사마디는 해탈로 들어가는 마지막 관문이며, 이 해탈에 들게 되면 각 개인의 자아가 우주적 힘과 하나가 된다. 마치 강물이 바다로 흘러 하나가 되듯이 말이다. 그러므로 요가와 플로우는 자아와 관련하여 정반대의 결과를 초래한다고 주장할 수도 있다.

그러나 이 같은 차이점은 실재적인 것이라기보다는 피상적인 것에 불과할지도 모른다. 요가의 여덟 단계 가운데 마지막 단계를 제외한 일곱 단계가 의식을 통제하는 기술을 점점 난도를 높여가며 연마하는 과정이기 때문이다. 사마디와 그 후에 오는 해방감도 궁극에는 그다지 중요한 것이 아니며, 오히려 이전 일곱 단계에 걸친 수행 행위를 정당화해주는 데 ─ 마치 산 정상이 중요한 까닭은 결국 등산의 목적이라고 할 수 있는 산을 오르는 과정을 정당화해주기 때문인 것처럼 ─ 그 의의가 있는 것으로 간주할 수도 있다.

요가와 플로우의 유사성을 뒷받침해주는 또 다른 점은 해방에 이르는 마지막 단계까지도 수행자가 계속해서 의식을 통제해야 한다는 것이다. 의식의 통제 없이는 자아를 버릴 수 없으며, 자아를 버리는 그 순간조차도 의식의 완전한 통제가 있어야만 하기 때문이다. 본능과 습관, 욕망이 있는 자아를 포기하는 건 자연스럽게 이루어지는 일이 아니다. 고도로 자신을 통제할 수 있는 사람만이 해낼 수 있는 일이다. 그러므로 요가야말로 플로우를 낳는 가장 오래되고 가장 체계적인 방법 중의 하나라고 해도 과언이 아니다.

낚시에서부터 자동차경주에 이르는 모든 플로우 활동이 그러하듯이, 요가에도 나름대로의 독특한 경험 방식이 있다. 역사와 문화의 산물로서, 요가 방법에는 요가가 창안되었던 시대와 장소의 특징이 반영되어있다. 요가가 최적 경험을 낳는 데 있어 다른 방법보다 '더 훌륭한가?'라고 묻는다면, 무조건 요가의 장점만 보고 대답할 수는 없다. 요가를 수행하는 데 따르는 기회비용을 고려한 후 그것을 다른 대안들과 비교해보아야 한다.

또 다른 동양의 수련법 가운데 최근 서양에서 인기를 끌고 있는 수련법은 이른바 '무도武道'라고 일컬어지는 것이다. 동양에는 수많은 종류의 무도가 있는데, 해마다 새로운 분파가 생겨나는 것 같기도 하다. 여기에는 유도와 쿵푸, 가라테와 태권도, 합기도와 태극권 등의 맨손 무도와 검도와 궁도, 닌자 무술 등과 같이 무기를 사용하는 무도가 있다.

이러한 무도는 도교와 선불교의 영향을 받아서 마찬가지로 의식 통제의 기술을 중시한다. 신체적인 면에 중점을 두는 서양 무도와 달리, 동양 무도는 무예를 닦는 사람의 정신적·영적 상태의 개선에 역점을 둔다. 무도인은 적과 맞설 때 자신이 어떤 공격 자세나 수비 자세를 갖출 것인지를 생각하거나 추리하지 않고도 번개와 같이 빠른 속도로 행동을 취할 수 있는 경지에 이르고자 노력한다. 그 같은 경지에 이른 사람에게는 싸움이 하나의 즐거운 예술적 행위가 되며, 이때에는 분리된 육체와 정신이 서로 조화를 이루는 합일 상태에 이르게 된다고 한다. 다시 한 번 말하지만, 무도를 플로우의 특정한 형태 중 하나라고 생각해도 무방하다.

감각을 통한 플로우 : 보는 기쁨

운동이나 성, 심지어 요가까지도 즐거울 수 있다는 사실을 인정하기는 쉽다. 그러나 이 같은 신체 활동에서 한 발짝 더 나아가, 우리 신체의 다른 기관이 지닌 무궁무진한 능력을 탐구하는 사람은 극히 드물다. 우리의 신경 체계가 인지하는 정보는 그게 어떤 것이든 우리를 풍부하고 다양한 플로우 경험으로 이끌어줄 수 있는데도 말이다. 예를 들어 시각 하나만 보더라도 그렇다. 우리는 흔히 시각을 고양이를 밟지 않거나 자동차 열쇠를 찾는 용도로만 사용한다. 너무나 멋진 경치를 우연히 마주치게 되면 '눈을 즐겁게 해주기 위해' 잠시 멈추어 서기는 하지만, 그 경관을 감상하면서 시각의 잠재 능력을 체계적으로 개발하는 사람은 거의 없다. 그러나 시각적 기술은 즐거운 경험을 지속적으로 제공해줄 수 있는 잠재성을 지니고 있다.

고전주의 시인 메난드로스는 우리가 단지 자연을 관찰하기만 해도 얻을 수 있는 기쁨을 다음과 같이 적절히 묘사한 바 있다. "우리 모두를 비추어주는 태양과 별, 바다와 구름 그리고 불꽃이여! 그대가 백 년을 살든 아니면 단 며칠을 살든 이보다 더 귀한 것을 볼 수는 없으리라." 시각예술은 이 같은 시각적 기술을 개발할 수 있는 최적의 훈련 기회를 마련해준다.

다음은 예술에 정통한 사람들이 진정으로 '볼' 수 있을 때의 느낌을 묘사한 것이다. 첫 번째 사람은 자신이 가장 좋아하는 그림을 우연히 마주쳤을 때 느꼈던 거의 선禪에 가까운 경지를 회상하면서, 시각적 조화를 구현한 작품을 볼 때 얻게 되는 갑작스런 깨달음을 강조하고 있다.

필라델피아 미술관에는 세잔느의 〈목욕하는 사람들〉이라는 아주 훌륭한 작품이 있습니다. 그 작품을 보면 한눈에 구성이 뛰어나다는 걸 알 수 있습니다. 꼭 합리적이라고 말할 수는 없지만 서로 조화를 이루고 있는 그런 구성 말이죠. … 예술 작품은 바로 이런 식으로 갑자기 자신을 초월하여 세상을 감상하고 이해할 수 있게 해줍니다.

또 다른 사람은 마치 찬물에 갑자기 뛰어들었을 때 우리 몸이 느끼는 충격과 유사한, 육체적 차원의 심미적 플로우 경험을 다음과 같이 묘사했다.

마음에 와닿는 작품들, 그리고 참 좋다고 생각되는 작품들을 보게 되면 아주 이상한 반응이 저에게 나타납니다. 평소에 느끼던 흥분감만은 아닙니다. 마치 배를 한방 얻어맞은 것 같은 느낌이 드는 겁니다. 속도 약간 울렁거립니다. 완전히 압도당하는 것 같은 느낌이죠. 이렇게 되면 저는 더듬더듬 간신히 밖으로 나가서 마음을 진정시킨 후, 영향 받기 쉬운 제 모든 감각을 접어두고 과학적으로 그림에 접근하려고 합니다. 일단 진정한 후 그림을 찬찬히 들여다보면, 그래서 그림이 주는 뉘앙스와 모든 선 하나까지도 소화하게 되면, 그 다음에는 크나큰 충격이 옵니다. 아주 훌륭한 예술 작품을 접하게 되면 그 훌륭함을 저절로 알게 되고, 시각적으로 뿐만 아니라 감각적으로도, 그리고 지적으로도 큰 전율을 느끼게 됩니다.

훌륭한 예술 작품만이 이와 같은 강력한 플로우 경험을 제공하는 건 아니다. 훈련이 되어있는 눈에는 가장 세속적인 광경도 아주 즐거운 풍경으로 보일 수 있다. 시카고 교외에 살면서 매일 출근할 때마다 통근용 전철을 타는 어떤 사람은 다음과 같이 말한다.

오늘 같은 날이나 아니면 아주 청명하게 개인 날, 저는 그냥 기차에 앉아서 도시의 지붕들을 넘겨다 보곤 합니다. 도시를 위에서 내려다보는 것, 도시를 보는 나는 현재 그 속에 있지 않다는 것, 도시의 여러 가지 형상들, 웅장한 옛 건물들, 완전히 폐허가 된 일부 건물들 … 이런 풍경을 보는 건 정말이지 저를 사로잡습니다. 회사에 도착해서 저는 동료들에게 이렇게 말하곤 했답니다. "오늘 출근길은 마치 실레의 정밀화를 통과해 오는 것 같았어."라고 말이죠. 왜냐하면 실레는 지붕과 같은 것을 아주 선명하고 정확하게 그렸기 때문입니다. … 시각적 표현 방법에 완전히 몰두해있는 사람은 세상을 그런 눈으로 보게 되는 것과 마찬가지라고 할 수 있습니다. 마치 사진사가 하늘을 올려다보면서 "오늘 하늘은 아주 좋은 필름으로 찍은 사진만큼이나 훌륭해."라고 말하는 것과 마찬가지이죠.

물론 '보는' 것에서 이 정도의 감각적 즐거움을 얻을 수 있으려면 분명 훈련이 필요하다. 아름다운 광경과 좋은 예술 작품 감상에 상당한 심리적 에너지를 투자해야만 비로소 실레 풍의 지붕 경관을 인식할 수 있는 정도가 되는 것이다. 그러나 이 점은 다른 어떤 플로우 활동에서도 마찬가지이다. 꼭 필요한 기술을 연마하지 않는다면 어떤 것을 추구하더라도 진정한 즐거움을 얻을 수 없다. 오히려 다른 몇몇 활동에 비해 '보는' 것은 곧바로 실천하기 쉬운 일이라고 할 수 있다(비록 일부 예술가들은 많은 사람이 '까막눈'을 가지고 있다고 주장하기는 하지만). 그러므로 시각을 미개발 상태로 방치해두는 건 특히 유감스러운 일이 아닐 수 없다.

바로 앞의 글에서는 눈으로 보지 않도록 훈련함으로써 플로우를 이끌어내는 요가의 방법을 소개하고, 지금은 플로우를 낳게 하는 눈의 사용을 주창하는 것이 모순처럼 보일 수도 있다. 경험과 그에 따르는 결과보다 그 행위를 중시한다면 이 같은 모순을 느낄 수도 있다. 그러나 우리가 자신에게 일어나는 일을 통제할 수 있다면 보느냐 보지 않느냐는 그다지 중요한 문제가 아니다. 아침에는 명상을 하면서 모든 감각기관을 닫고 있다가 오후에는 위대한 예술 작품을 감상할 수도 있다. 이 두 경우 모두 황홀감을 통해 플로우로 변화하는 것이다.

음악을 통한 플로우 : 듣는 기쁨

귀를 즐겁게 하기 위해 배열된 음은 지금껏 알려진 모든 문화에서 삶의 질을 향상시키는 데 널리 활용되어왔다. 의도하는 분위기에 맞는 양식으로 청취자의 주의를 집중시키는 건 가장 오래되고 어쩌면 가장 보편적인 음악의 기능이라고 할 수 있다. 그래서 춤곡을 비롯하여 결혼식과 장례식, 종교의식을 위한 음악, 애국심을 고양시키는 노래, 연애 감정을 불어넣어주는 음악, 군대가 질서 정연하게 행군할 수 있도록 해주는 행진곡 등이 만들어진 것이다.

중앙아프리카의 이투리 피그미 족은 어려운 시기가 닥칠 때면, 그들에게 필요한 모든 걸 제공해주는 은혜로운 숲이 우연히 잠들었기 때문이라고 생각한다. 그런 시기가 오면 종족의 우두머리들은 땅속에 묻어두었던 신성한 뿔피리를 파내어 며칠 동안 밤이고 낮이고 불었다. 잠자는 숲을 깨워 좋은 시절로 다시 돌아가고자 한 것이다. 이투리 족의 이 같은 음악 사용법은 전 세계적으로 공통되는 음악 기능의 좋은 표본이다. 뿔피리 소리가 숲을 깨우지 못했을지라도 그 익숙한 피리 소리가 피그미 족에게 곧 도움을 받게 되리라는 확신을 주어 이들이 자신감을 갖고 미래에 맞서나갈 수 있도록 해주는 것이다.

오늘날에도 대부분의 음악이 이와 비슷한 욕구를 충족시켜주고 있다. 인격 형성의 갈림길에서 온종일 이런저런 방황을 하는 십 대들은 특히 음악에 의존해 그들의 의식 속에 어느 정도 질서를 회복한다. 대다수의 성인도 마찬가지이다. 어느 경찰이 다음과 같이 말한 적이 있다. "범인을 잡기도 하고, 혹시 총에 맞지는 않을까 하는 걱정 속에서 하루를 보낸 후에 집으로 돌아가는 차 안에서 라디오를 듣지 못한다면, 전 아마 미쳐버리고 말 겁니다."

음악은 조직화된 청각적 정보라고 할 수 있다. 음악은 듣는 사람의 마음을 정리해주어 심리적 엔트로피 — 즉 관련 없는 정보가 우리에게 목표에 집중하는 걸 방해할 때 경험하게 되는 무질서 — 를 감소시켜준다. 음악을 들으면 지루함이나 근심과 걱정을 떨쳐버릴 수 있고, 음악을 진지하게 감상할 때는 플로우를 경험할 수 있게 된다.

어떤 이는 기술의 발달로 음악을 언제 어디서나 손쉽게 접할 수 있게 되어 삶의 질이 상당히 향상됐다고 주장할지도 모른다. 라디오와 테이프, CD와 레이저디스크 등을 통해 선명하게 녹음된 최신 곡을 온종일 들을 수 있게 되었기 때문이다. 만약 이처럼 계속해서 음악을 들을 수 있다는 사실이 우리 삶을 더욱 풍족하게 만들어준다면 이 주장이 맞는다고 할 수 있다. 그러나 이런 주장은 흔히 행동과 경험을 혼동하는 데서 나오는 것이다. 녹음된 곡을 며칠이고 계속해서 듣는 것이 몇 주일 동안 고대하던 콘서트에서 단 한 시간 동안 음악을 듣는 것보다 더 즐거울 수도 있고, 그렇지 못할 수도 있다. 삶의 질을 향상시켜주는 건 음악이 항상 귀에 가깝게 있다는 사실이 아니라 우리가 **주의를 집중해서 귀를 열고** 들을 때이다. 예컨대 식당이나 가게에서 나오는 배경음악을 귀 기울여 듣는 사람은 거의 없으며, 따라서 그로 인해 플로우를 경험하기는 극히 어려운 것이다.

다른 것과 마찬가지로 음악도 즐기기 위해서는 주의를 기울여야 한다. 현대인은 녹음 기술의 발달로 음악을 듣기가 너무나 편리해진 나머지 음악 듣기를 당연한 일로 여기게 되었다. 그러나 음악을 통해 즐거움을 얻는 우리의 능력도 그만큼 감소될 수 있다. 녹음 기술이 발명되기 이전에는 음악이 종교의식에 완전히 통합되어 있던 시절에 자아내던 것과 같은 경외감을 라이브 음악 공연을 통해 얻을 수 있었다. 교향악단은 물론이요, 마을의 무도회 반주 그룹까지도 그 같은 조화로운 소리를 만들어내는 신비한 기술을 잘 보여주는 좋은 예가 되었다. 당시에는 한 번의 공연이 유일무이한 것이며, 그것이 되풀이될 수 없다는 걸 잘 알았기에 사람들이 이런 행사에 거는 기대가 아주 높았던 것이다.

오늘날 록 콘서트와 같은 라이브 공연을 듣는 관객들도 어느 정도는 이 같은 의식적 행위에 참가하는 것이라고 볼 수 있다. 이런 경우 말고는 이처럼 많은 사람이 한자리에 모여 같은 행사를 보고, 같은 것을 생각하고 느끼며, 동일한 정보를 처리하게 되는 예가 극히 드물기 때문이다. 이 같이 집단으로 행사에 함께 참여하는 관중은 뒤르켐이 명명한 '집단적 흥분'을 경험하게 되는데, '집단적 흥분'이란 어떤 집단에 확고히 소속되어있다는 존재 의식을 느끼게 되는 걸 말한다. 뒤르켐은 이런 느낌이야말로 근원적인 종교적 경험이라고 생각했다. 이처럼 라이브 공연은 듣는 이에게 음악에 집중할 수 있는 여건을 만들어주기 때문에 재생된 음악을 들을 때보다 공연장에서 플로우를 경험할 가능성이 더 높아지는 것이다.

그러나 라이브 연주가 녹음된 음악보다도 원래 더 즐거운 것이라는 주장은 그와 반대되는 경우를 주장하는 것과 마찬가지로 타당성이 희박하다. 듣는 이가 진지한 자세만 갖춘다면 어떤 음악도 즐거움을 줄 수 있다. 사실상 야쿠이 족의 마술사가 인류학자 카를로스 카스타네다에게 가르쳐준 바와 같이, 음과 음 사이의 정적까지도 면밀히 들으면 즐거운 것이 될 수 있다.

　　많은 사람이 희귀 음반까지 탐내면서 많은 음악을 수집해두고 있지만 그 음악을 실제로 즐기지는 않는다. 몇 번 그 음악을 들으면서 음향 시설이 내는 선명한 음에 감탄하고 나서는 더 좋은 음향 기기가 나와 그걸 새로 구입할 때까지는 그 음악을 잊어버리고 다시는 듣지 않는다. 이와는 반대로, 음악에 내재한 기쁨의 잠재성을 최대로 살리는 사람들은 음악 듣기를 플로우로 변화시킬 수 있는 나름의 방법을 알고 있다. 이들은 우선 일정한 시간을 음악 감상에 할애한다. 그 시간이 되면 불을 끄거나, 가장 좋아하는 의자에 앉거나, 혹은 주의를 집중할 수 있는 자신만의 어떤 방법을 통해 집중도를 높인다. 이들은 감상할 음악을 미리 신중하게 선곡하며, 감상 시간에 맞는 구체적 목표를 설정해둔다.

　　음악 감상은 처음에는 감각적 경험 단계에서 출발한다. 이 단계에서는 우리 신경계에 유전적으로 내재되어있는 유쾌한 육체적 반응을 유발시키는 음색에 반응한다. 우리는 전 세계적으로 사랑받는 특정 가락이나 플루트의 애조를 띤 호소, 또는 활달한 트럼펫의 곡조에 반응을 나타낸다. 특히 드럼이나 베이스의 리듬에 민감하게 반응하는데, 이런 리듬은 록 음악의 기초가 되며, 누군가는 이와 같은 리듬이 태아기에 어머니의 자궁 속에서 처음으로 듣게 되는 어머니의 심장 소리를 상기시켜준다고 말하기도 한다.

　　음악 감상의 다음 단계는 유추적 감상 단계이다. 이 단계에서는 음의 양식에 따라 감정과 이미지를 떠올리는 기술을 갖추게 된다. 음울한 색소폰의 악절은 대평원 상공에 몰려드는 먹구름을 바라볼 때 느꼈던 경외감을 상기시켜준다. 또 차이코프스키의 곡은 눈이 가득 덮인 숲속에서 종을 딸랑거리며 썰매를 타고 달리는 광경을 눈으로 보는 듯하게 해주기도 한다. 대중가요도 물론 그 노래가 어떤 분위기와 어떤 이야기를 나타내는 곡인지를 가사로 명확히 알려줌으로써 유추적 감상법을 최대로 활용한다고 하겠다.

음악 감상의 가장 복합적인 단계는 분석적 감상 단계이다. 이 단계에서는 음의 감각적 측면이나 서사적 측면보다는 음악의 구조적인 요소에 관심을 기울이게 된다. 감상 기술이 이 같은 수준에 이르면 그 작품 저변에 있는 양식과 그 같은 화성을 이루어낸 방법까지 인식하는 능력을 갖게 된다. 이러한 수준의 감상 기술을 익히게 되면 각 공연마다 서로 다른 음향의 질을 비교 평가할 수 있으며, 공연 작품을 감상하면서 그 작곡가의 초기 작품과 후기 작품을 비교해보기도 하고, 동시대 다른 작곡가가 만든 작품과 비교해볼 수도 있다. 또한 같은 관현악단, 같은 지휘자, 같은 한 악단의 초기 공연과 후기 공연을 비교해보거나, 다른 악단과 다른 지휘자는 같은 작품을 어떻게 해석했는지를 비교해볼 수도 있다.

이처럼 분석적 감상 능력을 지닌 사람들은 같은 블루스 곡을 다양하게 변화시킨 편곡 작품들을 서로 비교하기도 하고, "카라얀이 1975년에 지휘한 제7번 교향곡 제2악장이 1963년 공연 당시와 어떻게 다른가 한번 볼까?"라든지, "시카고 교향악단의 금관악기 부가 베를린 교향악단보다 정말 더 나은가?"라는 생각을 염두에 두고 감상을 하기도 한다. 이 같은 목표를 설정해놓았기 때문에 듣는다는 작업은 하나의 적극적인 경험이 되는 것이다. 그리고 이 경험을 통해 "카라얀이 빠르기를 좀 늦추었네."라든지, "베를린 교향악단의 관현악 부는 소리가 더 선명하지만 부드러운 맛이 좀 적군." 등과 같은 피드백을 지속적으로 얻는다. 이와 같은 분석적 감상 기술을 익혀나가게 되면 음악을 즐길 수 있는 기회가 기하급수적으로 증가한다.

지금까지 우리는 주의를 기울여 음악을 듣는 것으로부터 어떻게 플로우가 생겨나는가를 살펴보았다. 그런데 음악을 직접 만드는 법을 배운 사람에게는 더욱 많은 선물이 주어진다. 아폴로는 뛰어난 수금 연주 실력으로 친화력을 발휘했고, 목양신牧羊神인 팬은 피리 연주로 청중들을 열광시켰으며, 하프의 명수 오르페우스는 자신의 음악으로 죽음까지도 막을 수 있었다. 이 같은 그리스신화의 이야기들은 음으로 하모니를 만들어내는 능력과 우리가 이른바 문명이라고 부르는 사회 질서 밑바닥에 있는 사회적 하모니와의 관련성을 잘 나타내준다. 플라톤은 이와 같은 연관성을 염두에 두고 어린아이들에게 가장 먼저 음악을 가르쳐야 한다고 믿었다. 우아한 리듬과 화성을 경청하는 법을 배워가노라면 아이들의 의식 세계에 질서가 확립된다고 생각했던 것이다.

오늘날 우리 문화는 어린아이들에게 음악적 기술을 일찍부터 개발해주어야 하는 중요성을 점점 더 소홀하게 생각하는 것 같다. 학교 예산이 감축될 때마다 가장 먼저 삭감 대상이 되는 게 미술과 체육, 그리고 음악 시간이다. 삶의 질을 향상시키는 데 있어 너무도 중요한 위의 세 가지 기술을 없어도 되는 것으로 간주하는 요즘의 교육 분위기를 보면 아주 실망스럽다. 아이들이 음악을 자주 접하지 못하고 자라나 십 대 청소년이 되면, 자신들만의 음악에 과도하리만큼 정신 에너지를 투자함으로써 그 결핍을 보상받으려고 하게 된다. 이들은 록 그룹을 만들거나 테이프와 레코드를 사재기하는 등 하위 음악 문화에 심취하게 되는데, 이런 활동은 일반적으로 의식 세계를 확장시킬 기회를 그다지 제공해주지 못한다.

아이들에게 음악을 가르친다고 하더라도 흔히 발생하는 문제가 있다. 연주를 얼마나 잘하는지에만 지나치게 중점을 두고, 아이들이 무엇을 경험하는지에 관해서는 관심조차 두지 않는 것이다. 부모들은 자녀의 바이올린 연주 실력이 향상되기만을 지나치게 바

란 나머지, 실제로 아이들이 바이올린 켜는 걸 좋아하는지 싫어하
는지에는 관심조차 없다. 부모들은 자신의 아이가 주위의 관심을
받고, 상을 타고, 결국에는 카네기홀에 설 수 있을 정도로 연주를
잘하기를 바란다. 그리하여 음악 본연의 목적을 정반대로 왜곡시
키는 데 성공한다. 다시 말해서, 음악이 심리적 부조화를 만드는 한
원인이 되고 마는 것이다. 부모들의 이 같은 음악 '행위'에 대한 기
대는 종종 자녀들에게 과도한 스트레스를 준다. 때로는 완전히 신
경쇠약에까지 이르는 아이들도 있다.

피아노 신동 홀란더는 토스카니니의 관현악단에서 제1바이올
린을 연주했던 완벽주의자 아버지를 두었는데, 어릴 적에 혼자 피
아노를 칠 때는 환희에 젖어 모든 걸 곧잘 잊어버리곤 하다가도 지
나친 요구를 하는 엄격한 선생님들 옆에서는 공포에 떨었다고 한
다. 그는 십 대가 되었을 때 연주회 연습을 하다가 갑자기 손이 굳
어져 몇 년 동안이나 꽉 쥐어진 손을 펼 수 없었다. 계속해서 부모
의 비판을 들어야만 하는 고통에서 벗어나고 싶었던 나머지 그의
의식 저변에 있던 어떤 잠재의식적 기제가 발동한 것이다. 이제 홀
란더는 심리적 원인으로 유발되었던 마비에서 벗어나 다른 재능
있는 어린 연주자들이 음악 그 자체를 즐길 수 있도록 도와주는 데
에 대부분의 시간을 할애하며 살고 있다.

악기 연주는 어릴 적에 배워야 가장 바람직하지만 성인이 되
어서 시작해도 늦지 않다. 성인을 가르치는 전문 교사들도 있으며,
나이 오십을 넘겨 피아노를 배우기로 결심하는 사업가도 많다. 교
회 성가대에서 노래하거나 아마추어 현악 앙상블에서 연주하는 일
은 자신과 다른 사람의 기술이 한데 어우러지는 경험을 할 수 있는
가장 유쾌한 방법이다. 요즘은 컴퓨터 프로그램을 이용한 정교한
소프트웨어 덕분에 한결 쉽게 작곡을 할 수도 있으며, 자신이 작곡

한 음악을 즉시 들어볼 수도 있다. 조화로운 화음의 작곡법을 배우는 건 다른 복합적 기술을 숙달하는 것과 마찬가지로 즐거운 것인 동시에 자아를 한층 강화시켜주는 것이기도 하다.

맛보는 기쁨

〈윌리엄 텔〉을 비롯해 많은 오페라를 작곡한 로시니는 "사랑과 심장의 관계는 식욕과 위장의 관계와 같다고 볼 수 있다. 위장은 우리의 감정이라는 오케스트라를 이끌고 활기차게 해주는 지휘자이다."라고 말했는데, 이는 로시니가 음악과 음식의 관계를 잘 이해하고 있음을 보여준다. 음악이 우리의 감정을 조절한다고 한다면, 음식도 이런 기능을 한다고 볼 수 있다. 전 세계에 있는 모든 훌륭한 요리가 이 같은 지식을 바탕으로 하고 있다.

최근 몇 권의 요리책을 펴낸 독일의 물리학자 마이어 라이프니츠도 다음과 같이 음악을 요리에 비유한 바 있다. "최고급 식당에서 식사하는 걸 대규모 콘서트에 비유한다면, 집에서 요리를 할 때 느끼는 기쁨은 마치 거실에서 현악 4중주를 연주하는 것과 같다."

미국 역사의 초기 200여 년 동안에는 음식 만들기에 대한 사람들의 태도가 아주 현실적이었다. 25년 전까지만 하더라도 실컷 먹는 건 괜찮지만, 음식에 대해서 법석을 떠는 건 좀 사치스럽고 퇴폐적인 행동으로 간주하는 게 일반적이었다. 물론 지난 20년 동안 이런 경향이 급격하게 뒤바뀌어 지금은 지나친 식도락에 관한 초기의 우려가 어느 정도 들어맞는 것처럼 보이기도 한다. 요즘에는 식도락가와 포도주광들이 생겨나 요리를 맛보는 즐거움을 마치 신흥종교의 의식만큼이나 진지하게 여기기도 한다. 각종 요리 잡지가 쏟아져 나오고, 슈퍼마켓의 냉동 음식 칸에는 온갖 종류의 요리가 가득 차 있으며, 수많은 요리사가 텔레비전에서 갖가지 요리 쇼를 인기리에 진행하고 있다. 얼마 전까지만 하더라도 이탈리아나 그리스 요리가 최고의 이국적 성찬으로 여겨졌는데 말이다. 한 세대 전까지만 해도 반경 100마일 이내에 스테이크와 감자 요릿집 외에는 마땅한 음식점이 없었던 어떤 지역에서는 이제 훌륭한 베트남 음식점, 모로코 음식점, 페루 음식점 등을 발견할 수 있게 되었다. 지난 몇십 년에 걸쳐 일어난 미국 생활양식의 변화 중에서 음식에 관한 태도만큼 놀랍도록 급격히 변한 것은 없을 듯하다.

먹는다는 건 성행위와 마찬가지로, 우리 신경 체계에 내재된 기본적인 즐거움 중의 하나이다. 경험표집방법ESM으로 조사한 결과, 식사할 때는 고도의 집중과 자긍심, 자신감 등과 같은 차원에서의 플로우를 경험할 수 없지만, 고도로 복잡해진 도시에서조차 사람들은 여전히 식사 시간에 가장 행복해하고 마음 편해한다는 결론을 얻었다. 그러나 다른 모든 문화에서도 우리와 마찬가지로 단지 열량을 섭취하는 단순한 이 과정이 즐거움과 기쁨을 주는 하나의 예술 형태로 변화되어왔다는 걸 알 수 있다.

음식을 만드는 것도 다른 모든 플로우 활동에 적용되는 원칙에 따라 발전되어왔다. 그 원칙이란 바로 사람들이 행동의 기회를 ― 이 경우는 그들 주변에 있는 다양한 먹을 수 있는 물질들을 ― 잘 활용했다는 점이다. 세밀하게 주의를 기울인 결과, 사람들은 식재료의 특성을 좀 더 자세히 구별할 수 있게 되었다. 소금은 육류를 보전시켜주고, 계란은 음식물 겉에 입히거나 식재료를 서로 붙일 때 사용하면 좋으며, 마늘은 그 자체의 맛은 강하지만 의약적 효과가 있고 또 적당량을 사용하면 다양한 음식에 미묘한 맛을 더해준다는 사실 등을 알아냈다. 이 같은 특성을 일단 알게 된 후에 사

람들은 이 재료들을 가지고 다양한 시도를 해보았으며, 결국 최고
로 맛의 기쁨을 느낄 수 있도록 갖가지 재료를 혼합하는 원칙을 개
발하게 되었다. 이러한 원칙이 다양한 요리법으로 발전하게 된 것
이다. 이와 같은 요리법의 다양성이야말로 상대적으로 제한된 수의
식재료를 가지고도 거의 무한하리만큼 광범위한 플로우 경험을 도
출해낼 수 있다는 사실을 잘 보여준다.

　창의적 요리법은 대부분 군주들의 식상한 미각을 살리기 위
해 만들어졌다. 그리스의 철학자 크세노폰은 과장을 약간 보태어,
약 2,500년 전에 페르시아제국을 지배했던 키루스 대왕에 관해 다
음과 같은 글을 썼다. "… 수많은 사람이 페르시아 왕이 즐겁게 마실
수 있는 것을 찾기 위해 지구 구석구석을 돌아다닌다. 또 다른 만 명
의 사람은 '왕이 드실만한 좋은 것이 없을까' 하며 늘 새로운 요리법
을 궁리해낸다." 그렇지만 음식을 가지고 여러 가지 시도를 해보는
게 반드시 지배계급에만 국한된 일은 아니었다. 예를 들어, 동유럽
에서는 농촌 여성들이 일 년 내내 다른 수프를 요리할 수 있는 실력
을 갖추기 전까지는 아직 결혼할 준비가 되지 않았다고 여겼다.

　우리 문화에서는 고급 요리에 대한 관심이 높아졌는데도 여
전히 많은 사람이 먹는 일에 관해 거의 신경을 쓰지 않는다. 따라
서 풍부한 즐거움을 느낄 수 있는 잠재적 기회를 놓치고 있다. 그저
생물학적 요구에 따라 먹는 행위를 플로우 경험으로 변화시키려면
우선 자신이 무엇을 먹는가에 관심을 기울여야 한다. 집에 온 손님
이 정성 들여 장만한 요리를 알아주는 기색조차 없이 꿀꺽꿀꺽 삼
켜버린다면, 실망스러울 뿐 아니라 놀랍기까지 할 것이다. 이런 처
사는 값진 경험을 낭비해버리는 무신경의 극치라고 할 수 있다. 분
별력 있는 미각을 개발하기 위해서는 다른 모든 기술의 경우와 마
찬가지로, 심리 에너지를 투자해야 한다. 그러면 투자한 에너지의

몇 배가 즐거운 보상이 되어서 돌아온다.

먹는 것을 진정으로 즐기는 사람은 시간이 갈수록 특정 요리에 관심을 갖게 되고, 그러다 보면 그 음식의 역사와 독특한 특성도 알게 된다. 이런 사람들은 각 지방의 고유 언어로 요리법을 배울 뿐만 아니라 그 지역의 요리 분위기를 재현하는 법까지 배운다. 만일 중동 요리가 전문이라면 최고의 홈무스(콩죽 — 옮긴이) 요리법을 알 것이며, 어디에 가야 가장 질 좋은 타히니(깨를 갈아 만든 중동의 소스 — 옮긴이)나 신선한 가지를 구할 수 있는지를 알 것이다. 만약 베니스 요리 애호가라면 어떤 종류의 소시지가 폴렌타(옥수수죽 — 옮긴이)와 가장 잘 어울리며, 참새우 대용으로는 어떤 종류의 새우가 가장 좋은가 등을 배우게 될 것이다.

스포츠와 성, 심미적 시각 경험 등 신체적 기술과 관련된 다른 모든 플로우 경험과 마찬가지로, 먹는 행위도 우리가 통제할 수 있다면 큰 즐거움이 될 수 있다. 단지 유행이기 때문에 미식가나 와인 감식가가 되고자 한다면, 또는 외부로부터 강제된 목표의 일환으로 미각적 기술을 터득하고자 한다면 미각을 잘 발달시키기가 어려울 것이다. 그러나 탐구심과 호기심으로 먹는 일이나 요리에 접근한다면, 그리고 자신의 전문 기술을 과시하려고 하기보다는 경험 그 자체를 위해 음식이 지닌 여러 가지 잠재성을 찾아내고자 한다면 잘 개발된 미각은 플로우를 경험할 수 있는 많은 기회를 제공해준다.

미각적 기쁨에 수반되는 위험성은 — 여기서 다시 한 번 강조하건대, 성 행위와 마찬가지로 — 중독될 수도 있다는 것이다. 폭음과 폭식, 호색이 일곱 가지 원죄에 포함되는 건 우연이 아니다. 초기 교회의 설립자들은 육체의 환락에 지나치게 탐닉하면 심리 에너지가 고갈되어 다른 목표들을 등한시하게 된다는 사실을 잘 알고 있었다. 이처럼 청교도들이 즐거움을 불신하게 된 이유는, 만약 사람들이 유전적 욕구의 맛을 한 번 보게 되면 다시 한 번 맛보기를 점점 더 원하게 되어 그 갈망을 충족시키느라 다른 일에 할애하는 시간이 줄어들고 만다는 우려 때문이었다.

그러나 그 갈망을 무조건 억제하는 게 미덕은 아니다. 두려움 때문에 스스로를 억제하는 삶은 필연적으로 위축되게 마련이다. 그런 사람들은 방어적이며, 점점 완고해져서 자아가 더 이상 성장하지 않는다. 오직 자율적으로 선택한 규율을 통해서만 인생을 즐기면서도 이성의 한도를 벗어나지 않는 사람이 될 수 있다. 어쩔 수 없어서가 아니라 스스로 원해서 자신의 본능적 욕망을 조절할 수 있어야만 중독되지 않고도 즐거움을 누릴 수 있다는 것이다. 음식에 광적으로 집착하는 사람은 맛있는 음식을 거부하는 금욕주의자처럼 스스로에게나 다른 이에게 권태감을 준다. 이 양극단 사이에서 삶의 질을 향상시킬 수 있는 여지는 얼마든지 있다.

몇몇 종교에서는 사람의 신체를 '신의 성전' 또는 '신의 그릇'이라고 은유적으로 표현하는데, 무신론자라 할지라도 이 말의 의미를 충분히 상상할 수 있을 것이다. 인간이라는 유기체를 구성하는 서로 연결된 각 세포와 기관이 우리로 하여금 우주의 다른 존재와 접촉하게 해주는 하나의 도구가 된다는 것이다. 신체라는 것은 경이로운 우주 공간에서 가능한 한 많은 정보를 얻어낼 수 있도록 정밀한 장치를 가득 장착한 탐사 로켓과도 같다. 바로 이 같은 육체를 통해서 우리는 다른 사람과도, 그리고 세상과도 관계를 맺고 있다. 우리가 흔히 잊어버리기 쉬운 점은 이런 관계가 얼마나 즐거운 것이 될 수 있는가 하는 것이다. 우리의 육체는 감각기관을 사용할 때마다 긍정적인 느낌을 일으켜 우리 자신의 몸 전체가 아름답게 조화를 이룰 수 있도록 진화되어왔는데도 말이다.

신체에 내재된 플로우의 잠재성을 깨닫는 건 비교적 쉬운 일이다. 특별한 재능이 없어도 되고, 많은 돈을 소비하지 않아도 된다. 이전에는 간과해버렸던 우리의 신체적 능력 가운데 한두 가지를 탐사해봄으로써 누구라도 자기 삶의 질을 크게 향상시킬 수 있다. 물론 한 사람이 여러 방면에서 높은 수준의 복합성에 이르기는 어렵다. 운동선수나 무용가, 혹은 그림과 음악, 맛의 비평가가 되는 데 필요한 기술은 아주 어려워서 한 사람이 평생 동안 몇 개 이상의 기술을 숙달하기란 쉽지 않다. 그러나 모든 분야에서 애호가가 되는 것, 다시 말해 신체의 각 기능을 통하여 즐거움을 찾을 수 있을 만큼의 기술을 개발하는 건 분명 가능한 일이다.

06

The Flow of Thought

지적 활동으로
플로우 찾기

반드시 감각을 통해서만 인생의 좋은 경험을 얻을 수 있는 건 아니다. 우리가 하는 가장 유쾌한 경험 가운데 상당한 부분이 감각보다는 사고 능력에 도전하는 정보를 통해 생겨난다. 프랜시스 베이컨이 400여 년 전에 언급한 바와 같이, 지식의 씨앗이 되는 경이감이야말로 가장 순수한 형태의 즐거움이라고 할 수 있다. 거의 모든 신체적 기능이 플로우 활동이 될 잠재성을 지니고 있는 것과 마찬가지로, 모든 정신 작용도 나름대로의 독특한 즐거움을 제공해줄 수 있다.

지적으로 추구할 수 있는 많은 일 가운데 세계적으로 가장 자주 거론되는 플로우 활동은 아마도 독서일 것이다. 지적 수수께끼를 푸는 것도 가장 오래된 즐거움 중의 하나이며, 이는 철학과 현대 과학의 뿌리가 되기도 했다. 어떤 사람들은 악보를 읽는 기술이 너무나 뛰어나 실제 연주를 들을 필요가 없으며, 따라서 음악을 듣는 것보다 오히려 교향곡의 악보를 읽는 것을 더 좋아하기도 한다. 이들의 머릿속에 있는 가상의 음이 실제 연주보다 훨씬 더 완벽하기 때문이다.

이와 유사하게, 미술 작품 감상에 많은 시간을 보내는 사람들은 작품을 순수하게 시각적인 측면에서 음미하기보다는 그 작품이 갖는 정서적·역사적·문화적 측면을 더 깊이 음미하곤 한다. 예술 분야에 종사하는 어느 전문가는 이를 다음과 같이 표현한 바 있다. "내가 개인적으로 가장 감명을 받은 작품들 속에는 많은 개념적·정치적·지적 활동이 담겨있습니다. 눈에 보이는 아름다운 부분은 단지 간판에 불과합니다. 세상에서 유일무이한 이 작품들은 단순히 시각적 요소의 합슴이 아니라, 예술가가 시각적 수단을 통해 자신의 인식과 감각을 결합시켜서 창조한 '사고의 기계'입니다."

이 사람은 하나의 미술 작품을 통해서 단지 그림만 감상하는 게 아니다. 화가가 살았던 시대의 문화적·역사적 배경뿐만 아니라 그 화가의 감정과 희망, 그리고 사상까지도 볼 수 있는 것이다.

세밀하게 주의를 기울여 보면, 운동과 음식, 성과 같이 육체적 즐거움을 주는 활동에서도 이와 비슷한 정신적 측면을 발견할 수 있다. 신체의 기능이 수반되는 플로우 활동과 정신 작용이 수반되는 플로우 활동을 구분 짓는 건 형식적인 일에 불과하다. 어떤 신체적 활동이든 간에 즐거운 것이 되려면 정신적 요소가 필요하기 때문이다. 운동선수들은 어느 한계 이상으로 자신의 성적을 향상시키기 위해서는 먼저 정신을 가다듬는 법부터 익혀야 한다는 사실을 너무도 잘 알고 있다. 그렇게 함으로써 운동선수들은 좋은 컨디션뿐만 아니라 개인적인 성취감과 자긍심이 강화되는 경험까지 내적 보상으로 얻게 된다. 역으로 모든 정신적 활동을 위해서는 신체적 상태가 중요하다. 예를 들어, 체스는 가장 두뇌를 많이 쓰는 게임 중의 하나이지만, 체스의 고수들은 달리기나 수영을 하면서 늘 체력을 다져야 한다. 육체적으로 건강하지 못하면 체스 대회에서 장시간 동안 고도로 정신을 집중한 상태로 오래 버티지 못한다는 사실을 잘 알기 때문이다. 요가에서는 육체적 기능을 통제하는 법을 먼저 습득함으로써 의식의 통제를 준비하며, 궁극에 이르러서는 의식과 육체가 자연스레 하나로 합쳐진다.

플로우는 한편으로는 근육과 신경의 사용을, 다른 한편으로는 의지와 사고, 감정을 언제나 요구한다. 그러나 육체적 감각의 중재를 통하지 않고도 우리 마음에 질서를 부여하는 즐거운 활동을 찾을 수 있다. 이런 활동들은 언어와 수학, 컴퓨터 언어와 같은 추상적 기호에 의존해 그 효과를 낼 수 있다는 점에서 본질상 **상징적**이라고 할 수 있다. 상징체계는 별도의 현실을 제공해주어 그 세계 안에서만 가능하고 그 밖의 곳에서는 별 의미가 없는 행동을 취할 수 있도록 해준다는 점에서 하나의 게임이라 하겠다. 상징체계 안에서의 '행동'이란 개념들을 정신적으로 다루는 일이라고 할 수 있다.

정신적 활동을 즐기기 위해서는 육체적 활동을 즐겁게 만들어 주는 조건과 똑같은 조건이 충족되어야 한다. 상징 영역 안에서 필요한 기술이 있어야 하며, 규칙과 목표, 피드백을 얻어낼 수 있는 방법이 있어야 한다. 또한 정신을 집중하여 자신의 기술 수준에 맞는 기회들과 상호작용할 수 있어야만 한다.

현실적으로 이처럼 질서 있는 정신적 상태에 도달한다는 게 말하는 것만큼 쉬운 것은 아니다. 우리가 흔히 생각하는 바와는 달리, 정상적인 정신 상태는 카오스, 즉 혼돈 상태이다. 훈련을 받지 않고서는, 그리고 외부 세계에 주의를 집중할만한 대상 없이는 사람들은 한 번에 몇 분 이상 집중할 수 없다. 영화를 볼 때나 교통 체증 속에서 운전을 할 때처럼 외적 자극이 주어질 때는 그나마 집중하기가 비교적 쉽다. 재미있는 책을 읽는다고 할지라도 대부분의 사람은 몇 페이지를 읽고 나면 집중도가 떨어져서 딴 생각을 한다. 그 시점에서 만일 책을 계속 읽고자 한다면 관심을 다시 책으로 돌리려는 노력을 의도적으로 해야 한다.

우리는 정신을 통제할 수 있는 우리의 능력이 얼마나 미약한지를 잘 깨닫지 못한다. 왜냐하면 습관을 통해 심리 에너지가 너무도 잘 배분되는 까닭에 정신의 통제가 거침없이 계속 이어지는 것처럼 보이기 때문이다. 아침에 자명종 시계가 울리면 우리는 잠에서 깨어 의식을 찾은 후 욕실로 가서 이를 닦는다. 그러고 나면 문화가 규정해주는 사회적 역할이 우리의 생각을 정리해준다. 하루가 저물 때까지 우리는 일정한 양식에 따라 자동적으로 행동하다가 밤이 되면 잠을 자면서 의식을 잃어버린다. 그러나 특별하게 할 일이 없는 상태로 혼자 남겨졌을 때는 본능적인 무질서가 드디어 모습을 드러낸다. 별로 할 일이 없으니 이것저것 생각해보다가 대개는 뭔가 고통스럽고 신경 쓰이는 일에 생각이 멈춘다. 생각을 정리하는 법을 알지 못하면 현재 가장 문제가 되는 일로 관심이 모아진다. 실제 혹은 가상의 고통이나 최근에 유감스러웠던 일, 또는 오래된 갈등 등에 관심이 쏠린다. 이런 쓸모도 없고 즐겁지도 않은 엔트로피가 바로 정상적인 의식의 상태이다.

이런 상태를 피하기 위해 지금 당장 손쉽게 얻을 수 있는 정보로 — 그것이 어떤 것이든 간에 — 머릿속을 채움으로써 더 이상 부정적인 생각을 하지 않으려고 하는 건 어찌 보면 당연한 일이다. 바로 이 설명이 사람들이 그리 즐기지도 않으면서 왜 그렇게 막대한 시간을 텔레비전 보는 일에 소모하는가 하는 의문을 풀어준다. 독서나 다른 사람과의 대화, 혹은 취미 활동과 비교해볼 때 텔레비전 시청은 사람들에게 심리 에너지를 최소한으로 투자하고도 쉽고 지속적으로 주의를 집중하게 해준다. 텔레비전을 보고 있는 동안은 골치 아픈 개인적 문제를 떠올리게 될까 봐 염려할 필요가 없다. 일단 사람들이 정신적 혼돈 상태를 극복하기 위해 이런 미봉책을 쓰기 시작하면 그 습관을 버리기란 거의 불가능하다.

물론 텔레비전을 시청하는 것처럼 어떤 외적 자극에 정신을 내맡기기보다는 습관을 통해서 정신을 통제하는 것이 의식의 혼돈 상태를 피하는 바람직한 방법이다. 그러나 정신을 통제하는 습관을 들이기 위해서는 연습이 필요하며, 플로우 활동에 으레 따르는 목표와 규칙이 있어야 한다.

예를 들어, 정신을 이용하는 가장 단순한 방법 가운데 하나로 공상을 들 수 있다. 공상은 마음속에서 가상으로 어떤 일련의 사건을 그려보는 것이다. 그러나 생각을 정리하는 일에 이처럼 쉬워 보이는 방법조차 적용하지 못하는 사람도 많다. 공상 및 정신적 심상에 대해 다른 어떤 학자보다 연구를 많이 한 예일 대학의 싱어 교수에 따르면, 전혀 공상을 할 줄 모르는 아이들도 많다고 한다.

공상은 유익한 점이 많다. 먼저, 공상은 가상으로나마 불쾌한 현실을 보상해줌으로써 — 자신에게 해를 끼친 사람이 벌 받는 상황을 상상하면서 좌절감이나 적개심을 어느 정도 해소시키는 것처럼 — 감정의 질서를 수립하는 데 도움을 준다. 또한 공상은 의식의 복합성을 높이는 데에도 큰 도움을 줄 수 있다. 예컨대, 아이들이 — 어른들도 마찬가지로 — 상상을 통해 문제가 일어난 당시 상황을 반복적으로 재현해봄으로써 지금껏 문제 해결에 최선이라고 생각해왔던 방법을 수정할 수도 있고, 다른 대안을 생각해보며 예상치 못한 결과를 발견할 수도 있는 것이다. 기술을 닦는다면 공상도 아주 즐거운 활동이 될 수 있다.

이번 장에서는 정신적 질서를 확립하도록 도와주는 제반 조건을 고찰하면서 기억력이 담당하는 중요한 역할과 언어의 적절한 사용을 통해 플로우 경험을 이끌어내는 방법을 먼저 살펴보기로 한다. 그 다음으로는 일단 규칙을 알게 되면 아주 즐거운 활동이 될 수 있는 세 가지 상징체계, 즉 역사와 과학, 철학에 관해 검토해보기로 한다. 다른 많은 학문 분야를 모두 언급할 수도 있겠으나, 이 세 가지 분야에 대한 분석이 다른 분야에도 적용될 수 있으며, 누구든지 원하면 이 세 가지 '정신적 게임'을 즐길 수 있으므로 이 정도로도 충분할 것이다.

기억 : 과학의 어머니

그리스 사람들은 기억력을 의인화해서 기억의 여신을 만들었다. 그리고 아홉 뮤즈 여신의 어머니인 기억의 여신이 모든 예술과 과학을 낳았다고 믿었다. 우리에게 기억 능력이 없다면 다른 정신 작용을 가능하게 해주는 규칙을 따를 수 없다는 의미에서 볼 때, 기억력은 가장 오래된 정신의 기술이라고 할 수 있다. 기억이 없었다면 논리도, 시詩도 존재하지 못했을 것이며 과학의 기초도 세대가 바뀔 때마다 매번 재발견해야만 했을 것이다.

종種의 역사적 측면에서도 기억은 아주 중요한 위치를 차지한다. 문자로 기록할 수 있는 체계가 발명되기 이전에는 모든 학문적 정보가 한 사람의 기억에서 다른 사람의 기억으로 전해졌다. 인간 개개인의 역사적 측면에서도 이는 마찬가지이다. 기억을 할 수 없는 사람은 이전의 경험을 통해 얻은 지식에서 단절되어 정신에 질서를 가져다주는 의식의 틀을 형성할 수 없다. 우리의 기억이 갖는 중요성에 대해 부뉴엘은 다음과 같이 말한 바 있다. "기억이 없는 삶은 삶이라고 할 수 없다. 우리의 기억은 우리의 이성이며, 우리의 감정이자 심지어 우리의 행동이기도 하다. 기억이 없다면 우리는 쓸모없는 존재이다."

모든 형태의 정신적 플로우는 직접적으로나 간접적으로 기억에 의존한다. 정보를 조직하는 방법 가운데 역사적으로 가장 오래된 방법은 자신의 혈통 — 즉 각각의 사람을 한 종족 또는 한 가족의 일원으로 존재하게 해준 조상들 — 을 회상하는 것이다. 구약성서의 앞부분에 특히 혈통에 관한 정보가 그렇게도 많이 나오는 건 우연이 아닌 것이다(예를 들어 창세기 10장 26~29절을 보면 "욕단은 알모닷과 셀렙과 하살마웻과 예라와 하도람과 우살과 디글라와 오발과 아비마엘과 스바와 오빌과 하윌라와 요밥을 낳았으니…").

자신의 뿌리와 친지를 안다는 건 사회질서를 구축할 마땅한 기반이 없던 시대에는 사회질서를 형성하는 데 있어 없어서는 안 되는 방법이었다. 문자를 사용하기 이전의 문화에서 조상의 이름을 줄줄이 암송하는 건 아주 중요한 일이었으며, 오늘날에도 이렇게 할 수 있는 사람은 큰 즐거움을 얻을 수 있다. 기억을 함으로써 목표를 달성하게 되고, 목표를 달성함으로써 의식에 질서가 성립되기 때문에 기억한다는 건 즐거운 일이 된다. 한동안 찾지 못하던 자동차 열쇠 따위의 물건들을 어디에 두었는지 기억해낼 때 느끼는 순간적인 만족감을 우리는 잘 알고 있다.

수십 세대를 거슬러 오르는 수많은 조상의 이름을 기억한다는 건 계속되는 삶의 흐름 속에서 자신의 위치를 찾고자 하는 욕구를 충족시켜준다는 점에서 특히 즐거운 것이다. 조상의 이름을 기억함으로써 인간은 아득한 옛날부터 알 수 없는 먼 미래까지를 연결해주는 사슬의 한 고리가 된다. 오늘날 우리 문화에서 혈통의 역사가 그 실질적 의미를 모두 상실했다고는 하나, 아직도 사람들은 자신의 뿌리에 대해 생각하고 말하기를 즐긴다.

우리 조상들은 혈통뿐만 아니라 그들이 지녔던 환경 통제 능력과 관련된 모든 사실까지도 기억을 통해 우리에게 전해주고 있다. 수많은 식용 약초와 과일, 건강 정보와 행동 규칙, 상속 양식과 법률, 지리적 지식과 과학기술의 기초, 값진 지혜 등이 누구나 쉽게 기억할 수 있는 격언과 운문으로 묶여 전해져왔다. 인쇄 기술이 발달하기 이전에는 인간 지식의 대부분이 오늘날 텔레비전 아동 프로그램 〈세서미 스트리트〉에서 작은 인형들이 나와서 부르는 '알파벳 노래'와 유사한 형태로 집적되어 있었다.

네덜란드의 위대한 문화 역사가 호이징가는 수수께끼 게임을 체계적 지식의 가장 중요한 전신으로 생각한다. 고대 문화에서는 한 종족의 연장자들끼리 수수께끼 실력을 겨루었는데, 그 방식은 한 사람이 숨겨진 인용구가 가득한 구절을 노래로 부르면, 다른 사람이 그 노래에 담긴 숨은 의미를 해석해내는 것이었다. 흔히 수수께끼의 전문가들끼리 벌이는 시합은 지역사회에서 구경할 수 있는 가장 흥미로운 지능 게임이 되곤 했다. 수수께끼의 규칙은 논리의 전신이라고 할 수 있으며, 그 내용은 우리 조상들이 간직할 필요를 느꼈던 사실적 지식을 전수하는 역할을 했다. 어떤 수수께끼들은 상당히 단순하고 쉬웠다.

다음 운문은 그중의 하나로, 웨일즈 지방의 음유시인들이 읊던 것을 게스트가 번역한 것이다.

> 무엇인지 알아맞혀 보세요.
>
> 노아의 홍수 이전부터 있던 것인데
>
> 살도 없고, 뼈도 없으며,
>
> 정맥도 없고, 피도 없는 것,
>
> 머리도 없고, 발도 없지요. …
>
> 들에도 있고, 숲에도 있는데 …
>
> 손도 없고, 발도 없어요.
>
> 또한 넓기는
>
> 지구 표면만큼 넓답니다.
>
> 이건 태어난 것도 아니고,
>
> 눈으로 볼 수 있는 것도 아니지요 . …

이 수수께끼의 답은 '바람'이다.

드루이드Druides(켈트 다신교의 성직자, 지식을 오직 말로만 전하고 기록을 남기지 않았다 - 편집자) 시인과 음유시인들이 읊던 다른 수수께끼들은 이보다 훨씬 길고 복잡했으며, 비밀스런 전승 지식의 단편이 운문 속에 교묘히 감추어져 있었다. 예를 들어 그레이브스에 따르면, 고대 아일랜드와 웨일즈의 현자들은 그들의 지식을 기억하기 쉬운 시에 저장해놓았다고 한다. 그들은 종종 정교한 비밀 암호를 사용하였다. 예컨대 다음의 시에서 보듯이, 나무의 이름이 각 철자를 상징하고 있어서 나무 이름을 모아 단어를 만들어냈다.

다음은 고대 웨일즈의 음유시인들이 읊었던 〈나무들의 전투〉라는 길고도 이상한 시의 67~70행이다.

최전선에 있는 오리나무들이
전투를 시작했네.
버드나무와 마가목들은
대형을 이루어 느릿느릿 움직였네.

이 시에서 암호화된 문자는 드루이드 비밀 철자법에서 오리나무alders가 상징하는 F, 버드나무willow가 상징하는 S, 마가목rowan-tree이 상징하는 L이다. 이런 식의 철자 사용법을 아는 극소수의 드루이드인만이 숲 속 나무 사이에서 전투를 노래하는 척하면서 실제로는 사실상 전수자들만이 해석할 수 있는 메시지를 전하는 시를 읊을 수 있었다. 물론 반드시 기억에 의존해야만 수수께끼를 풀 수 있는 건 아니다. 전문 지식과 풍부한 상상력, 문제 해결 능력 또한 필요하다. 그러나 기억력이 좋지 못한 사람은 수수께끼의 전문가가 될 수 없으며, 다른 어떤 정신적 기술에도 능통할 수 없다.

인간의 지능에 관한 최초의 기록이 만들어진 아주 먼 옛날부터 인류가 가장 중시해온 정신적 재능은 기억력이었다. 나의 할아버지는 고등학교를 졸업하기 위해 무려 3천 행에 달하는 〈일리아드〉를 그리스어로 암기해야 했는데, 그중 몇 구절을 일흔의 나이에도 기억하고 계셨다. 먼 지평선 너머를 그윽한 눈길로 응시하며 그 구절들을 암송하실 때마다 할아버지의 얼굴에서는 자부심이 느껴졌다. 〈일리아드〉의 각 운율은 할아버지의 마음을 젊은 시절로 되돌려놓곤 했다. 젊은 시절 그 구절을 외우면서 겪었던 경험이 단어 하나하나와 함께 되살아나는 것이다. 할아버지에게 있어서 시를 기억한다는 건 마치 시간 여행과도 같았다.

할아버지 세대는 지식이 암기와 동일시되던 시절을 살아왔다. 19세기에 접어들어 문자로 된 기록의 가치가 점점 떨어지고, 또 그런 기록을 손쉽게 구할 수 있게 되고 나서는 기억의 중요성이 극적으로 감소하기 시작했다. 오늘날에는 몇몇 게임 쇼에 출연하거나 퀴즈를 풀 때 말고는 뛰어난 기억력이 별로 쓸모없는 것이 되어버렸다. 그러나 기억할 게 전혀 없는 사람의 삶은 지극히 메마른 것이 될 수 있다.

20세기 초의 교육 개혁가들은 이런 가능성을 간과해버렸다. 그들은 연구 결과를 인용하여 '기계적 암기'가 정보를 저장하고 습득하는 데 효율적인 방법이 아님을 증명했다. 그 노력의 결과로 기계적 암기법이 학교에서 서서히 사라졌다. 만약 우리가 기억을 해야 하는 이유가 단지 실제 문제를 해결하기 위한 것이라면 개혁가들의 주장이 정당했다고 할 수 있다. 그러나 의식의 통제를 최소한 문제 해결 능력만큼 중요한 것이라고 판단한다면, 복잡한 양식의 정보를 암기하는 건 결코 헛수고라고 할 수 없다. 지속 가능한 내용을 담고 있는 정신이 그렇지 않은 정신보다 훨씬 더 풍부하기 때문이다. 창의성과 기계적 암기가 양립할 수 없다고 생각한다면 그건 오산이다. 예를 들어, 가장 독창적인 과학자들 가운데 상당수는 음악과 시, 또는 역사적인 정보를 광범위하게 외우고 있었다고 알려져 있다.

이야기와 시, 노랫말과 야구 기록, 화학 공식과 수학 연산, 역사적 날짜와 성경 구절, 그리고 지혜가 담긴 인용구 등을 기억할 수 있는 사람은 이런 기술을 연마하지 못한 사람보다 훨씬 유리한 입장에 있다. 그런 사람의 의식은 주변 환경의 질서에 구애받지 않는다. 혼자서도 언제나 시간을 즐겁게 보낼 수 있으며, 자신의 정신에 담겨있는 내용에서 의미를 찾는다. 다른 사람들은 이런저런 생각을 하다 혼란에 빠지지 않기 위해서는 텔레비전이나 독서, 대화나 약물 따위의 외부 자극이 있어야 하는 반면, 다양한 양식의 정보가 기억 속에 가득한 사람들은 자율적이며 독립적이다. 게다가 이들은 머릿속에 간직하고 있는 정보를 다른 사람과 함께 나눔으로써 자신과 상호작용하는 다른 이들의 의식에도 질서를 가져다줄 수 있기 때문에 친구나 동반자로서 훨씬 더 소중한 존재가 된다.

그렇다면 어떻게 해야 기억을 좀 더 값지게 만들 수 있을까? 가장 자연스러운 방법은 시나 훌륭한 요리, 전쟁의 역사이나 야구 등 자신이 진정으로 관심 있는 주제를 찾아낸 다음, 그 특정 분야의 핵심적인 사실과 인물에 주의를 기울이는 것이다. 하나의 주제를 충분히 이해하게 되면 기억할만한 가치가 있는 게 무엇인지 저절로 알게 된다.

여기서 짚고 넘어가야 할 중요한 사항이 있다. 일련의 사실을 반드시 외워야만 한다는 **의무감을 갖지 말 것이며**, 또한 반드시 암기해야만 하는 어떤 목록이 있는 것도 아니라는 점이다. 어떤 내용을 기억 속에 담아두고 싶다고 스스로 결정을 내리면, 필요한 정보가 자신의 통제 아래 놓이게 될 것이다. 이렇게 되면 암기를 하는 모든 과정이 외부에서 강제된 귀찮은 작업이 아니라 즐거운 과업이 될 수 있다. 미국의 남북전쟁사에 심취한 사람이라고 해서 모든 주요 전투를 날짜순으로 기억할 필요는 없다. 예를 들어, 대포에 관심 있는 사람이라면 대포가 주요한 역할을 담당했던 전투에만 관심을 가지면 된다. 어떤 사람들은 종이에 자신이 고른 시나 인용구

등을 써 가지고 다니면서 지루하거나 의기소침해질 때마다 그걸 들여다보곤 한다. 자신이 가장 아끼는 서정시나 문구가 항상 가까 이에 있다는 사실을 아는 것만으로도 어떤 통제력을 갖게 된다는 건 놀라운 일이다. 그러나 이런 서정시나 문구를 일단 기억에 저장 하고 나면 일종의 소유 의식 — 다시 말해, 자신이 기억하는 사실과 하나로 연결되는 듯한 일치감 — 을 더욱 강하게 느낄 수 있다.

물론 어떤 영역의 정보를 거의 정복한 사람이 그 정보를 이용 해 다른 사람에게 자신을 과시하며 지루함을 주게 될 가능성은 언 제든지 있다. 우리 주위에는 자신의 기억력을 과시하지 않고는 견 디지 못하는 사람이 한두 명쯤은 늘 있게 마련이다. 그러나 이 같은 일은 다른 사람에게 과시하려는 목적으로 암기를 하는 경우에만 발생한다. 내적 동기가 있는 사람들, 다시 말해 어떤 사실에 진정으 로 관심이 있으며, 환경을 통제하려고 하기보다 의식을 통제하고자 하는 사람들은 다른 사람에게 지루하고 따분한 존재가 될 가능성 이 거의 없다.

정신적 게임의 규칙

기억만이 머릿속에서 일어나는 일을 구조화하는 유일한 도구는 아 니다. 일정한 패턴이나 유사성, 규칙성이 없는 사실은 아무리 암기 해봐야 아무런 소용이 없다. 가장 간단한 구조화는 사물에 이름을 붙이는 것이다. 우리가 만들어낸 단어들은 별개의 사건들을 일반적 인 범주로 묶어준다.

단어의 힘은 실로 엄청나다. 창세기 1장을 보면, 하나님께서는 낮과 밤, 하늘과 땅, 바다, 그리고 모든 생물을 창조하는 동시에 이름을 지어주심으로써 창조의 과정을 종결하셨다. 요한복음은 "이 세계가 창조되기도 전, 태초에 이미 '말씀'(이 책에는 Word(단어)로 되어있으나, 맥락을 고려하여 성경대로 '말씀'으로 번역함 — 옮긴 이)이 계시니라…"로 시작되며, 헤라클레이토스도 지금은 거의 유실된 그의 책 도입부에서 다음과 같이 말한 바 있다. "단어Word(Logos)는 영원으로부터 온 것이나, 인간은 이 단어를 처음 들은 후에도 듣기 전과 마찬가지로 잘 이해를 못하느니…."

위의 언급들은 모두 경험을 통제하는 데 단어가 차지하는 중요성을 잘 나타내주고 있다. 상징체계의 기반이 되는 대부분의 단어는 추상적인 사고를 가능하게 해주며, 정신적 능력을 신장시켜 더 많은 자극을 축적하도록 해준다. 정보를 정리해주는 체계가 없다면 가장 명석한 기억력을 가진 사람일지라도 의식의 혼돈에 빠지게 될 것이다.

이름이 있고 나서야 숫자도, 개념도 있는 것이며, 그제야 비로소 숫자나 개념을 예상 가능한 방식으로 한데 결합시켜주는 기초적 규칙이 생겨난다. 기원전 6세기경 피타고라스와 그의 제자들은 천문학과 기하학, 음악과 산수를 망라할 수 있는 공통적 수의 법칙을 발견하려는 거대한 규모의 정리 작업에 착수했다. 이들의 작업을 종교와 구분 짓기 어려운 건 그리 놀랄만한 일이 아니다. 둘 다 우주의 구조를 표현하는 방법을 찾고자 하는 유사한 목표를 추구했기 때문이다. 2천 년이 지난 후에는 케플러가, 그 다음으로 뉴턴이 여전히 같은 목표를 추구했다.

이론적 사고는 항상 상상력을 동원하며 수수께끼와 같은 특징을 지니고 있다. 예를 들어, 기원전 4세기의 철학자이자 지금의 남부 이탈리아에 해당하는 도시국가 타렌툼의 최고 지휘관이었던 아르키타스는 다음과 같이 자문함으로써 우주에는 경계선이 없다는 것을 증명하였다. "내가 우주 외곽의 경계선에 도달했다고 생각해보자. 지금 내가 막대기를 집어던지면 어떤 결과가 생기게 될까?" 아르키타스는 막대기가 다른 공간으로 던져질 거라고 생각했다. 그러나 만일 그렇게 된다면 우주의 경계선 밖에 공간이 또 있는 것이니, 막대기가 던져진 곳은 아직 우주의 경계선이 아닌 것이요, 따라서 경계선은 없다라고 결론지었다.

만일 아르키타스의 추론이 원시적으로 보인다면, 아인슈타인의 경우를 상기해보는 것도 도움이 될 것이다. 아인슈타인은 각기 다른 속도로 달리는 기차에서 바라본 시계가 서로 다르지 않다는 지적인 실험을 통해서 자신의 상대성 원리를 증명하지 않았던가?

모든 문명은 이야기나 수수께끼 외에도 기하학적 표현과 공식 등의 형태와 같이 정보를 결합시켜주는 한층 더 상징적인 규칙을 점차 개발해냈다. 이런 공식의 도움으로 별의 움직임을 기술하고, 사계의 변화를 정확히 예측하며, 지구를 정확하게 그려내는 일이 가능하게 되었다. 추상적 지식, 그리고 마침내 현재 우리가 경험적 과학이라고 알고 있는 지식도 이런 규칙에서 발전된 것이다.

여기서 우리가 너무도 흔히 잊는 한 가지 사실을 강조하고자 한다. 그건 바로 철학과 과학은 생각하는 일 자체가 즐겁기 때문에 개발되고 계속 발전해왔다는 사실이다. 만약 사상가들이 삼단논법과 숫자를 통해 의식 속에 질서를 찾는 일을 즐기지 않았다면, 오늘날 우리는 수학이나 물리학과 같은 학문을 접할 수 없었을 것이다.

그러나 이 같은 주장은 문명 발전에 관한 대부분의 현대 이론과 상충된다. 물질 결정론의 입장에 있는 역사가들은 우리의 사고가 인간이 살아가기 위해서 해야만 했던 일을 통해 형성되었다고 주장한다. 예를 들어, 산수와 기하학은 티그리스강과 유프라테스강, 인더스강과 양자강, 나일강과 같은 대규모 강을 따라 형성된 위대한 '수력水力 사용 문명'을 유지하는 데 필수 불가결했던 정확한 천문학적 지식과 관개 기술이 진화한 결과로 설명한다. 이런 입장을 견지하는 역사가들은 모든 창의적 단계를 전쟁과 인구학적 요인, 영토 확장과 시장 조건, 기술적 필요 또는 계층의 우위를 점하기 위한 투쟁 등과 같은 외적인 압력의 산물로 해석한다.

외적인 압력은 많은 아이디어 중에서 어느 것을 선택할 것인가를 결정하는 데 아주 중요한 역할을 한다. 그러나 이 아이디어들이 어떻게 만들어졌는가를 설명해주지는 못한다. 예컨대 영국과 미국이 한 편이 되어 원자폭탄을 두고 독일과 생사를 건 전쟁을 전개했기 때문에 원자력에 관한 지식의 발전과 활용이 엄청나게 가속화된 건 틀림없는 사실이다. 그러나 핵융합의 기초를 구축한 과학그 자체는 전쟁으로 생겨난 게 아니다. 훨씬 더 평화로운 상황에서토대를 쌓은 지식을 통해 생겨난 것이다. 가령 유럽의 물리학자들이 맥주 한 잔을 걸치며 수년 동안 논의해온 아이디어가 닐스 보어나 그의 동료들에게 전달되었던 것이다.

위대한 사상가들이 과학을 탐구한 동기는 언제나 물질적 보상보다는 사고하는 즐거움에 있었다. 가장 독창적인 고대 사상가 중의 한 명인 데모크리토스는 고향 사람들에게 많은 존경을 받았다. 그러나 고향 사람들은 데모크리토스를 전혀 이해하지 못했다. 생각에 골몰한 채 며칠씩 앉아있는 모습을 보고 데모크리토스의 행동이 어딘지 이상하며 아픈 것이 틀림없다고 추측했다. 그래서 위대한의사인 히포크라테스를 보내 자신들의 현인이 어디가 아픈 것인지를 진찰하게 했다. 훌륭한 의사였을 뿐 아니라 현명하기도 했던 히포크라테스는 데모크리토스와 함께 삶의 불합리에 대해 토론하고난 뒤, 현인이 아픈 데가 있다면 그건 그가 정신이 너무 온전하다는것일 뿐이라고 말해 고향 사람들을 안심시켜주었다. 데모크리토스는 미친 게 아니라 생각의 플로우 속에 빠져있었던 것이다.

　데모크리토스의 저서 가운데 아직 남아있는 단편들에는 사고를 통해서 얻는 보상을 그가 얼마나 즐겼는지가 잘 나타나있다. "무엇인가 아름답고 무엇인가 새로운 것을 생각한다는 건 실로 거룩한 일이다.", "행복은 힘이나 돈에 있지 않다. 행복은 진실과 다양함 속에 존재한다.", "나는 페르시아 왕국 전체를 얻는 것보다 차라리 하나의 참 진리를 발견하는 쪽을 택하겠다.", "유쾌함과 자신감은 최고의 선이다." 다시 말해, 데모크리토스는 의식을 통제하는 법을 익혔기 때문에 삶을 즐길 수 있었던 것이다.

　정신의 플로우에 도취되었던 인물로 보자면 데모크리토스가 그 첫 번째도 아니요, 마지막도 아니었다. 철학자들이 '넋 나간' 사람으로 간주되는 경우가 흔히 있었다. 그러나 이것은 철학자들이 실제로 얼이 빠져서 그런 게 아니라, 그들이 가장 선호하는 지식 세계의 상징적 형태 속에 몰두하여 일상의 현실을 잠시 잊었기 때문에 그렇게 보였던 것이다. 칸트가 끓는 물속에 자신의 시계를 집어넣고 손에 달걀을 든 채로 달걀 익는 시간을 재려고 했다면, 그건 그의 모든 심리 에너지가 추상적 사고를 조화롭게 정리하는 데 투자되었기 때문이라고 볼 수 있다.

　핵심은 생각한다는 것이 몹시도 즐거운 일이라는 것이다. 철학뿐만 아니라 새로운 과학적 아이디어가 출현하는 원동력은 학자가 현실을 설명할 수 있는 새로운 방법을 창안해내는 데서 얻는 기쁨이다. 생각의 플로우를 가능하게 해주는 도구는 누구나 소유할 수 있으며, 이는 학교와 도서관에서 구할 수 있는 책에 기록된 지식으로 구성되어있다. 시나 미적분의 규칙 등에 익숙한 사람은 점차 외부적 자극에 구애받지 않게 된다. 외부의 현실에 상관없이 스스로 질서 정연한 생각을 계속 떠올릴 수 있게 되는 것이다. 일단 자유자

재로 사용할 만큼 상징체계를 익히게 되면, 그 사람은 머릿속에 일체가 완비된 휴대용 우주를 가지고 다니는 것과 마찬가지가 된다.

때로는 이처럼 내적 상징체계에 대한 통제력을 갖고 있다는 것이 사람의 목숨을 구하기도 한다. 예를 들어, 아이슬란드의 경우에는 인구에 비해 시인이 다른 어떤 나라보다 많은데, 그 까닭은 무용담을 암송하는 것이 혹독한 자연환경 속에서 그들의 의식에 질서를 가져다주는 방법으로 고착화되었기 때문이라는 주장도 있다. 수세기 동안 아이슬란드인들은 그들 조상의 공적을 연대별로 묘사한 서사시의 운문을 기억 속에 보전해왔으며, 거기에 새로운 운문을 추가하기도 하였다. 이들은 몹시도 추운 밤에 외부와 단절된 채, 불안정한 오두막 속의 불가에 웅크리고 둘러앉아 밖에서 그칠 줄 모르고 휘몰아치는 북극의 겨울바람 소리를 들으며 시를 크게 암송하고는 했다.

만일 아이슬란드인들이 그런 긴 겨울밤을 침묵 속에서 조롱하는 듯한 바람 소리만을 들으며 보냈다면, 이들의 마음속에는 공포와 절망만이 가득 찼을 것이다. 하지만 아이슬란드인들은 시의 질서 정연한 운율을 익혀 삶의 사건들을 언어적 심상으로 표현해냄으로써 경험을 통제하는 데 성공한 것이다. 이들은 어지러운 눈보라 속에서 형태와 의미가 깃든 노래를 만들어냈다. 이러한 서사시가 아이슬란드인들이 혹독한 자연환경을 버텨내는 데 어느 정도까지 도움을 주었을까? 만약 시가 없었다면 그들은 살아남을 수 있었을까? 이런 질문에 확실한 답변을 할 길은 없다. 감히 누가 그런 실험을 할 수 있겠는가?

이와 유사한 경우, 즉 문명으로부터 갑작스럽게 격리되어 — 가령 강제수용소에 갇히거나 극지 탐험을 하는 것과 같은 — 어떤 극한상황에 처하게 되었을 때도 이 같은 사실이 적용된다. 외적 상

황이 혹독해질 때면 언제나 내적 상징체계가 구원이 될 수 있는 것
이다. 머릿속에 늘 정신을 위한 규칙을 지니고 있는 사람은 많은 장
점을 발휘할 수 있다. 모든 게 극도로 결핍된 상황에서도 시인과 수
학자, 음악가와 역사가, 그리고 성경 전문가들은 혼돈의 바다 한가
운데 우뚝 솟아있는 온전한 섬이 될 수 있었다. 밭의 생리를 잘 아
는 농부나 숲을 잘 이해하는 벌목꾼도 어느 정도까지는 이와 유사
한 지지 체계를 지니고 있다고 볼 수 있다. 그러나 농부나 벌목꾼이
지닌 지식은 상징성이 비교적 부족하기 때문에 이들이 통제력을
갖기 위해서는 실질적 환경과 상호작용을 해야만 한다.

　우리 중 누구도 강제수용소나 극지방의 시련 속에서 살아남기
위해 상징적 기술이 필요한 경우가 없기를 바라자. 그러나 일상생
활에서 일련의 규칙을 늘 머릿속에 담고 다니면서 그 규칙에 의거
해 생각을 할 수 있다는 건 커다란 혜택이다.

　내적 상징체계가 없는 사람은 너무 쉽게 대중매체의 포로가
된다. 이런 사람들은 선동 정치가에게 쉽게 현혹되며, 연예인을 보
고 금세 기분이 풀리고, 장사꾼들에게 이용당하기 쉽다. 우리가 텔
레비전이나 마약, 유창한 정치적 구호나 종교적 구원에 의존하게
되는 건 의지할 것이 너무 없기 때문이다. 즉 모든 해답을 가지고
있다고 주장하는 사람들에게 우리가 마음을 빼앗기는 것을 방지해
줄 내적 규칙을 갖고 있지 못하기 때문이다.

　스스로 정보를 제공할 능력이 없을 때 우리의 생각은 무질서
로 흘러 들어간다. 의식의 질서를 찾기 위해 자신이 아무런 통제도
할 수 없는 외부의 방법을 사용할 것인가, 아니면 우리의 기술과 지
식으로 자생적으로 성장하는 내적 방법을 따를 것인가의 여부는
각자의 선택에 달려있다.

말의 유희

어떻게 하면 상징체계를 숙달할 수 있을까? 물론 그 방법은 어떤 영역에서 지적 탐험을 하기 원하는가에 따라 달라진다.

아마도 가장 오래되고 가장 기본적이라고 할 수 있는 규칙은 단어의 사용을 통제하는 일일 것이다. 오늘날에도 단어는 다양한 복합성의 수준에서 플로우를 경험할 수 있는 많은 기회를 제공해준다. 사소한 것처럼 보일 수도 있으나 그 분명한 예가 바로 십자말풀이 게임이다. 소일거리로 인기가 좋은 이 게임은 고대의 수수께끼 경연과 비슷한 점이 많다. 비용이 많이 들지 않으며, 휴대할 수 있고, 세밀하게 난이도에 따라 등급을 매길 수 있어서 초보자나 전문가 모두 즐길 수 있다. 게임을 풀고 나면 질서가 잡히는 느낌과 더불어 만족스러운 성취감까지도 얻을 수 있다. 또한 공항 대합실에서 대기하는 사람들이나 통근 열차로 출퇴근하는 사람들 그리고 일요일 오전을 한가롭게 보내는 많은 사람에게 가벼운 플로우 상태를 경험하게 해주기도 한다.

그러나 이 게임을 하면서 단지 해답을 찾는 데만 급급해한다면 그 사람은 여전히 외부적 자극에 의존하고 있다고 볼 수 있다. 이 분야에서 진정으로 자율적이 되고자 한다면, 자신이 직접 문제를 만드는 것도 좋은 방법이다. 그렇게 되면 외부로부터 강제되는 양식이 더 이상 필요치 않게 되며, 진정으로 자유로울 수 있다. 이 때는 즐거움도 실로 깊어진다. 십자말풀이 게임의 문제를 직접 만드는 건 그리 어려운 일이 아니다. 내가 아는 여덟 살 난 아이는 〈뉴욕 타임스〉 일요일 판에 실린 게임을 몇 개 풀어보고는 자신이 직접 문제를 만들기 시작했는데, 그 아이가 만든 문제는 꽤 좋은 평을 받고 있다. 물론 개발할 가치가 있는 다른 기술과 마찬가지로, 이 게임 또한 초반에는 심리 에너지를 투자하는 것이 요구된다.

　단어를 사용해 우리 삶의 질을 고양시킬 수 있는 훨씬 더 실재적인 방법은 오늘날에는 거의 잊힌 '대화의 기술'이다. 지난 200여 년 동안 공리주의 관념에 따라 우리는 대화의 주된 목적이 유용한 정보를 전달하는 것이라고 믿어왔다. 그래서 오늘날에는 실용적 지식을 전달하는 간결한 의사소통을 중시하며, 그 밖의 대화는 하찮은 시간 낭비라고 여긴다. 그 결과, 사람들은 자신이 관심 있어 하거나 지식을 갖고 있는 몇 가지 화젯거리를 벗어나서는 서로 대화를 나눌 수 없게 되었다. 우리 중에서 "미묘한 대화, 그것이야말로 에덴동산이다."라고 서술한 알리의 열정을 이해할 수 있는 사람은 거의 없다. 이건 유감스러운 일이다. 왜냐하면 대화의 주된 기능은 무엇을 성취하는 것이 아니라 경험의 질을 향상시키는 것이기 때문이다.

　영향력 있는 현상주의 사회학자인 버거와 루크만은 우리가 살고 있는 우주에 대한 우리의 인식은 대화를 통해서 하나로 통합된다고 저술한 바 있다. 내가 아침에 아는 사람과 마주쳤을 때 "날씨가 참 좋지요?"라고 말하는 건 단순히 기상정보를 전달하는 것이 아니다. 그도 날씨에 대한 똑같은 정보를 알고 있기 때문에 날씨에 관한 언급은 중복되는 이야기가 될 뿐이다. 그러나 내가 건넨 인사말은 말로 표현되지 않은 다양한 목적을 달성해준다. 가령, 그에게 말을 걸어줌으로써 그의 존재를 인정하는 것이며, 그와 친해지고자 하는 나의 의도를 표현하는 것이다.

　다음으로, 우리 문화에서 상호작용을 하는 데 기본이 되는 원칙 중의 하나 ― 즉 날씨에 관해 이야기하는 게 사람과의 관계를 시작하는 안전한 방법이라는 원칙 ― 를 재확인하는 것이다. 마지막으로, 날씨가 "좋다."라고 강조함으로써 "좋다"라는 공통적 가치가 바람직한 특성임을 암시하는 것이다. 그러므로 즉석에서 나오는 인사말이, 나에게 인사 받은 사람의 머릿속에 익숙한 질서가 유지되도록 돕는 역할을 하게 된다. 마찬가지로 "네, 정말 좋은데요."라는 그의 대답은 내 생각 속에 질서를 유지하는 데 도움을 주게 된다.

이와 같이 명백한 사실에 대해 계속 말하지 않는다면, 사람들은 곧 자신이 살고 있는 세계의 현실에 대해 의심을 품게 된다는 것이 버거와 루크만의 주장이다. 우리가 서로 주고받는 명백한 문구들, 라디오나 텔레비전에서 흘러나오는 사소한 이야기들이 우리에게 모든 것이 다 정상이며, 일상적 존재의 조건이 아직도 유효하다는 걸 재확인시켜주는 것이다.

유감스러운 일은 너무나 많은 대화가 바로 그 선에서 끝나버린다는 것이다. 그러나 단어를 잘 선택하고 배열하면, 그걸 듣는 사람이 만족스러운 경험을 한다. 폭넓은 어휘력과 유창한 언변이 기업 경영인으로 성공하는 데 필요한 가장 중요한 조건에 속한다는 건 반드시 공리주의적인 이론에만 국한되는 것이 아니다. 말을 잘한다는 것은 모든 인간관계를 풍부하게 해주며, 그와 같은 기술은 누구나 배울 수 있다.

아이들에게 말의 잠재력을 가르지는 한 가지 방법은 아주 일찍부터 '말놀이'를 하게 해주는 것이다. 어른들에게는 동음이의어를 활용한 익살이 가장 낮은 수준의 유머이겠지만, 아이들에게는 그 놀이가 언어를 훈련할 수 있는 좋은 기회가 된다. 우선 아이들과 이야기를 나눌 때 주의를 기울이다가 아이들이 다른 의미로도 해석될 수 있는 단어나 표현을 쓰면, 즉시 그 구절을 아이가 하려던 말과는 다른 의미로 알아들은 것처럼 가장하면 된다.

아이들에게 "having Grandma for dinner"라는 말이 할머니가 저녁 식사를 함께하기 위해 오신다는 의미일 수도 있고, 요리 이름을 의미할 수도 있다는 걸 알게 되면, 처음에는 "a frog in the throat(목이 쉬다)"이라는 표현을 들었을 때처럼 좀 어리둥절해할 것이다. 사실상 자신이 알고 있고, 또 상대방도 그러리라고 기대하던 기존의 의미가 바뀌면 처음에는 놀랄 수도 있다. 하지만 아이들은 곧 그 말이 동음이의어라는 걸 파악하고 활용할 수 있게 되며, 대화를 마치 꽈배기처럼 꼬아나갈 수 있게 된다. 이렇듯 말놀이를 통해 아이들은 말을 통제하는 즐거움을 배운다. 또한 어른들도 잃어버린 대화의 기술을 되살리는 데 필요한 도움을 얻을 수도 있다.

앞에서도 몇 번 언급한 바 있지만, 언어를 가장 창의적으로 사용하는 활동은 시를 쓰거나 읽는 것이다. 운문은 우리의 경험을 응축하여 변화된 형태로 보전할 수 있게 해주기 때문에 의식을 정리하는 데 가장 이상적인 활동이라 할 수 있다. 매일 밤 시집을 읽는 건 근력 강화 운동을 할 때 우리의 신체가 단련되는 것과 마찬가지로, 우리의 정신을 단련시켜준다. 처음에는 '훌륭한' 시가 아니어도 좋다. 또 반드시 처음부터 끝까지 다 읽지 않아도 된다. 중요한 건 단 한 행, 단 한 시구를 읽더라도 마음에 와닿는 구절을 발견하는 것이다. 때로는 단어 하나가 새로운 세계의 창을 열어주어 우리의 정신이 내적인 여행을 시작하기에 충분할 수도 있는 것이다.

여기서 다시 한 번 말하지만, 이 분야에서 계속 수동적인 소비자로만 머물러있어야 할 이유는 없다. 누구라도 약간의 훈련과 인내심만 있다면 개인적인 경험을 운문으로 정리해낼 수 있다. 뉴욕의 시인이자 사회 개혁가인 코흐가 보여준 바와 같이, 빈민가의 아이들이나 양로원의 반 문맹인 할머니들도 최소한의 훈련만 받으면 아름답고도 감동적인 시를 지을 수 있다. 이런 기술을 익힘으로써 그들 삶의 질이 향상된다는 건 의심의 여지가 없다. 그들이 이와 같은 경험을 즐길 뿐 아니라 더불어 시를 짓는 과정에서 스스로에 대한 자긍심도 한층 높아진다는 것 또한 분명한 사실이다.

산문을 쓰는 것도 이와 비슷한 혜택을 준다. 비록 운율에 따른 명료한 질서는 없지만, 좀 더 쉽게 기술을 익힐 수 있다는 장점이 있다(그러나 사실 위대한 산문을 쓰는 건 위대한 시를 짓는 것만큼이나 어렵다).

오늘날에는 다른 많은 의사소통 매체가 글을 대신하게 되면서 우리는 글 쓰는 습관을 경시하게 되었다. 전화, 녹음기, 컴퓨터, 팩스 등을 통해서 뉴스를 더욱 효율적으로 전할 수 있게 되었다. 만일 글을 쓰는 유일한 목적이 정보 전달이라면 글 쓰는 습관이 쇠퇴하는 것도 당연하다. 그러나 글은 단지 정보를 **전달**하기 위해서만이 아니라 정보를 **창조**하기 위해 쓰는 것이다. 과거에는 교육받은 사람들이 일기나 개인 서신을 통해 자신의 경험을 말로 표현하였으며, 이를 통해 하루 동안 일어났던 일을 반추해볼 수 있었다.

빅토리아 여왕 시대의 사람들이 쓴 서신들은 — 너무도 많은 사람이 놀라울 정도로 자세하게 쓴 — 사람들이 자신의 의식에 영향을 주는 무작위적인 사건들로부터 어떻게 일정한 양식의 질서를 창조해내는가를 보여주는 좋은 예이다. 우리가 일기나 편지에 쓰는 내용은 글로 쓰이기 전에는 존재하지 않는다. 글을 쓰면서 서서히, 그리고 조직적으로 사고가 성장하고 그 과정을 통해서 우리가 하는 여러가지 생각이 그 모습을 드러내게 된다.

얼마 전까지만 해도 우리 주변에는 아마추어 시인이나 수필가들이 많았다. 하지만 요즘은 글을 써서 돈을 벌지 못한다면(아무리 적은 돈일지라도) 글 쓰는 일을 시간 낭비라고 생각한다. 스무 살을 넘긴 사람이 돈을 받지도 않으면서 시작詩作에 몰두하는 걸 부끄러운 일로 여기기도 한다. 사실 뛰어난 재능이 있지 않은 한, 글을 써서 부와 명성을 얻고자 하는 건 부질없는 짓이다. 그러나 내적인 이유로 글을 쓰는 건 결코 낭비가 아니다. 우선, 글쓰기는 정리된 표현 수단을 우리의 정신에 제공해준다. 글을 쓰면서 사건과 경험을 기록해두었다가 나중에 쉽게 회상하고 되살려볼 수 있는 것이다. 또한 글을 쓴다는 건 경험을 분석하고 이해하는 하나의 방법으로서, 경험을 정리해주는 자가 의사소통의 매체가 된다.

시인과 극작가들이 심각한 우울증 및 다른 정서장애를 겪는 경우가 많다는 사실에 대해 최근 많은 사람이 논평을 했다. 아마도 그들이 전업 작가가 된 이유 가운데 하나는 그들의 의식이 엔트로피에 과도하게 둘러싸여 있어서 글을 쓴다는 것이 감정의 혼란 속에서 어느 정도 질서를 잡아주는 치료 역할을 해주기 때문인지도 모른다. 자신이 마음대로 행동할 수 있는 언어의 세계를 창조해내어 골치 아픈 현실의 존재를 머릿속에서 지워버리는 것만이 작가들이 플로우를 경험할 수 있는 유일한 길이 될 수도 있다.

그러나 다른 플로우 활동과 마찬가지로, 글쓰기도 중독이 되면 위험하다. 작가가 제한된 범위의 경험만을 하게 만들고, 다른 경험을 접할 가능성을 차단하기 때문이다. 그러나 경험을 통제하기 위해 글을 쓰되 글쓰기 자체가 자신의 의식을 통제하도록 내버려두지 않는다면, 글쓰기는 무한한 오묘함을 느끼게 해주고 풍부한 보상을 받게 해주는 도구가 된다.

역사의 여신 클리오와 사귀기

역사의 여신 클리오는 기억의 여신 므네모시네의 장녀이다. 그리스 신화에서 클리오는 역사의 보호자로서 지나간 사건을 질서 정연하게 정리하고 보전하는 책임을 맡고 있다. 사실 역사에는 논리학과 시, 수학 등과 같이 정신 활동의 재미를 느끼게 해주는 명백한 규칙이 다소 적은 게 사실이다. 그러나 역사에는 시간적으로 이미 되돌릴 수 없는 일련의 사건들로 성립된 나름대로의 명백한 구조가 있다. 인생의 크고 작은 사건들을 관찰하고 기록하여 그 기억을 보전하는 건 의식을 정리하는 가장 오래된 방법이자, 가장 만족스럽게 의식을 정리하는 방법이다.

어떻게 보면 모든 사람이 자신의 존재에 대한 역사가라고 할 수 있다. 어릴 적의 추억은 그 정서적 힘이 강하기 때문에 우리가 자라서 어떤 사람이 될 것인가, 그리고 장차 우리의 정신이 어떻게 기능할 것인가를 결정하는 데 아주 중요한 요소가 된다. 정신분석은 주로 뒤죽박죽이 된 어린 시절의 역사를 정리하기 위한 작업이라고 할 수 있다. 과거를 정리하는 이 작업은 나이가 들었을 때 무척이나 중요한 것이 된다. 에릭슨은 인간 발달의 마지막 단계는 '고결성'을 달성하는 과정인데, 이는 한 사람이 일생을 통해서 성취한 것과 성취하지 못한 것을 의미심장한 자신만의 이야기로 정리하는 일이라고 했다. 또한 칼라일은 "역사는 수많은 전기의 요약이다."라고 언급한 바 있다.

과거를 기억하는 건 개인의 정체성을 확립하고 보전하는 데 중요할 뿐만 아니라 아주 즐거운 과정이 될 수 있다. 사람들이 일기를 쓰고, 사진을 보관하고, 슬라이드와 가족 영화를 만들고, 여러 기념품을 모아 집에다 두는 건 — 그 집을 방문하는 손님이 그 역사적 의미를 알아보지 못할지라도 — 사실상 그 가족의 일생을 기념하는 박물관을 짓는 것이나 마찬가지이다. 거실에 걸려있는 그림은 그 집의 주인 부부가 신혼여행 때 멕시코에서 산 것이기 때문에 중요하고, 복도에 깔려있는 양탄자는 가장 좋아하는 할머니가 준 선물이기 때문에 귀한 것이며, 구석방에 있는 다 해진 소파를 버리지 않는 까닭은 아이들이 어렸을 적에 젖을 먹이던 곳이기 때문이라는 사실을 방문객은 모를 것이다.

과거의 기록을 보관하는 행위는 삶의 질을 향상시키는 데 크게 기여한다. 과거의 추억은 우리를 현실의 압박에서 벗어나게 해주며, 의식이 지나간 시간을 다시 돌아볼 수 있게 해준다. 또한 기억 속에서 특별히 즐겁고 의미 있는 사건들만 골라서 보전함으로써 미래에 대처하는 데 도움이 되는 과거를 '창조'해낼 수 있다. 물론 그런 과거는 말 그대로의 '진실'이 아닐 수도 있다. 그러나 과거는 기억 속에서 결코 완전한 사실이 될 수는 없다. 기억은 계속해서 재편집되는 것이며, 다만 우리가 그 편집 과정을 창의적으로 통제할 수 있느냐 하는 것이 문제일 뿐이다.

대부분의 사람은 자신이 그동안 줄곧 아마추어 역사가였다는 사실을 깨닫지 못한다. 그러나 일단 사건들을 때를 맞추어 시간별로 정리한다는 것이 의식을 가진 존재가 되는 데 필수 불가결한 부분임을 인식하고, 더 나아가 이 일이 즐거운 작업이 될 수 있다는 걸 알게 되면 우리는 훨씬 더 훌륭한 역사가가 될 수 있다.

플로우 활동으로 역사를 익힐 수 있는 몇 가지 단계가 있다. 가장 개인적인 단계는 단순히 일기만 쓰는 것이다. 그 다음 단계는 기억할 수 있는 최대한의 과거로까지 소급해 올라가 가족의 연대기를 쓰는 것이다. 그러나 여기서 그쳐야 할 이유는 없다. 자신이 속한 인종 집단에까지 관심의 영역을 확대하여 관련 서적과 기념품을 수집하는 사람들도 있다. 여기서 조금만 더 노력을 기울이면 과거사에 대한 자신의 느낌을 기록할 수 있고, 그렇게 되면 이 사람들은 '진짜' 아마추어 역사가가 될 수 있다.

또 다른 사람들은 책을 읽거나, 박물관을 견학하고, 역사 모임에 가입하여 자신이 사는 지역사회에 대한 관심을 키우기도 한다. 또는 과거의 특정한 측면에 관심을 기울이는 사람도 있다. 예를 들어, 개발이 덜 된 서부 캐나다에 사는 한 친구는 그 지역의 '초기 산업화 시대의 건축물'에 매료된 나머지 관련 지식을 넓혀갔다고 한다. 그리하여 나중에는 다른 사람들에게는 잡초만 무성한 폐물로밖에 여겨지지 않는 시설물(외딴 제재소, 주물공장, 다 허물어져 가는 열차 정거장 등)을 찾아가 그 세부 사항을 평가하고 감상하는 여행을 즐기게 되었다.

우리는 흔히 역사를 암기해야 하는 따분한 날짜들의 목록, 즉 옛 학자들이 스스로의 만족을 위해 저술해놓은 연대기로 간주하는 경향이 있다. 만일 역사를 참아낼 수는 있지만 좋아할 수는 없는 분야라고 생각하거나, 교육받은 사람으로 보이기 위해 마지못해 배워야만 하는 것이라고 여긴다면 삶의 질을 향상시키기 위해 역사가 담당할 몫은 별로 없을 것이다. 외부의 통제를 받는 지식은 마지못해 습득하는 것이 되며, 따라서 어떠한 즐거움도 주지 못한다. 그러나 과거의 어떤 측면이 흥미를 주는가를 찾아내고 그렇게 발견한 사실들을 연구해보기로 결정하는 순간, 그리고 자신에게 의미 깊은 자료와 세부 사항에 초점을 맞추어나가면서 발견한 사실을 개인적인 스타일에 맞게 기록해나가는 순간, 역사를 배운다는 것이 어엿한 플로우 경험으로 변모하게 될 것이다.

과학이 주는 기쁨

앞의 내용을 읽고 나서 아마도 여러분은 누구라도 아마추어 역사가가 될 수 있다는 사실을 간신히 인정할 수 있는 정도가 되었을 것이다. 만일 이 주장을 다른 분야에도 적용한다면 어떨까? 평범한 사람들도 아마추어 과학자가 될 수 있다고 한다면, 여러분은 그 가능성을 진정 상상할 수 있을까? 왜냐하면 20세기에 접어들면서 과학은 고도로 제도화된 분야가 되어 주된 과학적 연구 활동은 대규모 단체들만 할 수 있는 것으로 생각해왔기 때문이다. 즉 어마어마한 장비를 구비한 연구실과 막대한 예산, 그리고 많은 연구원이 있어야 생물과 화학, 물리학 등의 첨단 분야에서 살아남을 수 있다고 알려져 있다. 만일 과학의 목적이 노벨상을 타려는 것이거나 혹은 특정 분야의 고도로 경쟁적인 영역에서 전문가들로부터 인정받기 위한 것이라면, 극도로 전문화되고 비용을 많이 들이는 방법만이 유일한 과학의 수단이 될 것이다.

사실 조립라인assembly line 모델에 바탕을 둔 위와 같은 자본 집약적인 설명은 '전문professional 과학'을 성공으로 이끄는 비결을 오도하고 있다. 기술 지배technocracy 신봉자들이 주장하는 바와는 달리, 과학의 획기적인 약진은 특정 전문 분야에서 훈련받은 과학자들에 의해서만 가능했던 게 아니며, 새로운 아이디어를 실험할 수 있는 첨단 장비를 구비한 연구실에서만 이루어진 것도 아니다. 또한 막대한 자금이 집중된 곳에서만 위대한 발견이 이루어진 것도 아니다. 위와 같은 조건들은 새로운 이론을 시험하는 데는 도움이 될지 모르겠지만, 창의적인 아이디어를 산출하는 것과는 아무 관계도 없다. 자신이 살던 도시의 시장 한복판에서 생각에 잠겨 앉아있곤 했던 데모크리토스 같은 사람도 새로운 발견을 할 수 있었다. 아이디어와 씨름하기를 너무도 좋아하여 기존에 알려진 사실의 경계를 넘어서는 사람, 그래서 결국은 미지의 영역을 탐험하게 되는 바로 그런 사람들에 의해서 새로운 발견은 이루어지는 것이다.

과학자들이 연구의 즐거움을 맛볼 수 없었다면 '정상normal' — '혁신적' 또는 '창의적'인 것과 대비하여 — 과학을 연구하는 것조차도 거의 불가능했을 것이다. 《과학 혁명의 구조》라는 책에서 토마스 쿤은 과학의 매력을 다음과 같이 서술했다. 첫째로, "협소한 범위에 있는 난해한 문제에 관심을 집중하게 만들어줌으로써 과학의 패러다임은 과학자들이 자연의 특정 부분을 평소에는 상상할 수 없으리만큼 자세하고도 심도 깊게 연구하도록 요구한다." 쿤은 이런 집중력이 "패러다임 안에서 허용되는 해결책과 그 해결책을 얻기 위한 규칙"에 의해 가능하다고 했다. 그는 또한 '정상' 과학에 종사하는 사람들은 그 동기가 지식의 변형이나 진리의 발견 혹은 삶의 조건을 개선하는 데 있지 않다고 주장했다. 그러면서 "이들을 추진하는 원동력은 자신이 연구만 잘하면 지금껏 그 누구도 풀지 못했던, 혹은 잘 풀 수 없었던 수수께끼를 푸는 데 성공할 수 있다는 확신이다."라는 말을 덧붙였다.

쿤은 다음과 같은 주장도 했다. "일반 연구 이론이 주는 매력은 결과를 예상할 수는 있어도 그 결과를 도출해내는 방법이 확정되어 있지 않다는 것이다. … 방법을 찾아내는 데 성공하는 사람은 자신이 수수께끼를 잘 푸는 전문가라는 걸 증명하게 되는 것이며, 그 수수께끼가 제시하는 목표가 그를 이끄는 추진력이 된다."

1920년대에 디랙이 양자역학을 발견한 후 "마치 아주 흥미로운 게임을 하는 것 같았습니다."라고 소감을 밝혔을 때 많은 과학자가 그 말에 공감한 건 그리 놀라운 일이 아니다. 과학의 매력에 대한 쿤의 설명은 수수께끼 풀이와 암벽등반, 항해와 체스 등의 플로우 활동이 즐거운 이유와 유사점이 아주 많다.

작업 중에 직면하게 되는 지적 수수께끼를 풀겠다는 노력의 목표가 '정상' 과학자들에게 연구의 동기를 부여한다면, '창의적' 과학자들 — 기존의 이론적 틀을 깨고 새로운 영역을 개척하는 과학자들 — 의 경우에는 연구가 주는 즐거움 자체가 추진력이 된다. 그 좋은 예를 보여준 사람이 전설적인 신화를 남긴 천체 물리학자

찬드라세카이다. 그는 1933년 젊은 나이로 인도를 떠날 때, 캘커타에서 영국으로 가는 느린 배 안에서 훗날 블랙홀 이론의 기초가 된 천체 진화의 모델을 만들었다. 그러나 당시에는 그의 아이디어가 너무나 생소한 것이어서 오랫동안 과학계에서 수용되지 못했다. 그 후 찬드라세카는 시카고 대학에 채용되었고, 이름이 알려지지 않은 채로 자신의 연구를 계속했다.

찬드라세카가 자신의 일에 얼마나 충실했는지를 가장 잘 보여주는 일화가 하나 전해지고 있다. 1950년대에 그는 위스콘신의 윌리엄스 베이라는 곳에 머무르고 있었다. 이 지역은 시카고 대학의 천체 관측소가 위치한 곳으로 본교에서 약 128킬로미터 가량 떨어져 있었다. 그해 겨울 학기에 찬드라세카는 고급 천체물리학 세미나 한 과목을 강의하게 되었는데, 단 두 명의 학생만 수강 신청을 했다. 사람들은 그가 그 두 명을 위해 불편하게 통근을 하느니 차라리 폐강을 할 거라고 예상했다. 그러나 찬드라세카는 강의를 없애지 않고 일주일에 두 번씩 시카고에서 그 먼 시골길을 오가며 강의를 하였다. 몇 년 후에 두 명의 학생 중에 한 명이 노벨 물리학상을 수상했다. 더 놀라운 사실은 그 후에 나머지 한 학생마저 같은 상을 탔다는 것이다. 이 이야기가 나올 때마다 사람들은 정작 교수 본인은 노벨상을 타지 못한 걸 유감스럽게 생각하며 동정적인 어조로 말을 맺곤 했다. 그러나 이제는 더 이상 유감스러워할 필요가 없다. 1983년에는 바로 찬드라세카 본인이 노벨상을 수상했기 때문이다.

흔히 이처럼 생각지도 못했던 상황에서 아이디어와 씨름하기를 좋아하는 사람들에 의해 기존에 있던 인간 사고방식의 대혁신이 일어난다. 지난 몇 년 동안 이뤄진 발견 가운데 가장 획기적이라고 할만한 발견은 초전도체 이론이라고 할 수 있다. 그 주역이 된 두 인물들, 즉 뮐러와 베드노르츠는 스위스 취리히에 있는 IBM 연구소에서 그 이론을 완성하고 첫 실험을 하였다. 취리히 IBM 연구소는 과학계에서 뒤처진 곳도 아니지만, 그렇다고 그다지 각광받던 곳이라고도 할 수 없다. 그런데 몇 해 동안 뮐러와 베드노르츠는 다른 사람은 누구도 자신들의 연구 작업에 참여하지 못하도록 했다. 아이디어를 도용당할까 봐 염려해서 그렇게 한 게 아니었다. 사실은 겉보기에는 미친 생각 같은 자신들의 아이디어를 동료들이 조롱할까 봐 우려했기 때문이었다. 이들 두 학자도 1987년에 노벨 물리학상을 수상했다.

같은 해에 노벨 생물학상을 수상한 도네가와의 아내는 남편에 대해 "자신만의 길을 가는 그런 류의 사람"이라고 평했다. 그리고 도네가와는 스모 경기를 좋아하는데, 그 이유는 자신의 연구와 마찬가지로 스모 역시 팀의 실적이 아니라 개인의 노력으로 이기는 운동이기 때문이라고 했다. 과학 연구에 정교한 설비나 거대한 연구팀이 꼭 필요하다는 건 지나친 주장이다. 과학적 약진의 주된 원천은 바로 한 사람의 생각이기 때문이다.

그러나 우리의 관심을 전문 과학자들의 세계에서 일어나는 일에만 한정지어서는 안 된다. '거대과학big science'의 연구는 어차피 잘 되어나갈 것이다. 또한 원자핵분열 실험이 대대적인 성공을 거둔 이래로 이 분야의 과학자들이 받아온 온갖 지원을 고려해본다면 마땅히 많은 발전이 있어야만 한다. 여기서 우리의 관심사가 되어야 할 것은 아마추어 수준의 과학으로, 이는 보통 사람들이 자연현상의 법칙을 관찰하고 기록하는 활동을 통해 얻는 기쁨을 말한다. 수세기 동안 위대한 과학자들이 정부의 막대한 지원금이 있어서가 아니라 자신이 발명한 방법에 매료되었기 때문에 하나의 취미로서 연구에 정진했다는 사실을 깨닫는 것은 아주 중요하다.

코페르니쿠스는 폴란드 프라우엔부르크에 있는 한 성당의 회원으로 있을 때 자신의 획기적인 지동설을 완성시켰다. 천문학 연구는 교회에서의 그의 경력에 아무 도움이 되지 않았다. 오히려 그의 인생 대부분 동안 그에게 보람을 안겨주었던 건 심미적인 것 — 부담스러운 프톨레마이오스의 천동설에 비해 자신만의 이론에서 우러나오는 단순미 — 이었다. 의학을 공부했던 갈릴레오가 점차로 위험해지는 실험을 계속해나갈 수 있었던 건 다양한 고체의 무게 중심이 어디에 위치해있는가와 같은 의문점을 풀어나가면서 느낀 기쁨 때문이었다. 뉴턴이 대발견을 한 시기는 그가 1665년 케임브리지 대학에서 학사 학위를 받은 직후였다. 바로 그 해에 역병이 돌아 대학이 잠시 문을 닫게 되자 뉴턴은 하는 수 없이 2년 동안 안전한 시골 휴양지로 피신해 무료한 시간을 보내야만 했는데, 그는 무료함을 만유인력이라는 아이디어를 생각하면서 달랬던 것이다.

근대 화학의 창시자라 불리는 라부아지에는 오늘날의 국세청에 해당하는 공공 기관에서 일하던 공무원이었다. 그는 또한 농경개혁과 사회 계획에도 관여하고 있었지만 그가 가장 즐겼던 일은 바로 우아하고도 정밀한 그의 실험이었다. 근육과 신경이 전기를 어떻게 전도하는가에 관한 기초연구를 하여 후에 전지 발명의 기반을 구축한 갈바니는 평생 동안 의원을 개업한 내과 의사였다. 멘델은 성직자였는데, 유전학의 기반이 된 그의 실험은 취미로 원예를 하는 과정에서 나온 것이다. 미국인으로서는 최초로 노벨 과학상을 수상한 마이컬슨은 말년에 이르러 그처럼 많은 시간을 빛의속도를 측정하는 데 바친 이유가 무엇인가라는 질문을 받자, "너무나 재미가 있었거든요."라고 대답했다. 또한 아인슈타인이 그의 가장 유명한 논문을 쓴 시기는 스위스 특허청에서 사무원으로 근무할 때라는 사실도 잊지 말자. 이 학자들이나 우리가 흔히 거론하는 많은 위대한 과학자에게는 아이디어를 생성하는 걸 방해하는 어떠한 장애물도 없었다. 당시 이들은 각 분야에서 '전문가'도 아니고 대대적 지원을 받는 명망 있는 인물도 아니었는데 말이다. 이들은 그저 자신들이 하는 일을 즐겼을 뿐이다.

오늘날은 상황이 전과 비교해볼 때 많이 달라졌을까? 정말로 그렇게 다를까? 이제는 박사 학위도 없고 대규모 연구소에 소속해 있지도 않은 사람이라면 과학의 진보에 어떠한 기여도 할 수 없게 되었다는 게 사실일까? 아니면 이런 개념이 자리 잡게 된 것이 성공적인 대규모 연구 기관 모두가 무의식적으로 과학을 신비화하려고 노력한 결과일까? 이 질문에 답을 하기는 쉽지 않다. 그 이유 중에 하나는 독점을 함으로써 이익을 보려고 하는 대규모 연구 기관들에 의해서 '과학'의 구성 요소들이 규정되기 때문이다.

평범한 사람의 취미가 수십억 달러의 돈이 필요한 슈퍼 콜라이더나 핵자기공명 분광학 같은 연구에 기여할 수 없다는 건 분명한 사실이다. 그러나 이런 연구만이 과학을 대표하는 유일한 분야는 아니다. 과학의 재미를 맛보게 해주는 정신적 체제의 문은 누구에게나 열려있다. 호기심과 세심한 관찰, 사건의 정연한 기록 방식, 그리고 자신이 배운 내용에서 기본이 되는 법칙을 도출해내는 방법을 파악하면 되는 것이다. 또한 사실로 입증되지 않는 믿음을 거부할 수 있을 만큼의 의심과 개방성을 갖추어야 하며, 기꺼이 과거의 연구자들이 연구해놓은 결과로부터 배우고자 하는 겸손함도 더불어 요구된다.

이처럼 과학을 광범위하게 규정한다면, 아마추어 과학자들의 수는 우리가 일반적으로 생각하는 것보다 훨씬 많다. 어떤 사람들은 자신의 관심사를 건강에 집중시켜 자신이나 가족을 위협하는 질병에 관한 모든 걸 알아내려고 노력하기도 한다. 또는 멘델을 본받아 애완동물을 교배하거나 새로운 종류의 화초를 만들어보기 위해 필요한 지식을 배우는 사람도 있다. 또 다른 사람들은 뒷마당에 있는 망원경으로 일찍이 천문학자들이 관찰했던 별을 열심히 반복 관찰하기도 한다. 황무지로 광물질을 찾아다니는 은밀한 지질학자도 있고, 새로운 종류의 선인장을 찾아 사막지대를 헤매 다니는 수집가도 있으며, 진정한 과학적 이해에 근접할 만큼 기계와 관련된 기술을 발전시킨 사람도 아마 수십만 명에 이를 것이다.

이런 사람들이 자신의 기술을 그 이상으로 발전시키지 못하는 이유는 스스로를 결코 진정한 '전문' 과학자가 될 수 없다고 전제하고서 각자의 취미를 비중 있게 생각하지 않기 때문이다. 그러나 과학을 하는 이유 가운데 그 어떤 것도 그 사람의 의식에 질서를 가져다준다는 것보다 더 좋은 이유는 없을 것이다. 성공이나 명예가 아니라 플로우가 가치 판단의 기준이 된다면, 과학이 삶의 질을 향상시키는 데 더욱 크게 기여할 수 있을 것이다.

철학 : 지혜에 대한 사랑

'철학'은 본래 '지혜를 사랑함'이라는 의미를 담고 있으며, 바로 이 지혜에 대한 사랑 때문에 철학자들은 일생을 철학에 바친다. 하지만 요즘의 전문 철학자들은 자신의 분야를 이처럼 고지식하게 개념화하는 걸 당혹스럽게 생각할 것이다. 오늘날 철학자라고 하면 해체주의 혹은 논리실증주의 전문가이거나, 초기 칸트나 후기 헤겔의 전문가일 수도 있고, 혹은 인식론 학자이거나 실존주의자일 수도 있다. 그러니 이들 앞에서 지혜에 관한 언급은 하지 말자.

인간이 만든 많은 제도가 처음에는 어떤 보편적인 문제에 대한 대응책으로 시작되었다가 수세대를 거치면서 그 제도 자체가 일으킨 문제가 원래의 목적보다 우선하게 되는 경우를 흔히 볼 수 있다. 예컨대 현대 국가들은 적에 대한 방어 수단으로서 군대를 창설했다. 그러나 곧 군대 자체의 목적과 정치가 생겨났고, 이제는 가장 성공적인 군인이 국가를 가장 잘 수호하는 사람이 아니라 군대를 위해 돈을 가장 많이 얻어오는 사람으로 되어버렸다.

아마추어 철학자들은 대학에 있는 전문 철학자들과 달리, 경쟁 학파 간에 우세를 점하기 위해 지속해온 투쟁의 역사나 정략적 언론, 학자들 간의 질시에 관해 염려할 필요가 없다. 기초적인 문제에만 관심을 쏟으면 된다. 아마추어 철학자들이 가장 먼저 할 일은 자신의 관심 분야를 정하는 것이다. 과거의 위대한 사상가들이 '존재'의 의미라고 믿었던 것에 관심이 있는가? 아니면 '선善'이나 '미美'는 과연 무엇인가 하는 질문에 더 관심이 있는가?

다른 모든 지식과 마찬가지로, 집중적으로 연구하고 싶은 분야를 결정하고 난 후에 가장 먼저 거쳐야 할 단계는 그 분야를 연구한 다른 사람들의 견해를 배우는 일이다. 선택적으로 책을 읽고 말하고 듣는 과정을 통해서 해당 분야의 '추세'를 파악할 수 있다. 다시 한 번 강조하지만, 첫 시작 단계부터 각자가 학습의 방향을 통제해나가야 한다는 것의 중요성을 결코 간과해서는 안 된다. 만일 어떤 책을 강제로 읽는다면, 또는 해야 하기 때문에 특정한 작업을 한다면 배움 자체가 곤욕스러운 것이 되고 만다. 그러나 같은 일을 하더라도 그것이 내적 확신에 따라 결정된 일이라면 배움 자체가 상대적으로 쉽고 즐거운 과정이 된다.

철학이 자신의 가장 큰 관심 분야라는 게 분명해지면 아마추어라고 할지라도 특정 분야를 전공하고 싶은 생각이 들 수 있다. 현실의 기본적인 특질에 관심이 있는 사람이라면 존재론에 점점 더 깊이 들어가 볼프와 칸트, 후설과 하이데거의 저서를 읽을 수 있다.

선과 악에 관련된 문제에 관심을 갖게 된 사람은 윤리학 서적을 통해 아리스토텔레스와 아퀴나스, 스피노자와 니체의 철학을 배우게 될 것이다. 미적인 것에 가장 흥미가 있는 사람은 바움가르텐과 크로체, 산타야나와 콜링우드 같은 미학자들의 사상을 검토해볼 것이다. 전문화는 그게 어떠한 사상이든 사고의 깊이를 더하기 위해서 필요한 것이지만, 여기서 목적과 수단의 관계를 분명하게 해야 하겠다. 즉 전문화는 한층 더 깊은 사고를 위해서 하는 것이지, 그 자체가 목적은 아니라는 것이다. 유감스럽게도 많은 진지한 사상가가 자신의 모든 정신적 노력을 투자해 명망 있는 학자가 되지만, 그 과정에서 학자가 되고자 했던 본래의 목적을 망각하고 만다.

다른 분야에서와 마찬가지로, 철학에서도 연구자가 수동적인 소비자의 지위를 뛰어넘어 능동적인 생산자로 발돋움할 수 있는 시점이 온다. 자신이 통찰한 내용을 언젠가 후대에서 경외심을 가지고 읽을 것을 기대하며 기록으로 남긴다는 건 대부분의 경우 지나친 오만이다. 더군다나 이 같은 '외람됨'은 인간사에 많은 악영향을 끼쳐왔다. 그러나 자신이 당면했던 주된 의문점을 명료하게 표현하려는 내적 동기에 따라 생각을 기록하고 자기 경험의 의미를 이해하는 데 도움이 되는 해결책을 진술하고자 한다면, 그 아마추어 철학자는 가장 어렵지만 보람도 큰 영역에서 기쁨을 얻는 법을 이미 배운 것이나 다름없다.

아마추어와 전문가

어떤 사람들은 하나의 전공 분야를 골라 자신의 에너지를 그 활동에 전적으로 쏟음으로써 그 분야에서 거의 전문가의 수준에까지 오르고자 한다. 이들은 각자의 전공 분야에서 자신보다 기술이 못하거나 자신만큼 몰두하지 않는 사람들을 얕잡아 보기도 한다. 한편 다양한 활동에 조금씩 관여해서 특정 분야의 전문가가 되지는 못하지만 가능한 한 각 분야에서 최대한의 즐거움을 얻고자 하는 사람들도 있다.

육체적·정신적 활동에 전념하는 정도에 대한 우리의 적잖이 왜곡된 태도를 잘 반영해주는 두 단어가 있다. 이것은 바로 '아마추어amateur'와 '애호가dilettante'라는 명칭이다. 오늘날에는 이 호칭이 다소 전문가 수준에 미치지 못하는 능력을 지닌 사람을 의미하는 것처럼 와전되었다. 그러나 원래 '아마추어'란 말은 라틴어의 'amare', 즉 '사랑하다'라는 동사에서 파생된 것으로, 자신이 하는 일을 사랑하는 사람을 의미한다. 이와 유사하게 '애호가'도 '~에서 즐거움을 찾는다'라는 라틴어 'delectare'가 그 어원으로, 특정 활동을 즐기는 사람을 의미한다. 그러므로 이 두 단어의 본래 뜻은 성취보다는 경험에 좀 더 비중을 두고 있으며, 개인이 얼마나 많은 성취를 하는가보다는 어떤 일을 하는 과정에서 얻게 되는 주관적 보상을 강조하는 것이었다.

이 두 단어의 운명만큼 경험 자체의 소중함에 대한 우리의 태도 변화를 극명하게 나타내주는 것은 없다. 한때는 아마추어 시인이나 과학 애호가가 됨으로써 삶의 질을 향상시킬 수 있다는 사실때문에 이들이 존경받던 때도 있었다. 그러나 점차로 경험의 질보다는 성공과 성취, 성과의 질 등 행동의 결과가 훨씬 많은 경탄의 대상이 되었다. 결과적으로 애호가가 되면 가장 중요한 것, 즉 특정 활동이 주는 기쁨을 성취할 수 있음에도 불구하고 애호가라고 불리면 적잖이 난처한 입장에 놓이는 아이러니가 생긴 것이다.

만일 애호가가 내적 동기에 따른 목적을 상실해버린다면 이들의 지식은 전문가의 지식보다 더 쉽게 손상된다. 딴 마음을 품고 있는 아마추어들이 자신의 관심사를 한층 더 발전시키기 위해 사이비 과학에 의존하게 되는 수가 있으며, 때로는 이들의 노력과 내적 동기에 의해 아마추어가 된 사람들의 노력을 구별하기 어려운 경우도 있다. 예를 들어, 인종의 기원에 대한 관심이 왜곡되어 타 인종에 대한 특정 인종의 우수성을 입증해줄만한 증거를 찾기도 한다. 독일의 나치 운동은 인류학과 역사학, 해부학과 언어학, 생물학과 철학 등을 골고루 연구해 아리안 족의 인종적 우위를 뒷받침하는 이론을 만들어냈다. 전문 학자들도 이와 같이 모호한 작업에 동참했지만, 본래의 아이디어는 아마추어가 창안해낸 것이며, 그 원칙도 과학에 속한 것이라기보다는 정치적인 것이었다.

소련의 생물학은 관계 당국이 옥수수 재배의 경험에서 얻은 증거를 따르지 않고 공산주의 이데올로기에서 나온 원칙을 적용하기로 결정하면서 한 세대나 뒤로 퇴보해버렸다. 추운 풍토에서 경작한 곡식은 더 견실해지며, 따라서 내구력이 더 강한 소출을 낼 것이라는 리센코의 아이디어가 아마추어들에게, 특히나 레닌주의 사상에 물들어있던 사람들에게는 그럴 듯하게 들렸던 것이다. 불행하게도 정치와 옥수수 경작법은 다른 것이라서 리센코의 노력은 수십 년에 걸친 기근만 초래하고 말았다.

지난 수년 동안 아마추어와 애호가라는 단어가 좋지 않은 느낌을 준 까닭은 내적 목표와 외적 목표 사이의 구별이 모호해졌기 때문이다. 전문가만큼 많이 알고 있는 것처럼 행동하는 아마추어의 태도는 잘못된 것이며, 어느 면에서는 해악이라고도 볼 수 있다. 아마추어 과학자가 되고자 하는 목적은 그 분야에서 전문가들과 경쟁하기 위해서가 아니라, 상징적 훈련을 통해서 정신적 기술을 발전시키고 의식을 정리하기 위한 것이다. 바로 이와 같은 수준에서 아마추어적 학식은 나름대로의 기반을 갖게 되는 것이며, 때로는 전문적 학식보다 더 큰 효과를 발휘할 수도 있다.

그러나 아마추어가 본래의 목적을 망각하고 자만심에 빠지거나 물질적 이득을 얻기 위해 그 지식을 사용한다면 그 순간 서투른 모방가의 위치로 전락하고 만다. 과학적 방법의 기본이 되는 회의론이나 상호 비평에 관한 적절한 훈련도 없이 편견을 가지고 지식에 뛰어드는 아마추어는 가장 타락한 학자보다도 더 무자비해질 수 있으며, 진리와는 동떨어진 터무니없는 사람이 될 수도 있는 것이다.

평생 동안의 도전 : 배우기

이번 장의 목적은 정신 활동을 통해 즐거움을 얻는 방법을 고찰해보는 것이었다. 지금까지 우리는 정신도 최소한 육체만큼 다양하고 강도 높은 여러 가지 활동의 기회를 제공해준다는 것을 살펴보았다. 성별과 인종, 교육 수준이나 사회계층과 관계없이 누구나 손발과 감각을 사용할 수 있는 것처럼, 정신을 통제하고자 하는 사람이라면 누구나 기억과 언어, 논리와 인과 법칙을 활용할 수 있다.

많은 사람이 학교를 졸업하는 동시에 배움을 포기하는 이유는 13~20년에 걸쳐 교육이 외적 동기에 의해 주어졌기 때문이다. 즉 배운다는 것이 불유쾌한 기억으로 자리 잡고 있는 것이다. 학생들의 주의력이 오랜 기간 동안 외부에 의해, 즉 교과서와 교사들에 의해 조정되어왔기 때문에 학생들은 졸업을 자유의 첫날로 간주해왔던 것이다.

그러나 자신의 상징적 기술의 사용을 포기하는 사람은 결코 자유로워질 수가 없다. 이런 사람의 사고는 이웃의 의견이나 신문의 사설, 그리고 텔레비전에 의해 좌우될 것이다. 즉 '전문가'의 조종을 받게 되는 것이다. 외적 동기에 의한 교육이 종결되는 시점을 내적인 동기로 교육받게 되는 출발점으로 만드는 것이 가장 이상적이다. 그 시점에서 공부의 목적은 더 이상 학점을 받거나, 졸업장을 타거나, 좋은 직장을 구하는 게 아니다. 그보다는 주변에서 일어나는 일에 대한 이해를 높이는 것, 그리고 자기 경험의 의미를 이해하고 그 질을 높이는 것이 목적이 된다. 바로 여기서 사상가는 심오한 기쁨을 느끼게 되는 것이다.

플라톤은 소크라테스의 제자들이 경험한 이와 같은 기쁨을 《필레부스》에서 다음과 같이 묘사한 바 있다. "처음으로 그 샘물을 마신 젊은이는 마치 지혜의 보고를 발견한 것처럼 기뻐하며, 그 기쁨에 도취된다. 그는 어떤 이야기든 그 속에 담긴 사상을 끌어내 하나로 통합하고 나서는 그것을 다시 분해하여 작은 부분들로 만든다. 그 과정에서 그는 우선 자기 자신에게 수수께끼와도 같은 문제를 던지게 될 것이다. 그러고는 다른 사람들, 노소를 불문하고 자기 근처에 오는 모든 이에게 그와 같은 문제를 제시하여 그들을 괴롭히게 될 것이다. 부모도 예외가 아니다. 그의 말에 귀 기울이는 사람이라면 누구나 그 대상이 된다…."

이 구절은 2천 4백 년이나 된 것이지만, 누구도 인간이 처음 정신의 플로우를 발견했을 때 느끼는 기쁨을 이처럼 생생하게 표현하지는 못할 것이다.

07
Work
as Flow

일 속에서
플로우
경험하기

다른 동물들과 마찬가지로, 인간인 우리도 생계를 위해 많은 시간을 일해야 한다. 신체에 에너지를 공급해주는 칼로리가 거저 식탁에 오르는 게 아니며, 집이나 차도 즉석에서 만들어지는 게 아니다. 그러나 얼마나 많은 시간 동안 일을 해야 하는가에 대한 엄밀한 공식은 없다. 예를 들어, 초기의 수렵·채취인들은 — 오늘날 아프리카나 호주의 황량한 사막 지대에 사는 그들의 후손들처럼 — 하루에 단지 3~5시간만을 이른바 일하는 데(음식과 은신처, 의복과 연장 등을 구하는 데) 할애했다. 나머지 시간에 그들은 대화를 하거나 쉬거나 혹은 춤을 추었다. 이와 반대되는 극단적인 예는 19세기의 산업 노동자들이다. 이들은 일주일에 6일씩, 하루에 20시간을 혹독한 공장에서 또는 위험한 광산에서 고생을 해야만 했다.

노동의 양뿐만이 아니라 노동의 질도 아주 다양했다. 오래된 이탈리아 속담에 다음과 같은 문구가 있다. "노동은 인간에게 고결함을 주지만, 동시에 인간을 동물로 만들어버린다." 이처럼 모순되는 수사 어구는 노동의 본질에 관한 평으로 볼 수도 있지만 동시에 다음과 같은 해석도 가능하다. 즉 고도의 기술을 요하며 자율적으로 이루어지는 일은 자아의 복합성을 높여주는 반면, 강제당하는 상황에서 행해지는 비숙련 작업만큼 엔트로피적인 일도 드물다는 것이다. 일류 병원에서 뇌 수술을 전문으로 하는 외과 의사이건, 무거운 짐을 지고 비틀거리며 진흙탕을 건너는 노예와 다를 바 없는 노동자이건 모두 일을 하고 있기는 마찬가지이다. 그러나 외과 의사는 매일 새로운 걸 배운다. 또한 자신이 통제권을 쥐고 있으며, 어려운 임무를 수행해낼 수 있다는 걸 확인할 수 있다. 반면 노동자는 심신을 지치게 하는 노동을 매일 똑같이 반복하면서 무력감만 느끼게 되는 것이다.

노동은 만인이 행하는 것이면서도 그 종류가 너무나 다양하기 때문에 자신이 하는 일을 즐기는가 그렇지 않은가에 따라 개인이 느끼는 전반적 만족감에 막대한 차이가 생긴다. "자신의 일을 찾은 이들은 복 있는 사람들이다. 그 이상의 축복은 요구하지 말자."라고 한 토마스 칼라일의 서술은 그리 틀린 게 아니다. 프로이트는 조금은 단순한 이 충고를 한층 더 확대했다. 행복의 요소가 무엇인가 하는 질문을 받자 프로이트는 '일과 사랑'이라는 간략하면서도 아주 재치 있는 대답을 했다. 일에서, 그리고 다른 사람과의 관계에서 플로우를 얻을 수 있는 사람은 전반적인 삶의 질을 향상시키는 방향으로 올바르게 나아가고 있다고 할 수 있다.

이번 장에서는 일터에서 어떻게 플로우를 경험할 수 있는가에 대해, 그리고 이어지는 8장에서는 프로이트의 또 다른 이론, 즉 다른 사람과의 교제를 즐기는 법에 대해 살펴보기로 하겠다.

자기 목적적 노동자들

하나님은 아담에게 그의 야망에 대한 대가로 이마에서 땀이 맺히도록 일해야 한다는 형벌을 내리셨다. 이 사건이 나오는 창세기 3장 17절은 대부분의 문화에서, 특히 고도의 '문명'을 성취한 곳에서 일에 대해 어떠한 관념을 갖고 있는지를 잘 보여준다. 즉 일을 어떤 일이 있어도 피해야 하는 저주로 여기는 것이다.

삼라만상이 비효율적인 방식으로 돌아가므로 인해서, 우리의 기본적인 욕구와 열망을 실현하려면 많은 에너지가 필요한 게 사실이다. 우리 자신의 금전적 가치가 얼마나 되는가, 견실하고 잘 꾸며진 집에서 살 수 있는가, 혹은 최신 기술의 소산을 이용할 만큼의 경제적 여유가 있는가 등에 우리가 무심할 수만 있다면, 일을 해야만 하는 필요성은 칼라하리 사막에서 사는 유목민의 경우처럼 우리에게 그리 큰 부담을 주지는 않을 것이다. 그러나 물질적 목표에 우리의 심리 에너지를 더 많이 투자하면 할수록, 그리고 성취 가능성이 희박한 목표를 더 많이 세우면 세울수록 그 목표를 실현하기가 더 어려워진다. 이렇게 되면 점점 높아지는 기대 수준에 맞추기 위하여 노동을 더 많이 해야 하는 것은 물론이고, 정신적·육체적·자연적 자원을 더 많이 투입해야만 한다.

대부분의 역사에서 '문명화된' 사회의 영역 안에 살았던 사람들 대다수는 극소수 권력자들의 꿈을 실현시키기 위해 삶을 즐길 수 있는 희망을 포기해야만 했다. 문명국과 한층 원시적인 나라를 구별해주는 업적들, 즉 피라미드와 만리장성, 타지마할, 그리고 많은 고대의 신전과 궁전, 댐 등은 대개 통치자의 야망을 실현하기 위해 노예들의 노동력으로 지어졌다. 이 점을 감안할 때 노동이 별로 좋지 않은 평판을 얻게 된 건 그리 놀라운 일이 아니다.

그러나 성경의 내용이 그렇더라도 노동이 반드시 불유쾌한 일만은 아닌 것 같다. 노동이 언제나 힘든 것임에는 — 최소한 아무것도 하지 않는 것보다는 힘든 것임에는 — 틀림이 없을지도 모른다. 그러나 노동도 즐거운 것이 될 수 있으며, 때때로 인생의 가장 즐거운 부분 중의 하나가 될 수 있다는 충분한 증거가 있다.

일상의 생산 활동이 플로우 경험과 최대한 유사해질 수 있도록 진화가 이루어진 문화도 더러 있다. 일과 가정생활이 어렵기는 하지만 조화롭게 통합된 그룹이 있는 것이다. 유럽의 고산 지대와 산업혁명의 영향을 받지 않은 알프스의 마을에 이런 유형의 지역 사회가 아직도 존재하고 있다.

'전통적 환경' — 몇 세대 전까지만 하더라도 전 세계적으로 우세했던 농경 생활 방식으로 대표되는 — 에서는 노동이 어떻게 경험되는지를 알아보고자 마시미니 교수와 파베 박사가 이끄는 이탈리아 심리학 연구 팀이 최근 그 지역의 일부 주민들과 인터뷰를 한 바 있다. 여기서 그들의 연구 결과를 잠시 소개해보고자 한다.

그 지역 거주민들이 보여주는 가장 두드러진 특징은 일과 자유 시간의 차이를 거의 느끼지 못한다는 것이다. 그들이 하루에 16시간씩 노동한다고 말할 수도 있지만, 전혀 일을 하지 않는다고도 말할 수 있다. 주민 가운데 한 명인 76세의 세라피나 할머니는 이탈리아 알프스의 폰트 트렌타츠라는 작은 부락 출신이다. 할머니는 아직도 아침 5시에 일어나 소젖을 짠다. 그리고 나서는 많은 양의 아침 식사를 준비하고, 집안 청소를 한다. 할머니는 다시 밖으로 나가 날씨와 절기에 따라 소 떼를 빙하 바로 아래쪽에 있는 초목 지대로 몰고 가거나, 과수원 일을 하거나, 혹은 양털을 빗질한다. 여름에는 높은 지대에 위치한 목초지에서 건초를 자르면서 몇 주씩 보내다가 거대한 건초 꾸러미를 머리에 이고 몇 마일을 걸어서 헛간까지 내려온다. 곧장 헛간으로 향한다면 반 시간이면 다다를 거리이지만, 이 할머니는 경사지가 마모되지 않게 하려고 눈에 보이지 않는 구불구불한 길을 선택해 다닌다. 저녁에는 책을 읽거나 증손자들에게 옛날이야기를 들려주기도 한다. 또한 일주일에 몇 번씩 자신의 집에 모이는 친척 앞에서나 친구들의 파티에서 아코디언을 연주하기도 한다.

세라피나 할머니는 나무 한 그루, 돌멩이 하나 그리고 산의 특징에 이르기까지 모든 걸 마치 자신의 오랜 친구인 양 속속들이 알고 있다. 수세기를 거슬러 올라가는 가문의 전설이 그 정경에 얽혀 있다. 1473년에 역병이 휩쓸고 지나간 후, 할머니의 마을에서 유일한 생존자였던 한 여인이 손에 횃불을 들고 지금의 그 낡은 돌다리에서 계곡 아랫마을의 유일한 생존자가 된 한 남자를 만났다. 두 사람은 서로를 도왔으며, 결혼을 했고, 그래서 현재 할머니 가족의 조상이 되었다. 또 세라피나 할머니의 증조할머니가 어렸을 적에 길을 잃은 곳도 바로 할머니의 라즈베리 밭이었다. 극심한 눈보라가 몰아치던 해에는 마을의 바위 위에서 악마가 갈퀴를 들고 할머니의 삼촌을 위협했었다.

인생에서 가장 재미있는 일이 무엇이냐는 질문을 받자, 세라피나 할머니는 즉각 소젖 짜는 일, 소 떼를 목초지로 몰고 가는 일, 과수원에서 가지치기를 하는 일, 양털을 빗질하는 일… 등을 대었다. 사실상 할머니가 가장 좋아하는 일은 평생 동안 자신이 줄곧 해온 일이었다. 할머니는 자신의 일을 다음과 같이 표현했다. "이 일이 제게 큰 만족을 줍니다. 집 밖에 나가는 것, 사람들과 이야기를 나누는 것, 동물들과 함께 있는 것…. 나는 모든 것과 이야기를 합니다. 꽃과 나무, 새와 동물 이 모두와 말이죠. 자연의 모든 게 친구가 되는 겁니다. 매일같이 자연의 변화를 느끼게 되죠. 그러면 상쾌하고 행복한 기분에 젖게 됩니다. 당신들이 이곳에 싫증을 내고 집으로 돌아가야 한다는 게 유감일 뿐이죠. … 일을 많이 해야 하더라도 이곳은 모든 게 너무 아름답습니다."

만약 돈과 시간이 넘치도록 많다면 무엇을 하고 싶냐는 질문을 받자, 세라피나 할머니는 웃고 나서는 처음과 똑같은 활동을 쭉 열거했다. 소젖을 짜고, 소 떼를 목초지로 몰고 가고, 과수원을 돌보고, 양털에 빗질하는 일을 하겠다는 것이다. 그렇다고 세라피나 할머니가 도시 생활의 편의를 전혀 알지 못하는 건 아니다. 가끔씩 텔레비전도 보고, 신문도 읽으며, 많은 친척이 대도시에 살면서 자동차와 전기기구, 해외여행 등 편리한 생활을 누리고 있다는 걸 알고 있기 때문이다. 그러나 그들이 살아가는 멋지고 현대적인 생활 방식이 세라피나 할머니에게는 별 매력을 주지 못했다. 그녀는 이 우주 속에서 자신의 역할에 너무도 만족하며, 고요한 마음의 평화를 누리고 있다.

폰트 트렌타츠 마을에서 가장 나이가 많은 주민들, 즉 66세에서 82세에 이르는 열 명의 노인에게 똑같은 질문을 했을 때도 이들의 응답은 한결같이 세라피나 할머니의 대답과 유사했다. 노동과 여가 시간을 정확하게 구별 짓는 사람은 아무도 없었으며, 열 명의 노인 모두는 노동이 최적 경험을 하게 해주는 원천이라고 생각했다. 또한 만약 기회가 주어진다면 일을 덜하고 싶다고 대답한 사람 역시 아무도 없었다.

노인의 자녀들도 인터뷰를 하면서 삶에 대해 그들의 부모와 같은 태도를 보여주었다. 그러나 20세에서 33세 연령에 해당하는 노인들의 손자 세대는 노동에 대해 다른 태도를 보여주었다. 즉 기회만 주어진다면 일은 더 적게 하고, 더 많은 시간을 독서나 운동, 여행이나 최신 쇼 관람 등의 여가 활동에 쓰겠다고 응답했다.

이처럼 세대 간에 차이가 나타나는 이유 중의 하나는 연령이다. 대체로 젊은 사람들은 자신의 운명에 대해 만족하기보다는 변화를 갈망하고, 반복되는 일상의 제약을 참기 어려워한다. 이 세대 간 차이는 또한, 노동이 한 사람의 정체성이나 궁극적 목적과 의미 깊게 연관되어있던 전통적 생활양식이 쇠퇴했다는 사실을 반영한다고도 볼 수 있다. 폰트 트렌타츠 마을의 젊은이들 중 일부는 나이가 들어가면서 점차 세라피나 할머니와 비슷한 노동관을 가질 수도 있다. 그러나 대다수는 아마 그렇지 못할 것이다. 폰트 트렌타츠 마을의 젊은이들은 꼭 필요하지만 불유쾌한 일과 즐겁기는 하지만 복합적이지 못한 여가 활동 사이의 격차를 계속 넓혀갈 것이다.

알프스 마을 사람들의 생활이 쉬웠던 적은 한 번도 없었다. 매일매일 생존하기 위해서는 고된 단순노동에서부터 기술이 필요한 수공예, 독특한 언어와 노래, 예술품과 같은 복합적인 전통을 계승·발전시키는 일에 이르기까지 광범위한 분야를 숙달해야만 했다. 그러나 어찌된 일인지 이 문화는 그 속에서 살아가는 사람들이 이런 일을 즐기는 방향으로 진화되어왔다. 이들은 고된 노동을 해야만 하는 현실에 우울해하지 않는다. 오히려 "나는 자유롭습니다. 내가 하고 싶은 일은 무엇이나 할 수 있으니까요. 내가 만일 오늘 어떤 일을 안 하면, 내일 그 일을 하면 됩니다. 내가 내 인생의 주인이죠. 나는 여태껏 내 자유를 지켜왔고, 이 자유를 위해서 싸워왔습니다."라고 했던 74세가 된 어느 할머니의 말에 모두 동의한다.

물론 산업화가 이루어지지 않은 문화가 모두 이처럼 이상적이지는 않다. 많은 수렵 사회와 농경 사회에서 삶은 고되고, 잔인하고, 짧았다. 실상 폰트 트렌타츠에서 그리 멀지 않은 다른 알프스 마을은 19세기에 해외여행자들로부터 굶주림과 질병, 무지가 가득한 곳이라는 혹평을 들었다. 인간의 목적과 자연환경이 조화를 이루는 생활 방식을 완성한다는 건, 방문자들을 경외감에 젖게 하는 위대한 성당을 건축하는 것만큼이나 희귀한 능력이다. 성공적인 사례 하나만 가지고 산업화 이전의 모든 문화를 일반화할 수는 없다. 그러나 바로 폰트 트렌타츠 마을의 사례 하나만으로도 '노동은 언제나 자유롭게 선택한 여가 활동보다 즐겁지 못한 것'이라는 고정관념을 깨기는 충분하다.

그렇다면 직업이 생존과 이와 같이 분명하게 밀착되어있지 않은 도시 노동자들의 경우는 어떠한가? 공교롭게도 세라피나 할머니가 일에 대해 보여준 자세는 전통적 농경 사회에서만 볼 수 있는 게 아니다. 산업화 시대의 혼란 속에서도 우리는 일과 여가 활동이 구별되지 않는 삶을 살아가는 사람을 주변에서 종종 만날 수 있다.

그 한 예가 조 크레이머라는 남성으로, 그는 우리가 플로우 경험에 관한 연구를 하던 초기의 인터뷰 대상이었다. 조는 시카고 남부의 열차 부품 조립 공장에서 일하는 60대 초반의 용접공이었다. 조는 약 이백 명의 동료들과 함께 마치 거대한 격납고처럼 생긴 어두운 건물 안에서 일을 했다. 그 공장은 무수한 불꽃이 튀는 가운데 무게가 몇 톤씩이나 나가는 강철판이 머리 위의 트랙에 매달려 움직여 다니며 화물열차의 차축에 용접되는 곳이었다. 또한 여름이면 찜통이 되고, 겨울이면 북미 대초원의 살을 에는 바람이 윙윙거리며 불어대는 곳이었다. 쇠붙이가 쨍그렁 울리는 소리가 너무나 커서 다른 사람에게 얘기를 하려면 귀에다 대고 소리를 질러야 했다.

조는 다섯 살 때 미국에 왔으며, 4학년 때 학교를 중퇴했다. 그는 이 공장에서 일한 지가 벌써 30년이 넘었지만 십장이 되길 원한 적은 단 한 번도 없다. 자신은 단순한 용접공으로 남아있고 싶으며, 다른 사람의 상관이 되는 게 불편하다고 하면서 몇 번에 걸친 승진 제의를 거절했다. 그는 공장에서 제일 낮은 직급에 있었지만 이 공장에서 일하는 사람이라면 누구나 조를 알고 있었으며, 그가 이 공장에서 가장 중요한 사람이라는 사실에 모두가 동의했다. 공장장은 만약 조와 같은 사람이 다섯 명만 더 있어도 그 공장이 업계에서 가장 효율적인 공장이 될 것이라고 말했다. 조의 동료 노동자들도 만약 조가 없다면 당장이라도 공장의 문을 닫아야 할 거라고 말했다.

조가 이처럼 유명해진 이유는 간단하다. 조는 공장에서 이루어지는 모든 작업을 완전히 숙달해서 어떤 사람이 하던 작업이든 관계없이 필요할 때면 언제든지 그 사람을 대신해서 일을 할 수 있었다. 게다가 그는 거대한 기중기부터 작은 전자 모니터에 이르기까지 고장 난 기계는 그 종류를 막론하고 모두 고칠 수 있었다. 그러나 가장 놀라운 점은 조가 이런 일을 할 수 있을 뿐 아니라 이 일 자체를 아주 좋아한다는 것이었다. 어떤 정식 교육도 받지 않았는데 어떻게 복잡한 엔진과 기구를 다룰 수 있게 되었냐고 물었더니, 조는 명쾌하게 대답했다. 자신은 어릴 적부터 모든 종류의 기계에 매료되어왔다는 것이다. 그는 특히 제대로 작동하지 않는 기계에 흥미를 느꼈다고 한다. "우리 어머니의 토스터 기계가 고장이 났을 때 저는 스스로에게 이런 질문을 해봤습니다. '만일 내가 토스터 기계인데 제대로 작동되지 않는다면, 나의 어디가 잘못된 것일까?'라고 말입니다." 그리고 나서는 토스터 기계를 분해해서 결함을 발견하여 고쳤다고 한다. 이후로 그는 계속 이와 같은 감정 이입적인 의인화 방법을 이용해 더욱 복잡한 기계 체제를 배우고 수리를 했다. 새로운 발견이 주는 매력에 여전히 사로잡혀있어서 이제 은퇴가 가까워졌는데도 조는 아직도 매일같이 일하는 걸 즐긴다.

조는 공장에서 어려운 일을 수행한다는 사실에 의존하여 자기만족을 얻는 일 중독자가 결코 아니었다. 조는 별 의미도 없는 일상적인 일을 복합성 있는 일로 바꾸는 것, 즉 플로우를 이끌어내는 활동으로 변화시키는 능력을 가지고 있었을 뿐이다. 그런데 조는 실은 그보다 더 놀라운 능력을 지니고 있었다. 바로 그가 집에서 하는 일이다.

조와 그의 아내는 시카고 외곽 지역에 있는 수수한 방갈로(베란다가 붙은 목조 단층집 ─ 옮긴이)에서 살고 있다. 몇 해에 걸쳐서 부부는 집 양쪽 면에 접해있는 공터를 사들였다. 이 공터에 조는 테라스도 있고, 길도 나 있으며, 수백 종의 꽃과 관목이 있는 정교한 바위 정원을 만들었다. 땅속에 스프링클러를 장치하는 과정에서는 한 가지 아이디어를 생각해냈다. '만약 물이 뿜어지면서 무지개를 만들어내는 장치를 하면 어떨까?' 여러 개의 스프링클러로 실험해본 결과, 이 목적에 합당할 만큼의 미세한 안개를 만들어낼 수 있을 것 같다. 조는 선반으로 자신에게 필요한 스프링클러의 꼭지를 직접 디자인해 만들었다. 조는 이제 퇴근 후 정원 앞에 앉아 스위치 하나만 누르면 십여 개의 물줄기가 뿜어지면서 만들어내는 작은 무지개를 감상할 수 있게 되었다.

그러나 조의 이 작은 '에덴동산'에 문제가 하나 있었다. 그는 거의 매일 일을 했기 때문에 집에 돌아올 때쯤에는 이미 해가 거의 저물어서 물 위에 영롱한 색채가 수놓아지는 걸 볼 수 없었다. 그는 원점으로 돌아가 다시 연구한 끝에 놀라운 해결책을 만들어냈다. 즉 무지개를 만들기에 충분할 만큼의 태양 스펙트럼을 내포한 조명등을 찾아내서 그것을 스프링클러 주변에 눈에 띄지 않게 설치하는 것이었다. 이제 그는 완벽하게 준비가 되었다. 한밤중일지라도 스위치 두 개만 누르면 그의 집 주변은 물줄기와 빛과 색채로 가득 차게 된 것이다.

조는 '자기 목적적 성격'을 지닌 사람이 어떠한가를 보여주는 드문 예이다. 다시 말해, 거의 비인간적이라고 할 수 있는 작업장이나, 잡초가 무성한 도시 빈민가와 같은 가장 황폐한 환경에서도 플로우 경험을 창조해낼 수 있는 능력을 가진 사람들 중 한 명인 것이다. 조가 일하는 열차 부품 공장을 통틀어서 행동의 기회를 파악하는 통찰력을 가진 사람은 조 단 한 명뿐인 듯했다. 우리가 인터뷰한 나머지 용접공들은 모두 자신의 직업을 가능한 한 빨리 벗어나고 싶은 부담으로 여겼다. 이들은 매일 저녁 일이 끝나자마자 공장 주변 곳곳에 우후죽순처럼 자리 잡고 있는 술집에 모여 맥주와 동지애로 지루했던 하루를 잊으려 한다. 그러고 나면 집에 가서 텔레비전 앞에 앉아 맥주를 좀 더 마시다가 아내와 옥신각신 사소한 다툼을 하고 나면 하루가 저물어버린다. 모든 면에서 이들은 서로 비슷한 일과를 보내고 있었다.

누군가는 여기서 동료들의 생활과 비교해 조의 생활 방식만을 높이 평가하는 게 엘리트주의적인 생각이라고 힐난할지도 모른다. 누가 뭐라고 하던 간에 조의 동료들은 술집에서 재미있는 시간을 보내는 것인데, 무지개를 만들기 위해 집 뒷마당을 파헤치는 사람이 그들보다 보람 있는 시간을 갖는 것이라고 누가 말할 수 있겠는가? 물론 문화적 상대주의 관점에서 보면 그와 같은 변명도 일리가 있다. 그러나 복합성이 높아질수록 즐거움이 더해진다는 것을 이해하는 사람이라면 그런 급진 상대주의적 비판에 개의치 않을 것이다. 조처럼 주변에서 기회를 찾아 활용하는 사람이 하는 경험의 질은 자신이 처해있는 삭막한 현실을 스스로의 힘으로는 어쩔 수 없다고 느끼며 현실의 제약에 순응하며 사는 사람보다 훨씬 더 즐거운 것일 뿐 아니라 훨씬 더 발전적인 것임이 분명하다.

노동을 플로우 활동의 일환으로 보는 견해는 과거의 다양한 종교와 철학 체계에서 종종 제시된 바 있다. 중세의 기독교적 세계관에 젖어있는 사람에게는 감자 껍질을 벗기는 일도 그게 더 큰 하나님의 영광을 위해서 하는 것이라면 성당을 건축하는 것만큼이나 중요한 일이었다. 칼 마르크스는 남녀를 막론하고 모든 인간은 생산적인 활동을 통해 자신의 존재를 구축해나가며, 일을 통해서 우리 자신이 창조해내는 것 이상의 '인간 본성'은 없다고 주장했다. 노동은 강 위에 다리를 건축하고 황무지를 경작함으로써 환경을 변화시킬 뿐 아니라, 노동자 역시도 본능에 좌우되던 동물적 존재에서 의식이 있고, 목표를 추구하며, 기술을 갖춘 사람으로 변모하게 된다는 것이다.

고대의 사상가들이 플로우 현상을 어떻게 파악하고 있었는지를 보여주는 흥미로운 예 가운데 하나는 약 2천 3백 년 전에 도교 학자인 장자가 그의 저술에서 언급한 바 있는 유游의 개념이다. 유는 도를 따르는 올바른 길을 나타내는 말이다. 영어로는 '방랑

wandering', '땅을 밟지 않고 걷기walking without touching ground', '수영하기swimming', '날기flying' 혹은 '흐르기**flowing**' 등으로 표현할 수 있다. 장자는 유가 올바른 삶의 길이라고 믿었다. 유는 외적 보상에 연연해하지 않고 자발적이며 완전하게 헌신하는 삶, 간명하게 말하자면 완전한 자기 목적적인 경험을 의미한다.

장자는 자신의 책에서 유에 따라 사는 삶의 예를 소개하고 있다. 바로 포정이라는 이름을 가진 한 사내의 이야기이다. 어느 날 포정이 문혜군(전국시대 양나라의 혜왕 — 옮긴이) 앞에서 소를 잡게 되었다. 포정은 소를 잘 잡기로 유명했는데, 그의 손이 닿을 때마다, 그의 어깨가 들썩일 때마다, 그의 발이 땅을 내딛을 때마다, 그리고 그의 무릎이 움직일 때마다 경쾌한 소리와 함께 칼이 미끄러지듯 움직였다. 이 모든 동작이 마치 그가 상림의 춤(은나라 탕왕이 기우제를 할 때 연주한 무곡 — 옮긴이)을 추는 것처럼, 그리고 경수의 장단(요임금이 작곡한 무곡 — 옮긴이)에 맞추는 것처럼 완전한 리듬을 이루었다.

문혜군은 자신의 요리사가 일에서 플로우(또는 유)를 찾아내는 것이 놀라워서 포정의 기술을 칭찬해주었다. 그러나 포정은 그것이 숙련된 기술 때문이 아니라고 하면서 다음과 같이 이야기했다. "제가 진정 관심을 갖고 있는 건 도道이며, 이는 기술의 경지를 넘어서는 것입니다." 그리고 나서 포정은 자신이 어떻게 그처럼 일을 잘하게 되었는지를 설명했다. 그는 오랜 경험을 통해 소의 구석구석을 직관적으로 이해하고 있기 때문에 마치 자동적으로 이루어지는 것처럼 보일 정도로 능숙하게 소를 자르게 되는 것이라고 했다. "감각을 통해서가 아니라 정신과 직관을 좇아서 일하는 것입니다."라고 그는 말했다.

포정의 설명은 유와 플로우가 각기 다른 별개 과정의 소산임을 나타내는 것처럼 보일 수도 있다. 실제로 일부 비평가들은 둘의 차이점을 강조하기도 한다. 즉 플로우는 도전을 극복하려는 의식적 노력의 소산인데 반해, 유는 의식적 지배를 포기해야만 생긴다는 것이다. 이런 점에서 이들은 플로우를 최적 경험을 추구하는 '서양적' 접근법의 한 예로 보았으며, 이러한 추구 방식은 기술로 어려운 과제를 극복하는 것과 같이 객관적 조건을 변화시키는 일(문제 해결 능력을 키워서 그 도전을 극복하는 것처럼)에 그 기초를 두고 있다고 한다. 이에 반해 유는 정신적 자유와 현실의 초월을 위해 객관적 조건을 무시하는 '동양적' 접근 방식의 예가 된다는 것이다.

그러나 어떻게 하면 이와 같은 초월적 경험과 정신적 자유를 얻을 수 있는 것일까? 장자는 위에서 소개한 우화를 통해 이 질문에 해답이 될만한 값진 통찰 역시 제공해주고 있는데, 이 우화는 학자들 사이에서 정반대되는 두 개의 해석을 낳게 했다.

왓슨이 해석한 내용은 다음과 같다. "그러나 뼈와 힘줄이 붙어 있는 난해한 부분에 이르게 될 때마다 저는 어려운 점을 파악하고, 각별히 조심해야 한다고 스스로에게 이르고는 주의 깊게, 아주 천천히 작업을 합니다. 마침내 흙덩어리가 땅에 부딪혀 깨지듯 전체가 쾅! 하고 갈라질 때까지 최대로 정교하게 칼을 움직여갑니다. 이렇게 살을 베고 난 후 저는 그 자리에 서서 칼을 쥔 채 주위를 둘러보고는 아주 만족스러워하며 잠시 머뭅니다. 그러고 나서야 칼을 닦아서 치워놓습니다."

일부 학자들은 이 구절이 유를 모르는 평범한 도살자의 작업 방법을 나타낸 것이라고 했다. 보다 근래의 학자인 왓슨과 그레이엄은 이 구절이 포정 특유의 노동 방법을 나타내준다고 믿었다. 플로우 경험에 관한 나의 지식을 바탕으로 보건대, 후자의 해석이 올바른 것임에 틀림없는 듯하다. 위의 우화는 모든 난도의 기술과 기예를 숙달했음에도 여전히 유는 새로운 도전(위의 인용구에서 '난해한 부분' 혹은 '어려운 점들'이라고 서술된)을 발견하는 것과 새로운 기술('각별히 조심하고 … 최대로 정교하게 칼을 움직인다')에 달려있다는 사실을 보여준다. 다시 말해 유의 신비한 경지에 도달하려면 어떤 초인간적인 대도약이 필요한 게 아니라, 단지 주변에 있는 행동의 기회에 점차로 주의를 집중시켜나가면 되는 것이다. 그리고 이에 따라 연마되는 기술이 시간이 흘러가면서 너무나 완벽한 수준에 이르러 겉으로는 자동적이고 초월적인 것처럼 보일 정도가 되는 것이다.

위대한 바이올린 연주가나 훌륭한 수학자들이 이룬 성취는 공히 난관을 극복하고 점진적으로 기술을 연마한 결과임이 확실하지만, 마치 초인적인 행위처럼 보인다. 나의 해석이 맞는다면, 플로우 경험(유)을 통해 동양과 서양이 만난다고 할 수 있다. 즉 양대 문화에서 환희의 원천은 공통되는 것이다. 문혜군의 요리사는 가장 가능성이 없어 보이는 곳에서, 그리고 일상의 가장 하찮은 직업에서도 플로우를 창출해낼 수 있음을 보여주는 아주 훌륭한 예이다. 또한 2천 3백 년도 더 된 그 옛날에 이러한 플로우 경험의 요체가 이미 잘 알려져 있었다는 점은 아주 놀라운 사실이다.

알프스 농촌의 할머니와 시카고 남부의 용접공, 그리고 중국의 요리사는 다음과 같은 공통점을 지니고 있다. 즉 그들 모두 고되고 매력적이지도 않으며 대부분의 사람에게는 지루하며 반복적이고 별 의미가 없는 일로만 보이는 직업을 갖고 있었다는 점이다. 그러나 그들은 어쩔 수 없이 해야만 하는 자신의 일을 복합적인 활동으로 변화시켰다. 그들이 이렇게 할 수 있었던 이유는 다른 사람은 찾지 못하는 행동의 기회를 파악했고, 기술을 개발했으며, 또한 자신이 그 순간에 하고 있는 행동에 온 신경을 집중시켰고, 그렇게 하는 과정에 완전히 몰입함으로써 자아를 더욱 강화시켰기 때문이다. 그렇게 변화되었기 때문에 노동은 즐거운 것이 되었다. 또한 개인의 심리 에너지를 투자함으로써 마치 자신이 자유롭게 선택한 일을 하는 것처럼 느낄 수 있게 된 것이다.

자기 목적적 일

세라피나 할머니와 노동자 조 그리고 중국 요리사 포정은 자기 목적적 성격을 개발한 사람들이다. 이들은 자신이 처해있는 환경이 혹독함에도 불구하고 오히려 그 제약을 기회로 변화시킴으로써 자신의 자유와 창의성을 표현할 수 있었다. 이들은 자신의 직업을 풍요롭게 만들면서 동시에 그 직업을 즐길 수 있는 방법을 잘 보여주고 있다. 그러나 자기 목적적 성격이 부족한 사람일지라도 자신이 하고 있는 일 자체를 변화시키는 방법으로 플로우를 경험할 수 있다. 다양성, 적절하고도 융통성 있는 노력의 목표, 그리고 즉각적 피드백 등을 갖춤으로써 노동이 하나의 게임과 본질적으로 같아질수록 — 노동자의 개인 수준과 관계없이 — 일은 더욱 즐거운 것이 된다.

사냥은 그 본질상 플로우의 모든 특성을 갖춘 '노동'의 좋은 예가 된다. 아주 오랜 옛날부터 사냥감을 추적하는 것은 인간의 주요 생산 활동이었다. 그러나 사냥이 주는 즐거움이 너무도 컸기 때문에 그 실제적인 필요성이 사라진 지금도 여전히 많은 사람이 취미로 사냥을 즐기고 있다. 낚시도 마찬가지이다. 목축 일을 하며 살아가는 생활양식도 초기 '노동'이 지녔던 자유와 플로우적 구조를 일부 갖추고 있다. 오늘날에도 애리조나의 나바호 족 젊은이들 중에 대다수는 평원에서 말을 타고 양 떼를 모는 일이 가장 즐겁다고 말한다.

농경을 사냥이나 목축만큼 즐긴다는 건 어려운 일이다. 정착을 해야 하고, 노동이 반복적이며, 노력의 결과가 나타나기까지 훨씬 더 많은 시간이 소요되기 때문이다. 봄에 뿌린 씨앗은 몇 달이 걸려야 열매를 맺기 시작한다. 농경을 즐기기 위해서는 사냥보다 훨씬 더 긴 시간이 필요한 것이다. 사냥꾼은 하루에도 몇 번씩 사냥감과 공격 방법을 선택할 수 있지만, 농부는 어떤 종류의 작물을 어디에다 얼마만큼 경작할지를 결정할 수 있는 순간이 일 년에 단 몇 차례뿐이다. 경작에 성공하기 위해서 농부는 오랜 기간 준비를 해야 하며, 날씨가 좋기만을 바라면서 일정 기간 동안 속수무책으로 기다려야만 한다. 어쩔 수 없이 농부가 된 목축인과 사냥꾼의 인구가 겉으로 보기에는 너무나도 지루해 보이는 삶을 견디지 못하고 소멸해버린 경우가 많은 것은 그리 놀라운 일이 아닌 것이다. 그러나 많은 농부 또한 점차 자신의 직업에서 틈새를 찾고 이를 활용하여 즐길 수 있는 기회를 갖게 되었다.

18세기 이전까지 농한기 농부들의 여가 시간 중 대부분을 차지했던 가내수공업은 플로우를 제공한다는 면에서 합리적으로 잘 고안된 활동이라고 할 수 있다. 예를 들어, 영국의 직조공들은 집에다 베틀을 갖다 놓고 스스로 정한 스케줄에 따라 온 가족과 함께 일을 했다. 이들 직조공은 생산 목표를 자율적으로 정했으며, 각자의 생산 능력에 따라 그 목표를 조정해나갔다. 날씨가 좋은 날에는 베를 짜지 않고 과수원이나 채소밭에 나가 일했다. 기분이 내킬 때는 베를 짜면서 민요 몇 곡조를 부르기도 하고, 천이 완성되면 조촐한 음식을 놓고 모두 축하를 했다.

이와 같은 생활 방식이 현대화가 가져온 모든 혜택에도 불구하고 인간적인 생산 속도를 유지할 수 있었던 일부 지역에서 아직도 지켜지고 있다. 예를 들어, 마시미니 교수와 그의 연구 팀이 북

이탈리아 비엘라 지역의 직조공들을 인터뷰한 바에 따르면, 이들의 노동 양식은 앞에서 이야기했던 200년도 넘은 영국 직조공들의 노동 양상과 유사한 것이었다고 한다. 이 지역에서는 각 세대마다 두 대에서 열 대에 이르는 직조기를 가지고 있었으며, 가족들이 한 사람씩 번갈아가며 직조기를 맡았다. 이른 아침에는 아버지가 기계를 작동시키다가 아들을 불러서 일을 맡기고는 숲에 가서 버섯을 따거나 샛강으로 송어 낚시를 하러 가기도 한다. 아들이 기계를 돌리다가 지루해지면, 어머니가 그 일을 맡는다.

비엘라 지역의 직조공들은 인터뷰에서 직조일이 가장 재미있다고 하면서 여행보다도, 디스코장에 가는 것보다도, 낚시보다도, 그리고 물론 텔레비전을 보는 것보다도 훨씬 더 즐거운 일이라고 했다. 베 짜는 일이 이토록 재미있는 이유는 계속해서 새로운 도전이 생겨나기 때문이다. 가족 구성원들은 천에 짜 넣을 자신만의 디자인을 고안해내기도 하고, 한 가지 디자인의 천을 충분히 생산하면 다른 디자인으로 바꾸기도 한다. 가족들 각자가 어떤 종류의 천을 만들 것인가, 재료를 어디서 구입할 것인가, 얼마나 생산해낼 것인가, 그리고 어디에다 팔 것인가 등을 결정한다. 어떤 가족들은 일본이나 호주와 같이 먼 곳에도 고객을 확보하고 있다. 이들은 언제나 큰 제조 공장에 들러서 최신 기술을 배우거나 필요한 장비를 최대한 저렴한 가격에 구입한다.

그러나 서양 대부분의 지역에서 플로우를 창출하는 데 도움이 되는 이 같은 환경은 동력 직조기가 처음 발명됨과 동시에 공장에 중앙 집중적 생산 공정이 도입되면서 완전히 붕괴되고 말았다. 18세기 중엽 무렵에는 영국의 가내수공업이 대량생산과 도저히 경쟁할 수 없게 되었다. 각 가정은 경제적으로 궁핍해졌으며, 그 결과 노동자들이 가내수공업을 그만두고 불결하고 건강에 좋지 않은 환경의 공장에 대거 투입되었다. 그들은 새벽부터 땅거미가 질 때까지 계속되는 혹독한 스케줄에 따라 일해야만 했다. 심지어 일곱 살밖에 되지 않은 어린아이들도 자신을 착취하고 자신에게 무심한 사람들 틈에서 지치도록 일해야 했다. 이전에 사람들이 느끼던 노동의 즐거움은 이와 같은 산업화의 열기로 인하여 사실상 완전히 사라지게 되었다.

우리는 이제 새로운 후기 산업화 시대를 살고 있으며, 노동 여건도 많이 개선되어가고 있다고들 말한다. 오늘날의 전형적 노동자들은 쾌적한 통제실의 계기반 앞에 앉아 컴퓨터 화면을 살피면서 작업을 관리하고, '진짜' 일은 작업대에 있는 동작 빠른 로봇들이 한다. 실제로 대부분의 사람이 더 이상 생산에 참여하지 않는다. 이들은 이른바 '서비스 분야'에서 몇 세대 전에 살았던 농부나 공장노동자들의 눈에는 너무나 편한 여가 활동같이 보였을법한 일을 한다. 노동자들 위에는 매니저와 전문가들이 있으며, 이들은 자신의 직업에서 많은 자유 재량권을 갖고 있다.

그러므로 노동은 혹독하거나 지루한 것이 될 수도 있고, 또는 즐겁거나 흥미로운 것이 될 수도 있다. 1740년대의 영국에서 그랬던 것처럼, 오늘날에도 비교적 쾌적했던 평균적 노동조건이 불과 몇십 년 안에 악몽으로 변할 수도 있는 것이다. 수차와 증기기관, 전기와 실리콘 칩의 발명과 같은 기술적 혁신이 노동이 즐거운 것이 될 수 있는가의 여부에 막대한 영향을 주게 되었다. 공유지의 사유화 법규, 노예 및 도제 제도의 폐지, 주 48시간 노동과 최저임금제의 설정 등도 역시 지대한 영향을 미칠 수 있다. 노동 경험의 질을 우리 의지대로 변화시킬 수 있다는 사실을 일찍 깨달을수록 우리 인생의 아주 중요한 부분을 훨씬 빠르게 개선할 수 있는 것이다. 그러나 대부분의 사람은 아직도 노동이 영원한 '아담의 저주'일 수밖에 없다고 믿고 있다.

　이론적으로는 어떤 직업이든 플로우의 이론 모델이 제시해주는 바에 따라 한층 더 즐거운 것으로 변화될 수 있다. 그러나 일이 즐거운 것인가 아닌가의 여부가 아직까지는 특정 직업의 본질에 영향을 미칠 수 있는 권한을 가진 사람들의 관심 밖으로 물러나 있는 것이 현실이다. 경영진은 생산성에 최우선의 관심을 두고, 노동조합 간부들은 안전과 직업의 보장, 그리고 보상 문제에 가장 많은 관심을 쏟는다. 근시안적으로 보면, 플로우를 창출하는 조건은 이와 같은 우선순위와 대치되는 것으로 보인다. 이는 아주 유감스러운 일이다. 왜냐하면 노동자들이 진정으로 자신의 일을 즐기게 되면, 개인적으로도 행복할 뿐만 아니라 틀림없이 노동생산성도 향상되어 현재 우선시 되고 있는 다른 목표들까지 한결 효율적으로 달성할 수 있기 때문이다.

　만일 모든 직업이 게임처럼 된다면 모든 사람이 일에서 재미를 느낄 거라고 기대하는 것도 잘못된 생각이다. 가장 바람직한 외적 조건이라고 할지라도 그것이 반드시 플로우 경험을 보장해주는 것은 아니기 때문이다. 최적 경험은 행동의 기회에 대한 주관적 평가와 개인의 능력에 따라 좌우되는 것이다. 따라서 좋은 조건의 직업을 가지고 있는 사람이라고 할지라도 개인적으로 불만을 느끼는 경우가 흔히 발생하는 것이다.

　외과 의사의 경우를 예로 들어보자. 외과 의사처럼 막중한 책임이 따르는 직업도 많지 않으며, 또 일을 하는 사람에게 이처럼 큰 지위를 부여해주는 직업도 흔치 않다. 만일 도전과 기술이 중요한 요소라면, 외과 의사는 당연히 자신의 직업에 그지없이 만족해야 한다. 실제로 많은 외과 의사가 스스로를 일에 중독되었다고 밝히면서 자신의 일생에서 그 어떤 것도 이 일과 비교해서 재미를 따져

볼만한 게 없다고 말한다. 심지어 카리브 해에서 휴가를 보내거나 훌륭한 오페라를 관람하는 일이라고 할지라도 그 일이 자신을 병원에서 떼어놓는 것이라면 모두 시간 낭비로 생각된다고들 말한다.

그러나 모든 외과 의사가 자신의 직업을 이처럼 좋아하는 건 아니다. 일부 의사들은 자신의 직업에 싫증을 느낀 나머지, 단조로움을 잊기 위해 술을 마시거나 도박을 하기도 하고, 때로는 쾌락을 좇아 방탕한 생활을 하기도 한다. 같은 직업을 어쩌면 이처럼 다르게 느낄 수 있는 것일까? 그 이유 가운데 하나가 보수는 많지만 반복적인 일상에 안주하는 의사들은 곧 싫증을 느끼기 시작한다는 것이다. 같은 외과 의사라고 해도 그 중에는 수술이나 편도선 절제 수술만 하는 의사들도 있으며, 심지어는 귓불을 뚫어주는 것만을 전문으로 하는 의사도 있다. 이와 같은 전문 분야에서는 돈을 많이 벌 수는 있어도 직업을 즐기기란 더욱 어려워진다.

한편 외과 의사들 중에는 이와는 정반대의 극단으로 가는 의사들도 있다. 이들은 끊임없이 도전을 찾고 자기 스스로 감당해내지 못할 만큼 최첨단의 복잡한 시술을 하고 싶어 한다. 그러나 이들은 똑같은 시술을 반복하는 의사들과는 정반대의 이유로 지치게 된다. 즉 불가능한 시술을 끝내기는 했어도 그 시술을 다시 재현하지 못한다.

자신의 직업을 즐기는 외과 의사는 다양한 시술이 가능하며, 최신 기술을 도입하는 실험적 시술도 어느 정도 허용되는 병원에서 근무하는 한편, 연구와 가르치는 일도 겸하고 있다. 자신의 직업에 만족하는 의사는 돈과 명예, 그리고 생명을 구하는 일도 중요하지만, 그래도 가장 큰 만족을 주는 건 그들 직업의 내적 측면이라고 말한다. 수술이 외과 의사들에게 이토록 특별한 이유는 수술을 할 때 경험할 수 있는 느낌 때문이다. 그 느낌에 대해 의사들이 설명하는 걸 들어보면 거의 모든 면에서 운동선수나 예술가, 그리고 앞서 소개한 포정이 말하는 플로우 경험과 아주 유사하다.

이는 외과적 수술이 모든 플로우 활동의 특징을 고루 갖추고 있기 때문이라고 볼 수 있다. 우선, 외과 의사에게는 목표가 아주 명확하게 설정되어있다는 점을 꼽을 수 있다. 외과 의사와 비교해볼 때 내과 의사는 덜 구체적이고 광범위한 문제를 다루며, 소아과 의사는 훨씬 더 모호하고 단명한 증세와 처방을 다룬다. 이와는 대조적으로 외과 의사는 임무가 아주 분명하다. 종양을 제거하는 일, 뼈를 맞추는 일, 일부 장기의 기능을 회복시키는 일 등을 하는 것이다. 이러한 임무를 완수하면 절개 부분을 봉합한 후 수술이 잘 이루어졌다는 만족감을 가지고 다음 환자를 진료한다.

또한 수술이 즉각적이고도 계속적인 피드백을 제공해준다는 점도 들 수 있다. 절개한 신체 부위에 이상 출혈이 없으면 수술은 잘 진행되고 있는 것이다. 그러면 질병이 생긴 조직을 제거하거나 뼈를 맞춘 후 봉합을 한다. 이러한 수술의 전체적인 과정을 통해서 외과 의사는 수술이 얼마나 성공적이었는가, 그렇지 않았다면 그 원인은 무언인가를 정확히 알 수 있다. 이런 이유 하나만으로도 외과 의사는 자신의 직업이 다른 어떤 의학 분야보다도, 그리고 세상의 어떤 직업보다도 훨씬 더 만족을 준다고 믿고 있다.

또 다른 차원으로, 수술에는 도전이 끊이지 않고 따른다는 점도 들 수 있다. 한 외과 의사의 말에 따르면 다음과 같다. "저는 마치 체스 선수나 고대 메소포타미아에서 이쑤시개를 연구하는 학자들이 느끼는 것과 같은 지적 즐거움을 맛보게 됩니다. … 외과적 기술도 마치 목수일이 주는 재미와 마찬가지로 재미를 느끼게 해줍니다. … 극도로 난해한 문제들과 씨름해서 그 문제를 해결하는 만족감을 얻는 것이죠." 또 다른 의사의 말도 인용해보자. "제 일에 아주 만족하고 있으며, 다소 어려운 문제가 있으면 또 그만큼 흥미가 생겨납니다. 무엇인가를 고친다는 것, 제자리를 찾아 넣어 본래의 모습과 기능을 회복시키는 것, 이 모든 일이 큰 즐거움을 줍니다. 수술 팀 전원이 합심하여 원만하고도 능률적으로 일하게 되면 그 즐거움은 몇 곱절로 늘어납니다. 그렇게 되면 모든 상황이 아주 만족스러워집니다."

두 번째로 인용한 의사의 언급은 수술에 관련된 도전에는 외과 의사 한 개인이 해결해야 하는 문제뿐만 아니라 관련 의료진이 협동해서 일할 수 있는 여건의 조성도 포함되어있음을 보여주고 있다. 많은 외과 의사가 원활하고도 효율적으로 기능하는 잘 훈련된 팀의 일원으로 일하는 게 몹시 즐겁다고 이구동성으로 말한다.

물론 일을 더 잘하게 되고, 개인의 기술을 향상시킬 수 있는 가능성은 언제든 있다. 어느 안과 전문의는 다음과 같이 말했다. "저희들은 정교하고 정밀한 장비를 사용합니다. 수술은 하나의 예술 행위와도 같습니다. … 모든 게 얼마나 정확하고 예술적으로 시술을 하느냐에 달려있는 것입니다." 또 다른 외과 의사는 다음과 같이 언급했다. "세부적인 사항에 주의를 기울이고, 솜씨 좋게 그리고 기술적 효율성을 높여 수술하는 게 아주 중요합니다. 저는 동작의 낭비를 싫어하므로, 가능한 한 미리 계획하고 안배한 대로 수술을 진행하려고 노력합니다. 바늘 쥐는 법과 봉합할 자리, 봉합의 종류와 같은 사항까지도 세심한 관심을 기울여서 모든 것이 최선이 되고, 또 쉬워질 수 있도록 하는 것입니다."

수술을 할 때는 그 일의 성격상 모든 사람의 관심이 분산되지 않고 수술 절차에만 집중된다. 실제로 수술실은 공연과 연기를 하는 배우를 비춰주는 조명이 있는 무대와도 같다. 수술에 임하는 외과 의사는 대회에 출전하는 운동선수처럼, 그리고 예배 준비를 하는 성직자처럼, 여러 준비 과정과 세정 작업을 거치고 특별한 수술 복을 입는다. 이런 일련의 의식은 그 자체가 갖는 실질적 목적도 있지만, 참가자들이 일상의 관심에서 벗어나 앞으로 진행될 일에 관심을 집중할 수 있도록 해주는 역할도 한다. 어떤 의사들은 중요한 수술이 있는 날 아침에는 '일정한 공식'에 따라 같은 식단의 아침을 먹고, 같은 옷을 입고, 같은 길로 운전을 해 병원으로 출근한다고 한다. 그들이 이렇게 하는 이유는 미신을 믿어서가 아니다. 몸에 익은 습관적인 행위를 함으로써 사소한 일에 신경을 쓰지 않고 오늘 있을 수술에만 온 관심을 쏟을 수 있도록 하기 위한 것이다.

외과 의사들은 운이 좋은 편이다. 돈도 많이 벌고 존경과 신망을 받을 뿐 아니라 플로우 활동의 청사진에 따라 설정된 것과도 같은 직업을 갖고 있기 때문이다. 이 모든 장점에도 불구하고 일에 진력이 나서 혹은 이룰 수 없는 명성과 권력을 추구하다가 정신 질환에 걸리는 의사들도 있다. 이런 사실이 말해주는 바는, 직업의 종류도 아주 중요한 요소이지만 그 자체만으로 그 직업을 수행하는 사람이 일 속에서 즐거움을 느낄 수 있는가의 여부가 결정되지 않는다는 사실이다.

직업에 대한 만족도를 좌우하는 또 하나의 요소는 일하는 사람이 자기 목적적 성격을 갖고 있느냐의 여부이다. 용접공 조는 다른 사람들이 보기에는 전혀 플로우의 기회를 제공해주지 못할 것 같은 직업에서도 만족을 느낄 수 있었다. 이와 동시에 즐거움을 주고자 일부러 고안해낸 것처럼 보이는 직업을 가진 외과 의사 중에도 자신의 일을 싫어하는 사람이 있는 것이다.

일을 통해 삶의 질을 향상시키기 위해서는 두 가지의 상호 보완적인 전략이 필요하다. 하나는 자신이 하고 있는 일을 사냥이나 가내 직조 수공업, 수술 등과 같이 플로우 활동과 최대로 비슷해질 수 있도록 재설계해야 한다는 것이다. 다른 하나는 행동의 기회를 파악하고, 기술을 연마하며, 합당한 목표를 설정하는 훈련을 통해서 사람들이 세라피나와 조, 그리고 포정의 경우처럼 자기 목적적 성격을 개발할 수 있도록 돕는 일이다. 이 두 가지 전략 중 어느 하나만으로는 일을 더 만족스러운 것으로 만들 수 없다. 두 가지 전략이 상호 보완되어야만 최적 경험을 창출하는 데 지대한 공헌을 하게 되는 것이다.

일의 역설적 특징

장기적인 관점에서 우리를 지금과는 다른 시대와 문화 속에서 살았던 사람들과 비교해보면, 일이 삶의 질에 끼치는 영향을 한결 쉽게 이해할 수 있다. 그러나 궁극적으로는 우리 주변에서 현재 일어나고 있는 상황에 더욱 면밀하게 관심을 기울여야 한다. 고대 중국의 요리사, 알프스 마을의 농부들, 용접공, 외과 의사들의 사례는 일에 내재되어있는 잠재성을 발견하는 데는 도움이 되지만, 그런 직업이 요즘 사람들이 가진 직업을 대표하는 전형은 아니다. 오늘날 평범한 미국 성인들에게 일이란 무엇인가?

　연구를 진행하면서 우리는 자신의 직업에 관한 이상한 내적 갈등을 겪고 있는 사람들을 종종 만나곤 했다. 대체로 우리의 연구 대상자들은 직장에서 아주 긍정적인 경험을 한 적이 있다고 응답했다. 이런 응답으로 보면, 이들이 일을 지속하기를 원하며, 직장에서 일에 대한 성취동기가 아주 높으리라고 추론할 수 있다. 그러나 일반적으로 사람들은 기분이 좋을 때라도 일은 안 하는 편이 더 좋으며, 자신이 직장에서의 성취동기가 낮다고들 말한다. 이와 반대의 경우도 마찬가지이다. 어렵게 얻은 여가를 즐길 때에도 사람들은 놀라우리만큼 기분이 저조하다고 했으나, 그런데도 여전히 더 많은 여가를 계속 원하게 된다고 말했다.

우리는 경험표집방법ESM을 사용해 다음과 같은 사항을 조사해보았다. '사람들이 더 많은 플로우를 경험하게 되는 게 직장에서 일할 때인가, 아니면 여가를 즐길 때인가?' 우리는 백여 명이 넘는 다양한 직업을 가진 남녀 직장인으로 구성된 응답자들에게 무선호출기(삐삐)를 착용하게 하고, 일주일 동안 하루에 여덟 번씩 무선으로 신호를 보냈다. 그리고 호출기가 울리면 각자 그 신호를 받은 순간에 자신이 무엇을 하고 있으며, 기분이 어떠한지를 두 쪽의 설문지에 기록하게 했다.

이들이 주로 표시해야 할 사항은 항목당 10단계로 나눠진 척도상에서 현재 얼마나 많은 도전 목표를 당면하고 있는가, 그리고 얼마나 많은 기술을 사용하고 있다고 생각이 드는가 하는 것이었다. 즉 하고 있는 일이 얼마나 어려운가, 그리고 그 일을 어느 정도 감당하고 있는가를 물어보는 것이었다. 응답자들이 도전과 기술을 묻는 항목 모두에서 동시에 한 주 동안의 평균적인 반응 단계 이상을 표시한 경우에는 플로우를 경험하고 있는 것으로 간주하였다.

이 연구를 통하여 우리는 4,800여 개가 넘는 응답, 즉 평균적으로 한 사람에게서 일주일에 약 44개의 응답을 수집하였으며, 조사 결과 응답자의 33퍼센트가 '플로우 경험'을 한 것으로 보고되었다. 물론 플로우를 이처럼 정의하는 건 다소 포괄적이라고 할 수 있다. 10단계 척도로 나눠진 도전과 기술 항목에서 양쪽 모두 최고 수준 단계에 표시를 한 복합적 플로우 경험만 연구 결과에 포함시키고자 했다면, 사람들이 기록한 응답 가운데 플로우라고 할 수 있는 건 1퍼센트도 되지 않을 것이다. 이 연구에서 플로우 경험을 정의

하기 위해 우리가 채택한 방법은 현미경의 배율과 같다고 할 수 있다. 즉 사용하는 배율에 따라서 보이는 세부 사항이 차이가 나는 것처럼 말이다.

예상했던 대로 해당 주간 동안 플로우 활동에 더 많은 시간을 할애한 응답자일수록 전반적으로 경험의 질이 향상되었다고 답하였다. 플로우 경험을 자주 했던 응답자들은 특히나 '강하고', '활동적이고', '집중력이 강하고', '동기가 풍부하다'고 스스로 느끼는 확률이 높았다. 그러나 예상하지 못했던 바는, 응답자들이 여가를 즐길 때보다 오히려 직장에서 플로우를 경험한 빈도가 훨씬 더 높았다는 점이다.

직장에서 이들이 실질적으로 일을 하고 있는 동안(이는 근무시간의 단지 4분의 3에 해당하는 시간이다. 나머지 4분의 1의 시간에는 공상이나 잡담을 하거나, 개인적인 일을 한 것으로 나타났다)에는 호출기 신호를 받았을 때 플로우를 경험하고 있다고 응답한 확률이 54퍼센트나 되었다. 다시 말해, 일을 하고 있던 시간의 거의 절반가량 이들은 스스로 평균 이상의 도전에 직면하고 있으며, 평균 이상의 기술을 사용하고 있다고 느낀 것이다.

이와는 대조적으로, 독서나 텔레비전 시청, 자신의 집에 방문한 친구와 시간 보내기, 혹은 레스토랑에서 외식하기 등의 여가 활동을 하고 있을 때 플로우를 경험하고 있다고 응답한 확률은 18퍼센트에 불과했다. 여가 활동 때 나온 응답은 우리가 '**무감각**apathy'이라고 정의한 영역에 전형적으로 해당되는 것으로, 이는 응답자들이 평균 이하의 도전과 평균 이하의 기술을 사용하고 있는 상황임을 말해준다. 이런 상황에서 연구 참여자들은 자신을 수동적이고 약하다고 생각하게 되며, 지루하고 불만족스러운 기분을 흔히 느낀다고 보고한다. 조사 대상자들이 일을 하고 있는 동안에 한 응답 중에서는 16퍼센트만이 이런 무감각의 영역에 해당된 반면, 여가 활동을 할 때 나온 응답 중에서는 절반이 넘는 52퍼센트가 무감각의 영역에 해당되었다.

예상할 수 있는 바와 같이, 경영진이나 감독직에 있는 사람들(64%)은 사무원(51%)이나 육체 노동자들(47%)보다 직장에서 플로우를 경험하는 확률이 높았다. 육체 노동자들이 여가 활동에서 플로우를 경험하는 확률(20%)은 사무원(16%)이나 경영진(15%)보다 높았다. 그러나 자동 조립 일을 하는 노동자들도 여가 활동을 할 때보다 공장에서 일을 할 때 플로우를 경험하는 확률이 높았다(47% : 20%). 이와는 대조적으로, 일을 하면서 무감각을 보고한 빈도는 노동자들이 경영진보다 높았으며(23% : 11%), 여가 활동 중에는 경영진이 육체노동자들보다 높았다(61% : 46%).

일을 할 때든 여가 활동 중이든 관계없이 조사 대상자들은 플로우를 느낄 때가 그렇지 않을 때에 비해 훨씬 더 긍정적인 경험을 했다고 응답했다. 이들은 또한 도전과 기술의 수준이 높을 때 더 행복감을 느끼고, 기분이 명랑해지며, 스스로가 강하게 느껴진다고 했다. 또한 자신이 더 활동적이고 창의적이 되며, 더욱 큰 만족감을 느낄 수 있다고 했다. 이와 같은 경험의 차이는 통계적으로 입증되었으며, 직업의 종류와 관계없이 거의 모든 노동자에게서 공통적으로 나타났다.

일반적인 추세가 이와 같은 가운데서도 단 하나의 예외가 있었다. '아니다'부터 '그렇다'까지 열 단계의 척도로 나뉜 설문지의 응답란에는 다음과 같은 질문 항목이 있었다. '지금 이 일 말고 다른 것을 하길 원합니까?' 이 문항을 얼마나 강하게 부정하는가에 따라서 그 순간 응답자가 얼마나 의욕적으로 일을 하고 있는가를 파악할 수 있었다. 즉 일에 대한 동기를 측정하는 문항이었다.

조사 결과에 따르면, 플로우를 경험하고 있는가의 여부에 관계 없이 여가 활동을 할 때보다는 일하고 있을 때 뭔가 다른 일을 하고 싶다는 응답이 훨씬 많이 나왔다. 다시 말하면, 직장에서는 일이 플로우를 제공해주는 경우에도 일에 대한 동기가 낮은 편이며, 반대로 여가 활동 중에는 경험의 질이 낮아도 동기가 높았다는 것이다.

이것이 바로 우리가 당면하고 있는 역설적인 상황이다. 직장에서 사람들은 자신의 기술을 훨씬 많이 사용하며, 직면하고 있는 도전도 많다고 느끼기 때문에 스스로를 더 행복하고, 강하고, 창의적이라 느끼며 더욱 큰 만족감을 갖는다. 반면 여가 시간에는 대체로 별로 할 일도 없고, 자신의 기술을 많이 쓰지 않는다는 생각이 들기 때문에 사람들은 스스로를 우울하고 약하고 지루하고 불만족스럽게 느끼는 경향이 있다. 그런데도 사람들은 일을 하기보다는 여가 시간을 더 많이 갖고 싶어 하는 것이다.

이처럼 모순된 양상이 의미하는 건 무엇일까? 이에 대한 여러 가지 설명이 있을 수 있겠지만, 부정할 수 없는 분명한 결론이 하나 있다. 일이라고 하면 사람들은 자신의 감각이 내리는 판단을 따르지 않는다는 것이다. 이들은 직접적인 경험의 질은 무시해버리고, 대신 일에 대한 깊은 문화적 **고정관념**에 의거해 자신의 동기를 결정짓는다. 일이란 부담이고, 구속이며, 자신의 자유에 대한 침해이기 때문에 가능한 한 피해야 한다고 여기는 것이다.

직장에서 느끼는 플로우가 즐거운 것이기는 하지만, 높은 수준의 도전을 항상 직면해야 하는 건 견디기 힘든 일이라는 주장도 있다. 사람들은 집에서 심신을 회복해야 하며, 재미가 없을지라도 매일 몇 시간씩은 텔레비전 앞에 앉아있는 것도 필요하다는 것이다. 그러나 이런 주장과는 상충하는 예도 찾아볼 수 있다. 가령 폰트 트렌타츠 마을의 농부들은 보통의 미국 사람들보다 훨씬 힘든 일을 더 오랜 시간 동안 하고, 미국인들만큼이나 집중력과 참여도가 필요한 도전에 일상적으로 직면한다. 그러나 폰트 트렌타츠 마을의 농부들은 일하는 동안에 다른 걸 하고 싶다고 생각하지 않는다. 또한 일이 끝난 뒤에도 편안히 쉬는 게 아니라, 힘든 여가 활동을 하면서 자유 시간을 보낸다.

이러한 조사 결과가 제시하는 바와 같이, 우리 주변의 많은 사람이 무감각해지는 건 심신이 지쳐서가 아니다. 문제는 현대의 노동자들이 자신의 직업과 그 직업에 관련된 목표를 인식하는 방법에 있는 듯하다.

자신이 원하지도 않는 과업에 노력을 투자하고 있다고 느낀다면, 그건 심리 에너지를 낭비하는 것이나 마찬가지이다. 우리 자신의 목표 달성에 도움이 되는 게 아니라, 다른 사람의 목표를 실현하기 위해 우리에게 부과된 임무를 수행하는 것이기 때문이다. 그런 과업에 투자되는 시간은 우리의 일생에서 사용할 수 있는 시간을 그만큼 감소시키는 것이다. 많은 사람이 자신의 직업을 어쩔 수 없이 해야만 하는 것으로, 그리고 외부에서 강제된 부담으로 여기며, 또한 인생의 큰 부분을 앗아가는 것으로 생각한다. 그러므로 사람들은 일하는 도중에 순간적으로 긍정적인 경험을 하더라도, 그런 경험이 자신의 장기적 목표를 달성하는 데는 별 도움이 되지 않기 때문에 그리 큰 의미를 두지 않는 경향이 있다.

그러나 여기서 '불만족'이라는 것은 상대적인 용어임을 명심해야 한다. 1972년부터 1978년까지 전국적으로 실시된 대규모 여론조사에 따르면, 미국 노동자의 단 3퍼센트만이 자신의 직업이 매우 불만족스럽다고 응답한 반면, 52퍼센트는 자신의 직업에 아주 만족한다고 응답해 조사 대상이 된 산업국가 중에서 미국이 이 부분에서 상위를 기록했다. 그러나 게중에는 자신의 직업은 좋아하면서도 동시에 그 직업이 갖는 일부 특성이 싫어서 이를 개선하려고 노력하는 사람도 있다.

연구를 통해서 우리는 미국인들이 자신의 직업에 만족하지 못하는 주된 이유 세 가지를 발견했는데, 이 세 가지는 모두 직장에서 겪는 전형적인 경험과 관련이 있는 것이었다. 우리가 지금껏 살펴본 바와 같이, 직장에서 하는 경험이 집에서 하는 경험보다 더 나은 경우가 많음에도 이 세 가지 원인 때문에 직업에 대해 불만을 갖게 되는 것이다(일반적인 생각과는 다르게, 봉급이나 다른 물질적 문제는 대체로 이들의 가장 절박한 관심사에 들지 않았다).

사람들이 가장 많이 지적하고, 어쩌면 가장 중요한 것일 수도 있는 불만족의 첫 번째 원인은 다양성과 도전감의 결여이다. 이것은 모든 사람에게 문제가 될 수 있으나, 특별히 단조로운 작업을 하는 하급 직책을 가진 사람들의 경우에 더 심각한 문제가 되었다. 두 번째 불만은 직장에서 겪는 다른 사람과의 갈등, 특히 상관과의 갈등이다. 세 번째로는 심신의 소모가 지적되었다. 압력과 스트레스를 많이 받고 자신을 위한 시간이 너무 없다는 것, 그리고 가족과 함께 보내는 시간이 부족하다는 것이었다. 이것은 특히 고위 직급에 있는 사람들, 즉 경영직이나 관리직에 있는 사람일수록 심각하게 느끼는 문제였다.

이러한 불만에는 객관적인 것도 있지만, 각 개인이 느끼는 의식의 주관적 변화에 따라 좌우되는 것도 많다. 예를 들어, 다양성이나 도전은 직업이 본연적으로 갖고 있는 특징이기도 하지만, 각자가 기회를 어떻게 파악하는가에 따라 차이가 나는 것이기도 하다. 요리사 포정과 세라피나 할머니, 그리고 노동자 조는 대부분의 사람이 단조롭고 의미 없다고 생각하는 일에서 도전을 찾아냈다. 어떤 직업이 다양성을 갖추고 있는가는 궁극적으로 볼 때 실질적 노동조건보다는 그 직업에 접근하는 각자의 방식에 좌우되는 것이다.

다른 불만의 원인도 이와 마찬가지이다. 직장 동료나 상사와 잘 지내는 것이 어렵기는 하겠지만, 일반적으로 이와 같은 일은 노력만 한다면 어느 정도 원만히 해결할 수 있는 문제이다. 직장에서의 갈등이란 종종 체면이 손상될 것을 우려하여 방어적 심리를 갖게 될 때 발생한다. 자신의 특정 목표에 따라 다른 사람들이 자신을 어떻게 대해주어야 한다는 기준을 설정해놓고, 다른 사람들이 그 기준을 따라주기를 기대하는 것이다. 그러나 그런 일이 계획한 대로 이루어지는 경우는 극히 드물다. 다른 사람들도 나름대로 설정해놓은 기준과 목표가 있기 때문이다.

이 같은 교착 상태를 피해갈 수 있는 최선의 방법은 상사나 동료들이 그들의 목표를 달성할 수 있도록 도와주면서 자신의 목표를 성취하고자 노력하는 것이다. 단기적인 관점에서 보면 이 방법은 주변 상황에는 신경도 쓰지 않고 자신의 이해만을 추구해나가는 것보다 덜 직접적이고 시간도 많이 들지만, 장기적인 관점에서 보면 실패할 확률이 거의 없다.

마지막으로, 스트레스와 압력은 직업에 따르는 가장 주관적인 측면이므로 그만큼 의식의 통제를 받기 쉽다는 점을 생각해볼 수 있다. 스트레스는 우리가 그것을 느껴야 비로소 존재하게 되는 것이다. 같은 스트레스를 받더라도 완전히 지쳐버리는 사람이 있는가 하면, 그 상황을 도전으로 받아들이는 사람이 있다. 스트레스를 완화하는 방법은 수없이 많다. 조직의 개선, 책임의 위임, 동료나 상사와의 좀 더 원활한 의사소통 등에 의해 해결되는 것들도 있고, 가정 생활의 개선, 여가 활동의 변화와 같이 직업 외적인 요인이나 초월적 명상과 같은 내적 훈련 등으로 해소할 수 있는 것도 있다.

이 같은 단편적인 해결책들도 도움이 되기는 할 것이다. 그러나 사실 직업에서 오는 스트레스에 대처할 수 있는 유일하고도 진정한 대책은 그러한 스트레스를 전반적 경험의 질을 향상시키기 위한 도구의 하나로 보는 것이다. 물론 이것을 말로 하기는 쉽다. 이렇게 하기 위해서는 정신적 에너지를 사용해야 하며, 어쩔 수 없이 정신이 산만해지는 상황에서도 자신이 설정해놓은 목표에만 에너지를 집중해야 한다. 외적 스트레스에 대처하는 다양한 방법에 대해서는 9장에서 다루기로 하고, 지금은 여가 시간의 활용을 통해 전반적인 삶의 질을 어떻게 향상시킬 수 있는가에 대해 살펴보기로 하겠다.

여가 시간의 낭비

우리가 지금껏 살펴본 바와 같이, 사람들은 일반적으로 직장을 벗어나 집으로 가서 어렵게 얻은 여가 시간을 활용하고 싶어 한다. 하지만 막상 집에 가면 뭘 해야 할지 전혀 생각이 나지 않는 경우가 흔하다. 역설적이게도 일은 여가 시간보다 더 즐기기가 쉽다. 왜냐하면 직업은 플로우 활동과 마찬가지로 활동 자체에 목표가 있고, 피드백과 규칙, 도전 등의 요소를 갖추고 있어서 당사자로 하여금 일에 더욱 열중하고, 그 가운데서 자신을 잊고 몰입할 수 있도록 해주기 때문이다. 반면에, 여가 시간은 일정한 틀이 없기 때문에 더 많은 노력을 기울여야만 즐거운 것으로 만들 수 있다.

기술이 필요한 취미 활동, 목표와 한계를 정해주는 습관, 개인적 관심사, 그리고 특히 내적 훈련 등은 여가 활동 본연의 목적인 **재창조**recreation를 성취하는 데 도움을 준다. 그러나 전반적으로 사람들은 일하는 시간보다 오히려 여가 시간에 즐길 수 있는 기회를 놓쳐버리는 경우가 더 많다. 약 60년 전에 미국의 사회학자 파크가 "여가 시간을 생각 없이 보내버리는 것이야말로 미국인의 생활에서 가장 큰 낭비가 아닌가 생각된다."라고 하지 않았던가.

지난 몇십 년 동안 거대하게 성장해온 여가 산업은 사람들이 여가 시간을 즐거운 경험으로 채울 수 있도록 도움을 주고자 하는 것이다. 그런데도 우리 대부분은 자신의 육체적·정신적 자원을 사용해 플로우를 경험하기보다는 많은 시간을 들여 유명 운동선수들이 거대한 경기장에서 운동하는 모습을 매주 관람한다. 음악을 직접 만들기보다는 백만장자 음악가들이 만든 레코드판을 듣는다. 예술 활동을 직접 하기보다는 최근 경매에서 최고 가격으로 팔린 그림을 감상하러 간다. 신념에 따라 행동하는 위험을 무릅쓰기보다는 모험을 감행하는 것처럼 행동하는 배우들의 연기를 매일 몇 시간 동안 지켜본다.

이 같은 대리적 참여가 시간을 낭비하는 데서 오는 공허함을 일시적으로나마 달래줄 수는 있다. 그러나 결코 이것을 실질적인 도전에 투자되는 주의력과 비교할 수 없다. 기술을 사용함으로써 얻는 플로우 경험은 우리를 성장하게 해주는 반면, 수동적으로 즐기는 여흥을 통해서는 얻을 수 있는 것이 없다. 개개인의 의식이 낭비되는 시간을 합산하면 일 년에 수백만 년의 시간이 된다. 고난도의 목표를 달성하는 데 집중될 수 있고, 즐거운 성장의 기회를 제공해줄 수 있는 에너지가 현실을 모방하는 것일 뿐인 자극에 낭비되고 있는 것이다. 단지 수동적으로, 그리고 자신의 지위를 과시하려는 것과 같은 외적인 이유로만 주의를 기울이게 된다면 대중적 여가, 대중문화, 심지어는 고급문화까지도 모두 우리 정신을 좀먹는 기생충이 될 수 있다. 그런 활동은 우리의 심리적 에너지만을 흡수할 뿐이며, 그 대가로 어떤 실재적인 힘도 제공해주지 않는다. 결국 우리를 이전보다 더욱 지치고 의기소침하게 만들 뿐이다.

일이나 여가 시간 모두 우리가 통제하지 못한다면 실망스럽게 마련이다. 대부분의 일과 많은 여가 활동, 특히 대중매체의 수동적 소비와 관련된 것들은 우리를 행복하고 강하게 만들어주지 못한다. 이를 통해 금전적 이득을 보는 사람들은 따로 있다.

우리가 이 상태를 그대로 방치한다면 이러한 것들은 우리 삶의 정수를 모두 고갈시켜 빈껍데기만 남게 할 것이다. 그러나 다른 것들과 마찬가지로, 일과 여가도 우리 필요에 맞게 조정 할 수 있다. 일을 즐길 수 있고 여가 시간을 낭비하지 않는 사람은 결국 자신의 삶이 전반으로 훨씬 더 가치 있게 되었다고 느끼게 될 것이다. 브라이트빌은 "미래는 교육을 많이 받은 사람의 것일 뿐 아니라, 여가 시간을 현명하게 활용하도록 교육받은 사람의 것이 될 것이다." 라고 말하지 않았던가.

08

Enjoying Solitude and Other People

혼자 있음과
함께 있음을
즐기기

우리 삶의 질은 두 가지 요인, 즉 일과 타인과의 관계를 어떻게 경험하느냐에 따라 달라진다는 사실은 플로우 연구를 통해 이미 여러 차례 밝혀졌다. 한 개인으로서 우리는 과연 누구인가에 관한 가장 상세한 정보는 우리와 의사소통을 하는 사람들로부터, 그리고 우리가 직업적 임무를 수행하는 방식으로부터 얻어지는 것이다. 프로이트가 행복의 원천을 '사랑과 일'이라고 말했던 바와 같이, 우리의 자아는 크게 이 두 가지 맥락에 의해서 규정된다. 그 중에서 일을 통해 플로우를 경험할 수 있는 잠재적 가능성은 이 책의 마지막 장에서 고찰해보도록 하고, 이번 장에서는 가족 그리고 친구들과의 관계를 살펴보고자 한다. 이것은 결국 이들과의 관계가 어떻게 즐거운 경험의 원천이 되는가를 규명하는 데 그 목적이 있다.

우리가 다른 사람들과 함께 있는가 또는 아닌가의 여부는 경험의 질에 지대한 영향을 미친다. 우리는 생물학적으로 다른 인간들을 세상에서 가장 중요한 대상으로 인지하도록 프로그램되어있다. 다른 사람들이 우리의 인생을 흥미롭게도, 보람 있게도 만들 수 있으며, 또는 몹시 비참하게도 만들 수 있기 때문에 이들과의 관계를 어떻게 유지하느냐가 우리의 행복에 막대한 영향을 미치는 것이다. 만약 우리가 다른 사람과의 관계를 조금 더 플로우 경험에 가까운 것으로 만들 수 있다면, 우리 삶의 질은 전반적으로 크게 향상될 것이다.

반면 우리에게는 사생활도 중요하며, 가끔씩은 혼자 있고 싶을 때도 있다. 그러나 막상 혼자 있게 되면 우리는 금세 우울해지곤 한다. 일반적으로 이런 상황에 있는 사람들은 외로움을 느끼고, 당면한 도전도 없으며, 별다른 할 일도 없다고 느끼게 된다. 고독감으로 인해 심하지는 않지만 감각을 못 느끼는 듯한 증세를 보이는 사람도 있다. 그러나 혼자 있는 걸 참아내고 더 나아가 그런 상황을 즐기지 못하는 한, 집중력을 요구하는 어떤 임무도 성취하기가 아주 어렵다. 이러한 이유로 우리가 혼자 남게 되었을 때라도 우리의 의식을 통제하는 방법을 배우는 건 아주 중요한 일이다.

혼자 있는 것과 함께 있는 것 사이의 갈등

다른 사람과의 상호작용에서 제외되어 혼자가 된다는 건 분명 우리가 가장 우려하는 최악의 두려움 중 하나이다. 우리가 사회적 동물이라는 사실에는 의문의 여지가 없다. 다른 사람과 함께 있을 때에만 우리는 완전함을 느끼게 된다. 문자 사용 이전의 많은 문화에서는 고독을 정녕 견디기 힘든 것으로 여겨 사람들은 혼자가 되지 않으려고 많은 노력을 기울였다. 그 시대에는 오직 마녀와 무당만이 혼자 있는 시간을 마음 편하게 보낼 수 있다고 생각했다. 각기 다른 많은 인간 사회에서 — 호주 원주민이든, 아만파의 농부이든, 미국의 육군사관학교 생도이든 간에 — 그 사회가 내릴 수 있는 가장 무서운 제재는 구성원을 사회에서 고립시키는 것이었다.

무시를 당하는 당사자는 점차 우울해지며, 곧 자신의 존재에 대해서조차 의심을 품기 시작한다. 어떤 사회에서는 이 같은 배척을 견디지 못해 죽는 경우마저 발생하기도 한다. 고립을 당하는 사람은 아무도 자신에게 관심을 기울여주지 않기 때문에 자신은 이미 죽은 거나 마찬가지라는 사실을 차츰 받아들인다. 따라서 점차로 자신의 몸을 돌보지 않게 되며, 결국에 가서는 죽음을 맞게 되는 것이다.

'살아 있음'을 나타내는 라틴어는 'inter hominem esse'로, 글자 그대로 '사람들 사이에 있음'을 의미한다. 반면, '죽다'라는 표현은 'inter hominem esse desinere'로, '더 이상 사람들 사이에 있지 않다'라는 의미이다. 로마 시민에게는 그 도시에서 추방당하는 것이 직접적으로 죽임을 당하는 것 다음으로 가장 혹독한 형벌이었다. 시골에 있는 자신의 저택이 아무리 호화롭다고 해도 동료들과 함께 있지 못한다면, 도시에 살던 그 로마인은 마치 눈에 보이지 않는 투명인간이 되는 것이나 마찬가지였다. 오늘날 뉴욕에서 활동하는 사람들 중에서도 어떤 이유에서든 그곳을 떠나야 하는 사람들은 그때 자신을 이와 비슷한 운명이라고 생각한다.

대도시가 제공해주는 다른 사람과의 잦은 접촉 기회는 기분을 진정시켜주는 효과가 있다. 도시와 같은 중심부에 사는 사람들은 불쾌하고 위험한 경험이 될지라도 다른 사람들과의 상호작용을 즐긴다. 뉴욕의 5번가를 메우고 있는 인파 속에는 노상강도나 이상한 사람들도 많을 것이다. 그럼에도 사람들은 인파 속에서 활기를 느끼며 안심한다. 모든 사람은 다른 사람들 속에 섞여있을 때 더 많이 활력을 느낀다.

사회과학 분야의 조사를 통해 얻은 보편적 결론은 사람들이 친구나 가족들과 함께 있을 때, 또는 단순히 다른 사람들과 함께 있을 때 가장 행복해한다는 사실이었다. 온종일 기분을 좋게 해주었던 유쾌한 활동이 무엇이었는가 하는 질문에 대한 응답으로 가장 자주 거론된 일은 '행복해하는 사람들과 함께 있는 것', '내가 하는 말에 사람들이 관심을 보이는 것', '친구와 함께 있는 것', '성적 매력을 주목받는 것' 등이었다. 우울하고 불행해하는 사람들에게 나타나는 주된 특징 중의 하나는 위와 같은 일이 자신에게 일어나는 경우가 극히 드물다고 생각한다는 것이다. 아울러 사회적 지지 체계도 스트레스를 완화시켜준다는 사실이 확인되었다. 질병에 걸리거나 다른 불운한 사건을 겪게 되더라도 다른 사람에게서 정신적 지지를 받을 수 있는 사람은 자신이 받은 타격으로 심신의 건강을 해치게 될 가능성이 훨씬 적다.

인간이 또래의 다른 사람들과 함께 있고 싶어 하는 성향을 타고난다는 사실에는 의문의 여지가 없다. 조만간에 행동 유전학자들이 인간의 염색체 속에서 혼자 있게 되면 불안함을 느끼도록 만드는 화학적 지시 체계를 발견해낼 가능성이 높다. 인간이 진화해오는 동안에 그런 지시 체계가 우리의 유전자 속에 보태어졌다고 믿을만한 충분한 이유가 있다. 협동을 통해 다른 종보다 우위를 점하는 동물들은 계속해서 서로서로 가까운 거리를 유지하고 있을 때 살아남을 확률이 훨씬 높아진다. 예를 들어, 사바나 지역을 어슬렁거리는 표범이나 하이에나로부터 자신을 보호하기 위해 동료들의 도움이 필요한 비비원숭이들은 자신이 속한 그룹에서 이탈할 경우 살아남아 성장할 가능성이 아주 희박해진다.

이와 비슷한 상황이 우리 조상으로 하여금 군집화라는 생존 전략을 채택하게 하였을 것으로 생각된다. 물론 인간은 적응 과정에서 점차 문화에 대한 의존도가 높아감에 따라 함께 모여 살아야 하는 또 다른 중요한 이유가 생겨났다. 예컨대 인간의 생존에 있어 본능보다 지식이 차지하는 비중이 커질수록 서로 습득한 지식을 나누어 가짐으로써 얻는 이득도 그만큼 증대하게 된 것이다. 이 같은 상황에서 혼자인 사람은 '바보idiot'가 되는데, 이 말은 그리스어 어원으로 '사적인 사람', 즉 다른 사람으로부터 배울 수 없는 사람을 뜻한다.

이와 동시에 역설적으로 "다른 사람과 함께 있는 것은 지옥이다."라고 경고하는 오래된 금언도 있다. 힌두교의 현자들과 기독교의 은자들은 광란의 속세를 멀리 벗어나 고요함을 추구했다. 또한 우리가 평범한 사람들이 겪었던 가장 부정적인 경험에 관해서 조사한 결과, 군집성이 갖는 또 다른 양상을 발견할 수 있었다. 가장 고통스러웠던 사건들 역시 다른 사람과의 관계에서 비롯된 것이었다. 직장에서 접하는 공정치 못한 상사나 무례한 손님이 우리를 불행하게 한다. 가정에서는 무책임한 배우자와 고마워할 줄 모르는 자녀들, 그리고 참견하기 좋아하는 친척이 우리를 우울하게 만드는 주된 원천이 된다. 가장 좋은 시간도, 또한 가장 괴로운 시간도 사람이 그 원인이 된다는 사실을 과연 어떻게 받아들여야 하는가?

겉으로는 서로 상충되는 것처럼 보이는 이 문제를 해결하는 건 사실 그리 어려운 일이 아니다. 중요한 다른 어떤 것과도 마찬가지로, 관계도 좋을 때는 우리를 더할 나위 없이 행복하게 해주기도 하고, 나쁠 때는 우리를 아주 우울하게 만들기도 한다. 우리가 다루어야 하는 환경 중에서 사람이 가장 융통성이 많고 가장 변화하기 쉬운 측면을 지니고 있다. 동일한 사람이 아침에는 우리를 기분 좋게 해주었다가도 저녁에는 비참한 기분이 들게 만들 수도 있는 것이다. 우리는 다른 사람의 애정과 승인에 너무도 많이 의존하고 있기 때문에 다른 사람들이 우리를 어떻게 대해주는가에 따라 극심하게 영향을 받는다.

그러므로 다른 사람과 원만히 지내는 법을 배우는 사람은 삶의 질 전반을 크게 향상시킬 수 있다. 이러한 사실은 '친구를 얻고 사람들에게 영향을 주는 방법'과 같은 제목의 책을 쓰거나 읽는 사람들에게 잘 알려져 있다. 기업의 경영인들은 더욱 효과적인 경영을 위하여 의사소통을 좀 더 원활하게 하고자 애쓰며, 사교계에 처음 나서는 사람들은 에티켓에 관한 책을 읽어 그 세계의 사람들로부터 인정받으려고 한다. 이런 관심사는 다른 사람의 마음을 움직여보려는 외적인 욕구를 잘 반영해주고 있다. 그러나 단지 사람들이 우리 자신의 목표를 달성하는 데 도움을 주기 때문에 중요한 것만은 아니다. 그 자체로서 하나의 소중한 대상으로 대우를 한다면 사람들은 가장 풍부한 행복의 원천이 된다.

관계가 갖는 바로 이 같은 융통성으로 인해 불유쾌한 상호작용이 참을만한 것으로도, 심지어는 흥미로운 것으로도 변화될 수 있다. 우리가 사회적 상황을 어떻게 규정하고 해석하는가에 따라 서로를 어떻게 대하고, 그렇게 하면서 어떤 기분을 느끼는지가 크게 달라질 수 있다.

한 가지 예를 들어보자. 내 아들 마크가 12살 때였던 어느 날 오후, 하교 길에 지름길을 택해 인적이 드문 공원을 가로질러 온 적이 있었다. 공원 한복판에서 마크는 근처 빈민가에 사는 덩치 큰 세 남자와 마주치게 되었다. "꼼짝 마, 안 그러면 널 쏴버릴 거야!" 하고 그 중 한 남자가 마크를 협박했다. 그들은 마크가 가진 전부(잔돈 몇 푼과 낡은 시계)를 뺏은 후 다음과 같이 말했다. "자, 이제 계속 걸어가. 뛰지도 말고, 뒤돌아볼 생각도 하지 마."

마크는 다시 집을 향해 걷기 시작했고, 세 남자는 다른 방향으로 가고 있었다. 그러나 마크는 몇 발짝을 걷다가 뒤로 돌아 그들을 향해 소리쳤다.

"저기요! 얘기 좀 하고 싶은데요."

"계속 가기나 해."

그들이 마주 소리쳤다. 그러나 마크는 그들을 쫓아가서 마음을 바꾸어 가져간 시계를 되돌려줄 순 없겠냐고 물어보았다. 마크는 세 명의 남자에게 그 시계는 싸구려라서 자신 외의 사람에게는 아무 가치도 없을 뿐더러, 그것은 생일날 부모님이 선물해주신 소중한 물건이라고 설명했다. 그 남자들은 당연히 화를 냈으나 마침내는 시계를 돌려주는 문제를 두고 자기들끼리 투표를 하게 되었다. 투표 결과, 세 명 중 두 명이 시계를 돌려주자는 데 의견을 모았다.

결국 마크는 잔돈은 빼앗겼지만 시계는 되찾아 가지고 자랑스럽게 집으로 돌아왔다. 물론 아내와 내가 그 사건의 충격에서 헤어나는 데는 마크보다 더 오랜 시간이 걸렸다.

어른의 시각으로는, 아무리 자신에게 소중하다고 하더라도 생명까지 걸고 그 시계를 되찾으려고 한 마크의 행동이 어리석게 보였다. 그러나 이 사건은 하나의 중요한 일반적 사실을 잘 보여주고 있다. 즉 규칙을 재정의한다면, 사회적 상황도 변화될 잠재성이 있다는 사실이다. 마크는 자신에게 강요된 '피해자'의 역할을 그대로 받아들이지 않았다. 또 자신을 공격한 사람들을 '강도'가 아니라, 가정의 기념품에 대해 애착을 갖는 한 아들의 심정에 공감할 수 있는 이성이 있는 사람으로 대우했다. 그 결과 마크는 노상강도에게 당하는 상황을 어느 정도까지는 이성적이고 민주적 결정이 내려지는 상황으로 변화시킬 수 있었다.

하지만 마크의 경우는 다행히 운이 좋아 성공할 수 있었던 사례다. 강도들이 술에 취해있을 수도 있었고, 이성으로는 말이 통하지 않는 사람들일 수도 있었다. 만일 그런 상황이었다면, 아마 마크는 크게 다쳤을 것이다. 그렇다고 하더라도 위에서 강조한 사실은 변함이 없다. 즉 인간관계는 유동적인 것이라서 적절한 기술만 갖추고 있으면 관계의 규칙이 변화될 수 있는 것이다.

그러나 인간관계의 재정립을 통해 최적 경험을 얻는 방법을 심도 있게 다루기 이전에, 잠시 방향을 바꾸어 고독에 관해 살펴보는 것도 꼭 필요한 일이다. 외로움이 인간의 정신에 미치는 영향에 관해 더 잘 알고 난 후에야 비로소 사람 간의 교제가 우리의 안녕에 얼마나 필수불가결한 것인지를 분명히 알 수 있기 때문이다. 보통 성인들은 깨어있는 시간의 3분의 1가량을 혼자서 보내게 된다. 그런데 인생에서 이처럼 커다란 부분을 차지하는 이 시간에 대해 우리가 알고 있는 사실은 별로 없다. 모두가 마음속 깊이 혼자 있는 시간을 싫어한다는 것 말고는 말이다.

외로움이 주는 고통

대부분의 사람은 혼자 있을 때 참기 어려울 만큼 외로움을 느끼게 되는데, 이는 특히 눈앞에 할 일이 없을 때 더욱 심해진다. 청소년, 성인, 노인 모두가 최악의 경험은 혼자 있을 때 일어났다고 말한다. 다른 사람과 함께 있을 때는 대부분의 활동이 좀 더 즐거운 것이 되고, 혼자서 할 때는 그 즐거움이 감소된다. 공장의 자동 생산 라인에서 일을 하든, 혹은 집에서 텔레비전을 시청하든지 간에 다른 사람들이 곁에 있을 때는 정신이 더 명료해지고 기분도 명랑해진다. 그러나 가장 우울해지는 상황은 일을 하거나 텔레비전을 시청할 때가 아니다. 최악의 기분이 들 때는 혼자 있으면서 해야 할 일이 아무것도 없을 때이다.

우리 연구에 참여했던 사람들 중에 혼자 살면서 교회에도 나가지 않는 사람들은 일요일 오전이 일주일 중에 가장 기분이 저조한 때라고 하는데, 이는 특별히 처리할 일이 없는 상황에서 무엇을 해야 할지 결정이 내려지지 않기 때문이다. 일주일 중 일요일을 제외한 나머지 기간 동안은 외적인 일상에 따라 심리 에너지의 사용 방안이 결정된다. 일을 하거나, 쇼핑을 하기도 하고, 가장 좋아하는 텔레비전 프로그램 따위를 보기도 한다. 그러나 일요일 오전에 아침 식사를 하고 신문을 뒤적이고 나면 과연 무슨 일을 해야 하는 것일까? 많은 사람이 계획이 짜여있지 않은 그 시간을 무척 곤혹스러워한다. 일반적으로 정오경이 되면 할 일을 결정한다. 잔디를 깎거나, 친척 집을 방문하거나, 풋볼 게임을 보는 등의 일이다. 그러면 목적의식이 다시 생겨나고, 매번 그 다음으로 세워놓은 목표로 주의력이 옮겨간다.

외롭다는 건 어째서 이렇게 부정적인 경험이 되는 것일까? 가장 기본적인 답은 내적인 정신의 질서를 유지하기가 아주 어렵기 때문이라는 것이다. 우리에게는 계속 주의를 집중시킬 수 있는 외적인 목표와 외적 자극, 그리고 외적 피드백이 필요하다. 외적 입력이 부족할 때는 주의가 산만해지고 사고의 혼란이 초래되어 우리가 앞서 2장에서 살펴본 '심리적 엔트로피' 상태에 빠지게 된다.

청소년들이 혼자 있을 때 하는 대표적인 생각은 다음과 같은 것이다. "내 여자 친구는 지금 무엇을 하고 있을까? 내 얼굴에 난 게 혹시 여드름인가? 수학 숙제를 제시간에 끝낼 수 있을까? 어제 나랑 싸웠던 녀석들이 나를 때릴까?" 다시 말해, 할 일이 없으니 부정적인 생각이 머릿속을 차지하는 걸 막지 못하는 것이다. 어른들도 의식을 통제하는 법을 배우지 못하면 이와 똑같은 상황을 겪게 된다. 자신의 애정 생활에 대한 염려와 건강, 투자, 집, 직장의 문제가 눈앞에 급히 해야 할 일이 없어진 순간부터 머릿속에 떠오르기 시작한다.

바로 이런 이유 때문에 텔레비전이 그다지도 많은 사람에게 큰 도움을 줄 수 있는 것이다. 텔레비전 시청이 결코 긍정적 경험이 되지는 못할지라도 — 일반적으로 사람들은 텔레비전을 보고 있을 때 수동적이고, 힘이 없고, 신경이 예민해지고, 슬픈 기분을 느낀다고 한다. — 최소한 눈앞에서 깜박이는 화면이 의식에 어느 정도의 질서를 회복시켜주는 것이다. 뻔히 예상할 수 있는 줄거리, 눈에 익은 주인공들, 심지어는 반복되는 광고까지도 일종의 안심을 주는 자극이 되는 것이다. 텔레비전 화면은 다루기 쉽고, 제한된 환경의

한 측면으로서 우리의 주의를 끈다. 텔레비전과 상호작용을 하고 있는 동안은 우리 머릿속에 개인적인 걱정거리가 떠오르지 않는다. 화면을 통해서 전달되는 정보가 불쾌한 걱정을 우리의 마음속으로부터 차단시켜준다. 물론 이런 식으로 우울함을 떨쳐버리려고 하는 건 주의를 낭비하는 것이나 다름없다. 크게 얻는 것도 없이 많은 양의 주의력을 소모해버리기 때문이다.

습관적인 마약 사용에서부터 끊임없는 집안 청소, 충동적 성행위에 이르기까지 다양한 강박적 행위에 의존해 고독의 두려움에서 벗어나보려는 극단적 방법도 있다. 약의 영향을 받게 되면 자아가 심리 에너지를 지휘해야 하는 책임에서 해방된다. 그저 느긋하게 앉아서 약이 제공해주는 생각에 빠져들면 그만이고, 무슨 일이 벌어지든 내 알 바가 아니다. 텔레비전과 마찬가지로 마약도 우리가 우울한 생각에 직면하지 않도록 해준다.

술이나 향정신성 의약품도 최적 경험을 제공해줄 수는 있다. 그러나 이런 방법으로는 복합성이 아주 낮은 수준의 경험만 얻을 수 있을 뿐이다. 많은 전통 사회에서 행해온 것처럼 고도로 기술적인 제식을 통해 마약에 취하지 않는 한, 실제로 마약은 우리의 판단 (성취 가능한 일은 무엇인가, 그리고 우리가 한 개인으로서 무엇을 성취할 수 있는가)을 혼미하게 하는 결과를 초래할 뿐이다. 마약에 취하면 기분 좋은 상태가 되기는 하지만, 행동의 기회와 행동할 수 있는 능력을 '증가' 시킴으로써 맛보는 즐거움을 그릇되게 모방한 것에 불과하다.

마약이 정신에 미치는 영향을 이처럼 설명한 것에 대해 강력히 반론을 제기하는 이들도 있을 것이다. 왜냐하면 우리는 지난 25년 동안 마약이 '의식을 확장시켜주며', 마약을 사용하면 창의성이 증가한다고 줄곧 들어왔기 때문이다. 그러나 약의 화학 성분이 의식의 내용과 조직을 바꾸어주기는 하지만, 자아의 통제력을 높이거나 증대시켜주지 못한다는 사실이 입증된 바 있다. 중요한 건 무언가 창의적인 것을 성취하기 위해서는 바로 그런 통제력이 필요하다는 사실이다. 그러므로 향정신성 의약품이 우리에게 정상적인 감각 조건에서보다 다양한 정신적 경험을 하게 해주는 건 사실이지만, 그 경험을 효과적으로 통제할 수 있는 능력은 제공해주지 못한다는 것을 알아야 한다.

현대의 많은 예술가가 콜러리지가 마약에 취해서 집필했다고 알려진 〈쿠빌라이 칸〉과 같이 신비롭고 잊히지 않는 작품을 창작하고자 환각제를 사용하기도 한다. 그러나 이들은 결국 어떤 종류의 예술 작품이든, 그것을 창작하기 위해서는 맑은 정신이 필요하다는 걸 깨닫게 된다. 약의 영향을 받은 상태에서 만든 작품은 좋은 예술 작품이 마땅히 갖추어야 할 복합성이 떨어져서 너무나 명백하고 자아도취적인 경향을 띠게 된다. 화학물질에 힘입어 예민해진 의식은 나중에 작가가 명료한 정신으로 돌아와 사용할 수 있는 색다른 이미지나 생각, 감정 등을 낳기도 한다. 그러나 이렇게 되면 정신을 점차 화학물질에 의존하게 되어 결국은 스스로 정신을 통제하는 능력을 상실할 위험이 따르게 된다.

흔히 성적 관심으로 여겨지는 것도 단지 외적 질서를 우리의 사고에 부과하고 또 외로움에 처할 위험 없이 '시간을 때우는' 한 방법에 불과하다. 이런 측면에서 본다면, 텔레비전 시청과 성행위가 상호 대체할 수 있는 활동이라는 건 당연한 지적이다. 외설물이나 무절제한 성행위를 즐기는 습관은 종족 번식과 관련된 이미지나 행동에 끌리도록 우리 몸속에 내재된 유전적 소인에 기인하는 것이다. 따라서 이런 행위는 우리의 주의를 자연스럽고도 즐겁게 집중시켜주며, 그렇게 함으로써 원하지 않는 내용을 우리 정신에서 몰아내는 데 도움을 주는 것이다. 그러나 이런 방법으로는 의식의 복합성을 높여주는 주의력 습관을 개발할 수 없다.

걸보기에 쾌락과 반대되는 것으로 여겨지는 것들, 즉 자학 행위나 위험을 무릅쓰는 행위, 도박과 같은 일들도 이와 마찬가지라고 할 수 있다. 이처럼 자신을 해롭게 하거나 스스로를 위협하는 방법은 고도의 기술이 필요치 않으면서도 직접적으로 위험에 처했을 때 경험하는 기분을 느끼게 해준다. 심지어는 그게 고통일지라도 집중되지 않은 마음속에 파고드는 혼란보다는 나은 것이다. 자학 행위는 그게 육체적인 것이든 감정적인 것이든 관계없이, 비록 고통스럽기는 해도 최소한 통제는 할 수 있다. 우리 자신이 바로 그 상황을 초래한 원인이기 때문이다.

경험의 질을 통제할 능력이 있는가를 판단할 수 있는 기준은 주의력을 조직해줄 만한 외적 요구 없이도 혼자 있는 상황에서 그 사람이 무엇을 하는가의 여부이다. 직장에서 일을 하거나 친구들과 함께 어울리는 것, 극장이나 연주회장에 가는 것은 비교적 쉬운 일이다. 그렇지만 의존할 어떤 것도 없이 혼자만 남게 되면 어떻게 될까? 암울한 기분이 서서히 몰려들 때 관심을 다른 데로 돌려보려고 필사적인 노력을 하는가? 아니면 즐거울 뿐만 아니라 동시에 자아를 성장시켜주는 활동을 찾아서 하는가?

집중이 필요하고, 기술을 증진시켜주며, 더 나아가 자아를 성장시켜주는 활동을 하면서 자유 시간을 보내는 것과 텔레비전을 보거나 마약을 하면서 남는 시간을 때우는 것에는 큰 차이가 있다. 위의 두 전략이 혼돈의 위협에 대처하는 서로 다른 방법으로 보일 수도 있고, 존재론적 불안에 대한 각기 다른 방어기제로 보일 수도 있다. 하지만 결국 전자는 우리를 성장으로 이끌어주고, 후자는 정신이 이상해지는 걸 방지하는 역할을 할 뿐이라는 점에 그 차이가 있다. 좀처럼 지루함을 느끼지 않고, 외부 환경의 지속적 도움 없이도 순간순간을 즐길 수 있는 사람은 창의적인 삶을 성취할 수 있는 가의 여부를 판가름하는 시험에 합격했다고 할 수 있다.

혼자 있는 시간으로부터 도피하지 않고, 그 시간을 활용하는 법을 배우는 건 특히 젊은 시절에 더욱 중요하다. 혼자 있는 걸 견디지 못하는 청소년은 나중에 성인이 되었을 때 진지하게 정신적 각오를 해야 하는 과업을 수행하지 못한다. 방과 후 집에 돌아와서 가방을 자기 방에다 던져놓고 냉장고에서 간식을 꺼내 먹은 후 즉시 전화기를 들고 친구들과 통화를 시작하는 게 많은 부모에게 너무도 익숙한 전형적인 십 대의 행동이다. 십 대들은 통화가 별 볼일 없어지면 오디오나 텔레비전을 켠다. 혹시라도 책을 펴는 경우가 있더라도 그 결심이 그리 오래가지 못한다. 공부를 한다는 건 복잡한 형태의 정보에 집중하는 것이므로, 아무리 정신력이 강한 사람도 얼마 지나지 않아 어려운 책의 내용을 떠나 좀 더 즐거운 생각을 하려고 한다. 그러나 마음대로 즐거운 생각을 떠올리는 일도 결코 쉽지 않다. 오히려 조직되지 않은 마음에 늘 떠오르게 마련인 생각이 머릿속을 채운다. 외모나 인기, 인생의 성공 가능성 등에 관해 염려하기 시작하는 것이다. 이런 생각을 떨쳐버리려면 자신의 의식을 점유할 다른 어떤 것이 필요하다. 공부는 너무 어렵기 때문에 별 도움이 안 된다. 이런 잡념을 떨쳐버리기 위해 십 대들은 너무 많은 정신 에너지가 소모되는 일만 아니라면 그 어떤 것이라도 하려고든다. 다시 익숙한 음악이나 텔레비전, 그리고 함께 시간을 때울 친구를 찾는 것이 이들 청소년들이 대체로 찾는 해결책이다.

10년씩 지날 때마다 정보 기술에 대한 우리 문화의 의존도는 점점 높아지고 있다. 이런 환경에서 살아남기 위해서는 추상적인 상징 언어에 익숙해져야만 한다. 몇 세대 전까지만 하더라도, 읽고 쓸 줄 모르는 사람도 좋은 수입과 어느 정도의 품위를 제공해주는 직장을 구할 수 있었다. 농부, 대장장이, 소규모 상인들은 상징체계를 숙달하지 못해도 나이든 사람들 밑에서 견습공으로 일하면서 자신의 직업에 필요한 기술을 익힐 수 있었다. 오늘날에는 가장 단순한 직업조차도 글로 쓰인 지시에 의존해야만 한다. 더군다나 한층 더 고난도의 직종은 어려운 방법으로, 즉 혼자서 익혀야만 하는 전문 지식을 요구한다.

의식을 통제하는 법을 배우지 못한 청소년은 '단련'되지 못한 성인으로 성장한다. 이들에게는 경쟁적이고 정보 집중적인 환경에서 살아남는 데 필요한 복합적인 기술이 부족하다. 이보다 더 걱정스런 사실은 이들이 삶을 즐기는 법을 전혀 배우지 못했다는 점이다. 숨겨진 성장의 잠재성을 개발하도록 이끌어주는 도전을 찾아낼 수 있는 습관을 익히지 못한 것이다.

그러나 십 대 청소년 시절만이 고독이 주는 기회를 활용하는 법을 배울 수 있는 결정적인 시기는 아니다. 불행하게도 너무나 많은 성인이 20대나 30대에 이르면, 그리고 40대가 되면 예외 없이 자신의 몸에 밴 습관에 안주해도 좋다고 생각한다. 이미 경험을 충분히 쌓았으며 생존에 필요한 책략들을 익혔으니 지금부터는 느긋하게 살아가면 된다고 느끼는 것이다. 결국 극히 최소한의 내적 단련이 되었을 뿐인 이들에게는 해가 갈수록 엔트로피가 축적된다. 직장에서 느끼는 실망, 신체적 건강의 약화, 그리고 일상적인 걱정거리들이 점차로 마음의 평정을 위협하는 거대한 부정적 정보로 쌓이게 된다. 이런 문제들을 과연 어떻게 대처해나가야 하는 것일까? 만일 혼자 있을 때 주의력을 통제하지 못하는 사람이라면, 결국 마약, 오락, 재미 등과 같이 정신을 둔화시키거나 주의를 돌릴 수 있는 손쉬운 외적 해결책에 의존하게 될 것이다.

그러나 이 같은 대응 방법은 퇴보적인 것이어서 발전을 가져다주지 못한다. 인생을 즐기면서도 발전할 수 있는 길은 불가피한 삶의 조건인 심리적 엔트로피로부터 한층 더 고차원적인 형태의 질서를 창조해내는 것이다. 즉 살아가면서 어려움에 직면할 때마다 그 어려움을 억압하거나 회피해야 하는 것으로 받아들이지 말고, 배움의 기회로 그리고 자신의 기술을 향상시킬 수 있는 기회로 삼는 것이다. 나이가 들면서 체력이 약해지기 시작했다고 치자. 그러면 그 상황을 피하려고 하지 말고 자신의 에너지를 외부 세계의 정복에서 심오한 내적 세계의 탐구로 전환시킬 시기가 되었다는 의미로 받아들이는 것이다. 즉 이제는 스스로 추구해볼 만한 가치가 있다고 생각되는 것들, 예를 들면 프루스트의 작품을 읽거나, 체스를 두기도 하고, 과일나무를 돌보거나, 신에 대한 생각 등을 마침내 해볼 때가 되었다는 의미이다. 그러나 젊은 시절에 고독한 시간을 활용하는 법을 배우지 못한 사람이 위와 같은 일들 중 하나라도 성취하기란 아주 어렵다.

이런 습관을 일찍부터 개발한다면 가장 좋은 일이겠으나, 이미 늦었다고 해서 전혀 불가능한 건 아니다. 앞서 우리는 정신과 육체를 통해 플로우를 창출하는 몇 가지 방법을 살펴본 바 있다. 외적 상황과는 관계없이 그와 같은 활동을 마음대로 할 수 있는 사람이라면, 삶의 질을 가꾸어나가는 법을 배운 사람이라고 하겠다.

고독 길들이기

규칙에는 예외가 존재하는 법이다. 대부분의 사람이 고독을 두려워하지만, 자신의 선택에 따라 혼자 살아가는 사람들도 있다. 베이컨이 옛 경구를 인용해 남긴 말 중에는 다음과 같은 것이 있다. "고독

속에서 기쁨을 느끼는 사람은 야수이거나 신God, 둘 중 하나이다."

신까지 되지는 않더라도 혼자 살려면 다른 사람이나 직업, 텔레비전, 극장, 레스토랑, 도서관 등과 같은 문명 생활의 도움 없이도 플로우를 성취할 수 있도록 자신만의 정신적 일과를 설정해야 한다.

도로시라는 여인은 혼자 지내는 사람의 흥미로운 예이다. 그녀는 미네소타 북부의 캐나다 접경 지역에 위치한 호수와 숲으로 둘러싸인 외딴 지역의 한 작은 섬에 살고 있다. 원래는 대도시에서 간호사로 일했지만 남편과 사별하고 자녀들도 다 성장하자 이 황무지로 이사를 했다. 여름 3개월 동안은 어부들이 카누를 타고 호수를 건너와 그녀가 살고 있는 섬에 들러 말벗이 되어주기도 하지만, 기나긴 겨울 몇 개월 동안은 철저히 혼자서 지낼 수밖에 없다. 도로시는 아침에 일어났을 때 코가 눌리도록 창문에 머리를 바짝 들이대고 자신을 뚫어지게 바라보고 있는 늑대를 보면 불안해지기 때문에 오두막 창에 두꺼운 커튼을 드리워놓아야만 한다.

황무지에서 혼자 살아가는 다른 사람들과 마찬가지로, 도로시는 자신을 둘러싸고 있는 환경을 자기 마음에 맞게 특이하게 변화시켜놓았다. 정원에는 꽃으로 가득 찬 통도 있고, 장승도 있으며, 버려진 연장들이 온 마당에 널려있다. 대부분의 나무에는 표지판이 걸려있는데, 헛간과 별채를 가리키는 그 표지판에는 음유시인들의 시구와 시시한 농담들, 빛바랜 만화들이 가득 차 있다. 도시에서 온 방문객의 눈에는 그 섬이 마치 천박한 작품의 전형같이 보인다. 그러나 도로시적인 취향의 연장으로서 이 '고물'들은 그녀에게 마음 편히 쉴 수 있는 익숙한 환경을 만들어준다. 도로시는 길들여지지 않은 황무지 한가운데 자신만의 특이한 양식과 문명을 도입하였다. 그 안에 있는 그녀가 가장 아끼는 물건들이 도로시의 목표를 잘 나타내준다. 그녀는 자신만의 양식으로 무질서를 정리하고 있었다.

공간을 조직화하는 것보다 더 중요한 건 아마도 시간을 조직화하는 일일 것이다. 도로시는 일 년 내내 변하지 않는 엄격한 일정을 설정해놓았다. 다섯 시에 일어나서 닭이 알을 낳았는지 확인해보고, 염소의 젖을 짜고, 땔감용 나무를 쪼개고, 아침 식사를 요리하고, 씻은 다음 바느질이나 낚시질 등을 하는 것이다. 변방의 식민지에 거주하면서 매일 저녁 면도를 하고 깨끗하게 옷을 차려 입던 식민지 시대의 영국인처럼, 도로시 역시 고립된 환경에서 통제력을 유지하기 위해서는 황무지에도 자신만의 질서를 부과해야 한다는 걸 배웠다. 긴 저녁 시간 동안은 책을 읽거나 글을 쓰면서 보낸다. 온갖 다양한 주제의 책들이 그녀의 두 오두막집의 벽을 가득 채우고 있다. 도로시도 가끔은 필요한 물품을 사러 여행도 하고, 여름이면 지나다 들르는 어부들이 그녀에게 다양한 것들을 공급해준다. 도로시는 사람들을 좋아하지만 자신만의 세계에서 나름대로 통제력을 유지하며 사는 걸 더 좋아하는 것이다.

사람은 고독 속에서도 살아남을 수 있다. 하지만 그러기 위해서는 엔트로피가 정신을 와해시키는 것을 방지하기 위해 주의력을 조직하는 일이 전제되어야만 한다. 수잔은 개 사육사이자 조련사이며, 남극의 썰매 대회에서 사나운 큰사슴과 늑대들의 공격을 피해 11일 동안이나 쉬지 않고 역주한 경험이 있다. 수잔은 몇 해 전에 매사추세츠에서 알래스카의 한 오두막집으로 이주했는데, 이 오두막은 가장 가까운 마을인 맨리(인구 62명)에서도 40킬로미터나 떨어진 곳에 있다. 결혼 전에 수잔은 혼자서 150마리의 에스키모개들과 살았다. 그녀에게는 외로움을 느낄 시간조차 없다. 먹을 것을 사냥하고 하루에도 16시간씩 관심을 쏟아주어야 하는 개들을 돌보는 일이 외로움을 막아주는 것이다. 그녀는 자신이 기르는 모든 개의 이름을 다 알고, 개마다 좋아하는 것, 성질과 먹는 습관, 현재의 건강 상태까지 파악하고 있다. 수잔은 이렇게 사는 게 다른 어떤 삶보다도 좋다고 말한다. 그녀의 의식은 언제나 자신이 설정해놓은 일과에 따라 자신의 능력에 맞는 임무에 집중된다. 따라서 그녀의 삶은 계속되는 플로우의 연장이 되는 것이다.

홀로 돛배를 타고 바다 횡단하기를 좋아하는 한 친구가 말해준 일화는 혼자 하는 항해에서 계속 정신을 집중하기 위해 어떻게까지 해야 하는지를 잘 보여준다. 그가 대서양을 동향으로 횡단하여 아조레스 제도에 가까워질 무렵이었다. 포르투갈의 해안에서 약 1,300킬로미터 정도 떨어진 지점에 다다랐을 때, 정반대 방향으로 가고 있는 조그만 배 한 척이 나타났다. 그건 항해 중에 다른 사람을 만날 수 있는 반가운 기회였으므로, 두 배는 진로를 조정해 망망대해에서 나란히 항해를 하게 되었다. 다른 배에 타고 있던 사람은 갑판을 열심히 문지르고 있었는데, 그 갑판의 일부가 악취가 나는 끈적끈적한 노란 물질에 덮여있었다. 내 친구는 어색한 분위기를 깨기 위해 "어떻게 하다가 배가 그렇게 더러워졌어요?" 하고 물었다. 상대방은 어깨를 으쓱하며 대답했다. "이건 썩은 달걀이에요." 내 친구는 어떻게 그렇게 많은 달걀이 바다 한가운데 떠있는 배 위에 얼룩을 만들 수 있을까 의아했다. "글쎄, 냉장고가 고장 나서 달걀이 다 상해버렸지 뭐예요. 마침 며칠 동안 바람이 한 점도 없어서 몹시 지루하던 참이었지요. 그래서 달걀을 바다로 집어던질 게 아니라 갑판 위에 깨뜨려서 나중에 닦아 없애면 어떨까 생각했는데, 이렇게 냄새가 심할 줄은 미처 몰랐죠."라고 그 남자는 대답했다.

일반적으로 홀로 항해하는 사람들은 많은 것에 정신을 집중해야 한다. 배와 바다의 상황에 항상 정신을 바짝 차리고 있어야 생존할 수 있기 때문이다. 이처럼 실행할 수 있는 목표에 계속 집중해야 하는 게 바로 항해의 묘미인 것이다. 그러므로 일단 지루함을 느끼기 시작하면 무엇이든 할만한 일을 찾아보려고 무던히도 애를 쓰게 되는 것이다.

꼭 필요한 일은 아니지만 힘든 일을 찾아 하면서 마음을 잡고 외로움에 대처하는 것과, 마약을 복용하거나 계속해서 텔레비전을 보는 것 사이에 과연 커다란 차이가 있는 것일까? 혹자는 도로시나 그 밖의 다른 은자들도 마약중독자와 마찬가지로 효과적으로 '현실'을 도피하는 것이 아니냐고 주장할 수 있다. 두 경우가 다 마찬가지로 불유쾌한 생각이나 감정을 마음속에서 몰아내서 정신적 엔트로피를 피하고자 하는 것이기 때문이다.

그러나 고독에 대처하는 '자세'에서 큰 차이가 발생한다. 혼자 있는 상황을 다른 사람과 함께 있을 때는 할 수 없는 목표를 성취하는 기회로 여긴다면, 그 사람은 외로움을 느끼지 않고 오히려 고독을 즐기게 된다. 또 그 과정에서 새로운 기술을 습득할 수도 있다. 반면 고독을 하나의 기회로 보지 않고 어떤 일이 있어도 피해야만 하는 하나의 조건으로 보는 사람은 그런 상황에 처하면 당황하기 일쑤일 것이다. 또한 복합적인 성장을 이루는 데 아무 도움도 되지 않는 기분 전환에만 의존하게 될 것이다. 털북숭이 에스키모개를 사육하고 남극 지역의 숲을 헤치며 썰매 경주를 하는 게 성인 잡지를 보거나 마약을 하는 일에 비하면 다소 원시적인 노력으로 보일 수도 있다. 그러나 정신을 조직한다는 측면에서 볼 때, 전자는 후자와 비교도 되지 않을 만큼 복합적인 방법이다.

쾌락에 의존하는 생활 방식은 고된 노동과 그 노동에서 얻는 즐거움을 기초로 형성된 복합적인 문화와 공생하는 형식으로만 가능할 뿐이다. 그러나 복합적인 문화가 비생산적인 쾌락주의자들, 즉 쾌락에 중독되고 기술과 수양이 부족하여 자활 능력이 결여된 사람들을 더 이상 지원해줄 수 없게 되거나 지원할 의사가 없어질 때, 이들은 방향을 잃고 무력해지고 마는 것이다.

그렇다고 의식의 통제를 성취할 수 있는 유일한 방법이 알래스카로 이주해서 큰사슴을 사냥하는 것이라고 말하려는 건 아니다. 사람은 거의 모든 환경에서 플로우 활동을 숙달할 수 있다. 미개척지에서 살아야 하는 사람도 있고, 오랜 시간을 바다에서 홀로 보내고 싶어 하는 사람도 있다. 대부분의 사람은 북적거리며 상호작용하는 환경에서 살고 싶어 한다. 그러나 고독은 맨해튼 남부이든, 알래스카의 북단이든, 어디에 거주하는지의 여부와 관계없이 모두가 직면해야만 하는 문제이다. 고독을 즐기는 법을 배우지 않는 한, 생의 많은 부분이 그 부작용을 회피하려는 필사적인 노력으로 점철되고 말 것이다.

플로우와 가정

사람의 일생에서 가장 강력하고 의미 깊은 경험의 일부는 가족 관계에서 얻어진다. 성공한 남녀 가운데 많은 사람이 아이아코카가 한 다음과 같은 말에 동의할 것이다. "저는 멋지고 성공적인 삶을 살아왔습니다. 그러나 우리 가족만큼 의미 있는 건 어디에도 없었습니다."

오랜 역사를 통해 인간은 친족 집단 속에서 태어나고 또 그 속에서 전 생애를 보내왔다. 가족의 규모와 구성에는 차이가 있지만, 사람들은 어느 곳에 살든지 간에 자신이 만나는 사람들 가운데 가장 자주 상호작용을 하는 가족에게 특별한 친밀감을 느낀다. 사회생물학자들의 주장에 따르면, 이 같은 가족적 유대는 두 사람이 같은 유전자를 얼마나 공유하고 있는가에 비례한다고 한다. 예를 들어, 남매지간에는 공통 유전자를 반씩 나누어 갖게 되는 반면, 사촌 간에는 공통 유전자가 4분의 1로 줄어든다. 이 이론에 따르면, 대체로 형제간에 서로 도울 확률이 사촌 간일 때보다 두 배나 높다. 그러므로 우리가 친족에게 갖는 특별한 감정은 동종의 유전자의 보존과 번식을 보장하기 위해 고안된 하나의 기제라는 것이다.

우리가 친족에게 애착을 느끼는 데는 물론 강력한 생물학적 이유가 있다. 성숙한 동물이 새끼에게 책임을 느끼고, 새끼는 부모에게 의존하는 생득의 기제가 없었다면, 성장 속도가 느린 포유동물 중 살아남을 수 있는 종은 하나도 없었을 것이다. 바로 이런 이유로 갓 태어난 신생아와 그 아기를 돌보는 사람 사이에 결속이 강하게 이루어진다. 그러나 실질적인 가족 관계는 각기 다른 문화와 시대에 따라 놀라울 만큼의 다양성을 보여왔다. 예를 들어, 결혼 형태가 일부일처제인가, 일부다처제인가 혹은 부계 사회인가, 모계 사회인가의 여부 등이 남편과 아내와 자녀들이 일상적으로 겪는 경험의 종류에 강력한 영향을 미친다. 상속과 같은 좀 더 작은 특징으로도 가족의 일상 경험은 영향을 받는다. 백 년 전까지만 하더라도 독일을 분할하고 있던 많은 공국은 저마다 나름대로의 상속법을 보유하고 있었는데, 맏아들이 가족의 전 재산을 물려받는 장자 상속법과 모든 아들이 재산을 똑같이 나누어 받는 분할 상속제가 그 주종을 이루었다. 각 공국이 두 방법 중 어느 재산 상속제를 채택하였는가는 전적으로 우연의 소산이었던 것으로 보이지만, 선택의 결과는 그들의 경제에 지대한 영향을 끼쳤다(장자 상속제를 채택한 공국들은 자본의 집중이 이루어져 결국 산업화를 이룰 수 있었던 반면, 분할 상속제를 채택한 나라들은 자본의 분산으로 산업화가 저조할 수밖에 없었다).

형제자매 간의 관계는 장자 상속제를 채택했던 문화와 모든 자녀에게 동등하게 경제적 배분을 해준 문화에서 큰 차이를 보였음에 틀림없다. 형제자매가 서로에 대해 갖는 감정이나 기대, 상호적 권리와 책임 등은 특정한 형태의 가족 체제에 따라 다르게 형성된다. 이러한 예에서 보듯이, 유전적 소인에 의해 우리가 가족 구성원에게 애착을 갖는 성향을 갖고 태어난다 하더라도, 문화적 배경에 따라 그 애정의 강도와 방향에 커다란 차이가 발생하는 것이다.

가족은 여러 면에서 우리의 가장 중요한 사회 환경이기 때문에 자신의 친족과의 상호작용을 얼마나 즐거운 것으로 만드는가에 따라 우리 삶의 질이 크게 좌우된다. 생물학적이고 문화적인 요인이 가족 간의 유대를 아무리 강하게 결속시켜준다고 할지라도, 사람들이 자신의 친척에게 느끼는 감정이 아주 다양하다는 건 잘 알려진 사실이다. 훈훈하고 서로 돕는 가정도 있고, 계속해서 서로를 몰아대며 힘들게 하는 가정도 있으며, 또 가족 구성원의 자아를 시시각각 위협하는 가정도 있고, 참을 수 없으리만큼 지루한 가정도 있다. 무관한 사람들 사이에서보다 가족 간에 살인이 발생하는 빈도가 더 높다. 아동 학대나 근친상간도 과거에는 정상적 기준을 벗어난 희귀한 일탈 행위로 여겨졌으나, 요즘은 그 누구도 상상할 수 없었을 만큼 빈번히 발생하는 듯하다. 플레처는 이에 관해 다음과 같이 말했다. "우리를 해할 수 있는 가장 강력한 힘을 가진 사람은 바로 우리가 사랑하는 사람들이다."

가족은 우리를 행복하게 해줄 수도 있고, 우리에게 무거운 짐이 될 수도 있다. 둘 중 어떤 가족이 될 것인가는 가족 구성원 각자가 얼마나 많은 심리 에너지를 상호 관계에, 특히 서로의 목표에 투자하는가에 달려있다.

모든 관계는 관심의 재정립과 목표의 재설정을 요구한다. 남녀가 연애를 시작하면 혼자일 때는 받지 않던 특정 제약을 받아들여야만 한다. 스케줄을 조정해야 하고, 계획을 변경해야 한다. 단순히 저녁 식사를 함께하는 데이트일지라도 시간이나 장소, 음식의 종류 따위를 결정할 때 제약을 받는다. 어느 정도까지는 두 사람이 함께 접하는 자극에 대해 서로 비슷한 느낌을 갖도록 노력해야 한다. 만일 여자가 싫어하는 영화를 남자가 좋아한다면, 또는 그 반대의 경우라면 둘의 관계는 아마 그리 오래가지 못할 것이다. 두 사람이 서로 상대방에게 주의를 집중하기로 선택하면 둘 다 자신의 습관을 변화시켜야 하며, 그 결과로 의식의 양상 역시 변화되어야만 한다.

결혼하게 되면 자신이 주의를 쏟는 습관을 철저하게, 영구적으로 조정해야 한다. 부부 사이에 아이가 태어나면 아기의 필요를 충족시켜주기 위해 부부가 또 한 번 서로에게 적응해야 한다. 수면 주기가 바뀌며, 외출도 줄게 되고, 아내가 직장을 포기해야 하는 경우도 있으며, 아이의 교육을 위해 저축을 시작해야 할 수도 있다.

이 모든 게 무척 힘든 일이며 좌절감을 가져다주기도 한다. 관계를 시작하면서 개인의 목표를 조정하기를 꺼릴 때, 그 관계로 인해 그 사람의 의식에 혼란이 초래되는 경우가 많다. 이는 새로운 상호작용 양식이 기존의 기대 양식과 상충하기 때문이다. 날렵한 스포츠카를 몰고, 겨울이면 카리브 해에서 몇 주 동안 보내고 싶어 하는 독신 남성이 있다고 하자. 나중에 그는 결혼을 하고 아이도 갖기로 결심을 한다. 그러나 두 목표가 서로 양립할 수 없다는 걸 깨닫게 된다. 그는 더 이상 최고급 스포츠카를 몰고 다닐만한 여유가 없으며, 바하마 군도에도 갈 수가 없다. 그가 가지고 있던 목표를 바꾸지 않는 한, 그는 이룰 수 없는 목표로 인해 좌절감을 맛보게 될 것이며, 그 결과 정신적 엔트로피라고 알려진 내적 갈등에 시달릴 것이다. 하지만 그가 목표를 수정한다면, 그의 자아도 변화할 수 있다. 자아가 곧 목표의 총합이자 조직이 되는 것이다. 이런 식으로 모든 관계에는 자아의 변화가 따르게 된다.

　몇십 년 전까지만 해도 부모와 자녀는 외적 이유로 관계를 지속할 수밖에 없기 때문에 한 집안에서 모여 사는 경향이 있었다. 과거에 이혼율이 극히 낮았던 이유는 부부간의 애정이 오늘날보다 깊었기 때문이 아니다. 남편들은 요리를 하며 살림을 해줄 사람이 필요했고, 아내들은 돈을 벌어다줄 사람이 필요했으며, 자녀들은 먹고, 자고, 세상살이를 시작하기 위해 부모가 필요했기 때문이었다. 어른들이 그렇게도 많은 노력을 기울여 젊은 사람들에게 주입했던 '가족을 중시하는 가치관'은 종교적·도덕적 명분이 앞세워졌을 때조차도 결국은 이같이 단순한 필요성의 반영이었던 것이다.

　물론 한때는 가족을 소중히 여기는 가치관이 득세하여 사람들이 이런 가치관을 배우고, 이것이 가정의 붕괴를 막는 데 큰 몫을 담당했던 것도 사실이다. 그러나 도덕적 규칙은 외부로부터 강제되는 것으로, 그리고 남편과 아내, 자녀들을 옭아매는 외적 구속으로 여겨지는 경우가 더 흔했다. 이렇게 되면 그 가족은 겉으로는 온전해 보일 수 있지만, 사실 내부적으로는 갈등과 증오로 분열되어있는 것이다. 오늘날 만연하는 가정의 '와해' 현상은 결혼 생활을 지속해야 할 외적 요인이 서서히 사라진 결과이다. 이혼율의 증가는 사랑이나 도덕적 힘이 약화되어서라기보다는, 여성 인력의 채용 기회 증대로 대표되는 노동시장의 변화와 노동을 절감해주는 가사용품의 보급에 영향을 크게 받았기 때문이라고 볼 수 있다.

　그러나 단지 외적인 이유만으로 결혼 생활을 지속하고 가족의 범주 안에서 함께 살게 되는 건 아니다. 가정생활은 가정을 통해서만 경험할 수 있는 기쁨과 성장의 좋은 기회를 제공해주며, 이런 내적 보상은 과거와 마찬가지로 현재에도 가정생활에서 얻을 수 있다. 사실 이런 경험을 하기에는 과거의 어느 때보다도 오늘날이 더 유리하다고 볼 수 있다. 단지 편의만을 위해 함께 사는 전통적 가족 형태가 쇠퇴하는 경향이 있다고 하더라도, 서로를 사랑하기 때문에 함께 견디는 가정의 수는 점차 증가하는 추세에 있다. 물론 아직도 외적 요인이 내적인 보상보다는 훨씬 강력한 영향을 미치는 게 사실이다. 따라서 앞으로도 한동안은 가정생활의 분열이 심화될 것으로 보인다. 그러나 바람직한 가족의 형태를 유지하는 가정은 자신의 의사에 반해 어쩔 수 없이 함께 사는 가정에 비해 각 구성원의 자아 계발에 훨씬 많은 도움을 줄 수 있다.

인간은 천성적으로 문란한가, 혹은 일부일처적 성향을 타고나는가 아니면 일부다처적 성향을 타고나는가, 그리고 문화의 진화적 측면에서 일부일처제가 최고의 가족 구성 형태인가 등에 관한 논의는 끊임없이 이어져왔다. 이러한 논의는 혼인 관계를 형성하는 외적 조건만을 다루고 있다는 사실을 깨닫는 게 중요하다. 그런 점에서 결혼은 혼인 제도를 존속시켜나갈 수 있는 가장 효율적인 형태를 취할 것으로 보인다.

같은 종의 동물들조차도 주어진 환경에서 최대한 적응하기 위해 아주 다채로운 관계의 양상을 보여준다. 예컨대 긴부리굴뚝새의 경우를 보자. 늪지의 질이 다양한 워싱턴 주에서는 먹이와 은신처가 풍부한 영역을 점유한 몇몇 수컷만이 암컷을 차지하는데, 수컷 한 마리가 여러 암컷과 짝을 짓기 때문에 운이 없는 나머지 수컷들은 어쩔 수 없이 홀로 지내야만 한다. 반면, 똑같은 종류의 새들이 조지아 주에서는 일부일처제의 양상을 보여준다. 이는 조지아 주가 신앙이 두터운 지역의 일부라서가 아니다. 모든 습지가 거의 비슷한 양의 먹이와 은신처를 제공해주어서 각각의 수컷이 똑같이 안락한 둥우리로 암컷을 유인할 수 있기 때문이다.

인간의 가족 형태도 이와 유사한 환경적 압력에 대응하여 변화한다. 외적 조건만으로 볼 때 우리의 가족 형태는 일부일처제라고 할 수 있는데, 이는 오늘날과 같이 금전 경제에 기초한 고도의 기술 사회에서는 이런 가족 형태가 보다 편리한 합의임이 입증되었기 때문이다. 그러나 우리가 한 개인으로서 직면해야 하는 문제는 인간이 '천성적으로' 일부일처적 성향을 타고나느냐 하는 것이 아니라, 우리가 일부일처제를 따르길 '원하는가'이다. 위의 문제에 답하기 위해 우리는 우리의 선택에 따르는 모든 결과를 신중히 고려해보아야 한다.

통상 사람들은 결혼과 함께 자유가 끝이 난다고 생각하며, 배우자와의 관계를 '속박'이라고 말하는 사람들도 있다. 가정생활이라고 하면 전형적으로 사람의 목표와 행동의 자유를 제한하는 구속과 책임을 연상한다. 이는 사실이고, 특히 정략적인 결혼을 하게 되면 더욱 그러하다. 그러나 우리가 쉽사리 잊는 건 이런 규칙과 의무가 게임에서의 행동 제약과 원칙적으로 다를 바가 하나도 없다는 점이다. 모든 규칙과 마찬가지로, 결혼의 규칙에도 광범위한 예외 규정이 있어서 우리가 취사선택한 일련의 규칙에만 집중하면 되는 것이다.

키케로는 인간이 완전히 자유로워지기 위해서는 일련의 법규의 노예가 되어야만 한다고 저술한 바 있다. 다시 말해, 제약을 받아들이는 일이 곧 자신을 자유롭게 하는 일이라는 것이다. 예를 들면, 심리 에너지를 일부일처적 혼인에 집중적으로 투자하기로 결심함으로써 결혼생활에 어떠한 문제와 장애가 발생하더라도, 혹은 나중에 마음이 더 끌리는 이성이 나타나 선택의 여지가 생기더라도 심리적으로 흔들리지 않을 수 있다. 전통적 혼인이 요구하는 책임을 성실히 수행함으로써, 그리고 관례에 따라 어쩔 수 없어서가 아니라 기꺼이 그렇게 함으로써 자신이 올바른 결정을 내린 것인가 혹은 다른 사람들은 더 나은 방법을 택한 것이 아닌가 따위를 더 이상 걱정하지 않아도 된다. 그 결과 어떻게 살아야 할 것인가에 관한 고민에서 자유로워진 많은 에너지를 자신의 삶을 위해서 쓸 수 있게 되는 것이다.

일부일처제의 혼인을 하고, 자녀와 친척, 그리고 지역사회와 밀접한 관계를 유지하는 전통적 가족 형태를 따르기로 결정한다면, 어떻게 가정생활을 플로우 활동으로 변화시킬 수 있는가를 사전에 고려해보는 게 중요하다. 그렇게 하지 않는다면 필연적으로 권태와 좌절을 느끼게 되어 결혼생활을 지속시켜줄 강력한 외적 요인이 없는 한, 그 관계는 악화되고 말 것이다.

플로우를 제공하려면 가정에는 그 존재의 목표가 있어야 한다. 외적인 이유만으로는 충분치 않다. "다른 사람들도 다 결혼을 하고 사니까", "아이를 갖는 게 당연하니까" 또는 "혼자 살 때의 경비로 두 사람이 살 수 있으니까" 등의 생각을 하는 것만으로는 부족하다. 이런 태도가 처음 가정을 이루는 데는 도움이 될지도 모르겠지만, 가정생활을 즐겁게 해주지는 못한다. 부모와 자녀들이 심리 에너지를 공통적 과업에 집중시킬 수 있도록 해주는 긍정적 목표가 있어야 한다.

이런 목표들 중에는 아주 일반적이고 장기적인 목표가 있을 수도 있다. 즉 이상적인 집을 짓고, 자녀들에게 최상의 교육을 제공하고, 현대의 세속화된 사회에서 종교적인 생활 방식을 따르겠다는 등 특정한 생활 방식을 계획하는 것이다. 이런 장기적 목표가 각 가족 구성원의 복합성을 증진시키는 상호작용을 낳게 하려면, 그 가정이 '분화'되는 동시에 '통합'되어야만 한다. 분화란 각 가족이 자신만의 독특한 특성을 개발하고, 기술을 최대화하며, 개인적 목표를 설정하도록 장려하는 것을 의미한다. 통합이란 이와는 대조적으로 가족 가운데 한 사람의 일이 다른 가족 구성원 모두에게 영향을 미치는 걸 의미한다. 자녀가 자신이 학교에서 이룬 성취를 부모가 자랑스러워하면, 가족 전체가 그 일에 관심을 보이게 되며, 역시 그 자녀를 자랑스럽게 생각하게 된다. 만일 어머니가 피곤하고 우울해한다면 온 가족이 어머니를 돕고 기분을 전환시켜주려고 한다. 통합이 된 가정에서는 각 구성원의 목표가 다른 모든 가족에게도 중요한 것이다.

장기적인 목표 외에도 끊임없이 단기적 목표를 갖는 게 아주 중요하다. 단기적 목표에는 새 소파 사기, 야외 나들이 가기, 휴가 계획 세우기, 일요일 오후에 온 가족이 함께 단어 맞추기 게임하기와 같은 단순한 일들이 포함될 수 있다. 가족 모두가 기꺼이 공유할 수 있는 목표가 없다면, 가족 구성원이 즐거운 활동에 함께 참여하는 건 어려운 일이다. 나아가 함께 사는 것조차 불가능해진다.

여기서 다시 한 번, 분화와 통합의 중요성이 부각된다. 공통의 목표는 각 가족의 목표를 최대한 반영해야 한다. 릭은 오토바이 경주에 가고 싶어 하고 에리카는 수족관에 가고 싶어 한다면, 가족 모두가 이번 주에는 오토바이 경주를 관람하고 그 다음 주에는 수족관에 가는 게 가능해야 한다. 이처럼 합의할 경우에 얻게 되는 장점은 에리카가 오토바이 경주의 일면을 좋아하게 될 수도 있고, 릭이 물고기 관찰하기를 실제로 즐거운 일로 여기게 될 수 있다는 것이다. 즉 이런 기회가 없었더라면 두 아이는 각자의 편견에 사로잡혀 이러한 발견을 하지 못할 것이다.

다른 플로우 활동과 마찬가지로, 가족 활동도 분명한 피드백을 제공해야 한다. 이 경우에는 의사소통의 채널을 언제나 개방해놓는 게 중요하다. 만일 남편이 아내를 괴롭히고 있는 문제가 무엇인지 모른다면, 또 아내가 남편의 고민을 모른다면 둘 다 불가피하게 형성되는 긴장 상태를 해소할 수 있는 방법이 없다. 이런 맥락에서 보면 개인적 경험의 경우와 마찬가지로, 단체 생활에서도 엔트로피가 기본적 조건이 된다는 걸 강조할 필요가 있다. 배우자들이 심리 에너지를 관계 유지에 투자하지 않는다면 틀림없이 갈등이 생겨나게 마련인데, 이는 각 개인의 목표가 다른 가족 구성원의 목표와 어느 정도까지는 다를 수밖에 없기 때문이다. 의사소통이 원활히 이루어지지 않는다면 갈등이 심화될 것이며, 결국 그 관계는 악화되고 말 것이다.

피드백은 또한 가족 전체를 위해 설정된 목표의 달성 여부를 판단하는 데 아주 중요한 요소가 된다. 우리 부부는 아이들을 몇 달에 한 번씩 동물원에 데리고 가는 게 아주 좋은 교육적 활동이며, 가족 모두가 즐길 수 있는 일이라고 생각했다. 그러나 맏아이가 열 살이 되었을 때 우리는 동물원을 더 이상 가지 않게 되었다. 왜냐하면 동물들이 제한된 공간에 갇혀있다는 사실을 아이가 몹시 싫어했기 때문이다. 그 시기가 언제가 되던, 아이들은 가족과 함께 하는 활동이 '지루하다'는 의견을 나타내게 마련이다. 이 시점에서 가족 활동을 강요한다면 부정적인 결과만 가져온다. 그래서 대부분의 부모가 그저 포기하고, 십 대의 자녀를 그들의 동료 문화 속에 내버려 둔다. 더욱 어려운 일이기는 하지만 한층 더 보람 있는 전략은 계속 온 가족이 함께 할 수 있는 새로운 활동을 찾는 것이다.

다른 플로우 활동에서와 마찬가지로 제반 사회적 관계, 특히 가족생활을 즐기는 데에도 도전과 기술의 균형을 유지하는 일은 대단히 중요한 요인이 된다. 두 남녀가 처음 서로에게 끌리기 시작하면 활동의 기회가 대체로 분명해진다. 인류의 역사가 시작된 이래로 남자 구혼자의 가장 기본적인 노력 목표는 "그녀를 얻을 수 있을까?"였으며, 여자의 경우는 "그 남자를 잡을 수 있을까?"였다. 대체로, 그리고 상대방의 기술 수준에 따라 좀 더 복합적인 도전이 감지된다. 즉 상대방이 진정 어떤 사람인가, 어떤 영화를 좋아하는 가, 남아프리카의 문제에 대해서는 어떻게 생각하는가, 그리고 두 사람의 만남이 과연 '의미 깊은 관계'로 발전하게 될 것인가 등을 탐색하는 것이다. 이 과정을 거치고 나면 함께 즐길 수 있는 일들과 함께 가볼만한 곳들이 생겨나며, 함께 파티에 참석도 하고, 앞날의 계획에 대해서도 논의하게 된다.

시간이 지남에 따라 서로에 대해 속속들이 알게 되고, 노력해 볼 만한 도전도 고갈된다. 모든 작전을 다 시도해보았으며, 상대방의 반응도 충분히 예측할 수 있다. 성의 유희도 첫 경험과 같은 흥분을 가져다주지 못한다. 이 시점에 오면 그 관계는 지루한 일상이 될 위험에 직면한다. 이는 서로의 편의에 의해 관계가 지속은 되지만 더 이상의 즐거움을 제공해주지 못하고, 복합성의 증진도 가져다주지 못하는 관계가 되었다는 걸 의미한다. 이런 상태의 관계가 플로우를 회복할 수 있는 유일한 길은 관계 속에서 새로운 도전을 찾는 것이다.

여기에는 먹고, 자고, 쇼핑하기 등 일상을 다양화하기와 같은 간단한 단계도 포함될 수 있다. 또한 새로운 주제에 관해 서로 대화하고, 새로운 장소를 찾아다니고, 새 친구를 사귀는 등의 노력을 기울이는 방법도 있을 것이다. 무엇보다 중요한 건 상대방의 복합성에 관심을 갖고, 처음 관계가 형성될 때보다 더욱 깊이 서로를 알아가며, 세월이 흐르면서 어쩔 수 없이 겪게 되는 변화의 시기에 서로의 마음을 이해하며 따뜻하게 감싸주는 것이다. 복합적인 관계로 발전하기 위해서 두 사람은 평생 동안 서로에게 충실할 준비가 되어있는가라는 큰 문제와 맞닥뜨리게 된다. 이 시점에 이르면 완전히 새로운 도전이 생겨난다. 자녀를 양육하는 일, 그리고 그 아이들이 성장하면 더 넓은 지역사회의 일에 함께 참여하는 것 등이다. 물론 이런 일은 에너지와 시간의 집중적 투자 없이는 불가능하다. 그러나 경험의 질적 향상이라는 측면에서 고려할 때, 이런 일들은 충분히 시간과 노력을 투자할 가치가 있는 활동이다.

계속해서 도전과 기술을 증진시켜나가야 하는 필요성은 자녀와의 관계에도 적용된다. 자녀가 어릴 때는 대부분의 부모가 아이의 첫 미소, 첫 단어, 첫 걸음마, 첫 낙서 등으로 대표되는 자녀의 성장 모습을 보면서 자연스럽게 기쁨을 느낀다. 이처럼 아이들이 보여주는 기술의 큰 도약은 부모에게 새롭고도 기쁜 도전이 되며, 부모는 자녀에게 행동의 기회를 더욱 풍부하게 재공해주려고 노력한다. 그러나 자녀가 사춘기 초기인 십 대가 되면 부모가 자녀를 다루기가 힘들어진다. 이 시점에서 대부분의 부모는 모든 게 잘 되고 있는 것처럼 그저 자녀의 생활을 방관하며, 번번이 앞으로는 나아지겠지 하는 희망을 가져본다.

십 대들은 신체적으로는 성숙한 어른으로서 생식이 가능한 나이다. 대부분의 사회에서(백 년 전까지의 우리 사회에서도 역시) 십 대들은 성인으로서의 책임을 감당하고 그에 합당하게 인정받을 준비가 되었다고 여겨졌다. 그러나 현재는 우리의 사회적 합의 형태가 십 대들에게 그들의 기술 수준에 적합한 도전을 제공해주지 못하기 때문에 청소년들은 성인들이 금지한 구역 밖에서 행동의 기회를 스스로 발견해야 한다. 흔히 십 대들이 찾아내는 유일한 출구는 파괴행위, 비행, 마약, 섹스 따위들이다. 기존의 사회적 조건에서는 부모가 십 대 자녀에게 문화 전반에 걸친 기회의 빈곤을 보상해주기가 아주 어려운 것이다.

이런 점에서 볼 때는 부유한 외곽 지역에 사는 가정이나, 빈민가에 사는 가정이나 별 차이가 없다. 건강하고, 활동적이며, 영리한 15세의 청소년이 전형적인 교외 지역에서 할 수 있는 일이 무엇일까? 이 문제에 대해 생각해본다면 아마도 십 대들이 할 수 있는 일이라고는 너무 인위적거나, 너무 단순한 일들 혹은 청소년들의 상상력을 끌 만큼 흥미 있는 것이 못 되는 일이라는 결론을 얻게 될 것이다. 교외에 있는 학교들이 운동경기를 무척 중시하는 건 그리 놀랄만한 일이 아니다. 다른 대안과 비교해볼 때, 운동경기는 학생들에게 운동도 하고, 자신의 기술도 내보일 수 있는 가장 구체적인 기회를 제공해주기 때문이다.

그러나 부분적으로나마 이런 기회의 낭비를 줄이기 위해 가족들이 취할 수 있는 방법이 몇 가지 있다. 옛날 젊은이들은 견습공의 신분으로 집을 떠나 멀리 떨어진 마을까지 가서 새로운 도전을 접했다. 오늘날 미국 십 대 후반 청소년들에게도 이와 유사한 기회가 존재한다. 즉 집을 떠나 대학에 가는 것이다. 그러나 12~17살 사춘기 청소년에게는 여전히 대안이 없다. 이 연령군에 속하는 청소년에게 의미 있는 도전이란 과연 어떤 것일까? 부모 자신이 집에서 스스로 복합적인 활동을 하며 모범을 보인다면 상황은 훨씬 용이해진다. 부모가 음악 감상, 요리, 독서, 원예, 목공, 자동차 정비 등을 즐긴다면, 자녀도 이와 유사한 활동에 흥미를 느끼고 충분한 주의력을 투자해 자신의 성장을 도울 수 있는 일을 즐기게 될 것이다.

부모가 자신의 이상이나 꿈에 대해서 더욱 자주 이야기를 나누는 것만으로도 — 이런 일들이 종종 좌절감만을 안겨주었다고 하더라도 — 자녀들이 안일한 생활 방식을 벗어나는 데 필요한 야심을 갖도록 해줄 수 있다. 다른 것은 고사하고라도 자녀를 어른으로, 또 친구로 대우해줄 수 있어야 한다. 그런 마음을 가지고 자신의 직업이나 생각, 그날 있었던 일에 관해 자녀들과 함께 토론한다면 자녀들의 사회화에 도움을 줄 수 있으며, 그들이 장차 사고력이 깊은 성인으로 성장할 수 있는 밑거름이 된다. 그러나 아버지가 집에서 한가할 때마다 술병을 손에 쥐고 그저 종일 텔레비전만 보고 있다면, 자녀들은 당연히 어른들은 재미있게 지낼 줄 모르는 지루한 사람들이라고 생각하고 친구들을 통해서 즐거움을 찾으려고 할 것이다.

저소득층 지역사회에서는 젊은 갱단이 남자 아이들에게 생생한 도전거리를 많이 제공해준다. 갱단들만의 과시적 의식들(허풍, 싸움, 오토바이 폭주 등)이 남자 아이들의 기술에 적합한 구체적 기회가 되는 것이다. 부유한 외곽 지역에 사는 십 대들은 이런 행위조차 할 기회가 없다. 학교에서 하는 오락이나 취업과 같은 대부분의 행동은 어른들의 통제를 받기 때문에 청소년들이 독창적으로 찾아서 할만한 일이 거의 없는 셈이다. 자신의 기술이나 창의성을 발휘할 수 있는 의미 있는 출구가 없으므로, 청소년들은 반복되는 파티, 드라이브, 마약 등에 의존해 스스로 살아있음을 입증하려 한다. 의식적이든 아니든 많은 십 대 소녀가 위험하며 불행한 결과를 가져올 수도 있는 임신이 자신이 할 수 있는 유일한 어른스러운 일이라고 생각한다.

어떻게 이 같은 상황을 재정비하여 자녀들에게 도전을 제공할 수 있는 환경을 조성할 것인가 하는 것이 십 대 청소년의 부모가 당면한 가장 절박한 문제 중의 하나이다. 그저 다 자란 청소년 자녀들에게 뭔가 쓸모 있는 일을 하라고 말만 하는 건 아무짝에도 소용이 없는 일이다. 진정으로 도움이 되는 일은 살아있는 모범을 보여주는 것, 그리고 구체적 기회를 제공해주는 것이다. 이런 방안들이 마련되지 않은 상황에서 청소년들이 나름대로의 방법으로 출구를 찾는 걸 나무랄 수만은 없다.

가족들이 포용해주고 통제력과 자긍심을 심어준다면, 십 대 생활의 정신적 긴장은 일부 해소될 수 있다. 이런 차원의 관계는 서로를 신뢰하고 상대방을 있는 그대로 받아들이는 사람들 사이에서만 가능하다. 이런 관계에서는 다른 사람이 자신을 좋아하게 만들려고 노력할 필요도 없고, 인기에 연연할 필요도 없으며, 다른 사람의 기대에 맞추려고 끊임없이 걱정하지 않아도 된다. 잘 알려진 경구처럼 "사랑이란 결코 미안하다는 말을 할 필요가 없는 것"이며, "가정은 당신이 언제나 환영받는 곳"이다. 친족을 통해 자신의 가치를 확인받음으로써 그 사람은 모험을 시도해볼 만한 힘을 얻는다. 지나친 순응은 대체로 비난받을 것을 두려워하는 데서 오는 현상이다. 어떤 일이 있더라도 자신에게는 언제나 가정이라는 안전한 정신적 기반이 있다는 걸 알고 나면, 자신의 잠재 능력을 개발하기가 그만큼 쉬워진다.

무조건적인 수용과 사랑은 자녀들에게 특히 중요하다. 부모가 자신의 기대에 부응하지 못하는 자녀는 더 이상 사랑하지 않겠다고 위협한다면, 그 자녀가 가진 아이들 특유의 명랑함이 점차 만성적 불안으로 바뀌게 될 것이다. 그러나 부모가 자신의 안녕에 무조건적으로 헌신한다고 느끼는 아이는 두려움 없이 마음 놓고 세상을 탐험할 수 있다. 그렇지 않다면 그 자녀는 자신을 보호하는 일에 심리 에너지의 일부를 할당해야 하므로, 자유롭게 사용할 수 있는 에너지의 양이 그만큼 줄게 된다. 이와 같은 어릴 적의 정서적 안정이 장차 자녀가 자기 목적적 성격을 개발하는 데 도움을 주는 조건 중의 하나가 된다. 정서적 안정 없이는 자의식을 버릴 수가 없으므로 플로우를 경험하기가 그만큼 어려워진다.

물론 무조건적인 사랑이 아무 기준도 없고, 규칙 위반에 대한 처벌도 없는 관계를 의미하는 건 아니다. 규칙 위반에 따르는 위험 부담이 없다면 그 규칙은 아무 의미도 없는 것이 되며, 의미 있는 규칙이 없는 활동은 재미가 없는 것이 된다. 아이들은 부모가 자신에게 특정한 행동을 기대하며, 그 기대에 따르지 않을 경우 일정한 결과가 수반된다는 사실을 알아야 한다. 그러나 어떤 일이 있더라도 자녀에 대한 부모의 관심에는 변함이 없다는 사실 또한 알아야 한다.

공동의 목표가 있고, 의사소통의 채널이 항상 열려있는 가정, 또한 신뢰가 바탕이 되는 환경 속에서 점차 확대되는 활동의 기회를 제공해주는 가정이 될 때, 그 가정 안에서의 생활은 즐거운 플로우 활동이 된다. 이런 가정의 구성원은 자연스럽게 자신의 주의를 그룹의 관계에 집중하게 된다. 별도의 의식을 하나의 통합된 목표로 결속시켜주는 복합적인 체계에 소속되는 즐거움을 경험하기 위해 개별적 자아나 개개인의 다양한 목표를 어느 정도까지는 잊을 수 있게 된다.

우리 시대의 가장 기본적인 착오 가운데 하나는 가정생활이 저절로 꾸려지는 것이며, 가정 문제를 다루는 최선의 전략은 문제가 해소될 때까지 그저 느긋하게 기다리면 된다는 생각이다. 남성들이 특히 이런 생각으로 스스로 위안받기를 좋아한다. 남성들은 직장에서 성공하기가 얼마나 어려운 일이며, 자신의 이력을 유지하는 데 얼마나 많은 노력을 기울여야 하는지를 잘 알기 때문에 집에서는 마음 편히 쉬고 싶어 하며, 어떤 심각한 요구 사항이 발생하는 걸 원치 않는다. 또한 남자들은 흔히 미신에 가까울 정도로 가정이 보전되리라는 믿음을 가지고 있다. 아내가 술에 중독되고 자녀들이 이미 냉랭한 타인이 되어버리는 등 이미 너무 늦어버린 다음에야 남성들은 미몽에서 깨어난다. 가정도 다른 어떠한 공동 조직과 마찬가지로, 그 존속을 위해서는 지속적인 심리 에너지의 투자가 필요하다는 사실을 깨달아야 한다.

트럼펫 연주가가 연습을 며칠씩 빠뜨려서는 결코 훌륭한 연주가가 될 수 없다. 규칙적인 연습을 게을리한 육상 선수는 곧 몸이 약해져 달리기에 더 이상 즐거움을 느낄 수 없다. 경영인의 관심이 산만하게 분산된 회사는 곧 무너지고 만다. 이런 경우에서 보듯이, 집중하지 않으면 복합적 활동은 곧 와해되고, 남는 건 혼란뿐이다. 어찌 가정이라고 해서 이와 같지 않겠는가? 무제한적 관심의 투자가 있어야만 비로소 무조건적인 수용, 가족 간의 완전한 신뢰가 그 의미를 갖게 되는 것이다. 그렇지 않고서는 이 모든 게 그저 공허한 몸짓일 뿐이며, 무관심과 별 차이가 없는 위선적인 허식에 불과한 것이 되고 만다.

친구와 즐기기

프랜시스 베이컨은 "최악의 고독은 진실한 친구가 없다는 것이다." 라고 하였다. 친구 관계는 가족 관계에 비해서 한결 즐거운 것이 되기 쉽다. 우리가 공통의 관심사와 상호 보완적 목표에 입각해서 친구를 선택할 수 있기 때문이다. 친구와 함께 있기 위해 자신을 변화시켜야 할 필요는 없다. 친구는 우리의 자아의식을 바꾸려고 하지 않고 오히려 강화해준다. 쓰레기를 내다버린다거나, 마당의 낙엽을 쓰는 일과 같이 집에서는 우리가 받아들여야만 하는 지루한 일이 많다. 그러나 친구와 함께 있을 때는 '재미있는' 일에만 집중할 수 있다. 일상적 경험의 질에 관해 수차례에 걸쳐 이루어졌던 우리의 연구에서 참여자들은 친구와 함께 있을 때 가장 긍정적인 기분을 느끼게 된다고 반복적으로 응답했다. 이는 반드시 십 대 청소년에게만 국한된 사실이 아니다. 젊은 성인들도 배우자를 포함한 다른 어떤 사람보다 친구들과 함께 있을 때가 가장 즐겁다고 응답했

다. 은퇴한 노인들도 배우자나 가족과 함께 있을 때보다 친구들과
함께 있는 게 더욱 즐겁다고 했다.

친구 관계는 대체로 공통된 목표와 공동의 활동으로 이루어지
기 때문에 '당연히' 즐거운 것이 된다. 그러나 다른 여느 활동과 마
찬가지로, 친구 관계도 파괴적인 것에서부터 고도로 복합적인 관계
에 이르기까지 그 형태가 다양하다. 친구 관계가 주로 자신의 불안
정한 자아의식을 보완하기 위한 것이 되면, 그 관계는 즐거움을 줄
수는 있겠지만 우리가 생각하는 의미에서의 즐거움, 즉 성장을 장
려하는 즐거움은 줄 수 없다. 예를 들어, 전 세계의 작은 지역사회
에서 너무도 많이 찾아볼 수 있는 '술친구'들의 모임은 성인 남자들
이 자신이 오랫동안 알고 지낸 지기들과 함께 어울리는 유쾌한 방
법 중의 하나이다. 이들은 마음에 드는 선술집이나 주점, 맥줏집, 다
방, 커피숍 등에 모여서 함께 논쟁도 하고 서로를 놀리기도 하는 한
편, 카드놀이를 하거나, 다트 게임, 체스 등을 하며 시간을 보내기도
한다. 그러는 동안 사람들은 각자의 아이디어나 특성에 상호 관심
을 보임으로써 서로의 존재를 확인받는다고 생각한다.

이런 종류의 상호작용은 고독으로 인한 수동적인 마음 상태에
찾아오는 혼란을 막아주기는 하지만 성장을 장려하지는 못한다. 이
같은 일은 참여를 요구한다는 점에서 텔레비전 시청보다는 복합적
인 형태이기는 하다. 그러나 그 행동과 대화가 판에 박혀있고 너무
도 뻔하기에 예측이 가능하다는 점에서 단체로 모여 텔레비전을
보는 것과 크게 다를 바 없다.

이런 종류의 사교는 친구 사이의 교제를 모방한 것이기는 하
지만, 진정한 친구 관계에서 누릴 수 있는 혜택을 거의 제공하지 못
한다. 누구나 때로는 잡담을 하면서 시간 보내기를 좋아한다. 그런
데 마치 매일 마약 주사를 맞아야 하는 것처럼 이런 피상적 교제에

극심하게 의존하는 사람이 많다. 특히 고독을 참지 못하는 사람들이나, 집에서 정서적 지지를 받지 못하는 사람들의 경우 이러한 의존도가 더욱 높아진다.

강한 가정적 결속이 결핍된 십 대 청소년은 친구 그룹에 지나치게 의존한 나머지, 그 그룹에 받아들여지기 위해서는 어떤 일이라도 불사하려 든다. 다음은 약 20년 전 애리조나 주의 투산에서 있었던 일이다. 규모가 큰 어느 고등학교에서는 3학년 학생 모두가 지금은 그 학교를 그만두었으나 자신보다 나이 어린 학생들과 계속 '우정'을 유지하던 한 나이 많은 퇴학생이 급우들을 죽여서는 시체를 사막에 매장해왔다는 사실을 알고 있었다. 그러나 학생들 중 그 누구도 이 사실을 경찰에 신고하지 않았다. 그러다가 이 사건은 우연히 경찰의 수사로 밝혀지게 되었다. 모두 유복한 중류 가정의 자녀였던 3학년 학생들은 친구들에게 소외당할 것이 두려워 살인을 신고하지 못했다고 했다.

만일 투산의 십 대 청소년들에게 강한 가족적 결속이 있었더라면, 혹은 이 아이들이 지역사회의 다른 어른들과 강한 유대 관계를 맺고 있었더라면, 친구들로부터 고립되는 게 그렇게 견디기 힘든 일이 되지는 않았을 것이다. 그러나 이들을 고독에서 보호해주는 건 또래 친구들밖에 없었던 것이 분명하다. 불행하게도 이 사례가 굉장히 희귀한 사건은 아니다. 이따금씩 이와 아주 유사한 사건들이 언론에 보도되곤 한다.

청소년들이 집에서 자신을 받아들이고 관심을 가져준다고 느끼게 되면 친구들에 대한 의존도가 줄어들고, 또한 자신과 친구들의 관계를 통제하는 법도 배우게 된다. 15세의 크리스토퍼는 다소 내성적이고 조용한 성격으로, 안경을 썼고, 친구가 몇 되지 않는 소년이다. 크리스토퍼는 부모와의 유대 관계가 돈독했기에 더 이상

학교에서 소외당하는 게 싫어 어떻게든 인기를 한번 끌어보아야겠다는 결심을 부모에게 터놓고 얘기했다. 결심을 실행하기 위해서 크리스토퍼는 신중하게 전략을 세워나갔다. 그 전략이란 안경 대신 콘택트렌즈를 착용하고, 유행에 따르는 멋진 옷을 입고, 최신 음악과 십 대들의 유행을 익히고, 머리를 금발로 염색해 강조하는 것이었다. "제가 성격을 바꿀 수 있나 한번 보고 싶어요."라고 말하고는 크리스토퍼는 여러 날을 거울 앞에서 너무 심각해 보이지 않도록 편한 모습과 조금은 어리숙해 보이는 미소를 연습했다.

부모의 협조를 받아 크리스토퍼의 전략은 계획대로 잘 진행되었다. 연말 즈음에 크리스토퍼는 학교 최고의 그룹에 가입 권유를 받아 회원이 되었으며, 다음 해에는 학교 뮤지컬에서 유명한 록 가수 역을 맡게 되었다. 크리스토퍼는 그 역할을 너무도 잘 소화해냈고, 어느새 중학교 소녀들의 우상이 되었다. 그의 인기는 정말 대단했다. 소녀들의 사물함마다 크리스토퍼의 사진이 하나씩 붙어있을 지경이었다. 그 해의 졸업 앨범에는 '섹시한 다리 선발 대회' 같은 온갖 행사에 참가한 크리스토퍼의 모습이 담겨있었다. 실제로 크리스토퍼는 외적 성격을 바꾸는 데 성공하였으며, 자신에 대한 친구들의 생각을 통제할 수 있게 되었다. 그러나 그의 정연한 내적 자아는 그대로 유지되었다. 그는 계속해서 감수성이 강하고 너그러운 청소년으로 성장해갔다. 또한 친구들의 의견을 조정할 수 있었고, 그들을 무시하거나 자신을 지나치게 과대평가하지도 않았다.

운동선수가 풋볼 팀에 들기 위해 노력할 때와 같은, 혹은 과학자가 실험을 할 때와도 같은 사심 없는 자세로 자신의 목표에 접근했던 점이 크리스토퍼의 인기가 다른 학생들보다 높아질 수 있었던 이유 중의 하나였다고 볼 수 있다. 다시 말해, 그는 인기라는 위압적이고도 모호한 괴물을 실행 가능한 플로우 활동으로 변형시켜

결국 그 활동을 즐기게 되었으며, 한편으로는 그로 인해 스스로에
대한 자긍심도 높일 수 있었던 것이다. 다른 활동과 마찬가지로 친
구들과 어울리는 일도 다양한 수준으로 경험할 수 있다. 즉 가장 낮
은 복합성의 단계에서는 친구들과의 교제가 그저 일시적으로 혼란
을 피할 수 있는 즐거운 방법이 되며, 최고로 복합적인 단계에서는
강한 기쁨과 성장의 기회를 제공해주기도 하는 것이다.

　　그러나 대부분의 강렬한 경험의 체험은 아주 친밀한 친구들
사이에서나 가능한 일이다. 이런 친구 사이의 결속에 대해 아리스
토텔레스는 다음과 같이 말한 바 있다. "어떤 사람도 친구가 없다면
다른 모든 게 있다고 하더라도 살고 싶지 않을 것이다." 이 같은 일
대일의 관계를 즐길 수 있으려면, 다른 플로우 활동에서와 같은 조
건이 충족되어야 한다. 선술집이나 칵테일파티 등에서의 상호작용
으로 얻을 수 있는 공통된 목표와 상호 피드백 이외에도, 함께 있음
으로 해서 새로운 공통적 도전 목표를 발견할 수 있어야만 한다. 이
는 단순히 상대 친구에 관해 더 많이 알아가고, 그 친구만이 가진
여러 가지 독특한 개성을 발견하고, 그 과정에서 자신만의 개성을
내보이고 하는 일들이 될 수도 있다.

　　자신의 가장 은밀한 감정과 생각을 거리낌 없이 함께 나눌 수
있는 사람이 있다는 것만큼 즐거운 일은 아마도 없을 것이다. 이게
평범한 일처럼 들릴 수도 있지만 사실 관심의 집중과 열린 마음, 그
리고 예민한 감수성이 있어야만 가능한 일이다. 실제로 친구 관계
에 이 정도의 심리 에너지를 투자하는 경우는 극히 드물다. 우정을
위해 에너지와 시간을 기꺼이 할애하려는 사람이 드물기 때문이다.

　　친구 간의 교제는 평소에는 좀처럼 나타낼 기회를 갖지 못하
는 우리 존재의 일면을 표현할 수 있게 해준다. 우리 모두는 두 가
지 기술을 지니고 있다. 하나가 **도구적** 기술이고, 다른 하나가 **표현**

적 기술이다. 도구적 기술은 우리가 환경에 한층 더 효과적으로 대처하기 위해 배우는 기술이다. 이 부류에는 생존의 수단이 되는 기술(사냥꾼의 교묘함이나 장인의 정교함과 같은)과 지적 수단이 되는 기술(읽고 쓰는 지식이나 요즘과 같은 첨단 기술 사회에서 필요한 전문가들이 갖춘 전문 지식과 같은)이 있다. 자신의 일에서 플로우를 찾아내는 법을 익히지 못한 사람들은 보통 이런 도구적 과업을 외적인 것으로, 즉 자신의 선택이 아니라 외부로부터 부과된 필요조건으로 경험하게 된다.

반면에 표현적 기술은 우리의 주관적 경험을 구체화하기 위한 행동을 일컫는다. 우리의 감정을 나타내주는 노래를 부르는 것, 우리의 기분을 춤으로 표현하는 것, 우리의 느낌을 대변하는 그림을 그리는 것, 좋아하는 농담을 하는 것, 기분 전환을 위해 볼링을 하는 것 등이 이런 의미에서의 표현 형태가 된다. 표현적 활동을 하고 있을 때 우리는 진정한 자신과 만나는 느낌을 갖는다. 표현적 활동을 통해 자연스럽게 얻을 수 있는 플로우를 전혀 경험하지 못하고 도구적 행위만으로 살아가는 사람은 결국 외계인에게 조종당하는 인간 로봇으로 살아가고 있다고 말할 수 있다.

우리는 보통 삶을 살아가는 동안에 이런 표현 활동이 제공해주는 충만감을 경험할 기회가 별로 없다. 직장에서는 자신의 역할에 따르는 기대에 부응하여 유능한 기술자, 엄정한 판사, 공손한 웨이터 등이 되어야 한다. 가정에서는 자상한 어머니나 예의 바른 아들이 되어야 한다. 집과 직장을 오가는 버스나 지하철에서는 세상일에 무감한 듯한 얼굴 표정을 짓고 있어야 한다. 친구들과 있을 때만이 대부분의 사람이 아무 격식 없이 자기 자신을 드러내어도 좋다고 느낀다. 우리와 궁극적 목표를 함께 하는 사람을 친구로 선택하기 때문에 친구들이야말로 함께 노래도 하고, 춤도 추며, 농담도 주고받고, 볼링도 같이 할 수 있는 사람들인 것이다. 친구들과 함께 있을 때 비로소 우리는 자아의 자유를 경험하고, 진정한 자신의 모습을 깨닫는다. 현대의 이상적 결혼은 친구와 같은 배우자를 얻는 것이다. 결혼이 두 가정의 상호 편의를 위해 정략적으로 이루어지던 시절에는 불가능했던 일이다. 그러나 오늘날에는 결혼을 해야 하는 외적 압력이 현저히 감소되었으므로, 많은 사람이 자신의 가장 좋은 친구는 배우자라고들 말한다.

우리가 이 같은 표현적 기술과 도전을 받아들이지 않는다면 친구 관계는 즐거울 수 없다. 자신의 외적 인격만을 재확인해줄 뿐 자신의 꿈이나 열망에는 관심을 나타내지 않으며 새로운 존재 방식을 시도해볼 것을 강력히 권유하지 않는 '친구'에만 둘러싸여 있는 사람은 친구 관계가 제시해주는 많은 기회를 놓치게 되는 것이다. 진정한 친구란 때로는 파격적인 일도 함께 할 수 있으며, 우리가 언제나 틀에 박힌 행동만을 할 거라고 기대하지 않는 그런 친구이다. 이런 친구야말로 우리와 자아실현의 목표를 함께 하기 때문에 복합성을 높여감에 따라 수반될 수 있는 위험까지도 기꺼이 함께 부담하려 하는 친구인 것이다.

가정이 주로 정서적 보호를 해주는 곳이라면, 우정은 대체로 신비롭고도 새로운 양상을 맛보게 해주는 것이다. 가장 마음에 남는 훈훈한 추억이 무엇이냐는 질문을 받으면 사람들은 대개 가족과 함께 지낸 명절이나 휴가의 기억을 떠올린다. 반면 친구들은 흥분과 발견, 모험을 함께 한 대상으로 더 자주 언급한다.

불행하게도 오늘날에는 어른이 되어서도 옛 친구 관계를 유지하는 사람들이 극히 적다. 너무도 자주 이사를 하고, 지나치게 전문화되었으며, 자신의 협소한 전문 분야에만 매몰된 나머지 오래도록 지속되는 관계를 가꾸어나가지 못하는 것이다. 친구 관계는 고사하고 가정이라도 유지하고 있다면 그나마 운이 좋은 사람이다. 대기업의 경영인과 뛰어난 의사나 변호사처럼 성공한 성인들이 고립되고 외로워진 자신의 삶에 관해 하는 말을 들어보면 놀라움을 금할 수 없다. 이들은 눈에 눈물을 머금으며 중·고·대학교 시절의 절친했던 친구들을 회상한다. 그 모든 친구가 이제는 다 멀어졌으며, 지금은 혹시 다시 만난다고 하더라도, 몇 가지 옛 추억 외에는 아마 공통적인 관심사를 발견하기 어려울 것이라고 말한다.

사람들은 마치 가족 관계처럼 친구 관계도 저절로 이루어진다고 믿으며, 관계에 금이 가더라도 그건 어쩔 수 없는 일이라고 여겨 그저 상심만 하고 만다. 다른 사람과 함께 나눌 수 있는 관심사가 많고, 관계에 투자할만한 자유 시간도 많은 청소년기에는 친구를 사귀는 게 아주 자연스러운 과정처럼 보일 수도 있다. 그러나 그 시기가 지나면 친구 관계는 결코 우연히 이루어지지 않는다. 친구 관계도 직장이나 가정생활을 꾸려나가는 것처럼 열심히 가꾸어 나가야만 하는 것이다.

더욱 광범위한 지역사회

한 개인은 가정과 친구의 일원으로서 그들과 공유하는 목표에 심리 에너지를 투자한다. 이와 마찬가지로, 한 개인은 어느 지역사회, 인종 그룹, 정당 혹은 국가의 큰 뜻에 동의함으로써 더욱 광범위한 체계의 일원이 될 수 있다. 간디 수상이나 테레사 수녀와 같은 사람들은 심리 에너지의 전부를 그들이 인류 전체의 목표라고 여긴 일에 투자했다.

고대 그리스어에서 '정치politics'란, 사람들이 개인이나 가족의 복지를 넘어선 일에 참여하는 걸 의미했다. 이 같은 광범위한 의미에서 볼 때, 정치는 인간이 할 수 있는 가장 즐거운 복합적 활동 가운데 하나라고 할 수 있다. 왜냐하면 더 넓은 사회 분야에 참여하면 할수록 그만큼 많은 도전이 생겨나기 때문이다. 사람은 혼자서도 아주 난해한 문제를 처리할 수 있으며, 가족과 친구들이 그 사람의 많은 관심을 차지하기도 한다. 그러나 서로 관계없는 사람들의 목표를 최대화하기 위해서는 몇 배나 높은 복합성이 필요하다.

불행하게도 공적인 분야에 종사하는 많은 사람이 높은 복합성을 가진 행위를 하지 못하고 있다. 정치가들은 권력을 좇으며, 박애주의자들은 명예를 추구하고, 성자가 되려는 사람들은 자신이 얼마나 정의로운가를 증명하려고 한다. 이런 목표는 충분한 에너지만 투자한다면 성취하기가 그리 어렵지 않다. 한층 더 위대한 도전은 자기 자신에게 득이 될 뿐 아니라, 그 과정에서 다른 사람들에게도 도움이 되는 것들이다. 정치가들이 실제로 사회 상황을 변화시키고, 박애주의자들은 곤궁한 사람들을 도우며, 성자들이 다른 사람에게도 적용될 수 있는 삶의 전형을 제시하기란 아주 어렵겠지만 그만큼 보람도 큰 일이 될 것이다.

우리가 단지 물질적인 결과만을 고려한다면, 자신만을 위해 부와 권력을 얻으려고 하는 이기적 정치가들을 약삭빠른 사람이라고 생각할 수 있다. 그러나 최적 경험이 인생에 진정한 가치를 부여한다는 사실을 알게 되면, 공익을 실현하기 위해 노력하는 정치가야말로 똑똑하다고 할 수 있다. 왜냐하면 보다 높은 목표에 도전함으로써 스스로 진정한 즐거움을 경험할 수 있는 기회를 그만큼 더 많이 갖게 된다는 점 때문에 말이다.

어떤 분야의 공적 활동이든, 자신이 참여하는 활동을 플로우의 특질에 맞게 조직화한다면 즐거운 일이 될 수 있다. 스카우트 활동을 시작하든지, 독서 클럽에 참여하든지, 혹은 청결한 환경을 유지하려는 노력에 가담하든지, 아니면 지역의 노동조합을 지원하는 활동을 하든지 간에 활동의 내용이 무엇이냐는 크게 관계없다. 중요한 건 목표를 설정하고, 심리 에너지를 집중하며, 피드백에 관심을 갖고, 과제의 도전과 본인의 기술이 조화를 이루는지를 확인하는 일이다. 그렇게 되면 조만간에 이 같은 상호작용이 활기를 띠게 되며, 곧 플로우 경험도 뒤따르게 될 것이다.

물론 심리 에너지의 공급이 한정되어있다는 점을 감안할 때, 모든 사람이 공공의 목표를 달성하는 데 참여하기를 기대할 수는 없다. 좋지 못한 환경 속에서 살아남기 위해 모든 주의를 집중해야 하는 사람들도 있는 것이다. 또한 예술이나 수학 등 특정한 도전 영역에 너무도 열중한 나머지, 도저히 주의를 다른 데로 돌릴 수 없는 사람들도 있다. 그러나 공동의 이익을 위해 심리 에너지를 투자하기를 즐김으로써 사회체제를 위한 시너지 효과를 창출해내는 사람이 없다면, 우리 삶은 삭막해지고 말 것이다.

플로우의 개념은 개인이 삶의 질을 향상시키는 데 유용한 도움을 줄 뿐 아니라 공적 활동의 방향을 제시해주기도 한다. 공공 분야에서 플로우 이론이 발휘하는 가장 강력한 효과는 최적 경험을 형성하는 데 도움을 주기 위해 각 제도를 어떻게 변형시킬 것인가 하는 청사진을 제공해주는 것이다. 지난 수세기 동안 경제적 합리주의가 너무도 만연해왔기 때문에 우리는 어떠한 인간의 노력이든 그 '결과'를 금전적 가치로 측정해야 한다는 생각을 당연하게 받아들이게 되었다. 그러나 인생을 경제적인 관점으로만 접근하는 건 오히려 합리적이지 못하다. 진정한 가치는 경험의 질과 복합성에 있기 때문이다.

좋은 지역사회의 척도는 기술적 진보나 물질적 풍요가 아니다. 사람들이 자신의 삶을 최대한 여러 측면으로 즐길 수 있도록 기회를 제공해주면서, 이들이 더 높은 도전을 추구하고 자신의 잠재 능력을 개발할 수 있도록 해주는 지역사회야말로 이상적인 사회라 할 수 있다. 이와 마찬가지로 학교의 가치도 그 명성이나, 삶의 필요에 대처해나갈 수 있도록 학생들을 훈련시키는 능력에 있지 않다. 얼마만큼 학생들이 배움을 평생의 즐거움으로 여길 수 있도록 가르치는가에 있는 것이다. 또 반드시 이익을 최대로 올리는 공장이 아니라, 직원과 소비자가 삶을 질적으로 향상시키는 데 크게 기여하는 공장이야말로 좋은 공장이다. 그리고 정치의 참된 기능도 사람들을 더욱 풍요롭고 안전하게 혹은 강하게 만들어주는 데 있는 게 아니라, 최대한 많은 사람이 복합성을 증가시켜가는 삶을 즐길 수 있도록 해주는 데 있다.

그러나 개인의 의식 변화가 선행되지 않고서는 어떠한 사회적 변화도 실현될 수 없다. 한 젊은이가 칼라일에게 어떻게 하면 세상을 개혁할 수 있겠냐는 질문을 했다. 칼라일은 "당신 자신을 먼저 개혁하시오. 그리 되면 세상에서 악당이 한 명 더 줄어들게 되는 거니까."라고 대답했다. 이 충고는 오늘날에도 여전히 유효하다. 자신의 삶을 통제하는 법을 먼저 배우지도 못했으면서 다른 사람의 삶을 개선시키려고 노력하는 사람은 결국 사태를 악화시킬 뿐이다.

09
Cheating
Chaos

역경과
플로우

지금까지 살펴본 내용에도 불구하고 아직도 운이 좋아 건강하고, 부자이며, 잘생긴 사람들은 훨씬 더 행복할 거라고 생각하는 사람이 있을지 모른다. 그렇다면 모든 게 우리 마음대로 되지 않고 불행이 닥칠 때는 어떻게 삶의 질을 향상시킬 수 있을 것인가? 사실 금전적인 여유가 있는 사람들이나 즐거움과 쾌락의 차이점에 대해 깊이 생각해볼 여유가 있지, 대부분의 사람에게는 그 차이점에 대해 생각한다는 것 자체가 사치스러운 일일지도 모른다. 흥미롭고 수입도 높은 전문직에 종사하는 사람이라면 직업이 주는 도전과 복합성에 대해 생각해보는 것도 괜찮은 일일 것이다. 하지만 기본적으로 지루하고 비인간적인 직업에 종사하고 있다면, 구태여 이 직업 자체를 개선할 필요까지 있을까? 병이 들거나 빈곤하고 혹은 역경에 처한 사람들에게도 과연 의식의 통제가 가능하다고 기대할 수 있을 것인가? 물론 이러한 사람들의 경우에는 구체적인 물질적 조건이 개선되고 나서야 비로소 플로우가 삶의 질적 향상에 도움을 줄 수 있을 것이다. 다시 말해, 최적 경험은 건강이나 부와 같은 기본적인 재료로 만든 케이크 위에 얹힌 크림과도 같아서 그 자체만 놓고 본다면 보잘것없는 하나의 장식에 불과할 뿐이다. 더욱 구체적이고 현실적인 요건 위에서만 플로우가 삶의 주관적 양상을 만족스럽게 변화시켜줄 수 있는 것 아닌가.

두말할 필요도 없이 이 책에서 제시하는 이론은 위와 같은 결론을 반박하는 것이다. 주관적 경험은 단지 삶의 한 측면에 불과한 것이 아니라 삶 그 자체이다. 물질적 조건은 부차적인 것으로 우리에게 간접적인 영향을 미칠 뿐이다. 반면에 플로우는 우리 삶의 질에 직접적인 이익을 가져다준다. 건강과 금전, 다른 물질적인 편의는 삶을 개선시킬 수도 있고, 그렇지 못할 수도 있다. 심리 에너지를 통제하는 법을 배우지 못한 사람에게는 그런 물질적 편의도 쓸모없는 것이 될 가능성이 많다.

　이에 반해, 모진 고난을 겪고서도 그 곤경을 이겨냈을 뿐 아니라 결국은 자신의 삶을 진정으로 즐길 수 있게 된 사람도 많다. 과연 어떻게 상상조차 할 수 없는 난관을 겪으면서도 마음의 평정을 얻고, 복합적인 자아의 성장까지 이루어낼 수 있는 것일까? 이와 같은 의문을 이번 장에서 탐구해보기로 하자. 더 나아가서 스트레스를 유발하는 사건에 대처해나가는 전략을 고찰하고, 자기 목적적 자아가 혼란 속에서도 질서를 창조해내는 법 또한 살펴보기로 한다.

비극 이겨내기

의식의 통제 능력을 갖추고 있는 사람은 어떤 일이 닥치더라도 행복할 수 있다는 주장은 너무 순진한 생각처럼 보인다. 육체가 고통과 배고픔, 빈곤함을 견뎌낼 수 있는 정도에는 한계가 있으리라. 그러나 "정신이 우리 육체를 지배한다는 사실이 생물학과 의학에서는 무시되어 왔지만, 이는 우리가 인생을 통해 알 수 있는 가장 근본적인 사실이다."라고 적절히 표현한 프란츠 박사의 말 역시 진실이라고 할 수 있다. 전인의학holistic medicine(심신 통합적 의학-편집자)과 치명적 질병을 물리친 성공적인 투병기를 소개하고 있는 노먼 커즌스의 저서와 같은 책들, 그리고 시겔의 자가 치료self-healing에 관한 설명 등이 20세기 들어 만연하고 있는 추상적이고 유물론적 관점에서 건강을 파악하는 시각을 서서히 바꾸어놓기 시작하고 있다. 여기서 내가 강조하고 싶은 점은 인생에서 플로우를 발견하는 법을 아는 사람은 절망적인 상황조차 즐길 수 있다는 것이다.

　밀라노 대학의 마시미니 심리학과 교수는 극단적인 장애를 지니고도 플로우를 성취한 사람들에 관한 놀라운 사례를 수집하였다. 마시미니 교수 팀의 연구에 참여했던 한 그룹은 대체로 과거에 사고를 당해 다리를 못 쓰게 된 하반신 불구의 젊은이들로 구성되어 있었다. 이 조사에서 발견한 놀라운 사실은 그들 대다수가 하반신을 불구로 만든 사고를 일생에서 가장 부정적인 사건이면서도, 또한 가장 긍정적인 사건으로 언급하였다는 점이다. 이처럼 사고 피해자들이 비극적인 사건을 긍정적으로 여길 수 있었던 이유는 그 사건으로 말미암아 상충되고 불필요한 선택을 줄이고 아주 분명한 목표에만 집중할 수 있게 되었기 때문이다. 장애인이 되어 직면한 제한적 상황에 맞추어 새로이 설정된 목표들을 이루어나가면서 이들은 그 사건 이전에는 경험하지 못했던 명확한 목적의식을 느꼈다고 한다. 살아가는 법을 다시 배우는 것 자체가 즐겁고 자랑스러웠으며, 엔트로피의 원천이라 할 수 있는 사고를 오히려 내적 질서를 확립시키는 계기로 삼을 수 있었다.

이 그룹의 한 명인 루치오는 주유소에서 일하던 낙천적 성격의 젊은이였는데, 스무 살 때 오토바이 사고를 당해 허리 아래가 마비되었다. 루치오는 럭비와 음악 감상을 즐기던 사고 이전의 삶이 기본적으로 목적이 없고 평범했다고 회상한다. 사고를 당한 후 그는 좀 더 복합적인 경험을 많이 즐기게 되었다. 비극적인 사건에서 회복하고 난 후 대학에 등록하여 언어학과를 졸업했으며, 지금은 자유 계약직 신분으로 세금 컨설턴트로 일하고 있다. 루치오에게는 공부나 일 모두가 플로우의 강력한 공급원이 된다. 낚시나 활쏘기도 마찬가지이다. 그는 현재 궁도의 지역 챔피언으로서 휠체어를 타고 경기에 참가한다.

다음은 인터뷰에서 루치오가 했던 말의 일부이다. "제가 하반신 불구가 된 건 마치 다시 태어나는 것과도 같은 경험이었습니다.

제가 알고 있던 모든 걸 처음부터 다시, 다른 방법으로 배워야 했습니다. 혼자 옷 입는 법과 머리를 좀 더 잘 쓰는 법도 배워야만 했습니다. 저는 환경을 통제하려 하지 않고 그 환경의 일부가 되어야 했습니다. 그러기 위해서는 헌신과 의지력, 인내심이 필요했습니다. 앞으로도 제 능력이 점차 향상되어서 장애의 한계를 계속 넘어서리라고 생각합니다. 누구에게나 목적이 있어야 합니다. 하반신 불구의 장애인이 된 후에 이와 같은 발전이 제 인생의 목적이 되었습니다."

프랑코 역시 이 그룹의 한 사람이다. 그는 5년 전에 다리가 마비되었으며, 심한 비뇨기과적 문제가 발생해 몇 차례 수술도 받았다. 사고를 당하기 전에는 전기기술자였으며, 자신의 일을 대체로 좋아했다. 그러나 당시에 그가 가장 강한 플로우를 경험했던 건 토요일 밤에 즐기던 곡예 댄스였으므로, 다리 마비는 그에게 특히나 큰 타격이 아닐 수 없었다. 프랑코는 현재 다른 마비 환자들을 위한 상담원으로 일하고 있다. 이 경우도 역시 거의 상상조차 할 수 없는 좌절이 오히려 경험의 복합성을 한층 더 높여주는 계기가 되었다. 다른 피해자들이 절망하지 않도록 도와주고, 그들의 신체적 회복을 돕는 게 현재 프랑코가 직면하고 있는 도전이다. 자신의 인생에서 가장 중요한 목표에 대해 프랑코는 다음과 같이 말한다. "제 인생에서 가장 중요한 목표는 내가 다른 사람에게 도움이 되는 사람이라고 느끼는 것이며, 최근에 사고를 당한 사람들이 자신의 상황을 받아들이도록 도와주는 일입니다."

프랑코는 사고를 당한 후 수동적인 삶만을 살아왔던 하반신 불구의 여성과 약혼도 했다. 둘이 처음 데이트를 하던 날, 프랑코는 자신의 장애인용 차를 몰고 인근에 있는 동산으로 소풍을 갔다. 불행하게도 차가 도중에 고장이 나서 둘은 인적이 드문 길 한복판에서 꼼짝도 못하게 되었다. 그의 약혼녀는 몹시 당황하였으며, 프랑코 자신도 그 순간에는 냉정을 잃었다고 한다. 그러나 이들은 결국 도움을 청해 문제를 해결했고, 이런 종류의 문제들을 극복해나가면서 자신감이 한층 강화되었다.

밀라노 대학 연구 팀의 조사 대상이 된 또 다른 그룹은 선천적으로 시각 장애가 있거나 혹은 후천적으로 실명한 수십 명의 사람들로 구성되어있었다. 인터뷰를 통해 다시 한 번 얻게 된 놀라운 사실이 있다. 즉 많은 사람이 시력 상실을 자신의 삶을 풍부하게 해준 긍정적인 사건으로 진술했다는 것이다.

필라는 12세 때 양쪽 눈의 망막이 분리되어 실명을 한 33세의 여성이다. 시력을 잃으면서 필라는 폭력적이고 빈곤한 가정 상황에서 벗어날 수 있었으며, 오히려 시력을 잃지 않고 집에 계속 머무를 때보다 더욱 목적의식적이고 보람 있는 삶을 살 수 있게 되었다. 필라는 현재 다른 많은 시각장애인처럼 수동 전화 교환대에서 교환수로 일하고 있다. 최근 그녀는 일과 음악 감상, 친구들의 자동차 세차, 그리고 우연히 접하는 모든 일을 통해서 플로우를 경험한다고 말한다. 직장에서 그녀가 가장 즐기는 일은 자신을 통해서 각전화 통화가 마치 오케스트라의 악기들처럼 짜임새 있고, 원활하고, 조화롭게 연결되는 것이다. "그런 순간에는 마치 제가 신이라도 된 듯한 기분이 듭니다. 큰 보람을 느끼게 되죠."라고 그녀는 설명한다. 필라는 자신의 인생에 긍정적인 영향을 준 일 중에 자신의 시력 상실도 포함시키는데, 그 이유에 대해 다음과 같이 말한다. "시력 상실이 저를 성숙하게 해주었습니다. 아마 대학 졸업장이 있다고 해도 일어나기 어려운 변화일 겁니다. 이제는 어떠한 문제가 생기더라도 더 이상 옛날처럼 비애감에 젖지도 않고, 동료들처럼 흔들리지도 않습니다."

파울로는 이제 서른 살인데, 6년 전에 완전 실명Total blindness 을 하였다. 파울로는 실명을 자신에게 긍정적인 영향을 준 사건으로 꼽지는 않았지만, 이 비극적인 사건으로 얻은 네 가지 긍정적인 결과에 대해 다음과 같이 언급하였다. "첫째는, 비록 제 한계를 알고 인정은 하지만, 그 한계를 극복하기 위해 계속 노력할 거라는 점입니다. 둘째는, 제가 좋아하지 않는 상황을 개선하기 위해 항상 노력하기로 결심했다는 점입니다. 셋째는, 과거의 실수를 되풀이하지 않기 위해 무척 주의하게 되었다는 겁니다. 마지막으로는, 이제 제게 환상 따위는 없다는 겁니다. 다만 다른 사람들에게 관대해질 수 있도록 제 자신에게도 관대해지려고 노력할 뿐입니다."

파울로나 대부분의 다른 장애인이 의식의 통제라는 단순 명료한 목표를 최우선적 목표로 삼았다는 건 놀라운 일이다. 그렇다고 이들이 직면한 도전이 순수하게 심리적인 것만은 아니다. 파울로는 국가 체스 연맹에 소속되어있다. 그는 또한 시각장애인들의 운동경기에도 참가한다. 파울로의 직업은 음악을 가르치는 일이다. 그는 요즘 기타 연주와 체스, 운동경기와 음악 감상을 통해 플로우를 경험한다고 한다. 최근 파울로는 스웨덴에서 열린 장애인 수영 대회에서 7위를 했고, 스페인 체스 대회에서 우승했다. 그의 아내 역시 앞을 볼 수 없는데, 시각 장애 여성들로 이루어진 운동 팀의 코치를 맡고 있다. 파울로는 현재 클래식 기타 연주 교본을 점자로 펴낼 계획을 세워놓고 있다. 그러나 파울로가 자신의 내적 삶의 통제권을 쥐고 있는 사람이 바로 자기 자신이라고 느끼지 못한다면 이 놀라운 성취는 아무런 의미도 없는 것이 될 뿐이다.

이 그룹의 또 한 사람인 안토니오는 고등학교 교사이며, 그의 아내 역시 시각장애인이다. 부부가 현재 직면하고 있는 도전은 자신들과 같이 앞을 보지 못하는 아이를 입양하는 것으로, 미국에서

이 같은 입양이 고려된 건 이번이 처음 있는 일이다. 아니타는 지점토 공예나 사랑의 행위를 할 때, 그리고 점자책을 읽을 때 강렬한 플로우를 경험한다고 한다.

결혼을 하여 두 아이의 아버지이며, 태어날 때부터 앞을 보지 못했던 85세의 디노는 낡은 의자를 수리하는 자신의 직업이 고도의 기술을 요하면서도 언제나 플로우를 경험할 수 있는 일이라고 설명한다. "저는 의자를 수리할 때 공장에서처럼 합성섬유를 쓰지 않고 천연섬유를 사용합니다. 의자 커버가 팽팽하게 당겨져 딱 들어맞을 때, 특히 단 한 번 만에 그렇게 될 때는 기분이 너무나 좋아집니다. 제 손을 거쳐 간 의자들은 20년도 더 쓸 수 있습니다." 이 밖에도 이들과 같은 사람이 너무나 많다.

마시미니 교수 연구 팀이 조사한 또 다른 그룹에는 집 없는 부랑자들도 포함되어있었는데, 이 '거리의 사람들'은 맨하튼에서 보는 것만큼이나 유럽의 도시에서도 자주 볼 수 있는 사람들이다. 우리는 이처럼 곤궁한 사람들을 보면 동정을 느끼는 경향이 있으며, 몇 년 전까지만 하더라도 '정상적인' 생활에 적응하지 못하는 것처럼 보이는 이들을 정신 질환자나 혹은 그보다 더한 사람들로 여겼다. 사실 거리에서 살아가는 사람들 중에는 다양한 종류의 재난을 입어 기력이 모두 소진된 불운하고 무력한 사람이 많다. 그런데도 이들 중 많은 사람이 황폐한 조건을 만족스러운 플로우 경험의 특징을 갖춘 생활로 변모시켰다는 건 아주 놀라운 일이라 하겠다. 많은 예 가운데서 가장 대표적인 예라고 할 수 있는 인터뷰의 내용을 좀 더 자세하게 인용해보도록 한다.

레이아드는 33세의 이집트 사람으로, 현재 밀라노의 공원에서 잠을 자고 자선단체에서 제공해주는 음식으로 끼니를 때우며 살아간다. 간혹 돈이 필요하면 레스토랑에서 접시를 닦기도 한다. 인터뷰하는 동안 레이아드에게 플로우 경험의 특징을 열거해주면서 이와 같은 경험을 한 적이 있는가라고 질문하자, 그는 다음과 같이 대답했다.

그렇습니다. 1967년부터 지금까지 제 인생이 쭉 그러해왔습니다. 1967년 전쟁 후에 저는 이집트를 떠나기로 결심하고, 차를 얻어 타가며 유럽으로 왔습니다. 그때 이후로 저는 제 자신에게 온 정신을 집중하며 살아왔습니다. 저는 그저 단순한 여행을 한 게 아닙니다. 그건 제 자신의 정체성을 찾는 여정이었습니다. 누구나 자신의 내부에서 발견할 그 무엇을 가지고 있는 것입니다. 제가 살던 마을의 사람들은 제가 걸어서 유럽에 가겠다고 결심하자, 다들 저를 미쳤다고 생각했습니다. 그러나 인생에서 가장 중요한 건 자기 자신을 아는 겁니다.

1967년 이래로 제 꿈은 줄곧 변함없이 한 가지였습니다. 즉 자신을 발견하자는 것이죠. 많은 것과 힘겨운 투쟁도 해야 했습니다. 전쟁 중이었던 레바논, 시리아, 요르단, 터키, 유고슬라비아를 거쳐 이곳에 도달했습니다. 온갖 종류의 자연재해도 겪었습니다. 폭풍우 속에서 길 옆의 도랑에서 잠도 잤고, 사고도 당했으며, 제 눈앞에서 친구가 죽는 것도 보았지만 저의 집중력은 결코 흔들리지 않았습니다. … 지금까지 20년 동안 계속해온 모험이지만, 남은 제 인생에서도 이 모험은 계속될 겁니다. …

이 같은 경험을 통해서 저는 이 세상이 그리 가치 있는 곳이 못 된다는 사실을 알게 되었습니다. 지금 제게 유일하게 중요한 건 단 하나, '신'입니다. 저는 묵주를 가지고 기도할 때 가장 집중합니다. 그렇게 되면 온갖 사념을 묻어두고 제 자신을 진정시킬 수 있어서 정신이 이상해지는 걸 막을 수 있습니다. 저는 운명이 인생을 지배한다고 믿기 때문에 지나치게 버둥거리며 살 필요가 없다고 믿습니다. …

긴 여정 동안 저는 기아, 전쟁, 죽음, 빈곤 등을 다 목격했습니다. 이제 저는 기도를 통해서 제 자신의 목소리를 들을 수 있게 되었으며, 제 중심으로 다시 돌아오게 되었습니다. 집중을 할 수 있으며, 물질적 세상은 가치가 없는 곳이라는 것도 깨달았습니다. 인간은 시험받기 위해 이 세상에 태어났습니다. 자동차, 텔레비전, 의복 따위는 부차적인 것입니다. 중요한 건 우리가 신을 찬양하기 위해 태어났다는 겁니다. 모든 사람에게는 각자의 운명이 있으며, 우리 모두는 속담에 나오는 사자를 닮아야 합니다. 사자가 영양 떼를 사냥할 때는 한 번에 단 한 마리만 잡을 수 있을 뿐입니다. 저도 그렇게 되려고 노력하고 있습니다. 저는 기껏해야 일용할 양식만 먹을 수 있을 뿐이지만, 정신없이 일을 하는 서양 사람들처럼 되지 않으려고 노력합니다. …

앞으로 제가 20년을 더 살게 된다면, 저는 조금이라도 더 얻기 위해 제 자신을 괴롭히지 않고 매순간을 즐기며 살려고 노력할 겁니다. 누구에게도 의존하지 않는 자유인으로 살게 된다면 느긋하게 살아도 괜찮습니다. 오늘 아무것도 얻지 못한다고 해도 제게는 큰 상관이 없습니다. 그게 제 운명이니까요. 내일 제가 일억 달러를 벌 수도 있고, 혹은 치명적인 질병에 걸릴 수도 있습니다. 예수가 말한 대로 온 세상을 다 얻고도 자기 자신을 잃는다면 그게 무슨 소용이 있겠습니까? 저는 우선 제 자신을 정복하고자 노력할 겁니다. 세상을 잃게 되더라도 상관없습니다.

저는 이 여정을 마치 알을 까고 나오는 새끼 새와도 같이 시작하였습니다. 그 이래로 저는 자유롭게 걸어왔습니다. 모든 사람은 자기 자신을 알아야 하며, 다양한 형태로 삶을 경험해봐야 합니다. 일자리가 마련되어있었기 때문에 저도 마음만 먹었다면 포근한 침대에서 단잠을 자고, 도시에서 직장을 다닐 수도 있었습니다. 그러나 저는 가난한 사람들과 함께 자기로 결정했습니다. 고통을 겪어봐야만 진정한 인간이 될 수 있기 때문입니다. 결혼을 하고 성행위를 한다고 다 인간이 되는 게 아닙니다. 참다운 인간은 책임감이 있고, 말해야 할 때와 들어야 할 때, 그리고 침묵을 지켜야 할 때를 아는 사람입니다.

레이아드는 이 밖에도 더 많은 이야기를 했는데, 모두 정신적 추구라는 흔들림 없는 자신의 목적의식을 한결같이 나타내주는 내용이었다. 2천 년 전에 지식을 찾아 광야를 헤매고 다니던 예언자들과도 같이, 이 방랑객은 신과 자신이 하나로 연결되도록 자신의 의식을 통제하려는 분명한 목표를 위해 자신의 일상적 삶을 단순화해온 것이다. 무엇 때문에 그는 '인생의 좋은 것들'을 마다하고 그 같은 꿈을 좇게 되었는가? 혹시 호르몬의 균형이 맞지 않게 태어난 게 아닐까? 그의 부모가 그에게 큰 충격을 준 적이 있는가? 흔히 심리학자들이 관심을 갖는 이런 의문점들을 여기서 생각하지 말도록 하자. 레이아드의 이상한 점을 따질 게 아니라, 보통 사람이라면 참을 수 없을만한 상황을 그는 의미 있고 즐거운 생활로 변화시킬 수 있었다는 점을 기억하기로 하자. 그리고 바로 이것은 안락하고 사치스럽게 사는 많은 사람이 하지 못하는 일이다.

스트레스에 대처하기

"2주가 지나면 자신이 교수형에 처해진다는 사실을 알고 있는 사람은 자신의 정신을 놀라울 정도로 집중할 수 있다."라고 존슨이 말한 바 있는데, 이 같은 진리는 앞에서 소개한 사람들의 경우에도 적용된다. 인생의 중심적 목표를 좌절시키는 대규모의 재난을 당했을 때 사람들이 그에 대처하는 방식은 아주 대조적으로 나뉜다. 먼저, 자아가 괴멸되고 모든 심리 에너지를 동원해 남아있는 목표 주변에 방책을 둘러 더 이상의 비참한 운명에서 인생의 중심적 목표를 보호하려는 사람이 있다. 다른 한편으로는 그 패배로 야기된 어려움을 극복하겠다는 더욱 새롭고, 명확하고, 시급한 목표를 달성하기 노력해나가는 사람도 있다. 후자의 길을 택한 사람들은 삶을 좌절시키는 비극을 당했다고 해서 반드시 인생이 비참해지지 않는다. 루치오와 파울로, 그 밖의 많은 사람의 경우에서처럼, 객관적으로 볼 때는 극심한 충격을 제공한 사건이 그 희생자의 삶을 새롭고 예상치 못했던 면에서 더욱 풍부하게 만들어줄 수도 있는 것이다. 인간의 가장 기본적인 기능이라고 할 수 있는 시력을 잃는 것조차도 반드시 당사자의 의식을 황폐화시키는 건 아니다. 오히려 그 반대의 경우가 더 많다. 그렇다면 이 같은 차이를 가져오는 요인은 무엇일까? 어떻게 똑같은 타격을 입고도 어떤 사람들은 심신이 완전히 망가져버리는가 하면, 어떤 사람들은 그 타격을 내적 질서로 변화시킬 수 있는 것일까?

심리학자들은 대체로 **스트레스에 대처하기**라는 제목으로 이같은 의문점에 대한 해답을 연구한다. 특정한 사건이 다른 사건보다 심리적 긴장을 더욱 크게 유발한다는 건 명백한 사실이다. 예를 들어, 배우자의 죽음은 집을 저당 잡히는 것보다 몇 배 더 많은 스트레스를 유발하고, 또 집을 저당 잡히는 건 교통법규 위반으로 딱지를 끊는 것보다 더 많은 스트레스를 준다. 그러나 똑같이 스트레스를 주는 사건에 접했을 때 어떤 사람은 완전히 비참해하는 반면, 이를 악물고 견디며 주어진 상황에서 최선을 다하는 사람도 있다. 각자의 '대처 능력' 혹은 '대처 방식'에 따라 사람마다 스트레스 대처법에 큰 차이가 발생한다.

개인별 스트레스 대처 능력의 차이를 설명하기 위해서는 세 종류의 각기 다른 도움의 출처를 구별하는 것이 도움이 된다. 그 첫 번째가 외적 지원, 특히 사회적 지원망이다. 예를 들어, 중병에 걸린 사람에게 좋은 보험과 애정이 가득한 가정이 있다면 어느 정도 그의 고통이 완화될 수 있을 것이다. 스트레스에 대비한 두 번째 방책은 지능과 교육, 적절한 인격적 요인 등과 같은 심리적인 요소이다. 예를 들어, 다른 도시로 이사하여 새로운 친구를 사귀는 일은 외향적인 사람보다 내성적인 사람에게 더 많이 스트레스를 줄 것이다. 마지막으로, 세 번째의 방책은 개개인이 스트레스에 대처하기 위해 사용하는 전략이다.

위의 세 가지 요인 중에서 세 번째가 이 책의 목적과 가장 관련이 크다고 볼 수 있다. 외적 지원 그 자체는 스트레스를 완화하는 데 그다지 큰 효과가 없다. 스스로를 도울 수 있는 사람에게만 도움이 될 뿐이다. 그리고 심리적 조건들도 대체로 우리의 통제 밖에 있다. 원래 타고난 것보다 더 영리해지거나 더 외향적으로 되기는 어렵다. 그러나 우리의 대응 방법은 스트레스가 우리에게 어떤 영향을 미치게 될 것인가를 결정하는 데 있어 가장 중요한 요인이자, 가장 융통성이 있는 도움의 원천이며, 가장 많이 우리 개인의 통제력 아래 있는 것이기도 하다.

사람들이 스트레스에 대처하는 방법에는 크게 두 가지가 있다. 하버드 대학을 졸업한 사람들 가운데 성공한 사람들과 상대적으로 그렇지 못한 사람들의 삶을 약 30년에 걸쳐 연구한 정신과 의사 배일란트는 긍정적 대응 자세를 '성숙한 방어'라고 정의하였다. 이 같은 대응 자세를 '변형적 대처'라 부르는 학자들도 있다. 한편 스트레스에 대한 부정적 대응은 '신경증적 방어' 혹은 '퇴행적 대처'라고 명명된다.

위의 두 가지 대응 방법의 차이점을 좀 더 명확하게 설명하기 위하여 안정적인 직장에서 막 해고된 40세의 짐이라는 금융 분석가가 있다고 가정해보자. 직장을 잃는 건 그 강도로 볼 때 중간 정도의 스트레스를 주는 일이다. 물론 그 여파는 그 사람의 나이와 기술, 저축 액수, 노동시장의 조건에 따라 다양하게 나타난다. 이 같은 불유쾌한 일을 당했을 때 짐은 서로 대조가 되는 일련의 행동들 중 어느 한 쪽을 택할 수 있다. 위축되고, 늦잠을 자며, 실직 사실을 받아들이지 못하고 실직에 관한 생각을 회피할 수도 있다. 또한 자신의 좌절감을 애꿎은 가족이나 친구들에게 화풀이하거나, 과음을 하면서 짐짓 아무 일도 없었던 듯 자신을 속일 수도 있다. 이런 대응 모두가 퇴행적 대처 혹은 미숙한 방어의 전형적인 예가 된다.

이와는 대조적으로, 짐이 분노와 두려움의 감정을 억제하여 냉정을 유지하면서 직면한 문제를 논리적으로 분석하고, 자신에게 더욱 중요한 우선 사항을 재정립할 수도 있다. 그러고 난 후에 다시금 차분하게 문제를 재규정하여 한결 쉬운 해결책을 모색할 수도 있다. 예를 들어, 그가 지닌 기술에 대한 수요가 지금보다 많은 곳으로 직장을 옮기거나, 새 직장에 필요한 기술을 새로 습득하는 것이다. 그가 이런 행동들을 취한다면 그는 성숙한 방어, 혹은 변형적 대처를 하게 되는 것이다.

어느 한 편의 전략에만 전적으로 의존하는 사람은 드물다. 짐의 경우도 십중팔구는 첫날 저녁에는 술에 취하고, 자신의 직장을 만족스럽지 못하다고 줄곧 불평해온 아내와 부부 싸움도 하다가, 그 다음날 아침이나 그 다음 주가 되면 어느 정도 감정이 가라앉아 앞으로 어떻게 할 것인지를 생각해보게 될 것이다. 그러나 어느 전략을 사용하는가에 대한 사람들의 능력에는 큰 차이가 있다. 스트레스의 강도를 측정할 수도 없을 만큼 크나큰 불행을 겪고서도 궁도 챔피언이 된 하반신 장애인이나 체스 선수권자가 된 시각장애인의 경우가 변형적 대처 방법을 숙달한 사람들의 좋은 예가 될 것이다. 그러나 이보다 강도가 덜한 스트레스를 받고서도 모든 걸 포기해버리고, 영원히 삶의 복합성을 낮추어버리는 반응을 보이는 사람들도 있다.

불행을 당했을 때 그 사건을 오히려 전화위복의 기회로 삼는 건 아주 드문 재능이다. 이런 재능을 지닌 사람을 '생존자'라고 하며, '오뚜기 정신' 혹은 '용기' 있는 사람이라고 일컫는다. 우리가 이들을 어떻게 부르든 간에, 이들은 크나큰 난관을 극복하고, 대부분의 사람이 좌절하고 말았을 난관을 뛰어넘은 특별한 사람들이다. 사실 보통사람들에게 가장 존경하는 사람이 누구인가라는 질문을 하고 그 이유를 물었을 때, 응답자들은 용기와 난관 극복 능력을 우선으로 꼽았다. 베이컨이 스토아학파 철학자인 세네카의 말을 인용해 남긴 "번창하는 사람은 부러움을, 그러나 역경을 이겨내는 사람은 존경을 받는다."라는 말은 이 같은 사실을 잘 나타내주고 있다.

우리가 조사를 통해 얻은 존경받는 사람의 명단 중에는 다음과 같은 사람들도 포함되어있다. 장애가 있는데도 언제나 밝게 지내며 다른 사람의 고민을 성의껏 들어주는 할머니, 수영하던 청소년 한 명이 실종되어 다른 모든 사람이 당황하며 어쩔 줄 몰라 할 때 침착하게 구조 팀을 조직해 인명 구조에 성공한 청소년 캠프 상담원, 조롱과 성차별 따위의 부당한 압력에도 굴하지 않고 어려운 직장 환경에서 마침내 성공한 여성 경영인, 다른 의사들의 무시와 비웃음 속에서도 산과의들이 손만 제대로 씻어도 출산하는 많은 산모의 생명을 구할 수 있을 거라고 거듭 주장한 19세기의 헝가리 의사 제멜바이스 등이다. 이들을 비롯하여 조사에서 거론된 수백 명의 사람이 존경을 받는 건 공통적인 이유 때문이었다. 즉 이들은 반대와 장애에도 굴하지 않고 자신의 신념을 확고히 지켜나간 사람들이었으며, 용기 또는 인간을 뜻하는 라틴어 'vir'에서 유래된 단어인 '덕망virtue'을 지닌 사람들이었다.

물론 사람들이 다른 어떤 특성보다도 위와 같은 자질을 가장 존중하는 데에는 그 까닭이 있다. 우리가 배울 수 있는 모든 미덕 중에서 역경을 즐거운 도전으로 변화시키는 능력만큼 유용하고, 생존에 필수불가결하며, 삶의 질을 향상시켜 줄 가능성이 가장 높은 게 없기 때문이다. 이런 자질에 감탄한다는 건 곧 우리가 이런 특성을 몸소 실현하는 사람들에게 관심을 갖는다는 걸 의미한다. 따라서 우리도 필요한 상황에 처하면 이 본보기를 따를 수 있는 것이다. 그러므로 용기에 감탄한다는 것 자체가 긍정적인 적응 특질이라고 할 수 있다. 다른 사람의 용기에 진정으로 경탄하는 사람은 불행의 습격을 물리칠 준비가 훨씬 더 잘 되어있다고 볼 수 있기 때문이다.

그러나 혼란에서 벗어날 수 있는 능력을 '변형적 대처'라 하고, 이러한 능력을 지닌 사람들을 '용기 있는 사람'이라고 일컫는 것만으로는 이 놀라운 재능을 충분히 설명할 수 없다. 수면을 '잠자는 힘'에 의해 야기되는 현상이라고 한 몰리에르 작품 속 인물의 말처럼, 효과적인 대처가 용기라는 미덕에 의해 야기된다는 말 역시 충분한 설명이 되지 못한다. 우리에게 필요한 건 이름과 설명뿐만이 아니라 그 과정에 대한 이해이다. 불행하게도 이 문제에 대해 우리는 아직도 상당히 무지하다고 할 수 있다.

소산 구조의 힘

그러나 한 가지 분명한 사실은 혼란에서 질서를 창조해내는 능력은 심리적 과정에만 국한되는 게 아니라는 점이다. 실제로 일부 진화론적 견해에 따르면, 복합적인 생명체의 생존 여부는 엔트로피로부터 에너지를 추출해내는 능력, 즉 아무짝에도 쓸모없는 것을 구조화된 질서로 재생하는 능력에 좌우된다고 한다.

노벨상을 수상한 화학자 프리고진은 임의의 운동으로 분산되어 유실되는 에너지를 이용한 물리적 체계를 '소산 구조dissipative structures'라고 정의했다. 예를 들어, 이 지구상에 있는 식물 왕국 전체를 하나의 거대한 소산 구조라고 할 수 있는데, 그 이유는 식물들이 태양이 연소하는 과정에서 발생하는 쓸모없는 부산물인 빛을 이용하여 광합성을 하기 때문이다. 식물들은 이와 같이 소산消散되거나 낭비되는 에너지를 잎과 꽃, 열매와 나무껍질, 목재 등을 만드는 기초 성분으로 변화시켜왔다. 그리고 식물 없이는 동물도 존재할 수 없기 때문에 이 지구상의 모든 생명체는 궁극적으로 혼돈에서 한층 더 복합적인 질서를 형성해내는 소산 구조에 의해 생겨나게 되었다는 것이다.

인간도 역시 낭비되는 에너지를 자신의 목적에 맞게 활용해왔다. 최초의 주된 기술적 혁신, 즉 불의 발견이 그 좋은 예이다. 애초에는 화재가 닥치는 대로 발생했다. 화산 폭발, 번개, 자연발화 등이 이곳저곳에서 땔감 및 연료에 불을 붙였고, 이때 생성되는 에너지도 별 목적 없이 분산되었다. 불을 통제하는 법을 점차 배워감에 따라 사람들은 이처럼 분산되고 마는 소진 에너지를 이용해 동굴을 난방하고 음식을 요리하게 되었으며, 마침내는 쇠붙이를 제련하여 물건을 만들 수 있게 되었다. 증기, 전기, 기름, 핵융합 등으로 가동되는 기관들 역시 그냥 두면 소실되거나 우리의 목적에 방해가 되는 에너지를 이용한다는 위와 같은 원리에 기초한 것이다. 무질서한 힘을 활용 가능한 것으로 변화시키는 기술을 인간이 터득하지 못했더라면 우리는 지금과 같이 성공적으로 살아남지 못했을 것이다.

　지금껏 살펴본 바와 마찬가지로, 인간의 정신 또한 이와 유사한 원칙에 입각하여 작용한다. 자아의 완성은 중립적이거나 파괴적인 사건들을 긍정적으로 변화시키는 능력에 좌우된다. 만일 직장에서 쫓겨난다고 해도 당사자가 이를 자신의 열망과 한결 잘 부합하는 새로운 일을 찾는 기회로 삼는다면, 해고라는 비극적 사건이 뜻하지 않은 행운이 될 수도 있는 것이다.

　사람이 일생을 살아가는 동안 늘 좋은 일만 일어날 가능성은 극히 희박하다. 우리가 바라는 대로 모든 일이 다 이루어질 가능성도 거의 없는 것이나 마찬가지이다. 누구나 언젠가는 실망감, 극심한 질병, 재정적 위기, 그리고 결국은 피할 수 없는 죽음 등 자신의 목표와 상충하는 사건들을 겪게 마련이다. 이런 종류의 사건은 우리의 정신에 무질서를 불러오는 부정적인 피드백이다. 또한 이 같은 사건은 모두 우리의 자아를 위협하고 그 기능을 저해한다. 그 충격이 아주 크면, 그 사람은 꼭 필요한 목표에 주의를 집중할 수 있는 능력을 상실할 수도 있다. 이런 상황에 처하면 자아는 이미 그 통제력을 상실하게 된다. 극심한 타격을 받으면 의식이 통제를 벗어나 그 사람의 '정신이 나가게' 되며, 이에 따라 다양한 정신 질환 증상이 나타난다. 위협을 받던 자아가 살아남기는 하지만 더 이상 성장을 못하게 되는 경우도 있다. 공격을 피하려고 움츠린 채로 대량의 방어기제를 동원하여 후퇴하게 되며, 계속 의심을 벗어나지 못하는 상태에서 무기력하게 지낼 수밖에 없다.

　바로 이 같은 이유 때문에 정신의 소산 구조라고 할 수 있는 용기와 회복력, 인내, 성숙한 방어 혹은 변형적 대처 등이 절대적으로 필요하다. 이런 전략들이 없다면 우리의 심리는 통제할 수 없는 상태가 되어 끊임없이 혼란을 겪게 될 것이다. 반면에 우리가 이 같은 긍정적 전략을 배운다면 대부분의 부정적 사건이 최소한 중립적인 일이 될 수 있으며, 더 나아가 자아를 강화시키고 복합성을 높여주는 도전으로 활용될 수도 있다.

변형적 대처 기술은 대체로 사춘기 후반이 되어서야 발달한다. 어린아이들이나 십 대 초반의 청소년들은 뜻하지 않은 사건을 겪게 될 때 사회적 지원망에 크게 의존한다. 어린 십 대들은 심리적 충격을 받게 되면 — 좋지 못한 성적을 받았다든가, 턱에 여드름이 났다든가, 아니면 학교에서 친구에게 무시를 당했다든가 하는 아주 사소한 것일지라도 — 마치 세상이 끝나는 것처럼 느끼며, 더 이상 아무런 삶의 목적도 없는 것 같이 생각한다. 그러나 긍정적 피드백이 다시 이들의 기분을 북돋아줄 수 있다. 미소, 전화 통화, 좋은 노래 등에 일단 관심이 끌리게 되면 어린 십 대들은 걱정거리를 쉽게 잊어버리며, 그 결과 정신의 질서를 다시 회복할 수 있다. 경험표집 방법ESM에 의거한 우리의 조사에 따르면, 건강한 청소년이 우울함에 빠져있는 시간은 한 회당 평균 30분 정도이다(성인의 경우는 나쁜 기분에서 회복하는 데 평균적으로 청소년보다 2배 정도의 시간이 더 소요된다).

그러나 몇 년이 지나 17~18세가 되면 일반적으로 이들 청소년은 부정적 사건을 객관적 시각으로 볼 수 있게 되며, 더 이상 바라는 대로 되지 않은 일 때문에 심한 충격을 받지 않는다. 바로 이 시기에 대부분의 사람이 의식을 통제하는 능력을 갖추기 시작한다. 의식에 대한 통제 능력을 단지 시간적 경과의 산물로만 볼 수도 있다. 즉 이전에도 실망을 느껴본 적이 있으며, 그 실망감을 딛고 일어선 적이 있기 때문에 나이가 찬 청소년들은 당장 느끼기에 좋지 못한 상황도 개선의 여지가 있다는 걸 알게 되는 것이다. 또한 다른 사람들도 똑같은 문제를 겪었으며, 그들이 그 문제를 해결할 수 있었다는 사실을 아는 것도 도움이 된다. 자신만이 그런 고통을 겪은 게 아니라는 사실을 안다는 것이 청소년들의 자기중심성에 중요한 영향을 미치는 것이다.

젊은이들이 개인적으로 선별한 목표에 입각하여 확고한 자아 의식을 확립하고 어떤 외적 실망감에도 흔들리지 않을 때, 대처 기술의 발달은 정점에 이른다. 가족, 국가, 종교, 사상 등과의 동일시를 통해 강력한 자아의식을 확보하는 사람도 있다. 또는 미술, 음악, 물리학 등과 같은 조화로운 상징체계를 숙달하여 자아를 강화시키는 사람들도 있다. 인도 출신의 젊은 수학의 귀재 라마누잔은 정신 에너지를 수數 이론에 너무도 집중적으로 투자한 나머지, 빈곤이나 질병, 고통, 심지어는 빠르게 다가오는 죽음조차도 그의 정신을 분산시키지 못했다. 오히려 그런 난관들이 그의 창의력을 더욱 북돋아주었다. 죽음을 맞이하는 침상에서도 그는 자신이 발견한 방정식의 묘미에 대해 경탄을 멈추지 않았으며, 그가 가졌던 마음의 평정은 그가 사용한 질서 정연한 상징들 속에 잘 나타나있다.

스트레스 때문에 약해지는 사람도 있는 반면, 오히려 스트레스에서 힘을 얻는 사람도 있는 건 어떤 이유에서일까? 기본적으로 그 해답은 간단하다. 희망이 없는 상황을 통제 가능한 새로운 플로우 활동으로 변화시킬 줄 아는 사람은 매사를 즐길 수 있으며, 고난을 겪음으로써 더욱 강해질 수 있는 것이다. 이 같은 변화 능력은 크게 세 단계로 구성되는데, 차례대로 살펴보도록 하겠다.

1 _ 자의식 없는 자신감unselfconscious self-assurance

로건은 혹독한 육체적 고난을 이겨낸 사람들(남극 지역을 외롭게 헤쳐 나가는 탐험대나 강제 노동 수용소에서 살아남은 사람들)에 관해 연구해왔다. 그리고 그 결과 자신의 운명은 자기 자신이 어떻게 하느냐에 달려있다는 절대적 신념을 이들이 공통적으로 지니고 있다는 사실을 발견했다. 고난을 이겨낸 사람들은 자신이 지닌 능력으로 과연 운명을 개척해나갈 수 있을까 하는 의구심을 한 번도 품은 적이 없다. 그런 의미에서 보면 이들을 자신감 있는 사람이라고 할 수 있겠지만, 신기하게도 이들에게서는 자만심을 찾아볼 수 없다. 또한 이들은 자기중심적이지도 않다. 자신이 처해있는 혹독한 환경을 정복하려고 하기보다는 그 환경 안에서 조화롭게 자신의 역할을 해낼 방법을 찾는 일에 더욱 많은 에너지를 집중한다.

자신을 더 이상 환경에 대립되는 세력으로 간주하지 않는 사람, 즉 자신의 목표와 의도하는 바만이 다른 어떤 것보다도 우선되어야 한다는 생각을 버린 사람만이 비로소 이와 같은 자세를 견지할 수 있다. 이렇게 되면 어떤 상황에 놓인다고 해도 자신이 생활해나가야만 하는 체계의 일부가 되어 최선을 다하려고 노력하게 된다. 더 큰 체계를 위해 자신의 목표를 희생시켜야 할 때도 있으며, 성공하기 위해서는 자신이 원하지 않는 규칙을 따라야 할 때도 있다는 걸 인정하는 겸손함이 강한 사람들이 갖는 역설적 특징이라고 할 수 있다.

사소하지만 흔한 예로, 어느 추운 날 아침 급히 사무실에 가야 하는데 차에 시동이 걸리지 않는 경우를 상상해보자. 이런 상황에 처하면 많은 사람이 자신의 목적, 즉 사무실에 가야 한다는 사실에 너무도 집착한 나머지 다른 어떤 계획도 생각하지 못한다. 차에 대고 욕을 하거나, 시동 키를 미친 듯이 돌려보기도 하고, 화가 나서 계기반을 쾅 치기도 해보지만 결과는 달라지지 않는다. 현재의 목적에 대한 집착 때문에 절망스러운 상황에 효과적으로 대처하지 못하고, 다른 목표를 세우지도 못한다.

분별력 있는 대처 방안은 아무리 자신에게 급히 시내로 가야만 한다는 절박한 이유가 있다고 한들 차는 자신이 처한 상황에 대해 무심하다는 사실을 깨닫는 것이다. 자동차에는 나름대로의 원리가 있으며, 차를 움직일 수 있는 유일한 길은 그 원리를 고려하는 것이다. 시동 장치의 어디가 잘못된 것인지 알 수 없다면, 택시를 부르든지 아니면 대안적 목표를 마련하는 게 오히려 합리적인 방법이다. 즉 약속을 취소하고 그 대신 집에서 할 수 있는 다른 유용한 일을 찾아보는 것이다.

기본적으로 이 정도 수준의 자신감을 갖추려면 자기 자신과 환경, 그리고 그 환경 속에서 자신이 차지하고 있는 위치에 대해 믿음을 가져야 한다. 유능한 조종사는 자신의 기술을 잘 알고, 자신이 조종하는 비행기에 대해 잘 알고 있다고 확신하며, 허리케인을 만나거나 날개가 얼음으로 덮이는 경우에 어떻게 대처해야 할지도 잘 알고 있다. 그러므로 이 조종사는 어떤 기상 조건에도 대처할 수 있는 자신의 능력에 대해 확신을 갖는다. 이는 자신의 의지를 따르도록 비행기를 무리하게 움직이지 않고, 자신이 비행기의 특징과 기상 조건을 잘 조화시키는 하나의 도구가 됨으로써 가능해진다.

2 _ 세계로의 관심 전환

주된 관심이 내부로 향해있고 걱정거리와 자아의 욕구에만 우리가 온 심리 에너지를 쏟는 한, 주변 환경에 관심을 갖기란 어렵다. 스트레스를 즐거운 도전으로 변화시킬 줄 아는 사람은 자기 자신에 대해 생각하면서 시간을 보내는 일이 거의 없다. 이들은 자신의 욕구나 사회적으로 조건화된 욕구를 충족시키기 위하여 자신의 모든 에너지를 소모해버리지 않는다. 이들의 관심은 항상 깨어있기 때문에 주변 환경에서 얻는 정보를 끊임없이 처리한다. 관심의 초점은 역시 개인의 목표에 의해 설정되지만, 이들은 자신의 목표와 직접적으로 관련이 없는 외적 사건일지라도 그것에 주목하고 그에 맞게 적응해나갈 만큼의 개방적인 융통성을 지니고 있다.

이 같은 개방적 자세가 전제되어야 객관적이 될 수 있고, 가능성 있는 다른 대안들도 발견할 수 있으며, 스스로가 자신의 주위를 둘러싼 세계의 일부가 된다는 느낌을 가질 수 있다. 암벽 등반가 취나드는 험준한 요세미티의 엘캐피탄 등반 체험을 예로 들어 이와 같은 환경과의 완전한 동화감을 잘 표현해주었다. "화강암 벽면에는 수정이 눈에 띄게 솟아있었습니다. 갖가지 모양으로 변하는 다양한 구름의 변화도 우리의 이목을 끌었습니다. 우리는 암벽 전체를 덮고 있는 작은 벌레를 처음으로 발견했는데, 이 벌레들은 눈에 띄지 않을 만큼 크기가 아주 작았습니다. 저는 그 벌레들 가운데 한마리를 15분 동안이나 보고 있었는데, 벌레의 움직임을 관찰하고, 그 화려한 색깔에 감탄하기도 했습니다. 이렇게 좋은 볼 것과 느낄 것이 많은데 어떻게 지루함을 느낄 수 있겠습니까! 이처럼 즐거운 주변 환경과의 합일, 그리고 이처럼 예민한 지각을 통해 우리는 몇 년 동안 느껴보지 못했던 감정을 느낄 수 있었습니다."

이 같은 환경과의 동화는 즐거운 플로우 경험이 될 뿐더러 역경을 극복하는 데 중추적인 기제가 된다. 우선 관심의 초점이 자아가 아닌 다른 곳으로 돌려지면, 충족되지 못한 욕구로 인한 좌절이 의식을 침해할 가능성이 그만큼 줄어든다. 내적인 무질서에만 전념하면 정신적 엔트로피를 경험할 뿐이지만, 자신의 주위에서 일어나는 일에 관심을 돌리게 되면 스트레스의 해악을 상당히 감소시킬 수 있다. 다음으로, 주위 환경에 몰두해있는 사람은 그 환경의 일부가 된다. 즉 심리 에너지를 통해 자신을 환경과 연결 지음으로써 그 환경에 참여하게 되는 것이다. 이렇게 되면 그 체제의 특성을 이해하게 되어 문제가 되는 상황에 대처할 수 있는 한결 나은 방법을 찾을 수 있다.

자동차에 시동이 걸리지 않는 상황을 다시 한 번 가정해보자.

만일 시간에 늦지 않게 사무실에 도착해야 한다는 목적에만 집착한다면, 지각할 경우에 벌어질 일들과 차에 대한 온갖 짜증으로 머릿속이 가득 찰 것이다. 이렇게 되면 자동차에 어떤 이상이 생겼는지를 알아낼 수 있는 가능성이 그만큼 줄어든다. 엔진에 물이 들어갔을 수도 있고, 배터리가 나갔을 수도 있는데 말이다. 이와 유사하게, 어떻게 하면 자신의 뜻대로 비행기를 움직일 것인가에 너무 골몰하는 조종사는 안전한 비행에 꼭 필요한 정보를 간과할 수도 있다. 단독 비행으로 대서양을 횡단하여 신기원을 이룩한 린드버그는 열린 마음으로 주위 환경을 대하는 자세에 대해 다음과 같이 적절하게 기술한 바 있다.

> 제 조종석은 비좁고 벽도 아주 얇습니다. 떠오르는 여러 가지 의구심에도 불구하고 이 조종석 안에서 저는 안정감을 느낄 수 있습니다. … 여러 계기들, 각 레버들, 계기 각도 등 조종실의 모든 세부 사항이 내 의식 안으로 들어옵니다. 그렇게 되면 모든 게 달라 보입니다. 눈에 보이지 않는 강한 압력이 통과하는 관의 용접 자국이나, 고도계 표면에 점으로 나타나는 야광 페인트 … 연료밸브의 배터리 등등. 이전에는 별로 관심을 두지 않았던 이 모든 게 이때는 명료하고도 중요해집니다. 제가 정교하게 비행기를 조종하고 있고 공간을 빠른 속도로 날고 있다고 할지라도, 이 조종실 안에서는 단순함과 시간을 초월한 생각들에 둘러싸여 있는 겁니다.

예전 동료였던 G가 자신이 공군에 복무하던 시절에 겪었던 일을 들려준 적이 있다. 그건 안전에 대한 지나친 염려 때문에 모든 신경을 그 문제에만 집중하여 현실을 망각하는 게 얼마나 위험한가를 잘 보여주는 섬뜩한 사건이었다. 한국전쟁 때 G의 부대가 정규 낙하산 훈련을 하게 되었다. 어느 날 부대원들이 낙하 훈련을 준비하다가 정규 낙하산의 개수가 부족하다는 사실을 발견했다. 그래서 오른손잡이였던 한 병사가 어쩔 수 없이 왼손잡이용 낙하산을 착용할 수밖에 없었다. 병기 담당 하사관이 다음과 같이 말하며 그를 안심시켰다. "왼손잡이용 낙하산도 다른 낙하산과 다를 바 없다. 다만, 펼치는 줄이 멜빵의 왼쪽에 달렸을 뿐이다. 어느 손을 사용해도 낙하산을 펼칠 수 있으나, 오른손보다는 왼손을 사용하는 편이 더 쉬울 것이다." 그 팀이 비행기에 탑승하고, 목표 지점 위의 2천 5백 미터 상공에 도달하여 한 명씩 차례로 뛰어내리기 시작했다. 단 한 사람을 제외한 병사 전원이 성공적으로 훈련을 마쳤다. 너무나 안타깝게도 한 명의 낙하산이 펴지질 않았던 것이다.

G는 조사 팀의 일원으로 그 병사의 낙하산이 펴지지 않은 원인을 조사하도록 파견되었다. 사망한 병사는 왼손잡이용 낙하산을 받은 바로 그 병사였다. 그의 군복에는 정규 낙하산의 줄이 일반적으로 위치하는 가슴 우측 부분이 완전히 찢겨나가고 없었다. 심지어는 그의 가슴 부위 살점마저도 그의 피 묻은 오른손에 의해 뜯겨 있었다. 왼쪽으로 불과 몇 인치 옆에 바로 낙하산을 펼치는 줄이 있었건만, 그 줄에는 손을 댄 흔적이 없었다. 낙하산 자체에는 아무런 이상도 없었다. 문제는 이 병사가 그 까마득한 높이에서 떨어져 내리는 동안 낙하산을 펼치려면 자신이 늘 잡아당기던 바로 그 위치에서 낙하산 줄을 찾아야 한다는 생각에 고착되어버렸다는 것이다. 그는 극심한 공포를 느낀 나머지, 손을 조금만 움직이면 안전하게 낙하할 수 있다는 사실을 그만 잊은 것이다.

위협을 느끼는 상황에 처하면 심리 에너지를 내부로 동원해 위협에 대한 방어로 사용하는 건 자연스러운 일이다. 그러나 이런 타고난 대응이 오히려 대처 능력을 손상시키는 경우가 흔히 있다.

즉 본능적 반응이 내적 혼란을 더 악화시키고, 대응의 융통성을 감소시키는 것이다. 최악의 경우 그 사람을 외부 세계로부터 고립시켜 홀로 좌절감을 맛보게 할 수도 있다. 반면 주변에서 벌어지는 상황을 계속 파악하고 있다면, 새로운 가능성이 생겨나고 새로운 대처 방안을 강구할 수 있다. 그리하여 삶의 흐름에서 완전히 차단될 가능성이 그만큼 줄어드는 것이다.

3 _ 새로운 해결책의 발견

정신적 엔트로피를 유발하는 상황에 대처하는 방법에는 기본적으로 두 가지가 있다. 그 하나는, 자신의 목표에 방해가 되는 장애물에 주의를 집중하여 그 장애물을 제거한 후 의식 속의 조화를 회복하는 것이다. 이것은 직접적인 접근 방법이다. 다른 하나는, 자신도 포함하여 상황 전체에 주의를 집중함으로써 다른 대안적 해결책을 찾을 수 있는지의 여부를 발견하는 것이다. 예를 들어, 회사 안에서 부사장으로 승진할 것으로 내정되어있는 필이라는 사람이 자신보다 사장과 더 관계가 좋은 동료가 오히려 부사장감이 아닐까 하는 생각을 한다고 가정해보자. 이 시점에서 그가 할 수 있는 선택은 두 가지가 있다. 즉 누가 더 적임자인가에 관한 사장의 생각을 바꾸어놓을 방법을 찾거나(첫 번째식 접근법), 회사의 다른 부서로 옮긴다거나, 직업을 완전히 바꾸거나, 직장에서의 목표를 축소하여 그 여력을 가정이나 지역사회 혹은 자기 계발로 돌리는 것과 같은 새로운 목표를 설정하는 것이다(두 번째식 접근법).

두 가지 방법 중에서 절대적으로 '더 나은' 방법은 없다. 중요한 건 어느 방법이 필의 전체적 목표와 부합하는가, 그리고 그 방법이 과연 그가 생의 즐거움을 최대로 만끽할 수 있도록 해줄 것인가 하는 점이다. 필이 어떤 해결책을 택하든 관계없이, 자기 자신과 욕구와 열망에 지나치게 집착한다면, 자신이 원하는 대로 일이 진행되지 않을 때 그는 곧 곤란을 겪게 될 것이다. 현실적인 대안을 고려해볼 만큼의 정신적 여력이 남지 않게 되어 새로운 도전을 찾지못하고, 스트레스를 주는 위협에 둘러싸이게 될 것이기 때문이다.

우리가 살면서 겪는 거의 모든 상황이 성장의 가능성을 제시해준다. 우리가 살펴본 바와 같이, 실명이나 신체 마비와 같은 절망적 재난도 즐거움과 복합성을 증대시킬 수 있는 조건으로 변화될수 있다. 심지어는 다가오는 죽음마저도 절망을 안겨주기보다는 의식 속의 조화를 창조해내는 역할을 하기도 한다.

그러나 이처럼 되기 위해서는 예기치 않은 기회를 파악할 수있는 준비가 되어있어야만 한다. 우리 대부분은 유전적 소인과 사회적 조건화에 의해 형성된 관습적 상례에 너무도 젖어있어서 다른 진로를 선택할 수 있는 대안을 무시해버리는 경우가 많다. 모든게 순조로울 때는 전적으로 유전적 소인과 사회적 통념만을 따르며 사는 것도 괜찮다. 그러나 생물학적 목표나 사회적 목표에 차질이 생기면 — 이것은 장기적으로 볼 때 피할 수 없는 일이기도 하다 — 새로운 목표를 설정하여 자신을 위한 새로운 플로우 활동을 개발해야 한다. 그렇지 않으면 내적 갈등을 겪느라 모든 에너지가 낭비되고 말 것이다. 그렇지만 어떻게 해야 이런 대체적 전략을 발견할 수 있을까? 그 답은 기본적으로 간단하다. 자의식 없는 자신감을갖고 주변 환경에 대해 언제나 깨어있으면서 그 안에서 융통성 있게 대처하면 해결책이 나올 가능성이 크다.

인생의 새로운 목표를 찾는 과정은 예술가가 독창적인 작품을창작하려고 애쓰는 과정과 여러 면에서 유사하다. 독창성이 결여된화가는 무엇을 그릴 것인지 마음을 미리 정한 후 끝까지 본래의 의도대로 작품을 완성시킨다. 반면 창의성이 풍부한 화가는 같은 기술적 수준을 지니고 있다고 하더라도, 마음속 깊이 느낌은 있지만 아직 확정되지 않은 목표를 가지고 작업을 시작한다. 그리고 캔버스에 나타나는 예기치 않은 색과 형태에 따라 그림을 계속 수정해나가 결국 애초의 의도와는 전혀 다른 창작품을 탄생시킨다. 만일 화가가 자신의 내적 감정을 잘 살리고, 자신이 원하는 바가 무엇인지를 알며, 캔버스 위의 변화에 관심을 기울인다면 좋은 작품이 나오게 마련이다. 반면 완성된 그림이 어떠해야 한다고 미리 생각해 둔 고정관념에만 집착하고, 자신의 눈앞에 펼쳐지는 형태가 제시하는 여러 가지 가능성을 무시해버리는 화가의 그림은 진부한 작품이 되고 만다.

우리 모두는 인생에서 무엇을 원하는가에 관한 선입견을 가지고 시작한다. 여기에는 생존을 위해 우리의 유전자에 내재된 욕구 (음식과 안락함, 성에 대한 욕구 및 다른 동물들보다 우위를 점하려는 욕구)가 포함되어 있다. 또한 우리의 특정한 문화가 우리에게 주입한 욕구(날씬하고, 부자이며, 교육을 많이 받고, 다른 사람들이 좋아하는 그런 사람이 되고 싶어 하는 욕구) 도 있다. 우리가 이런 목표를 채택한다면, 또 운이 좋다면, 우리는 우리가 사는 시대와 장소에서 이상적이라 여겨지는 육체적·사회적 이미지를 복제해낼 수 있을 것이다.

그러나 과연 이런 것이 우리의 심리 에너지를 최대로 활용하는 길인가? 그리고 만일 우리가 이런 목표를 달성하지 못하면 어떻게 되는가? 캔버스에 나타나는 상황에 언제나 주의를 기울이고 살피는 화가처럼, 우리는 주변에 일어나는 사건에 언제나 관심을 기울이고, 그 사건을 선입견에 좌우되지 않고 감정이 느끼는 대로 판단해야 한다. 그렇게 하지 못한다면 우리는 결코 다른 가능성을 인식하지 못할 것이다. 우리가 자아 성장의 새로운 가능성을 깨닫게 되면 우리에게 이제까지 주입되어온 생각들은 크게 달라진다. 이를

테면, 어떤 사람을 때려주는 것보다는 그 사람을 돕는 것이 우리에게 더 큰 만족을 주며, 회사 사장과 골프를 치는 것보다 두 살배기 꼬마와 이야기를 나누는 것이 훨씬 더 즐거운 일이 될 수 있다는 사실을 알게 될 것이다.

자기 목적적 자아 : 요약편

이번 장에서 우리는 역경을 즐거움으로 변화시키는 힘이 외적 요인에서 비롯되는 게 아니라는 사실을 반복적으로 살펴보았다. 건강하고, 부유하며, 권력이 있는 사람이라고 해서 병들고, 가난하며, 약하고, 억압받는 사람들보다 의식의 통제를 더 잘할 수 있는 건 결코 아니다. 위와 같은 외적 요인과 그 외적 요인을 받아들이는 자세 — 즉 삶의 위기를 위협으로 보느냐 혹은 행동의 기회로 파악하느냐 하는 자세 — 가 복합되어 삶을 즐기는 사람과 삶에 압도되어 허덕이는 사람 간의 차이가 생기는 것이다.

'자기 목적적 자아'의 소유자는 위협의 소지가 되는 요인을 즐거운 도전으로 쉽게 변화시킬 수 있다. 이런 사람들은 쉽사리 권태를 느끼지 않고, 좀처럼 근심 걱정에 얽매이지 않는다. 또 주변의 상황에 늘 깨어있으면서 대부분의 시간 동안 플로우를 경험한다. '자기 목적적 자아'라는 용어는 글자 그대로 '스스로 만들어낸 목적이 있는 자아'를 의미한다. 그리고 이런 사람들은 자아에서 만들어지지 않은 목표를 상대적으로 덜 갖고 있다. 대부분 사람이 갖는 목표는 생물학적 욕구와 사회적 통념에 의해 형성되므로, 이는 자기 자아에서 발현된 목표가 아닌 것이다.

자기 목적적 자아를 지닌 사람은 엔트로피를 유발할 가능성이 있는 경험을 플로우로 변화시킨다. 자기 목적적 자아를 개발하는 규칙은 비교적 간단하다. 이 규칙은 플로우 이론 모델에서 직접 도출된 것들로, 다음과 같이 간략하게 요약할 수 있다.

1 _ 목표를 설정하기

플로우를 경험할 수 있으려면 노력의 대상이 될 분명하고 혁신적인 목표가 있어야만 한다. 자기 목적적 자아를 지닌 사람은 결혼을 하거나 직업을 정하는 등 일생 동안의 책임을 수반하는 선택부터 주말 계획을 세운다거나, 치과에서 진료받을 차례를 기다리는 동안 어떻게 시간을 보낼 것인지와 같은 사소한 결정에 이르기까지 안달하거나 당황하는 일 없이 선택하는 법을 배우게 된다.

목표의 설정은 어떤 걸 도전으로 인식하는가와 관련이 있다. 만일 내가 테니스를 배우기로 결정한다면, 서브하는 법과 백핸드 및 포어핸드 사용법을 배워야 하며 지구력과 반사 능력을 키워야 한다. 혹은 그 반대로, 공을 쳐서 넘기는 것 자체가 좋아서 테니스를 배워야겠다는 목표를 세울 수도 있다. 어떤 경우든 목표와 도전은 서로 불가분의 관계에 있다.

목표와 도전을 달성하기 위한 일련의 행동 체계가 규정되면 그 체계 안에서 필요한 기술을 개발해야 한다. 내가 만일 현재의 직업을 그만두고 휴양지의 경영자가 되기로 결정한다면 호텔 경영, 재정 관리, 상업적 위치 선정 등 여러 가지를 배워야 한다. 물론 역순으로 일을 시작할 수도 있다. 자신이 어떠한 기술을 가지고 있는가에 따라 그 기술을 활용할 수 있는 특정한 목표를 세울 수도 있다. 즉 본인 스스로 적합한 자격을 갖추고 있다고 생각하여 휴양지 경영인이 되기로 결심할 수도 있는 것이다.

기술을 개발하기 위해서는 자신의 행동 결과에 주의를 기울여야 한다. 즉 피드백을 관찰해야 한다. 유능한 휴양지 경영인이 되기 위해서는 사업 자금을 대여해줄 가능성이 있는 금융인들이 내가 제출한 사업 계획서에 대해 어떻게 생각하는지를 정확히 판단할 수 있어야 한다. 또한 고객이 무엇을 좋아하며, 무엇을 싫어하는지 도 알아야만 한다. 피드백에 지속적으로 관심을 기울이지 않는 사람은 곧 행동 체계에서 이탈되어 더 이상 기술의 발전을 이루지 못하기 때문에 유능한 경영인이 되기 어렵다.

  자기 목적적 자아를 지닌 사람은 자신이 어떤 목표를 추구하든, 그 목표를 선택한 사람이 바로 자기 자신이라는 점을 잘 알고 있다. 이는 바로 자기 목적적 자아를 지닌 사람과 그렇지 못한 사람에게 나타나는 기본적인 차이점 가운데 하나이다. 이 같은 사실은 서로 상반되는 듯이 보이는 두 가지 결과를 초래한다. 하나는, 스스로 내린 결정이라는 점을 주지하고 있기 때문에 자신의 목표에 더욱 충실해진다는 것이다. 따라서 이 사람의 행동은 믿을 수 있으며, 스스로 통제된다. 또 다른 하나는, 결국 자신의 결정이기 때문에 그 결정 사항을 지키는 게 더 이상 이치에 맞지 않을 때는 언제고 자신의 목표를 수정할 수 있다는 것이다. 이런 점에서 자기 목적적인 사람의 행동은 더욱 꾸준하기도 한 동시에 더욱 많은 융통성도 가질 수 있다.

2 _ 활동에 몰입하기

일련의 행동 양식을 선택하고 나면, 자기 목적적 성격을 지닌 사람은 자신이 하는 일에 깊이 몰입한다. 전 세계를 무착륙으로 비행하든 아니면 저녁 식사 후 설거지를 하든지 간에 현재 하고 있는 눈앞의 일에 관심을 집중하는 것이다.

  이렇게 하기 위해서는 행동의 기회와 자신이 보유하고 있는 기술 간의 균형을 잘 맞추는 법을 배워야 한다. 어떤 사람들은 세계를 구한다든지, 혹은 스무 살이 되기 전에 백만장자가 된다는 것과 같은 현실적이지 못한 기대를 갖고 시작한다. 이런 희망이 이루어지지 않을 때 대부분의 사람은 낙담하고, 헛된 시도로 심리 에너지가 손실되어 자아가 위축된다. 또 다른 극단으로, 자신에게 잠재된 능력을 스스로 믿지 않아서 침체되는 사람도 많다. 이들은 안전하지만 사소한 목적을 선택하여 최대한 가장 낮은 수준에서 복합성의 성장을 멈추고 만다. 행동에 몰입할 수 있으려면 환경의 요구와 자신의 활동 능력 간의 적절한 균형점을 찾아야 한다.

예를 들면, 어떤 사람이 사람들로 가득 찬 방으로 걸어 들어가면서 가능한 한 많은 사람과 사귀며 즐거운 시간을 보내기로 결심했다고 치자. 만일 그가 자기 목적적 자아가 결여되어있는 사람이라면, 그는 혼자서는 사람들과 상호작용을 시작할 능력을 갖추고 있지 못하여 구석으로 가서 누군가가 자신을 주목해주기만을 바랄 것이다. 또는 떠들썩하게 행동하거나 지나치게 말솜씨가 좋은 척하다가 결국 이 같은 부적절하고 피상적인 친근감으로 인해 오히려 다른 사람들이 기피하는 존재가 될 수도 있다. 이런 두 전략으로는 성공하거나 즐거운 시간을 보낼 수 있는 가능성이 극히 희박하다.

반면에 자기 목적적 자아를 지닌 사람은 그 방에 들어서자마자 주의를 자기 자신에서 파티로, 즉 자신이 가담하고 싶은 '행동체계'로 돌린다. 그는 파티에 참석한 사람들을 관찰하여 그 가운데에서 자기와 공통적인 관심사를 갖고 있으며 성격 또한 비슷한 사람이 누구인가를 가려내고, 자신이 생각하기에 쌍방 모두가 관심 있을 듯한 주제로 그 사람과 대화를 시작할 것이다. 만약 피드백이 부정적이라면, 즉 대화가 지루해지거나 어느 한 사람에게는 너무 어려워 이해가 되지 않는 주제라면, 다른 주제를 택하거나 새로운 대상과 이야기를 나눌 것이다. 자신의 행동이 행동 체계의 기회와 걸맞을 때만이 진정한 몰입이 가능하다.

몰입은 집중력에 의해 크게 촉진된다. 주의력 결핍 증세가 있는 사람이나 끊임없이 주의가 산만한 사람은 인생의 플로우에서 언제나 제외된 느낌을 받는다. 이들은 매순간의 일과성 자극에 큰 영향을 받는다. 자신의 의지와 상관없이 주의가 다른 곳으로 돌려지는 건 통제력이 없다는 가장 확실한 증거이다. 그런데도 대부분의 사람이 자신의 주의력을 향상시키려는 노력을 소홀히 한다는 건 참으로 놀라운 사실이다. 만일 책을 읽는 게 너무 어렵게 느껴지면 우리는 집중력을 높이려고 하는 대신 습관적으로 텔레비전을 틀게 마련이다. 그러나 텔레비전 시청에는 최소한의 주의력만 있으면 된다. 더군다나 사실상 그 얄팍한 주의력조차 광고와 알맹이 없는 내용에 의해 분산되고 만다.

3 _ 주변 상황에 관심을 기울이기

집중을 하면 몰입하게 되며, 이 같은 몰입은 지속적인 주의력의 투입이 있어야만 유지될 수 있다. 육상 선수들은 경주 도중 잠시만 한눈을 팔아도 시합에 진다는 사실을 잘 알고 있다. 중량급 권투 선수가 상대방의 어퍼컷이 들어오는 걸 보지 못한다면 녹아웃 되고 말 것이다. 또한 농구 선수가 관중들의 함성에 정신이 팔린다면 정확히 슛을 하지 못할 것이다. 복합성의 체계에 참여하고 있는 사람 누구에게나 이와 똑같은 함정이 도사리고 있다. 그 체계 속에 계속 남아있으려면 심리 에너지를 투자해야만 한다. 자녀의 말을 집중해서 들어주지 않는 부모는 부모와 자식 간의 상호작용을 저해시킬 수 있고, 주의가 산만한 변호사는 소송에서 패소할 수도 있으며, 한눈을 파는 외과 의사는 환자를 죽음으로 내몰 수도 있는 것이다.

자기 목적적 자아를 지녔다는 건 몰입을 지속할 능력도 있다는 걸 의미한다. 가장 흔하게 주의를 산만하게 만드는 자의식도 자기 목적적 자아를 지닌 사람에게는 문제가 되지 않는다. 이 사람은 자신이 얼마나 잘하고 있는지, 또한 다른 사람들에게 자신이 어떻게 보이는지를 걱정하는 대신 온 마음으로 자신의 목표에 전념할 수 있다. 너무 깊이 몰입한 나머지 자의식을 느끼지 못하는 경우도 있고, 이와는 반대로 자의식이 별로 없기에 깊은 몰입이 가능한 경우도 있다.

자기 목적적 성격의 구성 요소는 상호 인과관계의 고리로 서로 연결되어있다. 목표 선정과 기술 개발, 집중력의 향상 혹은 자의식을 없애는 일 가운데 어떤 걸 먼저 선택하여 시작할 것인가는 그리 중요하지 않다. 플로우 경험이 일단 시작되면 다른 요소들도 취득하기가 훨씬 쉬워진다. 그러므로 어느 걸 먼저 선택해서 시작해도 상관이 없는 것이다.

자신에 대해 염려하지 않고 상호작용에 주의를 집중하는 사람은 역설적인 결과를 얻는다. 더 이상 자신을 독립된 개체로 느끼지 않지만 동시에 그 사람의 자아가 한층 강화된다. 자기 목적적인 사람은 심리 에너지를 자신이 포함된 체계에 투자함으로써 개인의 한계를 벗어난 성장을 이룰 수 있다. 이처럼 자아의 복합적인 성장은 개인과 체계 간의 결합으로 인해 이루어진다. 바로 이런 이유 때문에 사랑을 하고 그 사랑을 잃는 편이 한 번도 사랑을 해보지 않은 것보다 낫다고 할 수 있는 것이다.

모든 걸 자기중심적 견해에서 파악하는 사람은 외면적으로는 자아가 좀 더 확고해 보일 수도 있다. 그러나 이런 자아는 기꺼이 헌신하고 몰입하는 사람, 또한 자기 자신의 이익만을 위해서가 아니라 다른 사람과의 상호작용을 위해서 주변의 상황에 관심을 갖는 사람의 자아에 비한다면 상대적으로 결핍되어있다고 볼 수 있다.

시카고 시청 건너편 광장에서 열린 피카소의 거대한 야외 조각 작품 제막식에서 나는 우연히 옆에 서게 된 개인 상해 전문 변호사와 이야기를 나누게 되었다. 기념 연설이 장황히 이어지고 있을 때, 나는 그가 무엇인가에 집중한 표정으로 입술을 달싹거리고 있는 걸 보았다. 무엇을 생각하고 있느냐고 묻자, 만일 아이들이 저 조각 작품에 기어오르려다 다쳐서 소송을 걸 경우에 시카고 시가 지불해야 할 소송비용을 추산해보고 있는 중이라고 대답하였다.

모든 걸 자신의 기술이 해결할 수 있는 직업적 문제로 변화시켜 지속적인 플로우를 경험할 수 있는 이 변호사를 과연 운이 좋은 사람이라고 해야 할까? 아니면 자신에게 이미 익숙한 일에만 주의를 집중하고, 그 행사의 심미적·시민적·사회적 의미를 무시함으로써 스스로 성장의 기회를 박탈하는 사람이라고 해야 할 것인가? 두 가지 해석 모두 일리가 있을 것이다. 그러나 장기적인 관점에서는 세상을 전적으로 자신의 자아가 감당할 수 있는 협소한 창으로만 파악하는 건 스스로를 제한하는 꼴이 된다. 명성이 높은 정신과 의사나 미술가 혹은 정치가들조차도 그들의 관심사가 오로지 이 우주 속에서 자신이 맡은 제한적 역할에만 국한된다면 공허한 존재가 되어 더 이상 삶을 즐길 수 없는 것이다.

4 _ 지금 현재의 경험 즐기는 법 배우기

자기 목적적 자아를 갖춤으로써 — 목표를 설정하는 법을 배우고, 기술을 개발하고, 피드백에 늘 관심을 기울이고, 집중하고 몰입하는 법을 체득함으로써 — 얻을 수 있는 결과는 객관적 상황이 몹시 좋지 않을 때도 삶을 즐길 수 있게 된다는 것이다. 정신을 통제할 수 있다는 건, 글자 그대로 어떤 일이 발생한다고 하더라도 그 일이 즐거움의 원천이 된다는 걸 의미한다. 몹시 더운 날 시원한 산들바람을 느끼는 것, 고층 건물의 유리벽에 반사되는 구름의 모양을 관찰하는 것, 강아지와 노는 아이를 보는 것, 물 한잔을 마시는 것 등 이 모든 행위가 깊은 만족감을 주는 경험이 되어 우리의 삶을 풍부하게 해주는 것이다.

그러나 이런 통제력을 얻기 위해서는 굳은 결의와 훈련이 전제되어야 한다. 최적 경험은 향락적이거나 안일한 삶의 자세로는 결코 얻을 수 없다. 긴장이 풀린 자유방임적인 태도 또한 혼란에 대한 충분한 방어가 되지 못한다. 이 책의 초반부에서부터 우리가 살펴본 바와 같이, 임의적 사건을 플로우로 변화시키기 위해서는 자신의 능력을 신장시켜주고 한결 나은 사람이 될 수 있게 해주는 기술을 닦아야만 한다.

플로우는 각 개인이 창의적이고 뛰어난 성취를 이룰 수 있도록 해준다. 즐거움을 유지하기 위해 고도의 기술을 개발해야 하는 필연성이 있었기에 문화적 진보가 가능했으며, 바로 이러한 필연성으로 인해 각 개인과 문화가 한층 더 복합적인 존재로 성장할 수 있었다. 우리의 경험에 질서를 창조해냄으로써 얻는 보상은 진화를 촉진하는 추진력이 되어왔으며, 우리의 자리를 대신하게 될, 우리보다 더 현명하고 복합적인 삶을 사는 우리의 후손들을 위한 기반을 마련해주었다.

그러나 모든 생활을 플로우로 변화시키기 위해서는 단지 매순간의 의식 상태를 통제하는 법을 배우는 것만으로는 충분치 못하다. 일상의 삶이 의미를 가질 수 있도록 각 목표의 전후 관계를 파악하는 일 역시 필요하다. 만일 서로 연결되는 질서 없이 이 플로우에서 저 플로우로 옮겨 다닌다면, 훗날 인생을 정리하는 시기를 맞아 과거를 돌이켜볼 때 자신의 과거에서 큰 의미를 발견할 수 없을 것이다. 자신이 하는 일이 무엇이든지 간에, 그 일에서 조화를 창조하는 것이 최적 경험을 얻고자 하는 사람들에게 플로우 이론이 제시하는 마지막 과제이다. 자신이 하고 있는 일에서 조화를 창조해 낸다는 것은 지속적인 목적의식을 제공해주는 통합된 목표를 추구하면서 삶 전체를 하나의 플로우 활동으로 변화시키는 것을 의미한다.

10
The Making of Meaning

의미의
창조

시합에 아주 몰두하여 경기를 즐기는 유명 테니스 선수들이 코트 밖에서는 까다롭고 신경질적인 사람이 되는 경우를 종종 본다. 피카소는 그림 그리기를 좋아했지만, 붓을 내려놓으면 그리 유쾌한 사람이 아니었다. 체스의 귀재 바비 피셔는 체스에 정신을 집중하지 않을 때면 너무도 무능한 사람처럼 보였다. 이와 유사한 셀 수 없이 많은 예가 보여주는 사실은 하나다. 바로 어떤 활동에서 플로우를 성취한다고 해서 반드시 그 플로우가 평생 동안 지속되지는 않는다는 점이다.

만일 우리가 일과 친구를 좋아하고 모든 도전을 새로운 기술을 개발할 수 있는 기회로 여기며 대처해나간다면, 우리는 살아가는 동안 보통의 삶에서는 얻을 수 없는 보상을 받게 될 것이다. 그러나 이 보상이 우리에게 확실한 최적 경험을 보장해주지는 않는다. 서로 의미 있게 연결되지 않은 활동에서 단편적인 즐거움만 얻는다면 여전히 예기치 못한 혼란에 빠지기 쉽다. 아주 성공적인 경력이나 큰 보상을 주는 가족 관계조차도 결국에는 무미건조한 것이 되기 쉽다. 언젠가는 일에 몰두하는 정도도 줄어들게 될 것이다. 배우자가 사망하고, 자녀들은 성장하여 집에서 독립할 것이다. 따라서 인간이 할 수 있는 최대한으로 최적 경험에 접근하기 위해서는 의식 통제의 마지막 단계가 꼭 필요하다.

의식 통제의 마지막 단계란 바로 전 생애를 하나의 통일된 플로우 경험으로 변화시키는 걸 의미한다. 만일 어떤 사람이 어려운 목표를 달성하고자 계획을 세우고, 이 주된 목표에 따라서 세부 목표를 설정해나가고, 자신의 모든 에너지를 목표 달성을 위해 필요한 기술 개발에 투자한다면, 그의 행동과 감정이 조화를 이루어 흩어진 경험의 조각들이 하나로 통합될 것이다. 또한 그가 하는 활동 하나하나가 과거와 미래의 관점에서는 물론이고 현재에서도 충분한 의미를 갖게 될 것이다. 이렇게 될 때 그 사람의 전 생애가 의미 있는 것이 될 수 있다.

그러나 우리네 인생이 시종일관 한결같은 의미를 갖게 되기를 기대하는 건 너무 순진한 생각이 아닐까? 니체가 신은 죽었다고 결론을 내린 이후로 최소한 철학자와 사회과학자들은 존재에는 아무런 목적도 없으며, 우연과 비인간적 요인들이 우리의 운명을 좌우하고 있음을, 그리고 모든 가치가 상대적이고 변덕스러운 것임을 증명하려고 애써왔다. 모든 사람에게 적용될 뿐만 아니라 자연과 인간 경험의 날줄과 씨줄 속에 내재되어있는 어떤 지고한 목표가 있다는 의미에서 바라본다면, 우리 인생에서 그런 걸 찾을 수 있을까. 그러나 이것이 곧 인생에 아무런 의미도 **부여할 수 없음**을 의미하는 건 아니다. 우리가 알고 있는 문화와 문명의 많은 부분은 여러 가지 난관에도 불구하고 자기 자신과 후손들을 위해 목적의식을 창조해내려고 했던 사람들의 노력으로 형성되었다. 인생이 그 자체로는 의미가 없다는 사실을 인식하는 것과 이 사실을 체념하며 받아들이는 것은 완전히 별개의 문제이다. 날개가 없다고 해서 날지 못하는 게 아니듯, 전자가 반드시 후자의 결과를 초래하지는 않는다.

개인의 관점에서는 일생 동안 심리 에너지의 질서를 창조해내기에 충분할 만큼 강한 흥미를 돋우는 것이라면, 그 궁극적 목표가 무엇이 되는가는 그리 중요하지 않다. 도전의 목표는 천차만별이다. 목표는 주위에서 가장 훌륭한 맥주병을 수집하여 소장하는 것일 수도 있고, 암 치료법을 발견하려는 결의일 수도 있으며, 혹은 살아남아 훌륭히 성장할 자녀를 두는 생물학적인 의무와 관련된 단순한 것일 수도 있다. 분명한 목적과 분명한 행동 규칙, 집중하여 몰입할 수 있는 길을 제공해주는 한, 어떤 목표든 간에 한 개인의 삶에 의미를 주기에 충분한 것이다.

　　나는 지난 몇 년 동안 전기기술자, 비행기 조종사, 사업가, 교사 등의 직업을 가지고 있는 사우디아라비아와 그 외 아랍 산유국 출신의 몇몇 회교도들과 잘 알게 되었다. 나는 그들과 이야기를 나누면서 극심한 곤경에 처해있는 상황에서도 그들 대부분이 느긋한 자세를 보일 수 있다는 사실에 놀라움을 금할 수 없었다. 어떻게 그럴 수 있느냐고 질문을 하자, 그들은 한결같이 다음과 같은 요지의 답변을 했다. "별거 아니에요. 우리는 우리의 삶이 신에게 달려있다고 믿기 때문에 크게 동요하지 않습니다. 신이 어떤 결정을 내리든 우리는 그 결정을 그저 받아들일 뿐이랍니다."

　　우리 문화에도 이 같은 무조건적 신앙이 널리 퍼져있던 때가 있었는데, 요즘은 이런 신앙을 찾기가 그리 쉽지 않다. 우리는 전통적 신앙의 도움 없이도 인생에 의미를 줄 목표를 스스로 발견해야 한다.

의미란 무엇인가

의미란 어떻게 말하든 간에 결국 순환론에 빠질 위험이 있기 때문에 정의를 내리기가 어려운 개념이다. 과연 '의미라는 말'의 '의미'를 무엇이라고 말할 수 있을까? 이 개념의 뜻을 세 가지로 나누어 최적 경험을 달성하는 마지막 단계에 관한 설명을 돕도록 하겠다.

　　우선, 이 단어는 '인생의 의미란 무엇인가?'라는 질문에서와 마찬가지로 어떤 것의 목적purpose 내지는 중요성 등을 지칭할 때 사용된다. 이 같은 뜻으로 의미라는 단어를 사용할 때는 각 사건이 하나의 궁극적인 목표에 연결되어있으며, 사건들 간에 시간적 순서와 인과관계가 있다고 하는 가정을 전제로 한다. 즉 현상은 임의적인 것이 아니며, 최종 목적이 지시하는 인식 가능한 형태로 구분된다고 가정하는 것이다.

'의미'라는 단어의 두 번째 용법은 '그녀는 대체로 호의적이다 She usually means well'의 경우와 마찬가지로, 어떤 사람이 가진 의도를 나타내주는 것이다. 이 용법으로 사용되는 '의미'는 사람들의 의도가 행동으로 나타나고, 그 목표 또한 예측 가능하며, 일관성이 있고 질서 정연한 방식으로 표현된다는 걸 암시한다.

마지막으로, '의미'라는 단어는 '이비인후과학이란 귀와 코, 목을 연구하는 것을 의미한다.' 혹은 '저녁나절의 붉은 하늘은 다음 날 아침에 날씨가 좋을 것을 의미한다.'에서 보듯이 정보를 정리할 때 사용된다. 즉 각기 다른 단어의 뜻과 사건들 간의 관계를 나타내주어 서로 무관하거나 상충하는 정보를 정리하고 명료하게 하는 데 도움을 주는 것이다.

의미를 창조한다는 건 그 사람의 행동을 하나의 통일된 플로우 경험으로 변화시킴으로써 머릿속의 생각을 정리한다는 뜻이다. 방금 제시한 **의미**라는 단어에 담긴 세 가지 뜻은 의미의 창조를 성취할 수 있는 법을 더욱 분명히 보여준다. 우선 자신의 삶이 의미 있다고 스스로 생각하는 사람은 대체로 자신의 모든 에너지를 다 쏟아야할 만큼 어려우면서도 해볼 만한 목표goal, 즉 자기 삶에 의미를 주는 목표를 가지고 있다. 이 과정을 **목적**purpose(여기서 purpose 는 광범위하고 추상적인 의미로 사용되며, 의미를 구체적인 행동을 통해 이루고자 하는 것이 목표goal라고 할 수 있다 — 옮긴이)의 달성이라고 할 수 있을 것이다.

실제로 플로우를 경험하기 위해서는 시합에서 승리하는 것, 어떤 사람과 사귀는 것, 특정한 방식으로 무언가를 성취하는 것 등과 같은 자신의 행동 목표를 설정해야 한다. 대체로 목표 그 자체는 그리 중요하지 않다. 중요한 건 목표가 그 사람의 주의를 집중시키고, 성취 가능하며 즐거운 활동에 몰입하도록 해준다는 점이다.

이처럼 전 생애에 걸쳐서 자신의 심리 에너지를 뚜렷하게 집중시키는 사람들이 있다. 각 플로우 활동의 서로 다른 목표가 모든 것을 총망라하는 일련의 도전 목표들로 통합되어 그 사람이 하는 모든 일에서 의미를 찾을 수 있게 되는 것이다.

이 같은 목표 지향성을 달성할 수 있는 방법은 서로 간에 큰 차이를 보인다. 나폴레옹은 기꺼이 수십만 명의 프랑스 병사를 죽음으로 내몰면서까지 오로지 권력만을 추구하는 데 전 생애를 바쳤다. 테레사 수녀는 신앙에 바탕을 둔 무조건적인 사랑에 삶의 목적을 두고 곤궁한 사람들을 돕는 일에 자신의 모든 에너지를 투자했다.

순수한 심리학적 견지에서는, 나폴레옹이나 테레사 수녀 모두 같은 수준의 내적 목적의식을 가지고 같은 수준의 최적 경험을 달성했다고 할 수 있다. 그러나 두 사람 간에 존재하는 명백한 차이점은 한층 더 광범위한 윤리적 문제를 제기한다. 즉 당사자 각자에게 삶의 의미를 부여해주었던 이 두 가지 방식이 어떤 결과를 초래하였는가 하는 점이다. 나폴레옹이 수많은 사람의 삶에 혼란을 불러일으켰던 반면, 테레사 수녀는 많은 사람의 의식 속에서 엔트로피를 감소시켰다고 결론을 내릴 수도 있다. 그러나 여기서는 행동의 객관적 가치에 대해서는 어떤 판단도 내리지 않기로 한다. 그 대신 통일된 목적이 개인의 의식에 가져다줄 수 있는 주관적 질서를 설명하는 일에만 관심을 갖도록 하자. 이런 뜻에서 "삶의 의미란 무엇인가?"라는 수수께끼에 대한 해답은 놀라우리만큼 간단하다. 즉 삶의 의미란 바로 의미라고 할 수 있다. 그 내용이 무엇이든, 어디에서 온 것이든 간에 통합된 하나의 목적이 바로 삶에 의미를 주는 것이다.

앞서 설명한 바와 같이, 의미라는 단어의 두 번째 용도는 의도의 표명이다. 두 번째 용법 역시 어떻게 삶 전체를 하나의 플로우 활동으로 변화시켜 의미를 창조해낼 수 있을 것인가 하는 문제와 밀접한 관련이 있다. 여러 목표를 하나로 통일시켜주는 목적을 찾는 것만으로는 부족하다. 목적을 끝까지 달성해야 하며, 그에 따르는 어려움을 극복해내야 한다. 목적을 위해 각고의 노력을 기울여야 하며, 의도한 바가 행동으로 나타나야 한다. 이런 걸 목표를 달성하기 위한 **결의**resolution라고 해도 좋을 것이다. 그 사람이 처음 설정한 목표를 실제로 달성했는가 아닌가의 여부는 그리 중요하지 않다. 그보다 더 중요한 건 자신의 목표 달성을 위해 충분한 노력을 경주하면서 노력을 분산하거나 낭비하지 않는 것이다. "창백한 사고의 그늘에 가려 결의가 가졌던 본래의 색조가 변하면, 우리의 중요한 진취적 기상은 행동이라는 이름을 잃게 된다."라고 햄릿은 말했다. 무엇을 해야 할지를 정확히 알고 있으나 그걸 하기 위해 충분한 에너지를 집중할 수 없는 사람을 만나는 것만큼 슬픈 일도 드물다. 블레이크는 예의 그 힘찬 필치로 다음과 같이 썼다. "바라기는 하되 행동하지 않는 자는 해악을 낳는다."

삶이 의미를 갖게 되는 세 번째이자 마지막 방법은 위의 두 단계의 소산이다. 굳은 결의를 가지고 중요한 목표를 추구할 때, 그리고 다양한 모든 행위가 하나의 플로우 경험으로 통합될 때 나타나는 결과는 **의식**의 조화이다. 자신이 소망하는 바를 잘 알고, 그 소망을 이루기 위해 목적의식을 가지고 노력하는 사람의 감정과 생각과 행위가 서로 잘 어우러져서 그 사람은 결국 내적인 조화를 성취하게 된다. 1960년대에는 이 과정을 '생각을 조화시키기getting your head together'라고 부르기도 했지만, 실제로 모든 다른 역사적 시기에서도 이와 유사한 개념을 사용하여 바람직한 삶을 위해 꼭 필요한 이 세 번째 단계를 묘사해왔다. 어떤 일을 하든 혹은 어떤 일을 당하든 조화를 잃지 않는 사람은 자신의 심리 에너지가 의심, 후회, 죄책감, 두려움에 낭비되지 않고 언제나 유용하게 사용되고 있다는 걸 안다. 궁극적으로 내적인 조화는 우리가 존경해 마지않으며 자기 자신을 잘 파악하고 있는 것처럼 보이는 사람들에게서 찾아볼 수 있는 힘과 평온함을 가져다준다.

목적, 결의, 조화 이 세 가지는 삶을 통합시켜준다. 또한 삶을 서로 잘 어우러진 플로우 경험으로 변화시킴으로써 삶에 의미를 부여해준다. 이 경지에 도달하는 사람은 다른 어떤 것도 부족하지 않다. 이처럼 의식이 정돈되어있는 사람은 예상치 못한 사건을 ─ 심지어는 죽음조차도 ─ 두려워할 필요가 없다. 이들에게는 살아있는 모든 순간이 의미가 있으며, 이들은 대부분의 시간을 즐겁게 보낸다. 이것이 아주 바람직한 일임에는 의심의 여지가 없다. 그렇다면 과연 이런 상태에 어떻게 도달할 수 있는 것일까?

목적 계발하기

많은 사람이 인생에서 매일같이 자신이 하는 일을 정당화시켜주는 통일된 목적 ─ 즉 자기장과도 같아서 그들의 심리 에너지를 끌어오며, 모든 다른 목표의 기초가 되는 그러한 목적 ─ 을 찾는 건 불가능한 일이 아니다. 이런 목적은 자신의 삶을 플로우 활동으로 변화시키기 위해 설정해야 할 도전이 무엇인지를 규정해준다. 또한 이런 목적이 없다면 가장 정리가 잘 된 의식일지라도 의미가 결여되게 마련이다.

인간의 역사에서는 내내 존재에 의미를 부여해줄 만한 궁극적 목적을 찾기 위한 시도가 수없이 많이 이루어져왔다. 이러한 시도는 그 종류도 다양했다. 예를 들어 사회철학자 한나 아렌트에 따르면, 고대 그리스 문명에서는 남자들이 영웅적인 행위를 통하여 불후의 명성을 얻으려고 노력했던 반면, 기독교 국가에서는 남자들이 거룩한 행위를 함으로써 영생을 얻으려 했다. 아렌트는 궁극적 목적이란 죽음에 관한 문제를 나름대로 해결해줄 수 있는 것이어야 한다고 말한다. 즉 죽음 이후에까지 연장될 수 있는 어떠한 목적의식을 사람들에게 심어줄 수 있어야 한다는 것이다. 불후의 명성이나 영생 모두 이 점을 해결해주지만, 그 방법에는 큰 차이가 있다. 그리스 시대 영웅들은 자신의 용맹스러운 행위가 노래와 전설로 대대손손 전해지기를 기대하며 동료들의 감탄을 자아낼 수 있는 숭고한 행위를 하였다. 그렇게 되면 후손들의 기억 속에서 영원불멸의 존재가 되기 때문이다. 이와는 대조적으로 성자들은 후일 신의 곁에서 영원히 살 수 있게 되기를 기대하며 자신의 생각과 행위가 신의 의지에 부합할 수 있도록 스스로 개인성(個人性)을 포기했다.

영웅이나 성자들은 모두 일생에 걸쳐 일관성 있는 행동을 할 수 있도록 해주는, 모든 걸 총망라하는 목표에 자신의 모든 심리 에너지를 바침으로써 자신의 삶을 통일된 플로우 경험으로 변화시킨 사람들이라고 할 수 있다. 사회의 다른 구성원들은 성자나 영웅의 예에는 미치지 못했지만, 이러한 뛰어난 모델을 본보기로 삼아 자신의 행위를 규제함으로써 삶에 어느 정도 적절한 의미를 부여할 수 있었다.

분명 모든 인간의 문화에는 각 개인의 목표를 정리해주는 망라적 목적의 역할을 하는 의미 체계가 있다. 소로킨은 서양 문명의 다양한 시대를 세 가지 유형으로 구분하였는데, 2,500년이 넘는 기간 동안 세 유형이 번갈아 나타났으며, 각 유형이 길게는 수백 년,

짧게는 불과 수십 년 정도만 지속되었다고 주장한다. 그는 이 유형들을 각각 **감각주의적**sensate 문화의 시기, **관념주의적**ideational 문화의 시기, **이상주의적**idealistic 문화의 시기라고 명명하고, 각 시기마다 서로 다른 삶의 우선순위가 존재의 목적을 정당화시켜주었다는 사실을 입증하려고 했다.

감각주의적 문화는 감각을 만족시키도록 고안된 세계관을 중심으로 구성된다. 이러한 문화는 쾌락주의적이고 공리주의적인 경향을 띠고 있으며, 주로 구체적 욕구에 중점을 둔다. 이 같은 문화에서는 예술, 종교, 철학 그리고 일상적인 행위가 주로 실체적인 경험 위주의 목표를 찬미하고 정당화시켜준다. 소로킨에 따르면, 이런 감각주의적 문화가 기원전 약 440~200년까지 유럽에서 우세하였으며, 기원전 420~400년 사이에 그 절정을 이루었다고 한다. 또한 19세기에도 최소한 선진 산업민주주의 국가에서 지배적이었다고 한다. 감각주의적 문화 속에 사는 사람들이 반드시 더 유물론적이지는 않다. 그렇지만 추상적인 원칙보다는 주로 쾌락과 실용성에 입각해서 목표를 조직하고 행동을 정당화시킨다. 이들의 도전 목표는 전적으로 인생을 더 쉽고, 안락하며, 쾌락적인 것으로 만드는 것이다. 이들은 쾌감을 주는 걸 선으로 여기며, 이상화된 가치는 불신한다.

관념주의적 문화는 감각주의적 문화와는 상반되는 원칙에 입각하여 조직된다. 즉 실체적인 것을 경멸하고, 정신적이고 초자연적인 목적을 위해서 노력한다. 이러한 문화는 추상적인 원칙과 금욕주의, 그리고 물질적인 관심으로부터의 초월을 강조한다. 예술, 종교, 철학 그리고 일상적 행위의 정당화는 이런 정신적 질서의 구현에 종속되는 경향이 있다. 사람들은 종교나 관념에 관심을 두며, 삶을 더욱 쉽게 하려는 목적보다는 내면세계의 명료함과 확신에 도달하기 위해 도전의 목표를 설정한다. 기원전 600~500년까지의 그리스와 기원전 200년~서기 400년에 이르는 서유럽에서 이같은 세계관이 절정을 이루었다고 소로킨은 말한다. 좀 더 최근의 유감스러운 예로는, 나치 독일을 비롯하여 공산주의 치하의 러시아와 중국, 그리고 이란에서의 회교 세력 부활 등을 들 수 있다.

간단한 예로, 감각주의적 문화와 관념주의적 문화의 차이를 설명할 수 있다. 파시스트적 사회는 물론이고 우리 사회에서도 신체적 건강을 중요시하며, 인간의 육체적 아름다움이 숭배의 대상이 된다. 그러나 그 이유에서는 두 사회 간에 큰 차이가 있다. 우리의 감각주의적 문화에서는 건강과 쾌락을 위해 육체를 가꾼다. 관념주의적 문화에서 육체를 중요시하는 주된 이유는 '아리안 인종의 우월성' 혹은 '로마인의 용기'와 같은 관념과 관련된 형이상학적 완전성이 추상적 원칙의 상징으로 여겨지기 때문이다. 감각주의적 문화에서는 잘생긴 젊은이가 등장하는 포스터가 상업적인 목적으로 성적 반응을 유발시키지만, 관념주의적 문화에서는 똑같은 포스터가 이념적인 성명서가 되어 정치적 목적을 위해 이용되는 것이다.

물론 어느 시대의 어떤 민족도 다른 관점은 배제하고, 위에서 소개한 경험을 정리하는 두 관점에만 입각하여 목적을 설정하지는 않았다. 다양한 하위 유형 및 감각주의적 관점과 관념주의적 관점이 복합된 세계관이 같은 문화 안에서 공존할 수 있으며, 심지어는 한 사람의 의식 속에서도 공존할 수 있는 것이다. 예를 들어, 여피 yuppie(도시 주변을 생활 기반으로 삼고 전문직에 종사하면서 신자유주의를 지향하는 젊은이들. 'young urban professionals'의 머리글자 'yup'와 '히피hippie'의 뒷부분을 합성하여 만든 말 - 편집자)적 생활양식은 주로 감각주의적 원칙에 입각한 것이며, 미국 남부의 신앙이 두터운 바이블 벨트 지역의 근본주의는 관념주의적 전제에 기초를 둔 것이다. 위의 두 형태는 서로 많은 차이점을 보임에도 불구하고 현재 미국 사회체제 내에서 다소 거북하게나마 공존하고 있다. 그리고 목표 체계로서 기능하는 위의 두 방식 모두 삶을 조직화하여 하나의 일관된 플로우 활동으로 변화시키는 데 각각 기여하고 있다.

문화뿐만 아니라 각 개인도 역시 이와 같은 의미 체계를 행동으로 구현한다. 기업가다운 확고한 도전 목표를 중심으로 삶을 살아왔던 아이아코카나 로스 페로와 같은 유수 기업인들은 종종 감각주의적 삶의 특징을 아주 잘 보여준다. 이보다 더 초보적인 감각주의적 세계관을 잘 보여준 사람은 휴 헤프너로서, 그의 '플레이보이 철학'은 단순한 쾌락 추구의 극명한 예가 된다. 신의 섭리에 대한 맹목적 신앙과 같은 단순하고도 초월적인 해결책을 주창하는 공상가나 신비주의자들은 무분별한 관념주의적 접근의 대표적인 예이다. 물론 다른 변형된 형태도 많다. 베이커 부부나 지미 스와거트와 같이 텔레비전을 통해 설교하던 복음 전도자들은 시청자에게는 공공연히 관념주의적 목표를 중시하라고 권고하면서 실제 그들은 사치와 감각적 쾌락에 젖은 생활을 했다.

때로는 서로 완전히 상반되는 위의 두 가지 원칙을 양자의 장점은 모두 유지하되, 각각의 단점은 최소화시켜 설득력 있는 하나의 통일체로 통합하는 문화도 있다. 소로킨은 이 같은 문화를 '이상주의적' 문화라고 명명한다. 이런 문화는 구체적인 감각적 경험을 수용하면서도 정신적 측면에 대한 경외도 가지고 있다. 소로킨의 분류에 따르면, 서유럽에서는 중세 말기와 르네상스 시대가 비교적 가장 이상주의적 문화를 이루었던 시기이며, 14세기 초기 20년 동안이 그 절정기였다고 한다. 말할 필요도 없이, 흔히 순수한 유물사관의 부작용인 무기력함과 많은 관념주의적 체제의 폐해라 할 수 있는 지나친 금욕주의를 피할 수 있는 이상주의적 해결책이 가장 바람직한 것으로 보인다.

이처럼 문화를 단순히 삼분하여 해석하는 소로킨의 분류법은 논란의 여지가 있긴 하지만, 사람들이 궁극적 목적을 설정할 때 기준이 되는 일부 원칙을 설명하는 데는 아주 유용하다. 구체적 도전 목표에 대응해나가며 대체로 물질적 목적을 지향하는 플로우 활동을 중심으로 삶의 형태가 이루어지는 감각주의적 삶의 양식은 언제나 인기가 높다. 이 양식이 갖는 장점의 하나는 모든 사람이 규칙을 이해할 수 있으며, 피드백이 비교적 명확하다는 것이다. 누구나 건강, 금전, 권력, 성적 만족을 바라는 건 분명한 사실이다. 그러나 관념주의적 양식 또한 나름대로의 장점을 갖고 있다. 형이상학적 목표를 성취한다는 게 불가능할 수는 있을지언정, 그렇다고 해서 그 목표를 성취하는 데 실패했다는 것도 결코 입증할 수 없다는 점이다. 진정으로 관념주의적 가치를 신봉하는 사람은 언제나 피드백을 왜곡해서 결국 자신이 옳았으며 자신이 선택받은 사람 중의 하나임을 증명하는 데 이용한다.

모든 걸 총망라하는 플로우 활동으로 삶을 통합할 수 있는 가장 만족스러운 방법은 아마도 이상주의적 양식일 것이다. 그러나 물질적 조건을 향상시키는 동시에 정신적 목적을 추구할 수 있는 도전 목표를 설정한다는 건 쉬운 일이 아니다. 더군다나 문화의 전반적 성격이 감각주의인 경우에는 그 어려움이 커지게 마련이다.

각 개인이 행동 양식을 어떻게 설정하는가를 설명하는 또 다른 방법은 이들이 스스로를 위해 세운 도전 목표의 내용보다는 복합성의 정도에 초점을 맞추는 것이다. 어쩌면 가장 중요한 건 그 사람이 유물론적인가 혹은 이상주의적인가 하는 사실이 아니라, 그가 그러한 분야에서 추구하는 목표가 얼마나 분화되어있으며, 또한 동시에 얼마나 통합되어있는가 하는 문제일 것이다. 2장의 마지막 부분에서 논의한 바와 같이, 복합성이란 어떤 체제가 나름의 장점과 잠재능력을 얼마나 잘 개발하는가, 그리고 이러한 장점들의 상호 연계가 얼마나 잘되어있는가의 여부에 따라 결정된다. 이런 점에서 충분히 숙고한 후 결정한 감각주의적 삶의 자세, 즉 다양하고도 구체적인 인간의 경험을 충분히 고려하면서도 내적 일관성을 유지하는 자세가 무분별한 관념주의나 감각주의보다 바람직하다고 할 수 있을 것이다.

사람들은 일정한 단계적 순서에 따라 자신이 누구이며, 인생에서 무엇을 성취하기를 원하는가 하는 개념을 형성해나간다고 심리학자들은 주장한다. 누구나 자기 자신을 보존하고 자신의 신체와 목적을 지키고자 하는 욕구로 출발한다. 이 시점에서 인생이 갖는 의미는 단순하다. 즉 생존, 안락, 쾌락 등과 같은 것이다.

신체적 안전에 대한 위협이 사라지면, 사람들은 자기 자신의 의미 체계의 영역을 넓혀 가족, 이웃, 종교, 인종 그룹 등과 같은 지역사회의 가치들도 수용한다. 대체로 관습적인 사회 규범과 기준에 순응하는 것이라고 할지라도 이 단계를 거치며 자아는 좀 더 복합적인 성장을 한다. 그 다음은 반성적인 개인주의 단계이다. 관심이 다시 자신의 내부로 향하여 자아 내부에서 새로운 권위와 가치의 기반을 찾게 된다. 이제 맹목적인 순응은 더 이상 하지 않고 자율적인 의식을 개발한다. 이 단계에서 인생의 주된 목적은 성장과 발전, 잠재능력의 개발과 실현이다. 위의 세 단계 모두를 기초로 하여 완성되는 네 번째 단계는 마침내 자아로부터 관심을 다시 돌려 다른 사람들 및 보편적 가치와의 통합을 지향하는 단계이다. 이 최종 단계에서는 강물의 흐름에 배를 내맡기는 싯다르타처럼, 개성의 극대화를 이룬 개인이 기꺼이 자신의 이해관계를 더욱 큰 전체의 권익과 융합시킨다.

앞의 설명에서 복합적인 의미 체계의 구축은 관심을 자아와 타인에게 번갈아 집중시키는 과정을 통해서 이루어지는 것 같다. 첫 번째는 심리 에너지를 생물학적 요구에 투자하는 단계로, 이 단계에서 정신적 질서는 곧 쾌락에 해당한다. 이러한 수준에 잠정적으로 도달하게 되면 지역사회의 목표에 관심을 투자하기 시작한다. 그리하여 집단적 가치를 반영한 의미 있는 것들 — 즉 종교와 애국심 그리고 다른 사람들로부터 받는 인정과 존경 등 — 이 내적 질서의 변수가 된다. 다음의 변증법적 단계에서는 관심이 다시 자아로 이동한다. 더욱 광범위한 큰 인간 체제에서 소속감을 성취했으므로, 이제는 개인적 잠재력의 한계를 인식하고자 하는 것이다. 이는 자아의 실현을 위한 시도로 이어지며, 이때 각기 다른 기술과 사상, 그리고 원칙을 시험해보게 된다. 이 단계에서는 쾌락pleasure보다는 즐거움enjoyment이 주된 보상의 원천이 된다. 그러나 이는 끊임없는 추구의 단계이므로, 한편으로 중년의 위기와 직업의 변화, 그리고 개인적인 능력의 한계를 극복하려는 노력 등에 의해 점증하는 스트레스를 경험하게 될 수도 있다. 이 시점부터는 에너지의 방향을 마지막으로 재설정할 준비가 갖추어진다. 자신이 할 수 있는 일이 무엇인지를 알게 되었으며 이보다 더 중요한 사실, 즉 혼자서는 할 수 없는 일이 무엇인지도 깨닫게 된다. 따라서 궁극적 목적이 한 개인보다는 큰 체계, 즉 명분, 사상, 초월적 존재 등에 통합되는 것이다.

모든 사람이 이와 같은 복합성의 상승 단계를 거치는 건 아니다. 첫 단계를 넘어설 수 있는 기회를 전혀 얻지 못하는 사람들도 있다. 생존에 대한 요구가 집요하게 이어질 때는 그 외의 다른 어떤 것에도 충분한 관심을 기울일 수 없으며, 가족이나 더 넓은 지역사회의 목표에 투자할만한 심리 에너지가 남아있지 않게 된다. 그렇더라도 자신의 권익을 추구하는 것만으로도 인생의 의미를 찾을 수 있다. 아마도 대다수의 사람이 가족과 회사 혹은 지역사회나 국가의 안위가 주된 의미를 부여해주는 발달의 두 번째 단계에서 편안하게 머무르고 있을 것이다. 반성적 개인주의의 단계까지 도달하는 사람은 극히 적다. 또한 그중에서도 한정된 소수만이 보편적인 가치와의 통합을 이룬다. 이것은 실제로 이러한 단계들이 반드시 순차적으로 진행된다는 걸 의미하는 것이 아니다. 그보다는 운이 좋아서 의식을 성공적으로 통제하는 사람이 어디까지 도달할 수 있는가를 보여준다고 할 수 있다.

지금까지 개략적으로 소개한 네 단계는 복합성을 서서히 높여감에 따라 각기 다른 의미가 생겨나게 된다는 사실을 설명하는 모델들 가운데 가장 단순한 종류에 속한다. 이 과정을 여섯 단계 혹은 심지어 여덟 단계로 나누는 이론 모델도 있다. 몇 단계로 이루어지는가는 별로 중요하지 않다. 그보다 더 중요한 것은 대부분의 이론이 이처럼 한편으로는 분화를, 다른 한편으로는 통합을 번갈아 이루는 변증법적인 힘의 균형 상태의 중요성을 인정한다는 것이다. 이런 관점에서 보면, 각 개인의 인생은 일련의 각기 다른 '게임'으로 이루어지는데, 이 게임들은 서로 다른 목표와 도전을 지니고 있으며, 개인이 성숙해감에 따라 변화를 거듭하게 된다. 우리가 이처럼 복합성을 높여 자율적이며, 자립적이고, 자신의 개성과 한계를 의식할 수 있기 위해서는 우리가 본래 가지고 있는 기술을 연마하는 일에 더 많은 에너지를 투자해야 한다. 동시에 우리는 개인적 한계를 능가하는 힘에 적응하는 방법을 인식하고, 이를 이해하고 찾아내는 데 에너지를 투자해야 한다. 물론 우리가 반드시 이 같은 계획을 따라야 할 필요는 없다. 그러나 만일 그렇게 하지 않는다면 조만간에 후회할지도 모른다.

결심하기

목적은 노력의 방향을 정해주지만 반드시 삶을 더 편안하게 해주지는 않는다. 목표로 인해 온갖 종류의 난관을 겪게 될 수 있으며, 그렇게 되면 본래의 목표를 포기해버리고 좀 더 힘이 덜 드는 목표를 찾고 싶은 유혹을 느낀다. 어려움이 있을 때마다 계획을 변경한다면, 더 유쾌하고 안락한 삶을 누릴 수 있을지는 몰라도 결국은 공허함을 느끼며 아무 의미도 찾지 못하게 될 가능성이 크다.

처음 미국에 정착한 청교도들은 그들의 양심에 따르는 신앙의 자유가 자아의 온전한 보전을 위해 꼭 필요한 일이라고 결정을 내렸다. 그들은 신과 자신들 사이의 관계를 지속적으로 통제하는 것보다 더 중요한 일은 없다고 믿었다. 평생을 결정짓는 궁극적 목적으로 그들이 선택했던 건 그리 새로운 게 아니었다. 그 이전부터 다른 많은 사람이 했던 선택이기도 했다.

청교도들이 다른 사람들과 달랐던 점은 이들과 유사한 선택을 했던 마사다의 유대인들과 기독교 순교자들, 그리고 중세 말기 남부 프랑스의 카타르파 신자들처럼, 어떠한 박해나 난관에도 결심을 굽히지 않았다는 사실이다. 이들은 자신의 신념이 이끄는 대로 따랐으며, 자신들이 믿는 가치가 안락함과 심지어는 목숨까지도 희생시킬만한 충분한 가치가 있는 것처럼 행동했다. 그리고 이처럼 행동했기 때문에 이들이 세운 목표가 원래 가치 있는 것이었는가의 여부와는 관계없이 실제로 보람 있고 가치 있는 일이 되었다. 또한 헌신을 통해 청교도들이 세운 목표가 소중한 것으로 변했기 때문에 이들의 생애에 의미를 부여해줄 수 있었다.

어떠한 목표도 진지하게 받아들이지 않는다면 큰 영향을 미치지 못한다. 각각의 목표에는 일련의 결과가 수반되기 때문에 각자가 이러한 결과를 고려할 준비가 되어있지 않다면 목표는 아무 의미도 없는 것이 되고 만다. 오르기 어려운 봉우리를 정복하기로 결심한 등반가는 자신이 산을 오르는 동안 내내 지쳐있을 것이며 어려움에 처하게 되리라는 사실을 잘 알고 있다. 그러나 만일 그가 너무도 쉽게 등반을 포기해버린다면 그의 추구는 가치 없는 행위가 되고 말 것이다. 모든 플로우 경험도 이와 마찬가지이다. 목표와 그 목표를 위해 기울여야 하는 노력에는 밀접한 상호 관계가 있다. 처음에는 목표가 그 목표를 위해 기울여야 하는 노력을 정당화해주지만, 나중에는 바로 그러한 노력이 목표를 정당화해준다. 사람들이 결혼을 하는 까닭은 배우자를 자신과 평생을 함께 보낼만한 사람으로 판단했기 때문이다. 그러나 결혼 후 이 판단이 옳았던 것처럼 행동하지 않는다면, 시간이 지나면서 부부 관계는 가치를 잃게 될 것이다.

모든 걸 종합해본다면, 인류에게 자신의 결심을 뒷받침할만한 용기가 부족했다고는 말할 수 없다. 모든 시대의 모든 문화에서 셀 수 없이 많은 부모가 자녀을 위해 희생해왔으며, 그렇게 함으로써 자신들의 인생도 한층 더 의미 깊은 것이 될 수 있었다. 또한 많은 사람이 자신의 목초지와 가축을 보전하기 위해 모든 에너지를 바쳐왔을 것이다. 종교와 국가 혹은 예술을 위해 모든 걸 희생한 사람도 헤아릴 수 없이 많다. 고통과 실패를 겪으면서도 꾸준히 자신의 전부를 바칠 수 있었던 사람들은 자신의 인생 전체를 하나의 연장된 플로우로 변화시킬 수 있었다. 즉 이들의 삶은 중심이 확실하고, 집중되고, 내적 일관성이 있으며, 논리적으로 정연한 일련의 경험의 연속이 되었다. 따라서 이러한 경험의 내적 질서로 각자가 삶을 의미 깊고 즐겁게 느낄 수 있었던 것이다.

그러나 문화의 복합성이 진화해감에 따라 이런 완전한 결의를 달성하기가 점차 어려워진다. 너무나 많은 목표가 서로 우열을 다투고 있는데, 과연 어느 것이 전 생애를 바칠 만큼 가치 있는 일이라고 할 수 있을 것인가? 불과 몇십 년 전까지만 하더라도 여성들이 가정의 안녕을 자신의 궁극적 목적으로 설정하는 건 충분히 정당한 일이었다. 여성들에게 다른 선택의 여지가 그리 많지 않았다는 점도 그 이유 가운데 하나라고 할 수 있다. 오늘날에는 여성들이 사업가, 학자, 예술가 심지어는 군인도 될 수 있다. 따라서 아내와 어머니로서의 역할이 여성들의 최우선적 목표가 돼야 한다는 건 더 이상 '명백한' 사실이 아니다. 우리 모두도 이 같은 영향을 받게 되었다. 이동이 용이해지면서 우리는 더 이상 출생지에 얽매이지 않게 되었다. 더 이상 자신이 태어난 국가에 소속되고, 자신이 태어난 곳에서 정체감을 찾아야 할 아무런 이유가 없다. 만약 다른 곳이 더 좋아 보인다면 그곳으로 이사 가면 그만이다(예를 들어, 우리가 마음만 먹으면 호주에서라도 작은 레스토랑 하나를 개업할 수 있는 것이다). 생활양식과 종교는 쉽게 바꿀 수 있는 선택에 속한다. 과거의 수렵인들은 죽을 때까지 수렵 생활을 했고, 대장장이들은 자신의 기술을 연마하면서 일생을 보냈다. 오늘날 우리는 직업을 언제라도 바꿀 수 있다. 영원히 회계사로 남아있어야 하는 사람은 아무도 없다.

선택의 여지가 풍부해지면서 오늘날 우리는 불과 백 년 전만 하더라도 상상할 수 없을 정도로 많은 개인적 자유를 누리게 되었다. 그러나 서로 비슷한 매력이 있는 선택이 많아지면서 불가피하게 초래되는 결과는 목적이 불분명해진다는 것이다. 이러한 불확실성은 결의를 약화시킨다. 그리고 약화된 결의는 결국 선택의 가치를 떨어뜨린다. 그러므로 자유가 많아진다고 해서 반드시 인생의 목적을 개발하는 데 도움이 되는 건 아니며, 오히려 그 반대의 결과를 낳는다고 하겠다. 만일 게임의 규칙에 너무 융통성이 많아지면 집중력이 떨어지게 되고, 결국 플로우 경험을 얻기가 더욱 어려워진다. 선택의 수가 제한되고 분명해지면, 목표와 그 목표에 따르는 규칙에 전념하기가 더 쉬워지는 것이다.

그렇다고 해서 과거의 엄격한 가치와 제한된 선택으로 회귀하는 게 더 바람직하다고 암시하려는 것은 아니다. 또한 그런 일이 가능하지도 않다. 선조들이 성취하고자 무던히도 노력했던 복합성과 자유에 숙달할 수 있는 방법을 찾는 게 바로 지금의 우리가 당면한 도전인 것이다. 만일 그 방법을 찾게 된다면, 우리 후손들은 지금까지 지구상의 어느 누구도 경험해보지 못했던 무한히 풍부해진 삶을 누릴 수 있을 것이다. 그러나 우리가 그 방법을 찾지 못한다면, 우리는 서로 모순되고 아무 의미도 없는 목적을 위해 우리의 에너지를 낭비해버리는 위험을 초래하게 될 것이다.

그러나 우리의 심리 에너지를 과연 어디에 투자해야 할 것인지를 어떻게 알 수 있을까? 우리에게 "바로 이것이 너의 인생을 바칠 만큼 가치 있는 목적이다."라며 방향을 제시해줄 사람은 아무도 없다. 우리가 의존할 수 있는 어떤 절대적인 확실성이란 존재하지 않는다. 따라서 각자가 자신의 궁극적 목적을 스스로 찾아내야만 한다. 시행착오를 통해 그리고 집중적인 수련을 통해 우리는 서로 뒤얽혀 있는 목표들을 정돈할 수 있으며, 그 중에서 행동의 목적이 될 만한 것도 선택할 수 있다.

스스로를 아는 것 — 너무도 오래되어 그 가치를 쉽게 망각하게 되는 고대의 처방 — 의 과정을 통해 상충하는 삶의 선택 방향을 정할 수 있다. "너 자신을 알라."라는 문구가 아폴로 신전 신탁의 입구에 새겨진 이래로 수많은 경구가 그 가치를 칭송해왔다. 이 격언이 그리도 자주 되풀이되는 이유는 바로 이 효과 때문이다. 그러나 우리는 모든 세대마다 그 의미와 그 경구가 자신에게 무엇을 암시해주는지를 새로이 발견해야만 한다. 그렇게 하기 위해서는 당대의 지식에 맞는 표현으로 바꾸어서 시대에 맞게 그 의미를 적용할 방법을 그려보는 게 큰 도움이 된다.

내적 갈등은 똑같이 주의를 끄는 것이 많을 때 생겨난다. 너무나 많은 욕구와 너무나 많은 양립 불가능한 목표가 서로 심리 에너지를 자신의 목적에 맞게 정렬하려고 경쟁을 하는 것이다. 이런 상황에 처했을 때 갈등을 줄일 수 있는 유일한 방법은 꼭 필요한 요구를 추려내서 그 요구들 사이에 우선순위를 할당하는 것이다. 이를 성취할 수 있는 방법에는 기본적으로 두 가지가 있다. 즉 고대인들의 표현에 따르면, '행동적인 삶vita activa'과 '관조적인 삶vita contemplativa'이 그것이다.

행동적인 삶에 몰입해있으면 확고한 외적 도전 목표를 위해 총체적인 노력을 기울임으로써 플로우를 성취할 수 있다. 처칠이나 카네기 등 많은 위대한 지도자는 내적 갈등을 겪거나 우선적 가치에 의구심을 품는 일 없이 스스로 정한 평생의 목적을 굳은 결의로 추구해나갔다. 성공적인 기업 경영인이나 숙련된 전문가, 그리고 솜씨 좋은 장인들은 어렸을 때처럼 자연스럽고도 자의식적이지 않은 행동으로 다시 돌아갈 수 있도록 자신의 판단과 능력을 신뢰하는 법을 배운다. 행동의 분야가 충분히 흥미를 끄는 것이라면, 자신의 일을 통해 플로우를 계속 경험할 수 있게 되어 일상생활의 엔트로피에 관심을 돌릴만한 여유가 거의 없어진다. 모순되는 일에 직면할 때, 서로 상충하는 목표와 욕구의 문제를 직접 해결하려고 하지 않고 자신이 선택한 특정한 목표를 강력히 추구해나감으로써 다른 관심사가 끼어들 여지가 없게 만드는 간접적인 방법으로 의식의 조화를 다시 찾을 수 있는 것이다.

행동을 통해 내적 질서를 찾는 이 방법은 나름대로 결점이 있다. 실제적인 목표 달성을 강력히 추구해나감으로써 내적 갈등을 배제할 수는 있겠지만, 그 대가로 삶에서 선택할 수 있는 여지를 지나치게 제한해야 하는 경우가 많은 것이다. 45세에 공장 지배인이 되고자 마음먹고 자신의 모든 에너지를 그 목적을 위해 바치는 젊은 엔지니어는 몇 년간 주저함 없이 성공적으로 목표를 추구해나갈 수 있을 것이다. 그러나 조만간에 일단 뒤로 미루어 놓았던 사안들이 다시 표면화되어 참을 수 없는 의구심과 후회가 생겨날 것이다. 승진이란 게 과연 내 건강을 희생하면서까지 추구할 가치가 있는 일인가? 그렇게도 사랑스럽던 아이들이 언제 갑자기 저렇게 무뚝뚝한 청소년들이 되어버렸는가? 권력과 재정적 안정을 마침내 얻었는데, 이것으로 과연 무엇을 해야 할 것인가? 다시 말해, 상당 기간 동안 행동을 뒷받침해주었던 목표들이 전 생애에 걸쳐 의미를 줄 만큼 강력하지 않다는 사실이 드러나게 되는 것이다.

바로 이 시점에서 관조적 삶이 갖는 장점을 생각해보게 된다. 초연한 자세로 경험을 관조하는 것, 삶의 여러 선택과 그 선택이 수반할 결과를 현실적으로 신중히 고려해보는 건 오랫동안 바람직한 삶을 위한 최선의 자세로 여겨졌다. 억압되어왔던 욕구를 애써 의식 속으로 재통합하도록 하는 정신분석의의 충고를 따르든 아니면 매일 한 번 이상 자신이 지난 몇 시간 동안 했던 일이 장기적인 목적에 부합하는 것이었는가를 검토함으로써 체계적으로 의식을 테스트하는 예수회의 방법을 따르든 간에 자각을 추구하는 방법에는 여러 가지가 있는데, 이 방법 모두는 더 큰 내적 조화를 이루도록 도와줄 수 있다.

행동과 관조는 서로 보완하고 지지해주어야 이상적이다. 행동 그 자체는 맹목적이며, 관조는 무기력하다. 어떤 목적에 많은 에너지를 투자하기 전에 근본적인 의구심을 가져보는 게 많은 도움이 된다. 이것이 과연 내가 진정으로 하고 싶어 하는 일인가? 이 일을 하면서 나는 즐거운가? 앞으로도 이 일을 즐길 수 있을 것인가? 나와 다른 사람들의 희생을 감수하면서까지 추구할 가치가 있는 목적인가? 이 목적을 달성하고 난 후의 내 자신에게 과연 만족할 수 있을까?

자신의 경험에 대한 느낌을 잃은 사람들은 이처럼 쉬워 보이는 질문에도 답을 찾기 힘들어 한다. 자신이 원하는 게 무엇인지 구태여 생각해보지 않은 사람, 또는 자신의 외적 목표에만 모든 주의를 집중해 자신의 감정에 미처 관심을 갖지 못하는 사람은 행동을 의미 있게 계획할 수가 없다. 반면 관조의 습관이 잘 배어있는 사람은 어떤 행위가 엔트로피적인가의 여부를 결정하느라 공들여 자기 분석을 할 필요가 없다. 이런 사람은 자신의 승진이 불필요한 스트레스를 더욱 유발할 것임을, 혹은 특정 친구 관계가 매력이 있기는 하지만 결국에는 자신의 결혼 생활에 지장을 줄 거라는 사실을 거의 직관적으로 파악한다.

단기간 동안 마음을 정리하는 건 비교적 쉽다. 어떠한 것이든 현실적인 목표가 있으면 그 목표를 성취할 수 있다. 재미있는 게임이나 직장에서 발생한 예기치 않은 사태 혹은 가정에서 보내는 화목한 한때가 우리의 주의를 집중시켜 조화로운 플로우를 경험할 수 있게 해준다. 그러나 이런 상태를 평생 동안 지속시킨다는 것은 아주 어려운 일이다. 이를 위해서는 우리의 모든 재원이 고갈되고 안락한 삶을 살 전망이 요원할 때조차도 노력을 정당화할 만큼 충분히 설득력이 있는 목적에 에너지를 투자하는 게 필수적이다. 만일 그것이 잘 선택한 목적이라면, 그리고 우리에게 그 어떤 역경 속에서도 그러한 목적을 따를 수 있는 용기가 있다면, 우리는 우리의 행동과 주변에서 일어나는 사건에 주의를 총집중할 수 있게 되어 불행해질 시간조차 없게 될 것이다. 이렇게 되면 우리는 모든 생각과 감정을 하나의 조화로운 합일체로 통일시켜주는 질서를 우리의 인생에서 직접 느낄 수 있을 것이다.

조화 회복하기

목적과 결의에 따라 인생을 살아나감으로써 얻을 수 있는 결과는 내적 조화이다. 내적 조화란 의식의 내용 속에 역동적인 질서가 수립되는 걸 의미한다. 그러나 다음과 같은 의구심이 생길 수도 있다. 즉 내적 질서를 성취하는 일이 왜 그리도 어려워야 하는가? 인생을 일관된 플로우 경험으로 만들기 위해 왜 그렇게도 힘들게 노력해야만 하는 것인가? 본래 자신의 모습대로 살도록 태어나는 게 아닌가? 인간은 조화로운 본성을 타고나는 게 아니었던가?

　자기 성찰적 의식이 생기기 전의 인간 본연의 상태는 배고픔, 성욕, 고통, 위험 등으로만 이따금씩 방해받는 평화로운 상태였을 것이다. 오늘날 우리에게 그렇게도 많은 번민을 안겨다주는 정신적 엔트로피의 형태(충족되지 못한 욕구, 무너진 기대, 외로움, 좌절, 불안, 죄책감)는 모두 최근에 들어서야 우리의 정신을 괴롭히게 된 게 분명하다. 이런 정신적 엔트로피는 대뇌피질이 점차 복합화되고 문화의 상징체계가 풍부해지면서 생겨난 부산물인 것이다. 즉 정신적 엔트로피는 의식의 출현에 따른 부작용이라고 볼 수 있다.

　만일 우리가 동물의 일생을 인간의 관점에서 해석한다면, 자신이 해야만 하는 일과 타고나는 능력이 일반적으로 일치한다는 점에서 동물 대부분은 플로우 속에서 산다고 결론을 내릴 수 있을 것이다. 사자는 배고픔을 느끼면 으르렁거리기 시작하며, 배고픔이

해소될 때까지 먹이를 찾아다닌다. 그러고 나면 따뜻한 햇볕을 쪼이며 누워서 잠을 잔다. 사자가 이루지 못한 야망으로 괴로워한다거나, 절박한 책임에 압도되어 힘겨워한다고 믿을만한 아무런 근거도 없다. 동물들은 언제나 구체적인 욕구에만 집중할 수 있는 기술을 갖추고 있는데, 이는 본능에 따르는 육체적 상태와 직접 관련 있는 것에 관한 정보만을 주위 환경에서 인식할 수 있기 때문이다. 그러므로 굶주린 사자에게는 어떻게 하면 영양을 사냥할 수 있을까에 관한 인식만이 있는 반면, 포만감을 느끼는 사자는 오직 따뜻한 햇볕에만 집중하게 되는 것이다. 사자는 그 순간 이룰 수 없는 가능성을 심사숙고하지도 않고, 기분 좋은 대안을 상상하지도 않으며, 실패의 두려움으로 기분이 상하지도 않는다.

동물이 인간과 같은 고통을 느끼게 되는 건 그들에게 생물학적으로 내재되어있는 목적이 좌절될 때이다. 동물들은 굶주림과 고통, 충족되지 않은 성적 욕구가 주는 괴로움을 느낀다. 인간의 친구가 되도록 길러진 개들은 주인과 떨어져 혼자 있게 되면 불안해한다. 그러나 인간을 제외한 동물들은 자신의 고통을 스스로 야기할 만한 위치에 있지 않다. 동물들은 모든 욕구가 충족되고 난 후에도 혼란과 절망을 느낄 수 있을 만큼 충분히 진화되어있지 않다. 외적 요인으로 인한 갈등이 해결되면 자기 자신과 조화를 이루게 되어 우리 인간들이 플로우라고 부르는 완전한 몰입의 상태를 경험한다.

인간에게만 독특하게 있는 심리적 엔트로피는 자신이 실제로 성취할 수 있는 것 이상의 일들을 바라고, 여건이 허락하는 것 이상을 성취할 수 있을 것처럼 느끼는 데서 오는 상태라고 할 수 있다. 즉 한 번에 하나 이상의 목표를 염두에 두고 있어서 서로 상충하는 욕구들을 동시에 의식할 때만 심리적 엔트로피 상태가 비로소 가능해진다. 엔트로피는 우리의 정신이 현재의 상태를 아는 것뿐만 아니라 다른 대안이 있으면 어떻게 될 것인가 하는 것까지도 생각하기 때문에 생겨난다. 체계가 복합적일수록 대안의 여지가 많아져서 그만큼 체계 안에서 잘못되는 일도 많다. 인간 정신의 진화도 이에 해당되는 경우이다. 인간의 정신은 정보처리 능력이 증대됨에 따라 내적 갈등이 일어날 가능성도 그만큼 증가해왔다. 욕구와 삶의 선택 사항과 도전이 너무 많으면 우리는 불안해지며, 반대로 너무 적으면 지루함을 느낀다.

진화론적인 유추를 생물학적 진화로부터 사회적 진화로까지 연장해볼 때, 사회적 역할의 수와 복합성, 대안적 목표와 행동의 진로가 극히 제한되어있는 미개발된 문화에서 오히려 플로우를 경험할 확률이 훨씬 높은 게 사실이다. '행복한 미개인'의 전설은 보다 세분화된 문화에서 온 방문자들의 눈에는 부럽게만 비치는 — 문자가 없는 부족들이 외적 위협을 받지 않을 때 흔히 보여주는 평온함을 관찰한 결과로 — 것이다. 그러나 그 전설이 전적으로 진실은 아니다. 배가 고프거나 아플 때도 '미개인'들이 우리보다 더 행복한 건 아니며, 오히려 우리보다 훨씬 더 자주 배고프거나 아픈 상황에 처할 수도 있는 것이다. 기술적 진보가 뒤떨어진 민족이 갖는 내적 조화는 제한된 선택과 안정적인 생존 기술로 대표되는 그들 생활의 한 긍정적 단면일 따름이다. 마치 우리의 정신적 혼란이 무제한적인 기회와 완전을 향한 끊임없는 추구에 따르는 필연적 결과인 것과 마찬가지로 말이다. 괴테는 《파우스트》에서 현대 인간의 전형이라고 할 수 있는 파우스트 박사가 메피스토펠레스와 맺은 계약을 통해 이러한 딜레마를 잘 보여주고 있다. 즉 유능한 박사가 지식과 권력을 얻지만 그 대신 영혼의 조화가 파괴되는 대가를 치르게 되는 것이다.

플로우가 삶의 자연스러운 부분이 될 수 있음을 탐구하기 위해 구태여 멀리 떨어진 나라들을 찾아갈 필요는 없다. 자의식이 발달하기 전의 모든 아이는 때로는 완전히 몰입하고, 때로는 내키는 대로 지극히 자연스럽게 행동한다. 지루함은 아이들이 어렵게 배워야만 하는 인위적으로 제한된 선택에 대한 반응이다. 그렇다고 아이들이 언제나 행복해한다는 건 아니다. 잔인하거나 태만한 부모, 빈곤, 질병 그리고 살면서 어쩔 수 없이 당하는 사고로 아이들도 극심한 고통을 받는다. 그러나 충분한 이유도 없이 괜히 불행해지는 아이는 거의 없다. 사람들이 자신의 어린 시절에 대한 향수를 무척이나 많이 느끼는 건 이해할 수 있는 일이다. 톨스토이의 작품 속 주인공 이반 일리치처럼, 많은 사람이 당장 눈앞의 일에만 온 관심을 쏟을 수 있고 아무 근심 걱정도 없던 어린 시절의 편안한 마음을 되찾기가 세월이 갈수록 점차 어려워진다는 사실을 깨닫는다.

기회와 가능성이 몇 가지 없을 때는 비교적 조화를 이루기가 쉽다. 욕구는 단순하며 선택도 분명하다. 갈등의 여지가 거의 없으며 절충해야 할 필요도 없다. 이것이 바로 단순한 체계의 질서이다. 말하자면, 기회와 선택의 다양성이 결여됨으로써 얻어지는 질서인 것이다. 그러나 이런 조화는 깨지기 쉽다. 복합성이 점차 높아져가면서 그 체계 안에 내적인 엔트로피가 유발될 가능성도 따라서 증가하는 것이다.

몇 가지 요인을 살펴보면, 점차로 의식이 복합적으로 변하게 되는 이유를 설명할 수 있다. 생물학적 요인으로는 중추 신경계의 진화를 들 수 있다. 더 이상 본능과 반사작용의 지배를 전적으로 받지 않게 되면서 인간의 정신은 선택을 할 수 있게 되었다. 역사적 관점에서 본다면, 언어, 신념 체계, 기술 등과 같은 문화의 발달로 인간의 사고가 세분화되었다고 할 수 있다. 분산된 수렵 종족에서 밀집된 도시 형태로 사회 체계가 변화하면서 이에 따라 동일한 사람에게 종종 상충하는 사고와 행동을 요구하는 보다 특수화된 역할이 생겨나게 되었다. 모든 사람이 같은 수렵인이라서 서로 기술과 관심사를 함께 나눌 수 있던 시대는 지났다. 농부, 제분업자, 성직자, 군인이 생겨나면서 서로 세상을 보는 관점도 달라졌다. 어떤 행동 방식 하나만이 절대적으로 옳다고 할 수 없으며, 역할마다 각기 다른 기술이 필요하다. 개개인의 일생도 이와 마찬가지여서 나이를 먹어감에 따라 점차 상충하는 목표와 양립할 수 없는 행동의 기회들을 직면한다. 아이들은 뭔가를 선택할 수 있는 여지는 대체로 몇 가지가 되지 않으며, 일관성이 있다. 그러나 세월이 흐르면서 그 양상이 점차 변화한다. 자연스러운 플로우 경험을 가능하게 해주었던 어린 시절의 명료함은 다양한 가치와 신념, 선택과 행위의 불협화음으로 이내 흐려지고 만다.

단순한 의식이 아무리 조화로운 것이라고 해도 복합적 의식보다 더 낫다고 주장하기는 어렵다. 휴식을 취하고 있는 사자의 평온함, 자신의 운명을 있는 그대로 편안히 받아들이는 원시 종족들의 자세, 그리고 현재의 일에만 완전히 몰입할 수 있는 아이들의 단순함에 경탄할 수는 있겠지만, 이런 것들이 우리의 곤경을 해결할 수 있는 모델을 제시해주지는 못한다. 단순함과 순진함에 기초한 질서는 이미 우리의 손을 떠났다. 이미 선악과를 딴 이상, 우리는 영원히 에덴동산으로 다시 돌아갈 수 없게 된 것이다.

인생 주제를 통해 의미 통합하기

우리의 도전 목표는 유전적 소인이나 사회적 규칙으로 주어진 획일적 목적을 그대로 받아들이지 않고 이성과 선택에 입각해 조화를 창조해내는 것이다. 하이데거, 사르트르, 메를로 퐁티 같은 철학자들은 이 같은 현대인의 과제를 인식하고 이를 **프로젝트**라고 명명했는데, 여기서 프로젝트란 각 개인의 인생에 형태와 의미를 부여해주는 목표 지향적인 행동을 의미한다. 심리학자들은 **인생 주제** life themes와 같은 용어를 사용해왔다. 이러한 개념들은 각자가 하는 모든 일을 의미 있게 만들어주는 하나의 궁극적 목적과 관련된 일련의 목표를 지칭한다.

인생의 주제는 어떻게 하면 인생이 즐거울 수 있는가를 규정해준다(마치 게임에서 플로우를 경험하려면 준수해야 하는 규칙과 행위를 규정해야 하는 것처럼). 인생의 주제가 있으면 삶에서 일어나는 모든 일이 의미를 지니게 된다. 반드시 긍정적인 게 아니라고 할지라도 의미는 의미인 것이다. 만일 어떤 사람이 30세 이전에 백만 달러를 버는 일에 모든 에너지를 쏟는다면, 모든 일이 그 목표를 향해 한 발짝 전진하거나 목표에서 오히려 한 단계 후퇴하게 된다. 그가 재산을 모두 잃는다고 해도 그의 생각과 행동이 공통적인 목표 의식에 의해 하나로 연결되어있으므로 가치 있는 경험을 할 수 있게 되는 것이다. 이와 유사하게, 다른 어떤 일보다도 암 치료법을 발견하는 게 자신이 가장 성취하고 싶은 일이라고 결심을 굳힌 사람은 자신이 그 목표에 더 가깝게 접근하고 있는지 아니면 그 반대의 경우인지의 여부를 잘 안다. 어떤 경우이든지 간에 성취해야 할 목표가 분명하기 때문에 그가 하는 모든 일은 의미를 갖는다.

어떤 사람의 심리 에너지가 인생의 주제와 일치하면 의식이 조화를 이루게 된다. 그러나 모든 인생의 주제가 다 똑같이 생산적인 건 아니다. 실존주의 철학자들은 진정한 프로젝트와 허위의 프로젝트를 구분 짓는다. 진정한 프로젝트란 자유롭게 선택할 수 있다는 사실을 깨닫고 자신의 경험을 이성적으로 평가한 후 그에 기초하여 개인적 결정을 내리는 사람의 인생 주제를 의미한다. 그 사람이 진정으로 느끼고 믿는 바를 표현해주는 것이라면 어떤 선택이 내려지는가는 중요하지 않다. 이에 반해 허위의 프로젝트란 다른 사람들이 다 하는 일이고, 그러므로 다른 대안이 없기 때문에 자신도 해야만 한다는 생각이 들어서 선택하게 되는 것들이다. 또한 진정한 프로젝트는 스스로가 내적인 동기를 가지고 있으며, 그 자체가 가치 있는 일이기 때문에 선택되는 경향이 많다. 반면 허위의 프로젝트는 외적인 요인이 그 동기가 된다. 두 개념의 차이점을 다음과 같이 설명할 수도 있다. 즉 자신이 **발견한 인생의 주제**가 있는 사람은 개인적 경험과 선택에 대한 인식에 입각해 자신의 행동을 위한 대본을 직접 쓰는 사람이며, **받아들인 인생의 주제를** 가지고 있는 사람은 다른 사람들이 오래전에 이미 작성해놓았던 대본에 규정되어있는 역할을 그저 받아들이는 사람이다.

　이 두 종류의 인생 주제 모두 인생에 의미를 주기는 하지만 각각 그 나름대로의 단점을 가지고 있다. 사회 체계가 안정되어있다면 한 개인이 수용한 인생의 주제도 그 역할을 충분히 해낼 수 있다. 그러나 여건이 그렇지 못한 경우에는 인생 주제가 사람을 편협한 목적 속에 가두는 경우가 발생할 수 있다. 냉정하게 수만 명의 사람을 가스실로 보냈던 나치 당원 아이히만은 관료주의적 규칙을 신성시했던 사람이다. 복잡한 열차 운행표를 뒤적이면서 열차 수량이 부족하면 필요할 때 꼭 사용할 수 있도록 조처하고, 최소한의 비용으로 많은 유태인을 수송할 방법을 강구하면서 그는 아마도 플로우를 경험했을 것이다. 그는 자신에게 내려진 명령이 과연 옳은 일인가 하는 의구심을 한 번도 가져보지 않았던 듯하다. 명령을 따르는 동안에 그의 의식은 조화를 이루고 있었다. 그에게 인생의 의미란 강력하고 조직화된 기관의 일원이 되는 것이었다. 그 외의 다른 어떤 것도 그에게는 중요하지 않았다. 평화롭게 질서가 잘 유지되는 시대였다면 아이히만 같은 사람은 존경받는 사회적 지주가 되었을 수도 있다. 그러나 그가 가졌던 것과 같은 인생의 주제는 부도덕하고 정신착란 상태인 사람들이 사회의 통제권을 쥐게 될 때 그 취약성을 드러내게 된다. 그렇게 되면 그와 같은 강직한 시민이 자신의 목적을 바꿀 필요도 없이, 또 자신이 하는 행위의 비인간성을 깨닫지도 못한 채 범죄의 공범이 되는 것이다.

'발견한 인생 주제'의 취약성은 다른 곳에 있다. 이러한 인생의 주제는 인생의 목적을 찾고자 하는 개인적 투쟁의 산물이므로 사회적 정통성이 결여되는 경향이 있다. 또한 새롭고 특이한 주제이기 때문에 다른 사람들이 이를 무모하다거나 파괴적이라고 간주하는 경우도 많다. 가장 강력한 인생의 주제들 중에는 오래된 인간의 목적에 기초한 것들도 있지만, 대부분은 개인별로 이를 다시 새롭게 발견하고 자유롭게 선택한 것이다. 말콤 엑스는 어린 시절에 빈민가 젊은이들의 행동 양식을 고스란히 본받고 자라 싸움을 일삼고 마약 거래에도 손을 댔다. 그러나 말콤 엑스는 교도소에 수감되어있는 동안 독서와 명상을 통해 존엄과 자긍심을 성취할 수 있게 해주는 또 다른 일련의 목적을 새롭게 발견하게 되었다. 앞 시대의 사람들이 이루어놓은 성취의 단편들로 이루어진 것이기는 하지만, 본질적으로는 완전히 새로운 정체성을 찾게 된 것이다. 마약 업자와 포주가 걷는 길을 답습하는 대신 그는 흑백을 막론하고 다른 많은 주변인의 삶에 질서를 찾아주는 아주 복합적인 높은 목적을 창안해냈다.

우리가 인터뷰했던 E라는 사람은 비록 그 주제의 바탕이 되는 목적은 오래전부터 있었지만, 인생의 주제를 어떻게 발견하는가에 관한 좋은 예를 보여주었다. E는 1900년대 초반에 한 가난한 이민자 가족의 아들로 태어났다. E의 부모는 영어 단어를 몇 마디도 알지 못하고 글도 간신히 읽고 쓸 수 있는 사람들이었다. E의 가족은 바쁘게 돌아가는 뉴욕의 생활 양상에 위축되기는 했지만, 미국과 미국을 대표하는 관계 당국을 숭배했고 존중해 마지않았다. E가 7살이 되던 해에 그의 부모는 저축해놓은 돈의 상당 액수를 들여 아들의 생일 선물로 자전거를 사주었다. 며칠 후 E는 동네에서 자전거를 타고 놀다가 우선멈춤 표지판을 무시하고 달려오던 차에 치었다. 부유한 의사였던 운전자는 E를 병원까지 태워다주면서 사고 사실을 경찰에 신고하지 말아 달라고 당부했다. 그 대신 치료비 일체를 지불하는 건 물론이고 E에게 새 자전거를 사주겠다고 약속했다. 하지만 그 의사는 다시 나타나지 않았고, E의 부모는 하는 수 없이 돈을 빌려 고액의 병원비를 지불해야만 했다. 그 후 E는 새 자전거를 다시 얻지 못했다.

이 사건이 E에게 영원히 지워지지 않는 큰 상처를 남겨 자신의 실리만을 추구하는 냉소적인 인간으로 변모시킬 수도 있었다. 하지만 E는 반대로 오히려 자신의 경험에서 큰 교훈을 얻었다. 그 사고를 당한 후 몇 년 동안 E와 그의 부모는 실의에 빠졌고, 의심이 많아졌으며, 타인의 진의에 대해 혼란스러워했다. E의 아버지는 크게 낙담하여 스스로를 인생의 실패자라고 생각했다. E의 아버지는 술을 마시기 시작했고, 침울해졌으며, 바깥세상을 꺼리는 사람으로 변해갔다. 그리하여 결국 빈곤과 무력함에 굴복하고 마는 것처럼 보였다. 그러나 E가 14세인가 15세가 되던 해에 그는 학교에서 미국 헌법과 권리장전을 읽게 되었다. 점차 자신의 가족이 가난하고 소외되었던 게 자신들의 잘못 때문이 아니며, 자신들이 권리와 게임의 법칙을 알지 못했고, 권력층에 자신들의 권익을 대표할만한 사람이 없었기 때문이라는 확신을 갖게 되었다.

E는 더 나은 삶을 위해서 뿐 아니라 자신이 겪은 바와 같은 부당한 일이 자신과 비슷한 계층의 다른 사람들에게 쉽사리 일어나지 못하도록 막기 위하여 변호사가 되기로 결심했다. 일단 목적이 정해지자 그의 결의는 흔들림 없이 굳건했다. 그는 결국 법과 대학에 입학했고, 유명한 판사의 사무원을 지냈으며, 그 자신이 판사가 되었다. 그리고 전성기 때에는 내각에서 대통령의 자문으로 더욱 강력한 민권 정책을 개발했고, 불이익을 받는 계층들을 돕는 법안을 입법하는 데 한몫을 담당했다. 그가 십 대 때 선택한 인생의 주제는 인생을 마감할 때까지 그의 생각과 행위와 감정을 통합시켜주었다. 인생의 마지막 순간에 이르기까지 E가 한 일은 모두 보다 큰 게임의 일부였으며, 자신이 따르기로 결심한 목적과 규칙에 의해 일관성을 유지할수 있었다. 그는 자신의 인생이 의미 있다고 느꼈으며, 자기 앞에 놓인 어려움을 즐거운 마음으로 극복해나갔다.

E의 사례는 '발견한 인생 주제'의 형성 과정에서 공통적으로 나타나는 특징 몇 가지를 잘 보여준다. 첫째로, 인생의 주제는 많은 경우에 고아가 되거나, 유기되거나, 혹은 불공정한 대우를 받은 경험과 같이 **인생 초기에 겪은 큰 상처에 대한 반응으로 형성된다는** 것이다. 그러나 중요한 건 큰 충격을 받았다는 그 자체가 아니다. 즉 외적 사건이 그 사람의 인생 주제를 결정하는 게 아니다. 그 고통을 각 개인이 어떻게 해석하여 받아들이는가가 중요한 것이다. 만일 아버지가 폭력을 휘두르는 술주정꾼이라면, 자녀들에게는 그 불행한 현상을 나름대로 해석할 수 있는 몇 가지 선택이 있다. 즉 아버지는 죽어 마땅한 나쁜 사람이라고 생각하거나, 아버지도 사람이며 모든 사람에게는 약점과 폭력적 근성이 있다고 스스로에게 타이를수도 있다. 또는 아버지가 이렇게 된 건 가난 때문이며 아버지와 같은 운명이 되지 않는 유일한 길은 부자가 되는 것뿐이라고 생각할

수도 있고, 아버지가 그런 행동을 보이는 건 무력하고 교육받지 못했기 때문이라고 판단할 수도 있다. 뒤의 세 가지 해석을 통해서만 E가 개발했던 것과 같은 인생의 주제를 형성할 수 있다.

그러므로 우리가 다음으로 생각해봐야 할 사항은 자신이 받은 고통을 어떻게 해석해야 네겐트로피적인 인생 주제를 개발할 수 있을까 하는 점이다. 만일 폭력적인 아버지에게 학대받는 자녀가 이 문제를 인간이 타고난 본성 때문에 발생한다고 보고 모든 인간은 약하고 폭력적이라고 판단한다면, 그 상황을 개선하기 위해 스스로 할 수 있는 일은 아무것도 없을 것이다. 어떻게 한 아이가 인간의 본성을 변화시킬 수 있겠는가? 고통 속에서 어떤 목적을 발견하려면 그 고통을 **가능한 도전 목표**로 삼아야 한다. E의 예를 보면, 그는 자신의 문제가 아버지의 잘못 때문이 아니라 권리를 빼앗긴 소수 인종의 무력함에서 비롯되었다고 판단했다. 그리하여 E는 **적절한 기술**(법조계에서의 훈련)을 연마했고, 자신의 삶에 문제를 일으킨 근본 원인을 개선하는 일을 도전으로 삼아 매진해나갈 수 있었다. 큰 충격을 준 사건에서 빚어진 결과를 삶에 의미를 주는 도전으로 변화시키는 건 우리가 9장에서 살펴본 **소산 구조** 혹은 무질서에서 질서를 끌어낼 수 있는 능력이다.

최종적으로, 복합성을 가진 네겐트로피적 인생 주제가 단지 개인적 문제에 대한 대응으로만 형성되는 게 아니라는 사실도 주지해야 한다. 오히려 도전 목표가 **다른 사람들 혹은 인류 전체로까지 일반화**될 수 있다. 예를 들어, E는 무력함의 원인이 자기 자신과 가족뿐만 아니라 자신의 부모와 비슷한 처지에 있는 모든 가난한 이민자에게 있다고 생각했다. 따라서 그가 찾아낸 문제 해결책은 자기 자신뿐만 아니라 그 외의 많은 사람에게도 혜택을 줄 수 있게 된다. 이처럼 해결책을 보급하는 이타적 방법이 전형적인 네겐트로피적 인생 주제로서 많은 사람의 삶에 조화를 가져다주는 것이다.

시카고 대학 연구 팀의 또 다른 인터뷰 대상자였던 G도 비슷한 경우에 해당한다. 어린 시절 G는 어머니와 아주 가깝게 지냈으며, 밝고 따뜻한 기억을 안고 어린 시절을 보냈다. 그러나 열 살도되기 전에 그의 어머니가 암에 걸렸고 마침내 극심한 고통 속에서숨을 거두었다. 어린 소년이었던 G는 슬픔에 못 이겨 침울해하거나 방어기제가 발동해 완전히 냉소적인 사람이 될 수도 있었다. 그러나 G는 질병을 자신의 적으로 생각하게 되었으며, 질병을 물리치기로 맹세하기에 이르렀다. 시간이 흘러 그는 의학박사로서 암을연구하는 학자가 되었다. 그의 연구 결과들은 결국에는 인간을 암에서 해방시켜주는 지식의 일부가 될 것이다. G의 경우도 마찬가지로 개인적 비극을 매진할 수 있는 도전으로 변모시킨 경우라고할 수 있다. 자신의 도전을 달성하기 위한 기술을 연마함으로써 G는 다른 사람의 삶의 질을 향상시킬 수 있게 된 것이다.

프로이트 이래로 심리학자들은 어린 시절에 겪은 큰 충격적외상이 성인기의 정신적 기능장애에 어떤 영향을 미치는가에 관심을 기울여왔다. 이러한 인과관계는 비교적 이해하기 쉽다. 하지만이보다 설명하기가 더 어렵고, 더 흥미로운 건 이와 정반대되는 결과가 나타나는 경우이다. 즉 고통이 오히려 동기가 되어 위대한 예술가나 현명한 정치가 또는 과학자가 된 사람도 많다. 외적 사건이정신에 영향을 미친다고 추정한다면, 고통으로 신경증적인 반응을보이는 게 정상이라고 할 수 있으며 건설적인 대응은 오히려 '방어'또는 '승화'라고 볼 수 있을 것이다. 그러나 외적 사건에 대한 대응자세와 고통에 부여하는 의미를 각자가 선택할 수 있다고 가정한다면, 건설적인 대응을 보이는 게 오히려 정상이며 신경증적인 반응은 그 도전에 대응하지 못함으로써, 또한 플로우 능력에 장애가 생김으로써 나타나게 된다고 생각할 수 있다.

평생 동안 일관성 있는 목적을 개발할 수 있는 사람이 있는가
하면, 공허하고 무의미한 인생을 살아가는 사람도 있는 이유는 무
엇일까? 물론 한 개인이 혼란스러운 경험 속에서 의미 있는 인생의
주제를 발견할 수 있는가의 여부는 많은 내적·외적 요인에 의해 좌
우된다. 따라서 이 질문에 대한 간단한 답은 있을 수 없다. 태어날
때부터 기형이거나, 가난하거나, 억압을 받는다면 인생에서 별 의
미를 찾지 못하는 게 오히려 당연하다고 생각하기 쉽다. 그러나 이
런 상황 역시 아무 대처도 할 수 없는 게 당연하다고 단정할 수는
없다.

인문사회학 교수이자, 유럽 사상계에 큰 업적을 남긴 그람시는
너무도 보잘것없는 농가의 오두막에서 곱추로 태어났다. 그람시가
성장하는 동안 그의 아버지는 여러 차례 투옥이 되어서(나중에 무고하
게 옥살이를 한 것으로 판명이 되었지만), 그의 가족은 하루를 근근이 버티기
도 어려운 생활을 해야 했다. 어린 시절 그람시는 몸이 너무도 허약
했다. 몇 년 동안이나 그람시의 어머니는 다음 날 아침이면 죽어있
을지도 모를 아들을 위해 그에게 가장 깨끗한 옷을 입히고는 그를
관에 눕혀 재웠다고 한다. 모든 면에서 그람시는 인생의 출발이 그
리 밝지 못했다고 할 수 있다. 그러나 장애와 다른 많은 역경 속에
서도 그람시는 살아남을 수 있었고, 교육도 받았다. 그리고 그는 교
사라는 직책이 주는 안정 속에 안주하지 않았다. 자신이 일생 동안
진정으로 하고 싶은 일은 어머니의 건강을 앗아가고 아버지의 명
예를 손상시킨 사회 조건과의 투쟁이라고 결심한 바가 있기 때문
이었다. 그는 결국 대학교수이자 국회의원이며 파시즘 반대 운동의
가장 열렬한 지도자가 되었다. 무솔리니 체제 아래 감옥에서 인생
을 마감하는 마지막 순간까지도 그람시는 만일 인간이 탐욕과 잔

혹성을 버린다면 얼마나 아름다운 세상이 될 것인가에 관한 주옥 같은 에세이를 집필했다.

이와 유사한 성격의 예가 너무도 많기 때문에 어린 시절에 겪 었던 혼란과 성장 후에 인생의 의미를 찾지 못하고 방황하는 것 사이에 직접적 인과관계가 있다고 단정할 수는 없다. 어떠한 직접적 인과관계를 확실히 추측해낼 수는 없다. 에디슨은 어릴 적에 병약하고 가난했으며, 그의 선생님은 그를 저능아라고 믿었다. 엘레노아 루스벨트는 외롭고 신경이 과민한 소녀였다. 아인슈타인은 불안과 실망으로 가득한 어린 시절을 보냈다. 그러나 이들 모두 결국은 강하고 유익한 삶을 개척해나갔다.

이러한 사람들과 삶의 의미를 찾는 데 성공한 다른 많은 사람에게서 공통적으로 찾을 수 있는 전략이 있다면, 그건 너무나 단순한 것이어서 언급하기조차 무색할 정도이다. 그러나 이 전략은 종종 많은 사람에게 너무 쉽게 간과되어온 게 사실이다. 특히 요즘은 더욱 그러하므로 여기서 한 번 살펴보는 게 큰 도움이 될 것이다. 그 전략이란 옛 세대들이 만들어놓은 질서 속에서 자기 마음속의 혼란을 피할 수 있는 것을 추출해내는 것이다. 우리의 문화 속에는 이런 용도로 언제든 사용할 수 있는 많은 지식, 다시 말해 잘 정돈된 정보들이 축적되어있다. 누구나 위대한 음악, 건축, 미술, 시, 연극, 무용, 철학, 종교 등을 통해서 혼돈 속에서 조화를 창조해내는 법을 배울 수 있다. 그러나 너무나도 많은 사람이 이 지식을 간과해 버리고 자신만의 기제로 삶의 의미를 창조해내고자 한다.

혼자서 해보겠다는 건 마치 각 세대마다 맨 처음부터 물질문화를 처음부터 다시 구축하려는 것과 같다. 올바른 정신을 가진 사람이라면 바퀴, 불, 전기, 그리고 오늘날 우리가 인간 환경의 일부로 당연시하는 많은 물체와 그 과정을 다시 발명하려고 하지 않을 것이다. 그 대신 우리는 이런 물질문화를 선생님이나 책 또는 이론 모델을 통해 배움으로써 과거의 지식에서 혜택을 얻고, 결국에는 그 지식을 능가하게 된다. 조상들이 축적해놓은 삶에 대한 지식을 버린다거나, 혼자서 실행 가능한 일련의 목표를 발견할 수 있다고 기대하는 건 잘못된 오만이다. 이런 일에 성공할 가능성은 물리학적 지식과 도구 없이 전자현미경을 발명하려고 하는 것만큼이나 희박하다.

성인이 되어 일관성 있는 인생의 주제를 발견한 사람들은 흔히 자신의 어린 시절에 부모님이 이야기를 들려주거나 책을 읽어주던 일을 회상하곤 한다. 자신이 신뢰하는 애정 깊은 어른들에게서 동화나 성서 이야기, 역사적 영웅들의 무용담, 실감나는 가족사 등을 들으면서 아이는 과거의 경험을 바탕으로 의미 있는 질서를 형성해나가는 첫 경험을 하게 된다. 우리가 조사한 바에 따르면, 이와는 대조적으로 한 번도 어떤 목표에 집중해보지 않았거나 혹은 주변 사회의 목적을 무조건적으로 수용했던 사람 대다수가 어린 시절 부모님이 책을 읽어주거나 이야기를 들려준 기억이 없었다. 토요일 아침에 텔레비전으로 방영되는 아이들 대상의 무의미하고 감각주의적 쇼로는 위와 같은 목적을 결코 달성할 수 없다.

각자의 성장 배경이 어떠하든지 간에, 인생을 살아가면서 과거에서 의미를 끌어낼 수 있는 기회는 얼마든지 있다. 복합성을 가진 인생의 주제를 발견한 대부분의 사람은 자신이 몹시 존경하여 귀감으로 삼았던 연장자나 역사적 인물이 있다. 이들은 또한 책을 통해서 새로운 행동의 기회를 찾아냈던 일을 기억한다. 예를 들어, 고결한 인품으로 널리 존경받는 당대의 한 유명한 사회과학자는 십대 시절에 《두 도시의 이야기》를 읽으며 디킨스가 묘사한 사회적·정치적 혼란상 ─ 그의 부모가 1차 세계대전 후 유럽에서 겪은 바와 같은 혼란상 ─ 에 대단히 깊은 인상을 받았다. 그리고 그 자리에서 자신의 평생을 왜 사람들이 서로의 삶을 비참하게 만드는가를 이해하는 데 바치기로 결심했다고 한다. 가혹한 고아원에서 자라난 어떤 소년은 호레이쇼 앨저의 이야기를 우연히 읽게 되었다. 그 이야기는 자신과 비슷한 처지의 가난하고 외로운 소년이 열심히 일도 하고 약간의 운도 따른 덕에 인생에서 성공한다는 내용이었다. 소년은 이 이야기를 읽고 "그도 할 수 있었는데, 나라고 왜 못하겠는가?"라는 생각을 했다고 한다. 오늘날 이 소년은 은퇴한 은행가이자 자선사업가로 널리 이름을 떨치고 있다. 플라톤의 《대화론》에 담긴 논리적 질서, 혹은 공상과학소설에 나오는 주인공의 용감한 행위에 감명을 받아 영원히 변모하게 된 사람들도 있다.

문학에는 행동, 귀감이 되는 목적, 그리고 의미 깊은 목적을 푯대 삼아 성공적인 인생을 산 사람들에 관한 정보가 정리되어 담겨 있다. 삶의 무질서함에 직면해본 많은 사람은 과거의 다른 사람들도 자신과 유사한 문제를 겪었으며, 결국 그 난관을 극복해냈다는 사실을 알고 희망을 되찾게 된다. 이건 단지 문학의 예일 뿐인데, 음악과 미술, 철학과 종교는 또 어떠하겠는가?

나는 종종 기업의 중역들을 대상으로 중년의 위기를 극복하는 방법이라는 주제의 세미나를 개최하곤 한다. 각자의 회사에서 자신이 원하는 만큼 높은 자리로 승진은 했으나 가정과 사생활이 혼란에 빠진 경우가 흔한 이들은 잠시 시간을 내어 이제는 무엇을 하기 원하는가 하는 문제를 생각해볼 기회가 있음을 무척 반가워한다. 수년 동안 나는 발달심리학 분야에서 가장 뛰어난 이론과 연구 결과를 강의와 주제 토론의 기초로 삼았다. 이 세미나를 진행한 결과는 꽤 만족스러웠으며, 참석자들도 대체로 무엇인가 유익한 걸 배웠다고 생각했다. 그러나 세미나 교재가 참가자들의 마음에 충분히

와 닿는 것인가 하는 점에서는 한 번도 만족할 수가 없었다.

마침내 무엇인가 색다른 걸 시도해봐야겠다는 생각이 떠올랐다. 그래서 나는 단테의《신곡》을 간략히 살펴보는 것으로 세미나를 시작하게 되었다. 내가 아는 한 6백 년도 넘은 이 단테의 운문이 중년의 위기와 그 해결책에 관해 쓰인 가장 오래된 서술이기 때문이다. 단테는 그의 몹시 길고도 풍부한 이 시의 첫 행에서 다음과 같이 쓰고 있다. "우리 인생의 여정 한 가운데서 나는 어두운 숲 속에 있는 내 자신을 발견하게 되었다. 옳은 길을 완전히 잃어버렸기 때문이다." 그 다음에는 중년기에 겪게 되는 어려움을 여러 가지 측면에서 적절히 묘사한 흥미로운 내용이 계속 이어진다. 우선, 길을 잃어 어두운 숲 속으로 접어들게 된 단테는 세 마리의 사나운 짐승이 입맛을 다시며 자신을 몰래 뒤쫓아오고 있음을 알게 된다. 이 짐승들은 사자와 시라소니, 늑대였는데, 각 짐승은 야망과 육욕, 탐욕을 상징한다. 1988년의 베스트셀러였던 톰 울프의 작품《허영의 불꽃》에 주인공으로 등장하는 뉴욕의 한 중년 주식거래인의 경우와 마찬가지로, 단테의 적은 권력과 성, 그리고 돈에 대한 갈망이었음이 드러나게 된다.

적에게서 해를 입지 않기 위해 단테는 언덕으로 피신하려고 한다. 그러나 그 짐승들은 계속 더 가까이 다가오고, 절박한 나머지 단테는 신에게 도움을 요청한다. 환영을 통해 그는 기도에 응답을 받는다. 그 환영은 버질Virgil의 유령이었는데, 그는 단테가 태어나기 약 천 년 전에 죽은 고대 로마의 시인이었으나, 단테가 그의 현명하고 웅장한 시를 너무도 흠모한 나머지 자신의 스승으로 생각했던 사람이었다. 어두운 숲 속에서 벗어날 수 있는 길이 있다는 희소식을 전하며 버질은 단테를 안심시키려 한다. 그러나 그 길은 지옥을 통과하는 길이라는 좋지 못한 소식도 더불어 전한다. 둘은 서서히 지옥을 통과해나가면서 목적을 한 번도 설정하지 않았던 사람들이 겪는 고통을 본다. 또 인생의 목적이 엔트로피를 증가시키는 것이었던 소위 '죄인들'의 더욱 혹심한 운명을 목격하게 된다.

　나는 시간에 쫓기는 기업의 중역들이 이처럼 해묵은 우화를 어떻게 받아들일지가 다소 염려스러웠다. 그들이 자신의 소중한 시간을 낭비한다고 생각할까 봐 우려했던 것이다. 그러나 이는 지나친 기우였다. 《신곡》에 관해 이야기를 나누고 난 후부터 중년의 위기와 중년 이후의 삶을 풍부하게 만들 수 있는 여러 선택에 관해 그 이전과는 비교할 수 없을 정도로 서로 마음을 열고 진지한 토론을 할 수 있었기 때문이다. 나중에 참석자 중 몇 사람이 사석에서 단테의 시로 세미나를 시작한 건 아주 좋은 생각이었다고 이야기했다. 단테의 시는 세미나의 주제를 너무도 명료하게 조명해주어서 나중에 그 주제에 관해 생각하고 이야기하기가 훨씬 쉬웠던 것이다.

　단테는 또 다른 이유에서도 하나의 중요한 본보기가 된다. 단테의 시는 깊은 종교적 윤리의 영향을 받았지만, 그 시를 읽는 사람은 누구나 단테의 기독교 신앙이 '받아들인' 것이 아니라 '발견한' 신앙임을 분명하게 알 수 있다. 다시 말해, 그가 창조한 종교적 인생 주제는 최상의 기독교적 통찰과 최상의 그리스철학, 그리고 유럽으로 전해진 회교적 지혜의 총합이었던 것이다. 동시에 《신곡》 지옥 편에는 영원한 저주로 고통받는 교황, 추기경, 사제가 아주 많이 등장한다. 그의 첫 번째 안내자인 버질조차도 기독교 성자가 아닌, 이교도 시인이었다. 단테는 영적인 질서 체계가 조직화된 교회와 같은 세속적 구조에 좌우되면 엔트로피의 영향을 받기 시작한다는 사실을 인식하고 있었다. 그러므로 신앙 체계에서 의미를 끌어내기 위해서는 그 체계에 담겨있는 정보를 자신의 구체적 경험과 비교하여 사리에 맞는 부분만을 취하고, 나머지는 거부해야만 한다고 믿었던 것이다.

오늘날에도 우리는 과거에 만들어진 위대한 종교의 영적 통찰력에 기초한 내적 질서를 삶으로 보여주는 사람들을 종종 만날 수 있다. 우리는 매일 신문 지상에서 주식시장의 부도덕성, 군수 산업체의 부패, 원칙이 결여된 정치계의 소식을 접하지만 그와 대조되는 예들도 존재하는 것이다. 또한 고통받는 사람들을 돕는 게 의미 있는 인생에 꼭 필요한 부분이라고 믿고, 일정한 시간을 할애해 병원을 찾아가 죽어가는 환자들과 함께 있어주는 성공한 기업인들도 있다. 그리고 아직도 많은 사람이 기도를 통해서 힘과 마음의 평안을 얻고 있으며, 자신만의 의미 있는 신앙 체계를 통해 강력한 플로우 경험을 하기 위한 목적과 규칙을 얻는 사람도 많다.

그러나 점점 더 많은 대다수의 사람이 전통적 종교나 신념 체계의 도움을 받지 못하고 있음이 분명한 것 같다. 시간이 흐르면서 왜곡되고 세속화된 교리 속에서 진리를 찾아내지 못하는 사람이 많으며, 오류를 용납하지 않는 어떤 교리 덕분에 진리도 함께 거부되고 마는 것이다. 또 다른 사람들은 너무도 절박하게 어떠한 질서를 필요로 한 나머지, 결점이 있는 것일지라도 우연히 접하게 된 신념 체계에 그대로 집착하여 근본주의적 기독교인이나 회교도, 혹은 공산주의자가 되기도 한다.

다음 세대를 살아갈 우리 자손들이 삶의 의미를 찾는 일에 도움을 줄 수 있도록 새로운 목표와 수단의 체계가 생겨날 가능성은 없는 것일까? 누군가는 기독교가 과거의 영광을 되찾으면 그렇게 할 수 있을 것이라 믿는다. 혹은 아직도 공산주의가 인간 경험의 혼란상을 해결해줄 것이며, 그 질서가 전 세계로 확산될 거라고 믿는 사람들도 있다. 현재로서는 이런 믿음이 현실로 실현될 가능성은 희박해 보인다.

우리가 공감할 수 있는 새로운 신념은 우리의 지식과 감정, 우리가 희망하는 것과 두려워하는 것을 합리적으로 설명해줄 수 있는 것이어야만 한다. 우리의 심리 에너지를 의미 있는 목표로 인도해주며, 플로우를 경험할 수 있는 삶의 방식에 필요한 규칙을 제공해줄 수 있는 신념 체계여야만 하는 것이다.

이 같은 신념 체계는 어느 한도까지는 인간과 우주에 관해 과학이 밝혀놓은 사실에 입각해야 할 것이다. 그러한 기초가 없다면 우리의 의식은 신념과 지식 사이에서 분열되고 말 것이다. 그러나 진정한 도움을 주려면 과학도 변화해야 한다. 특정한 현실적 측면을 기술하고 통제하기 위한 다양한 원칙 외에도, 지금까지 알려진 모든 지식을 총괄적으로 통합하여 그 지식을 인간과 인간의 운명에 연결시킬 수 있어야 한다.

진화의 개념을 통해서 이를 성취할 수 있는 길도 있다. 우리는 어디서 왔는가? 우리는 어디로 가고 있는가? 어떠한 힘이 우리의 삶을 결정짓는가? 선은 무엇이고, 악은 무엇인가? 우리는 서로 어떻게 연관되어 있으며, 우주 전체와는 어떤 관계를 맺고 있는가? 우리가 하는 행위의 결과는 무엇인가? 이런 의문 사항처럼 우리에게 중요한 모든 걸 우리가 알고 있는 지식과 더 나아가서는 앞으로 알게 될 지식의 관점에서 체계적으로 논의해보는 것이다.

이러한 제안에 대해 전반적 과학은 물론이고 진화의 과학은 **현재의 상태**를 다루는 것이지, **미래의 당위**를 다루는 것이 아니라고 비판할 수 있다. 반면에, 신앙과 신념은 옳은 것과 바람직한 것을 다루기 때문에 현실성의 제약을 받지 않는다. 그러나 진화론적 신념을 통해 현재의 사실과 미래의 당위를 좀 더 밀접하게 통합시킬 수 있다. 우리가 현재의 우리를 만든 게 무엇인가를 더 깊이 이해하고, 본능적 충동과 사회적 통제, 문화적 표현 등 우리의 의식을 형성하는 데 기여한 모든 요소의 기원에 대해 인식을 한층 더 넓혀간다면 우리의 에너지를 바람직하게 사용하는 일이 훨씬 쉬워질 것이다.

또한 진화론적인 관점은 우리의 에너지를 투자할 가치가 있는 목표를 지적해준다. 수십억 년의 세월이 흐르는 동안 점차 복합적 생명 형태가 지구상에 출현하게 되었으며, 결국은 아주 복잡한 인간의 신경 체계까지 탄생하게 되었다는 사실에 관해서는 의문의 여지가 없는 듯하다. 대뇌피질의 진화로 의식이 생겨났으며, 현재 이러한 인간의 의식은 마치 대기권만큼이나 지구를 철저히 감싸고 있다. 복합화라는 현실은 **현재**이기도 하고, **미래의 당위**이기도 하다. 지금까지 일어나왔고, 지구를 지배하고 있는 조건들을 고려해 볼 때 복합화는 앞으로도 일어날 것이 분명하다. 그러나 우리가 계속되기를 원하지 않는다면 지속되지 않을 수도 있다. 진화의 미래는 바로 우리에게 달려있는 것이다.

지난 수천 년 동안 — 진화로 볼 때는 눈 깜짝할 시간에 불과하지만 — 인간은 의식의 **분화**에 놀라운 진보를 이룩해왔다. 우리는 인간이 다른 생물 형태와는 구별된다는 사실을 깨닫게 되었다. 각 개인이 다른 사람들과 서로 다르다는 사실도 인식하게 되었다. 우리는 또한 추상 개념과 분석 능력도 개발해냈다. 즉 낙하하는 물체의 속도를 그 무게와 질량으로 측정하는 능력과 같이, 물체의 각 차원과 과정을 구분 짓는 능력도 갖게 된 것이다. 바로 이처럼 의식이 세분화되는 과정에서 우리에게는 과학과 과학기술, 그리고 인간의 환경을 구축도 하고 파괴도 하는 전례 없는 능력도 생겨나게 되었다.

그러나 복합성에는 분화뿐만 아니라 **통합**도 함께 구성되어있다. 다음 세대에서 인간이 맡은 임무는 개발되지 않은 정신적 능력을 개발하는 것이다. 우리가 다른 사람들과 환경에서 우리 자신을 구별할 수 있게 되었듯이, 이제 우리는 어렵게 얻은 우리의 개인성을 잃지 않으면서도 우리 주변에 있는 존재들과 우리 자신을 재통합할 수 있는 방법을 배울 필요가 있다. 우주 전체는 불문율로 서로 연관되어있다. 따라서 미래의 가장 유망한 신념은 이러한 사실을 고려하지 않고 우리의 꿈과 열망을 자연에 강제하려고 하는 것이 이치에 맞지 않는 일이라는 깨달음에 기초한 것이 될 것이다. 인간 의지의 한계를 인식하고 우리가 우주 속에서 지배적이기보다는 협조적인 역할을 해야 한다는 사실을 받아들인다면, 우리는 마침내 고향에 돌아가게 된 유랑자의 안도감을 느끼게 될 것이다. 그렇게 되면 각 개인의 목적이 우주적 플로우에 융합되면서 의미를 찾는 문제도 더불어 해결할 수 있을 것이다.

_01

p. 26 　행복

아리스토텔레스의 행복에 대한 관점은《니코마코스 윤리학Nicomachean Ethics》1권과 9권의 9, 10장에서 가장 명확하게 드러나 있다. 현대에 와서는 행복에 관한 연구가 상대적으로 늦게 이루어진 편인데, 최근 들어 심리학자와 사회학자들이 자신의 연구에서 행복이라는 이 중요한 주제를 본격적으로 다루기 시작했다. 가장 먼저 쓰인 것 중에 하나이면서 여전히 아주 영향력이 있는 작품은 노먼 브래드번Norman Bradburn의《심리학적인 웰빙의 구조The Structure of Psychological WellBeing》(1969)인데, 그는 여기서 행복과 불행은 서로 독립적인 것이라고 지적하였다. 달리 말하면, 한 개인이 행복하다는 것이 단지 그렇기 때문에 그가 동시에 불행할 수 없다는 의미는 아니라는 것이다. 네덜란드 로테르담에 있는 에라스무스 대학의 룻 빈호벤Ruut Veenhoven은 최근《행복에 관한 자료집 Databook of Happiness》을 발행하였는데 이 책자는 1911~1975년 동안 32개국에서 이루어진 245가지의 연구를 요약하고 있다(1984). 또한 캐나다 토론토에 있는 아르키메데스 재단은 인간의 행복과 건강한 존재에 대한 연구의 진로를 따르는 걸 재단의 과업으로 삼아왔는데, 1988년에야 재단의 첫 지침이 만들어졌다. 옥스퍼드의 사회심리학자인 마이클 아가일Michael Argyle의 저서《행복의 심리학The Psychology of Happiness》은 1987년에 출판되었다. 이 분야의 폭넓은 사고와 연구를 집대성한 또 다른 책으로는 스트랙, 아가일과 슈와르츠Strack, Argyle & Schwartz(1990) 등의 작품이 있다.

p. 26 꿈도 꿀 수 없었던 물질적 풍요

필립 아리에스Philippe Aries와 조르주 뒤비Georges Duby가 책임 편집한 《사생활의 역사History of Private Life》시리즈는 과거 일상생활의 상태에 대해 잘 설명하고 있다. 이 시리즈 가운데 폴 베인Paul Veyne이 편집한 1권《로마제국에서 비잔틴 시대까지》는 1987년에 출판되었다. 같은 주제를 다룬 또 다른 권위 있는 시리즈로는 페르낭 브로델Fernand Braudel이 저술한《일상생활의 구조Structures of Everyday Life》를 꼽을 수 있는데, 그 첫 번째 책은 1981년에 영어로 발표되었다. 가구 배치의 변화에 대해서는 라뒤리Le Roy Ladurie(1979), 칙센트미하이와 로흐버그 할튼 Csikszentmihalyi & RochbergHalton(1981)의 글을 참고하라.

p. 30 플로우

나는 박사학위 논문을 쓰면서 최적 경험에 관한 연구를 시작했다. 이 논문은 그림을 그리는 젊은 예술가들이 그 작업에 어떻게 몰입하는지에 관한 것이었다. 연구 결과들 가운데 일부는《창의적 통찰The Creative Vision》에 보고되어있다(Getzels & Csikszentmihalyi, 1976). 이때부터 이 주제에 관한 수십 편의 학술 논문이 발표되었다. 플로우 경험을 직접적으로 기술한 첫 번째 책은《지루함과 불안을 넘어서Beyond Boredom and Anxiety》이다(Csikszentmihalyi, 1975). 플로우 경험에 대한 가장 최근의 학문적 연구 결과는《최적 경험 : 의식의 플로우에 관한 심리학적 연구 Optimal Experience : Psychological Studies of Flow in Consciousness》에 수록되어있다(Csikszentmihalyi & Csikszentmihalyi, 1988).

p. 31   경험표집방법ESM

나는 이 연구 방법을 1976년 성인 노동자에 대한 연구에서 처음으로 사용하였다. 첫 번째 출판물(ESM을 사용한 연구 결과를 담은)은 청소년에 관한 것이었다(Csikszentmihalyi, Larson & Prescott, 1977). 경험표집방법에 관한 세부적인 설명은 칙센트미하이와 라슨의 연구에서 찾아볼 수 있다(1984, 1987).

p. 31   플로우 개념의 적용

《최적 경험》(Csikszentmihalyi & Csikszentmihalyi, 1988) 제1장의 설명을 참조하라.

p. 33   목표

아리스토텔레스로 비롯된 인간의 행동에 대한 최초의 설명에 따르면, 행동은 목표에 의해서 동기가 부여된다고 가정하였다. 그러나 현대 심리학은 인간 행동의 상당 부분이 좀 더 단순하고, 때로는 무의식적인 원인을 통해서 한층 더 간명하게 설명될 수 있다고 주장해왔다. 즉 행동을 결정하는 데 있어 목표의 중요성을 아주 경시해왔다. 예외적으로 아들러 Alfred Adler(1956)는 사람들이 일생 동안 자신의 결정에 영향을 미치는 목표의 위계를 발달시킨다고 믿었다. 그리고 미국의 심리학자 올포트 Gorden Allport(1955)와 매슬로우Abraham Maslow(1968)는 보다 기본적인 욕구가 충족된 후에야 비로소 심리적 목표가 행동을 결정짓는 데 영향을 미치기 시작한다고 생각했다. 인지심리학에서는 목표를 어느 정도 존중해왔는데, 몇몇 연구자들(Miller, Galanter & Pribram, 1960; Mandler, 1975; Neisser, 1976; Emde, 1980)은 이 개념을 의사 결정의 귀결과 행동 규제를 설명하기 위해 사용하였다. 나는 대부분의 사람이 대부분의 시간 동안 목표를 달성하기 위해서 행동한다고 주장하는 것이 아니다. 목표를 이루기 위해 행동할 때만 이 감각의 통제를 할 수 있다고 주장하는 것이다 (Csikszentmihalyi, 1989).

p. 39 카오스(혼돈)

최적 경험에 대해 다루는 책이 우주의 혼돈과 관련되어있다는 것이 의아하게 여겨질 수도 있다. 이에 대한 이유를 덧붙이자면, 삶의 가치라는 것은 삶의 문제와 위험을 배제하고는 제대로 이해할 수 없는 것이기 때문이다. 3,500년 전에 쓰인 작품 《길가메시Gilgamesh(Mason, 1971)》 이후로 줄곧 인간의 상태를 향상시키기 위한 방법을 제시할 때는 인류의 원죄에 대한 회고로부터 시작하는 것이 관례였다. 아마도 그 최고의 원형은 단테의 《신곡》일 것이다. 여기서 독자는 삶의 곤경에 대한 해결책을 찾기에 앞서 지옥문을 통과해야만 한다. 이 책도 같은 맥락으로 카오스 개념을 다룬다. 지적 전통을 고수하려는 게 아니라 심리학적으로 좋은 설명이 되기 때문에 카오스 개념을 사용하는 것이다.

p. 40 욕구의 위계

매슬로우는 좀 더 낮은 차원의 욕구(의식주 및 안전의 욕구 등)와 좀 더 높은 차원의 욕구(자아실현 등) 간의 관계에 대해 가장 명확하게 설명하였다 (1968, 1971).

p. 41 끊임없이 높아지는 욕망

여러 필자에 따르면, 자신의 현재 상태에 대한 만성적인 불만은 현대사회의 특성이라고 할 수 있다. 전형적인 현대인인 괴테의 파우스트는 자신이 가진 것에 결코 만족하지 못할 것이라는 조건을 담보로 해서 악령에게서 힘을 부여받았다. 베르만Berman은 이 주제에 대한 훌륭한 분석을 담고 있다(1982). 하지만 한 개인이 자신이 가진 것보다 더욱 많은 것을 갖기 바라는 건 보편적인 인간의 특성이고, 이것은 의식의 발달과 연관되어있을 것이라는 설명이 더욱 그럴 듯해 보인다.

잘 알려져 있듯이, 삶의 행복과 만족은 인간이 자신이 바라는 것과 실제로 소유하고 있는 것 사이에 얼마나 차이가 있다고 지각하고 있는지에 달려있으며, 그 기대치는 점점 높아지는 경향이 있다. 예를 들어, 〈시카고 트리뷴Chicago Tribune〉지(1987년 9월 24일자, 제1섹션, 3쪽)에 실렸던 여론 조사 결과를 보자. 연봉으로 10만 달러 이상을 받는 미국인(전 인구의 2%)은 안락하게 살기 위해 1년에 8만 8천 달러가 필요하다고 답변했다. 한편 상대적으로 돈을 적게 버는 사람들은 3만 달러면 충분할 것이라고 생각했다. 또한 더욱 부유한 사람들은 자신의 꿈을 이루는 데 필요한 금액이 25만 달러라고 밝힌 반면, 평균적인 미국인들이 밝힌 금액은 부자들이 답한 총액의 5분의 1에 불과했다.

삶의 질에 대하여 연구해온 학자들 가운데 상당수가 이와 유사한 결과를 보고해왔다(예를 들어, Campbell, Converse & Rodgers, 1976; Davis, 1959; Lewin, 1944(1962); Martin, 1981; Michalos, 1985; Williams, 1975). 하지만 이 접근은 건강, 재정적 풍요 등 행복의 외재적 조건에만 초점을 맞춘 경향이 있다. 이와는 달리 이 책의 접근은 한 개인의 행동에서 비롯되는 행복에 관한 것을 다루고 있다.

p. 41 자신의 삶을 스스로 통제하기

자기통제를 이루기 위한 노력은 인간 심리학의 가장 오래된 목표 가운데 하나이다. 클라우스너Klausner(1965)는 자기 통제를 발전시키는 데 목표를 둔 수백 편의 문헌을 명료하게 요약하면서, 통제의 대상은 네 가지 범주로 간추릴 수 있다는 것을 발견했다. ① 수행 또는 행동에 대한 통제 ② 잠재적인 생리적 충동의 통제 ③ 사고thinking와 같은 인지적 기능의 통제 ④ 느낌과 같은 정서의 통제.

p. 42 카오스 상태로부터 보호해주는 문화

이에 대한 넬슨Nelson(1965)의 결론을 살펴보라. 루스 베네딕트Ruth Benedict의 '시너지' 개념(Maslow & Honigmann, 1970)과 라슬로Laszlo(1970)의 '일반적인 체계' 관점은 문화의 긍정적인 통합 효과에 대해 흥미롭게 접근하고 있다(또한 다음을 참고하라. Redfield, 1942; von Bertalanffy, 1960, 1968; Polanyi, 1968, 1969). 칙센트미하이와 로흐버그 할톤(1981)은 문화적인 맥락에서 개인이 어떻게 의미를 창조하는지에 관한 사례를 다루고 있다.

p. 42 모든 문화는 자신들이 세계의 중심이라고 믿는다

민족 중심주의는 모든 문화의 기본적인 신조 가운데 하나가 되는 경향이 있다. 이에 관한 예를 보려면, 레빈과 캠벨LeVine & Campbell(1972), 칙센트미하이(1973)의 글을 참고하라.

p. 44 존재론적 불안

적어도 지난 수세기 동안 존재론적인 불안에 관한 전문가들은 시인과 화가, 극작가, 그리고 다른 여러 분야의 예술가들이었다. 철학자들 가운데 반드시 언급하고 넘어가야 할 인물로는 키에르케고르Kierkegaard(1944, 1954), 하이데거Heidergger(1962), 사르트르Sartre(1956), 야스퍼스Jaspers(1923, 1955) 등이 있으며, 정신과 의사들 가운데는 설리번Sullivan(1953)과 레잉Laing(1960, 1961) 등이 있다.

p. 44 의미

경험은 한 개인의 목표와 긍정적으로 관련될 때 의미 있는 것이 된다. 삶은 우리가 스스로의 노력을 정당화시켜주는 목적을 가질 때, 그리고 경험들이 위계를 가질 때 의미를 갖는다. 경험이 의미에 따른 질서를 갖기 위해서는 때로는 여러 초자연적인 힘, 신의 섭리에 따른 계획이 있다고 상정하는 것이 필요할 때도 있다. 칙센트미하이와 로흐버그 할톤(1981)의 연구를 보라. 10장에서 의미의 문제에 대하여 한층 더 심도 있게 논의할 것이다.

p. 47   종교와 의미의 상실

여러 연구 결과에 따르면, 종교는 여전히 카오스에 대한 방어기제의 역할을 하고 있다. 자신을 종교적인 존재라고 생각하는 사람들이 삶에 대한 만족도가 상대적으로 높았다고 이 연구들은 보고하였다. 그러나 최근에는 여러 이의가 제기되어왔는데, 이는 우리 사회를 지탱해주는 문화적 가치가 더 이상 예전처럼 효과적이지 않기 때문이다. 예를 들어, 다니엘 벨Daniel Bell(1976)의 자본주의적 가치의 하락과 로버트 벨라Robert Bellah(1975)의 종교의 쇠퇴에 관한 글을 보라. 현대사회뿐만 아니라 심지어 이른바 '믿음의 시대'로 일컬어지는 중세 시대에도 전 시기에 걸쳐 유럽이 불신과 혼돈에 휩싸여 있었다는 것은 명백한 사실이다. 이 시대의 종교적인 혼란에 대해서는 호이징가Johann Huizinga(1954), 라뒤리Le Roy Ladurie(1979)의 글을 참고하라.

p. 47   사회적 병리 현상의 추세

에너지 사용의 통계치에 대해서는 《미국 통계 연보》(미국 상무성, 1985, 199쪽)를 참고하라. 가난에 대한 통계치는 같은 자료의 457쪽에 수록되어있다. 폭력성 범죄의 추세는 미국 법무부(법제처)의 범죄 보고서(1987년 7월 25일, 41쪽)에서 인용하였다. 성병에 관한 통계치는 1985년《미국 통계 연보》의 115쪽을, 이혼에 관한 통계치는 88쪽을 보라.

p. 48   정신적 병리 현상, 양쪽 부모 아래서 자라는 청소년

정신적 건강과 생활비에 대한 자료는 각각 《미국 사회적 지표》(1985) 93

쪽과 332쪽에 나와있다. 양쪽 부모 아래서 자라고 있는 청소년의 수에 관한 통계치는 브랜드웨인Brandwein(1977), 쿠퍼Cooper(1970), 글릭Glick(1979), 와이츠만Weitzman(1978) 등을 참고하라. 범죄 통계치에 대해서는《미국 통계 연보》의 189페이지를 참고하라(1985).

p. 48   청소년 병리 현상

십 대들의 자살과 살인에 대해서는 1985년도《미국 생명에 관한 통계》에 실린 표 8.5를 참고하라(미국 보건복지부, 1988). SAT 점수의 변화는《미국 통계 연보》에 보고되어있다(1985, p. 147). 신뢰할만한 통계에 따르면, 1950~1980년 사이에 십 대의 자살률은 거의 300퍼센트까지 증가했다. 가장 높은 사망률은 특권층인 백인과 중산층, 그리고 남자 청소년에서 나타났다(《사회적 지표》, 1981). 범죄와 살인, 미혼모(혼외 임신), 성병과 심신의 질환에서도 동일한 추세가 나타났다(Wynne, 1978; Yankelovich, 1981). 1980년까지 고등학교 상급생 열 명 가운데 한 명은 일상적으로 향정신성 약물을 복용하고 있었다(Johnston, Bachman & O'Malley, 1981). 청소년의 이런 어두운 단면은 거의 모든 문화권에서 확인된다(Fox, 1977). 청소년의 심리적 혼란과 행동으로 나타나는 불법행위가 심각한 것은 문화 보편적인 현상이었다(Kiell, 1969, p. 9). 또한 한 연구에 따르면, 현재 121개국 청소년의 약 20퍼센트 정도만이 '문제가 있는troubled' 것으로 보인다(Offer, Ostrov & Howard, 1981). 그렇다고 하더라도 이 20퍼센트도 아주 많은 수의 청소년이 아니겠는가?

p. 51   사회화

프로이트는《문명과 불만Civilization and Its Discontents》(1930)에서 사회 안에서의 역할을 제대로 수행하기 위해서는 만족을 유보시켜야 한다고 언급하였다. 브라운Brown(1959)은 프로이트의 논거에 맹렬한 반박을 퍼

부었다. 사회화에 관한 저술 가운데서도 정평이 나 있는 저서인 클라우
슨Clausen(1968)과 지글러와 차일드Zigler & Child(1973)의 글을 참고하라.
칙센트미하이와 라슨(1984)의 연구는 최근의 청소년의 사회화에 대하여
폭넓은 연구를 한 것이다.

p. 51 사회적 통제
사회적 통제를 위하여 약물을 사용한 적절한 예로는 스페인 사람들이
럼과 브랜디를 중앙아메리카로 유입시킨 사례(Braudel, 1981, pp. 248~49),
아메리칸 인디언의 영토를 몰수하기 위해 위스키를 그 대가로 지불했
던 역사, 그리고 중국의 아편전쟁 등을 꼽을 수 있다. 마르쿠제Herbert
Marcuse(1944, 1964)는 우세한 사회집단이 사회적 통제를 가하기 위하여
성과 포르노그래피를 어떻게 이용했는지에 대하여 광범위하게 논의한
바 있다. 오래전 아리스토텔레스가 말했듯이, 쾌락과 고통에 대한 탐구
는 정치철학자의 영역이라고 할 수 있다(《니코마코스 윤리학》 7권, 11장).

p. 52 유전자와 개인적 편익
도킨스Dawkins(1976)은 유전자가 그 자체의 이익을 위해 프로그램된 것
이지, 인간의 삶을 향상시키기 위해 프로그램된 것은 아니라고 최초로 주
장하였다. 비록 도킨슨의 생각을 잘 포함하고 있는 "닭은 단지 또 다른 달
걀을 만들기 위해서 달걀이 사용하는 수단일 뿐이다."라는 속담이 좀 더
오래되었지만 말이다. 이 문제에 대한 다른 관점은 칙센트미하이와 마시
미니Csikszentmihalyi & Massimini(1985), 칙센트미하이(1988)를 참고하라.

p. 56 해방의 길
이 주제를 탐구해온 역사는 너무 방대하고 오래되어서 좁은 지면에
서 그 연구들을 올바로 평가하기란 불가능하다. 신비적인 접근에 대해

서는 요가에 관한 베하난Behanan(1937)과 우드Wood(1954)의 글, 그리고 유태인의 신비주의에 관한 숄렘Scholem(1969)의 글을 보라. 철학에서는 그리스의 인본주의에 대한 하다스Hadas(1960), 스토아철학에 대한 아놀드Arnold(1911)와 머레이Murray(1940), 헤겔 철학에 대한 맥밴늘MacVannel(1896)을 참고하라.

이 주제와 관련해서 현대의 철학자 틸리히Tillich(1952)와 사르트르Sartre(1956)를 참고하라. 맥킨타이어MacIntyre(1984)는 최근 아리스토텔레스의 '덕'(이것은 자기 목적적인 활동으로, 이 책에서 언급한 플로우의 개념과 여러모로 아주 비슷하다)을 재해석하였다. 역사학 방면에서는 크로체Croce(1962), 토인비Toynbee(1934), 베르댜예프Berdyaev(1952)가 걸출하며, 사회학에서는 마르크스Marx(1844(1956)), 뒤르켐Durkheim(1897, 1912), 소로킨Sorokin(1956, 1967), 굴드너Gouldner(1968)를 보라. 또한 심리학에서는 엥기알Angyal(1941, 1965), 매슬로우Maslow(1968, 1970), 로저스Rogers(1951)를 참고하고, 인류학에서는 베네딕트Benedict(1934), 미드Mead(1964) 기어츠Geertz(1973)를 참고하라. 물론 여기에서 소개한 이들은 무한한 선택의 종류 가운데 나의 선택일 뿐이다.

p. 56   의식의 통제

의식의 통제는 클라우스너Klausner(1965) 39쪽의 주석에 명시된 지적처럼, 자기통제의 수단 네 가지를 모두 포함한다. 이러한 통제를 성취하기 위한 가장 오래된 기법 중의 하나가 1,500여 년 전에 인도에서 고안된 요가 수행자의 다양한 훈련이다. 요가에 관한 논의는 5장에서 한층 더 상세하게 다룰 것이다. 통합의학holistic medicine의 추종자들은 신체적 건강의 예후를 결정하는 데 환자의 정신적 상태가 절대적으로 중요하다고 생각한다. 커즌스Cousins(1979)와 시겔Siegel(1986)의 문헌을 참고하라. 시카고 대학의 동료인 유진 젠들린Eugene Gendlin(1981)은 주의를 통제하기 위한 '주의 집중focusing 기법'을 개발해왔다. 이 책에서 나는 어느 (특정한) 기법을 제안하고 있는 것이 아니라, 통제와 즐거움이 무엇과 관련이 있는지에 대한 개념적 분석을 제시하고 그 실제적인 예를 보여줌으로써 독자로 하여금 자신의 경향과 상태에 가장 적합한 방법을 개발할 수 있도록 하려는 것이다.

p. 58   관례화

이 논의는 베버의《세계 종교의 사회심리학Social Psychology of World Religions》(1922)에서 언급된 카리스마(권위)의 세속화 개념을 상기시킨다. 또한 이보다 앞선 '영혼의 세계'가 궁극적으로 '자연의 세계'로 변한다는 헤겔론자들의 생각을 연상케 한다(Sorokin, 1950). 버거와 루크만Berger & Luckmann(1967)은 사회학적 관점에서 동일한 개념을 설명하였다.

_02

p. 62   의식

이 개념은 칸트와 헤겔의 이론과 함께 많은 종교적·철학적 체계의 중심이 되어왔다. 아흐Ach(1905)와 같은 초기 심리학자들은 의식을 현대 과학적인 용어로 정의하려고 노력해왔으나 거의 실효를 거두지 못하였다. 수십 년 동안 행동과학에서는 의식의 관점을 완전히 무시해왔다. 왜냐하면 인간 내면의 상태에 대한 자기 보고는 과학적인 타당성이 부족하다고 여겨졌기 때문이다. 그러나 최근 이 주제에 대한 관심이 다시 높아지고 있다(Pope & Singer, 1978). 이 개념에 대한 역사적인 관점은 보울링Boring(1953)과 클라우스너Klausner(1965)의 글에서 찾을 수 있다. '관조적 행동주의introspective behaviorism'라는 용어를 만들어낸 스미스Smith는

이 책에서 쓰인 것과 유사한 정의를 내렸다. "의식 경험은 개인이 하고
싶은 행위를 직접 하는 것에 대한 내면적인 표상이다."(Smith, 1969, p.108)
이처럼 정의가 유사하다는 것을 제외하고는 이 책의 관점과 행동주의
관점 사이에는 거의 유사성이 없다. 내가 주관적인 경험의 역동과 경험
의 현상학적인 우선성에 주안점을 두고 있다는 점이 아마도 가장 큰 차
이라고 할 수 있을 것이다. 2장의 뒷부분에서 의식에 대하여 한층 더 심
도 깊게 정의 내리고 있다.

p. 65   현상학

여기서는 '현상학적phenomenological'이라는 용어는 어느 특정한 학파
나 철학자의 사상이나 방법을 의미하는 것으로 사용된 것이 아니다.
이 용어는 단지 이 책에서 관심을 가지고 있는 경험 연구에 대한 접근
이 후설Husserl(1962), 하이데거(1962, 1967), 사르트르(1956), 메를로퐁티
MerleauPonty(1962, 1964) 등의 통찰과 그들의 업적을 사회과학적 입장에
서 재해석한 많은 연구자(Natanson, 1963; Gendlin, 1962; Fisher, 1969; Wann,
1964; Schutz, 1962)에게 아주 큰 영향을 받았음을 의미한다.
후설의 현상학에 대한 간단명료한 입문서로는 코하크Kohak(1978)와 콜
라코프스키Kolakowski(1987) 등을 꼽을 수 있다. 그러나 이 책을 이해
하기 위하여 어떤 현상학적 가정을 숙지할 필요는 없다. 여기서의 논
의는 그 자체로서, 맥락에 맞추어서 이해하면 된다. 이것은 정보이론
information theory에 대해서도 마찬가지이다(Wiener, 1948(1961)).

p. 66   꿈

스튜어트Stewart(1972)는 말레이시아의 시노이Sinoi 족이 꿈을 통제하는
법을 배울 수 있고, 이를 통해서 깨어있는 의식까지 탁월하게 통제할 수
있다고 보고하였다. 만약 이것이 사실이라면(사실일지는 의심스럽지만), 개

인은 의식을 훈련함으로써 심지어 수면 중에도 의식을 통제할 수 있다는 것이다(Csikszentmihalyi, 1982a). 최근의 의식 확장 기법 가운데 하나가 바로 수면 중에 의식의 통제를 시도하는 것이다. 자각몽Lucid dreaming(꿈꾸고 있는 것을 자각하면서 꾸는 꿈—옮긴이)은 수면 중에 이루어지는 사고 과정을 통제하기 위한 시도이다(La Berge, 1985).

p. 69   의식의 한계

동시에 처리할 수 있는 정보의 개수에 대해 최초로 일반적인 설명을 시도한 사람이 밀러Miller(1956)이다. 오르메Orme(1969)는 폰 윅스쿨 von Uexkull(1957)의 공식을 기초로 18분의 1초가 변별 식역(차이를 감지할 수 있는 지각의 경계점 - 편집자)이라는 것을 밝혀냈다. 주의의 한계를 연구한 인지과학자로는 사이먼Simon(1969, 1978)을 포함하여 카네만 Kahneman(1973), 해셔와 잭스Hasher & Zacks(1979), 아이젠크Eysenk(1982), 그리고 호프만, 넬슨과 훅Hoffman, Nelson & Houck(1983) 등이 있다.

인지적 처리로 발생하는 주의 요구에 관해서는 네이서Neisser(1967, 1976), 그리고 트레이스만과 슈미트Treisman & Schmidt(1982) 등이 논의한 바 있다. 정보를 저장하거나 기억에서 회상하는 데 필요한 주의에 대해서는 앳킨슨과 쉬프린Atkinson & Shiffrin(1968), 그리고 해셔와 잭스(1979) 등이 다룬 바 있다. 그러나 주의의 중요성과 그 한계는 윌리엄 제임스 William James(1980)에 의해 이미 알려져 있다.

p. 70   언어 처리의 한계

우리가 타인의 말을 이해하기 위해서는 초당 40개의 정보를 처리해야 한다는 연구 결과에 대해서는 리버만, 매팅리와 터베이Liberman, Mattingly & Turvey(1972) 그리고 너스바움과 쉬왑Nusbaum & Schwab(1986)을 보라.

p. 71   시간 사용

사람들이 어떻게 시간을 보내는지에 관한 최초의 광범위한 연구는 잘라이Szalai(1965)에 보고된 비교문화 프로젝트이다. 이 연구에 제시된 수치들은 경험표집방법(ESM)을 이용한 나의 연구에 토대가 되었다. 예를 들면 칙센트미하이, 라슨과 프리스콧Csikszentmihalyi, Larson & Prescott(1977), 칙센트미하이와 그래프Csikszentmihalyi & Graef(1980), 칙센트미하이와 라슨(1984), 칙센트미하이와 칙센트미하이(1988) 등이다.

p. 72   텔레비전 시청

칙센트미하이, 라슨과 프리스콧(1977), 칙센트미하이와 큐비Csikszentmihalyi & Kubey(1981), 라슨과 큐비(1983), 그리고 큐비와 칙센트미하이의 경험표집방법ESM 연구에서는 텔레비전을 시청하는 동안 사람들이 보고한 느낌을 다른 활동을 하고 있을 때의 경험과 비교하였다.

p. 72   심리 에너지

아주 오래전부터 철학자들은 의식 내에서 발생하는 사고와 정서, 의지와 기억 같은 과정에 대하여 기술해왔다(예를 들면 Ach, 1905). 전체적으로 살펴보려면 힐가드Hilgard(1980)를 보라. 의식에 대한 역학적 접근에는 분트Wundt(1902), 립스Lipps(1899), 리보Ribot(1890), 비네Binet(1890), 그리고 융Jung(1928(1960))이 포함된다. 현재의 몇몇 접근은 카네만Kahneman(1973), 칙센트미하이(1978, 1987), 그리고 호프만Hoffman, 넬슨과 훅Nelson & Houck(1983)에 의해 제시되었다.

p. 77   주의와 문화

바다 위에서 배를 타고 다니다가도 자신이 있는 지점의 위치를 정확하게 기억하는 멜라네시아인의 능력은 글래드윈Gladwin이 잘 진술한 바 있다(1970). 에스키모들이 사용하는 여러 종류의 눈 이름에 대한 언급은 부르기뇽Bourguignon(1979)에 들어있다.

p. 78   자아The self

심리학자들은 자아를 설명하는 셀 수 없이 많은 방법을 생각해왔다. 사회심리학자인 조지 허버트 미드George Herbert Mead(1934(1970))와 설리번Sullivan(1953)의 접근에서부터 분석심리학자인 칼 구스타프 융Carl Gustav Jung(1933(1961))의 접근에 이르기까지 말이다. 그러나 오늘날의 심리학자들은 '자아'에 대해 직접 언급하는 것을 회피하려고 한다. 대신에 그들은 '자아 개념'을 설명하는 것으로 스스로를 제한하고 있다. 어떻게 이 개념이 만들어졌는지에 대해서는 데이먼과 하르트Damon & Hart(1982)에 잘 설명되어있다. 또 다른 접근에서는 '자아 효능감'이라는 용어를 사용한다(Bandura, 1982). 이 책에 제시되어있는 자아 모델은 칙센트미하이(1985a), 칙센트미하이와 칙센트미하이(1988)에 기술되어있는 여러 출처에 근거하고 있다.

p. 81   의식의 무질서 상태

심리학자들은 화, 비탄, 슬픔, 공포, 수줍음, 모욕, 혐오 등과 같은 부정적인 정서에 대해 광범위하게 연구해왔다(Ekman, 1972; Frijda, 1986; Izard, Kagan & Zajonc, 1984; Tomkins, 1962). 그러나 이들 연구자들은 일반적으로 각각의 정서가 자아 체계의 통합된 반응이라기보다는 특정 자극에 대한 일련의 반응으로서, 중추신경계 내에서 서로 분리되어있는 것이라고 가정했다. 임상심리학자와 정신분석학자들은 불안이나 우울처럼 주의 집중과 정상적인 기능을 방해하는 '불안한disphoric 기분'에 대해 잘 알고 있다(Beck, 1976; Blumerg & Izard, 1985; Hamilton, 1982; Lewinsoh & Libet, 1972; Seligman, 1984).

p. 86 질서Order

질서 — 또는 심리적 네겐트로피 — 가 무엇을 의미하는지에 대해서는
뒤에서 논의할 것이다. 또한 칙센트미하이(1982a), 그리고 칙센트미하이
와 라슨(1984)를 보라. 간단히 말해, 질서란 개인의 의식 내에 존재하는
정보들 간에 갈등이 없다는 것을 의미한다. 입력된 정보가 개인의 목적
과 조화를 이룰 때, 그 사람의 의식은 질서를 이루고 있는 상태인 것이
다. 또한 개인 간에 목적이 서로 조화를 이룰 때, 즉 그들 간에 갈등이 없
다는 것에도 질서라는 개념은 적용된다.

p. 88 플로우

플로우 경험에 관한 원래 연구와 이론적 모델에 대해서는《지루함과 불안
을 넘어서》(Csikszentmihalyi, 1975) 안에 최초로 전부 기술하였다. 그 이
후 수많은 연구에서 플로우 개념을 사용했으며, 광범위한 분야에서
새로운 연구들이 축적되고있다. 예를 들면, 인류학에 빅터 터너Victor
Turner(1974) 사회학에 미첼Mitchell(1983) 그리고 진화에 크룩Crook(1980)
이 플로우 개념을 적용한 바 있다. 또한 몇몇은 동기 이론을 만드는
데 플로우 개념을 사용하기도 했다(Eckblad, 1981; Amabile, 1983; Deci &
Ryan, 1985). 그러한 다양한 연구 결과들의 요약은 마시미니와 잉기렐리
Massimini & Inghilleri(1986) 그리고 칙센트미하이와 칙센트미하이(1988)를
보라.

p. 88 "암벽 등반은 아주 …"

이 인터뷰는 칙센트미하이(1975, p. 95)에서 인용하였다.

p. 89 복합성Complexity

복합성은 개인의 의식 안에서 정보가 얼마나 잘 분화되고 통합되어있는

지를 나타내는 것이다. 복합적인 사람은 정확하고 변별된 정보에 접근할 수 있을 뿐만 아니라 각각의 정보 조각들을 잘 연결할 수도 있는 사람이다. 예컨대 욕구와 정서, 사고와 가치, 그리고 행동이 잘 분화되어있으면서도 그것들이 서로 모순되지 않는 사람이다. 이 주제에 대해서는 칙센트미하이(1970), 칙센트미하이와 칙센트미하이(1988), 그리고 칙센트미하이와 라슨(1984)을 보라. 이 책에 나오는 복합성에 대한 개념은 몇몇 진화론적 생물학자(예를 들어 Dobzhansky, 1962, 1967)에 의해 사용된 복합성의 개념과 관련이 있으며, 샤르댕Teihard de Chardin(1965)의 시적인 통찰에 영향을 받았다. 물리적 체계에서 꽤 유명한 복합성에 관한 정의는 '열역학적 깊이thermodynamic depth'라는 개념이다. 이는 파겔스Heinz Pagels(1988)가 갑작스럽게 죽음을 맞이하기 직전에 연구한 것으로, 그의 정의에 따르면, 한 체계의 복합성이라는 것은 그 체계의 현재 상태를 기술하는 데 필요한 정보의 양과 그 과거의 모든 상태를 진술하는 데 필요한 정보의 양 간의 차이를 말한다. 이러한 정의를 자아의 심리학에 적용해볼 수 있다. 즉 복합적인 사람은 그가 하는 행동이나 생각이 쉽게 설명될 수 없었던 사람이고, 그의 발달 과정을 명확하게 예측할 수 없었던 사람이라고 말할 수 있다.

p. 90   "사람들이 가진 잠재력을 …"

이 인터뷰는 칙센트미하이(1975, p. 94)에서 인용했다.

_03

p. 96   행복과 부의 관계에 대한 조사

이 조사에 관해서는 디이너, 호르비츠와 에몬즈Diener, Horwitz & Emmons(1985), 브래드번Bradburn(1969), 그리고 캠벨, 콘버스와 로저스 Campbell, Converse & Rodgers(1976)를 보라.

p. 97 쾌락과 즐거움

아리스토텔레스의 《니코마코스 윤리학》 전체가 이 문제를 다루고 있다. 특히 3권 11장과 7권을 보라. 또한 칙센트미하이와 칙센트미하이(1988, pp. 24~25)를 보라.

p. 99 활동을 통한 아이들의 즐거움

초기 독일 심리학자들은 Funktionlust(Funktion은 영어의 function으로 신체 기능을, Lust는 기쁨을 의미한다. 따라서 '신체 기능을 통한 기쁨'으로 번역될 수 있다 — 옮긴이), 즉 달리기, 타격, 스윙 등과 같이 신체 사용을 통해 얻는 쾌락pleasure이 있다고 가정했다(Gross, 1901; Buhler, 1930). 그 후에 장 피아제Jean Piaget(1952)는 유아의 신체 발달에서 감각운동 단계 중 한 시기가 '행위의 발생자로서의 쾌락'이라는 특징을 가지고 있다고 했다. 미국의 머피Murphy(1947)는 시 감각이나 소리 감각, 또는 근육 감각이 주는 쾌락의 느낌을 설명하기 위해 감각과 활동 욕구라는 실재를 가정했다. 이러한 통찰은 헵Hebb(1955)과 벌린Berlyne(1960)의 연구에서 최적 자극 또는 최적 각성 이론으로 통합되었다. 헵과 벌린은 쾌락이 외부에서 투입되는 자극과 이를 조절하는 신경 능력 간의 최적 균형의 결과라고 전제했다.

왜 인간이 활동 속에서 쾌락을 찾는지에 대한 신경학적 설명은 이 동일한 현상을 자아의 관점이나 의식을 가진 유기체적 관점에서 보려고 했던 화이트White(1959), 드챰스deCharms(1968), 그리고 디시Deci(1985) 등에 의해 더욱 확장되었다. 이들의 설명은 활동이라는 것이 사람에게 능력감, 효능감 혹은 자율감을 주기 때문에 쾌락을 제공한다는 사실에 바탕을 두고 있다.

p. 100 성인기의 학습

인생 후반기에 학습의 중요성에 더 많은 관심을 가져야 한다는 사실은 최근에 받아들여졌다. 이 분야에 관한 기본적인 아이디어에 대해서는 아들러Mortimer Adler의 초기 저술(1956)과 토우Tough(1978), 그로스Gross(1982)를 보라.

p. 101 인터뷰

여기서 언급된 대부분의 인터뷰는 칙센트미하이(1975), 그리고 칙센트미하이와 칙센트미하이(1988)에 보고된 연구들의 수행 과정 동안에 수집된 것이다. 600건 이상의 추가적인 인터뷰는 마시미니Fausto Massimini 교수와 유럽, 아시아, 미국 남서부에 있는 그의 동료들에 의해 수집된 것이다.

p. 104 황홀경Ecstasy

라스키Marghanita Laski(1962)는 황홀한 종교적 체험에 대해 광범위한 사례 연구들을 수집하였다. 이런 종류의 경험에 대해 '정상 경험peak experience'이라는 용어를 만들어낸 매슬로우Maslow(1971)는 그러한 현상이 심리학자에 의해 고찰될 수 있다는 정당성을 부여하는 데 상당히 중요한 역할을 했다. 그러나 명확히 말하자면, 라스키와 매슬로우는 황홀경이 통제될 수 있고 개발될 수 있는 자연스런 과정이라기보다는 일종의 우연한 출현물이라고 보았다. 매슬로우의 '정상 경험'과 플로우를 비교해보고 싶다면, 프리벳Privette(1983)을 참조하라. 확실히 황홀경의 체험은 우리가 생각하는 것보다는 훨씬 더 보편적이다. 1989년 3월경 미국 전국 표본 1,000명 중 30퍼센트 이상에서 다음의 항목을 경험했다고 답변했다. "당신은 자아 밖으로 당신을 끌어낼 것 같은 어떤 강력한 영적인 힘이 아주 가까이에 있다는 걸 느낀다." 12퍼센트 가량은 자주 혹은 몇 번 정도 이런 느낌을 경험했다고까지 답했다(미국 사회 조사(GSS), 1989).

p. 104 인기 있는 플로우 활동으로서의 독서

이 사실은 마시미니, 칙센트미하이와 파베Massimini, Csikszentmihalyi & Delle Fave(1988)가 발견하였다. 어떻게 독서가 즐거움을 제공하는지에 대한 상세한 내용은 넬Nell(1988)의 최근 책에 잘 드러나있다.

p. 105 플로우 활동으로서의 어울리기

경험표집방법으로 행해진 모든 연구는 어떤 일이 일어나는지와 관계없이 단지 다른 사람들과 함께 있다는 것만으로도 사람들이 아주 기분이 좋아해한다는 사실을 확인해주었다. 이는 청소년(Csikszentmihalyi & Larson, 1980), 성인(Larson, Csikszentmihalyi & Graef, 1980), 노인(Larson, Mannell, & Zuzanek, 1986) 모두가 마찬가지였다. 그러나 다른 사람과 함께 있는 것을 진정으로 즐기기 위해서는 대인 기술이 필요하다.

p. 106 "어떤 작품들은…"

이 인터뷰는 미술관 큐레이터들이 심미적 경험을 어떻게 묘사하는지에 대한 연구(Csikszentmihalyi & Robinson)에서 인용하였다.

p. 107 마이어 라이프니츠MaierLeibnitz 교수

그는 개인적인 서신을 통해 손가락 두드리기로 시간의 흐름을 재는 자신만의 독창적인 방법에 대해 말해주었다.

p. 109 작은 플로우microflow 활동

작은 플로우 활동의 중요성에 대해서는 《지루함과 불안을 넘어서》(Csikszentmihalyi, 1975, pp. 140~78)에서 밝힌 바 있다. 이 연구에서는 만약 사람들이 평범하고 일상적인 행위들 ― 예를 들어 손가락을 가볍게 두드리기, 낙서하기, 휘파람 불기, 친구와 농담하기 등 ― 이 없는 상태에서 일을 하게 되면 몇 시간 지나지 않아 짜증을 내게 된다는 사실을 확인하였다. 단 하루만 '작은 플로우'를 박탈해도 사람들은 통제력을 상실하거나 행동의 불편함을 자주 보고할 것이다.

p. 109 도전과 기술 간 비율

도전과 기술 간 비율의 균형은 플로우를 경험하게 되는 핵심 조건들 가운데 하나로서, 이 개념은 우리의 연구 초기에 확인된 사실이다(예를 들어, Csikszentmihalyi, 1975, pp. 49~54). 원래의 이론 모델에서 플로우 상태는 전체 대각선에서 모두 경험되는 것으로 보았다. 즉 과제의 난도와 기술이 모두 높을 때뿐만 아니라, 과제의 난도와 기술 수준이 아주 낮을 때라도 즐거움(플로우)을 경험하게 된다는 것이다. 이후 실증적인 연구 결과를 토대로 초기 이론 모델이 수정되었다. 사람들은 자신이 평소에 경험하는 수준보다 낮은 과제 난도와 기술 상황을 즐거워하지 않았다. 새로운 이론 모델에서 플로우 경험은 오직 과제의 난도와 기술이 개인의 평균 수준보다 높으면서도 둘 사이에 균형이 이루어질 때만 경험되는 것으로 본다.

새로운 이론 모델을 통해 얻은 이러한 예측은 경험표집방법으로 수행된 연구에서 확인되었다(Calrli, 1986; Csikszentmihalyi & Nakamura, 1989; Massimini, Csikszentmihalyi, & Carli, 1987). 게다가 이 연구에서는 불안을 느끼는 상태(높은 과제의 난도, 낮은 기술 수준)가 일상생활에서는 상대적으로 많이 나타나지 않는다는 것을 보여주었으며, 이 상태가 지루함의 상태(낮은 과제의 난도, 높은 기술 수준)보다 훨씬 더 부정적인 것으로 경험된다는 사실을 보여주었다.

p. 110-111 "그때의 집중력은…", "내가 하고 있는…", "시합에 집중…"

이 인터뷰는 칙센트미하이(1975, p. 39)에서 인용하였다.

P.111 "독서는 내 딸이…"

이 인터뷰는 앨리슨과 던칸Allison & Duncan(1988, p. 129)에서 인용하였다. 몽테뉴Montaigne(1580(1958), p. 853)는 이미 4세기 전에 주의 집중과 즐거움의 관계에 대하여 명백하게 인식하고 있었다. "나는 즐긴다. … 다른 사람이 느끼는 만큼의 두 배 정도를. 즐거움의 정도는 우리가 주의를 많이 기울이냐 덜 기울이냐에 따라 달라진다."

p. 111 "암벽 등반의 신비는…"

이 인터뷰는 칙센트미하이(1975, pp. 47~48)에서 인용했다.

p. 113 "나는 식물을 돌보는 일에서…"

이 인터뷰는 파베와 마시미니(1988, p. 197)에서 인용했다.

p. 113-114 "희미하게 보이는 태양과…", "매번 나는…"

첫 번째 인터뷰는 히스코크Hiscock(1968, p. 45)에서, 두 번째 인터뷰는 모아테시에Moitessier(1971, p. 159)에서 인용했다.

p. 114 "나는 추락하지…", '옳은지' '그른지'

이 두 개의 문장은 맥베스Macbeth(1988, p. 228)에서 인용하였다.

p. 114 그림

더 독창적인 예술가와 덜 독창적인 화가 사이의 차이점을 말하자면, 전자는 종종 자신이 무엇을 그리려고 하는지 모호한 상태에서 그림을 그리기 시작한다. 반면 후자는 마음속에 선명하게 시각화된 상을 가진 채 그림을 그리기 시작하는 경향이 있다. 따라서 독창적인 화가는 자신이 지금 그리고 있는 그림에서 나오는 피드백을 통해 진정으로 자신이 그리려고 하는 것이 무엇인지를 계속해서 발견해야만 한다. 덜 독창적인 화가는 자신의 머릿속에서 그림 그리기를 끝내버린다. 거기에는 더 이상의 성장하거나 발전할 기회가 없다. 그러나 이런 개방적인 창조의 과정 속에서 성공하려면, 아무리 독창적인 화가라고 할지라도 무엇이 좋은 예술인지에 대한 내재화된 준거를 가지고 있어야만 한다. 그래야 자신이 지금 그리고 있는 그림에 적합한 요소들을 취사선택할 수 있다(Getzels & Csikszentmihalyi, 1976).

p. 115 일종의 플로우 경험으로서의 수술
이는 칙센트미하이(1975, 1985b)를 참고하라.

p. 116 뛰어난 민감성
아이들은 저마다 다른 재능을 가지고 있어서 어떤 아이는 신체 운동을 선호하고, 또 어떤 아이는 음악이나 언어를 선호하며, 또 다른 아이는 타인과 잘 지내는 능력을 지니고 있다고 보는 일반적인 생각이 최근 하워드 가드너Howard Gardner(1983)의 '다중 지능'이론으로 구체화되었다. 현재 가드너와 하버드에 있는 그의 동료들은 가드너가 언급한 지능의 주요 일곱 가지 차원 각각을 포괄적으로 알아보는 종합 검사를 개발하고 있다.

p. 117 시각 장애인에게 있어서의 피드백
시각 장애인이 느끼는 피드백의 중요성은 마시니미, 칙센트미하이와 파베(1988, pp. 79~80)에 보고되어있다.

p. 118 "마치 내 의식으로 들어오는…"
이 인터뷰는 칙센트미하이(1975, p. 40)에서 인용하였다.

p. 118 "경기장, 이것만이…", "내 또래의…"

이 인터뷰는 칙센트미하이(1975, pp. 40~41)에서 인용하였다.

p.119 "등반하고 있을 때는…", "어느 곳에서도…"

첫 번째 인터뷰는 칙센트미하이(1975, pp. 40~41) 81쪽에서, 두 번째 인터 뷰는 역시 같은 책 41쪽에서 인용하였다.

p. 119 "바다에 아무리…", "경쟁자, 시차…"

첫번째 문장은 맥베스(1988, pp. 221~22)에 인용된 크릴록Crealock(1951, pp. 99~100)에서, 에드윈 모제스Edwin Moses의 인터뷰는 존슨John- son(1988, p.6)에서 인용하였다.

p. 120 "마음은 이완되고…", "행복감을 느끼는…"

이 인터뷰는 칙센트미하이(1975, pp. 44, 45)에서 인용하였다.

p. 121 모험과 위험이 지닌 매력

여기에 대해서는 '감각 추구' 성격 특성을 확인해낸 마빈 쥬커만Marvin Zuckerman(1979)에 의해 광범위하게 연구되었다. 이 주제를 좀 더 대중 적으로 다룬 것이 랄프 케이스Ralph Keyes(1985)가 쓴 최근 책이다.

p. 122 도박

도박에 대한 초기의 심리학적 연구 가운데 하나가 쿠지진Kusyszyn(1977) 의 연구이다. 도박이 종교의식의 예언적 측면으로서 만들어진 것이라 는 주장은 컬린Culin(1906, pp. 32, 37, 43), 데이비드David(1962), 호이징가 Huizinga(1939(1970)) 등에서 논의되었다.

p. 123 모피와 피셔

한 세기를 뛰어넘어 서로 다른 시대에 살았던 이 두 체스 챔피언 간에는 놀랄 정도로 비슷한 점이 아주 많다. 폴 모피Paul Charles Morphy(1837~84)는 십 대 초반에 체스 마스터가 되었다. 그는 22세에 유럽을 여행하면서 곳곳에서 감히 자신에게 도전한 사람들을 모두 꺾었다. 모피가 뉴욕으로 돌아오자 이후 새로운 경쟁자들은 그가 체스를 너무나 잘 둔다는 이유로 그와 체스 시합 하기를 두려워하며 피했다. 유일한 플로우의 원천을 박탈당한 모피는 결국 기이하고 편집증적인 행동을 보이는 은둔자가 되었다. 바비 피셔Bobby Fisher의 생애 또한 이와 비슷했다. 피셔의 생애를 살펴보려면 웨이즈킨Waitzkin(1988)을 참조하라.

이 두 사람의 유사성에 대해서는 두 가지 설명이 가능하다. 하나는 원래 심리적으로 유약한 사람들이 체스에 빠져들었다는 설명이다. 다른 하나는 고도의 경쟁적 수준에서 체스는 심리적 에너지를 완전히 쏟아 부어야만 하는 경기이고, 그래서 중독적 성격을 지닐 수 있다는 설명이다. 한 경기자가 고도의 주의 집중이 요구되는 체스 경기에 모든 에너지를 다 소진하면서 챔피언이 된 후, 더 이상 도전할 상대를 찾지 못한다면 그는 정신적 혼란이라는 심각한 위험에 빠질 수 있다. 왜냐하면 그의 의식에 질서를 부여해주었던 목표가 더 이상 존재하지 않기 때문이다.

p. 124 아메리칸 인디언들의 도박

여기에 대해서는 컬린Culin(1906)과 큐싱Cushing(1896), 콜Kohl(1860)이 진술하였다. 카버Carver(1796, p. 238)에 따르면, 이로쿼이Iroquois 족의 게임은 자신이 신고 있는 가죽 구두를 포함해서 자신이 소유하고 있는 모든 걸 잃을 때까지 지속된다. 그러고 나서 그들은 3피트 깊이의 눈 속을 맨발로 걸어서 집으로 돌아간다고 한다. 멕시코 타라후마라Tarahumara 족의 목격자는 "그들은 … 도박을 2주에서 한 달까지 계속한다. 아내와 아이들을 제외한 세상의 모든 걸 잃을 때까지."라고 보고했다(Lumholtz, 1902(1987), p. 278).

p. 124　외과 의사들
수술하는 행위 자체가 중독될 수 있다고 주장하는 외과 의사들에 대해서는 칙센트미하이(1975, pp. 138~39)에서 인용하였다.

p. 125　"당신이 원하는 것은 …"
이 인터뷰는 칙센트미하이(1975, p. 87)에서 인용하였다.

p. 125　"항해를 할 때면…", "우리의 모든 느낌이…"
첫번째 문장은 맥베스(1988, p. 22)에 인용된 모아테시에Moitessier(1971, p. 52)에서, 두 번째 인터뷰는 사토Sato(1988, p.113)에서 인용하였다.

p. 127　자기 초월감
암벽등반을 할 때 수반되는 자기 초월감에 대해서는 로빈슨Robinson(1969)을, 체스 시합 때 수반되는 자기 초월감에 대해서는 슈타이너Steiner(1974)를 참조하라.

p. 128　자아 상실의 위험성
초월감을 경험한 결과로 나타나는 자아 상실의 위험성에 대해서는 널리 알려져있다. 이런 위험성에 대한 초기 연구들 가운데 하나가 르봉Le Bon(1985(1960))의 연구인데, 이 연구는 맥두걸McDougall(1920)과 프로이트(1921)의 영향을 받았다. 자아 인식과 행동의 관계에 관한 최근의 몇몇 연구는 디이너Diener(1979)와 윅클룬드Wicklund(1979), 셰이어와 카버 Scheier & Carver(1980)가 수행하였다. 우리의 복합성 모델에 따른다면, 집단 내에서 자아를 잃어버린 사람은 통합은 되었다고 볼 수 있지만 분화는 되지 않은 사람이다. 이런 사람은 의식의 통제를 그 집단에 맡겨버리게 되고, 그래서 위험한 행동에 쉽게 빠져든다. 초월감에서 이득을 얻으려면 강력하게 분화된 또는 개체화된 자아를 가지고 있어야만 한다. 나(I), 즉 자아의 능동적인 부분과 또 다른 나(me), 즉 사회적으로 반영된 자아 개념 간의 변증법적인 관계에 대한 기술은 미드George Herbert Mead(1934(1970))가 이룩한 아주 중대한 업적이었다.

p. 130 "두 가지의 경우가…"

이 인터뷰는 칙센트미하이(1975, p. 116)에서 인용하였다.

p. 132 내재적 보상 혹은 자기 목적적 보상

다양한 문화에서의 철학자들은 행복감이나 즐거움, 심지어는 선virtue과 같은 것들이 내재적 보상 혹은 자기 목적적 보상과 근본적으로 연결되어있다고 생각해왔다. 이 사실은 도교를 믿는 사람들에게도 — 예를 들면 왓슨Watson(1964)이 번역한 장자의 저술 —, 아리스토텔레스학파의 선 개념(MacIntyre, 1984)에서도, 그리고 힌두교도들의 삶에서도 핵심적인 것이다.

p. 134 일이나 여가 시간을 만족해하지 못하는 사람들

여기에 대한 설명은 경험표집방법으로 수행한 우리의 연구에 기반을 두고 있다(예를 들면 Csikszentmihalyi & Graef, 1979, 1980; Graef, Csikszentmihalyi, & Gianinno, 1983; Csikszentmihalyi & LeFevre 1987, 1989; LeFevre, 1988). 이 연구들의 결론은 성인 노동자들이 무선으로 호출기(삐삐)가 울릴 때마다 자신의 직무에 관해 기록한 그때그때의 반응에 기초하였다. 그런데 노동자들이 대규모 조사에 참여했을 때는 그들이 좀 더 긍정적인 반응을 보이는 경향이 있음이 드러났다. 1972~1978년 사이에 이루어진 직무 만족에 관한 15개의 연구를 종합한 결과를 보면, 미국 노동자의 3퍼센트는 자신의 직무에 아주 불만족해하는 것으로 나타났다. 그리고 9퍼센트는 다소 불만족, 36퍼센트는 다소 만족, 52퍼센트는 아주 만족해하는 것으로 나타났다(Argyle, 1987, pp. 31~63). 좀 더 최근에 로버트 하프 인터내셔널Robert Half International사에 의해 실시되고 〈시카고 트리뷴〉지에 게재된 전국적인 조사를 보면 그 결과는 덜 낙관적이었다(1987년 10월 18일자, 8쪽). 이 조사에 따르면, 미국 노동자의 24퍼센트, 즉 4명 중 한 명이 자신의 직무에 아주 불만족해하는 것으로 나타났다.

이러한 연구 결과의 차이는 직무 만족을 측정하는 우리의 방법이 다소 엄격한 반면, 대규모 조사에서 사용한 연구 방법은 다소 낙관적인 결과를 낳기 때문일 것이다. 한 집단의 사람들이 자신의 일에 만족해하는지 불만족해하는지를 알아내는 건 쉬운 일처럼 보인다. 그러나 현실적으로 직무 만족 같은 개념은 상대적이기 때문에 객관적인 답을 내리기는 어렵다. 물이 반 정도 차 있는 컵을 주고서, 그걸 '반 쯤 채워져 있다'라고 묘사하는지, 아니면 '반쯤 비어있다'라고 묘사하는지를 관찰하는 것과 같은 문제다. 최근 독일의 유명한 사회과학자 두 명이 집필한 책을 보면, 이들은 독일 노동자들의 태도에 대해 서로가 정반대되는 결론을 내리고 있다. 동일한 조사 자료를 놓고도, 한 저자는 노동자들이 자신의 일에 만족해하고 있다고 결론 내렸고, 다른 한 저자는 노동자들이 직무에 불만족해하고 있다고 해석하였다(NoelleNeumann & Strumpel, 1984). 사람들은 여가보다는 일을 통해 더 만족을 느끼는 다소 의아한 경향이 여러 연구자에 의해 밝혀졌다(Andrew & Withey, 1976; Robinson 1977). 노동자의 49퍼센트가 일이 여가보다 더 만족스럽다고 이야기한 반면, 오직 19퍼센트만이 여가가 일보다 더 만족스럽다고 보고한 연구도 있다(Veroff, Douvan, & Kulka, 1981).

p. 134 플로우에 중독될 위험성

이에 대해서는 칙센트미하이(1985b)에서 좀 더 자세히 다루고 있다.

p. 135 플로우로서의 범죄

청소년 범죄가 어떻게 플로우 경험을 제공할 수 있는지에 대해서는 칙센트미하이와 라슨(1978)을 참고하라.

p. 136 오펜하이머Oppenheimer

원자 폭탄 개발 연구를 '매력적인 문제'라고 한 오펜하어미의 인용은 웨이든Weyden(1984)을 참고했다.

p. 137 "물은 좋을 수도 있고 나쁠 수도 있으며…"

그리스의 철학자 데모크리토스Democritus가 쓴 이 문장은 드 산틸라나de Santillana(1961(1970), p. 157)에서 인용하였다.

_04

p. 142 놀이

1939년에 처음 출간된 호이징가의 《호모 루덴스Homo Ludens》이후, 놀이와 즐거움에 대해 가장 독창적인 주장을 담은 책은 카이유아Roger Caillois의 《놀이와 인간Les Jeux et les Hommes》(1958)이다.

p. 143 모방 게임

의식용 분장이 어떻게 사람들을 일상적인 경험 밖 저편의 세계로 나아가게 할 수 있는지를 가장 잘 보여주는 사례는 몬티Monti(1969, pp. 9~15)

의 서아프리카에서의 의식용 가면 사용에 관한 논의이다. "심리학적인 관점에서 보면, 가면의 기원은 다른 존재감에 대한 경험 — 물질세계에서는 결코 충족되지 않는 하나의 욕망 — 을 충족하기 위해, 그리고 우주적인 힘이든, 신적인 힘이든, 또는 초자연적인 힘이든 그 어느 것이든 간에 그 힘과 자신을 동일시함으로써 자신의 힘을 강화하기 위한 열망이라고 설명할 수 있다."

p. 144 플로우와 발견

플로우와 유사한 16개의 서로 다른 활동에 순위를 매기라고 했을 때, 고도로 숙련된 암벽 등반가, 작곡가, 체스 전문가 등 칙센트미하이(1975, p. 29)가 연구한 사람들은 '새로운 뭔가를 설계하고 발견하는 것'을 플로우 활동과 가장 유사한 항목으로 평가했다.

p. 146 플로우와 성장

플로우 경험이 어떻게 자아 성장을 이끌어내는지에 관한 문제는 디시와 라이언Deci & Ryan(1985), 칙센트미하이(1982b, 1985a)에 논의되어있다. 웰즈Ann Wells(1988)는 좀 더 많은 시간을 플로우 상태로 보내는 여성이 좀 더 긍정적인 자아 개념을 가지고 있다는 걸 보여주었다.

p. 147 플로우와 의식ritual

인류학자 빅터 터너Victor Turner(1974)는 모든 원시사회에서 복잡한 의식 절차가 존재하는 까닭은 그 의식을 통해 플로우를 경험할 수 있으며, 또한 이것이 사회구성원들에게는 플로우를 경험할 수 있는 사회적으로 용인된 기회였기 때문이라고 말한다. 보통 일반적인 종교의식은 플로우 경험을 제공한다(Carrington, 1977; Csikszentmihalyi, 1987; I. Csikszentmihalyi 1988; Wilson, 1985). 여가의 종교적 차원과 비종교적 차원 간의 역사적 관런성에 관해서는 존 켈리John R. Kelly의 책《여가Leisure》(1982, pp. 53~68)에서 자세한 내용을 찾아볼 수 있다.

p. 148 플로우와 예술

어떻게 수동적으로 이루어지는 시각적 심미 경험이 플로우 경험을 제공하는지에 대한 설명은 칙센트미하이와 로빈슨에 들어있다.

p. 148 마야인들의 공 게임

마야인들이 즐겼던 일종의 공 게임이 갖는 종교적 중요성에 대해서는 블롬Blom(1932)과 길핀Gilpin(1948)에 나와 있다. 폭타폭Pok-ta-pok이라고 불렸던 농구와 비슷한 이 게임은 돌로 만들어진 코트에서 행해졌다. 시합은 28피트 높이에 걸려있는 돌로 만들어진 상대 팀의 골대 안에 손을 대지 않고 공을 집어넣는 것이었다.

초창기 스페인 선교사 디에고 두란Diego Duran 신부는 이 장면을 생생하게 묘사하였다. "이 게임은 기술과 재주를 지닌 몇몇 선수에게 굉장한 오락과 즐거움을 주었다. 그들은 엉덩이를 이용해서 한 시간 동안 단 한 번의 실수도 없이 공을 이쪽 끝에서 저쪽 끝으로 계속 날렸다. 이 경기는 손은 물론이고 발과 종아리, 팔조차도 사용하는 것이 허용되지 않았다."(Blom, 1932) 불행하게도 이 게임은 시합에서 진 팀의 선수를 죽이거나 희생시키는 것으로 끝이 난다(Pina Chan, 1969).

p. 149 플로우와 사회

칙센트미하이(1981a, 1981b)는 플로우와 유사한 일련의 활동들은 한 사회가 그 구성원들이 이용하도록 만들어놓은 것이므로 그 사회 자체의 본질을 반영할 수 있다고 생각했다. 또한 아가일(1987, p. 65)을 참고하라.

p. 152 문화 상대주의

이 문제는 너무 복잡해서 여기서 편견 없이 평가를 내리기는 어렵다. 이 개념은 인류학자 멜포드 스피로Melford Spiro(1987)가 훌륭하게 — 그러나 편견이 전혀 없다고는 할 수 없는 — 검토한 바 있다. 스피로는 자신의 자서전에서 자신이 왜 모든 문화적 풍습은 가치가 동일하다는 생각에서 각각의 문화마다 독특한 병리학적 특성이 있을 수 있다는 입장으로 생각을 바꾸었는지에 대해서 언급하고 있다. 철학자나 인문학자들은 종종 사회학자들이 각 문화가 생존을 위해 형성한 필수 불가결한 절대적 가치들을 너무 객관적으로 분석하고 있다고 주장한다(예를 들면 Arendt, 1958; Bloom, 1987). 사회학자 파레토Pareto(1917, 1919)는 '상대성'에 관한 논의의 문제를 일찍이 파악했던 사람이다.

p. 153 영국 노동자

자유로웠던 영국의 노동자들이 어떻게 고도로 조직화된 산업 노동자로 변화되었는지에 대한 고전적인 이야기는 역사학자인 톰슨E. P. Thompson(1963)이 논의하였다.

p. 154 도부Dobuaus인, 이크IK 족

인류학자 포춘Reo Fortune(1932(1963))은 신비에 싸인 도부인들을 연구했다. 우간다 이크 족의 역경에 대해서는 턴불Turnbull(1972)을 보라.

p. 154 요노마모Yonomano 족, 나이지리아Sad Nigerian 부족

요노마모 족은 잔인한 부족으로, 인류학자 나폴레옹 샤농Napoleon Changnon(1979)의 저술을 통해 불후의 명성을 얻었다. 나이지리아 부족에 대해서는 브라운Brown(1954)이라는 필명을 가진 로라 보하난Laura Bohannan이 썼다.

p. 155 이투리Ituri 정글, 슈쉬왑Shushwap

콜린 턴불Colin Turnbull(1961)은 이투리 정글의 피그미 족에 대해 애정 어린 저술을 남겼다. 슈쉬왑 인디언에 관한 인용구는 1986년에 리처드 쿨 Richard Kool이 나에게 보낸 편지에 들어있다.

p. 156 이세의 사원

이 사원에 대한 정보는 마크 칙센트미하이Mark Csikszentmihalyi의 개인 적 교류로 제공되었다.

P. 159 다른 국가의 행복한 사람들

다른 국가의 행복한 사람들에 관해 조사한 통계치는 조지 갤럽George Gall-up(1976)을 참고하라. 쿠바 사람들이나 이집트 사람들이 미국의 응 답자만큼 행복하다는 것에 대한 연구는 이스터린Easterlin(1974)이 진행 하였다. 행복에 대한 일반적인 논의와 비교 문화적 차이에 관해서는 아 가일Argyle(1987, pp. 102~11)을 참고하라.

p. 159 부유함과 행복

지금까지 진행된 모든 연구 평가를 기초로 하여 아가일(1987)과 빈호벤 (1984)은 물질적 부와 행복 혹은 인생의 만족도 사이에는 정적인 상관관 계가 있으나 그 정도가 그렇게 높지 않다는 결론을 내렸다.

p. 159 시간 활용

미국 성인들의 시간 활용에 대한 조사 결과는 우리의 경험표집방법ESM 연구에 근거한 것이다(Csikszentmihalyi & Graef, 1980; Csikszentmihalyi & Gianinno, 1983; Csikszentmihalyi & LeFevre, 1987, 1989). 이 방법을 통한 추 정은 더 광범위한 조사에서 얻은 결과와 아주 흡사하다(Robinson, 1977).

p. 161 정신 분열에서의 자극 과잉 포함

쾌감 상실anhedonia이라는 개념은 원래 정신과 의사 로이 그링커Roy Grinker가 발전시켰다. 과잉 포함과 주의 집중 장애는 주로 해로우, 그링커, 홀즈만과 케이톤Harrow, Grinker, Holzman & Kayton(1977), 해로우, 터커, 하노버와 쉴드Harrow, Tucker, Hanover & Shield(1972)가 연구하였다. 인용문은 맥기와 채프만McGhie & Chapman(1961, pp. 109, 114)이 출처이다. 나는 칙센트미하이(1978, 1982a)에서 심각한 정신병리학에 따른 플로우 경험의 부족과 사회적 결핍에 기인한 가벼운 주의 집중 장애 사이에 연관성이 있다고 주장하였다.

p. 164 에스키모

이들에 관련한 연구들 가운데 읽을 만한 가치가 있는 것은 카펜터 Carpenter(1970, 1973)의 저작들이다.

p. 164 캐러비안Caribbean

카리브 해 섬 문화의 파멸은 민츠Mintz(1985)가 서술하였다.

p. 165 아노미Anomie

아노미 즉 사회적 무질서 개념은 원래 뒤르켐Emile Durkheim이 자신의 연구《자살론Suicide》(1987(1951))에서 발전시킨 것이다.

p. 165 소외

이 개념을 가장 잘 소개한 글은 칼 마르크스Karl Marx의 초기 원고, 특히 그가 1844년에 쓴《경제와 철학 초고Economic and Philosophic Manuscripts》이다(Tucker, 1972). 사회학자 리처드 미첼Richard Mitchell(1983, 1988)은 아노미와 소외가 불안과 권태의 사회적 대응물counterparts이라는 것과 일상의 상태가 너무 혼돈스럽거나 예측 가능하기 때문에 사람들이 플로우를 찾지 못할 때 발생한다고 주장하였다.

p. 166 신경생리학적 가설

주의attention와 플로우에 관한 신경생리학적 가설은 다음 연구에 기초한다. Hamilton, 1976, 1981; Hamilton, Holcomb, & De la Pena, 1977; Hamilton, Haier, & Buchsbaum, 1984.

p. 168 피질 활성화

이것은 주어진 시간 동안 대뇌 피질에서 관찰되는 전기적 활동성의 양을 말하며, 그 진폭(마이크로볼트 단위에서)은 그때 뇌에서 일어나는 작용을 의미한다. 인간이 주의를 집중할 때 피질 활성화가 일반적으로 증가되는 것이 발견되었으며, 이는 정신 작용이 증가하는 것을 가리킨다.

p. 170 자기 목적적인 가정

이에 대한 연구는 라순디Rathunde(1988)에서 보고되었다. 그 결과는 이전의 조사들과 일치하는데, 이를테면 안정 애착 영아는 탐색 행동을 더 잘 시작한다(Ainsworth, Bell, & Stayton, 1971; Matas, Arend, & Sroufe, 1978)거나 사랑과 훈육 간의 최적 균형이 가장 훌륭한 아동 양육의 환경이 된다(Bronfenbrenner, 1970; Devereux, 1970; Baumrind, 1977)는 것이다. 여기서 발전된 것과 유사 가족 연구에 대한 체계적 접근법은 바우웬 Bowen(1978)에 의해 임상적 환경에서 처음으로 시작되었다.

p. 172 난관 속에서도 플로우를 경험했던 사람들

이것은 로건Logan(1985, 1988)이 고된 시련을 플로우 경험으로 전환시킬 수 있는 개인을 묘사한 용어이다.

p. 172 "만약 경험의 영역이…"

이 증언은 버니Burney(1952, pp. 16~18)에서 인용했다.

p. 173 중국 여성, 에바 지젤Eva Zeisel, 솔제니친Solzhenitsyn

중국 여성이 문화혁명의 무자비함 속에서 어떻게 살아남을 수 있었는지는 《상하이에서의 삶과 죽음Life and Death Shanghai》(Cheng, 1987)의 주제이다. 에바지젤의 투옥은 〈뉴요커New Yorker〉에 실린 인물 단평(Lessard, 1987)에 묘사되어 있다. 솔제니친의 감옥 이야기는 《수용 소군도 The Gulag Archipelago》(1976)를 참고한 것이다.

p. 174 티보르Tollas Tibor

티보르의 이야기는 그가 1957년 여름, 헝가리 혁명 이후 감옥에서 풀려났을 때 우리가 나눈 사적 대화를 재구성한 것이다.

p. 175-176 솔제니친, 베텔하임Bettelheim, 프랭클Frankl

솔제니친의 인용구는 로건Logan(1985)에서 언급된다. 베텔하임은 자신의 강제수용소 경험에 기초한 투옥 상황 행동의 일반화를 "극도의 상황에서의 개인과 집단의 행동"(1943)이라는 기사에서 소개하였다.

빅터 프랭클에 관해서는 《삶의 의미를 찾아서Man's Search for Meaning》, 《의미를 찾기 위한 무언의 노력The Unheard Cry for Meaning》(1963, 1978)을 참조하라.

p. 177 러셀Russell

그가 한 말은 〈셀프Self〉지(Merser, 1987, p. 147)의 기사에서 인용했다.

_05

p. 182 타라후마라 인디언의 축제

이 축제는 — 북부 멕시코의 산을 몇백 마일씩이나 오르내리는 의식이 포함되어있는 — 럼홀츠Lumholtz(1902(1987))와 나보코프Nabokov(1981)가 묘사하였다. 근대 스포츠에 영향을 끼친 제식적 요소에 대한 이야기는 근대 올림픽을 연구한 맥칼룬MacAloon(1981)에서 참고했다.

p. 184 이카루스 콤플렉스

이 용어는 헨리 머레이Henry A. Murray(1955)가 조사하였다. 여기서 프로이트 심리학의 승화sublimation 개념을 한번 되씹어 볼 필요가 있다. 만약 이 개념을 은근 슬쩍 넘긴다면 우리에게 해결하지 못한 문제가 남겨진 듯한 찜찜한 기분이 들지도 모른다. 프로이트에 따르면, 방어의 개념은 사회적으로 받아들여지지 못할 욕구를 억제할 때 생기는 것이고, 승화의 개념은 원래의 형태로는 표현하기가 어려운 욕구를 사회에서 용납하는 형태로 대체하여 표현하는 것을 말한다. 따라서 승화란 기껏해야 가면을 쓴 만족하지 못한 욕구의 대체물인 것이다. 예를 들어, 버글러Bergler(1970)는 위험을 수반한 게임이 성욕과 공격성에 대한 죄의식을 해소하는 기회를 제공한다고 하였다. 이카루스 콤플렉스에 따르면, 높이 도약하는 자는 사회적으로 용납될 수 있는 방법으로, 오이디푸스 콤플렉스의 속박으로부터 벗어나려고 하지만 그의 행동에 동기를 부여했던 기본적 갈등을 원천적으로 해결하지는 못한다. 이와 유사하게 존스 Jones(1931)와 파인Fine(1956)은 거세 공포에 맞서는 방법으로 체스를 설명했다. 즉 상대의 킹과 자신의 퀸을 돕는 말을 짝 지우는 것은 어머니와 공모하여 아버지를 거세하려는 승화된 연기라고 분석한다. 또한 등산은 승화된 남근 선망으로 설명한다. 이 관점에 따르면, 우리의 모든 행동은 안에서 굶고 있는 유아기 불안을 해결하는 것으로 나타난다.

어쨌든 우리의 동기를 한줌의 유전학적으로 프로그램된 욕구로 인해 생기는 쾌락pleasure의 추구 때문이라는 가설의 논리적 결과는 다른 동물 종족과 구별되는 인간의 많은 행동을 설명하기 어렵다는 것이다. 이를 설명하기 위해서는 진화론적인 관점에서 즐거움enjoyment의 역할을 고찰하는 것이 아주 유용하다.

인생은 과거로부터 영향을 받기도 하지만, 동시에 미래에 의해서도 좌우될 수 있다. 바다를 떠나 육지로 간 최초의 물고기가 유전자의 명령을 받아 그렇게 행동한 건 아니었을 것이다. 그저 변화된 새로운 환경에서 생존의 기회를 높이기 위하여 잠재되어있던 능력을 이용하였던 것이다. 마찬가지로, 개미집 입구에서 개미를 잡기 위해 우연히 나뭇가지를 처음으로 이용하려는 원숭이들의 행동은 유전적인 프로그램에 따른 것은 아니다. 이 행동은 얼마 지나지 않아 의식적으로 도구를 사용하게 되는 것 — 즉 우리가 진보라고 부르는 것 — 으로 이어질 수 있는 실험을 하고 있는 것이라고 볼 수 있다. 인간의 역사 또한 명확하지는 않더라도 다양한 꿈을 실현하기 위해 애쓰는 사람들의 행동으로 이해되어야 할 것이다. 이는 목적론 — 우리의 행동이 예정된 운명대로 전개된다는 믿음 — 의 문제가 아니다. 왜냐하면 목적론 또한 기계론적인 개념이기 때문이다. 우리가 추구하는 목적은 미리 결정되지 않는다. 즉 우리의 유전자에 프로그램되어있는 것이 아니다. 우리의 목적은 우리의 잠재적 능력을 새로운 환경에 적용하는 과정에서 발견된다.

즐거움은 자연도태 과정이 우리에게 진화를 통해 더욱 복합적인 존재가 되라고 제공해준 기제인 것 같다(이 논쟁은 칙센트미하이와 마시미니(1985), I. 칙센트미하이(1988)와 M. 칙센트미하이(1988)가 만들었다. 크룩Crook(1980) 또한 플로우의 진화론적 관련성을 설명했다). 먹는 데서 오는 쾌락이 더 많은 음식을 먹고 싶게 만들고, 육체적인 사랑에서 오는 쾌락이 더욱 성관계를 하고 싶게 만드는 것처럼, 즐거움은 우리에게 현재를 넘어서 미래까지 우리의 존재를 확장하도록 동기를 부여해준다. 단지 쾌락의 추구만이 '자연스런' 욕구의 원천이며, 그 어떤 다른 동기도 그 아류일 뿐이라는 설명은 받아들이기 힘들다. 새로운 목표를 달성하는 데에서 오는 보상은 고전적 욕구에 대한 보상 못지않게 우리의 삶에서 중요하기 때문이다.

p. 187 행복과 물적 재원 소비의 관계
이 주제에 관한 연구는 그래프, 지아니노와 칙센트 미하이Graef, Gianinno &Csikszentmihalyi(1981)에 보고되어있다.

p. 189 댄서
미국 댄서에 관련한 내용은 칙센트미하이(1975, p. 104)에서, 이탈리아 댄서의 것은 파베와 마시미니(1988, p. 212)에서 인용하였다.

p. 192 성욕 개념의 정교화cultivation
어빙 싱어Irving Singer(1981)는 사랑에 관한 서양의 인식, 그리고 이를 수반하는 행동에 관한 훌륭한 개관을 《사랑의 성향에 관하여The Nature of Love》 제3권에 담았다. 케네스 포프Kenneth Pope(1980)는 사랑에 대한 현대 심리학자들의 관점의 개요를 정리했다. 이 주제에 대해 아주 최근에 예일 대학의 심리학자 로버트 스턴버그Robert Sternberg(1988)는 에로스eros나 아가페agape와 같은 사랑의 고전적 묘사를 세 가지 구성 요소(친밀감, 열정, 책임)로 확장시켰다. 교토에서 게이샤로 몇 년 동안 훈련받은 미국 인류학자 리자 댈비Liza Dalby(1983)는 성욕에 대한 극동의 관점에 대해서 정교한 설명을 하였다. 고대 문학에서 낭만적인 로맨스가 부족한 것에 대해서는 베인Veyne(1987, 특히, pp. 202~5)을 참고하라.

p. 195 예수회

성 이그나시우스Ignatius에 의해 발전된 예수회 명령의 규칙이 그들을 따랐던 이들에게 플로우 경험을 제공하는 데 도움을 준 이유는 I. 칙센트미하이(1986, 1988)와 토스카노Toscano(1986)에 설명되어있다.

p. 195 요가

파탄잘리Patanjali의 요가에 관한 간단한 소개는 브리태니커 백과사전(1985, vol. 12, p. 846)에서 찾을 수 있다. 엘리아데Eliade(1969)는 이 주제에 대해 더 깊이 있는 설명을 제공하고 있다.

p. 200 미학

미학의 심리학에서 가장 중요한 최근의 통찰은 예술에서 질서order의 역할, 즉 네겐트로피를 강조한 아른하임Arnheim(1954, 1971, 1982)과 곰브리치Gombrich(1954, 1979)의 연구에 있다. 다른 정신분석학적 접근에 관해서는 매리 게도Mary Gedo가 편집한 세 권의 책《예술에 관한 정신 분석학적 관점Psychoanalytic Perspectives on Art》(1986, 1987, 1988)을 보라.

p. 200-201 "필라델피아 미술관에…", "마음에 와 닿는 작품들…", "오늘 같은 날이나…"

이 인터뷰는 모두 칙센트미하이와 로빈슨에서 인용했다.

p. 203 피그미 족에게 있어 음악의 용도

이에 대한 묘사는 턴불Turnbull(1961)을 보라.

p. 203-204 음악의 중요성, 경찰 인터뷰

십 대들이 가정에서 가장 중요하게 여기는 물건이 스테레오 세트라

는 결과를 조사한《사물의 의미The meaning of Things》(Csikszentmihalyi &
RochbergHalton, 1981)에는 미국인의 삶에서 음악의 중요성이 언급되어있
다. 경찰의 인터뷰 또한 같은 책에서 인용했다. 음악이 어떻게 십 대들의
좋은 기분을 회복하고 또래를 결속하는 토대를 제공하는지에 관해서는
칙센트미하이와 라슨(1984), 라슨과 큐비Larson & Kubey(1983)가 논의했다.

p. 204 레코드 음악은 삶을 풍족하게 만들어준다.

이 말은 1960년 즈음 일리노이 주의 레이크 포리스트 대학에서 열린 미
학 철학자 엘리세오 비바스Eliseo Vivas의 공개 강의에서 들었다.

p. 205 뒤르켐

그는《종교적 삶의 기본 형태Elementary Forms of Religious Life》(1912(1967))
에서 신앙심의 전조로서 '집단적 흥분'의 개념을 발전시켰다. 빅터 터너
Victor Turner의 '공동체communitas'는 자발적인 사회적 상호작용의 중요
성에 대한 최고의 견해를 제공한다(1969, 1974).

p. 205 카를로스 카스타네다Carlos Castaneda

그가 발표한 집단의식에 관한 글(1971, 1974)은 10년 전만 하더라도 아
주 영향력 있는 것이었지만, 지금에 와서는 그리 높은 평가를 받지 못하
고 있다. 그의 글의 신빙성이 논란의 대상이 되고 있다. 마법사 도제 기
간에 일어난 불후의 모험담을 적은 그의 책 마지막 몇 권은 정말이지 산
만할 뿐 아니라 내용도 없다. 그러나 처음 네 권은 많은 중요한 아이디어
를 포함하고 있으며 흥미를 자아내게 했다. 이탈리아 속담을 빌려 평가
하자면, "그건 사실이 아닐지도 모른다. 하지만 그럴 듯하긴 하다Se non è
vero, è ben trovato."

p. 206 음악 감상의 단계

음악 감상의 단계는 시카고 대학의 마이클 하이페츠Michael Heifetz의 미출판된 실증 연구에 기술되어있다. 이와 비슷한 단계에 대한 설명은 음악학자인 마이어Leonard Meyer(1956)가 하였다.

p. 208 플라톤

플라톤은《공화국Republic》3권에서 교육 목적에 대한 글라우콘Glaucon과 소크라테스의 대화를 통해 음악에 대한 그의 관점을 표현한다. 그 견해에 따르면, 아동이 '구슬픈' 혹은 '너무 편안한' 음악에 노출되어서는 안 된다. 그런 음악은 아이들의 성격을 손상시키기 때문이다. 따라서 이오니아식Ionian과 리디아식Lydian의 화성harmony은 커리큘럼에서 제외해야 한다는 것이다.

유일하게 수용할 수 있는 화성은 도리스식Dorian과 프리지아식Phrygian이다. 왜냐하면 두 가지는 젊을 때의 용기와 절제를 가르치는 화성이기 때문이다. 플라톤의 취향을 어떻게 생각하든지 간에 그가 음악을 진지하게 생각했다는 건 확실하다. 소크라테스가 말하기를(3권, p. 401), "글라우콘, 음악 훈련은 다른 무엇보다도 중요하다네. 왜냐하면 리듬과 화성은 교양 있는 사람의 영혼을 만들기 때문이라네." 블룸Bloom(1987, 특히, pp. 68~81)은 플라톤을 지지하면서 현대 음악이 이오니아식과 리디아식을 따른다고 비판하고 있다.

p. 209 로린 홀란더Lorin Hollander

그의 이야기는 우리가 1985년에 했던 대담에 기초한 것이다.

p. 211 먹기

예를 들면, 경험표집방법ESM 연구는 평일 동안 미국인들이 주로 하는 것들 중에서 먹을 때가 가장 내적으로 동기화된다는 걸 보여준다(Graef, Csikszentmihalyi & Giannino, 1983). 십 대는 먹을 때 — 가장 높은 긍정적 정서를 보여준 친구하고 어울릴 때를 제외하고 — 두 번째로 높은 수준의 긍정적 정서를, 그리고 아주 높은 수준의 내재적 동기 — 음악 듣기, 스포츠와 게임에 열중하기 다음으로 — 를 보고한다.

p. 212 키루스 대왕

이 설명은 크세노폰Xenophon(B. C 431~350)이 쓴 《키로파이디아Cyro-paedia》(키루스의 일생을 그린 허구의 이야기)가 출처이다. 그러나 크세노폰은 사실 키루스의 군대에서 복무했고, 그의 업적을 기록으로 남긴 유일한 사람이다(《페르시안 원정The Persian Expedition》이란 제목으로 번역된 그의 책 《아나바시스Anabasis》(Warner, 1965)도 참고하라).

p. 213 청교도와 즐거움

덜레스Foster Rhea Dulles(1965), 카슨Jane Carson의 식민 시대 버지니아에서의 오락 이야기(1965), 그리고 켈리Kelly(1982)의 5장을 참고하라.

_06

p. 218 독서

마시미니 교수가 세계 각국을 돌며 진행한 인터뷰에서 독서는 특히 현대화되어가는 전통적 집단에서 플로우 활동을 가장 많이 발생시키는 활동으로 언급되었다(Massimini, Csikszentmihalyi & Delle Fave, 1988, pp. 74~75). 또한 독서가 어떻게 즐거움을 제공하는지에 관한 넬Nell의 연구(1988)를 참고하라.

p. 218 지적 수수께끼mental puzzles

네덜란드 역사학자 호이징가(1939 (1970))는 수수께끼를 푸는 것으로부터 과학과 학문이 기원하고 있다고 주장한다.

p. 218 "내가 개인적으로 가장…"

이 말은 칙센트미하이와 로빈슨에서 인용하였다.

p. 220 정상적인 정신의 상태는 카오스, 즉 혼돈 상태이다.

이 결론은 경험표집방법ESM으로 수집한 다양한 정보에 기초한다. 예를 들어, 십 대가 하는 모든 활동 가운데 내적 동기화가 가장 낮은 활동은 '생각thinking'하는 것이며, 내적 동기화가 가장 높은 활동은 '부정적인 정서와 수동성passivity'이었다(Csikszentmihalyi & Larson, 1984, p. 300). 사람들은 아무것도 하지 않을 때에만 — 즉 자신의 마음에 외적 환경으로부터의 어떤 요구가 없을 때에만 — 생각을 하고 있다고 말하기 때문이다. 이것은 성인도 마찬가지였다(Kubey & Csikszentmihalyi).

또한 다양한 감각박탈 실험을 통해 나온 연구 결과에 따르면, 우리의 의식은 패턴화된 정보의 입력이 없다면 명쾌해지지 않는 경향이 있다. 바꾸어 말하면, "정신은 정보를 먹고 살아간다."(Miller, 1983, p. 111). 더 일반화해서 말하자면, 유기체는 네겐트로피를 먹고 살아간다고 할 수 있다(Schrodinger, 1947).

p. 221 텔레비전 시청

텔레비전을 시청한 경험의 부정적인 특성은 경험표집방법ESM으로 진행한 몇몇 연구에서 증명되었다(예를 들면, Csikszentmihalyi & Kubey, 1981; Csikszentmihalyi & Larson, 1984; Csikszentmihalyi, Larson & Prescott, 1977; Kubey & Csikszentmihalyi; Larson & Kubey, 1983).

p. 221 정신적 심상mental imagery

공상에 관한 싱어의 몇몇 연구에 대해 더 알고 싶다면 싱어Singer(1966, 1973, 1981))와 싱어와 스위처Singer & Switzer(1980)를 참고하라. 최근 10년 동안에 널리 퍼진 '정신적 심상' 운동은 미국에서 발전되었다.

p. 223 부뉴엘Buñuel

부뉴엘의 말은 색스Sacks(1970(1987), p. 23)에서 인용하였다.

p. 223 조상의 이름을 암송하기

일반적으로 회상하는 일은 종족의 원로나 족장의 일이다(Leenhardt, 1947(1979), pp. 117~18). 친족의 이름에 대한 회상이 얼마나 복잡한 형태를 띠는가는 에번스 프리처드EvansPritchard가 수단의 누에르Nuer 족에 관해 쓴 작품에 잘 나타나있다. 이들은 조상들을 직계, 방계를 포함하여 6대 조까지 나누어 회상한다(EvansPritchard, 1940(1978)).

p. 224 수수께끼

샬롯 게스트Charlotte Guest가 번역한 시와 그 다음에 나오는 시 〈나무들의 전투〉는 모두 로버트 그레이브스Robert Graves(1960)가 쓴 책《하얀 여신The White Goddess》에 나오는 시와 문학의 기원에 관한 그의 설명에 바탕을 두고 있다. 그레이브스는 영국에서 진지한 학문과 동시에 자유로운 상상의 나래가 활짝 펼쳐진 아주 풍요로운 학문적 시대에 속해있었다. 바로 루이스C. S. Lewis와 톨킨R. R. Tolkien(《반지의 제왕》작가 — 옮긴이)이 옥스퍼드에서 고전을 가르치고 공상 과학 소설을 쓰던 시대에 말이다.

p. 227 기계적 암기법

가렛H. E. Garrett(1941)은 학교에서 단순한 기계적 학습법을 사라지게 만든 실험과 연구 결과들을 개관하고 있다. 수피즈Suppies(1978)도 참고하라. 이 연구 결과들은 무의미 철자를 단순히 암기하는 것이 회상 능력을 결코 향상시키지 못한다는 증거를 제시하고 있다. 그러나 교육자들이 이러한 결과를 의미 있는 문장들마저 암기하지 못하게 하는 교육으로 일반화시킨 것은 이해하기 어렵다.

p. 228 기억의 통제
꿈과 마찬가지로 기억은 우리의 의지에 의해서 통제되지 않는 것 같다. 생각나지 않는 것은 아무리 노력한다고 한들 도무지 떠올릴 수가 없으니 말이다. 그러나 꿈과 마찬가지로 기억도 정신적 에너지를 투입하면 상당히 많이 증진시킬 수 있다. 기억에 관한 몇 가지의 책략을 쓰게 되면 보통 때는 외우기 힘든 아주 복잡한 목록을 기억할 수 있다. 고대나 중세에 사용하였던 기억에 관한 책략에 대한 개관은 스펜스Spence(1984)를 보라.

p. 230 아르키타스Archytas
그에 대한 참고 문헌과 그의 사고력 실험에 관한 내용은 산틸라나de Santillana(1961(1970), p. 63)를 참고하라.

p. 231 수학과 기하학의 발전
위트포겔Wittfogel(1957)은 관개 기술 발달에 토대를 둔 과학의 발전에 대한 훌륭한 유물론적 설명을 제공한다.

p. 232 새로운 문화적 산물
칙센트미하이(1988)는 새로운 문화적 산물이 필요에 의해서라기보다 즐거움 자체를 추구하기 위해서 만들어진다고 주장한다. 이러한 주장은 아주 기초적인 기술 — 이를테면 금속을 사용하는 것 — 에서도 적용된다. 예를 들어서 야금술(광석에서 금속을 골라내는 방법이나 기술 — 옮긴이)은 개인의 사회적 지위를 높이거나 매력적으로 보이기 위하여 장신구 따위를 제작하는 과정에서 발달되었다(Renfrew, 1986, pp. 144, 146). 호이징가(1939(1970))는 종교, 법, 정부, 군대와 같은 사회적 제도도 처음에는 놀이 형태나 게임으로부터 시작되었으며, 아주 점진적으로 엄격해지고 진중한 형태를 갖추게 되었다고 주장한다. 이와 같은 맥락에서, 베버Max Weber(1930(1958))는 자본주의도 기업가가 모험을 즐기는 게임의 형태에 그 기원이 있으며, 이런 게임의 실재들이 법제화되고 규범화되면서부터 우리를 옥죄는 '철창 감옥iron cage'이 되었다고 지적하였다.

p. 232 데모크리토스Democritus

그에 관한 일화는 산틸라나De Santillana(1961(1970), pp. 142ff.)를 참고하라.

p. 234 아이슬란드의 무용담

여기에 대한 소개는 스컬리 존슨Skuli Johnson(1930)의 문고를 참고하라.

p. 237 대화

대화가 어떻게 표상 세계를 유지시키는지에 대한 논쟁은 버거와 루크만 Berger & Luckmann(1967)의 책에 있다.

p. 239 시

정규교육을 받지 못한 빈민가 아이들과 양로원의 노인들에게 어떻게 시를 가르칠 수 있는지에 대해서는 코흐Koch(1970, 1977)가 탁월한 설명을 하였다.

p. 241 글쓰기와 우울증

적어도 낭만주의 시대부터 모든 유형의 예술가들은 '심리적으로 고통받는' 사람 또는 '귀신 들린' 사람이라는 고정관념이 존재해왔다. 물론 적지 않은 현대 예술가들이 우울증이거나 강박증의 증세를 보이고 있다는 증거는 있다(예컨대 다음을 보라. Alvarez, 1973; Berman, 1988; Csikszentmihalyi, 1988; Matson, 1980). 최근에도 조울증과 문학적 창의성의 관계를 조명하는 많은 저술이 있다(Andreasen, 1987; Richards et al., 1988). 그러나 이러한 관련성은 두 가지(예술과 정신 병리)의 본질에 내재해있다기보다는 특정 문화 속에서 예술가들이 처해있는 독특한 역할에 기인한 것이라고 볼 수 있다. 즉 특정 사회 환경 속에서 한 사람의 예술가로서 살아남기 위해서 그가 경제적 불안정과 무시, 조소는 물론이고 대중이 이해할 수 있는 표현을 위하여 상징체계의 부족까지 참아내야 한다면, 이런 열악한 조건이 그의 심리에 긍정적인 영향을 주기는 어려울 것이다. 일찍이 1550년경 이탈리아의 바사리Vasari도 그 시대의 젊은 이탈리아 예술가들의 성향에 대하여 말하기를 "매너리즘Mannerism을 따르는 젊은 예술가들이 이전의 예술가에게서는 볼 수 없었던 '광적인 요소'를 표현하고 있다. 이런 이유로 그들은 괴팍하고 이상해 보인다."라고 걱정스러운 마음을 표명하기도 하였다(Vasari, 1550(1959), p. 232). 그러나 훨씬 더 오래전인 이집트 문명 시대나 중세 시대에는 예술가들이 아주 즐겁게 활동하였으며, 사회에 적응을 잘하고 있었다(Hauser, 1951). 물론 현재에도 정신 병리와 예술적 창의성이 상관이 있다는 가설을 부정할 수 있는 사례들은 얼마든지 있다. 바하와 괴테, 디킨스와 베르디와 같은 위대한 예술가들이 그 사실을 훌륭하게 증명해주지 않았던가?

p. 242 개인의 과거에 대한 기억

에릭슨Erikson(1950, 1958, 1969)이 히틀러와 고르키, 루터와 간디의 삶에 대해 정신분석을 시도한 것을 계기로 '개인의 과거사를 이야기하는 것'에 대한 관심이 '전 생애 발달심리학'의 중요한 주제로 자리 잡게 되었다(다음을 보라. Cohler, 1982; Freeman, 1989; Gergen & Gergen, 1983, 1984; McAdams, 1985; Robinson, 1988; Sarbin, 1986; Schafer, 1980). 이러한 관점에 따르면, 어떤 한 사람이 자기 자신의 과거를 어떻게 바라보는지 알게 되면 미래에 그가 무엇을 할지를 예측할 수 있다고 한다.

p. 242 모든 집이 박물관이다
칙센트미하이와 로흐버그 할톤(1981)은 시카고 근처에 거주하는 3대가 같이 사는 가족 300명을 연구하면서 가정에서 그들이 좋아하는 물건을 보여주고 그 물건을 소중히 여기는 이유를 설명해달라고 요청했다.

p. 245 토마스 쿤Thomas Kuhn
그의 《과학 혁명의 구조The Structure of Scientific Revolution》(1962)에서 인용한 부분은 각각 24, 38, 38, 36쪽에 있다. 플로우 이론이 가장 가슴 설레게 하는 것은 왜 어떤 아이디어나 규범 또는 산물은 무시되거나 잊히는데, 다른 것은 선택되는가에 대한 설명을 제공해준다는 점이다. 지금까지 주로 이런 과정에 대한 설명은 경제활동에 기인한 결정론에 근거하고 있다. 이에 반해서 플로우 이론은 우리가 살아가면서 경험하는 즐거움이 우리의 역사를 만드는 데 중요한 역할을 하고 있다는 사실을 강조한다. 16~17세기 예수회의 규율이 성공적이었던 이유에 대해 설명한 이사벨라 칙센트미하이Isabella Csikszentmihalyi(1988)의 분석은 이 새로운 입장을 설명하는 출발점이라고 할 수 있다.

p. 247 획기적인 발견
플로우 경험은 과학 분야나 다른 분야에서 획기적인 발견을 남길 수 있도록 당신을 도울 수 있으며, 이런 점에서 플로우가 유익하다는 것은 이 책에서 전달하려는 메시지가 아니다. 오히려 내가 주장하고 싶은 건 성공이나 업적, 그리고 사회적 명예보다는 플로우가 제공하는 삶의 질과 행복감이 더 중요하다는 것이다. 그러나 이와 동시에 내가 전달하고 싶은 또 한 가지 메시지는, 성공적인 사람들이 자신이 하는 일을 아주 즐기고 있다는 사실을 부인할 필요는 없다는 것이다. 다른 말로 하자면, 자신이 하는 일을 즐기고 있는 사람이라면 그 일을 아주 성공적으로 수행할 수 있다(물론 성공과 자신의 일을 즐긴다는 것, 이 두 가지 요인 사이에 인과관계가 존재한다고 말하려는 것은 아니지만). 오래전 모리스 슐릭Maurice Schlick(1934)은 과학적 창의성을 지속하기 위해서 즐거움이라는 것이 얼마나 중요한가를 강조하였다.

최근에 진행된 유진 그리스만Eugene Griessman의 인터뷰에 따르면, 이중나선을 발견한 크릭Francis H. C. Crick, 행크 아론Hank Aaron, 줄리 앤드루스Julie Andrews, 테드 터너Ted Turner(CNN 사장 — 옮긴이) 등의 저명한 인물들은 인생의 성공을 이룬 가장 중요한 이유로 '일 속에서 느끼는 즐거움'을 꼽았다(Griessman, 1987, pp. 294~95). 플로우가 성공과 관련되어 있다는 또 하나의 예는 라슨Larson(1985, 1988)에서 유추해볼 수 있다. 이 연구에서는 고등학생들에게 한 달 동안 쓰기 과제를 내주고 학생들이 제출한 작품을 전문가에게 평가하도록 했다. 그 결과, 과제를 지루하다고 느낀 학생이 제출한 작품은 지루하다는 평가를 받았으며, 과제 수행 중에 불안함을 느낀 학생은 내용이 앞뒤가 맞지 않는 수필을 제출했다. 한편 과제를 즐긴 학생은 읽기에 즐거운 수필을 창작하였다. 이와 같은 결과는 학생들의 지능이나 능력의 차이와는 무관하게 나타났다. 활동 중에 플로우를 경험하는 사람은 결국에는 다른 사람들이 가치 있다고 평가할 결과물을 만들어낼 수 있다는 것은 확실한 사실이다.

p. 248 도네가와Susumu Tonegawa

도네가와의 아내와 나눈 인터뷰는 미국 일간지 〈USA Today〉에 나와있다(1987년 10월 13일자, p. 2A).

p. 250 성인들이 배우는 것에 관한 목록

알렌 타후Allen Tough(1978)의 연구 논문에 따르면, 성인들이 여가 시간에 배우는 것에 관한 목록은 놀라울 정도로 다양하다. 이와 관련하여 그로스Gross(1982)의 글도 참고하라. 평범한 사람들이 꾸준히 발전시켜온 지식의 영역은 바로 건강과 관련된 것이다. 우리는 흔히 사람들(흔히 어머니들)이 가족 구성원의 건강 이상을 어떻게 눈치를 채게 되며, 이런 문제들이 의학 전문가에게 전해졌을 때 아주 유용한 결과를 낳기도 한다는 사실을 듣게 된다. 예를 들어 베튼 루체Berton Roueche(1988)가 진술한 바에 따르면, 뉴잉글랜드에 사는 어느 부인은 자신의 아들과 그의 많은 친구들이 무릎 관절염으로 시달리고 있다는 것을 깨닫고 이 사실을 의사들에게 알렸다. 이로 인하여 연구자들은 진드기에 의해 전염되는 라임 관절염을 발견하였다.

p. 252 철학자

위대한 철학자들의 '독서 목록'을 제시하는 게 주제넘은 일인 것 같기는 하지만, 참고 문헌도 없이 단순히 언급만 하고 넘어가는 것 또한 직업적 양심에 위배되는 일이라 생각한다. 따라서 여기서 각 분야에서 가장 창의적이라고 생각되는 몇 가지 작품을 선택하고자 한다. 존재론에 대해서는 볼프Christian von Wolff의 《이성적 사고Vernunftige Gedanken》, 칸트의 《순수 이성 비판Critique of Pure Reason》, 후설의 《순수현상학Ideas: General Introduction to Pure Phenomenology》, 하이데거의 《존재와 시간Being and Time》(1962) 등을 들 수 있다. 그리고 이 가운데 후설의 이론을 접하는 데는 코하크Kohak(1978)와 콜라코프스키Kolakowski(1987)가 쓴 입문서를 가지고, 하이데거의 이론은 조지 슈타이너George Steiner(1978(1978))가 쓴 입문서로 시작하는 것이 바람직하다. 윤리학은 아리스토텔레스의 《니코마코스 윤리학》, 아퀴나스의 《신학 대전》, 스피노자의 《윤리학Ethics》, 그리고 니체의 《선악의 피안Beyond Good and Evil》과 《도덕의 계보Genealogy of Morals》를 참고하라.

미학에서는 바움가르텐Alexander Baumgarten의 《시에 관하여Reflection on Poetry》와 크로체Benedetto Croce의 《미학Aesthetics》, 산타야나Santayana의 《미의 의식The Sense of Beauty》 그리고 콜링우드Collingwood의 《예술의 원리The Principle of Art》 등을 꼽을 수 있다. 현재 아들러Mortimer Adler가 편집하고 브리태니커 백과사전이 발행하여 총 54권으로 구성된 《서구 사회의 위대한 책Great Book of the Western World》은 서구 사회의 가장 영향력 있는 사상가들을 소개하는 훌륭한 입문서이다. 이 시리즈에서 주요 사상을 요약하고 있는 제1, 2권은 아마추어 철학자에게 특히 유용할 것이다.

p. 255 리센코Lysenko

메드베드브Medvedev(1971)는 레닌주의자의 교리에 근거하여, 소비에트 러시아에 결과적으로 식량 부족을 초래하고야 만 리센코Lysenko의 농업 정책에 대해 설명하였다. 르쿠르Lecourt(1977)도 참고하라.

_07

p. 260 문자 이전 시대의 사람들이 일에 할애한 시간의 양

마샬 살린스Marshall Sahlins(1972)가 쓴 훌륭한 책과 리Lee(1975)의 통

계치를 참고하라. 고프Le Goff(1980)와 라뒤리Le Roy Ladurie(1979)는 중세 유럽의 노동 형태에 대한 여러 관점을 설명하고 있다. 톰슨E. P. Thompson(1963)은 산업혁명 전후에 전형적인 영국 노동자들의 근무 형태를 서술하였다. 클라크Clark(1919)와 하웰Howell(1986)은 공공 분야에서 노동자로서 여성의 역할 변화에 대하여 논의하였다.

p. 263 세라피나 비논Serafina Vinon
파베와 마시미니(1988)가 실시한 연구의 응답자들 가운데 한 명이다. 그녀의 응답을 인용한 "그 일들은 제게…"는 203쪽에 수록되어 있다. "나는 자유롭습니다…" 역시 같은 책에서 인용했다.

p. 270 발달과 복합성
대부분의 발달심리학은 가치중립을 표방해왔다(실질적인 이론이나 내용 면에서 그런지는 모르겠지만, 적어도 표현에 있어서는 그렇다는 말이다). 그러나 클라크 대학의 심리학과는 복합성이 성장의 목표라는 점을 중시하여, 인간의 발달 과정에서 복합성을 갖추는 것이 아주 중요하다는 입장을 명백히 하고 있다(Kaplan, 1983; Werner, 1957; Werner & Kaplan, 1956). 이러한 입장을 드러내는 최근의 시도로는 로빈슨Robinson(1988), 프리만과 로빈슨 Freeman&Robinson을 참고하라.

p. 271 포정의 설명
장자 철학의 소단원을 번역한 왓슨Watson(1964, p. 46)의 글에 쓰여있다.

p. 271 일부 비평가들
플로우가 오로지 서구의 정신 상태만을 기술한다는 것은 플로우 개념에 대해 처음으로 겨누어진 비판들 가운데 하나였다. 선Sun(1987)은 플로우와 유를 구체적으로 대조하였다. 칙센트미하이와 칙센트미하이(1988)의 연구에 따르면, 비서구 문화권에서도 플로우 상태에 대한 기술이 거의 비슷하다. 이와 같이 풍부한 비교문화적인 증거가 비판론자들을 안심시킬 수 있기 바란다.

p. 272 "그러나 뼈와 힘줄이…"

이는 왓슨(1964, p. 97)에 수록되어있다. 웨일리Waley(1939, p. 39)는 이 인용구가 유에 대한 설명이 아니라고 생각하였다. 그러나 반대로 그레이엄 Graham(Crandall, 1983에서 인용)과 왓슨(1964)은 이 인용구가 포정의 도살하는 방법을 설명하였으므로, 바로 그 인용구는 유에 대한 내용이라고 생각했던 것이다.

p. 274 나바호Navajo 족

마시미니 교수 연구 팀은 1984년과 1985년 여름에 나바호 족 양치기들을 대상으로 인터뷰를 실시하였다.

p. 275 영국 직조공

톰슨(1963)은 17~18세기 영국 직조공들의 삶에 대하여 기술하였다.

p. 278 외과 의사

진 해밀턴 박사Dr. Jean Hamilton는 외과 의사의 플로우에 대한 인터뷰를 진행하고, I. 칙센트미하이와 더불어 이에 관해 저술하였다 (Csikszentmihalyi, 1975, pp. 123~39).

p. 280 "저는 마치 체스 선수나…", "제 일에 아주 만족을…"

이 두 인용문은 칙센트미하이(1975, p. 129)에 나와 있다.

p. 281 "저희들은 정교하고…", "세부적인 사항에 주위를…"

이 두 인용문은 위와 같은 책의 136쪽에 있다.

p. 284 미국 직장인

칙센트미하이와 르 페브르Csikszentmihalyi & Le Fevre(1987, 1989), 르 페브르
(1988)는 경험표집방법ESM을 사용하여 미국 직장인들이 직업 활동과 여
가 활동을 할 때 어느 정도 플로우를 경험하는지를 보고하였다.

p. 285 불만족

1972~1978년에 수행되었던 15번의 여론조사 결과를 가지고 1980년에
메타 분석을 실시한 결과, 자신이 하는 일이 불만족스럽다고 응답한 노
동자의 비율이 높지 않은 것으로 나타났다(Argyle, 1987, p. 32).

p. 286 미국 노동자들에 대한 우리의 연구

나는 여기서 경험표집방법ESM 연구 결과에 덧붙여, 시카고 대학 평생교
육원이 주최한 베일 경영 세미나Vail management Seminars에 참석한 경영
인들을 대상으로 5년(1984~1988)에 걸쳐 수집한 자료들을 제시하고 있
다. 이들은 각 지역의 다양한 기업에서 참가하였으며, 인원은 약 400명
정도였다.

p. 291 일은 여가 시간보다 더 즐기기 쉽다.

심리학자와 정신과 전문의들은 여가 시간이 많은 사람에게 문제를 일
으킬 수 있다고 인식해왔다. 예를 들어, '정신의학 진보를 위한 모임'은
1958년에 "많은 미국인에게 여가는 위험하다."라는 대담한 결론을 내렸
다. 구센Gussen(1967)도 여가를 잘 활용하지 못하는 사람들이 보이는 여
러 가지 정신 질환에 대한 재조사를 통하여 이와 동일한 결론에 도달하

였다. 또한 자유 시간이 초래할 위험에 대처하는 미봉책으로 텔레비전의 역할이 자주 거론되어왔다. 예를 들어 콘라드Conrad(1982, p. 108)에 따르면, "근본적인 과학기술의 혁명은 시간 절약과 노동 절감에 관한 것이었다. 그러나 그 혁명의 결과로 생긴 부산물인 소비주의는 우리가 절약한 시간을 낭비하는 것을 말하며, 이를 위해 소비주의가 위임한 매체가 바로 텔레비전이다."

p. 292 여가 산업

여가의 경제적인 가치를 평가하기는 어렵다. 왜냐하면 공공의 토지가 레크리에이션을 위하여 사용되는 가치, 그리고 가정과 공공건물에서 레저에 쓰이는 공간에 대한 비용을 환산하는 것은 실제로 불가능하기 때문이다. 미국에서 여가 활동을 위해 직접적으로 소비하는 비용은 1980년에는 약 1,600억 달러로 추정되었다. 이 액수는 인플레이션을 감안했을 때 1970년의 두 배에 해당하는 것이다. 일반적인 가정에서는 가계 수입의 대략 5퍼센트를 여가 활동에 직접적으로 소비한다(Kelly, 1982, p. 9).

_08

p. 296 인간 상호 작용의 중요성

모든 경험표집방법 연구에서 경험의 질은 주위에 다른 사람들이 있을 때 높아지고, 반대로 혼자 있을 때는 낮아지는 것으로 나타난다. 심지어 개인이 스스로 선택하여 혼자 있을 경우마저도 그렇다(Lason & Csikszentmihalyi, 1978, 1980; Lason, Csikszentmihalyi & Graef, 1980). 엘리자베스 노엘 노이만Elisabeth NoelleNeumann(1984)은 사람들이 자신의 신념을 위하여 대중의 의견에 의존하는 원인과 방법에 대하여 명쾌하게 설명하였다. 철학적인 관점에서, 하이데거(1962)는 우리가 '그들', 즉 '우리 마음속에 끌어들인 타인들의 내적 심리에 관한 표상'에 끊임없이 의존하는 것에 대하여 분석해왔다. 이와 관련된 개념으로는 찰스 쿨리Charles Cooley(1902)의 '일반화된 타자generalized other'와 프로이트의 '초자아 superego' 등이 있다.

p. 297 사람들 사이에 있음
이 부분은 한나 아렌트Hannah Arendt가 《인간의 조건The Human Condition》(1958)에서 공적인 영역과 사적인 영역에 대하여 훌륭하게 분석한 내용에 근거를 두고 있다.

p. 298 다른 사람들과 함께 있기
여기서 경험표집방법 연구의 결과들(Lewinsohn & Graf, 1973; Lewinsohn & Libet, 1972; MacPhillamy & Lewinsohn, 1974; Lewinsohn et al., 1982)을 다시 언급하고자 한다. 이 연구들은 다른 사람과의 상호작용이 하루 전체의 분위기를 호전시킨다고 언급하였다. 르윈슨과 그의 연구 팀은 유쾌한 행동과 상호작용을 극대화시키는 방법으로 심리 치료를 개발해왔다. 만약 플로우에 근거한 치료법을 개발한다면 — 이탈리아 밀라노의 의과대학에서 이미 그 방향으로 연구가 진행되어왔다 — 바로 이와 같은 원리를 응용해야 할 것이다. 즉 인간의 부정적인 경험을 줄이려고 하기보다는 최적 경험의 횟수와 강도를 증가시키려고 노력하는 방법이 더 적절한 치료법이 될 것이다.

p. 299 비비원숭이
아마도 스튜어트 알트만Stuart Altmann(1970)과 진 알트만Jeanne Altmann(1970, 1980)은 영장류들의 사회관계에 대한 가장 뛰어난 전문가일 것이다. 이들의 연구는 영장류들의 생존 보장을 위한 사회화의 역할이 인간의 사회적 본능이 진화한 원인과 방법을 이해하는 데 좋은 실마리를 제공한다고 지적한다.

p. 300 사람들은 융통성이 많다

패트릭 메이어Patrick Mayers의 박사 학위 논문(1978)은 경험표집방법ESM을 이용하여 십 대들이 친구와의 상호작용을 가장 즐거우면서도 가장 불안하고 지루한 경험이라고 기록한 사실에 대해 처음으로 언급하였다. 십 대들의 이런 반응은 친구 관계에서만 나타났다. 다른 활동에서는 항상 지루하거나 또는 항상 즐거운 것으로 나타났다. 그 이후로 성인을 대상으로 한 연구의 결과 또한 이와 동일하였다.

p. 300 의사소통

베일 프로그램Vail program(293쪽의 주석 참고)에서 수집된 자료를 통해 효율적인 경영이 이루어지기 위한 의사소통 기술의 중요성이 대두되었다. 특히 중견 경영인들이 개발하기를 바라는 첫 번째 기술은 보다 나은 의사소통 기술이다.

p. 300 예절에 관한 책들

예절에 관한 아주 흥미 있는 예를 위해서는 레티시아 발드릿지Letitia Baldridge의 《훌륭한 사회생활에 대한 완벽한 가이드Complete Guide to Great Socal Life》를 참고하라. 여기서 "아첨은 아주 유용한 도구이다."와 "어느 주인이든 자신의 파티에 (옷을) 잘 차려입은 손님들이 참석하는 것을 자랑스러워한다. 그들은 유쾌한 성공의 느낌을 가져다준다." 등과 같이 완벽하게 현실적이지만 다소 역겨운 처세술의 전형적인 예가 포함된다(이 마지막 인용문을 1776년 3월 27일자 〈라이프〉지에 실린 사뮤엘 존슨Samuel Johnson

의 견해와 비교해보라. 그는 "좋은 옷은 단지 남들의 부러움을 사고자 하는 욕망을 충족
시켜줄 수 있을 때에만 유용하다", 〈뉴스위크〉지(1987년 10월 5일자, 90쪽)의 논평
을 참고하라.

p. 302 인간관계는 유동적인 것이다

인간관계를 유동적인 것으로 바라보는 관점은 사회학과 인류학에서 상
징적인 상호주의의 기조 가운데 하나가 되어왔다(Goffman, 1969, 1974;
Suttles, 1972). 또한 가족 치료에 대한 체계적 접근(Jackson, 1957; Bateson,
1978; Bowen, 1978; Hoffman, 1981)의 바탕이 된다.

p. 303 참을 수 없는 외로움

이 책 482쪽에 있는 '인간 상호 작용의 중요성'의 주석을 참고하라.

p. 303 일요일 오전

20세기 초 비엔나에서 정신분석학자들은 이미 사람들이 일요일 오전
에 유달리 신경쇠약을 많이 경험하게 되는 경향에 대하여 언급하였다
(Ferenczi, 1950). 하지만 그들은 그 이유가 우리가 여기서 가정하는 것보
다도 훨씬 복잡한 원인들 때문이라고 보았다.

p. 304 텔레비전 시청

이에 관한 문헌은 너무 방대해서 간단한 요약이라고 해도 분량이 만만
치 많을 것이다. 이 주제에 관한 큐비와 칙센트미하이의 종합적인 개관
을 참고하라. 텔레비전이 인간에게 이토록 막대한 영향력을 끼치고 있는
상황에서 텔레비전에 대해 과학적이고 객관적인 입장을 고수하기는 아
주 어렵다. 어떤 연구자들은 시청자들이 스스로의 목적을 위해서 텔레비
전을 완벽하게 이용할 수 있다고 주장하면서 텔레비전의 가치를 확고하

게 지지한다. 한편, 다른 연구자들은 텔레비전이 시청자들을 수동적이고 불만이 가득하게 만들었다고 주장한다. 두말할 나위 없이 나는 후자의 입장에 속한다.

p. 305 마약이 의식을 확장시켜 주는 것은 아니다

이러한 결론은 우리 팀이 지난 25년 동안 연구해온 예술가 200여 명과의 인터뷰에 기반을 두고 있다(다음을 보라. Getzels & Csikszentmihalyi, 1965, 1976; Csikszentmihalyi, Getzels, & Kahn, 1984). 비록 예술가들이 마약으로 유발된 경험을 미화하는 경향이 있다고 하더라도 나는 아직까지 그 어떤 창의적인 작품도 전적으로 마약의 영향에 의존해서 만들어졌다는 이야기를 들어본 적이 없다.

p. 306 콜러리지와 <쿠빌라이 칸>

약물이 어떻게 창의성에 도움을 주는지에 대하여 가장 자주 언급되는 예는 아편을 복용한 후 번뜩이는 영감에서 〈쿠빌라이 칸Kubla Khan〉을 썼다는 콜러리지Coleridge의 주장이다. 그러나 슈나이더Schneider(1953)는 콜러리지가 이 시의 초고를 여러 번 썼으며, 19세기 초 낭만주의적 취향을 가진 독자들의 관심을 끌기 위하여 아편 이야기를 꾸며냈다는 문헌 증거들을 제시하면서 이 이야기에 진지한 의문을 제기하였다.

p. 308 혼자 있는 것을 견디지 못하는 십 대들

십 대 영재아를 대상으로 진행하고 있는 우리의 연구에 따르면, 상당수의 십 대가 자신의 재능을 향상시키지 못하는 이유는 인지적인 결함 때문이 아니라, 혼자 있는 것을 견디지 못하고 그 결과 재능을 살리기 위해 요구되는 어려운 학습과 훈련을 참아내는 능력이 다른 친구들보다 뒤처지기 때문이다(이 주제에 관한 첫 번째 보고서에 대해서는 나카무라Nakamura(1988)

와 로빈슨Robinson(1986)을 참고하라). 우리는 다른 연구에서 수학에서 동일한
재능이 있는 고등학생들을 상급 학년이 되어도 계속 수학에 몰입하는
집단과 그렇지 않은 집단을 나누었다. 계속 몰입하는 학생들은 깨어있
는 시간의 15퍼센트를 학교 수업 외의 학업 활동으로 보내고, 6퍼센트는
구조화된 여가 활동(악기 연주나 스포츠 활동 등)을 하는 데 소비하는 것으로
나타났다. 그리고 이 학생들은 비구조화된 활동(친구들과 어울리기나 사교
적 활동)에 깨어있는 시간의 14퍼센트를 소비했다. 수학에 몰입하지 못한
학생들의 경우에 이런 활동에 보내는 시간의 비율은 학업에 5퍼센트, 여
가 활동에 2퍼센트 그리고 사교에 26퍼센트였다. 이 수치는 수학에 여전
히 열중하는 학생들은 사교적 활동보다 공부에 일주일에 한 시간을 더
보낸다는 것을 의미한다. 이와는 반대로 수학에 열중하지 않는 학생들은
사교적 활동에 공부 시간보다 무려 21시간을 더 많이 소비한다는 사실
을 알 수 있다. 십 대가 또래와 사귀는 데 전적으로 시간을 소비하게 되
면 재능을 발전시킬 수 있는 기회는 거의 없다.

p. 311   도로시Dorothy
그녀의 생활양식에 대한 설명은 개인적인 경험을 기초로 하고 있다.

p. 312   수잔 버처Susan Butcher
〈뉴요커The New Yorker〉(1987년 10월 5 일자, 34~35쪽)를 참고하라.

p. 315   친족 집단, 사회생물학
가족의 문명화의 영향을 가장 잘 나타낸 수필 중 하나는 레비 스트로스
LeviStrauss의 《친족의 기본 구조Les Structures elementaires de la Parente》
(1947(1967))이다. 해밀턴Hamilton(1964), 트리버스Trivers(1972), 알렉산더
Alexander(1974) 그리고 윌슨E. O. Wilson(1975) 등은 처음으로 사회생물

학적인 주장을 펼쳤다. 이 주제에 대해서는 이보다 나중에 출판된 살린스Sahlins(1976), 알렉산더Alexander(1979), 럼슨과 윌슨Lumdsen & Wilson(1983), 그리고 보이드와 리처슨Boyd & Richerson(1985)을 참고하라. 현재이와 관련된 문헌이 아주 많아졌다. 이 분야에서는 보울비Bowlby(1969)와에인즈워스Mary D. Ainsworth et al.(1978)의 작품은 고전에 속한다.

p. 316 장자 상속법

유럽의 상속법은 하바쿡Habakuk(1955)을, 프랑스의 상속법에 대해서는피츠Pitts(1964)를 참고하라. 오스트리아와 독일의 법은 미테라우어와 지더Mitterauer & Sieder(1983)를 참고하라.

p. 320 일부일처제

일부 사회생물학자들에 따르면, 일부일처제는 다른 부부 결합에 비해 절대적인 이점을 가지고 있다. 만약 형제나 자매가 그들이 공유하는 유전자 비율에 비례하여 서로를 돕는다고 가정한다면, 일부일처제 부부의 자녀들은 부모가 다른 자녀들보다 (상대적으로) 많은 유전자를 공유하기 때문에 서로를 더욱 많이 도울 것이다. 일부일처제 부부의 자녀들은 일부다처제 부부의 자녀들보다 서로에게 많은 도움을 받고, 훨씬 더 쉽게 살아남을 수 있을 것이며, 더 많은 아이를 출산할 것이다. 생물학적인 설명에서 문화적인 설명으로 관점을 바꾸면, 다른 조건이 동일하다면 안정적인 일부일처제 부부들은 자녀에게 한결 나은 경제적 지원뿐만 아니라보다 나은 심리적 지원까지 제공할 수 있다. 경제적인 관점에서만 본다면, 반복적인 일부일처제(즉 거듭된 이혼)는 수입과 재산을 재분배하는 데있어서 비효율적인 방법으로 보인다. 편부모 가정의 경제나 그 밖의 상황에 대하여 헤더링톤Hetherington(1979), 맥라나한McLanahan(1988), 그리고 테스만Tessman(1978) 등을 참고하라.

p. 320 긴부리 굴뚝새의 부부 관계

브리태니커 백과사전(1985, 14권, 701쪽)의 설명을 보라.

p. 321 키케로Cicero

자유에 대한 키케로의 인용문은 나의 중학교 숙제 공책에 쓰여 있었다. 그러나 여러 번의 시도에도 나는 그 출처를 알아내지 못했다. 나는 그 출처가 미심쩍은 것이 아니기를 진심으로 바란다.

p. 322 가족 복합성

파겔스Pagels(1988)가 복합성에 대해 정의한 선례에 따르면, 구성원 간에 이루어지는 상호 작용이 상대적으로 설명하기 어렵고, 현재의 지식을 근거로 하여 미래의 상호 작용을 예측하기 어려운 가족은, 구성원 간의 상호작용이 좀 더 설명하기 쉽고 예측하기 쉬운 가족보다 복합적이라고 이야기할 수 있다. 이러한 정의에 따른 가족 분류는 분화와 통합에 바탕을 둔 복합성의 분류와 아주 유사한 결과를 제공할 것이다.

p. 327 교외(시 외곽의 중상류층 주택 지역 — 옮긴이)에 사는 십 대들

인류학자 줄스 헨리Jules Henry(1965)는 지금으로부터 한 세대 전에 교외에서 성장한다는 것이 무엇과 같은지에 대하여 깊이 있는 설명을 하였다. 좀 더 최근에 슈와르츠Schwartz(1987)는 우리 사회에서 십 대 청소년들에게 자유와 자기 존중감을 느낄 수 있는 기회를 주고 있는지에 관하여 알아보기 위해 중서부에 있는 교외 지역 여섯 군데를 비교하였고, 그 결과 교외 간에 현저한 차이가 있다는 것을 발견하였다. 이러한 차이는 우리 사회에서 십 대가 성장하는 것에 대해 제시하는 일반화된 설명이 정확하지 않다는 것을 보여준다.

p. 327 부모가 자녀들과 이야기 나누기

우리는 아주 고급스러운 교외에 위치한 고등학교 학생들을 대상으로 진행한 십 대에 대한 연구를 통하여, 비록 십 대들이 깨어있는 시간의 12.7 퍼센트를 부모와 함께 보낸다고 할지라도 — 아버지와 단 둘이 함께 있는 시간은 평균적으로 하루에 5분 정도뿐이다 — 그 시간의 절반은 함께 텔레비전을 보는 데 소비한다(Csikszentmihalyi & Lason, 1984, p. 73)는 사실을 발견하였다. 이토록 짧은 시간 동안 서로의 가치관을 공유하거나 의사 교류가 깊이 있게 일어난다고 기대하기는 어렵다. 질적인 시간이 중요한 것도 사실이지만, 양적인 시간도 어느 정도는 채워져야 질적인 면에서도 결실을 맺을 수 있을 것이다.

p. 328 십 대의 임신

현재 미국은 십 대의 임신과 낙태, 출산 문제가 다른 선진국과 비교할 때 최고로 심각한 상황에 있다. 일년에 15~19세의 미국 소녀 1,000명 가운데 96명이 임신한다. 그 다음은 프랑스인데 1,000명당 43명이 임신을 한다(Mall, 1985). 십 대의 미혼모 발생률은 1960년과 1980년 사이에 두 배로 증가하였다(Schiamberg, 1988, p. 718). 현재의 발생율이 이대로 지속된다면, 지금 14세인 소녀들 중에서 40퍼센트는 20대가 되기 전에 적어도 한 번은 임신을 하게 될 것으로 추정할 수 있다(Wallis et al., 1985).

p. 329 플로우를 제공하는 가족들

라순디Rathunde(1988)는 자녀들에게 자기 목적적인 성격의 발달을 촉진시켜주는 가족의 특징에 대하여 연구하고 있다.

p. 331 친구와 함께 있을 때의 긍정적인 기분

십 대들은 친구와 함께 있을 때 집중도와 인지적 효율성이 다소 낮게 나타나지만, 다른 어떤 사회적 맥락에서보다 행복감, 자기 존중감 그리고 동기의 수준은 아주 높게 나타났다(Csikszentmihalyi & Lason, 1984). 성인을 대상으로 경험표집방법을 실시한 연구에서도 역시 동일한 결과를 보였다. 예를 들어, 결혼한 성인들과 은퇴한 부부들도 배우자나 자녀들 또는 그 밖의 다른 사람들과 함께 있을 때보다 친구들과 함께 있을 때 더욱 긍정적인 정서를 느낀다고 보고하였다.

p. 332 음주 형태

칙센트미하이(1968)는 대중의 다양한 음주 형태와 음주를 할 때 나타나는 사회적 상호작용의 형태에 대하여 설명해왔다.

p. 335 도구적 기술과 표현적 기술

탈콧 파슨스Talcott Parsons(1942)의 책에서 이 두 가지 기능의 차이에 대해서 소개하고 있다. 슈와르츠Schwartz(1987)는 이 두 가지 기능을 현대사회에 적용하였다. 그는 여기서 십 대에 관한 중요한 문제는 사회의 테두리 안에서 행동을 할 기회가 거의 없다는 것이며, 따라서 그들은 일탈행위에 의지할 수밖에 없다고 언급하였다.

p. 338 정치

한나 아렌트(1958)는 정치가 개개인들로 하여금 자신의 강점과 약점에 대해 객관적인 피드백을 얻을 수 있게 해주는 상호작용이라고 정의하였다. 개인에게 자신의 관점에 대해 논쟁할 수 있고, 그 관점의 가치를 동료들에게 확신시킬 수 있는 기회가 주어지는 정치적 상황에서 개인의 감추어진 능력들이 겉으로 드러나게 된다. 그러나 이와 같이 공정한 피드백은 오로지 개개인이 다른 사람들의 목소리에 기꺼이 귀 기울이고, 타인의 장점에 근거해서 그들을 평가하려는 '공적인 영역public realm' 안에서만 생길 수 있다. 아렌트에 따르면, 공적인 영역은 개인적 성장, 창의성, 자기 발견을 위한 가장 좋은 매개체이다.

p. 339 경제적 접근의 불합리

막스 베버(1930(1958))는 프로테스탄트 윤리에 대한 저서에서 경제적 계산이 겉으로는 합리적으로 보이지만 실제로는 그렇지 않다고 주장하였다. 고된 노동, 저축, 투자, 생산과 소비에 관련된 모든 과학은 그것들이 삶을 더욱 행복하게 만든다는 신념 때문에 정당화되었다. 하지만 베버는 이러한 과학(자본주의)이 일단 완성되고 나면 그 이후에는 더 이상 인간 행복의 논리에 따라 작동되지 않고, 오히려 생산과 소비의 논리에 근거하여 그 자체의 목적을 발달시킨다고 주장한다. 이 상태가 되면 경제적 행위는 더 이상 합리적이지 않은데, 왜냐하면 자본주의를 정당화시켜주었던 원래의 목표에 의해서 인도되는 것이 아니기 때문이다.

베버의 주장은 다른 많은 활동에도 적용된다. 이러한 활동들은 명확한 목표와 규칙이 완성되면 본래의 의도에서 벗어나서 제멋대로 자기만족을 위해서 움직여나가기 때문이다. 이것은 베버 자신에 의해서도 지각되었다. 그는 종교적인 소명 의식에서 비롯된 자본주의가 시간이 흐르면서 기업가들에게는 단지 '스포츠'로 변해가고, 다른 모든 사람들에게는 '철창 감옥'이 되었다고 주장하였다. 칙센트미하이와 로흐버그 할톤(1981, 9장)의 글도 참고하라.

_09

p. 345 비극 이겨내기

이 단락 전체는 마시미니 교수의 허락 하에 내가 사용할 수 있었던 인터뷰의 전사 내용을 광범위하게 사용한 것이다. 저자는 이탈리아어로 된 응답을 이 책에서는 영어로 번역했다.

p. 345 프란츠 알렉산더Franz Alexander

그의 말은 시겔Siegel(1986, p. 1)의 글에서 인용했다. 노먼 커즌스Norman Cousins는《질병의 해부학Anatomy of an Illness》(1979)에서 질병을 통제하기 위한 전략에 대하여 설명하였다.

p. 353 "2주가 지나면…"

이 말은 1777년 9월 19일 존슨Johnson이 보스웰Boswell에게 보낸 편지에서 발췌했다.

p. 354 스트레스

1934년 스트레스의 생리학을 연구하기 시작한 한스 셀리Hans Selye는 스트레스를 정신적이든 육체적이든 간에 신체에 대한 어떤 요구에 대한 일반화된 결과라고 정의하였다(1956(1987)). 이러한 요구들이 심리적 영향에 미치는 심각성 정도를 척도화한 연구는 아주 획기적인 것이었다 (Holmes & Rahe, 1967). 이 측정에서 수치가 100으로 표시되는 가장 높은 스트레스는 '배우자의 죽음'이다. '결혼'은 50, '크리스마스'는 12로 나타났다. 바꾸어 말하면, 네 번의 크리스마스가 갖는 영향력은 한 번 결혼할 때 겪는 스트레스와 맞먹는다는 것이다. 부정적이거나 긍정적인 사건 모두가 스트레스를 일으킨다는 사실을 주목해야 한다. 왜냐하면 이 두 가지 모두는 사람들이 순응해야만 하는 '요구'를 나타내기 때문이다.

p. 355 지원

스트레스를 완화하는 다양한 방법 가운데 사회적 지원, 즉 사회적 네트

워크의 역할은 가장 광범위하게 연구되어왔다(Lieberman et al., 1979). 가족과 친구들은 때때로 물질적인 도움이나 정서적 지원 그리고 필요한 정보를 제공한다(Schaefer, Coyne, & Lazarus, 1981). 심지어 다른 사람들에 대하여 관심을 갖는다는 사실만으로도 스트레스를 완화시키는 것 같다. 즉 자기 자신을 넘어 다른 사람들에 대하여 관심을 갖는 사람은 상대적으로 스트레스를 적게 받으며, 불안, 의기소침, 적개심 등도 별다른 영향을 주지 못한다. 또한 그들은 자신의 문제에 대처하기 위하여 한층 더 적극적으로 시도한다(Crandall, 1984, p. 172).

p. 355 스트레스에 대처하는 유형

스트레스 경험은 인간이 대처하는 유형에 따라서 달라진다. 동일한 사건이라도 개인의 대처 능력에 따라 긍정적이거나 부정적인 심리적 결과를 초래할 것이다. '강건함Hardiness'은 위협을 도전해볼 만한 문제로 변환시킴으로써 대처하는 사람들의 경향을 설명하기 위하여 살바토르 마디Salvatore Maddi와 수잔 코바사Suzanne Kobasa가 만들어낸 용어이다. '강건함'의 세 가지 주요 구성 요소는 개인의 목표에 대한 헌신, 통제의 소재가 자신에게 있다는 생각, 그리고 도전의 즐거움이다(Kobasa, Maddi, & Kahn, 1982). 이와 비슷한 용어로는 배일란트Vaillant(1977)의 '성숙한 방어mature defense', 라자루스Lazarus의 '대응coping'(Lazarus & Folkman, 1984), 그리고 엘리자베스 노엘 노이만Elisabeth NoelleNeumann(1983, 1985)이 독일인을 대상으로 실시한 연구에서 측정한 '성격 강도personality strength'의 개념 등이 있다. '강건함', '성숙한 방어', '변형적 대처' 등과 같은 대처 유형은 이 책에서 설명한 자기 목적적인 성격과 많은 특성을 공유한다.

p. 357 용기

내가 수집한 3세대 가족 연구 자료를 근거로 버트 라이온스Bert Lyons가

박사학위 논문(1988)에서 분석한 결과에 따르면, 사람들은 타인을 존경하는 가장 중요한 이유로 용기를 손꼽았다.

p. 358 소산 구조
이 용어의 의미에 대해서는 프리고진Prigogine(1980)을 참고하라.

p. 360 사춘기의 변형적 대처
경험표집방법ESM으로 실시한 종단 연구(Freeman, Lason & Csikszen-tmihalyi, 1986)의 결과에 따르면, 십 대 후반은 십 대 초반에 비해서 가족과 친구, 그리고 자신과 관련한 부정적인 경험에 대해 훨씬 더 관대한 태도를 취하는 것으로 나타났다. 즉 13세에는 비극으로 느끼는 갈등을 17세에는 온전하게 다룰 수 있는 것으로 보인다.

p. 362 자의식이 없는 자신감
이 개념의 발달에 대해서는 로건Logan(1985, 1988)을 참고하라.

p. 365 "화강 암벽 면에는 수정들이…"
취나드Chouinard에서 인용한 이 글은 로빈슨Robinson(1969, p. 6)의 글에 보고되어있다.

p. 366 "제 조종석은 비좁고…"
이 말은 린드버그Lindbergh에서 인용한 것이다(1953, pp. 27~28).

p. 369 새로운 목표를 발견하기
칙센트미하이(1985a)와 칙센트미하이와 비티Csikszentmihalyi & Bea-ttie(1979)의 논문에서는 예술가와 재료들 사이의 상징적 상호작용에서 창의적인 작품이 나타내는 것과 같이, 세상의 다양한 경험에서 비롯되는 복합적인 자아에 대하여 설명하였다.

p. 370 예술가의 발견

예술 분야에서 문제를 발견하는 과정은 칙센트미하이(1965), 칙센트미하이와 게첼즈Csikszentmihalyi & Getzels(1989)에 이르는 다양한 연구 논문들에서 언급되었다. 또한 게첼즈와 칙센트미하이(1976)도 참고하라. 간단히 설명하자면, 완성된 작품에 대한 뚜렷한 이미지 없이 그림을 그렸던 학생들이 미리 머릿속에서 완성된 작품에 대한 이미지를 가지고 있었던 학생들에 비해 18년이 지난 후 미술계에서 훨씬 더 성공적인 평가를 받고 있음을 발견하였다. 기술적인 능력과 같은 다른 특징들은 두 집단 사이에 (유의미한) 차이가 없었다.

p. 372 현실적인 목표를 설정하기

단기적인 보상이 거의 없이 장기간 목표에 전념하는 성인들은 쉽고 단기적인 목적을 가진 사람들보다도 삶에서 만족을 느끼지 못하는 것으로 보고되었다(Bee, 1987, p. 373). 그러나 플로우 모델은 너무 쉬운 목표를 두는 것도 역시 불만족스러울 수 있다는 점을 시사해준다. 극단적인 이 두 가지의 경우 모두 인간이 삶을 온전히 즐기도록 허락하지 않는다.

_10

p. 389 한나 아렌트

그녀는《인간의 조건The Human Condition》(1958)에서 영원과 불멸 위에 세워진 의미 체계들 간의 차이에 대하여 설명하고 있다.

p. 389 소로킨Sorokin

그는 1937년에 네 권으로 된 저서인 《사회와 문화의 역동Social and Cu-lture Dynamics》에서 문화에 대한 범주화를 완성하였다(같은 제목의 요약본은 1962년에 출판되었다). 이 책은 사회학자들에게 거의 잊혔는데, 그것은 아마도 유행에 뒤처진 그의 이상주의 때문이거나, 1950~1960년대의 결정적인 시기에 그의 하버드 대학 동료 탈콧 파슨스Talcott Parsons이 내놓은 한결 치밀한 이론 때문이었을지도 모른다. 하지만 소로킨처럼 폭 넓은 지식과 혁신적인 방법론을 가지고 있는 학자는 시간이 흐른 후 결국에는 정당한 평가를 받게 될 것이다.

p. 394 자아 발달의 순서

에릭슨Erikson(1950)은 성인들이 자아 정체감, 친밀감, 생산성의 단계를 순차적으로 거쳐 마침내 통합의 단계에 도달한다고 생각하였다. 매슬로우Maslow(1954)는 욕구의 위계가 신체적인 안전에 대한 욕구에서부터 애정과 소속에 대한 욕구를 넘어 자아실현의 욕구에까지 이른다고 주장하였다. 콜버그Kohlberg(1984)는 도덕 발달이 자기 편익을 기준으로 한 판단에서 시작하여 보편적인 원리에 판단의 기반을 둔 단계로 이전한다고 주장하였다. 레빈저Loevinger(1976)는 자아 발달이 충동적인 자기방어 행동으로부터 환경과 조화를 이루는 방향으로까지 진행된다고 보았다. 헬렌 비Helen Bee(1987, 특히 10장과 13장)는 위의 이론들과 더불어 다른 '나선형' 발달 모델을 훌륭하게 요약하고 있다.

p. 401 '행동적인 삶'과 '관조적인 삶'

아리스토텔레스가 주창한 이 용어는 선한 삶을 주장한 토마스 아퀴나스와 아렌트(1958)가 언급하는 등 광범위하게 사용되었다.

p. 402 예수회의 규칙

이사벨라 칙센트미하이(1986, 1988)와 마르코 토스카노Marco Tosca-
no(1986)는 예수회의 규칙이 그것을 따르는 사람들의 의식 속에서 어떻
게 질서를 창조해내는지를 설명하고 있다.

p. 404 의식의 출현

제인스Jaynes(1977)는 인간의 의식이 어떻게 나타나게 되었는지에 대
하여 추측해보고자 하였다. 그는 그 원인이 대뇌의 좌반구와 우반구
의 연결에 있다고 보았으며, 이러한 연결이 생긴 건 겨우 3,000년 정도
밖에 되지 않았다고 주장한다. 아울러 알렉산더Alexander(1987)와 캘빈
Calvin(1986)의 글도 참고하라.

p. 405 동물들의 내적인 삶

다른 동물들이 갖는 느낌이 인간의 감정과 어느 정도까지 유사한가에
대하여 광범위하게 논의가 진행되고 있다(von Uexkull, 1921) 최근 인간
과 의사 교류를 하는 영장류를 대상으로 실시한 여러 연구에 따르면, 동
물들 중 일부는 심지어 구체적인 자극이 없을 때마저도 감정을 가지고
있는 것 같다(예를 들어, 이 동물들은 죽은 짝을 기억하면서 슬픔을 느낀다). 그러나
이 논의에 대한 증거는 아직 충분하지 않다.

p. 406 문자 이전 시대 사람들의 의식

인류학자 로버트 레드필드Robert Redfield(1955)는 부족사회가 지나치
게 단순하고 동질적이어서 해당 구성원은 그 사회의 신념과 행동에 대
해 독자적인 입장이나 태도를 취할 수 없다고 주장하였다. 제1차 도시혁
명으로 도시들이 생겨나기 이전인 대략 5,000년 전에 사람들은 문화가
자신들에게 제공하는 현실을 의문 없이 받아들이는 경향이 있었고, 이

에 동조하는 것 외에 다른 대안이 없었다. 그러나 인류학자 폴 래딘Paul Radin(1927) 등의 학자들은 '원시시대' 사람들에게서 위대한 철학적 사고와 양심의 자유 등을 발견해야 한다고 역설하였다.

p. 407 톨스토이

톨스토이가 쓴 (중편)소설은 여러 차례 재판 발행되었다. 톨스토이(1886(1985))를 참고하라.

p. 408 사회적 역할의 복합화

드 로베르티De Roberty(1878)와 드라히세스코Draghicesco(1906)는 사회적 역할의 복합화가 의식의 복합화를 초래하였다고 주장했다. 그들은 지능이 인간 상호작용의 빈도와 강도의 함수라는 가정에 바탕을 두고 사회적 진화 모델 이론을 개발하였다. 러시아의 심리학자 비고츠키Vygotsky(1978)와 루리아Luria(1976)도 같은 입장을 취했다고 할 수 있다.

p. 409 사르트르

그는 《존재와 무Being and Nothingness》(1956)에서 인생 주제라는 개념에 대하여 설명하였다. 올포트Allport(1955)는 '자아를 위한 노력' 개념을 소개하였다. 인생의 주제에 관한 개념을 '개인이 무엇보다도 우선해서 해결하기를 바라는 모든 문제의 집합과 이를 해결하기 위해 찾는 수단들'이라고 정의 내린 칙센트미하이와 비티(1979)의 관점을 참고하라.

p. 410 아돌프 아이히만Adolf Eichmann

한나 아렌트(1963)는 아돌프 아이히만Adolf Eichmann의 일생에 관하여 탁월한 분석을 제공하였다.

p. 411 말콤 엑스Malcolm X

그의 자서전(1977)은 인생 주제의 발달에 대해 쓰인 고전이다.

p. 414 네겐트로피적 인생 주제의 청사진

자신의 문제에서 다른 사람의 문제로 관심이 옮겨질 때 오히려 개인적 성숙이 이루어진다는 아이러니한 사실은 발달심리학자들이 지닌 생각의 근간을 이루고 있다. 크랜달Crandall(1984)과 361쪽의 주석도 참고하라.

p. 416 안토니오 그람시Antonio Gramsci

조셉 피오레Giuseppe Fiore(1973)는 안토니오 그람시에 대하여 가장 뛰어난 영문으로 된 전기를 남겼다.

p. 417 에디슨, 루스벨트, 아인슈타인

고에첼과 고에첼Goertzel & Goertzel(1962)은 저명한 인사 300명의 어린 시절에 대하여 자세히 기술하고, 어린 시절의 성장 조건과 성인기의 성취 사이에는 거의 관련이 없다는 것을 보여주었다.

p. 417 문화적 진화

문화적 진화는 지난 수십 년 동안 사회과학자들에 의해 너무 일찍 무시된 개념이다. 이 개념이 여전히 의미 있음을 보여주는 시도들 가운데에서 다음의 예들을 참고하라. Burhoe, 1982; Csikszentmihalyi & Massimini, 1985; Lumdsen & Wilson, 1981, 1983; Massimini, 1982; White, 1975.

p. 418 사회화의 매개물로써의 책

아동기에 접한 책과 이야기가 이후에 삶의 주제에 미치는 영향은 칙센트미하이와 비티(1979), 비티와 칙센트미하이(1981)를 참고하라.

p. 422 종교와 엔트로피

헤겔의 초기 작품인《그리스도교의 정신과 운명Der Geist der Christentums und sein Schiksal(The spirit of Christianity and its fate)》을 하나의 예로 참고하라. 이 저서는 1798년에 완성되었으나 110년이 지난 후에야 출간되었다. 헤겔은 그리스도의 교리가 교회로 수용된 이후에 변화해가는 과정을 이 책에 서술하였다.

p. 423 진화

다양한 배경을 가진 수많은 학자와 과학자들은 인류의 목표와 우주의 법칙을 동시에 고려하는 진화에 대한 과학적 이해가 새로운 의미 체계의 밑바탕이 될 것이라고 믿어왔다(다음을 참고하라. Burhoe, 1976; Campbell, 1965, 1975, 1976; Csikszentmihalyi & Massimini, 1985; Csikszentmihalyi & Rathunde, 1989; Teihard de Chardin, 1965; Huxley, 1942; Mead, 1964; Medawar, 1960; Waddington, 1970). 새로운 문명이 세워질 것이라는 예언은 이러한 신념에 근거한 것이다. 그러나 진화가 진보를 보장하는 건 아니다(Nitecki, 1988). 아마도 인류는 총체적 진화 과정에서 제외될 수도 있는데, 그것은 우리가 어떤 선택을 하는가에 달려있다. 그리고 우리가 진화가 어떻게 진행되는지에 대해 잘 이해한다면 지금보다 훨씬 더 현명한 선택을 할 수 있을 것이다.

Ach, N. 1905. *Über die Willenstätigkeit und das Denkens.* Göttingen: vandenhoeck & Ruprecht.

Adler, A. 1956. *The individual psychology of Alfred Adler.* New York: Basic Books.

Adler, M. J. 1956. Why only adults can be educated. *In Great issues in education.* Chicago: Great Books Foundation.

Ainsworth, M. D. S., Bell, S. M., & Stayton, D. J. 1971. Individual differences in strange-situation behavior of one-year-olds. In H.R. Schaffer, ed., *The origins of human social relations.* London: Academic Press.

Ainsworth, M., Blehar, M., Waters, E., & Wall, S. 1978. *Patterns of attachment.* Hillsdale, N.J.:Erlbaum.

Alexander, R. D. 1974. The evolution of social behavior. *Annual Review of Ecology and Systematics* 5:325-83.

_____ . 1979. Evolution and culture. In N. A. Chagnon & W. Irons, eds., Evolutionary biology and human social behavior: An anthropological perspective (pp. 59-78). North Scituate, Mass.: Duxbury Press.

_____ . 1987. *The biology of moral systems.* New York: Aldine de Guyter.

Allison, M. T., & Duncan, M. C. 1988. Women, work, and flow. In M. Csikszentmihalyi & I. S. Csikszentmihalyi, eds., *Optimal experience : Studies of flow in consciousness*(pp. 118-37). New York: Cambridge University Press.

Allport, G. W. 1955. *Becoming: Basic considerations for a psychology of personality.* New Haven: Yale University Press.

Altmann, J. 1980. *Baboon mothers and infants.* Cambridge: Harvard University Press.

Altmann, S. A., & Altmann, J. 1970. *Baboon ecology: African field research.* Chicago: University of Chicago Press.

Alvarez, A. 1973. *The savage god.* New York: Bantam.

Amabile, T. M. 1983. *The social psychology of creativity.* New York: Springer Verlag.

Andreasen, N. C. 1987. Creativity and mental illness: Prevalence rates in writers and their first-degree relatives. *American Journal of Psychiatry* 144(10):1288

92. Andrews, F. M., & Withey, S. B. 1976. *Social indicators of well-being.* New York: Plenum.

Angyal, A. 1941. *Foundations for a science of personality.* Cambridge: Harvard University Press.

_____ . 1965. *Neurosis and treatment: A holistic theory.* New York: Wiley.

Aquinas, T. (1985). *Summa theologica. Aquinas' Summa: An introduction and interpretation*(by E. J. Gratsch). New York: Alba House.

Archimedes Foundation. 1988. *Directory of human happiness and well-being.* Toronto.

Arendt, H. 1958. *The human condition.* Chicago: University of Chicago Press.

_____ . 1963. *Eichmann in Jerusalem.* New York: Viking Press.

Argyle, M. 1987. *The psychology of happiness.* London: Methuen.

Aries, P., & Duby, G., gen. eds. 1987. *A history of private life.* Cambridge, Mass.: Belknap Press.

Aristotle. (1980). *Nicomachean Ethics.* Book 1; book 3, chapter 11; book 7; book 7, chapter 11; book 9, chapters 9, 10. In Aristotle's Nicomachean Ethics, commentary and analysis by F. H. Eterovich. Washington, D.C.: University Press of America.

Arnheim, R. 1954. *Art and visual perception: A psychology of the creative eye.* Berkeley: University of California Press.

_____ . 1971. *Entropy and art.* Berkeley: University of California Press.

_____ . 1982. *The power of the center.* Berkeley: University of California Press.

Arnold, E. V. 1911 (1971). *Roman stoicism.* New York: Books for Libraries Press.

Atkinson, R. C., & Shiffrin, R. M. 1968. Human memory: A proposed system and its control processes. In K. Spence & J. Spence, eds., *The psychology of learning and motivation,* vol. 2. New York: Academic Press.

Baldridge, L. 1987. *Letitia Baldridge's complete guide to a great social life.* New York: Rawson Assocs.

Bandura, A. 1982. Self-efficacy mechanisms in human agency. *American Psychologist* 37:122-47.

Bateson, G. 1978. The birth of a double bind. In M. Berger, ed., *Beyond the double bind*(p. 53). New York: Brunner/Mazel.

Baumgarten, A. 1735 (1936). Reflections on poetry. In B. Croce, ed., *Aesthetica.* Bari: Laterza.

Baumrind, D. 1977. Socialization determinants of personal agency. Paper presented at biennial meeting of the Society for Research in Child Development, New Orleans.

Beattie, O., & Csikszentmihalyi, M. 1981. On the socialization influence of books.

504

Child Psychology and Human Development 11(1):3-18.

Beck, A. T. 1976. *Cognitive therapy and emotional disorders.* New York: International Universities Press.

Bee, H. L. 1987. *The journey of adulthood.* New York: Macmillan.

Behanan, K. T. 1937. Yaga: *A scientific evaluation.* New York: Macmillan.

Bell, D. 1976. *The cultural contradictions of capitalism.* New York: Basic Books.

Bellah, R. N. 1975. *The broken covenant: American civil religion in a time of trial.* New York: Seabury Press.

Benedict, R. 1934. *Patterns of culture.* Boston: Houghton Mifflin.

Berdyaev, N. 1952. *The beginning and the end.* London: Geoffrey Bles.

Berger, P. L., & Luckmann, T. 1967. *The social construction of reality.* Garden City, N.Y.: Anchor Books.

Bergler, E. 1970. *The psychology of gambling.* New York: International Universities Press.

Berlyne, D. E. 1960. *Conflict, arousal, and curiosity.* New York: McGraw-Hill.

Berman, Marshall Howard. 1982. *All that is solid melts into air.* New York: Simon & Schuster.

Berman, Morris. 1988. The two faces of creativity. In J. Brockman, ed., *The reality club* (pp. 9-38). New York: Lynx Books.

Bettelheim, B. 1943. Individual and mass behavior in extreme situations. *Journal of Abnormal and Social Psychology* 38:417-52.

Binet, A. 1890. La concurrence des états psychologiques. *Revue Philosophique de la France et de l'Étranger* 24:138-55.

Blom, F. 1932. The Maya ball-game. In M. Ries, ed., *Middle American Research Series,* 1. New Orleans: Tulane University Press.

Bloom, A. 1987. *The closing of the American mind.* New York: Simon & Schuster.

Blumberg, S. H., & Izard, C. E. 1985. Affective and cognitive characteristics of depression in 10 and 11-year-old children. *Journal of Personality and Social Psychology* 49:194-202.

Boring, E. G. 1953. A history of introspection. *Psychological Bulletin* 50(3):169-89.

Boswell, J. 1964. *Life of Samuel Johnson.* New York: McGraw.

Bourguignon, E. 1979. *Psychological anthropology.* New York: Holt, Rinehart & Winston.

Bowen, E. S.(pseud. of Laura Bohannan). 1954. *Return to laughter.* New York: Harper & Bros.

Bowen, M. 1978. *Family therapy in clinical practice.* New York: Aronson.

Bowlby, J. 1969. *Attachment and loss.* Vol. 1: Attachment. New York: Basic Books.

Boyd, R., & Richerson, P. J. 1985. *Culture and the evolutionary process.* Chicago: University of Chicago Press.

Bradburn, N. 1969. *The structure of psychological well-being.* Chicago: Aldine.

Brandwein, R. A. 1977. After divorce: A focus on single parent families. *Urban and Social Change Review* 10:21-25.

Braudel, F. 1981. *The structures of everyday life.* Vol. 2: Civilization and capitalism, 15th-18th century. New York: Harper & Row.

Bronfenbrenner, U. 1970. *Two worlds of childhood.* New York: Russell Sage.

Brown, N. O. 1959. *Life against death.* Middletown, Conn.: Wesleyan University Press. Buhler, C. 1930. *Die geistige Entwicklung des Kindes.* Jena: G. Fischer.

Burhoe, R. W. 1976. The source of civilization in the natural selection of coadapted information in genes and cultures. *Zygon* 11(3):263-303.

——————. 1982. Pleasure and reason as adaptations to nature's requirements. *Zygon* 17(2):113-31.

Burney, C. 1952. *Solitary confinement.* London: Macmillan.

Caillois, R. 1958. *Les jeux et les hommes.* Paris: Gallimard.

Calvin, W. H. 1986. *The river that flows uphill: A journey from the big bang to the big brain.* New York: Macmillan.

Campbell, A. P. 1972. Aspiration, satisfaction, and fulfillment. In A. P. Campbell & P. E. Converse, eds., *The human meaning of social change* (pp. 441-66). New York: Russell Sage.

Campbell, A. P., Converse, P. E., & Rodgers, W. L. 1976. *The quality of American life.* New York: Russell Sage.

Campbell, D. T. 1965. Variation and selective retention in socio-cultural evolution. In H. R. Barringer, G. I. Blankston, & R. W. Monk, eds., *Social change in developing areas* (pp. 19-42). Cambridge: Schenkman.

——————. 1975. On the conflicts between biological and social evolution and between psychology and moral tradition. *American Psychologist* 30:1103-25.

——————. 1976. Evolutionary epistemology. In D. A. Schlipp, ed., *The library of living philosophers* (pp. 413-63). LaSalle, Ill.: Open Court.

Carli, M. 1986. Selezione psicologica e qualita dell'esperienza. In F. Massimini & P. Inghilleri, eds., *L'esperienza quotidiana* (pp. 285-304). Milan: Franco Angeli.

Carpenter, E. 1970. *They became what they beheld.* New York: Ballantine.

——————. 1973. *Eskimo realities.* New York: Holt.

Carrington, P. 1977. *Freedom in meditation.* New York: Doubleday Anchor.

Carson, J. 1965. *Colonial Virginians at play.* Williamsburg, Va.: Colonial Williamsburg, Inc.

Carver, J. 1796. *Travels through the interior parts of North America.* Philadelphia.

Castaneda, C. 1971. *A separate reality.* New York: Simon & Schuster.

_____ . 1974. *Tales of power.* New York: Simon & Schuster.

Chagnon, N. 1979. Mate competition, favoring close kin, and village fissioning among the Yanomamo Indians. In N. A. Chagnon & W. Irons, eds., *Evolutionary biology and human social behavior* (pp. 86.-132). North Scituate, Mass.: Duxbury Press.

Cheng, N. 1987. *Life and death in Shanghai.* New York: Grove Press.

Chicago *Tribune.* 24 September 1987.

Chicago *Tribune.* 18 October 1987.

Clark, A. 1919. *The working life of women in the seventeenth century.* London.

Clausen, J. A., ed. 1968. Socialization and society. Boston: Little, Brown.

Cohler, B. J. 1982. Personal narrative and the life course. In P. B. Bates & O. G. Brim, eds., *Life span development and behavior,* vol. 4. New York: Academic Press.

Collingwood, R. G. 1938. *The principles of art. London:* Oxford University Press.

Conrad, P. 1982. Television: *The medium and its manners.* Boston: Routledge & Kegan.

Cooley, C. H. 1902. *Human nature and the social order.* New York: Charles Scribner's Sons.

Cooper, D. 1970. *The death of the family.* New York: Pantheon.

Cousins, N. 1979. *Anatomy of an illness as perceived by the patient.* New York: Norton.

Crandall, J. E. 1984. Social interest as a moderator of life stress. *Journal Personality and Social Psychology* 47:164-74.

Crandall, M. 1983. On walking without touching the ground:"Play"in the *Inner Chapters of the Chuang-Tzu. In V. H. Muir, ed., Experimental essays on Chuang-Tzu* (pp. 101-23). Honolulu: University of Hawaii Press.

Crealock, W. I. B. 1951. *Vagabonding under sail.* New York: David McKay.

Croce, B. 1902 (1909). *Aesthetics.* New York: Macmillan.

_____ . 1962. *History as the story of liberty.* London: Allen & Unwin.

Crook, J. H. 1980. *The evolution of human consciousness.* New York: Oxford University Press.

Csikszentmihalyi, I. 1986. Il flusso di coscienza in un contesto storico: Il caso dei gesuiti. In F. Massimini & P. Inghilleri, eds., *L'esperienza quotidiana* (pp. 181-96). Milan: Franco Angeli.

_____ . 1988. Flow in a historical context: The case of the Jesuits. In

M. Csikszentmihalyi & I. S. Csikszentmihalyi, eds., *Optimal experience: Psychological studies of flow in consciousness* (pp. 232-48). New York: Cambridge University Press.

Csikszentmihalyi, M. 1965. Artistic problems and their solution: An exploration of creativity in the arts. Unpublished doctoral dissertation, University of Chicago.

_____ . 1968. A cross-cultural comparison of some structural characteristics of group drinking. *Human Development* 11:201-16.

_____ . 1969. The Americanization of rock climbing. *University of Chicago Magazine* 61(6):20-27

_____ . 1970. Sociological implications in the thought of Teilhard de Chardin. *Zygon* 5(2):130-47.

_____ . 1973. Socio-cultural speciation and human aggression. *Zygon* 8(2):96-112.

_____ . 1975. *Beyond boredom and anxiety.* San Francisco: Jossey-Bass.

_____ . 1978. Attention and the Wholistic approach to behavior. In K. S. Pore & J. L. Singer, eds., *The stream of consciousness* (pp. 335-58). New York: Plenum.

_____ . 1981a. Leisure and socialization. Social Forces 60:332-40. . 1981b. Some paradoxes in the definition of play. In A. Cheska, ed., *Play as context* (pp. 14-26). New York: Leisure Press.

_____ . 1982a. Towards a psychology of optimal experience. In L. Wheeler, ed., *Review of personality and social psychology,* vol. 2. Beverly Hills, Calif.: Sage.

_____ . 1982b. Learning, flow, and happiness. In R. Gross, ed., *Invitation to life-long learning* (pp. 167-87). New York: Fowlett.

_____ . 1985a. Emergent motivation and the evolution of the self. In D. Kleiber & M. H. Maehr, eds., *Motivation in adulthood* (pp. 93-113). Greenwich, Conn.: JAI Press. . 1985b. Reflections on enjoyment. Perspectives in Biology and Medicine 28(4):469-97.

_____ . 1987. The flow experience. In M. Eliade, ed., *The encyclopedia of religion,* vol. 5 (pp. 361-63). New York: Macmillan.

_____ . 1988. The ways of genes and memes. *Reality Club Review* 1(1):107-28.

_____ . 1989. Consciousness for the 21st century. Paper presented at the ELCA Meeting, *Year 2000 and Beyond,* March 30-April 2, St. Charles, Illinois.

Csikszentmihalyi, M., & Beattie, O. 1979. Life themes: A theoretical and empirical exploration of their origins and effects. *Journal of Humanistic Psychology* 19:45-63.

Csikszentmihalyi, M., & Csikszentmihalyi, I. S., eds. 1988. *Optimal experience: Psychological studies of flow in consciousness*. New York: Cambridge University Press.

Csikszentmihalyi, M., & Getzels, J. W., 1989. Creativity and problem finding. In F. H. Farley & R. W. Neperud, eds., *The foundations of aesthetics* (pp. 91-116). New York: Praeger.

Csikszentmihalyi, M., Getzels, J. W., & Kahn, S. 1984. *Talent and achievement: A longitudinal study of artists*. A report to the Spencer Foundation and to the MacArthur Foundation. Chicago: University of Chicago.

Csikszentmihalyi, M., & Graef, R. 1979. *Flow and the quality of experience in everyday life*. Unpublished manuscript, University of Chicago.

_____ . 1980. The experience of freedom in daily life. *American Journal of Community Psychology* 8:401-14.

Csikszentmihalyi, M., & Kubey, R. 1981. Television and the rest of life. *Public Opinion Quarterly* 45:317-28.

Csikszentmihalyi, M., & Larson, R. 1978. Intrinsic rewards in school crime. *Crime and Delinquency* 24:322-35.

_____ . 1984. Being adolescent: *Conflict and growth in the teenage years*. New York: Basic Books.

_____ . 1987. Validity and reliability of the Experience-Sampling Method. *Journal of Nervous and Mental Disease* 175(9):526-36.

Csikszentmihalyi, M., Larson, R., & Prescott, S. 1977. The ecology of adolescent activity and experience. *Journal of Youth and Adolescence* 6:281-94.

Csikszentmihalyi, M., & LeFevre, J. 1987. The experience of work and leisure. *Third Canadian Leisure Research Conference*, Halifax, N.S., May 22-25.

_____ . 1989. Optimal experience in work and leisure. *Journal of Personality and Social Psychology* 56(5):815-22.

Csikszentmihalyi, M., & Massimini, F. 1985. On the psychological selection of biocultural information. *New Ideas in Psychology* 3(2):115-38.

Csikszentmihalyi, M., & Nakamura, J. 1989. The dynamics of intrinsic motivation. In R. Ames & C. Ames, eds., *Handbook of motivation theory and research*, vol. 3 (pp. 45-71). New York: Academic Press.

Csikszentmihalyi, M., & Rathunde, K. 1989. The psychology of wisdom: An evolutionary interpretation. In R. J. Sternberg, ed., *The psychology of wisdom*. New York: Cambridge University Press.

Csikszentmihalyi, M., & Robinson, R. In press. *The art of seeing*. Malibu, Calif.: J. P. Getty Press.

Csikszentmihalyi, M., & Rochberg-Halton, E. 1981. The meaning of things: *Domestic symbols and the self.* New York: Cambridge University Press.

Culin, S. 1906. Games of North American Indians. *24th Annual Report. Washington.* D.C.: Bureau of American Ethnology.

Cushing, F. H. 1896. Outlines of Zuni creation myths. *13th Annual Report.* Washington, D.C.: Bureau of American Ethnology.

Dalby, L. C. 1983. *Geisha. Berkeley:* University of California Press.

Damon, W., & Hart, D. 1982. The development of self-understanding from infancy through adolescence. *Child Development* 53:831-57.

Dante, A. (1965). *The divine comedy.* Trans. G. L. Bickerstein. Cambridge: Harvard University Press.

David, F. N. 1962. *Games, gods, and gambling.* New York: Hafner.

Davis, J. A. 1959. A formal interpretation of the theory of relative deprivation. *Sociometry* 22:280-96.

Dawkins, R. 1976. *The selfish gene. New York:* Oxford University Press.

deCharms, R. 1968. *Personal causation: The internal affective determinants of behavior.* New York: Academic Press.

Deci, E. L., & Ryan, R. M. 1985. *Intrinsic motivation and self-determination in human behavior.* New York: Plenum Press.

Delle Fave, A., & Massimini, F. 1988. Modernization and the changing contexts of flow in work and leisure. In M. Csikszentmihalyi & I. S. Csikszentmihalyi, eds., *Optimal experience: Studies of flow in consciousness* (pp. 193-213). New York: Cambridge University Press.

De Roberty, E. 1878. *La sociologie. Paris.*

de Santillana, G. 1961 (1970). *The origins of scientific thought.* Chicago: University of Chicago Press.

Devereux, E. 1970. Socialization in cross-cultural perspective: Comparative study of England, Germany, and the United States. In R. Hill & R. Konig, eds., *Families in East and West: Socialization process and kinship ties* (pp. 72-106). Paris: Mouton.

Diener, E. 1979. Deindividuation: The absence of self-awareness and self-regulation in group members. In P. Paulus, ed., *The psychology of group influence.* Hillsdale, N.J.: Erlbaum.

_____ . 1979. Deindividuation, self-awareness, and disinhibition. *Journal of Personality and Social Psychology* 37:1160-71.

Diener, E., Horwitz, J., & Emmons, R. A. 1985. Happiness of the very wealthy. *Social Indicators Research* 16:263-74.

Dobzhansky, T. 1962. *Mankind evolving: The evolution of the human species.* New Haven: Yale University Press.

_____ . 1967. *The biology of ultimate concern.* New York: New American Library.

Draghicesco., D. 1906. *Du role de l'individu dans le determinisme social.* Paris.

Dulles. F. R. 1965. *A history of recreation: America learns to play.* 2d ed. Englewood Cliffs, N.J.: Prentice-Hall.

Durkheim, E. 1897 (1951). *Suicide.* New York: Free Press.

_____ . 1912 (1967). *The elementary forms of religious life.* New York: Free Press.

Easterlin, R. A. 1974. Does economic growth improve the human lot? Some empirical evidence. In P. A. David & M. Abramovitz, eds., *Nations and households in economic growth.* New York: Academic Press.

Eckblad, G. 1981. *Scheme theory: A conceptual framework for cognitive-motivational processes.* London: Academic Press.

Ekman, P. 1972. Universals and cultural differences in facial expressions of emotions. *In Current theory in research on motivation, Nebraska symposium on motivation,* vol. 19 (pp. 207-83). Lincoln: University of Nebraska Press.

Eliade, M. 1969. *Yoga: Immortality and freedom.* Princeton: Princeton University Press.

Emde, R. 1980. Toward a psychoanalytic theory of affect. In S. Greenspan & E. Pollack, eds., *The course of life.* Washington, D.C.: U.S. Government Printing Office.

Encyclopaedia Britannica. 1985. 15th ed. Chicago: Encyclopaedia Britannica, Inc.

Erikson, E. H. 1950. *Childhood and society.* New York: W. W. Norton.

_____ . 1958. *Young man Luther.* New York: W. W. Norton.

_____ . 1969. *Gandhi's truth: On the origins of militant nonviolence.* New York: W. W. Norton.

Evans-Pritchard, E. E. 1940 (1978). *The Nuer.* New York: Oxford University Press.

Eysenck, M. W. 1982. *Attention and arousal.* Berlin: Springer Verlag.

Ferenczi, S. 1950. Sunday neuroses. In S. Ferenczi, ed., *Further contributions to the theory and technique of psychoanalysis* (pp. 174-77). London: Hogarth Press.

Fine, R. 1956. Chess and chess masters. *Psychoanalysis* 3:7-77.

Fiore, G. 1973. *Antonio Gramsci: Life of a revolutionary.* New York: Schocken Books.

Fisher, A. L. 1969. *The essential writings of Merleau-Ponty.* New York: Harcourt Brace.

Fortune, R. F. 1932 (1963). *Sorcerers of Dobu.* New York: Dutton.

Fox, V. 1977. Is adolescence a phenomenon of modern times? *Journal of Psychiatry* 1:

Frankl, V. 1963. *Man's search for meaning*. New York: Washington Square.

_____ . 1978. *The unheard cry for meaning*. New York: Simon & Schuster.

Freeman, M. 1989. Paul Ricoeur on interpretation: The model of the text and the idea of development. *Human Development* 28:295-312.

Freeman, M., Larson, R., & Csikszentmihalyi, M. 1986. Immediate experience and its recollection. *Merrill Palmer Quarterly* 32(2):167-85.

Freeman, M., & Robinson, R. E. In press. The development within: An alternative approach to the study of lives. *New Ideas in Psychology.*

Freud, S. 1921. Massenpsychologie und Ich-Analyse. *Vienna Gesammelte Schriften* 6:261.

_____ . 1930 (1961). *Civilization and its discontents*. New York: Norton.

Frijda, N. H. 1986. *The emotions*. New York: Cambridge University Press.

Gallup, G. H. 1976. Human needs and satisfactions: A global survey. *Public Opinion Quarterly* 40:459-67.

Gardner, H. 1983. *Frames of mind*. New York: Basic Books.

Garrett, H. E. 1941. *Great experiments in psychology*. Boston: Appleton Century Crofts.

Gedo, M. M., ed. 1986-88. *Psychoanalytic perspectives on art*. Vol. 1, 1986; vol. 2, 1987; vol. 3, 1988. Hillsdale, N.J.: Analytic Press.

Geertz, C. 1973. *The interpretation of culture*. New York: Basic Books.

Gendlin, E. T. 1962. *Experiencing and the creation of meaning*. Glencoe: Free Press.

_____ . 1981. *Focusing*. New York: Bantam.

General Social Survey. 1989 (March) Chicago: National Opinion Research Center.

Gergen, K., & Gergen, M. 1983. Narrative of the self. In T. Sarbin & K. Scheibe, eds., *Studies in social identity* (pp. 254-73). New York: Praeger.

_____ . 1984. The social construction of narrative accounts. In K. Gergen & M. Gergen, eds., *Historical social psychology* (pp. 173-89). Hillsdale, N.J.:Erlbaum.

Getzels, J. W., & Csikszentmihalyi, M. 1965. Creative thinking in art students: *The process of discovery.* HEW Cooperative Research Report S-088, University of Chicago.

_____ . 1976. *The creative vision: A longitudinal study of problem finding in art*. New York: Wiley Interscience.

Gilpin, L. 1948. *Temples in Yucatan*. New York: Hastings House.

Gladwin, T. 1970. *East is a big bird: Navigation and logic on Puluat atoll*. Cambridge: Harvard University Press.

Glick, P. G. 1979. Children of divorced parents in demographic perspective. *Journal of Social Issues* 35:170-82.

Goertzel, V., & Goertzel, M. G. 1962. *Cradles of eminence.* Boston: Little, Brown.

Goffman, E. 1969. *Strategic interaction.* Philadelphia: University of Pennsylvania Press.

_____ . 1974. *Frame analysis: An essay on the organization of experience.* New York: Harper & Row.

Gombrich, E. H. 1954. Psychoanalysis and the history of art. *International Journal of Psychoanalysis* 35:1-11.

_____ . 1979. *The sense of order.* Ithaca, N.Y.: Cornell University Press.

Gouldner, A. W. 1968. The sociologist as partisan: Sociology and the welfare state. *American Sociologist* 3:103-16.

Graef, R. 1978. *An analysis of the person by situation interaction through repeated measures.* Unpublished doctoral dissertation, University of Chicago.

Graef, R., Csikszentmihalyi, M., & Giannino, S. M. 1983. Measuring intrinsic motivation in everyday life. *Leisure Studies* 2:155-68.

Graef, R., McManama Gianinno, S., & Csikszentmihalyi, M. 1981. Energy consumption in leisure and perceived happiness. In. J. D. Clayton et al., eds., *Consumers and energy conservation.* New York: Praeger.

Graves, R. 1960. The white goddess: *A historical grammar of poetic myth.* New York: Vintage Books.

Griessman, B. E. 1987. *The achievement factors.* New York: Dodd, Mead.

Groos, K. 1901. *The play of man.* New York: Appleton.

Gross, R., ed. 1982. *Invitation to life-long learning.* New York: Fowlett.

Group for the Advancement of Psychiatry. 1958 (August). *The psychiatrist's interest in leisure-time activities.* Report 39, New York.

Gussen, J. 1967. The psychodynamics of leisure. In P. A. Martin, ed., Leisure and mental health: *A Psychiatric viewpoint* (pp. 51-169). Washington, D.C.: American Psychiatric Association.

Habakuk, H. J. 1955. Family structure and economic change in nineteenth century Europe. *Journal of Economic History* 15 (January): 1-12.

Hadas, N. 1960 (1972). *Humanism: The Greek ideal and its survival.* Gloucester, Mass.: C. P. Smith.

Hamilton, J. A. 1976. Attention and intrinsic rewards in the control of psychophysiological states. *Psychotherapy and Psychosomatics* 27:54-61.

_____ . 1981. Attention, personality, and self-regulation of mood: Absorbing interest and boredom. In B. A. Maher, ed., *Progress in Experimental Personality*

Research 10:282-315.

Hamilton, J. A., Haier, R. J., & Buchsbaum, M. S. 1984. Intrinsic enjoyment and boredom coping scales: Validation with personality evoked potential and attentional measures. *Personality and Individual Differences* 5(2):183-93.

Hamilton, J. A., Holcomb, H. H., & De la Pena, A. 1977. Selective attention and eye movements while viewing reversible figures. *Perceptual and Motor Skills* 44:639-44.

Hamilton, M. 1982. Symptoms and assessment of depression. In E. S. Paykel, ed., *Handbook of affective disorders.* New York: Guilford Press.

Hamilton, W. D. 1964. The genetical evolution of social behavior: Parts 1 and 2. *Journal of Theoretical Biology* 7:1-52.

Harrow, M., Grinker, R. R., Holzman, P. S., & Kayton, L. 1977. Anhedonia and schizophrenia. *American Journal of Psychiatry* 134:794-97.

Harrow, M., Tucker, G. J., Hanover, N. H., & Shield, P. 1972. Stimulus overinclusion in schizophrenic disorders. *Archives of General Psychiatry* 27:40-45.

Hasher, L., & Zacks, R. T. 1979. Automatic and effortful processes in memory. *Journal of Experimental Psychology: General* 108:356-88.

Hauser, A. 1951. *The social history of art.* New York: Knopf.

Hebb, D. O. 1955. Drive and the CNS. *Psychological Review* (July) 243-52.

Hegel, G. F. 1798 (1974). *Lectures on the philosophy of religion, together with a work on the proofs of the existence of God.* Trans. E. B. Speirs. New York: Humanities Press.

Heidegger, M. 1962. *Being and time.* London: SCM Press.

—————— . 1967. *What is a thing?* Chicago: Regnery.

Henry, J. 1965. *Culture against man.* New York: Vintage.

Hetherington, E. M. 1979. Divorce: A child's perspective. *American Psychologist* 34:851-58.

Hilgard, E. 1980. The trilogy of mind: Cognition, affection, and conation. *Journal of the History of the Behavioral Sciences* 16:107-17.

Hiscock, E. C. 1968. *Atlantic cruise in Wanderer III.* London: Oxford University Press.

Hoffman, J. E., Nelson, B., & Houck, M. R. 1983. The role of attentional resources in automatic detection. *Cognitive Psychology* 51:379-410.

Hoffman, L. 1981. *Foundations of family therapy: A conceptual framework for systems change.* New York: Basic Books.

Holmes, T. H., & Rahe, R. H. 1967. The social readjustment rating scale. *Journal of*

Psychometric Research 11:213-18.

Howell, M. C. 1986. *Women, production, and patriarchy in late medieval cities.* Chicago: University of Chicago Press.

Huizinga, J. 1939 (1970). *Homo ludens: A study of the play element in culture.* New York: Harper & Row.

_____ . 1954. *The waning of the Middle Ages.* Garden City, N. Y.: Doubleday.

Husserl, E. 1962. Ideas: *General introduction to pure phenomenology.* New York: Collier.

Huxley, J. S. 1942. Evolution: *The modern synthesis.* London: Allen and Unwin.

Izard, C. E., Kagan, J., & Zajonc, R. B. 1984. *Emotions, cognition, and behavior.* New York: Cambridge University Press.

Jackson, D. D. 1957. The question of family homeostasis. *Psychiatric Quarterly Supplement* 31:79-90.

James, W. 1890. *Principles of psychology:* Vol. 1. New York: Henry Holt.

Jaspers, K. 1923. *Psychopathologie generale.* 3d ed. Paris.

_____ . 1955. *Reason and Existenz.* New York: Noonday.

Jaynes, J. 1977. T*he origin of consciousness in the breakdown of the bicameral mind.* Boston: Houghton Mifflin.

Johnson, R. 1988. Thinking yourself into a win. *American Visions* 3:6-10.

Johnson, Samuel. 1958. *Works of Samuel Johnson.* New Haven: Yale University Press.

Johnson, Skuli. 1930. *Pioneers of freedom: An account of the Icelanders and the Icelandic free state,* 879-1262. Boston: Stratford Co.

Johnston, L., Bachman, J., & O'Malley, P. 1981. *Student drug use in America.* Washington, D.C.: U.S. Department of Health and Human Services, National Institute of Drug Abuse.

Jones, E. 1931. The problem of Paul Morphy. International *Journal of Psychoanalysis* 12:1-23.

Jung, C. G. 1928 (1960). On psychic energy. In C. G. *Jung, collected works,* vol. 8. Princeton: Princeton University Press.

_____ . 1933 (1961). *Modern man in search of a soul.* New York: Harcourt Brace Jovanovich.

Kahneman, D. 1973. *Attention and effort.* Englewood Cliffs, N.J.: Prentice-Hall.

Kant, I. 1781 (1969). *Critique of pure reason.* Trans. N. Smith. New York: St. Martin's.

Kaplan, B. 1983. A trio of trials. In R. M. Lerner, ed., *Developmental psychology: Historical and philosophical perspectives.* Hillsdale, N.J.: Erlbaum.

Kelly, J. R. 1982. *Leisure.* Englewood Cliffs, N.J.: Prentice-Hall.

Keyes, R. 1985. *Chancing it: Why we take risks.* Boston: Little, Brown.

Kiell, N. 1969. *The universal experience of adolescence.* London: University of London Press.

Kierkegaard, S. 1944. *The concept of dread.* Princeton: Princeton University Press.

_____ . 1954. *Fear and trembling, and the sickness unto death.* Garden City, N.Y.: Doubleday.

Klausner, S. Z. 1965. *The quest for self-control.* New York: Free Press.

Kobasa, S. C., Maddi, S. R., & Kahn, S. 1982. Hardiness and health: A prospective study. *Journal of Personality and Social Psychology* 42:168-77.

Koch, K. 1970. Wishes, lies, and dreams: *Teaching children to write poetry.* New York: Chelsea House.

_____ . 1977. *I never told anybody: Teaching poetry writing in a nursing home.* New York: Random House.

Kohak, E. 1978. *Idea & experience: Edmund Husserl's project of phenomenology.* Chicago: University of Chicago Press.

Kohl, J. G. 1860. *Kitchi-Gami: Wanderings round Lake Superior.* London.

Kohlberg, L. 1984. *The psychology of moral development: Essays on moral development,* vol. 2. San Francisco: Harper & Row.

Kolakowski, L. 1987. *Husserl and the search for certitude.* Chicago: University of Chicago Press.

Kubey, R., & Csikszentmihalyi, M. In press. *Television and the quality of life.* Hillsdale, N.J.: Erlbaum.

Kuhn, T. S. 1962. *The structure of scientific revolutions.* Chicago: University of Chicago Press.

Kusyszyn, I. 1977. How gambling saved me from a misspent sabbatical. *Journal of Humanistic Psychology* 17:19-25.

La Berge, S. 1985. *Lucid dreaming: The power of being awake and aware of your dreams.* Los Angeles: Jeremy Tarcher.

Laing, R. D. 1960. *The divided self.* London: Tavistock.

_____ . 1961. *The self and others.* London: Tavistock.

Larson, R. 1985. Emotional scenarios in the writing process: An examination of young writers' affective experiences. In M. Rose, ed., *When a writer can't write* (pp. 19-42). New York: Guilford Press.

_____ . 1988. Flow and writing. In M. Csikszentmihalyi & I. S. Csikszentmihalyi, eds., *Optimal experience: Psychological studies of flow in consciousness* (pp. 150-71). New York: Cambridge University Press.

Larson, R., & Csikszentmihalyi, M. 1978. Experiential correlates of solitude in adolescence. *Journal of Personality* 46(4):677-93.

_____ . 1980. The significance of time alone in adolescents' development. *Journal of adolescence Medicine* 2 (6):33-40.

_____ . 1983. The Experience Sampling Method. In H. T. Reis, ed., *Naturalistic approaches to studying social interaction (New Directions for Methodology of Social and Behavioral Science, No. 15)*. San Francisco: Jossey-Bass.

Larson, R., Csikszentmihalyi, M., & Graef, R. 1980. Mood variability and the psychosocial adjustment of adolescents. *Journal of Youth and Adolescence* 9:469-90.

Larson, R., & Kubey, R. 1983. Television and music: Contrasting media in adolescent life. *Youth and Society* 15:13-31.

Larson, R., Mannell, R., & Zuzanek, J. 1986. Daily well-being of older adults with family and friends. *Psychology and Aging* 1(2):117-26.

Laski, M. 1962. Ecstasy: *A study of some secular and religious experiences*. Bloomington: Indiana University Press.

Laszlo, E. 1970. *System, structure and experience*. New York: Gordon & Breach.

Lazarus, R. S., & Folkman, S. 1984. *Stress, appraisal, and coping*. New York: Springer.

Le Bon, G. 1895 (1960). *The crowd*. New York: Viking.

Lecourt, D. 1977. *Proletarian science*. London: New Left Books.

Lee, R. B. 1975. What hunters do for a living. In R. B. Lee & I. de Vore, eds., *Man the hunter* (pp. 30-48). Chicago: Aldine.

Leenhardt, M. 1947 (1979). *Do Kamo*. Chicago: University of Chicago Press.

LeFevre, J. 1988. Flow and the quality of experience in work and leisure. In M. Csikszentmihalyi & I. S. Csikszentmihalyi, eds., *Optimal experience: Psychological studies of flow in consciousness* (pp. 317-18). New York: Cambridge University Press.

Le Goff, J. 1980. *Time, work, and culture in the Middle Ages*. Chicago: University of Chicago Press.

Le Roy Ladurie, L. 1979. *Montaillou*. New York: Vintage.

Lessard, S. 1987. Profiles: Eva Zeisel. *New Yorker* April 13, 60-82.

LeVine, R. A., & Campbell, D. T. 1972. *Ethnocentrism: Theories of conflict, ethnic attitudes, and group behavior*. New York: Wiley.

Lévi-Strauss, C. 1947 (1969). *Les structures élementaires de la parenté*. Paris: PUF.

Lewin, K., et al. 1944 (1962). Level of aspiration. In J. McV. Hunt, Hunt, ed., *Personality and behavioral disorders* (pp. 333-78). New York: Ronald Press.

Lewinsohn, P. M., & Graf, M. 1973. Pleasant activities and depression. *Journal of*

Consulting and Clinical Psychology 41:261-68.

Lewinsohn, P. M., & Libet, J. 1972. Pleasant events, activity schedules, and depression. *Journal of Abnormal Psychology* 79:291-95.

Lewinsohn, P. M., et al. 1982. Behavioral therapy: Clinical applications. In A. J. Rush, ed., *Short-term therapies for depression.* New York: Guilford.

Liberman, A. M., Mattingly, I. G., & Turvey M. T. 1972. Language codes and memory codes. In A. W. Melton & E. Martin, eds., *Coding processes in human memory.* New York: Wiley.

Lieberman, M. A., et al. 1979. Self-help groups for coping with crisis: *Origins, members, processes, and impact.* San Francisco: Jossey-Bass.

Lindbergh, C. 1953. *The Spirit of St. Louis.* New York: Scribner.

Lipps, G. F. 1899. *Grundriss der psychophysik.* Leipzig: G. J. Goschen.

Loevinger, J. 1976. *Ego development.* San Francisco: Jossey-Bass.

Logan, R. 1985. The "flow experience" in solitary ordeals. *Journal of Humanistic Psychology* 25(4):79-89.

––––––––––. 1988. Flow in solitary ordeals. In M. Csikszentmihalyi & I. S. Csikszentmihalyi, eds., *Optimal experience: Psychological studies of flow in consciousness* (pp. 172-80). New York: Cambridge University Press.

Lumdsen, C. J., & Wilson, E. O. 1981. *Genes, mind, culture: The coevolutionary process.* Cambridge: Harvard University Press.

––––––––––. 1983. *Promethean fire: Reflections on the origin of mind.* Cambridge: Harvard University Press.

Lumholtz, C. 1902 (1987). *Unknown Mexico,* vol. 1. New York: Dover Publications.

Luria, A. R. 1976. *Cognitive development: Its cultural and social foundations.* Cambridge: Harvard University Press.

Lyons, A. W. 1988. *Role models: Criteria for selection and life cycle changes.* Unpublished doctoral dissertation, University of Chicago.

McAdams, D. 1985. *Power, intimacy and the life story.* Homewood, Ill.: Dorsey Press.

MacAloon, J. 1981. *This great symbol.* Chicago: University of Chicago Press.

Macbeth, J. 1988. Ocean cruising. In M. Csikszentmihalyi & I. S. Csikszentmihalyi, eds., *Optimal experience: Psychological studies of flow in consciousness* (pp. 214-31). New York: Cambridge University Press.

McDougall, W. 1920. *The group mind. Cambridge:* Cambridge University Press.

McGhie, A., & Chapman, J. 1961. Disorders of attention and perception in early schizophrenia. *British Journal of Medical Psychology* 34:103-16.

MacIntyre, A. 1984. *After virtue: A study in moral therapy.* Notre Dame: University of Notre Dame Press.

McLanahan, S. 1988. *Single mothers and their children:* A new American dilemma. New York: University Press of America.

MacPhillamy, D. J., & Lewinsohn, P. M. 1974. Depression as a function of levels of desired and obtained pleasure. *Journal of Abnormal Psychology* 83:651-57.

MacVannel, J. A. 1896. *Hegel's doctrine of the will.* New York: Columbia University Press.

Malcolm X. 1977. *The autobiography of Malcolm X.* New York: Ballantine.

Mall, J. 1985. A study of U.S. teen pregnancy rate. *Los Angeles Times, March* 17, p. 27.

Mandler, G. 1975. *Man and emotion.* New York: Wiley.

Marcuse, H. 1955. *Eros and civilization.* Boston: Beacon.

_____. 1964. *One-dimensional man.* Boston: Beacon.

Martin, J. 1981. Relative deprivation: A theory of distributive injustice for an era of shrinking resources. *Research in Organizational Behavior* 3:53-107.

Marx. K. 1844 (1956). *Karl Marx: Selected writings in sociology and social philosophy.* Ed. T. B. Bottomore & Maximilien Rubel. London: Watts.

Maslow, A. 1954. *Motivation and personality.* New York: Harper.

_____. 1968. *Toward a psychology of being.* New York: Van Nostrand.

_____. 1969. *The psychology of science.* Chicago: Regnery.

_____, ed. 1970. *New knowledge in human values.* Chicago: Regnery.

_____. 1971. *The farther reaches of human nature.* New York: Viking.

Maslow, A., & Honigmann, J. J. 1970. Synergy: Some notes of Ruth Benedict. *American Anthropologist* 72:320-33.

Mason, H., trans. 1971. *Gilgamesh. Boston:* Houghton Mifflin.

Massimini, F. 1982. Individuo e ambiente: I papua Kapauku della Nuova Guinea occidentale. In F. Perussia, ed., *Psicologia ed ecologia* (pp. 27-154). Milan: Franco Angeli.

Massimini, F., Csikszentmihalyi, M., & Carli, M. 1987. monitoring of optimal experience: A tool for psychiatric rehabilitation. *Journal of Nervous and Mental Disease* 175(9):545-49.

Massimini, F., Csikszentmihalyi, M., & Delle Fave, A. 1988. Flow and biocultural evolution. In M. Csikszentmihalyi & I. S. Csikszentmihalyi, eds., *Optimal experience: Studies of flow in consciousness* (pp. 60-81). New York: Cambridge University Press.

Massimini, F., & Inghilleri, P., eds., 1986. L'Esperienza quotidiana: *Teoria e metodo d'analisi, Milan:* Franco Angeli.

Matas, L., Arend, R. A. & Sroufe, L. A. 1978. Continuity of adaptation in the second year: The relationship between quality of attachment and later competence. *Child Development* 49:547-56.

Matson, K. 1980. Short lives: *Portraits of creativity and self-destruction.* New York: Morrow.

Mayers, P. 1978. *Flow in adolescence and its relation to the school experience.* Unpublished doctoral dissertation. University of Chicago.

Mead, G. H. 1934 (1970). *Mind, self and society.* Ed. C. W. Morris. Chicago: University of Chicago Press.

Mead, M. 1964. *Continuities in cultural evolution.* New Haven: Yale University Press.

Medawar, P. 1960. *The future of man.* New York: Basic Books.

Medvedev, Z. 1971. *The rise and fall of Dr. Lysenko.* Garden City, N.Y.: Doubleday.

Merleau-Ponty, M. 1962. *Phenomenology of perception.* New York: Humanities.

_____. 1964. *The primacy of perception.* Ed. J. M. Edie. Evanston, Ill.: Northwestern University Press.

Merser, C. 1987. A throughly modern identity crisis. *Self October,* 147.

Meyer, L. B. 1956. *Emotion and meaning in music.* Chicago: University of Chicago Press.

Michalos, A. C. 1985. Multiple discrepancy theory (MDT). *Social Indicators Research* 16:347-413.

Miller, G. A., 1956. The magical number seven, plus or minus two: Some limits on our capacity to process in formation. *Psychological Review* 63:81-97.

_____. 1983. Informavors. In F. Machlup & U. Mansfield, eds., *The study of information.* New York: Wiley.

Miller, G. A., Galanter, E. H., & Pribram, K. 1960. *Plans and the structure of behavior.* New York: Holt.

Mintz, S. 1985. Sweetness and power: The place of sugar in modern history. New York: Viking.

Mitchell, R. G., Jr. 1983. *Mountain experience: The psychology and sociology of adventure.* Chicago: University of Chicago Press.

_____. 1988. Sociological implications of the flow experience. In M. Csikszentmihalyi & I. S. Csikszentmihalyi, eds., *Optimal experience: Psychological studies of flow in consciousness* (pp. 36-59). New York: Cambridge University Press.

Mitterauer, M., & Sieder, R. 1983. *The European family: Patriarchy to partnership form the Middle Ages to the present.* Chicago: University of Chicago Press.

Moitessier, B. 1971. *The long way.* Trans. W. Rodarmor. London: Granada.

Montaigne, M. de. 1580 (1958). *The complete essays of Montaigne.* Trans. Donald M.

Frame. Stanford: Stanford University Press.

Monti, F. 1969. *African masks.* London: Paul Hamlyn.

Murphy, G. 1947. *Personality: A biosocial approach to origins and structure.* New York: Harper.

Murray, G. 1940. *Stoic, Christian and humanist.* London: S. Allen & Unwin.

Murray, H. A. 1955. *American Icarus. Clinical Studies of Personality,* vol. 2. New York: Harper.

Nabokov, P. 1981. *Indian running.* Santa Barbara: Capra Press.

Nakamura, J. 1988. Optimal experience and the uses of talent. In M. Csikszentmihalyi & I. S. Csikszentmihalyi, eds., *Optimal experience: Psychological studies of flow in consciousness* (pp. 319-26). New York: Cambridge University Press.

Natanson, M. A., ed. 1963. *Philosophy of the social sciences.* New York: Random House.

Neisser, U. 1967. *Cognitive psychology.* New York: Appleton-Century-Crofts.

_____ . 1976. *Cognition and reality.* San Francisco: Freeman.

Nell, V. 1988. *Lost in a book : The psychology of reading for pleasure.* New Haven: Yale University Press.

Nelson, A. 1965. Self-images and systems of spiritual direction in the history of European civilization. In S. Z. Klausner, ed., *The quest for self-control* (pp. 49103). New York: Free Press.

Newsweek. 5 October 1987.

New Yorker. 5 October 1987. pp. 33-35.

Nietzsche, F. 1886 (1989). Beyond good and evil: *Prelude to a philosophy of the future.* Trans. W. Kaufmann. New York: Random House.

_____ . 1887 (1974). *Genealogy of morals and peoples and countries.* New York: Gordon Press.

Nitecki, M. H., ed. 1988. *Evolutionary progress.* Chicago: University of Chicago Press.

Noelle-Neumann, E. 1983. Spiegel-Dokumentation: Personlickeitsstarke. Hamburg: Springer Verlag.

_____ . 1984. *The spiral of silence: Public opinion-our social skin.* Chicago: University of Chicago Press.

_____ . 1985. Identifying opinion leaders. Paper presented at the 38th ESO-MAR Conference, Wiesbaden, West Germany, Sept. 1-5.

Noelle-Neumann, E., & Strumpel, B. 1984. *Mach Arbeit krank? Macht Arbeit glucklich?* Munich: Pieper Verlag.

Nusbaum, H. C., & Schwab, E. C., eds. 1986. The role of attention and active processing in speech perception. *In Pattern recognition by humans and machines,* vol. 1 (pp. 113-57). New York: Academic Press.

Offer, D., Ostrov, E., & Howard, K. 1981. *The adolescent: A psychological self-portrait.* New York: Basic Books.

Orme, J. E. 1969. *Time, experience, and behavior.* London: Iliffe.

Pagels, H. 1988. *The dreams of reason-the computer and the rise of the sciences of complexity.* New York: Simon & Schuster.

Pareto, V. 1917. *Traite de sociologie generale,* vol. 1. Paris.

_____. 1919. *Traite de sociologie generale,* vol. 2. Paris.

Parsons, T. 1942. Age and sex in the social structure. *American Sociological Review* 7:604-16.

Piaget, J. 1952. *The origins of intelligence in children.* New York: International Universities Press.

Pina Chan, R. 1969. *Spiele und Sport in alten Mexico.* Leipzig: Edition Leipzig.

Pitts, Jesse R. 1964. The case of the French bourgeoisie. In R. L. Coser, ed., *The family: Its structure and functions.* New York: St. Martin's Press.

Plato. Republic, book 3, 401.

Polanyi, M. 1968. The body-mind relation. In W. R. Coulson & C. R. Rogers, eds., *Man and the science of man* (pp. 84-133). Columbus: Bell & Howell.

_____. 1969. *Knowing and being.* Ed. Marjorie Grene. Chicago: University of Chicago Press.

Pope, K. S. 1980. *On love and loving.* San Francisco: Jossey-Bass.

Pope, K. S., & Singer, J. L. 1978. *The stream of consciousness.* New York: Plenum.

Prigogine, I. 1980. *From being to becoming: Time and complexity in the physical sciences.* San Francisco: W. H. Freeman.

Privette, G. 1983. Peak experience, peak performance, and flow: A comparative analysis of positive human experiences. *Journal of Personality and Social Psychology* 83(45):1361-68.

Radin, P. 1927. *Primitive man as philosopher.* New York: D. Appleton & Co.

Rathunde, K. 1988. Optimal experience and the family context. In M. Csikszentmihalyi & I. S. Csikszentmihalyi, eds., *Optimal experience: Psychological studies of flow in consciousness* (pp. 342-63). New York: Cambridge University Press.

Redfield, R., ed. 1942. *Levels of integration in biological and social systems.* Lancaster, Pa.: J. Catell Press.

_____. 1955. *The little community: Viewpoints for the study of a human whole.*

Chicago: University of Chicago Press.

Renfrew, C. 1986. Varna and the emergence of wealth in prehistoric Europe. In A. Appadurai, ed., *The social life of things* (pp. 141-68). New York: Cambridge University Press.

Ribot, T. A. 1890. *The psychology of attention.* Chicago: Open Court Publishing.

Richards, R., Kinney, D. K., Lunde, I., Benet, M., et al. 1988. Creativity in manic depressives, cyclothymes, their normal relatives, and control subjects. *Journal of Abnormal Psychology* 97(3):281-88.

Robinson, D. 1969. The climber as visionary. *Ascent* 9:4-10.

Robinson, J. P. 1977. *How Americans use time.* New York: Praeger.

Robinson, R. E. 1986. Differenze tra i sessi e rendimento scolastico: Aspetti dell'esperienza quotidiana degli adolescenti dotati in matematica. In F. Massimini & P. Inghilleri, eds., *L'esperienza quotidiana* (pp. 417-36). Milan: Franco Angeli.

_____ . 1988. Project and prejudice: Past, present, and future in adult development. *Human Development* 31:158-75.

Rogers, C. 1951. *Client-centered therapy.* Boston: Houghton Mifflin.

Roueche, B. 1988. *Annals of medicine.* New Yorker Sept. 12, 83-89.

Sacks, O. 1970 (1987). *The man who mistook his wife for a hat.* New York: Harper & Row.

Sahlins, M. D. 1972. *Stone age economics.* Chicago: Aldine Press.

_____ . 1976. *The use and abuse of biology: An anthropological critique of sociobiology.* Ann Arbor: University of Michigan Press.

Santayana, G. 1986. *The sense of beauty.* New York: Charles Scribner's Sons.

Sarbin, T., ed. 1986. *Narrative psychology: The storied nature of human conduct.* New York: Praeger.

Sartre, J. P. 1956. *Being and nothingness.* New York: Philosophical Library.

Sato, I. 1988. Bosozoku: Flow in Japanese motorcycle gangs. In M. Csikszentmihalyi & I. S. Csikszentmihalyi, eds., *Optimal experience: Psychological studies of flow in consciousness* (pp. 92-117). New York: Cambridge University Press.

Schaefer, C., Coyne, J. C., & Lazarus, R. S. 1981. The health-related functions of social support. *Journal of Behavioral Medicine* 4(4):381-406.

Schafer, R. 1980. Narration in the psychoanalytic dialogue. *Critical Inquiry* 7:29-54.

Scheier, M. F., & Carver, C. S. 1980. Private and public self-attention, resistance to change, and dissonance reduction. *Journal of Personality and Social Psychology* 39:390-405.

Schiamberg, L. B. 1988. *Child and adolescent development.* New York: Macmillan.

Schlick, M. 1934. Uber das Fundament der Erkentniss. *Erkentniss* 4. English translation in A. J. Ayer, ed., 1959. Logical positivism. New York: Free Press.

Schneider, E. 1953. Coleridge, opium, and Kubla Khan. Chicago: University of Chicago Press.

Scholem, G. 1969. *Major trends in Jewish mysticism.* New York: Schocken Books.

Schrödinger E. 1947. *What is life? The physical aspects of the living cell.* New York: Macmillan.

Schutz, A. 1962. *The problem of social reality.* The Hague: Martinus Nijhoff.

Schwartz, G. 1987. *Beyond conformity and rebellion.* Chicago: University of Chicago Press.

Schwarz, N., & Clore, G. L. 1983. Mood, misattribution, and judgments of wellbeing: In formative and directive functions of affective states. *Journal of Personality and Social Psychology* 45:513-23.

Seligman, M. E. P. 1975. *Helplessness: On depression, development, and death.* San Francisco: Freeman.

Seligman, M. E. P., Peterson, Co., Kaslow, N. J., Tannenbaum, R. L., Alloy, L. B., & Abramson, L. Y. 1984. Attributional style and depressive symptoms among children. *Journal of Abnormal Psychology* 93:235-38.

Selye, H. 1956 (1978). *The stress of life. Rev. ed.* New York: McGraw-Hill.

Siegel, B. S. 1986. *Love, medicine, and miracles.* New York: Harper & Row.

Simon, H. A. 1969. *Sciences of the artificial.* Boston: MIT Press.

_____. 1978. Rationality as process and as product of thought. *American Economic Review* 68:1-16.

Singer, I. 1981. *The nature of love* (2d ed.). Vol. 1: Plato to Luther; vol. 2: Courtly and romantic; vol. 3: The modern world. Chicago: University of Chicago Press.

Singer, J. L. 1966. *Daydreaming: An introduction to the experimental study of inner experiences.* New York: Random House.

_____. 1973. *The child's world of make-believe.* New York: Academic Press.

_____. 1981. *Daydreaming and fantasy.* Oxford: Oxford University Press.

Singer, J. L., & Switzer, E. 1980. *Mind play: The creative uses of fantasy.* Englewood Cliffs, N.J.: Prentice-Hall.

Smith, K. R. 1969. *Behavior and conscious experience: A conceptual analysis.* Athens: Ohio University Press.

Solzhenitsyn, A. 1976. *The gulag archipelago.* New York: Harper & Row.

Sorokin, P. 1950. *Explorations in altruistic love and behavior, a symposium.* Boston: Beacon Press.

_____ . 1956. *Fads and foibles in modern sociology.* Chicago: Regnery.

_____ . 1962. *Social and cultural dynamics.* New York: Bedminster.

_____ . 1967. *The ways and power of love.* Chicago: Regnery.

Spence, J. D. 1984. *The memory palace of Matteo Ricci,* New York: Viking Penguin.

Spinoza, B. de 1675 (1981). *Ethics.* Trans G. Eliot Wolfeboro, N. H.: Longwood Publishing Group.

Spiro, M. E. 1987. *Culture and human nature: Theoretical papers of Melford E. Spiro.* Chicago: University of Chicago Press.

Steiner, G. 1974. *Fields of force.* New York: Viking.

_____ . 1978 (1987). *Martin Heidegger.* Chicago: University of Chicago Press.

Sternberg, R. J. 1988. *The triangle of love: Intimacy, passion, commitment.* New York: Basic Books.

Stewart, K. 1972. Dream exploration among the Sinoi, In T. Roszak, ed., *Sources.* New York: Harper & Row.

Strack, F., Argyle, M., & Schwarz, N., eds. 1990. *The social psychology of subjective well-being.* New York: Pergamon.

Sullivan, H. S. 1953. *The interpersonal theory of psychiatry.* New York: Norton.

Sun, W. 1987. *Flow and Yu: Comparison of Csikszentmihalyi's theory and Chuangtzu's philosophy.* Paper presented at the meetings of the Anthropological Association for the Study of Play, Montreal, March.

Suppies, P. 1978. *The impact of research on education.* Washington, D.C.: National Academy of Education.

Suttles, G. 1972. *The social construction of communities.* Chicago: University of Chicago Press.

Szalai, A., ed. 1965. *The use of time: Daily activities of urban and suburban populations in twelve counties.* Paris: Mouton.

Teilhard de Chardin, P. 1965. *The phenomenon of man. New York:* Harper & Row.

Tessman, J. 1978. *Children of parting parents.* New York: Aronson.

Thompson, E. P. 1963. *The making of the English working class.* New York: Viking.

Tillich, P. 1952. *The courage to be.* New Haven: Yale University Press.

Tolstoy, L. 1886 (1985). *The death of Ivan Ilych.* Ed. M. Beresford. Oxford and New York: Basil Blackwell.

Tomkins, S. S. 1962. *Affect, imagery and consciousness.* Vol. 1: The positive affects. New York: Springer Verlag.

Toscano, M. 1986. Scuola e vita quotidiana: Un caso di selezione culturale. In F. Massimini & P. Inghilleri, eds., *L'esperienza quotidiana* (pp. 305-18). Milan: Franco Angeli.

Tough, A. 1978. *Adults' learning prospects: A fresh approach to theory and practice in adult learning.* Toronto: Ontario Institute for Studies in Education.

Toynbee, A. J. 1934. *A study of history.* London: Oxford University Press.

Treisman, A. M., & Gelade G. 1980. A feature integration theory of attention. *Cognitive Psychology* 12:97-136.

Treisman, A. M., & Schmidt, H. 1982. Illusory conjunctions in the perception of objects. *Cognitive Psychology* 14:107-41.

Trivers. R. L. 1972. Parental investment and sexual selection. In B. H. Campbell, ed., *Sexual selection and the descent of man, 1871-1971* (pp. 136-79). Chicago: Aldine.

Tucker, R. C. 1972. *Philosophy and myth in Karl Marx.* 2d ed. Cambridge: Cambridge University Press.

Turnbull, C. M. 1961. *The forest people.* Garden City, N.Y.: Doubleday.

_____ . 1972. *The mountain people.* New York: Simon & Shuster.

Turner, V. 1969. *The ritual process.* New York: Aldine.

_____ . 1974. Liminal to liminoid in play, flow, and ritual: An essay in comparative symbology. *Rice University Studies* 60(3):53-92.

USA Today. 1987. An interview with Susumu Tonegawa. Oct. 13, p. 2A.

U.S. Dept. of Commerce. 1980. *Social indicators, Ill.* Washington, D.C.: Bureau of the Census.

U.S. Dept. of Commerce. 1985. *Statistical abstracts of the U.S., 1986.* 106th ed. Washington, D.C.: Bureau of the Census.

U.S. Dept. of Health & Human Sevices. 1988. *Vital statistics of the United States, 1985,* II. Hyattsville, Md.: U.S. Dept. of Health.

U.S. Dept. of Justice. 1987. *Uniform Crime Reports 7:25.* Washington, D.C.: Dept. Of Justice.

Vaillant, G. E. 1977. *Adaptation to life.* Boston: Little, Brown.

Vasari, G. 1550 (1959). *Lives of the most eminent painters, sculptors, and architects.* New York: Random House.

Veenhoven, R. 1984. *Databook of happiness.* Boston: Dordrecht-Reidel.

Veroff, J., Douvan, E., & Kulka, R. A. 1981. *The inner American.* New York: Basic Books. Veyne, P., ed. 1987. *From pagan Rome to Byzantium. Vol. 1 of A history of private life,* P. Aries and G. Duby, gen. eds. Cambridge, Mass.: Belknap Press.

von Bertalanffy, L. 1960. *Problems of life.* New York: Harper & Row.

_____. 1968. *General system theory: Foundations, development, applications.*

New York: G. Braziller.

von Uexkull, J. 1921. *Umwelt und Innenwelt der Tiere.* 2d ed. Berlin.

_____. 1957. *Instinctive behaviour.* London: Methuen.

von Wolff, C. 1724. *Vernunftige Gedanken von dem Krafften des menschlichen Verstandes.* Halle im Magdeburg: Rengerische Buchhandl. English translation (1963) by R. Blackwell, Preliminary discourse on philosophy in general. Indianapolis: Bobbs-Merrill.

Vygotsky, L. S. 1978. Mind in society: *The development of higher psychological processes,* M. Cole, V. John-Steiner, S. Scribner, & E. Souberman, eds. Cambridge: Harvard University Press.

Waddington, C. H. 1970. The theory of evolution today. In A. Koestler & J. R. Smythies, eds., *Beyond reductionism.* New York: Macmillan.

Waitzkin, F. 1988. *Searching for Bobby Fischer.* New York: Random House.

Waley, A. 1939. *Three ways of thought in ancient China.* London: G. Allen & Unwin.

Wallis, C., Booth, C., Ludtke, M., & Taylor, E. 1985. Children having children. *Time Dec.* 9, pp. 78-90.

Wann, T. W., ed. 1964. *Behaviorism and phenomenology.* Chicago: University of Chicago Press.

Warner, R., trans. 1965. *The Persian expedition.* Baltimore: Penguin Books.

Watson, B., trans. 1964. *Chuang Tzu, basic writings.* New York: Columbia University Press.

Weber, M. 1922. Die protestantische Ethik und der Geist des Kapitalismus. In I. C. B. Mohr, ed., *Gesammelte Aufsatze zur Religions-Sociologie.* Vol. 1: *Die Wirtschaftsethik der Weltreligionen* (pp. 237-68). Tubingen. English translation (1946) in H. A. Gerth & C. W. Mills, eds., *From Max Weber:* Essays in sociology (pp. 267-301). New York: Oxford University Press.

_____. 1930 (1958). *The Protestant ethic and the spirit of capitalism.* London: Allen & Unwin.

Weitzman, M. S. 1978. Finally the family. *Annals of the AAPSS* 435:60-82.

Wells, A. 1988. Self-esteem and optimal experience. In M. Csikszentmihalyi & I. S. Csikszentmihalyi, eds., *Optimal experience: Psychological studies of flow in consciousness* (pp. 327-41). New York: Cambridge University Press.

Werner, H. 1957. *Comparative psychology of mental development.* Rev. ed. New York: International Universities Press.

Werner, H., & Kaplan, B. 1956. The developmental approach to cognition: Its relevance to the psychological interpretation of anthropological and ethnolinguistic data. *American Anthropologist* 58:866-80.

Weyden, P. 1984. *Day one. New York:* Simon & Schuster.

White, L. A. 1975. *The concept of cultural systems.* New York: Columbia University Press.

White, R. W. 1959. Motivation reconsidered: The concept of competence. *Psychological Review* 66:297-333.

Wicklund, R. A. 1979. The influence of self-awareness on human behavior. *American Scientist* 67:182-93.

Wiener, N. 1948 (1961). *Cybernetics, or control and communication in the animal and the machine.* Cambridge: MIT Press.

Williams, R. M., Jr. 1975. Relative deprivation. In L. A. Coser, ed., *The idea of social structure: Papers in honor of Robert K. Merton* (pp. 355-78). New York: Harcourt Brace Jovanovich.

Wilson, E. O. 1975. Sociobiology: *The new synthesis.* Boston: Belknap Press.

Wilson, S. R. 1985. Therapeutic processes in a yoga ashram. *American Journal of Psychotherapy* 39:253-62.

_____ . In press. Personal growth in a yoga ashram: A social psychological analysis. *The social scientific study of religion,* vol. 2.

Wittfogel, K. 1957. *Oriental despotism.* New Haven: Yale University Press.

Wolf, T. 1987. *The bonfire of the vanities.* New York: Farrar, Straus.

Wood, E. 1954. *Great system of yoga.* New York: Philosophical Library.

Wundt, W. 1902. *Grundzuge der physiologischen Psychologie,* vol. 3. Leipzig.

Wynne, E. A. 1978. Behind the discipline problem: Youth suicide as a measure of alienation. *Phi Delta Kappan* 59:307-15.

Yankelovich, D. 1981. *New rules: Searching for self-fulfillment in a world turned upside down.* New York: Random House.

Zigler, E. F., & Child, I. L. 1973. *Socialization and personality development.* Reading, Mass.: Addison-Wesley.

Zuckerman, M. 1979. *Sensation seeking.* Hillsdale, N.J.: Erlbaum.

FLOW : 몰입, 미치도록 행복한 나를 만난다

지은이 | 미하이 칙센트미하이   옮긴이 | 최인수
펴낸이 | 곽미순   편집 | 윤도경   디자인 | 강찬규   조판 | 이유진

펴낸곳 | ㈜도서출판 한울림   편집 | 윤소라 이은파 박미화
디자인 | 김민서 이순영   마케팅 | 공태훈 윤도경   경영지원 | 김영석
주소 | 서울특별시 마포구 희우정로16길 21
대표전화 | 02-2635-1400   팩스 | 02-2635-1415
출판등록 | 1980년 2월 14일(제2021-000318호)
블로그 | blog.naver.com/hanulimkids
인스타그램 | www.instagram.com/hanulimkids

첫판 1쇄   2004년 7월 5일
특별판   2018년 4월 18일
개정판 1쇄   2018년 11월 25일
        15쇄 2024년 7월 26일

ISBN 978-89-5827-009-6   03180